KATHRIN LANGE & SUSANNE THIELE

Toxin

Weitere Titel der Autorinnen:

Probe 12

KATHRIN LANGE
SUSANNE THIELE

TOXIN

THRILLER

LÜBBE

Die Bastei Lübbe AG verfolgt eine nachhaltige Buchproduktion. Wir verwenden Papiere aus nachhaltiger Forstwirtschaft und verzichten darauf, Bücher einzeln in Folie zu verpacken. Wir stellen unsere Bücher in Deutschland und Europa (EU) her und arbeiten mit den Druckereien kontinuierlich an einer positiven Ökobilanz.

FSC www.fsc.org MIX Papier | Fördert gute Waldnutzung FSC® C014496

CERTIFIED cradle to cradle BRONZE

Cradle to Cradle Certified® ist eine eingetragene Marke des Cradle to Cradle Products Innovation Institute.

Originalausgabe

Textredaktion: René Stein, Kusterdingen
Umschlaggestaltung: Massimo Peter-Bille
Umschlagmotiv: © Sashkin/shutterstock
Satz: hanseatenSatz-bremen, Bremen
Gesetzt aus der Adobe Garamond Pro
Druck und Verarbeitung: GGP Media GmbH, Pößneck

Printed in Germany
ISBN 978-3-7857-2839-0

1 2 3 4 5

Sie finden uns im Internet unter luebbe.de
Bitte beachten Sie auch: lesejury.de

Wir widmen dieses Buch unseren Kindern und allen zukünftigen Generationen.

Denn die größte Torheit, die ein Mensch begehen kann, ist, wenn er mir nichts dir nichts durch Verzweiflung und Schwermut sein Ende herbeiführt.

Miguel de Cervantes

Silaup asijjipallianinga.

(Übersetzt: der sich schrittweise
vollziehende Wetterwechsel.
Wortneuschöpfung der Inuit.)

Prolog

Zehn Jahre zuvor. Arctic Village, Nordalaska

Mit einem Ruck fährt Joseph in die Höhe. Ist er eingeschlafen? Er hat sich doch so fest vorgenommen, nur für ein paar Minuten die Augen zu schließen und dann weiterzulernen. Wie spät ist es? Durch das winzige Fenster dringt graues Licht herein, aber daran lässt sich das hier oben im äußersten Norden selten sagen. Sie befinden sich oberhalb des Polarkreises. Um diese Jahreszeit ist es hier fast rund um die Uhr hell.

Er setzt sich hin, sieht sich in der engen Kammer um, in der seine ganze Familie schläft. Die Mutter liegt auf dem Rücken und schnarcht. Die Flasche mit dem billigen Bourbon, die sie am Nachmittag angebrochen hat, steht auf dem kleinen Kästchen neben ihrem Bett. Zwei Fingerbreit. Mehr ist nicht mehr drin.

Der Geruch des scharfen Whiskeys überlagert den von altem Schweiß und sauren Körperausdünstungen, den die Mutter verströmt. Sie muss etwas von dem Bourbon verschüttet haben. Joseph schnauft durch. Wenigstens riecht es ausnahmsweise einmal nicht nach Erbrochenem.

Er sieht auf die alte Küchenuhr, die über der Kammertür hängt und die noch der Vater gekauft hat. Halb fünf. Er hat mehr als zwei Stunden geschlafen. Noch mal, verdammt! Damit ist der Großteil seiner kostbaren freien Zeit, die ihm zum Lernen bleibt, verstrichen. In spätestens einer halben Stunde wird er anfangen müssen, das Abendessen zu kochen, wenn seine kleinen Geschwister nicht schon wieder hungrig ins Bett gehen sollen.

Das Schnarchen der Mutter setzt kurz aus. Ebenso kurz hofft er, sie würde aufwachen, würde auf magische Weise plötzlich nüchtern sein. Eine richtige Mutter. Eine, die sich kümmert. Die ihm über den Kopf streicht, ihn anlächelt und ihm sagt: »Ich bin stolz auf dich«, während sie sich an den Herd stellt und dafür sorgt, dass er und die Kleinen etwas zu essen bekommen. Der er beim Zubereiten des Karibufleisches zuschauen kann, während er seine Schulbücher vor sich liegen hat und versucht, diese komplizierten Rechnungen zu verstehen, die er brauchen wird, wenn er irgendwann wirklich einmal auf die Highschool gehen will.

Aber all das sind dumme Träume.

Die Mutter dreht sich mit einem Röcheln auf die andere Seite und schnarcht weiter.

Seufzend schwingt Joseph die Beine aus dem Bett. Der aus groben Bretterbuden bestehende Fußboden ist kalt unter seinen Fußsohlen, doch das macht ihm nichts aus. In der Baracke, die der Staat Alaska der Mutter, ihm und seinen drei Geschwistern nach dem Tod des Vaters ganz in der Nähe vom Khaali Lake zugeteilt hat, ist es immer kalt, aber wenigstens den eisigen Wind sperrt das feste Mauerwerk aus.

Seine Mutter röchelt im Schlaf.

Er verscheucht all diese rebellischen Gedanken. Sie erfüllen ihn nur mit dieser bleiernen Traurigkeit, vor der Großmutter ihn immer gewarnt hat. Diese Traurigkeit, die einem bis tief in die Knochen kriecht und jede Kraft und jedes Lachen raubt wie eine schwere Krankheit, gegen die es kein Mittel gibt. Er reckt sich, gähnt einmal und tritt an die Haustür, um nachzusehen, wo seine Geschwister sind. Die Kleinen spielen abends meistens mit den anderen Kindern der Barackensiedlung am Hang hinter den Häusern. Er kann ihr Gekreische und ihr Gelächter hören.

Die Sonne scheint, und die Luft ist sommerlich warm. Es riecht nach Holzfeuern und dem Duft des blühenden Landes.

Alles ist gut.

Er tritt aus dem Haus, zieht sorgfältig die Tür hinter sich zu und geht um die Ecke zu dem in den Boden eingelassenen Eiskeller, in dem alle Familien der Siedlung ihr Fleisch und andere Lebensmittel lagern. Er hält inne, bevor er den Verschlag erreicht. Bei den Kleinen scheint irgendwas passiert zu sein. Aus dem fröhlichen Gelächter und Gekreische sind Schreie geworden.

Ihm gefriert das Herz. Er macht auf dem Absatz kehrt und rennt in die Richtung, aus der das Schreien kommt.

Er sieht schon, was passiert ist, als er um die letzte Baracke der Reihe kommt. Der Hang dahinter, eine lang abfallende Flanke aus blanker Erde und Eis, ist ins Rutschen gekommen. Auf einer Breite von fünf großen Männerschritten klafft eine Lücke, wo zuvor irgendwelche Pflanzen gewachsen sind. Die Erde hat sich in eine Schlammlawine verwandelt und ist bis an die Wand der letzten Baracke gerutscht.

»Seid ihr in Ordnung?«, schreit Joseph schon von Weitem. Im Laufen zählt er die Kinder durch, sucht nach seinen Geschwistern. Alice. Die Kleinste. Sie steht da und starrt mit großen Augen auf den Erdrutsch. Ihr Teddy, wie die Küchenuhr im Schlafzimmer ein Mitbringsel vom Vater, baumelt in ihrer rechten Hand, den Daumen der linken hat sie in den Mund gesteckt und saugt aufgeregt daran herum.

Grace. Die Zweitkleinste steht ebenso verblüfft neben ihrer kleinen Schwester.

Er atmet erleichtert auf. Die Mädchen sind in Sicherheit. Sie liegen nicht unter dem Berg aus schwerer, nasser Erde und ersticken an dem Schlamm, der ihnen in Mund und Nase dringt.

Aber wo ist Adam?

Joseph bleibt bei den beiden Mädchen stehen. »Wo ist euer Bruder?«, herrscht er sie an.

Alice hebt den Blick zu ihm auf. Tränen treten ihr in die Augen, aber bevor er ihr sagen kann, dass er es nicht so gemeint hat, sind auch mehrere andere Leute da. Erwachsene.

»Ist wer verschüttet worden?«, schreit Edward, ein Nachbar von ihnen, der sie manchmal besuchen kommt, wenn ihre Mutter nüchtern ist. Joseph und die Kleinen müssen dann jedes Mal die Hütte verlassen, bis Edward nach einer Weile wieder ins Freie tritt und sich dabei den Gürtel zumacht. Edward ist ein Bär von einem Mann, seine Stimme laut und dröhnend.

»Grace, ist da jemand drunter?«, fährt er Josephs Schwester an.

»Adam fehlt«, hört Joseph sich selbst sagen. Edward wird dafür sorgen, dass alles gut wird, denkt er.

Edwards Sohn Michael ist ebenfalls da. Er will seinem Vater helfen, doch der blafft ihn an: »Bleib, wo du bist!«

Etwas ratlos und beleidigt bleibt Michael stehen. Er ist ein paar Jahre älter als Joseph, und Joseph bewundert ihn, weil er so klug ist. Der wird später auf jeden Fall aufs College gehen, davon ist Joseph fest überzeugt. Jetzt aber fällt erst mal Edward auf die Knie und gräbt mit bloßen Händen in dem schwarzen, nach Fäulnis riechenden Boden.

Joseph will es ihm gleichtun, aber Michael hält ihn am Arm fest.

»Nein!«, sagt er, und Joseph gehorcht. Die Angst um seinen kleinen Bruder hat ihn fest im Griff, lässt seine Füße am Boden kleben. Zum Glück kommen jetzt nach und nach andere Erwachsene. Das halbe Dorf ist da, um zu helfen. Jemand bringt eine Schaufel.

»Los!«, schreit ein anderer. »Schneller!«

Sie graben und schaufeln wie die Verrückten. Das Herz schlägt Joseph bis zum Hals. Bitte nicht!, kreischt es wieder und wieder in seinem Kopf. Nicht Adam! Nicht mein Bruder!

»Sie werden sie retten.« Das Walross steht plötzlich neben ihm, ein Mädchen aus der Nachbarschaft. Sie tastet nach Josephs Hand, und er weiß, sie will ihn trösten und ihm Mut machen. Trotzdem entzieht er sich ihr. Ihre Hände sind unangenehm weich und an-

dauernd feucht, und er ekelt sich davor. Es ekelt ihn auch, dass diese fette Tusse ihm ständig schöne Augen macht, obwohl sie schon siebzehn ist und er erst fünfzehn. Von den älteren Jungs im Dorf interessiert sich niemand für sie, was kein Wunder ist, denn sie ist nicht nur zu fett, sondern dazu auch noch unscheinbar. Und weil sie das weiß, redet und lacht sie ständig zu laut. Darüber hinaus ist sie unfreundlich. Und dick. Joseph kennt kaum jemanden, dessen Gegenwart ihm mehr auf die Nerven geht als die von diesem Mädchen.

»Alles wird gut werden«, hört er sie sagen. »Du wirst sehen!«

Er nickt nur und rückt noch ein Stück von ihr ab.

»Da ist was!«

Edwards Ruf erscheint ihm wie ein Sonnenstrahl, der durch das Dunkel aus Verzweiflung und Panik stößt. Ein Arm kommt zum Vorschein, bedeckt von dem schwarzen, stinkenden Schlamm sieht die Hand schneeweiß aus. Joseph erkennt das aus Tiersehnen geflochtene Band um das Handgelenk.

»Das ist Adam!«, schreit er und will sich auf seinen Bruder stürzen.

Doch Michael hält ihn erneut fest. »Alles wird gut!«, sagt er leise, und das Walross nickt beflissen.

»Hab ich ihm auch schon gesagt.«

»Wir haben ihn!« Edward und ein anderer Mann zerren den kleinen Körper aus der dunklen Erde. Josephs Herz setzt aus, als er das Gesicht seines Bruders sieht, das über und über mit Schlamm bedeckt ist und wirkt wie das eines Erdgeistes.

»Er bekommt keine Luft!« Edward säubert mit raschen Griffen Mund und Nase des Jungen. »Bringt mir Wasser!«, schreit er. »Schnell!«

Und bevor Joseph sich rühren kann, ist da ein Eimer. Edward nimmt ihn, schüttet die Hälfte des Wassers über Adams Kopf. Er schlägt Adam auf den Rücken, wischt wieder über seine Nase, pult mit den Fingern Schlamm und halb verfaulte Pflanzenreste aus seinem Mund.

Und dann – es fühlt sich an, als sei ein ganzes Jahr verstrichen – hustet Adam. Weiterer Schlamm sprudelt ihm aus Mund und Nase, aber er holt japsend Luft, würgt, hustet erneut.

»Er lebt!« Joseph weiß nicht, wer das gesagt hat, aber es ist wahr. Adam lebt. Es geht ihm gut.

Vor lauter Erleichterung sinkt er selbst auf alle viere nieder. Keucht.

»Heilige Mutter Gottes!«, stößt eine Frau hervor. »Sind das Knochen?«

Sie deutet genau in die Mitte der Stelle, wo die Erde ins Rutschen gekommen ist. Und sie hat recht: Dort, wo noch vor wenigen Minuten Permafrostboden gewesen ist, ragen dunkle Stöcke hervor, die sich beim zweiten Blick als Rippen herausstellen.

Ein Stück weiter links liegt ein Schädel.

»Die sind von Karibus«, sagt das Walross, und Joseph nickt. Er kennt die typische Form dieser Schädel nur zu gut.

»Die müssen Jahrzehnte hier in der Erde gelegen haben«, murmelt Edward. Er bückt sich, hebt einen Brocken auf, wischt ihn sauber. Es ist ein Wirbel, denkt Joseph, und dann sieht er, dass der halbe Hang mit Knochensplittern und Schädelteilen durchsetzt scheint.

Aus einem Artikel der Fairbanks Tribune

Hitze in Alaska fordert neue Milzbrand-Opfer Wann gibt es endlich Entwarnung in Arctic Village – Opferzahl steigt auf 14

Arctic Village: Die sommerlichen Temperaturen von bis zu 35 Grad haben in Arctic Village zu einem Erdrutsch geführt und dabei gefährliche Milzbrandbakterien freigesetzt, die in alten Gebeinen von Karibus überdauerten. Die Zahl der Opfer, die sich bei dem Unglück mit dem Erreger infizierten, stieg jetzt auf 14 Personen. Die US-Seuchenschutzbehörde CDC ist vor Ort, um die nötigen Maßnahmen zu treffen.

Wie unsere Zeitung berichtete, kam es Anfang August nahe Arctic Village, in einer indigenen Siedlung südlich der Yukon-Koyokuk Census Area, Alaskas bekanntem Naturschutzgebiet, durch das Auftauen des Permafrostbodens zu einem Hangabrutsch größeren Ausmaßes. Ein Kind wurde verschüttet, jedoch durch das schnelle Eingreifen der Dorfbewohner vorerst gerettet. Erst nach der Rettungsaktion wurde das Ausmaß der eigentlichen Katastrophe sichtbar: In dem Abbruchhang befanden sich Knochen von Karibus, die mit Milzbrand *Bacillus anthracis* – kurz Anthrax – verseucht waren. Innerhalb weniger Stunden erkrankten zuerst die verschütteten Kinder und kurz danach auch alle Helfer. Mittlerweile sind vierzehn Menschen von den siebzehn Erkrankten, bei denen das CDC den Erreger nachweisen konnte, verstorben. Drei der Infizierten schweben aktuell nach wie vor in Lebensgefahr, wie die Familien unserer Redaktion auf Nachfrage mitteilten.

»Wir haben es hier mit einem sehr aggressiven Milzbranderreger zu tun, der ein tödliches Toxin im Körper bildet«, sagt Dr. John Ramirez von der US-Seuchenschutzbehörde CDC. »Die Opfer haben sich durch den direkten Kontakt über die Haut und die Schleimhäute infiziert.«

Die Experten gehen davon aus, dass die Karibus bei einer Ende des 19. Jahrhunderts in Alaska grassierenden Milzbrand-Seuche verendet sind und von damaligen Einwohnern nachlässig vergraben wurden. »Nur so erklärt es sich, warum die Knochen durch den Erdrutsch wieder ans Tageslicht kamen, und mit ihnen der Erreger«, sagte der Experte.

Auf die Nachfrage, ob eine Gefahr für die Menschen in der Region bestünde, erklärte Ramirez, dass weitreichende Maßnahmen unternommen würden, um einen noch größeren Ausbruch der Seuche zu verhindern. Das Gebiet um Arctic Village wurde weiträumig abgeriegelt. Allerdings hätten einige Bewohner das Dorf mittlerweile verlassen. Eine mobile Tierkadaververbrennungsanlage beseitige sowohl die freigelegten Knochen als auch einige zahme Tiere der Dorfbewohner, die sich angesteckt hatten.

»Wir haben den Fall jetzt unter Kontrolle«, informierte Dr. John Ramirez. »Das ist aber nicht der erste Fall. 2016 gab der Permafrost in Sibirien ebenfalls mit Anthrax verseuchte Rentierkadaver frei, woraufhin ein Junge an Milzbrand verstarb. Durch das stetige Auftauen des gefrorenen Bodens durch den Klimawandel müssen wir in Zukunft vermehrt mit solchen Zwischenfällen rechnen und gut vorbereitet sein.«

Heute

Teil 1: Veränderung

1. Kapitel

Gereon Kirchner verfluchte die Helligkeit des endlosen Polartages, weil sie ihm den Schlaf raubte. In diesen Breitengraden sank die Sonne auch nachts nicht tiefer als sechs Grad unter den Horizont. Was bedeutete: Es war jetzt, gegen vier Uhr morgens, immer noch hell genug, um im Freien ohne Lampe eine Zeitung zu lesen. Oder eine schmale, schlaglochübersäte Schotterstraße entlangzufahren, die ihn zum Permafrost-Camp führte.

Seinem Ziel.

Die Straße machte einen Bogen und führte danach an einem übermannshohen Maschendrahtzaun entlang, bis sie auf einen Parkplatz mündete. An dessen Ende befanden sich ein Tor und ein Wachhäuschen, das tagsüber als Kassenhäuschen für Touristen diente, die das Camp besichtigen wollten. Gereon fuhr bis vor das Tor.

»Hey, Paul!«, begrüßte er den Wachmann.

»Dr. Kirchner.« Paul Wilson streckte den Kopf aus dem Fenster des Häuschens. »Was machen Sie denn zu so unchristlicher Zeit hier?«

Gereon lächelte den Mann an. »Konnte nicht schlafen, da dachte ich mir, ich kann mich genauso gut um meine Arbeit kümmern.«

Paul schien das nicht zu wundern. Die Jungs vom US Army Corps of Engineers, die das Wachpersonal des Camps stellten, waren es gewohnt, mit Wissenschaftlern zu tun zu haben, die manchmal mitten in der Nacht auf irgendeine Idee kamen und diese dann sofort überprüfen mussten. »Ja«, erwiderte er. »Geht vielen so, wenn sie hier hochkommen. Die Mitternachtssonne, oder?«

»Genau.«

»Gerade ist noch eine andere Wissenschaftlerin aus Deutschland hier«, sagte Paul. »Der geht es ähnlich wie Ihnen. Sie kam eine Weile fast nur nachts zum Arbeiten. Sagt, das liegt am Jetlag.« Er grinste.

Gereon nickte. Den Jetlag spürte er selbst noch in allen Knochen.

»Wie es scheint, hat sie sich aber mittlerweile an unsere Zeitzone gewöhnt«, plauderte Paul fröhlich weiter. »Seit Sie hier sind, ist sie nachts nicht mehr aufgetaucht.«

»Vielleicht geht sie mir ja aus dem Weg«, meinte Gereon scherzhaft. Dann wies er auf das Tor und bedeutete dem Wachmann damit, dass er gern mit seinem Wagen auf das Gelände fahren würde.

»Moment!« Pauls Kopf verschwand, gleich darauf glitt das Tor auf metallenen Rollen knirschend zur Seite.

»Danke!«, rief Gereon, dann fuhr er an, rollte auf das Gelände und fuhr eine weitere Schotterpiste entlang bis zum Besucherzentrum.

Wie diese unbekannte deutsche Forscherin vermutlich auch, war er als Gastwissenschaftler hier.

Das Camp, das sogenannte *Permafrosttunnel-Projekt*, gehörte zu einer groß angelegten Forschungsinitiative der US-Army, die seit den 1960er-Jahren existierte und in den vergangenen sieben oder acht Jahren – seitdem die Warnungen des Weltklimarates von Jahr zu Jahr immer drängender und alarmierender geworden waren – von mehr und mehr Klimaforschern aus aller Welt besucht wurde. Hier wurden wichtige Forschungen darüber angestellt, wie das Auftauen des Permafrostes mit der menschengemachten Erderwärmung zusammenhing und, wichtiger noch, was für Auswirkungen es auf die weitere Erderwärmung haben würde. Gereon kannte sich mit den genauen Betätigungsfeldern der anderen Wissenschaftler nicht aus, aber immerhin wusste er, dass der Permafrost, also gut jenes Viertel der Nordhalbkugel, dessen Boden das ganze Jahr über gefroren war, überaus sensibel auf die globale Erderwärmung reagierte. Eine der Wissenschaftlerinnen, mit der er sich erst neulich kurz unterhalten hatte, hatte ihm erklärt, dass es extrem wichtig war, diese Region hier sorgfältig zu überwachen und kleinste Veränderungen zu dokumentieren. Es ging dabei um Kippelemente des Klimas, lauter wichtiges, aber in seinen Augen auch höchst kompliziertes Zeug.

Ihn selbst interessierte viel eher die andere Funktion, die das Camp noch hatte. Hier wurden nämlich auch regelmäßig mikrobiologische Proben genommen und erforscht, um damit Ausbrüchen von Seuchen zuvorkommen zu können, die möglicherweise weltweite Auswirkungen zeigen konnten. Er selbst war wegen solcher mikrobiologischer Proben hier.

Er parkte vor dem Besucherzentrum, das sich in einem dieser typischen amerikanischen Blockhäuser befand. Mit von der Fahrt steifen Gliedern stieg er aus und blickte am Besucherzentrum vorbei auf eine Art Verschlag aus rotem Holz, der aussah wie ein Gartenschuppen. Es war jedoch alles andere als das. Hinter der niedrigen Tür des »Schuppens« befand sich nämlich der Eingang zu einem mehrere hundert Meter langen Tunnelsystem, das man in das ewige Eis getrieben hatte. Es war gespickt mit Forschungsapparaten und Messinstrumenten von Geologen, Mikrobiologen und Klimaforschern aus aller Welt.

Er nahm sein Handy aus der Tasche und tippte eine rasche Nachricht an seinen Geschäftspartner Mike.

Ich hole jetzt die Proben. Alles wird gut werden!

Als die beiden Häkchen des Messengers blau wurden, wusste er, dass Mike die Nachricht gelesen hatte. Er wartete trotzdem, bis eine Antwort einging. Es war nur ein einzelner hochgereckter Daumen.

Gereon grinste, aber das Grinsen erlosch, als er sah, dass seine Akkuanzeige auf zwanzig Prozent stand. Er musste sich wirklich langsam einmal ein neues Handy zulegen. Mike lachte ihn schon aus, weil er die Entscheidung aus Nachhaltigkeitsgründen wieder und wieder rauszögerte.

»Ressourcensparen ist ja cool«, hatte Mike erst vor ein paar Wochen zu Gereon gesagt. »Aber wenn der Geschäftsführer einer wichtigen Medizinfirma nicht erreichbar ist, weil sein Akku leer ist, kann uns das sehr schnell sehr viel Geld kosten.«

Womit er vermutlich recht hatte. Mit einem Seufzen steckte Gereon das Handy weg, öffnete den Kofferraum, hob einen Koffer heraus und trug ihn zum Tunneleingang. Dort nestelte er einen Schlüssel aus der Tasche und schloss die Tür auf. Das System bestand aus insgesamt drei Tunneln, von denen der Hauptgang waagerecht in den Berg hineinführte und hoch genug war, dass ein Mann aufrecht darin stehen konnte. Der Boden, die Wände und auch die Decke über Gereons Kopf bestanden aus Permafrost – gefrorener Erde, vermengt mit Pflanzenteilen, Wurzeln, Gräsern und ab und an dem Knochen irgendeines Tieres. Ungefähr nach zwanzig Metern zweigte rechts ein Tunnel ab, und dieser führte schräg nach unten durch die Schichten der Erdzeitalter in die Vergangenheit.

Das Innere des Tunnels empfing ihn mit Dunkelheit und Kälte und mit dem schwachen Geruch von verrottendem Pflanzenmaterial. Gereon ließ die Tür hinter sich zufallen. Für eine Sekunde stand er in dumpfer Finsternis, bevor seine Finger den Schalter fanden und er die Tunnelbeleuchtung anschaltete. In fahlem, bläulichem Licht der LEDs lag eine Kälteschleuse vor ihm, die man aus dicken, undurchsichtigen Plastikfolien errichtet hatte. Dahinter erstreckte sich ein schier endlos wirkender

Gang durch das Eis, in dessen Innerem es konstant minus ein Grad Celsius kalt war. Die Forschenden taten alles, damit das auch so blieb: Jeder, der hier hereinwollte, musste durch die Schleuse, die die Wärme draußen hielt. Allerdings bewies der leichte Verwesungsgeruch, dass die Bemühungen nicht zu hundert Prozent erfolgreich waren. Das Eis taute an der Oberfläche der Tunnelgänge, dadurch wurden Jahrhunderte lang eingeschlossene Pflanzenbestandteile und Tierkadaver freigelegt, die nun zu verrotten und zu verwesen begannen.

Ab und an war das leise Plopp eines fallenden Wassertropfens zu hören.

Gereon rang die Beklemmung nieder, die ihn jedes Mal überfiel, wenn er hier herunterkam.

Er ging an der ersten Abzweigung vorbei, bis er zu einer zweiten kam. Auch hier führte ein Tunnel nach rechts vom Haupttunnel weg. Dieser zweite Tunnel allerdings wies leicht aufwärts und war erst vor wenigen Monaten gegraben worden. Und noch etwas war anders. Dieser Tunnel hier war verschlossen mit einer provisorischen, aber sehr effektiven Sicherheitsschleuse aus Plastik, an der auf Augenhöhe ein Biohazard-Schild angebracht war. Dahinter lag Gereons Ziel.

Kadaver.

Überreste von vor vielen Jahren verendeten Karibus.

Und für Gereon der wertvollste Schatz der Erde. Er betrat die Schleuse, nahm seinen biologischen Schutzanzug vom Haken und schlüpfte hinein. Anschließend setzte er die Respiratorhaube auf, die über einen Schlauch in einen Luftfilter an seinem Gürtel mündete. Einweghandschuhe vervollständigten sein Sicherheitsoutfit, dann erst verließ er die Schleuse auf der anderen Seite und näherte sich den Kadavern. Bevor er sich ihnen jedoch zuwenden konnte, stutzte er. Direkt neben den Knochen standen zwei große Säcke, die bei seinem letzten Besuch noch nicht hier gewesen waren. Im blauen Licht der Tunnelbeleuchtung war ihre Aufschrift zwar gut zu lesen, aber sie ergab in Gereons Augen nicht den geringsten Sinn.

Aluminiumpulver.

Wozu schaffte jemand mehr als zwei Zentner Aluminiumpulver hierher in den Gang? Ihm wollte partout kein Versuchsaufbau einfallen, der das nötig gemacht hätte, aber das war auch egal. Hier unten arbeiteten zurzeit mindestens sechs verschiedene Teams mit wechselnden Leuten aus aller Welt, und in den meisten Fällen wusste ein Team nicht allzu genau, was die anderen machten. Oft interessierten sie sich auch nicht besonders dafür, weil sie mit ihren Gedanken viel zu sehr in ihre eigene Forschung vertieft waren.

Die Leute, die das Alupulver hier deponiert hatten, würden schon wissen, was sie taten. Achselzuckend wandte Gereon sich den halb verwesten Kadavern zu. Im Licht der LED-Lampen wirkten sie wie immer ein wenig gruselig auf ihn: Da waren dunkel verfärbte Rippenbögen, die aus schwarzem Muskelfleisch ragten, struppiges Fell, das sich kaum von der umgebenden Erde abhob, außerdem Kieferknochen mit dem Gebiss von Pflanzenfressern, Wirbel. Hufe. All das war der Grund, weswegen er vorgestern von Berlin aus erst nach Anchorage und dann mit einem kleineren Flieger nach Fairbanks gekommen war. Die Kadaver gehörten zu einer Karibuherde, die vor mehr als hundert Jahren friedlich im Grasland geweidet hatte, bis eine heimtückische Seuche sie dahingerafft und die geologischen Veränderungen des Kontinents sie mit Erdmassen verschüttet hatten. Nun waren sie zufällig wieder aufgetaucht, als die Geologen diesen weiteren Tunnel ins ewige Eis getrieben hatten. Und wie zur Mahnung trugen sie immer noch die Erinnerung daran in sich, was ihnen den Garaus gemacht hatte: Anthrax.

Was sie genau zu dem machte, weswegen Gereon hier war.

In wenigen Tagen würde er zurück nach Deutschland reisen, sein Flug war gebucht und alle nötigen Formulare, die es brauchte, um die Proben, die er aus den Kadavern extrahiert hatte, nach Hause zu schaffen, waren ausgefüllt und genehmigt worden.

Er atmete durch. Wenn er nur erst in diesem Flieger saß, dann hätte er auch das letzte Hindernis auf dem langen und steinigen Weg zum Erfolg überwunden. Dann würde er endlich die wichtigste Arbeit seines Lebens zu einem erfolgreichen Abschluss bringen und die Welt mit einer neuartigen Krebstherapie beschenken, die er aus diesem besonderen Anthraxstamm entwickeln würde. Einen Paradigmenwechsel im Kampf gegen diese elende Krankheit würde er einleiten … Ein verträumtes Lächeln hob seine Mundwinkel, doch dann riss er sich zusammen.

Das alles lag im Moment noch in der Zukunft. Hier und jetzt musste er sich erst mal auf seine Arbeit konzentrieren.

Fast ein bisschen wehmütig wandte er sich von den Knochen ab und ging ein paar Schritte tiefer in den Tunnel hinein, der an dieser Stelle eine Biegung machte. Hinter der Kurve hatten die anderen Mikrobiologen, die wie er an den Kadavern forschten, einen kleinen mobilen Sicherheitskühlschrank installiert, in dem sie ihre sensiblen Proben aufbewahrten. Dort lagerte Gereon auch seine eigenen – Gewebe von den Karibus, sorgsam gefriergetrocknet und verpackt in ungefähr fingerdicke Probenfläschchen aus transparentem Sicherheitsglas. Er lächelte bei dem Gedanken daran. Eigentlich hatte er vorgehabt, morgen Vormittag hierherzukommen und diese Proben für den Transport via Flugzeug vorzubereiten. Aber da diese elende Mitternachtssonne ihm den Schlaf raubte, konnte er das genauso gut auch jetzt gleich machen.

Er stellte den Koffer neben seinen Füßen ab, streckte die

Hand nach dem Kühlschrank aus, öffnete ihn. Seine Proben befanden sich im untersten Fach in einem Metallständer, der mit seinem Namen und dem seiner Firma – *Janus Therapeutics* – beschriftet war. Zwei Röhrchen, die die Welt verändern würden, weil er mit ihrem Inhalt viele Krebsarten behandelbar machte, die bisher kaum zu heilen waren.

Gereon holte den Ständer aus dem Kühlschrank, entnahm ihm eines der Röhrchen und hielt es gegen das Licht. Die dunkelbraunen Gewebeproben darin ähnelten mit ihrer krümeligen Form grob gemahlenem hellbraunem Kaffeepulver.

»Hallo, Schätzchen«, murmelte Gereon. Dann bückte er sich, entnahm dem Koffer eine dieser türkisfarbenen Sicherheitstransportboxen, die er für Janus Therapeutics hatte entwickeln lassen und die er eigens für diesen Zweck mitgebracht hatte. Sie enthielt vier identische Glasröhrchen, die allerdings alle leer waren. Gereon nahm zwei davon heraus, steckte sie in den Metallständer und schob stattdessen seine beiden Probenröhrchen in die Halterungen. Dann verschloss er die Transportbox und versiegelte sie. Er dekontaminierte sie außen mit verdünnter Bleiche, und während die vorgeschriebene Viertelstunde verging, bis die Lösung wirkte, ließ er seinen Blick interessehalber über den Inhalt des Kühlschranks wandern. Da waren verschiedenste Bodenproben, Knochenreste, Gewebe und Blut gelagert. Bei all diesen Gefäßen, Reagenzgläsern und Petrischalen fiel sein Blick schließlich noch auf etwas anderes. Ganz unten, im untersten Fach und bis an die Rückwand des Kühlschranks geschoben, stand ein türkisfarbenes Probentransportkästchen, wie das, das er eben dekontaminierte.

Weil es genauso aussah wie sein eigenes, erregte es Gereons Neugier, und er tat, was eigentlich ein No-Go war: Er nahm das Kästchen heraus und klappte es auf.

Und glaubte, seinen Augen nicht zu trauen.

Bevor sein Verstand so richtig begriffen hatte, was er da sah, ertönten hinter ihm Schritte. Erstaunt darüber, dass außer ihm um diese nächtliche Uhrzeit noch jemand hier herunterkam, und mit einem Anflug von schlechtem Gewissen, weil er fremde Forschungsarbeit angefasst hatte, wandte er sich um. Eine Gestalt, die wie er einen Schutzanzug trug, steuerte auf ihn zu. Ganz kurz kam ihm die Situation unwirklich vor, und im ersten Moment hätte er nicht zu sagen vermocht, woran das lag.

»Hallo, Gereon«, sagte die Gestalt, und da erst erkannte Gereon, wer unter dem Anzug steckte.

»Was machst du denn hier?«, keuchte er.

2. Kapitel

Nina Falkenberg stand mit einem Kaffee in der einen Hand auf dem Balkon ihrer kleinen Wohnung in Pankow, blickte auf die Straße hinunter und versuchte, mit der anderen Hand eine aufdringliche Mücke zu vertreiben, die es auf ihren Hals abgesehen hatte. Eigentlich hätte sie einen längeren Artikel über die gesundheitlichen Auswirkungen der Klimakrise wenigstens halb fertig haben sollen, aber sie konnte sich nicht konzentrieren. Was auch daran lag, dass die Hitze, die seit fast zwei Wochen auf der Hauptstadt hockte wie eine Henne auf ihren Eiern, die Temperaturen in ihrer kleinen Wohnung auf weit über achtundzwanzig Grad hatte steigen lassen. Der Hauptgrund allerdings, warum Ninas Gedanken wieder und wieder abschweiften, war ihr aktueller Freund Gereon. Seit ein paar Tagen war er in Alaska, hatte sich aber bisher noch kein einziges Mal gemeldet, obwohl sie verabredet hatten, einander einmal am Tag wenigstens eine kurze Nachricht zu schreiben. Auf Ninas letzte SMS – *Alles okay bei dir?* – war keine Reaktion erfolgt, und die tiefe Unruhe, die sein Schweigen in ihr verursachte, überraschte sie. Gewöhnlich war sie nämlich keine Frau, die ihren Partner gängelte oder von ihm verlangte, ihr jederzeit Rechenschaft darüber abzulegen, wo er sich gerade befand und was er tat. Darüber hinaus waren Gereon und sie noch nicht allzu lange zusammen, und Nina war sich ihrer Gefühle für ihn nicht zu hundert Prozent sicher. Sie hatte Gereon nach einer kurzen, aber extrem intensiven Episode mit einem anderen Mann kennengelernt. Allerdings – und das mochte durchaus der Grund für ihre Unruhe sein – war Gereon ziemlich überraschend und auch ein wenig überhastet nach Alaska aufgebrochen. Es ginge um Janus Therapeutics, hatte er ihr nur gesagt.

Janus Therapeutics. Das war der Name von Gereons Medizin-Start-up. Gereon hatte es gegründet, nachdem er vor zehn Jahren Teil eines internationalen Spezialistenteams gewesen war, das bei einem verheerenden Milzbrandausbruch im Norden von Alaska, in einem kleinen Ort namens Arctic Village, zurate gezogen worden war. Nachdem der tauende Permafrost dort mehrere mit Milzbrand verseuchte Karibukadaver freigegeben hatte, hatte der Erreger fast zwanzig Menschen das Leben gekostet. Für Gereon jedoch hatte sich die Katastrophe als Segen herausgestellt – und vielleicht würde es das auch bald für die ganze Welt sein. Denn ihm und seinen Leuten war es gelungen, aus dem gefährlichen Gift des Milzbrandbakteriums ein hochinnovatives Krebsmedikament zu entwickeln, eine neue Art der Behandlung, die in der Krebsmedizin geradezu euphorisch aufgenommen worden war. Unter dem Namen JanuThrax befand sich dieses Medikament gerade im Zulassungsverfahren für den Einsatz am Menschen, und die Ergebnisse aus der klinischen Studie Phase I waren so überzeugend, dass Gereon sich berechtigte Hoffnungen auf den ganz großen Coup machen konnte, Medizinnobelpreis und unfassbarer finanzieller Erfolg rückten näher.

Auf dem Flughafen war nicht genug Zeit gewesen, um ihr zu erklären, was ihn mitten in diesen wichtigen Studien nach Alaska führte, aber ein paar Tage darauf hatte Gereon länger mit Nina telefoniert und ihr gesagt, worum es bei seiner Reise ging. Seinen Worten zufolge hatte man im Permafrost von Alaska hundert Jahre alte Karibukadaver gefunden. Offenbar betrieb die US-Army in der Nähe von Fairbanks ein Forschungsprojekt, in dem es um Klima- und Medizinforschung ging, und als man dort einen neuen Tunnel ins Eis gebohrt hatte, hatte man Teile einer Karibuherde freigelegt, die sich nach all den Jahren noch in ziemlich gutem Zustand befand. Ein ganzes mikrobiologisches Team war inzwischen hektisch dabei, die Erreger in diesen Kadavern zu sichern, und Gereon hatte für Janus Therapeutics eine Chance gesehen, sich weitere interessante Bakterien und gegebenenfalls auch Viren für seine Forschung zu sichern.

Natürlich war das eine überaus wichtige und zukunftssichernde Sache, und trotzdem ärgerte Nina sich ein wenig darüber, dass er sie dafür so völlig ignorierte. Auch wenn sie natürlich Verständnis dafür hatte, dass seine ganze Konzentration seiner Arbeit galt. Sie war immerhin selbst Mikrobiologin, sie verstand ihn nicht nur, sie fühlte auch mit ihm.

Trotzdem könntest du dich wenigstens kurz mal melden, dachte sie seufzend, strich sich durch die kurzen Haare und schaffte es endlich, die Mücke zu erschlagen, die es auf sie abgesehen hatte. Routinemäßig betrachtete sie sie, um festzustellen, ob es sich bei ihr um eine sogenannte Tigermücke handelte, eine invasive Art, die Krankheiten wie das gefährliche Dengue-Fieber übertragen konnte und vor einiger Zeit auch in Berlin aufgetaucht war. Bei ihrem Quälgeist handelte es sich jedoch um eine normale Stechmücke, was Nina die Pflicht abnahm, das Tier zu melden. Sie trank einen weiteren Schluck Kaffee und betrachtete die Fassade der *Bierklause*, der Kneipe, die gegenüber auf der anderen Straßenseite lag. Ganz kurz flackerte eine Erinnerung in ihrem Kopf auf. *Dieselbe Fassade der Kneipe, aber die Straße davor nicht trocken und sonnendurchglüht, wie gerade, sondern in einen reißenden Fluss verwandelt, dessen braun-trübes Wasser bis auf Hüfthöhe an die Häuser schwappte und die Keller flutete. Ein roter Kleinwagen, der von der Flut mitgerissen wurde, am Steuer ein Mann mit vor Entsetzen geweitetn Augen und auf der Rückbank ein Kind, das beide Hände flach an die Scheibe gepresst hatte …*

Sie blinzelte das Bild fort. Die Überschwemmung, die Pankow völlig unerwartet getroffen hatte, lag jetzt vier Wochen zurück, und trotzdem quälten die Bilder Nina noch manchmal.

Vor den Fluten war es erst wochenlang extrem trocken gewesen, sodass der Boden sowohl in Berlin als auch im umgebenden Brandenburg das viele Wasser des darauffolgenden Starkregens nicht mehr aufnehmen konnte. In der Folge war nicht nur die Panke über die Ufer getreten, sondern das Wasser war aus allen Abwasser- und Gullydeckeln regelrecht in die Höhe geschossen. Ein paar Tage später, nachdem das Wasser wieder abgeflossen war und die Menschen sich an die Aufräumarbeiten machten, hatte Nina erfahren, dass in ihrer Straße eine alte Frau und ihre dreijährige Enkeltochter in einem Keller von der Flut überrascht worden und ertrunken waren. Auch von diesen beiden träumte sie seitdem manchmal nachts, genauso wie von dem Kind auf dem Rücksitz des roten Wagens.

Sie vertrieb die Erinnerung dadurch, dass sie den Blick auf die *Bierklause* richtete. Früher war der Laden rund um die Uhr geöffnet gewesen, aber seit der Überschwemmung hatte er geschlossen. Die eigentlich hellgraue Fassade der Kneipe hatte ungefähr bis Hüfthöhe eine schmutzig beigebraune Färbung angenommen. Die Fenster, die den Wassermassen nicht standgehalten hatten, waren vernagelt. Sprayer hatten die Sperrholzplatten mit bunten Tags versehen, was den Anblick auf Nina noch trostloser wirken ließ. Jemand hatte quer über die Tags ein DIN-A3-großes Plakat gekleistert, das in Giftgrün auf schwarzem Grund verkündete:

Stoppt endlich unsere toxische Beziehung zur Natur!

Das Plakat war eines von mehreren, die mit unterschiedlichen Sprüchen, aber immer der gleichen giftgrünen Schrift vergeblich versuchte, die Menschen aufzurütteln. Gerade gestern hatte Nina eines gesehen, auf dem *Ihr seid das Virus, unter dem die Erde leidet!* gestanden hatte.

Ihr Blick schweifte zu der Galerie, die direkt neben der Kneipe lag und mit ihrem Angebot abstrakter Gemälde und Kunstgegenstände aus Metall und Stein so gar nicht zu dem rustikalen Eckkneipencharme der *Bierklause* passte. Die Eigentümer der Galerie hatten nur zwei Wochen nach dem Hochwasser bereits wieder geöffnet, weil sie die Kosten für die Renovierungsarbeiten aus eigener Tasche vorstrecken konnten.

Nachdenklich biss Nina sich auf die Unterlippe und beobachtete dabei, wie eine alte Dame den Bürgersteig entlangspaziert kam. Sie sah die Frau oft, die fast immer geblümte Kleider trug und eine billig aussehende Handtasche bei sich hatte. Meistens kam die alte Dame irgendwann im Laufe des Vormittags die Straße herunter, blieb ab und zu stehen und verschwand zwischen den parkenden Autos, nur um kurz darauf mit fröhlichem Gesichtsausdruck weiterzugehen. Nina hatte keine Ahnung, was sie trieb, und nicht zum ersten Mal nahm sie sich vor, sie irgendwann einmal abzupassen und sie danach zu fragen.

Jetzt erst mal wischte sie sich den Schweiß von Stirn und Oberlippe. Das Thermometer hinter ihr an der Hauswand zeigte vierunddreißig Grad, was für Anfang Juli zwar ungewöhnlich, aber auch nicht völlig befremdlich war.

Sie atmete tief durch. Ihr Kaffee war zur Neige gegangen, der letzte Schluck längst kalt geworden. Unten auf der Straße folgte die Stadt ihrem trägen Hitzewelle-Rhythmus. Ein Martinshorn ertönte ein paar Straßen weiter, wurde lauter, dann wieder leiser, bis es verstummte. Ein Nachbar kam aus der Haustür, blieb stehen, wie um zu überlegen, wo er sein Auto abgestellt hatte.

Er warf einen Blick auf die Uhr an seinem Handgelenk. Nina fragte sich, ob er die Zeit checkte oder vielmehr seine Pulsfrequenz. Seit es in der Stadt von Jahr zu Jahr wärmer wurde, liefen immer mehr Menschen mit Pulsuhren am Handgelenk herum, die unter anderem die Funktion besaßen, vor Herzanfällen zu warnen. Was auch immer der Mann unten auf dem Bürgersteig kontrolliert hatte, er nickte zufrieden, dann eilte er in Richtung Breitkopfstraße davon. Ein paar Tauben flatterten vor seinen Füßen auf und ließen sich hinter ihm wieder auf dem glühenden Asphalt nieder.

Nina trank den letzten Schluck Kaffee und schüttelte sich. Sie hasste kalten Kaffee. Sie warf einen Blick auf die altmodische Herrenarmbanduhr, die eine Erinnerung an ihren Ziehvater Georgy war. Kurz vor zehn. Das bedeutete, dass es in Alaska jetzt fast Mitternacht war. Kurz spielte sie mit dem Gedanken, Gereon einfach anzurufen, aber obwohl sie wusste, dass er nur sehr wenig Schlaf brauchte, zögerte sie.

Wenn er Zeit hatte, würde er sich schon melden.

Sie legte das Telefon mit dem Display nach unten auf den Balkontisch und überlegte, ob sie sich noch einen Kaffee machen sollte.

Sie war gerade auf dem Weg in die Küche, als sie einen Anruf erhielt. Eilig stellte sie die Tasse auf den Schrank neben ihrer Flurgarderobe und lief zurück auf den Balkon. Sie hatte das Handy schon halb am Ohr, als sie erst sah, dass es nicht Gereon war, sondern Rüdiger Neumann. Was wollte der denn? Sie kannte Rüdiger von ihrer gemeinsamen Zeit auf der Journalistenschule in Hamburg, wo sie zusammen bei einem bekannten Boulevardjournalisten Seminare besucht hatten. Im Gegensatz zu ihr selbst, die nach der Ausbildung den Weg als Wissenschaftsjournalistin eingeschlagen hatte, war Rüdiger dem Beispiel seines Dozenten gefolgt und ebenfalls Boulevardjournalist geworden. Aktuell arbeitete er für die Hauptstadtausgabe einer überregionalen Zeitung, deren Headlines Nina jeden Tag beim Bäcker las.

Rüdiger meldete sich nur, wenn er etwas wollte. Neugierig, was es wohl war, ging sie ran.

»Hallo, Rüdiger.«

»Moin, Nina.« Rüdiger hatte eine raue Stimme, viel zu tief dafür, dass er keine eins sechzig maß und vermutlich gerade mal fünfzig Kilo wog. Wenn man genau hinhörte, merkte man ihm seine hanseatische Herkunft auch nach Jahren in Berlin immer noch an. Wie es seine Art war, kam er sofort zur Sache. »Sag mal, du bist doch Mikrobiologin. Kennst du dich mit Anthrax aus?«

Sie nahm das Handy mit nach drinnen. Anthrax. Aus Rüdigers Mund klang das bedrohlich, fand sie, und es brauchte definitiv einen weiteren Kaffee. »Ein wenig.« Sie klemmte das Telefon zwischen Ohr und Schulter und füllte den Siebträger mit frischem Kaffeepulver.

»Okay. Dann hast du sicher von der Anthraxinfektion in dieser Ziegenherde in Berlin gehört.«

Das hatte sie notwendigerweise. »Klar. Hast du nicht auch darüber geschrieben?« Es war eine rhetorische Frage. Sie wussten beide sehr genau, wie Rüdigers Headline gelautet hatte: *Fluten fördern Killerkeime aus Berlins Boden!*

Rüdiger lachte nur leise.

Nina verzog das Gesicht. »Außerdem liegt das Gehege nur anderthalb Kilometer von meiner Wohnung entfernt.«

»Okay«, sagte Rüdiger. »Was kannst du mir über dieses Virus sagen?«

»Zunächst mal, dass es kein Virus ist, sondern ein Bakterium. Warum interessierst du dich immer noch dafür?«

Darauf ging er – ganz Boulevardjournalist – nicht ein.

»Kannst du mir in ganz kurzen Sätzen erklären, was der Unterschied zwischen Viren und Bakterien ist?«

Obwohl es sie ein wenig ärgerte, dass er sie als Quelle für Informationen benutzte, die er ganz leicht durch zwei Minuten googeln selbst herausfinden konnte, gab sie ihm die gewünschte Antwort. »Bakterien sind eigenständige kleine Lebewesen, die nur aus einer Zelle bestehen, Einzeller sozusagen. Viren sind viel kleiner – nur ein Hundertstel davon – und werden nicht zu den Lebewesen gezählt. Sie brauchen immer eine Wirtszelle, um sich fortzupflanzen. Das Virus dockt an die Zelle an und lässt seine benötigten Bausteine von ihr produzieren. Dazu dringen sie in eine Zelle ein, laden ihr eigenes Erbgut dort ab und programmieren die Zelle um, um neue Viren zu bilden. Irgendwann platzt die Zelle, setzt die ganzen neuen Viren frei, die wiederum andere Zellen kapern, und immer so weiter.«

»Und Bakterien tun das nicht.«

»Nein.«

»Aber sie dringen auch in Zellen ein.«

Du hast das alles doch längst selbst recherchiert, dachte Nina bei sich. *Was fragst du mich?* Laut sagte sie: »Ja. Bakterien docken auch an Oberflächen von Zellen an und können in sie eindringen.«

»Wie zum Beispiel Anthrax.«

Jetzt ahnte sie, worauf er hinauswollte. »Hör zu, Rüdiger. Wenn du denkst, dass du aus dem Milzbrandausbruch bei der Ziegenherde einen weiteren Sensationsartikel zusammenschrauben kannst, muss ich dich enttäuschen.«

»Kannst du mir trotzdem noch ein bisschen mehr darüber erzählen?«

Sie seufzte. »Also gut. Um zu verhindern, dass du Unsinn schreibst …«

»Hey! Das nehme ich dir übel!«

Sie ignorierte seinen Versuch, einen schmierigen Scherz zu machen. »Also. Milzbrand, wissenschaftlich Anthrax genannt, war ursprünglich eine Krankheit von Webern und Gerbern. *Bacillus anthracis*, das ist der Erreger, der Milzbrand verursacht, ist ein natürlich vorkommendes Bakterium und befällt hauptsächlich Huftiere. Darum sind früher oft Häute und Felle von Rindern, Ziegen oder Schafen damit kontaminiert gewesen, was die Krankheit zu einer typischen Berufskrankheit eben von Gerbern gemacht hat. Der Milzbranderreger, der die Ziegen im Bürgerpark befallen hat, stammte aus einer ehemaligen Gerberei am Ufer der Panke und wurde durch die Überschwemmung neulich an die Oberfläche gespült, sodass er die Tiere befallen konnte. Das kommt ab und zu mal vor. Tut mir leid, dich enttäuschen zu müssen, aber da steckt keine reißerische Terrorstory drin.«

Wenn er ihr anhörte, dass seine Art sie abstieß, so ließ er es sich nicht anmerken. Er hatte schon früher auf der Journalistenschule ein bemerkenswert dickes Fell gehabt, dachte Nina.

»Weißt du, wie lang die Inkubationszeit ist?«

»Nicht genau. Zwischen ein paar Stunden und mehrere Tage, würde ich vermuten. Ich bin aber nicht sicher.«

»Und überträgt sich Anthrax von Mensch zu Mensch?«

Das tat es nicht, oder nur in sehr seltenen Fällen, dachte Nina, aber sie war es nun leid, hier das Informationshäschen für ihn zu spielen. »Hör zu, Rüdiger. Wie ich schon sagte: Darin steckt keine neue Sensation, die du …«

»Schon klar«, fiel er ihr ins Wort. »Bei den Ziegen hatte niemand außer der Natur seine Finger im Spiel …« Er ließ den Satz so vielsagend in der Luft hängen, dass Nina wusste, er wollte, dass sie nachhakte.

Sie tat ihm den Gefallen nicht. Sie schwieg einfach.

Er gab ein ganz leises, enttäuschtes Schnaufen von sich, bevor er seine Bombe platzen ließ. »Was wäre aber, wenn wir Hinweise darauf haben, dass es bei dem Milzbrandausbruch nicht bei Ziegen geblieben ist?«

»Wie meinst du das?«

Mit seinen nächsten Worten bewies er, wie gut informiert er wirklich war. »Bei den Ziegen hat das Veterinäramt damals Spezialisten vom Friedrich-Loeffler-Institut hinzugezogen. Der Ausbruch wurde offiziell für beendet erklärt. Die Gerberei gilt als Ursprung, da hast du recht. Soweit wir aber aus einer unserer Quellen wissen, macht das ZBS im Moment gerade ebenfalls Anthrax-Untersuchungen.«

Nina horchte auf.

Hinter dem Kürzel ZBS verbarg sich das Zentrum für Biologische Gefahren und Spezielle Pathogene, das dem Robert Koch-Institut angegliedert war.

»Wenn das ZBS involviert ist«, sagte sie, »dann gehen die Behörden davon aus, dass eine Gefahr für die Menschen besteht.« Die Worte verursachten ihr trotz der schwülen Hitze eine Gänsehaut. Der Kaffee war durchgelaufen, sie verzichtete darauf, den Siebträger zu entriegeln und sofort sauber zu machen. Stattdessen nahm sie die Tasse, ging mit ihr zum Kühlschrank und gab einen Schuss Milch dazu.

»Mein Gedanke«, sagte Rüdiger unterdessen. Er klang zufrieden – und sie wurde sich bewusst, dass sie ihm gerade doch auf den Leim gegangen war. Vermutlich hatte sie ihm soeben die Aussage einer anderen Quelle bestätigt. Sie würde besser auf der Hut sein müssen.

»Wenn das ZBS involviert ist, heißt das also, dass es einen Anthraxausbruch bei mindestens einem Menschen gab?«, hakte er nach.

»Oder zumindest den Verdacht darauf.«

Er hatte sich jetzt an ihr festgebissen. »Ich habe das mal ein bisschen recherchiert, vor allem in der Fachpresse. Janus Therapeutics arbeitet mit Anthrax, stimmt's?«

In Ninas Magen bildete sich ein kalter Knoten. Das war also der eigentliche Grund für seinen Anruf! Er wusste, dass sie in Gereons Firma Janus Therapeutics mit Anthrax-Erregern arbeiteten, und wollte von ihr Informationen darüber haben!

Sie gab sich unwissend. »Wenn du es recherchiert hast, wird es wohl stimmen.«

Er lachte. »Komm schon, Nina! Seitdem ihr zusammen auf dem Presseball letztens aufgetaucht seid, weiß jeder, dass du mit Gereon Kirchner liiert bist. Und du kannst mir nicht weismachen, dass du als schlaue Mikrobiologin noch nie mit deinem Akademiker-Schatz über dessen Forschungstätigkeit gesprochen hast.«

Da lag er richtig. Natürlich wusste sie, dass ein Anthrax-Erreger die Basis für das Krebsmedikament war, das Gereons Firma entwickelte. Gereon und sein Team hatten es geschafft, das Milzbrand-Gift unschädlich zu machen, um das Bakterium als eine Art Taxi zu nutzen, das medizinische Antikörper genau zu ihrem Bestimmungsort in kranke Zellen schleuste. Aber sie würde einen Teufel tun und Rüdiger das erzählen. Auf keinen Fall würde sie ihm helfen, seinen nächsten reißerischen Artikel zu schreiben, noch dazu einen, bei dem er Gereon ins Visier seiner selbstgerechten *investigativen Ermittlungen* nahm. Also schwieg sie einfach. Sie war inzwischen mit ihrem Kaffee zu ihrem Schreibtisch im Arbeitszimmer gegangen und schaute auf das Dokument mit ihrem Klimaartikel. Der Cursor blinkte anklagend im oberen Drittel der sonst noch leeren Seite, und sie schloss das Dokument. Dabei fiel ihr Blick auf das gerahmte Foto von Gereon, das neben dem Computer stand. Es zeigte ihn bei einer der Klimademos, an denen er teilnahm, wann immer es zeitlich für ihn passte. Er trug Jeans und ein lässiges T-Shirt, aus dessen rechtem Ärmel sein Tattoo hervorragte – eine klassische Darstellung eines Januskopfes mit zwei in entgegengesetzte Richtung blickenden Gesichtern. Bei dem Anblick musste Nina lächeln. Das Tattoo hatte sie vergangenen November – als sie in einer Bar in Friedrichshain gesessen und versucht hatte, über einen anderen Mann hinwegzukommen – dazu gebracht, Gereon anzusprechen. »Cooles Tattoo«, hatte sie gemeint, und er hatte gelacht.

»So einen originellen Anmachspruch habe ich ja noch nie gehört!«, hatte er betont ironisch gesagt und sich dabei über seine damals millimeterkurz geschnittenen, blonden Haare gestrichen. Danach hatten sie sich zwei Stunden lang sehr angeregt unterhalten …

»Komm schon, Nina!«, drängte Rüdiger jetzt.

Nina schüttelte den Kopf. »Kein Kommentar«, sagte sie und biss sich auf die Lippe, weil sie ahnte, dass Rüdiger das nur noch griffiger machen würde. Wenn er sich erst einmal in eine Story verbissen hatte, war er schlimmer als ein Terrier, und sich eine Skandalstory über eine angesehene Berliner Medizinfirma aus den Fingern saugen zu können, war so etwas wie ein verfrühtes Weihnachtsgeschenk für ihn. Es war also gut möglich, dass hier gerade Ungemach auf Janus Therapeutics zukam. Bevor Nina sich klar darüber wurde, was sie nun tun sollte, änderte Rüdiger seine Taktik.

»Woran arbeitest du gerade?«, fragte er.

Okay. Das war jetzt also offensichtlich der Versuch, sie durch Interesse an ihrer eigenen Arbeit so zu entspannen, dass er ihr später weitere Informationen entlocken konnte. Mit diesem Gedanken im Hinterkopf meinte sie nur: »An einem Artikel über die gesundheitlichen Auswirkungen der Klimakrise.«

Wie erhofft, fand er das eher langweilig. »Klingt interessant«, erwiderte er lahm, und sie musste lachen. Es verging ihr jedoch wieder, als er hinzufügte: »Du meinst, so was wie Hitzetote und einen Haufen Zahlen und so, und das alles einigermaßen verständlich geschrieben, in der Hoffnung, dass Lieschen Müller es auch endlich mal kapiert?«

Seine hörbare Herablassung ärgerte sie, aber noch mehr ärgerte sie das Wechselbad der Gefühle, das sie in Gesprächen mit ihm schon früher auf der Journalistenschule gehabt hatte. Sie teilte seinen Zynismus nicht, aber immer, wenn sie mit ihm zu tun hatte, fragte sie sich nach dem Grund. Denn zumindest in einer Hinsicht stimmte sie ihm zu: Sie konnte noch so viele Artikel mit den reinen Fakten füllen – sie hatte in letzter Zeit immer öfter das Gefühl, dass sie damit nicht wirklich etwas bewirkte.

Rüdiger schien ihre Gedanken zu erahnen und legte nach: »Oder bist du endlich auch dazu übergegangen, von armen, kleinen Eisbären auf ihrer wegschmelzenden Scholle zu schreiben?«, lästerte er.

»Keine Eisbären«, sagte sie schroff.

»Klar«, sagte Rüdiger. »Die gute alte, sachliche Nina. Aber du hast schon recht. Ich meine, die armen Bärchen da oben sind viel zu weit weg. Lieschen Müller hier in Deutschland liest von ihnen und denkt sich: betrifft mich nicht, bevor sie die Dusche zwei Grad wärmer stellt. Daran konnte ja langfristig nicht mal ein russischer Despot etwas ändern, der dem Westen den Gashahn abdreht. Haben wir doch kürzlich alle erst gesehen, wie das läuft: Die Politik konzentriert sich darauf, neue Flüssiggasterminals zu bauen, vor arabischen Despoten den Kotau zu machen oder über Fracking zu diskutieren, statt endlich die Energiewende auf Lichtgeschwindigkeit zu beschleunigen.« Er seufzte schwer, und sie spürte, dass ihn das wirklich umtrieb. »Ich glaube schon, dass die Bevölkerung eher bereit ist, sich für den Klimaschutz zu engagieren, wenn sie endlich begreift, dass es dabei auch um die eigene Haut geht.«

Auch wenn Nina seine zugespitzte Meinung über verschnarchte Politiker nicht zu hundert Prozent teilte, mit Letzterem hatte Rüdiger genau ihren Punkt getroffen. Wenn sie einen Magazinbeitrag schrieb, dann erreichte sie nur Leute, die sich des Themas ohnehin schon bewusst waren und sich damit auseinandersetzen *wollten.*

Rüdiger lachte auf. »Vielleicht sollte ich mich des Themas mal annehmen. Ich meine, wenn wir titeln: *Jeder ist gefragt, wenn wir diese Krise abwenden wollen!*, dann bringt das vermutlich mehr, als du mit all deinen Artikeln zusammen erreichen könntest.«

Sosehr Nina diese Worte auch ärgerten, sie schwieg dazu. Selbst wenn sie seit jeher der Meinung war, dass sich ein guter Journalist mit keiner Sache gemeinmachen sollte, nicht einmal mit einer guten, konnte sie sich trotzdem des Gedankens nicht erwehren, dass Rüdiger mit seiner Einschätzung nicht ganz danebenlag.

»Ich muss mich jetzt wieder an die Arbeit machen«, sagte sie.

»Schade. Ich hatte gedacht, du könntest mir ein bisschen mehr über Janus Therapeutics erzählen.« Er machte eine bedeutungsvolle Pause und fügte dann fast lauernd hinzu: »Ich meine, nicht, dass ich was Falsches schreibe. Rein aus Versehen, natürlich.«

Sie ging auf die kaum verhohlene Drohung nicht ein. »Ich kann dir nicht helfen, Rüdiger. Und wie gesagt: Ich muss jetzt weiterarbeiten.«

»Wenn du meinst.« Er verabschiedete sich und legte auf. Er war eindeutig verstimmt, aber das konnte sie nicht ändern.

In Gedanken ging sie das Gespräch noch einmal durch. Es war offensichtlich, dass Rüdiger Janus Therapeutics aufs Korn genommen hatte. Wenn es wirklich stimmte, was er ihr erzählt hatte – dass das ZBS Ermittlungen im Fall des Milzbrandausbruchs in der Ziegenherde aufgenommen hatte –, dann war das nicht gut für Gereons Firma. Zwar arbeitete man dort nach den höchsten Sicherheitsstandards. Gereon hatte ihr irgendwann einmal erzählt, dass er persönlich dafür gesorgt hatte, dass man in der Firma die gesetzlichen Vorgaben sogar übererfüllte. Trotzdem konnte nur allzu leicht ein falscher Verdacht auf ihn und seine Leute fallen. Nina sah bereits Rüdigers reißerische Schlagzeile vor sich: *Berliner Medizinfirma verantwortlich für Anthraxtote in der Stadt?*

Natürlich versehen mit einem Fragezeichen, damit man ihm keine Falschinformation vorwerfen konnte. Das wäre auf so vielen Ebenen eine Katastrophe für Gereons Forschung, dass es Nina regelrecht die Kehle zusammenzog.

Sie warf einen Blick auf ihr Display. Immer noch kein Anruf von ihm und nach wie vor auch keine Textnachricht. Sie starrte sein Foto auf dem Schreibtisch an. »Melde dich«, murmelte sie. Natürlich hörte er ihre Aufforderung nicht, also legte sie ihr Handy neben den Laptop und rief den halb fertigen Klimaartikel wieder auf. Sie markierte das unausgegorene Textfragment und löschte es, sie würde mit diesem Kram heute ja doch kein Stück mehr weiterkommen. Sie schloss das Dokument, überlegte kurz, dann öffnete sie die Mediathek eines privaten TV-Senders und klickte eine Dokumentation über Janus Therapeutics an, die erst vor ein paar Wochen gedreht worden war. Unterlegt mit Laboraufnahmen und Bildern des Firmengebäudes in Berlin-Pankow, erklärte eine Stimme aus dem Off: »Janus Therapeutics gilt als internationale Hoffnung im Kampf gegen Krebs, weil man hier einen radikal neuen Ansatz der Tumortherapie vertritt. Dr. Gereon Kirchner, einer der beiden Inhaber, erklärt mit seinen eigenen Worten die Wirkweise der neuen Therapie.«

Der Bericht schnitt auf eine Aufnahme von Gereon, der in

einem weißen Kittel mit Janus-Therapeutics-Logo vor einer Laborbank stand. Im Hintergrund sah man die typischen Regale mit Chemikalien in Glasflaschen mit bunten Deckeln. Geradeaus blickte Gereon in die Kamera und sagte mit seiner tiefen, ruhigen Stimme: »Kurz gesagt handelt es sich bei JanuThrax um einen ganz neuen Therapie-Ansatz, mit dem wir effektive Medikamente in eine resistente Krebszelle schleusen. Sie müssen sich das so vorstellen: Bei verschiedenen Krebsarten haben sich Antikörper als effektives Mittel erwiesen, weil sich mit ihren spezifischen Rezeptoren Strukturen, sogenannte Antigene, an der Oberfläche von Krebszellen blockieren lassen. Das Immunsystem erkennt die Krebszellen dann als fremd und kann sie abwehren. Bei manchen Brustkrebstumoren wird das heute schon so gemacht. Nun liegen aber bei einigen Krebsarten diese Rezeptoren leider im Inneren der Zelle und damit außer Reichweite der Antikörper. Und da kommt JanuThrax ins Spiel, ein Milzbrand-Toxin, das Profi darin ist, große Enzyme ins Zellinnere zu schleusen. Wir mussten uns bei Janus Therapeutics lediglich fragen, wie wir Milzbrand-Toxin unschädlich machen können, um das auf diese Weise entschärfte Proteingemisch mit maßgeschneiderten Antikörpermedikamenten neu zu beladen und ins Innere der Tumorzelle zu schleusen, wo es seine Wirkung entfalten kann. Wir machen also im Prinzip nichts anderes, als den nun harmlosen Milzbranderreger als ein Trojanisches Pferd zu nutzen, in dessen Bauch ein Heilmittel eingeschleust wird.«

»Sie arbeiten also mit einem Erreger, der potenziell tödlich für Menschen ist, weil er Milzbrand auslöst?«, fragte eine Reporterin, und Nina sah den Schatten, der über Gereons Miene fiel. Sie wusste, dass er sich über die Frage geärgert hatte, immerhin hatte er der Frau kurz zuvor erzählt, dass sie das Milzbrandgift unschädlich gemacht hatten. Er antwortete jedoch sehr sachlich und geduldig. »Es stimmt, dass wir mit einem speziellen

Milzbrand-Stamm aus der Natur arbeiten, ja. Wir machen uns dabei, wie gesagt, die Fähigkeit des Bakteriums *Bacillus anthracis* zunutze, ganz effektiv in menschliche Zellen einzudringen. Wenn man dem Toxin den Stachel zieht und es mit den notwendigen Antikörpermedikamenten belädt, transportiert es unseren Wirkstoff sozusagen huckepack in die Krebszellen, sodass die Antikörper dann die Rezeptoren im Innern der Krebszellen blockieren und sie abgetötet werden können. Wir haben dafür, wie gesagt, das tödliche Bakterientoxin so verändert, dass der sogenannte letale Faktor ausgeschaltet ist. JanuThrax greift nur die entarteten Zellen an. Gesundes Gewebe bleibt gänzlich unberührt.«

»Aber um das alles zu erreichen, arbeiten Sie mit Gentechnik?«, fragte die Reporterin weiter.

Gereons Miene verdüsterte sich noch ein wenig mehr. »Ja. Wir haben die Erfolgsaussichten unserer Methode bei Mäusen nachgewiesen. Mittlerweile befinden wir uns in den klinischen Studien der Phase I, um die Sicherheit der Therapie beim Menschen zu prüfen, und …«

Nina stoppte den Beitrag. Gereon hatte ihr von dem Interview erzählt, und er hatte sich ziemlich über die Art der Befragung geärgert. Jetzt hatte sie eine ungefähre Ahnung davon, warum.

3. Kapitel

Die Luft, die durch das geöffnete Fahrerfenster strömte und Tom Morells mal wieder viel zu lange Locken zauste, war immer noch überraschend warm, dafür, dass er sich in der Nähe des Polarkreises befand und es bereits nach neun Uhr abends war. Natürlich hatte er gewusst, dass die Landschaft in diesen Breiten im Sommer eisfrei war, aber naiverweise hatte er nicht damit gerechnet, dass das Thermometer hier tagsüber auf weit über zwanzig Grad kletterte. Und er hatte auch nicht damit gerechnet, dass er noch gegen Abend eine Sonnenbrille tragen musste, weil das Licht der tief stehenden Sonne so sehr blendete. Wenn er die Augen schloss, konnte er direkt vergessen, dass er sich hoch im Norden von Kanada befand, im Goldgräberland des Yukonterritoriums. Die Luft roch nach Erde, nach dem Laub der Weißfichten und ein klein wenig nach den leuchtend violetten Blüten der Fireweeds. Aus dem Radio des Geländewagens, den er in White Horse gemietet hatte, drang mit nervtötendem Knistern unterlegte amerikanische Popmusik. Sie ging ihm schon seit ein paar Kilometern auf die Nerven, darum drehte er sie ab. Kurz darauf hielt er an einer Wegkehre, von der sich ein Blick weithin über das leicht abfallende Land bot. Er stieg aus und genoss die flirrende Stille, die stets auf zu viel Lärm folgte. Als er durchatmete, fühlte es sich an, als würde die klare Luft jede einzelne Zelle seines Körpers fluten und alle Anspannung von ihm nehmen, die er in den vergangenen Wochen empfunden hatte. Da kümmerte es ihn auch kaum, dass er sofort zum begehrten Opfer von ein paar Moskitos wurde, die hier oben in diesem Jahr – jedenfalls den Erzählungen der Einheimischen zufolge – eine wahre Plage waren. Kurz fiel sein Blick auf den goldenen Ehering an seiner rechten Hand, und er gestattete sich, die Augen zu schließen. Er würde jetzt nicht an Isabelle denken!, nahm er sich vor, aber natürlich war das illusorisch. Immer wieder wanderten seine Gedanken zu seiner Ehefrau, die ihre Ehe gerade mal wieder in eine schmerzhafte On-off-Beziehung verwandelte. Vor allem aber dachte er daran, was Isabelle ihm bei ihrem Auszug aus der gemeinsamen Wohnung an den Kopf geworfen hatte: dass er ihren Ansprüchen niemals genügen würde, dass er ein Loser war, dass sie ihn niemals hätte heiraten dürfen. All das warf er ihr nicht vor, denn es entsprach zumindest in Teilen der Wahrheit. Immerhin schlug er sich mit seinen fast vierzig Jahren immer noch als Reiseblogger und Foodhunter durch – und dieses unstete, immer ein wenig abenteuerliche Leben gefiel ihm auch noch.

Wirklich schmerzhaft für ihn war eigentlich nur, dass Isabelle ihm genau deswegen ihre gemeinsame Tochter Sylvie entzog. Denn natürlich hatte seine Noch-Frau sie mitgenommen, als sie ausgezogen war.

»Ach, Sylvie …«, murmelte er. Er nestelte das pinkfarbene Feuerzeug aus der Tasche, das seine mittlerweile sechzehnjährige Tochter ihm irgendwann einmal geschenkt hatte und das mit der kitschigen Darstellung eines Einhorns bedruckt war. Der Strassstein, der das Auge des Tieres gebildet hatte, war vor längerer Zeit schon verloren gegangen. Das Feuerzeug selbst war darüber hinaus längst leer, aber Tom brachte es nicht übers Herz, es wegzuwerfen. Dazu verband es ihn viel zu sehr mit seiner Tochter. In Gedanken rechnete er aus, wie spät es jetzt gerade wohl in Deutschland war. Auf jeden Fall sehr früh am Morgen, was bedeutete, dass Sylvie vermutlich demnächst aufstehen würde.

Er steckte das Feuerzeug weg, nahm die Packung Camels aus

der Jackentasche und klopfte eine Zigarette heraus. Das Feuerzeug, mit dem er sie anzündete, hatte er vor ein paar Tagen in Vancouver gekauft. Es war ein einfaches Billigding, und in einem Anflug von Nostalgie und Sehnsucht nach seiner Tochter hatte er sich für eines in einem leuchtenden Pink entschieden. Der Typ an der Kasse der Tankstelle hatte ihn mit einem Stirnrunzeln angesehen, und Tom hatte sich einen Spaß daraus gemacht, ihm anzüglich zuzuzwinkern.

Nina hätte darüber sehr gelacht …

Der Gedanke überfiel ihn so hinterrücks wie ein Guerilla-Kämpfer, der im Unterholz seiner Gedanken gelauert hatte. Hastig versuchte Tom, ihn zu verdrängen, aber das funktionierte ebenso wenig wie zuvor bei Isabelle. Dass seine Ehefrau ihn mal wieder verlassen hatte, war ihm im Grunde egal. Nein, mehr noch, es war ihm sogar recht, weil er selbst schon seit Langem der Meinung war, dass sie niemals hätten heiraten dürfen. Vergangenen Herbst dann, als er Nina Falkenberg kennengelernt hatte, war er sogar drauf und dran gewesen, Isabelle für sie zu verlassen. Allein Sylvie war der Grund gewesen, dass er es dann doch nicht getan hatte. Er hatte seiner Tochter eine Scheidung nicht zumuten wollen.

Isabelle allerdings schien diese Bedenken nicht zu haben …

Kopfschüttelnd sog er an seiner Zigarette und befahl seinen Gedanken, sich nicht schon wieder im Kreis zu drehen.

Ein Weißkopfseeadler erschien hoch über ihm. Tom wartete auf den typischen Schrei des Vogels, aber der kam nicht. Vielleicht war das Tier ähnlich schweigsam wie er selbst, dachte er. Er rauchte zu Ende, drückte die Zigarette auf dem Asphalt aus und steckte sie ein. Wie auch 2016 und 2021 war das Land hier oben durch die lang anhaltende Hitze staubtrocken, sodass schon eine einzige achtlos weggeworfene Kippe verheerende Brände auslösen konnte. In diesem Jahr war Kanada bisher davon verschont geblieben, und Tom würde den Teufel tun und derjenige sein, der daran etwas änderte.

Noch einmal warf er einen Blick auf sein Handy, und dabei wurde seine Sehnsucht nach seiner Tochter so groß, dass er nun doch ihre Nummer wählte. Wenn sie schlief, stellte sie ihr Handy meist stumm, sodass die Gefahr, sie zu wecken, gering war. Er nahm sich vor aufzulegen, wenn sie sich nach dem dritten Klingeln nicht gemeldet hatte, aber so weit kam es gar nicht. Sie ging schon nach dem ersten Klingeln ran. »Hey, Paps.«

»Hey, Dikdik!« Halb erwartete er, dass sie sich über den Spitznamen beschweren würde, den er ihr gegeben hatte, als sie noch ein Krabbelkind gewesen war. Aber heute schien sie der verhassten Bezeichnung gegenüber milde gestimmt zu sein. Sie ging mit keinem Wort darauf ein.

»Wo bist du gerade?«, fragte sie stattdessen. Sie hatte es doof gefunden, dass er zu dieser Tour aufgebrochen war, das wusste er. Mitzuerleben, dass ihr Vater das Bedürfnis hatte, Tausende Kilometer zwischen sich und ihre Mutter zu legen, hatte sie traurig gemacht. Aus diesem Grund schwang jedes Mal ein leicht vorwurfsvoller Unterton in der Frage mit.

Wo bist du gerade?

»Irgendwo zwischen zwei Käffern, deren Namen du noch nie gehört hast«, antwortete er und brachte das Gespräch direkt auf sie. »Wie geht es dir? Hast du gut geschlafen?«

Zwei Fragen, die jeder normale Vater stellen würde, die aber für sie beide eine besondere Bedeutung hatten. Sylvie litt an Mukoviszidose, und auch wenn sie im Moment medikamentös gut eingestellt war, wäre sie vor noch gar nicht langer Zeit durch seine Schuld beinahe gestorben. Sein Ringen um ihr Leben hatte ihn selbst in höchste Lebensgefahr gebracht. Die Erinnerung an diese Tage vibrierte zwischen ihnen und ließ Toms Nerven flattern.

»Hm, na ja …«, meinte Sylvie, und das brachte natürlich sofort alle Alarmglocken in Toms Kopf zum Schrillen. »Wenn ich ehrlich bin, habe ich nicht so toll geschlafen.«

»Wieso? Was ist? Hast du …«

»Alles gut!«, fiel sie ihm ins Wort. »Es lag nicht an meiner Krankheit.«

»Sondern?«

»Ach, nur an einer blöden Talkshow, die ich angesehen habe.«

Er stellte einen Fuß in die offene Tür seines Wagens und stützte sich an der Dachreling ab. »Aha. Okay«, sagte er nicht besonders intelligent.

Sylvie lachte. »Larissa war da zu Gast.«

»Aha«, wiederholte Tom.

Sylvie hatte bis vergangenes Jahr einen recht erfolgreichen Blog über ihre Mukoviszidose geschrieben. Weil die immer häufiger werdenden Wetterextreme ihre angegriffene Lunge natürlich besonders belasteten, hatte sie sich kürzlich den Klimaaktivisten angeschlossen. Zusammen mit ihrer Lungenfachärztin, einer Frau namens Larissa Haas, die selbst ein führender Kopf in der Klimaaktivistenszene war, hatte Sylvie die gute Reichweite ihres Muko-Blogs genutzt und ihn durch Interviews und populärwissenschaftliche Beiträge zu einer Art Informationsportal zu Klima-Gesundheitsthemen umgewandelt.

»Und warum ärgert dich das so sehr, dass du nicht schlafen kannst?«, fragte Tom.

»Warte, das zeige ich dir.« Statt ihm eine Antwort zu geben, schickte Sylvie Tom eine SMS mit einem Link. Als er ihn anklickte, begann ein YouTube-Video von besagter Talkshow zu laufen, die Sylvie so aufgeregt hatte. Nicht zum ersten Mal, seit er hier oben in Nordamerika unterwegs war, wunderte Tom sich darüber, wie gut das Handynetz entlang der großen Highways war. Selbst ein Video lief weitgehend ruckelfrei. Er konzentrierte sich auf das, was nun vor seinen Augen ablief. Larissa Haas, Lungenfachärztin und führende Klimaaktivistin, saß auf einem der typischen roten Sessel einer bekannten deutschen Politsendung. Sie trug ein helles Kostüm, beigefarbene High Heels und ihre Haare zu einem Bob geschnitten. Im Hintergrund flimmerte die rot und schwarz angemalte Wand, deren Anblick Tom immer ein bisschen anstrengend fand.

»Frau Haas«, sagte der Moderator gerade zu ihr, ein schlanker, leicht schmieriger Typ. »Sie sind Medizinerin und eines der bekanntesten Gesichter der Klimaaktivistenszene. Auf Ihrer Website schreiben Sie, Sie hielten es für ungut, dass diese Szene sich immer weiter zersplittert, und dass eines Ihrer Ziele ist, die verschiedenen Initiativen und Gruppierungen wieder zu vereinen. Dafür haben Sie einige Forderungen aufgestellt, hinter denen sich Ihrer Meinung nach alle, denen es um mehr Klimagerechtigkeit geht, versammeln können. Heute jedoch reden wir nicht über diese Forderungen, sondern über ein Thema, von dem vermutlich jede und jeder von Ihnen, liebe Zuhörerinnen und Zuhörer, zumindest schon einmal gehört haben dürfte. Es geht um die sogenannten Kipppunkte. Frau Haas, vielleicht können Sie uns als Erstes in kurzen Sätzen erklären, was es damit auf sich hat.«

Larissa lächelte den Mann an, aber Tom sah den kurzen Ausdruck von Missmut, der über ihr Gesicht huschte. Dass es offenbar auch in Zeiten wie diesen immer noch nötig war, dieses Phänomen zu erklären, ärgerte sie offensichtlich.

»Kurz und knackig zusammengefasst«, antwortete Larissa, »müssen Sie sich unser Klima wie einen Organismus vorstellen. Genau wie ein menschlicher Körper mit Blutkreislauf, Nieren sowie anderen Organen besteht unser Klima aus verschiedenen Systemen. Und genau wie bei einem menschlichen Körper bricht alles zusammen, wenn eines dieser Systeme versagt.

Bekommen Sie einen Herzinfarkt, sterben Sie, sofern Sie nicht behandelt werden. Versagen Ihre Nieren, tun Sie das ebenfalls. Auf die Erde bezogen sind diese Systeme zum Beispiel der Permafrost oben im Norden unseres Planeten. Sein Auftauen hat unabsehbare Folgen für uns Menschen, und …«

Noch während sie redete, hatte ein anderer Talkshow-Gast, ein älterer Mann in Anzug und mit sorgsam geföhnten, grauen Haaren, ihr immer wieder ins Wort fallen wollen. Jetzt endlich gelang es ihm mit einem Zwischenruf: »Genau! Die Betonung liegt auf *unabsehbar*! Sie wissen schon, dass selbst führende Klimatologen sich nicht einig darüber sind, was zum Beispiel ein Abreißen des Golfstromes für uns in Europa bedeutet? Sie reden immer nur davon, dass es durch den Klimawandel zu immer heißeren Sommern kommt. Aber wenn der Golfstrom abreißt, das sagen Klimamodelle voraus, könnte es genauso gut hier bei uns um fünf bis zehn Grad kälter werden!« Ein Banner wurde eingeblendet, das diesen Mann als *Dr. Martin Krause, Vorstandsmitglied des Instituts für nationale Klima- und Atmosphärenforschung, INKA e. V.* auswies.

Larissa sah den Moderator an und wartete sichtlich darauf, dass dieser sie bat weiterzusprechen. Als die Aufforderung jedoch ausblieb, fuhr sie fort. »Gut. Eigentlich sind die Kipppunkte und die daraus entstehenden Gefahren unser Thema. Aber Dr. Krause hat offenbar beschlossen, die Diskussion mit seiner üblichen Vorgehensweise zu kapern und sie auf eine Detailfrage zu verlagern. Wie ja zumindest alle SPIEGEL-Leserinnen und -Leser mittlerweile wissen sollten, ist das seine bevorzugte Methode, um Zweifel am menschengemachten Klimawandel zu erzeugen.«

Die Kamera schnitt auf Krause, und es war gut zu erkennen, wie sehr der Mann sich über diesen Angriff ärgerte. »Das ist doch …«, wollte er ihr erneut ins Wort fallen.

Larissa ließ sich nicht beirren. »Dr. Krause, Sie sind emeritierter Professor für Elektrotechnik. Ich bin promovierte Fachärztin für Lungenheilkunde. Hier und heute sind die Kipppunkte unser Thema. Sie verlagern die Diskussion auf den Golfstrom.« Sie sagte jeden einzelnen Satz mit knapper, scharfer Stimme. Dann wurde sie wieder sanfter. »Okay. Gehen wir einmal auf Ihren Einwurf ein. Ja, es gibt Klimamodelle, nach denen ein Abreißen des Golfstromes zu einer Abkühlung in Europa führt. Genauso wie es welche gibt, die das Gegenteil simulieren. Darüber zu diskutieren, welche Modelle richtig sind, ist an dieser Stelle vermutlich eher sinnlos. Es gibt aber keine Modelle, die beispielsweise ein Abschmelzen des Permafrostes nicht als gefährliche Triebfeder der Erderwärmung nennen. Im Permafrost sind Milliarden Tonnen CO_2 gebunden. Schmilzt das Eis und werden diese Milliarden Tonnen frei, können wir uns mit unseren Bemühungen um CO_2-Reduzierung oder Entnahmetechnologien noch so anstrengen, dann läuft die Klimaerwärmung von ganz allein weiter, wie ein hübsches, kleines Uhrwerk, das niemand mehr stop…«

Tom hielt das Video an. »INKA?«, fragte er. Er hatte jetzt eine ungefähre Vorstellung davon, warum Sylvie die Talkshow so aufgeregt hatte. »Die laden echt immer noch diese Spinner ein?«

»Krause ist kein Spinner«, widersprach Sylvie ihm. »Die von INKA sind knallharte Lobbyisten für die Öl- und Gasindustrie. Hast du die Recherchen neulich vom SPIEGEL gelesen? Ein paar Journalisten von denen konnten nachweisen, dass INKA über eine US-amerikanische Stiftung Gelder bezieht, mit denen sie ihre Arbeit finanzieren. Und die Stiftung wiederum wird zu einhundert Prozent von drei großen Ölkonzernen finanziert.«

Tatsächlich hatte Tom davon gelesen. Er ließ das Video weiterlaufen und beobachtete einige Sekunden lang, wie Larissa und dieser Krause diskutierten, wobei Larissa es immer wieder schaffte, den älteren Mann ins Stocken zu bringen. Schließlich hielt Tom das Video erneut an. »Warum bieten die diesen Leuten immer noch eine Plattform?«

»Tja«, erwiderte Sylvie. »Typischer Fall von *false balance.*«

»Vermutlich.« Tom überlegte, was er über *false balance* wusste. Es war ein Phänomen, das entstand, wenn anerkannte Wissenschaftlerinnen neben solche Typen wie diesen Krause gesetzt wurden, weil man eine Sache ja unbedingt von allen Seiten beleuchten wollte. Im Grunde führte das dann allerdings dazu, dass wissenschaftlich nicht anerkannten oder sogar schon widerlegten Thesen der gleiche Raum gegeben wurde wie der etablierten wissenschaftlichen Theorie.

»Weißt du, was das Schlimmste ist?«, riss Sylvies Stimme Tom aus seinen Überlegungen. »Dass die Redaktionen dabei auch noch so tun, als ginge es um journalistische Unparteilichkeit. Sich mit keiner Sache gemeinmachen. Alle Seiten anhören und so.« Sie schnaubte höhnisch. »Dabei geht es Typen wie diesem Talkshow-Moderator doch nur um Krawall. Um Einschaltquoten. Und was passiert dann? Die Leute, die so eine Sendung gucken und keine Ahnung haben, denken doch nur wieder: Vielleicht ist ja alles doch nicht so schlimm, wie die Klimaforscher behaupten. Und die finden das dann natürlich auch noch schön bequem, weil, sonst müssten sie sich ja mal Gedanken machen, ob sie den fetten SUV besser doch mal in der Garage stehen lassen.« Sie redete sich jetzt regelrecht in Rage, doch dann besann sie sich. »Ach, Mann! Immerhin hat Larissa den Typen mit seinen unwissenschaftlichen Thesen ganz schön alt aussehen lassen.«

Das hatte sie tatsächlich. Gegen Larissas eloquente Art zu reden, wirkte dieser Krause wie der sprichwörtliche alte, weiße Mann, der nicht wahrhaben wollte, dass ihm langsam die Argumente ausgingen.

Sylvie lachte, aber es klang gepresst. »Weißt du was? Neulich habe ich geträumt, dass wir Menschen eine Krankheit sind, an der die Erde leidet. Wir vergiften, was um uns herum lebt – wir vernichten die Vegetation, rotten Tausende Tierarten aus. Das Zeug, das wir in die Luft blasen, lässt die Erderwärmung immer weiter ansteigen … Und trotzdem sind wir unfähig, damit aufzuhören und den Patienten zu behandeln. Unsere Erde hat einen Nierenschaden, das ist der Klimawandel, und das Artensterben ist die Herzschwäche. Und dann noch diese ganzen Zoonosen, die Pandemie … Die Erde wäre ohne uns echt besser dran …«

Viren. Bakterien und ihre Toxine.

Tödliche Infektionen.

Sylvie hatte durch ihre Erkrankung ihre Erfahrungen mit all diesen Dingen. Kurz spielte Tom mit dem Gedanken, ihr zu widersprechen, ihr zu sagen: *Hey! Wir sind eine intelligente Spezies, wir werden die Kurve schon kriegen.* Aber wenn er sich die aktuelle Weltlage so ansah, konnte er sich des Eindrucks nicht erwehren, dass das nichts weiter als Unsinn war, den ein Vater seiner Tochter sagte, wenn sie aus einem Albtraum erwachte und er sie trösten oder beruhigen wollte. Das, was Sylvie mittlerweile fürchtete – dass der ganze Planet in Flammen aufging –, ließ sich nicht mit einer väterlichen Umarmung und einem ins Haar geflüsterten »Es ist alles gut« vertreiben.

Er schluckte.

»Immerhin etwas Positives gibt es aber doch zu vermelden«, drang ihre Stimme in seine Gedanken. »Das Arschloch scheint es endlich aufgegeben zu haben.«

»Gut«, murmelte Tom. Der Mensch, den Sylvie nur *das Arschloch* nannte, stalkte sie auf den Sozialen Medien. Beinahe auf jeden Text, den sie schrieb, hagelte es ein Bombardement mit falschen Statistiken und pseudowissenschaftlichen Argumenten. Die Quintessenz aller Kommentare war die These, dass der Klimawandel keinesfalls menschengemacht war – eine Ansicht, die leider immer noch viel zu viele dort draußen vertraten. Da sich der Typ – Tom ging stark davon aus, dass es sich bei ihm um einen Mann handelte – einer wissenschaftlichen Sprache bediente und ständig verlangte, in den konstruktiven Austausch zu gehen, zwang er Sylvie immer wieder dazu, zu seinen Thesen Stellung zu nehmen, was sie eine Menge Zeit und Nerven kostete.

»Ja«, fuhr Sylvie fort. »Vielleicht hat der Typ sich andere Opfer für seinen verschwurbelten Mist gesucht. Jetzt habe ich also nur noch die normalen Spinner, die unter meinen Beiträgen kommentieren und mir raten, erst mal einen vernünftigen Beruf zu erlernen, bevor ich das Maul aufreiße, oder die mich wahlweise zur Vernunft vögeln oder besser gleich am nächsten Laternenpfahl aufhängen wollen.«

Es fühlte sich wie ein Schock an, seine Tochter so etwas sagen zu hören, auch wenn Tom natürlich wusste, dass Sylvie, seit sie ihre Stimme für das Klima erhob, mit sehr viel mehr Hass konfrontiert war als damals, als sie »nur« ihren Mukoviszidose-Blog geführt hatte. An einer Krankheit wie ihrer konnte der typische ärgerliche und frustrierte Max Mustermann sich nicht schuldig fühlen, darum hatte er keinen Grund für aggressive Ausbrüche gegen jene, die es wagten, Wahrheiten auszusprechen und Lösungen zu fordern. Was bei einem so riesigen Thema wie dem Klimawandel ganz anders war. Dort mischten sich Frust und unterdrücktes Schuldgefühl mit Frauenfeindlichkeit zu unerträglichem Hass, den Sylvie genauso auszuhalten hatte wie jede andere Frau in ihrem Umfeld auch.

Natürlich hatte Tom das gewusst. Trotzdem verursachte es ihm Magenschmerzen, sein kleines Mädchen so lässig darüber reden zu hören. »Du passt gut auf dich auf, ja?«, hörte er sich leise sagen.

Sie brauchte einen Moment, bis sie verstand, dass er Angst um sie hatte. »Klar, Paps. Versprochen.« Sie stockte, und Tom hatte das Gefühl, dass sie sich nicht sicher war, ob sie weiterreden sollte.

Er wartete. Der warme Wind trug den Geruch der Fireweeds heran. Der Weißkopfseeadler hatte mittlerweile abgedreht und war davongeflogen.

Endlich sagte Sylvie vorsichtig: »Ich habe neulich mit Nina gesprochen ...«

Ein Lächeln glitt über Toms Lippen. »Nachtigall, ick hör' dir trapsen.« Er wusste genau, wie gern Sylvie Nina und ihn miteinander verkuppelt hätte. Seit die beiden sich kennengelernt hatten, war seine Tochter der festen Überzeugung, dass er und Nina füreinander bestimmt waren. Und seit Isabelle zum wiederholten Male ihre Ehe infrage stellte, tat Sylvie alles, um Tom dazu zu bringen, sich bei Nina zu melden.

»Menno!«, sagte sie.

»Zu durchsichtiger Versuch, Kleine. Das musst du noch ein bisschen üben.« Er wusste, dass sie das Lächeln in seiner Stimme hören konnte.

»Nee, mal im Ernst, Paps. Wusstest du, dass sich dieser Gereon neben seiner Arbeit auch viel beim Klimaschutz engagiert?«

»Wusste ich nicht, nein.«

»Er will uns Geld für unsere Aktionen zur Verfügung stellen, hat Nina gesagt.«

»Klingt gut«, meinte Tom etwas lahm.

Sie lachte auf. »Gegen den Typen musst du dich echt ein bisschen anstrengen, wenn du Nina ...«

Hinter Sylvie erklang eine Stimme und unterbrach sie mitten im Satz. »Raus aus den Federn!«

Isabelle.

Tom nahm den Fuß aus der Autotür. Das Dach des Geländewagens war warm unter seinen Fingerspitzen. Der Adler kehrte zurück, immer noch schweigsam.

»Ich muss los«, sagte Sylvie. »Mama killt mich, wenn ich ohne Frühstück zur Schule gehe.«

»Das wollen wir nicht riskieren. Gib ihr einen Kuss von mir, ja?«

Sie schnaufte leise, sagte aber nichts dazu.

Er lachte und ignorierte den Schmerz, der ihm durchs Herz fuhr. »War ein Scherz!«

»Klar, Paps. Hab dich lieb.«

»Ich dich auch, Dikdik.«

Nachdem er aufgelegt hatte, blieb er noch ein paar Minuten neben seinem Wagen stehen und atmete gegen die Enge in seiner Brust an. Dann klemmte er sich wieder hinter das Steuer und fuhr weiter. Er befand sich auf halber Strecke zwischen Carcross und White Horse, der Hauptstadt des kanadischen Yukonterritoriums. Der Highway war gut ausgebaut und zog sich mehr oder weniger schnurgerade in Richtung Norden dahin. Ab und an konnte man zwischen den Bäumen die Berge sehen – links den Surprise Mountain, rechts den Mount Lorne.

Der Himmel über ihm war weit und mit Zirruswolken bedeckt, die in seinen Augen aussahen wie zerschlissene Brautschleier. Er betrachtete sie eine Weile lang, dann schüttelte er den Kopf über sich selbst. Telefonate mit seiner Tochter ließen ihn immer in einer sonderbar melancholischen Stimmung zurück. Und wenn er mit Sylvie auch noch über Nina gesprochen hatte, umso mehr.

*

Die Villa, in der INKA e. V. logierte, lag im Südwesten von Charlottenburg, nicht weit entfernt von den noblen Villengegenden des Grunewalds. Es handelte sich um ein zweigeschossiges, weißes Gebäude, das auf einem zugewucherten Grundstück stand und in den Augen von Dr. Martin Krause irgendwie aus der Zeit gefallen wirkte. An dem gemauerten Pfeiler neben dem zwei Meter hohen Gartentor aus Schmiedeeisen hing ein schlichtes Messingschild, in das nur der Name des Vereins eingraviert war.

Sehr gediegen.

Sehr diskret, dachte Krause, während er den Gartenweg entlang auf das Gebäude zuging. Er nestelte einen Schlüssel aus der Tasche, öffnete die schwere, eichene Haustür und betrat den angenehm kühlen und dunklen Hausflur.

Die Villa war vor ein paar Jahren erst in einzelne Wohnungen aufgeteilt worden. INKA hatte die Räume im Erdgeschoss gemietet und zu Büros umgebaut, während die darüberliegenden von zwei wohlhabenden Witwen bewohnt wurden. Eine der Frauen musste kürzlich die Treppe gewischt haben, es roch angenehm nach Zitrone und Lavendel.

Krause lächelte. Die Ordnung und die Regelmäßigkeit, mit der hier geputzt wurde, gefielen ihm. Das war etwas ganz anderes als in dem Eckhaus in Lichtenberg, in dem er noch immer wohnte, weil er sich einen Umzug bei den derzeitigen Wohnungspreisen nicht leisten konnte. Dort wurde die Treppe nur alle Jubeljahre einmal geputzt, und wenn er sich bei den jungen Leuten, die über und unter ihm wohnten, darüber beschwerte, lachten sie ihn nur aus. Früher, als er selbst zwanzig gewesen war, hätte er sich das niemals getraut.

Mit federnden Schritten ging er die vier Stufen zum Erdgeschoss hoch, öffnete auch die Wohnungstür und betrat die Geschäftsräume seines Instituts. Hier roch es nicht nach Putzmitteln, sondern leicht abgestanden nach Papier und Staub.

Krause lüftete kurz und schaltete dann die Klimaanlage an, um die heiße Luft, die von draußen hereingekommen war, wieder abzukühlen. Er war heute ganz allein hier. Seine Sekretärin kam nur an zwei Tagen in der Woche, und auch von den anderen Vereinsmitgliedern ließ sich heute niemand blicken. Egal. Krause mochte es, wenn er seine Ruhe hatte.

Dann ließ es sich leichter überlegen, mit was für einer Aktion es ihm gelingen würde, INKA das nächste Mal erfolgreicher im Licht der Öffentlichkeit zu präsentieren. Sein Auftritt gestern Abend bei dieser Talkshow war nur mäßig geglückt, fand er.

Diese Ärztin, diese Larissa Haas, hatte es doch tatsächlich geschafft, ihm mehrfach den Wind aus den Segeln zu nehmen und so kühl und sachlich zu argumentieren, wie er es bei einer Frau nie im Leben erwartet hätte. Stattdessen hatte er selbst ein- oder zweimal die Contenance verloren und war unsachlich geworden.

Mist, elender!

Er warf sich in seinen Schreibtischstuhl und lehnte sich zurück. Nach Punkten hatte diese dumme Pute gestern gewonnen. Allein wie oft es ihr gelungen war, diesen unsäglichen SPIEGEL-Artikel zu erwähnen!

INKAs Geldgeber würden damit bestimmt nicht einverstanden sein, und das hätte eigentlich seine Hauptsorge sein müssen. Was ihn aber mindestens ebenso umtrieb, war das Gefühl, dass ihm in der letzten Zeit immer mehr die Felle wegschwammen. Was war mit den Zeiten, in denen man ihm zugehört hatte, ohne die Augen zu verdrehen und ihn als einen alten Mann zu titulieren? Seit Jahren schon kamen immer mehr von diesen jungen Schnöseln und glaubten doch tatsächlich, dass ihre Jugend die Lebenserfahrung seines jahrzehntelangen Arbeitslebens ersetzte.

Krause legte die Fingerspitzen zu einem Dreieck zusammen

und starrte darüber hinweg auf das Gemälde an der Wand. Ein Dreimaster in vollen Segeln auf stürmischer See. Das Bild gefiel ihm. War er nicht selbst genauso wie dieses Schiff? Rauen Winden ausgesetzt, aber nicht in Gefahr unterzugehen. Er musste einzig und allein einen anderen Kurs anlegen.

Und er wusste auch schon, wie. Er griff zum Telefon und wählte eine Nummer, die auf der Kurzwahltaste 1 lag.

»Krause hier«, meldete er sich. »Wir müssen uns unbedingt treffen.«

4. Kapitel

Mit schweren Schritten ging Frank Bergmann die dicht mit Bäumen bestandene Straße entlang, in der das ZBS seinen Sitz hatte. Unter einer Straßenlaterne stand ein Mann in einem beigefarbenen Gewand und mit langen Haaren und Vollbart, der in Franks Augen aussah wie der Jesus aus den letzten Passionsfestspielen von Oberammergau. Nur die rot-weißen Turnschuhe passten nicht so recht zu seiner Predigererscheinung. Das Plakat, das er in die Luft reckte, dafür umso mehr. *Bereut!*, stand in blutroter Schrift darauf. Und die Worte, die der Mann in einem fort brabbelte, passten ebenso gut ins Bild. »Das Ende ist nah. Gott sendet uns seine Plagen. Ihr seid alle der Verdammnis geweiht!«

Kopfschüttelnd wandte Frank sich ab.

Jeder reagierte eben auf die sich rasant beschleunigende Klimakatastrophe auf seine ganz eigene Art und Weise.

Frank betrat das rote Backsteingebäude seiner Arbeitsstätte. An den Arbeitsplätzen seiner Kollegen vorbei ging er einen Gang hinunter bis zu einer Tür, hinter der das Diagnostik-Labor des ZBS 2 lag, die Abteilung Hochpathogene mikrobielle Erreger des Zentrums für Biologische Gefahren und Spezielle Pathogene. Er hatte seine Mittagspause in einem kleinen Imbiss ganz in der Nähe des Labors verbracht und einen doppelten Espresso in sich hineingeschüttet, um seine Müdigkeit zu bekämpfen.

Seit ein paar Tagen schon schlief er nicht besonders gut, und er verspürte Erschöpfung, die allerdings nicht daran lag, dass er kurz vor seiner Pensionierung stand. Er hatte eine lange Karriere als mikrobiologischer Mediziner zu verzeichnen. Nach seiner Promotion in Heidelberg hatte er in der Tropenmedizin und Epidemiologie gearbeitet und war danach als Fachgebietsleiter ans Robert Koch-Institut in Berlin gegangen. Er hatte mehrere Auslandseinsätze hinter sich, auf denen er in aller Welt Seuchen bekämpft hatte. Unter anderem war er gegen die Affenpocken zu Felde gezogen, als noch niemand darüber redete. Er war während der schweren Ebola-Epidemie in Westafrika gewesen und hatte dort, 1992 im Kongo, einen nicht unwesentlichen Anteil daran gehabt, dass es der japanischem Sekte Aum Shinrikyo – die sich später verantwortlich für die Sarin-Anschläge in der Tokioter U-Bahn erklärt hatte – nicht gelang, Ebola-Erreger in die Finger zu bekommen. In der Folge dieser Erfahrung machte er sich einen gewissen Namen als Anti-Bioterror-Spezialist, hatte diese aufreibende und nicht ungefährliche Arbeit aber schließlich seiner Familie zuliebe an den Nagel gehängt und war beim ZBS gelandet. Irgendwann, das hatte er gemerkt, war es einfach Zeit gewesen, von der Front in die zweite Reihe zu treten, was allerdings nicht bedeutete, dass er sich auf seinen Meriten ausruhte. Ganz im Gegenteil. Aktuell leistete er vom Labor aus so gute Arbeit bei der Bekämpfung der verschiedensten mikrobiologischen Gefahrenlagen, dass man ihm erst kürzlich nahegelegt hatte, die Leitung des ZBS 2 zu übernehmen. Er hatte abgelehnt, denn er war kein Büromensch. Er musste noch immer selbst anpacken, Tests durchführen, mikrobiologische Spuren verfolgen, den Patienten null finden …

Im Grunde seines Herzens war er eben doch immer noch Ermittler, dachte er mit einem Lächeln. Es war eine Arbeit, die er gern machte und die ihn immer noch mit Stolz erfüllte, auch wenn sie ihn manchmal bis an seine psychischen und physischen Grenzen brachte.

Dennoch war im Moment nicht die Arbeit der Grund für

seine Erschöpfung, ebenso wenig, wie es die Hitze war, die seit Tagen die Stadt in ihrem Griff hielt, als wolle sie höchstpersönlich den Berlinern verdeutlichen, dass es nicht mehr fünf vor, sondern schon längst fünf nach zwölf war. Es waren nicht die endlosen Tests von Bodenproben, die das Labor seit dem Hochwasser von vor vier Wochen durchführen musste, und es lag auch nicht an den überaus beunruhigenden Gewebeproben aus der Pathologie, die sich gerade in seinem LightCycler befanden. Nein, der Grund für seine Erschöpfung war nicht seine Arbeit, sondern Franziska, seine älteste Tochter. Sie erwartete ihr erstes Kind, war in der 32. Schwangerschaftswoche, und die Hitzewelle machte ihr ziemlich zu schaffen. Seit zwei Tagen schon war sie krankgeschrieben und lag mit erhöhten Blutdruckwerten zu Hause im Bett. Sabine, Franks Frau, versicherte ihm, dass Franziska bei ihrer Ärztin in guten Händen war, aber er wusste, dass Sabine nachts stundenlang wach lag und sich ausmalte, was Franziska und dem Baby alles passieren konnte. Ihm selbst erging es ebenso. Seit Franziskas Verkündung, dass sie schwanger war, befand er sich in einem seltsam vielschichtigen Gefühlschaos. Natürlich freute er sich wie Bolle auf das Baby und darauf, es zum ersten Mal in Armen zu halten, es zu verwöhnen und es – wenn es zu viel quengelte – den Eltern wieder in den Arm drücken zu können. Aber gleichzeitig wurmte es ihn auch, dass er Großvater wurde. Großvater. Wie das klang! Als gehörte er von nun an endgültig zum alten Eisen.

Kopfschüttelnd und mit einem Grummeln im Magen von dem starken Kaffee setzte er sich vor den Laptop, auf dem in ein paar Minuten das Ergebnis des PCR-Tests erscheinen würde. Sein Blick fiel auf das 3-D-Ultraschallbild des Babys, das Franziska ihm geschenkt hatte. Der Zwerg wirkte darauf plastisch und so lebendig, als sei er schon auf der Welt. Frank schmunzelte beim Anblick des winzigen Daumens, den der Fötus auf dem Bild in die Höhe reckte, als wolle er sagen: *Alles cool, Leute! Macht euch keine Sorgen, bald bin ich bei euch.*

Der PCR-Cycler gab ein leises *Summen* von sich und zeigte damit an, dass die Analyse der Proben abgeschlossen war. Frank griff nach der Maus, um das Messergebnis auf dem Monitor des Laptops aufzurufen.

Vor seinen Augen erschien das typische Kurvendiagramm aus verschiedenfarbigen sich schneidenden und exponentiell ansteigenden Linien. Frank kniff die Lider zusammen, weil das Bild kurz vor seinen Augen verschwamm. Er musste wirklich dringend mal wieder zum Augenarzt, da hatte seine Frau schon recht. Er betrachtete die Schnittpunkte der Linien und seufzte. Er hatte geahnt, dass das Ergebnis so aussehen würde. Insgeheim hatte er gehofft, dass er sich täuschte, aber die Beschreibung des Toten, von dem man diese Proben genommen hatte, hatte im Grunde sehr wenig Spielraum für Spekulationen gelassen.

Frank griff zum Telefonhörer und wählte die Kurzwahltaste, auf der die Nummer eines seiner Vorgesetzten einprogrammiert war.

»Was haben Sie?«, meldete sich Dr. Holger Klemm wie immer ohne Begrüßung oder auch nur eine Spur Freundlichkeit in der Stimme. Er hatte vor ein paar Monaten bei dem Bioterroranschlag im Charlottenburger Rathaus das Spezialistenteam des ZBS geleitet. Kurz danach war er innerhalb kurzer Zeit gleich zweimal eine Stufe die Karriereleiter hinaufgeklettert. Er hatte nach Franks Weigerung erst die Leitung des ZBS 2 übernommen und schon kurz darauf die des gesamten Zentrums. In den Tagen seit Corona war besonders Letzteres kein Job, um den Frank ihn beneidete.

»Der zweite tote Obdachlose«, erklärte er ebenso knapp. »Gewebeproben, Sputum und Bronchiallavage, die das rechtsmedizinische Institut uns geschickt hat, sind positiv.«

Klemm reagierte nicht sofort darauf, und Frank war sich kurz unsicher, ob der Mann wusste, wovon er sprach.

Er bemühte sich, nicht ungeduldig zu klingen. »Sie erinnern sich mit Sicherheit. Der Mann ist am Samstag in der Notaufnahme der Charité aufgetaucht und dort nur zwei Tage später verstorben.« Sicherheitshalber fügte er hinzu: »Und er war nicht der Erste.« Nur in Gedanken ergänzte er: *Was Sie eigentlich auch wissen müssten …*

»Ah«, machte Klemm. »Ja. Und die Tests, die Sie durchgeführt haben, sind alle Milzbrand-positiv, sagen Sie. Wie sicher ist das?«

Diesmal gelang es Frank nicht, den Unmut aus seiner Stimme herauszuhalten. »Sowohl die Erregerkultur in der mikroskopischen Untersuchung als auch der PCR-Test weisen darauf hin, dass der Mann an *Bacillus anthracis* gestorben ist. Sie können natürlich noch einen Tierversuch anordnen, um ganz sicher …«

»Nein, nein. Wenn Sie sich sicher sind, reicht mir das.«

Ich bin sicher, dachte Frank. Die Petrischalen mit den typischen grau-weißen Anthrax-Kolonien auf Blutagar standen in der Kühlkammer. Für den Fall, dass Klemm nicht wusste, was nun zu tun war, erklärte er: »Dann informieren Sie jetzt Dr. Blomberg darüber, dass wir innerhalb weniger Wochen bereits den zweiten Milzbrandtoten haben – und keine Ahnung, wo der Ansteckungsherd liegt?«

Hubertus Blomberg war der ärztliche Leiter des Pankower Gesundheitsamtes, und wie Frank ihn kannte, würde der Mann bei diesen Informationen in hektische Betriebsamkeit ausbrechen. Blomberg galt als Mann, der sich gern einmal sowohl von Politik als auch von den Medien vor sich hertreiben ließ. Und er war jemand, der vor nichts mehr Angst hatte als davor, dass in der Bevölkerung so etwas wie eine neue Corona-Panik ausbrach.

»Natürlich«, sagte Klemm, und Frank glaubte zu hören, wie

sein Chef ein Seufzen unterdrückte. Klemm war auch schon früher, in seiner Funktion als Leiter des ZBS-Spezialistenteams, ein absoluter Gegner von blindem Aktionismus gewesen. Eines der sehr wenigen Dinge, dachte Frank, die für ihn sprachen. »Sie sorgen bitte dafür, dass Blombergs Leute die Testergebnisse erhalten«, befahl Klemm, und ohne auf eine Erwiderung zu warten, bedankte er sich und legte auf. Auf eine Verabschiedung verzichtete er ebenso wie auf die Begrüßung.

Frank schüttelte den Kopf. Dann speicherte er die Ergebnisse seiner Testreihe ab und übermittelte die Daten des Toten an das Gesundheitsamt von Pankow. Danach lehnte er sich auf seinem Stuhl zurück. Sein Magen rumorte immer noch, aber diesmal kam es nicht von dem Kaffee. Er betrachtete das Ultraschallbild seines Enkelkindes, dann starrte er wieder auf seinen Monitor mit den Testergebnissen.

Wetterkapriolen. Überschwemmungen. Hitzewellen.

Und jetzt auch noch ein Milzbrandausbruch mitten in Berlin?

Er faltete das Ultraschallbild und steckte es in seine Brieftasche. »In was für eine Welt wirst du da nur hineingeboren?«, murmelte er.

*

Voller Panik und Entsetzen stürzte Gereon aus dem Tunnelsystem ins Freie. *Weg von hier!* Er taumelte zu seinem Wagen, riss die Tür auf und ließ sich auf den Fahrersitz fallen. Der Schutzanzug behinderte ihn in seinen Bewegungen, der Luftfilter am Gürtel drückte sich schmerzhaft in seine Seite, aber das ließ sich jetzt nicht ändern. Er riss sich die Atemschutzmaske vom Kopf und warf sie auf den Beifahrersitz. Sein Probenkästchen, nach dem er kurz vor seiner Flucht zum Glück noch gegrapscht hatte, warf er dazu. Als er die Zündung betätigte, ertönte aus dem Radio irgendein Schlager. Gereon rammte den Fuß aufs Gaspedal, und als der Wagen einen unkontrollierten Satz nach vorn machte, schrie er auf. Rasender Schmerz fuhr ihm von der linken Schulter in Arm und Oberkörper. Er glaubte wieder, einen titanischen Schlag zu spüren, dann die Kugel, die sein Schlüsselbein gestreift hatte …

Verdammt!

Was genau war da eben bloß passiert? War er wirklich angeschossen worden?

Egal! Er musste weg von hier, das war im Moment alles, was zählte! Er wendete mit vor Schmerzen zusammengebissenen Zähnen, dann trat er das Gaspedal bis auf das Bodenblech durch. Der Wagen schlingerte auf der schmalen Schotterstraße, drohte seitlich auszubrechen, aber Gereon brachte das Fahrzeug wieder unter Kontrolle und beschleunigte weiter. Er warf einen kurzen Seitenblick zur Probentransportbox auf dem Beifahrersitz.

Seine Schulter schien zu glühen. Er krümmte sich und steuerte den Wagen auf die Schranke am Camp-Eingang zu. Paul, der Wachmann, war dabei, sich mit dem Fahrer eines alten Mercedes zu unterhalten, und die Schranke stand offen. Gereon sandte einen stummen Dank ans Universum. Mit Vollgas lenkte er seinen Wagen auf den Seitenstreifen, sodass er zwischen Mercedes und Zaunpfahl gerade so hindurchpasste. Die verblüfften Gesichter des Wachmanns und des Mercedesfahrers flitzten seitlich an ihm vorbei, dann konzentrierte er sich darauf, den Wagen wieder auf die Fahrbahn zu lenken. Verbissen kurbelte er am Lenkrad. Kurz fürchtete er, die Kontrolle zu verlieren, aber dann griffen die Reifen auf dem Schotter.

Vollgas. Erneut. Die schmale Straße entlang, Richtung Highway.

Er knirschte mit den Zähnen vor Schmerzen. Etwas rann

an seiner Brust hinab, klebte ihm das Hemd an der Haut fest. Auf einem geraden Stück Straße löste er eine Hand vom Lenkrad und tastete durch den Schutzanzug hindurch nach seiner Wunde. Stöhnte vor Schmerz.

Als er seine Finger betrachtete, waren sie rot vom Blut.

Nicht gut. Er dachte an all die Erreger aus den Karibukadavern, die außen an seinem Schutzanzug hängen konnten, allen voran Janus-Anthrax. *Gar nicht gut.*

Weiter!

Er krampfte die Hand wieder um das Lenkrad. Warf einen Blick in den Rückspiegel. Dort war niemand. Nur das Wachhäuschen und die aufragenden Laborgebäude, die langsam kleiner wurden. Friedlich sahen sie aus, aber Gereon wusste in dem Moment, dass der Anblick trog, als der Klang einer Alarmsirene die Luft zerriss. Schlagartig gingen im Camp alle Lichter an und erhellten den tief hängenden Polarhimmel.

»Shit!«, murmelte Gereon. Wie hatte die Lage nur derartig außer Kontrolle geraten können?

Wohin sich wenden?, fragte er sich, als er den Highway erreichte. Er entschied sich dafür, Richtung Norden zu fahren. Der Schlager aus dem Radio wurde von einem anderen abgelöst, der ähnlich nervig war. Gereon stellte das Radio leiser. Als er Vollgas gab, wurde ihm bewusst, dass irgendwo dort vor ihm Arctic Village lag.

Er lachte auf, alles fühlte sich auf einmal vollkommen irre an. Am Ende, dachte er, schließt sich der Kreis.

*

Joseph beobachtete, wie Gereon aus dem Tunnel gestolpert kam, sich hinter das Lenkrad seines Wagens klemmte und Gas gab.

Er fluchte leise vor sich hin. Alles war so sorgsam geplant gewesen: zwei Säcke Alupulver in den Kaributunnel, ein paar Kabel, einen Zünder und goodbye Dreckszeug, das seinen Bruder auf dem Gewissen hatte. Und dann tauchte dieser Idiot Gereon ausgerechnet heute Nacht hier auf und machte alles zunichte!

Er sah zu, wie Gereon beinahe den Mercedes eines der anderen Wissenschaftler rammte. Der Wachmann sprang erschrocken zur Seite, um nicht überfahren zu werden. Kurz darauf verschwanden die Rücklichter von Gereons Wagen im diffusen Licht der Mitternachtssonne.

Joseph wartete. Sein Rücken schmerzte, aber das war nichts Neues.

Und jetzt? Eigentlich hatte er einen exakten Plan, was er tun sollte. In dem tauchte Gereon Kirchner allerdings nicht auf, und das verunsicherte ihn.

Was nun?

Er nahm sein Handy aus der Tasche. Die Nummer, die er wählen sollte, hatte er vorhin schon einmal eingetippt, sodass er jetzt nur auf die Wahlwiederholungstaste drücken musste.

Als das getan war, stand er mit angehaltenem Atem da. Lauschte. Nichts geschah. Sogar die Vögel im Unterholz zwitscherten weiter ihr träges Nachtlied, während unter Josephs Füßen das Aluminiumpulver in Brand geriet und ein wahres Höllenfeuer verursachte.

Und dann fuhr Joseph bis auf die Knochen zusammen, als sämtliche Lichter im Camp ansprangen und die Alarmsirene zu gellen begann.

*

Ungefähr eine Stunde nach ihrem Telefonat mit Rüdiger gab Nina es auf. Sie würde diesen verflixten Klimawandelartikel heute auf keinen Fall mehr voranbringen, dazu musste sie viel zu oft an Gereon denken. Zwar hatte sie auf der Basis ihrer bisherigen Recherchen ein paar neue Ideen skizziert, aber alles, was sie hatte, kam ihr nach Rüdigers spöttischen Worten plötzlich albern und schal vor. Das Gespräch mit ihrem Kollegen und Ex-Kommilitonen hatte einen Gedanken in ihr verstärkt, der sie sowieso schon die ganze Zeit umtrieb: Über absaufende Eisbären zu schreiben, war ungefähr so wissenschaftlich, als würde sie ihre Zahlen und Fakten in einen Lore-Roman einweben. Da konnte sie ja genauso gut auch gleich einen dieser dystopischen Ökothriller fabrizieren, die vorgaben, die Menschen über die heraufdämmernden Gefahren aufzuklären, am Ende aber doch nur der Unterhaltung des warm in seinem Ohrensessel sitzenden Lesers dienten.

Seufzend, weil ihre Gedanken sich schon minutenlang im Kreis drehten, speicherte sie die mageren Ergebnisse ihrer Bemühungen ab, dann nahm sie die Finger von der Tastatur.

Rüdigers Anruf hatte sie noch mehr beunruhigt als die Tatsache, dass Gereon sich nicht meldete. Solange sie von ihrem Freund nichts hörte, war es müßig, sich Sorgen um ihn zu machen; in Rüdigers Sache jedoch konnte sie etwas tun.

Der Kerl schien sich an Janus Therapeutics festgebissen zu haben, und sie kannte ihn gut genug, um zu wissen, dass er jede sich ihm bietende Gelegenheit nutzen würde, um ein angesehenes Medizin-Start-up wie das von Gereon in Grund und Boden zu schreiben. Während der Corona-Pandemie hatte er das schließlich ein paarmal auch bei Biontech versucht.

Sie rieb sich die Schläfen.

Von ihrer gemeinsamen Ausbildung wusste sie noch, dass Rüdiger ein wahres Trüffelschwein war, wenn es darum ging, brisante Informationen auszugraben. Und die Tatsache, dass das ZBS Anthrax-Untersuchungen anstellte, war eine solche brisante Information, denn es war genau, wie sie Rüdiger gesagt hatte: Das In-Marsch-Setzen des ZBS deutete darauf hin, dass es eine gesundheitliche Bedrohung für die Bevölkerung gab.

Anthrax.

Nina presste die Lippen zusammen. Dann sah sie Gereon auf dem Bild auf ihrem Schreibtisch ins Gesicht. »Muss ich mir Sorgen machen?«, fragte sie ihn und konnte nicht verhindern, dass ihre Gedanken zu diesem Abend in der Bar zurückwanderten, an dem sie sich kennengelernt hatten.

»Warum ein Janus-Kopf?«, hatte sie ihn gefragt, nachdem er ihr einen neuen Gin Tonic und sich selbst ein Craftbier bestellt und sich zu ihr gesetzt hatte.

Er hatte seinen T-Shirt-Ärmel bis zur Schulter hochgeschoben, sodass sie das ganze Tattoo sehen konnte. Es war extrem künstlerisch gestochen, und es gefiel Nina auf Anhieb. Die beiden Gesichter des Janus-Kopfes hatten sogar verschiedene Ausdrücke, eines heiter, das andere finster.

»Das ist ein persönliches Ding«, antwortete Gereon.

»Welches Tattoo ist nicht persönlich?«, fragte Nina und dachte dabei an das, das sie selbst unter dem Herzen trug. Es war ein Lebensbaum, der symbolisch für die Evolution stand und in dessen Wurzelwerk – verschlungen und sichtbar nur, wenn man sehr genau hinsah – der Name des lange Zeit wichtigsten Menschen in ihrem Leben, ihres Ziehvaters Georgy, verborgen war.

»Touché.« Gereon grinste. »Hast du auch eins?«

Sie nickte.

»Ist es an einer Stelle, wo ich es zu sehen bekommen könnte?«

Sie schüttelte den Kopf und musste an Tom denken, dem sie das Tattoo als Letztes gezeigt hatte. Sie nahm einen großen Schluck von ihrem Getränk und zwängte ihn durch ihre plötzlich viel zu enge Kehle.

Tom ist Geschichte. Schau nach vorn!

»Vielleicht irgendwann mal«, sagte sie und zwang sich zu einem Lächeln, das Gereon grinsen ließ.

»Okay. Dann sollte ich mich vermutlich ein bisschen anstrengen.«

Das ging ihr nun doch ein wenig zu schnell. »Warum Janus?«, brachte sie das Gespräch auf ihr ursprüngliches Thema zurück.

Auch er trank einen Schluck. »Hm, wie erkläre ich das in kurzen Sätzen? Der Januskopf symbolisiert für mich die zwei Seiten meines Jobs.«

»Was machst du?«

Er erzählte ihr, dass er Arzt, Immunologe und Krebsforscher war und vor ein paar Jahren eine Medizinfirma gegründet hatte. »Ich habe sie Janus Therapeutics genannt«, sagte er mit einem fast verlegen aussehenden Lächeln.

Nina staunte. »*Du* bist der Gründer von Janus Therapeutics?« Die Firma, deren innovative Krebsforschung sie allein schon aus beruflichen Gründen interessierte, kannte sie natürlich.

»Du hast schon mal von Janus Therapeutics gehört?« Sein Lächeln wurde noch verlegener, was ihn in ihren Augen attraktiv wirken ließ. Er kam ihr ernsthaft und strukturiert vor, so ganz anders als Tom mit seiner jungenhaften Unbekümmertheit und seinem strahlenden Lachen.

Sie verscheuchte den Gedanken. »Ja«, antwortete sie. »Im Zuge meiner eigenen Arbeit bin ich ab und zu drauf gestoßen.«

»Darf ich fragen, was du machst?«

Jetzt lächelte sie. »Ich war ursprünglich auch mal Mikrobiologin.«

Er riss die Augen auf, und sie kam ihm zuvor, indem sie hinzufügte: »Allerdings arbeite ich nicht mehr in der Forschung. Ich bin Wissenschaftsjournalistin. Ich schreibe freiberuflich über medizinische und mikrobiologische Themen. Hauptsächlich für Magazine und Zeitungen.«

»Echt? Spannend!«, sagte er.

Nina hatte jedoch den Eindruck, dass sein Interesse für ihre Arbeit gespielt war. Er brannte darauf, ihr von sich und seiner Firma zu erzählen, und sie tat ihm den Gefallen und forderte ihn zum Weiterreden auf.

»Das Tattoo steht für die zwei Seiten meiner Forschung, diese Doppelbödigkeit, meine ich.«

Nina nickte, sie hatte eine Vorstellung davon, was er meinte, aber er erklärte es ihr trotzdem.

»Mit denselben Techniken kann ich Erreger entweder als Heilmittel verwenden oder zu gefährlichen Biowaffen heranzüchten. Ich dachte mir, irgendwas sollte mich tagtäglich an dieses Dual-Use-Problem meiner Arbeit erinnern.«

Nina lächelte. »Darum das Tattoo.«

»Genau.«

»Du und deine Leute, ihr forscht an einem Anthrax-Stamm, oder?«

Er wirkte verblüfft über diese Frage.

Sie nahm einen Schluck von ihrem Gin Tonic. »Ich hab ja gesagt, ich bin im Zuge meiner Arbeit ein paarmal auf euch gestoßen.« Was nicht allzu schwierig war, dachte sie. Immerhin war es ein offenes Geheimnis, dass er schon jetzt für den Medizinnobelpreis gehandelt wurde. Es gefiel ihr, dass er das bisher mit keinem Wort erwähnt hatte. »Ich finde es spannend, dass ihr das *Bacillus-anthracis*-Toxin entschärft und zum Medikamententaxi umfunktioniert habt.«

Anerkennend prostete Gereon ihr zu. »Du kennst dich wirklich aus.«

»Höre ich da leichte Herablassung in deinen Worten?«, sagte sie nur halb im Scherz.

Wieder lachte er, und es gefiel ihr, vor allem, weil er ertappt klang. »Okay. Tut mir leid.«

Weil sie ahnte, dass er ihr nicht schon beim ersten Date Details seiner Forschung verraten würde – wer wusste schließlich, ob sie nicht eine Industriespionin war, die die Konkurrenz auf ihn angesetzt hatte? –, gingen sie zu harmlosem Small Talk über. Erst in den folgenden Monaten, als sie sich näherkamen, hatte Gereon Nina Einzelheiten erzählt.

Er und sein Team hatten eine Methode entwickelt, den potenziell tödlichen Milzbranderreger dazu zu benutzen, die Behandlung von Krebserkrankungen wesentlich zu verbessern. JanuThrax, das Medikament, das sie entwickelt hatten, hatte sich bereits bei einer kleinen Anzahl von freiwilligen Probanden als wirksam und ausreichend sicher erwiesen, und Janus Therapeutics suchte gerade eine finanzstarke Pharmafirma, mit deren Unterstützung das Medikament schnellstmöglich in die klinische Zulassung gebracht werden konnte.

Und jetzt – innerhalb von nur vier Wochen nach der verheerenden Überschwemmung der halben Stadt – brach erst Milzbrand in einer Ziegenherde im Bürgerpark aus und kurz danach möglicherweise auch bei einem Menschen. Für Janus Therapeutics konnte das gravierende Schwierigkeiten bedeuten.

Nina biss die Zähne zusammen. Sie rief Google Maps auf. Das Grundstück, auf dem die Geschäftsräume und Labors von *Janus Therapeutics* beheimatet waren, hatte früher einmal das Straßen- und Grünflächenamt von Berlin beherbergt. Janus Therapeutics hatte die ehemaligen Amtsgebäude ausgebaut und erweitert. Aber was viel wichtiger war: Die Firma lag in der Wilhelm-Kuhr-Straße. Und das war keine hundert Meter vom Gelände des verseuchten Ziegengeheges entfernt.

*

Der Alaska Highway war um einiges schlechter in Schuss als der Highway 2, und während Tom ein Schlagloch umkurvte, richtete er seine Gedanken auf sein Ziel. Irgendwo am nordöstlichen Ufer des Marsh Lakes gab es einen Mann namens Miller, der eine ganz besondere Art hatte, Lachs zu räuchern. Die Fische waren Tom von dem Besitzer des Caribou-Hotels in Carcross empfohlen worden, nachdem Tom erzählt hatte, dass er sein Geld als Foodhunter verdiente, also als jemand, der im Auftrag der angesagtesten In-Restaurants in aller Welt auf der Suche nach neuen exotischen Lebensmitteln oder unbekannten Zubereitungsarten war. Angeblich, so hatte der Hotelbesitzer in Carcross ihm gesagt, wäre der Räucherlachs von diesem Miller so genial, dass sich sogar Oligarchen aus Moskau welchen davon schicken ließen. Tom hatte das als Übertreibung angesehen und darauf verzichtet, dem Hotelbesitzer zu erklären, dass er im Moment gar nicht auf der Jagd nach neuen Rezepten war, sondern sich hier im Yukonterritorium herumtrieb, weil es auf der Welt nur wenige Flecken gab, die weiter von Isabelle entfernt waren.

Aber wenn er schon mal hier war, hatte er dann gedacht, konnte er sich auch gleich mal ein Bild von diesem Miller und seinem Rezept machen. Wenn sich das wirklich als so genial erwies, hätte die Flucht hierher in die Einöde am Ende der Welt vielleicht sogar einen Sinn.

Nun. Man würde sehen.

Wie man es ihm beschrieben hatte, bog Tom hinter dem Yukon auf eine unebene Schotterstraße namens McClintock Valley Road ab. Tom folgte ihr eine Weile lang und hing dabei dem Gedanken nach, wer dieser McClintock wohl gewesen war. Vermutlich einer der ersten weißen Siedler, die sich hier oben niedergelassen hatten.

Irgendwann erschien vor ihm eine lang gezogene Linkskurve.

Er ging vom Gas, und das war sein Glück, denn direkt hinter der Kurve hörte die Straße plötzlich auf zu existieren.

Mit beiden Füßen trat Tom die Pedale bis aufs Bodenblech durch. Der Wagen geriet ins Schlingern, rutschte seitlich auf ein riesiges, ausgefranstes Loch zu, das dort klaffte, wo sich früher die Straße befunden hatte. In letzter Sekunde kam der Wagen zum Stehen. Mit klopfendem Herzen öffnete Tom die Fahrertür. Jenseits davon ging es mindestens drei oder vier Meter in die Tiefe. Das Loch war eingesunken, was aussah, als sei eine darunterliegende Höhle plötzlich eingestürzt und der dadurch entstehende Krater mit Regenwasser vollgelaufen.

Das war jedoch nicht der Fall. Was Tom vor sich hatte, war ein typischer Fall von Thermokarst. Durch die hohen sommerlichen Temperaturen schmolz das Permafrosteis, und weil das aufgetaute Wasser ein geringeres Volumen hatte, bildeten sich an den entsprechenden Stellen solche Absenkungen.

Eine schwache Erschütterung ließ Tom aufmerken. Er glaubte zu spüren, wie der Wagen ein Stück absackte, und sein Puls, der sich gerade wieder beruhigt hatte, beschleunigte erneut. Vorsichtig legte er den Rückwärtsgang ein und gab Gas. Die Räder drehten auf dem nassen, glitschigen Boden durch. Es knirschte laut, als bilde sich in der Erde unter ihm ein langer Riss.

Mit zusammengebissenen Zähnen gab Tom erneut Gas, vorsichtiger diesmal. Zu seiner Erleichterung griffen die Reifen. Langsam, Zentimeter für Zentimeter schob sich der Wagen rückwärts von der Kante des Kraters fort. Mit einer Mischung aus Faszination und Schrecken sah Tom zu, wie vor der Kühlerhaube weitere Stücke des Bodens ins Rutschen kamen und in der Tiefe verschwanden.

Dann – nach einer halben Ewigkeit – hatte er wieder festen Boden unter den Reifen.

»Alter!«, murmelte er und legte für ein paar Sekunden den Kopf auf den oberen Rand des Lenkrades.

»Alles in Ordnung mit Ihnen?«

Eine raue Männerstimme ließ ihn wieder aufblicken. Er schaute in den Rückspiegel, und dort stand ein zweiter Truck, aus dem soeben ein Mann ausstieg. Er schien First-Nation-Wurzeln zu haben und war sehr wahrscheinlich älter als Tom, sein Gesicht allerdings so verwittert, dass sich das nur schätzen ließ. Lange, schwarze Haare hingen ihm bis auf die Schultern, und seine Kleidung war eine bunte Mischung aus traditionell und modern: eine dunkelbraune Funktionsjacke über einer Hose aus hellem Leder, dazu robuste Stiefel, die von einem bekannten Outdoor-Ausstatter zu sein schienen, aber uralt aussahen.

Tom stieg ebenfalls aus. »Ja. Danke. Mir ist zum Glück nichts passiert.«

Der Mann marschierte an ihm vorbei und warf einen Blick in den Krater. »Zur Hölle damit«, murmelte er und spuckte in die Tiefe. Dann wandte er sich zu Tom um. »Sie haben verdammtes Glück gehabt, dass Sie da nicht reingerauscht sind.«

»War knapp.«

»Hab ich gesehen, ja. Das Drecksding war gestern noch nicht da, kann ich Ihnen sagen. Echt unheimlich, wie schnell die Löcher in den letzten Jahren hier überall auftauchen.« Er streckte Tom die Hand hin. »Andrew Thornton. Nennen Sie mich Andy.«

»Tom Morell«, sagte Tom und schüttelte die Hand des Mannes. »Tom.«

»Du klingst nicht, als wärest du von hier.«

»Bin ich auch nicht. Ich komme aus Deutschland.«

Andy hob eine buschige Augenbraue. »Deutschland? Wieso verschlägt es einen Kraut hierher in den Busch?«

»Ich bin auf dem Weg zu einem Kerl, der angeblich ein besonderes Händchen dafür hat, wie man Lachse räuchert.«

Diesmal wich Andy einen Schritt zurück, als hätte Tom sich als Irrer zu erkennen gegeben.

»Ich bin Foodhunter«, schob Tom nach.

»Aha.« Andy starrte auf das Loch in der Straße. »Da kommst du nicht dran vorbei, soweit ich das sehe.«

Womit er nicht unrecht hatte. Tom rieb sich das Kinn. »Tja. Sieht fast so aus.«

5. Kapitel

Das Busfenster war verschmiert und genau auf Augenhöhe mit einem Aufkleber versehen. Knallgrüne Schrift auf schwarz. Ein weiterer dieser Klimaslogans, diesmal lautete er:

Das 11. Gebot: Du sollst deinen Kindern einen lebenswerten Planeten hinterlassen!

An dem Aufkleber vorbei konnte Nina die kleine Versammlung auf dem rechten Fahrstreifen sehen, an der der Bus sich vorbeischlängeln musste. Ungefähr zehn, zwölf – hauptsächlich junge – Menschen blockierten die Fahrbahn, sodass ein schwarzer SUV nicht weiterfahren konnte. Auf ihren selbstgemalten Plakaten las Nina »SUV = Killer« und »Verbrenner endlich ächten!«. Zwei junge Frauen diskutierten mit dem ausgestiegenen Fahrer.

Der Mann, der einen schmalen Zweireiher trug, wirkte aufgebracht und aggressiv. Die beiden Frauen, die ihre Haare zu imposanten Dreadlocks hatten wachsen lassen, eher passiv-aggressiv und stoisch.

»Verdammte Drecksjugend!«, hörte Nina einen Mann in der Sitzreihe hinter sich grummeln. »Wird immer schlimmer mit denen!«

Und ein anderer Mann pflichtete ihm bei. »Der Fahrer kann noch froh sein. Ich habe neulich eine Aktion miterlebt, dabei haben die Klimatypen einen Wagen mit roter Lackfarbe besprüht. Klimasau haben sie auf seine Kühlerhaube geschrieben. Das muss man sich mal vorstellen!«

Nina drehte sich zu den beiden um.

Der Mann, der zuerst gesprochen hatte, nickte zustimmend. »Nicht mehr lange, dann geht unsere ganze Gesellschaft den Bach runter.«

Nina überlegte noch, ob sie sich einmischen sollte, doch eine mindestens achtzigjährige Frau auf der anderen Gangseite kam ihr zuvor. »Also ich kann ja die jungen Leute gut verstehen«, sprach sie die beiden Männer an. Sie trug ein einfaches, geblümtes Kleid und hatte eine billige Handtasche auf dem Schoß. Nina erkannte sie sofort. Es war die alte Dame, die sie von ihrem Balkon aus manchmal dabei beobachtete, wie sie zwischen den geparkten Autos verschwand und zufrieden lächelnd wieder auftauchte. »Immerhin ist es ihre Zukunft, die auf dem Spiel steht, und immer noch kommt der Klimaschutz nur in Trippelschritten voran. Kein Wunder, dass sie immer lauter auf ihre Anliegen aufmerksam machen müssen.«

Der erste Mann stieß höhnisch Luft durch die Nase. »Ihre Anliegen! Terroristen sind das, nichts weiter! Ich wundere mich ja nur, dass die noch nicht auf die Idee gekommen sind, eine Terrorzelle zu gründen. So was wie die Grüne Armee Fraktion, oder so.«

Die alte Dame musterte ihn von Kopf bis Fuß. Gespannt wartete Nina darauf, was sie jetzt erwidern würde. »Das wundert mich auch«, sagte die Dame, und sie wirkte sehr klar und entschieden dabei. »Aber vielleicht werden sie ja irgendwann klug.«

Nina konnte nicht anders, sie musste lachen.

Beide Männer starrten sie finster an, entschieden sich aber, den Mund zu halten.

Der Busfahrer fand eine Lücke im Gegenverkehr und fuhr weiter. Die Frauen mit den Dreadlocks, der SUV-Fahrer und die anderen Protestierenden blieben hinter dem Bus zurück.

Nina zwinkerte der alten Dame zu. Diese zwinkerte zurück. »Übrigens«, sagte sie in Richtung von mehreren Jugendlichen, die schräg vor ihr saßen und die die Blockadeaktion vor dem Busfenster ebenfalls neugierig verfolgt hatten. »Pellkartoffeln eignen sich bestens, um Autos lahmzulegen. Einfach drei, vier in den Auspuff, und nix geht mehr. Und das Beste: Das ist keine Sachbeschädigung.« Sie feixte. »Hab ich erst kürzlich in einem Podcast gehört.«

Nina starrte sie verblüfft an. Da hatte sie also ihre Antwort auf die Frage, was die alte Dame zwischen den geparkten Wagen tat.

Dem Zaun, der die Wilhelm-Kuhr-Straße vom Gelände des Bürgerparks abgrenzte, konnte man nicht mehr ansehen, dass er noch vor wenigen Wochen tagelang unter Wasser gestanden hatte. Das Gras allerdings, das sich jenseits des Zaunes und vor einem Fußweg als schmaler Grünstreifen entlang zog, sah immer noch mitgenommen aus, ebenso wie ein Teil der Bäume, die den Fußweg säumten. Als Nina diesen Teil des Bürgerparks betrat, sah sie etliche Baumkronen, deren Äste und Zweige braun waren, weil die Wurzeln tagelang unter Wasser gestanden hatten.

Der Anblick hatte etwas Bedrückendes, wenn er natürlich auch nicht zu vergleichen war mit den Katastrophenbildern aus dem Ahrtal des Jahres 2021. Dennoch: Auch hier hatte der Starkregen Anfang Juni sechs Todesopfer gefordert und eine Menge Zerstörungen nach sich gezogen, die immer noch nicht beseitigt waren.

Nina seufzte. Noch ein Thema für ihren Klimaartikel. Eigentlich.

Das Ziegengehege lag direkt hinter dem Parkeingang und war – neben dem Kinderbauernhof ein Stück weiter – ein beliebtes Sonntagsausflugsziel für die Familien der Umgebung. Es bestand aus einem mit künstlichen Hügeln und den typischen, für Ziegen üblichen Klettermöglichkeiten versehenen Gelände: abgesägte Baumstämme, deren dicke Äste schräg in die Luft ragten, künstliche Felsen, die sich für die Tiere perfekt eigneten, um darauf herumzuspringen und die Landschaft von einem erhöhten Standort aus zu beobachten. Genau in der Mitte von allem stand eine dunkelbraun gestrichene Holzhütte, die ein wenig einem Gartenhaus ähnelte.

Wie Nina vermutet hatte, war das Gehege verwaist. Am Eingangstor hing ein Stück rot-weißes Flatterband und machte auf ein laminiertes DIN-A4-Blatt aufmerksam, auf dem mit den Siegeln sowohl von Veterinär- als auch Gesundheitsamt darauf hingewiesen wurde, dass hier kürzlich Milzbrand ausgebrochen war. Ein Absatz in dem längeren, in großen Lettern verfassten Schreiben war fett hervorgehoben:

> *Dieses Gelände wurde von amtlicher Seite dekontaminiert. Sollten Sie in Verbindung mit diesem Ort Symptome von Hautmilzbrand an sich feststellen, so benachrichtigen Sie umgehend die zuständigen Behörden. Symptome von Milzbrand beim Menschen sind:*
> *– schmerzlose, erbsengroße Verdickungen an den Infektionsstellen (hauptsächlich Hände, Arme, Hals, Gesicht)*
> *– mit Flüssigkeit gefüllte Blasen, die sich zu einem mit schwarzem Schorf bedeckten Geschwür (sog. Milzbrandkarbunkel) verändern.*

Nina hätte Wetten darauf abschließen können, dass diese in Amtsdeutsch verfasste Bleiwüste bisher von keinem einzigen Passanten gelesen worden war.

»Kann ich Ihnen irgendwie weiterhelfen?«

Die Stimme ließ sie aufblicken.

Jenseits des Tores stand eine junge Frau in Jeans, T-Shirt und Gummistiefeln. Ihre langen Haare hatte sie zu zwei losen Zöpfen geflochten. Sowohl die Lippe als auch Nase und Augenbraue der jungen Frau waren gepierct.

»Hallo«, grüßte Nina zurück. »Ich weiß nicht genau. Ich recherchiere für einen Artikel, der die Auswirkungen der Klimakrise zum Thema hat. Dabei bin ich zufällig auf Ihre Ziegen gestoßen.« Es entsprach nicht ganz der Wahrheit, dass sie wegen ihres Artikels hier war, aber sie fand, es war ein ziemlich plausibler Grund dafür, ein paar Fragen zu stellen.

»Ja. Die Ziegen.« Die junge Frau seufzte tief. Ein trauriger Ausdruck flog über ihr Gesicht.

Nina deutete auf das Tor. »Darf ich reinkommen?«

»Spricht nichts dagegen. Die Behörde hat das Areal wieder freigegeben. Der Spruch auf dem Blatt dient zur rechtlichen Absicherung, haben sie mir gesagt.«

Ninas Blick wanderte unwillkürlich zu dem laminierten Schreiben.

Die junge Frau lachte. »Ja. Das ist klasse, oder? Die Sesselpupser vom Gesundheitsamt denken, dass sie das von jeder Verantwortung freispricht. Egal! Ich wühle jetzt schon seit fast einer Woche hier im Gehege rum, und ich habe bisher noch keinen Milzbrand bei mir festgestellt. Sie müssen also keine Angst haben, dass Sie sich anstecken.«

Nina überlegte kurz, ob sie der jungen Frau erklären sollte, dass sie einiges Vertrauen in die Analyse- und Dekontaminationsfähigkeiten des ZBS hatte und dass Anthrax kein flüchtiger Stoff war. Selbst wenn das Gelände also noch immer kontaminiert gewesen wäre: Sie hätte schon mit beiden Händen in der Erde wühlen müssen, um sich anzustecken. »Habe ich nicht, keine Sorge«, sagte sie nur.

Die junge Frau kam an das Tor, öffnete es und bedeutete ihr, reinzukommen. »Ich bin Lou. Eigentlich Louisa, aber Lou gefällt mir besser.«

»Nina.«

»Herzlich willkommen im Auge des Orkans«, sagte Lou und deutete um sich. Von ihrem jetzigen Standort aus konnte Nina sehen, dass das Holzhaus schief und krumm dastand, als hätten die Wassermassen sein Fundament um dreißig Zentimeter verschoben, während Wände und Dach versäumt hatten, zu folgen. Eine Heuraufe, wie man sie auch im Wald für Rehe fand, lag auf der Seite. Sie war gegen einen der aufgeschütteten Hänge gespült und dort offenbar zerquetscht worden. Immerhin: Die Freifläche war von den Trümmern befreit worden, die man zu großen Haufen aufgestapelt hatte. Nina sah Unrat aller Art: Äste und Zweige von umgestürzten Bäumen, Erde und Steine, die die Fluten davongerissen und hier abgelagert hatten. Plastiktüten, zerquetschte Kaffeebecher, zwei Autoreifen, Teile eines Kinderwagens, der ursprünglich einmal rot gewesen war, dessen Bezug jetzt jedoch einen rostbraunen Schlammton angenommen hatte. Dazu jede Menge kleine und kleinste Teile von Zivilisationsmüll, dessen ursprüngliche Bedeutung nicht mehr zu erkennen war. Das Wasser hatte das meiste davon zu bunten Fetzen zerrieben.

»Sieht nett aus, oder?«, fragte Lou. »Wegen der Seuche muss das alles eigentlich fachgerecht entsorgt werden, aber dafür fühlt sich offenbar bisher noch niemand zuständig.«

Nina wandte ihr das Gesicht zu. »Wo sind die überlebenden Ziegen?«

Erneut huschte dieser Ausdruck von Trauer über Lous Gesicht. »Es gibt keine. Der Bürgerverein hatte kein Geld für die Behandlung. Sie haben gesagt, dass sie das wenige, das sie haben, für die Menschen brauchen, die von der Flut betroffen sind.

Darum hat das Veterinäramt aus Sicherheitsgründen angeordnet, alle Ziegen zu töten.«

»Wirklich?« Nina fröstelte. Sie war noch nicht oft hier im Park gewesen, aber sie erinnerte sich, dass es in dem Gehege mindestens zwei Dutzend Ziegen gegeben hatte. Und sie wusste auch, dass sich bei Milzbrandausbrüchen in Herden meist nur ein Bruchteil der Tiere infizierte und dass davon auch nur ein Teil starb, wenn man den Rest medikamentös behandelte und impfte.

»Ja. Alle.« Lou nickte düster. »War ja vielleicht auch besser so. Ich meine: Das Wasser war gerade mal ein, zwei Tage weg, da fing es bei den ersten Tieren an. Das war voll gruselig. Erst ist mir aufgefallen, dass drei von ihnen zu schnell atmen, aber bevor ich das so richtig mitgekriegt habe, haben sie schon angefangen zu bluten.« Sie schüttelte sich. »Voll fies, aus Augen, Maul und Nase und sogar aus dem Hintern kam so richtig dickflüssiges, schwarzes Blut. Ich habe sofort einen Tierarzt angerufen, aber bevor der kam, hatte es schon bei vier weiteren Tieren angefangen. Der Tierarzt hat mir gesagt, dass es Milzbrand ist und dass die Tiere sich vermutlich angesteckt haben, weil sie kontaminiertes Gras gefressen haben …« Sie schauderte. »Der Tierarzt hat dann die Seuchenschutzbehörde angerufen, und die sind auch echt schnell gekommen. Sie haben alle Tiere untersucht. Acht Stück hatten sich angesteckt. Trotzdem haben sie alle anderen auch töten lassen.«

»Das tut mir sehr leid«, sagte Nina.

»Tja.« Lou zuckte mit den Schultern – ein vergeblicher Versuch, ihre Trauer um die Ziegen zu überspielen. »Seitdem hocke ich hier und versuche, mir die Zeit mit Aufräumen zu vertreiben.«

»Arbeitest du hier ganz allein?«

Lou nickte. »Das Ziegengehege wird vom Bürgerparkverein

finanziert, aber da wir sowieso gerade keine Tiere haben, denken die wohl, dass die anderen Freiwilligen an anderer Stelle gebraucht werden.«

»Verstehe.« Nina zögerte, doch dann entschloss sie sich, nachzuhaken. »Die Tiere haben dir offenbar einiges bedeutet.«

»Wusstest du, dass Ziegen so zahm werden wie Hunde?«, stellte Lou eine Gegenfrage. »Eine von ihnen ist mir immer nachgelaufen, weil sie gekrault werden wollte. Wanda hieß sie. Sie war mein Liebling.« Sie holte Luft. »Als sie gesagt haben, dass sie sie einschläfern müssen, wollte ich bei ihr sein, aber sie haben mich nicht gelassen. Ich sehe heute noch Wandas vorwurfsvollen Blick, als sie sie weggeführt haben. Ich bin sicher, sie hat gewusst, was ihr bevorsteht, und sie wollte, dass ich ihr helfe …« Diesmal schaffte Lou es nicht, ihre Trauer zu überspielen. Nina sah, wie ihr Tränen in die Augen stiegen.

Sie schwieg eine Weile, ließ der jungen Frau Zeit.

Irgendwann seufzte Lou. »Ich habe den Ziegen einiges zu verdanken. Bis der Bürgerparkverein sich entschieden hat, mich als Tierpflegerin einzustellen, und mir erlaubt hat, hier auf dem Gelände zu wohnen, habe ich nämlich Platte gemacht.«

»Du warst obdachlos?«

»Jepp.« Lou führte Nina über das Gelände zu einem alten Bauwagen ohne Räder, an dessen Außenwand man noch erkennen konnte, wie hoch das Wasser während der Überschwemmung gestanden hatte: Die dunkelgrüne Farbe der Holzlatten war bis auf Hüfthöhe dreckverschmiert. Die kleine Treppe, die zur Eingangstür hoch führte, bestand aus Ziegelsteinen und sah ein bisschen wackelig aus, weil der Boden darunter unterspült worden war.

»Ich könnte 'ne Cola gebrauchen«, sagte Lou. »Willst du auch eine?«

Nina schüttelte den Kopf. Lou verschwand im Inneren des

Bauwagens und kam gleich darauf mit einer Glasflasche wieder, die sie schon geöffnet hatte. »Sag Bescheid, wenn du es dir anders überlegst«, sagte sie, setzte die Flasche an und trank sie zur Hälfte leer. »Aber genug von meinen Problemen. Jetzt erzähl mal du.« Sie unterdrückte ein Rülpsen. »Was genau ist das für ein Artikel, den du schreiben willst?« Sie deutete auf eine Bank vor dem Bauwagen. Gemeinsam setzten sie sich, und Nina war gezwungen, ihre Fassade aufrechtzuerhalten, indem sie Lou von ihrem Artikel erzählte.

»Es geht um den Klimawandel. Und dabei vor allem um dessen Auswirkungen auf die Gesundheit der Menschen. Das Ganze soll die Leser informieren, aber irgendwie eben auch nicht dröge sein. Gar nicht so einfach.«

»Bist du Ärztin, oder was?« Lou ließ ihren Blick an Nina hinabgleiten: von den kurz geschnittenen blonden Haaren über ihre lässige Kleidung, die, wie meistens aus Shirt und Jeans bestand, bis hinunter zu ihren Stiefeletten.

»Mikrobiologin«, korrigierte Nina. »Aber hauptsächlich Wissenschaftsjournalistin.«

»Cool!« Lou leerte auch die zweite Hälfte der Cola. »Biologie wollte ich auch immer studieren.«

»Warum hast du nicht?«

»Wie denn? Meine Alten haben in der Glasower Straße gelebt, und zwar hauptsächlich von billigem Schnaps und Zigaretten. Ich bin auf die Hauptschule gegangen, weil mein Vater fand, dass ich zu blöde fürs Gymnasium bin.« Lou grinste schief. »Vermutlich hat er da ein bisschen von sich auf andere geschlossen, aber was soll's?«

»Wie bist du auf der Straße gelandet?«, fragte Nina. Sie hatte das Gefühl, dass Lou gern darüber sprechen würde.

»Mein Alter ist gestorben, da war ich gerade in der neunten. Meine Mutter ist total abgedreht, ich musste mich um sie kümmern, damit sie nicht vom Balkon springt.« Wieder dieses verzerrte Grinsen, das Nina im Herzen wehtat, weil es so resigniert aussah. »Sagen wir, das hat meine schulischen Leistungen ein bisschen beeinflusst. Habe den Hauptschulabschluss gerade so geschafft. Vermutlich hat mein Alter im Grab rotiert vor Freude darüber, dass er recht behalten hat. Vielleicht ist er ja auch genau deswegen abgekratzt, damit ich es verkacke. Zuzutrauen wäre es ihm. Ach. Na ja, ich hätte vermutlich auch mit Supernoten nicht weiter zur Schule gehen können, weil meine Mutter keine Kohle für Schulbücher und so hatte. So habe ich ihr wenigstens keinen Grund für ein schlechtes Gewissen gegeben.« Mit einer wegwerfenden Bewegung beendete Lou dieses Thema. »Aber was rege ich mich darüber auf? Wie es aussieht, braucht sich unsere Generation ja sowieso nicht mehr allzu viele Gedanken darüber zu machen, was sie studieren soll.«

Die Aussage überraschte Nina. Fragend sah sie Lou an.

Die hob in einer sehr kindlich aussehenden Geste die Schultern. »Na ja, klimamäßig gesehen sind wir doch sowieso am Arsch. Allenfalls können wir jetzt noch bestimmen, wie sehr wir am Arsch sind. Blöd nur, dass das nicht wir jungen Leute zu entscheiden haben, sondern deine Generation und die noch ältere.« Sie grinste entschuldigend. »Sorry. No offense.«

Nina fand die Tatsache, dass sie soeben als alt bezeichnet worden war, viel weniger schockierend als die Bedeutung von Lous Worten. »Glaubst du das wirklich?«, fragte sie. »Dass du nichts tun kannst, meine ich.«

»Klar! Guck dir die ganze Scheiße doch an: Wir haben uns diesen ganzen Mist selbst eingebrockt, und jetzt, wo alles den Bach runtergeht, will niemand die Verantwortung dafür übernehmen. Die Politik nicht und die Wirtschaft schon gar nicht. Niemand tut was, um die Klimakrise in den Griff zu kriegen.«

Womit sie im Grunde recht hatte, dachte Nina.

»Wobei: *In den Griff bekommen* ist ja eigentlich schon das falsche Wort.« Lou redete sich jetzt regelrecht in Rage. Auf ihren Wangen waren rote Flecken erschienen. »Das 1,5-Grad-Ziel erreichen wir doch sowieso nicht mehr. Wusstest du, dass, wenn wir so weitermachen wie bisher, eher 2,7 Grad realistisch sind? Wusstest du, dass ab zwei Grad die Kipppunkte fallen wie Dominosteine? Und trotzdem kriegen die Leute den Arsch nicht hoch! Logisch, irgendwie. Die Alten erleben es ja nicht mehr …« Sie warf die Arme in die Luft. »Entschuldige. Ich fange immer an zu predigen, wenn ich auf das Thema komme.«

Nina schüttelte leicht den Kopf. »Rede ruhig weiter. Mich interessiert, was du denkst.«

Lous riss die Augen so weit auf, dass Nina klar wurde: Einen Satz wie diesen hatte diese junge Frau in ihrem ganzen Leben noch nicht gehört. »Echt? Klar. Kannst du bestimmt gut in deinem Artikel verwenden. Psychische Probleme bei Jugendlichen oder so. Ist ja auch ein Gesundheitsthema.«

Ihre aggressive Opferhaltung schmerzte Nina. »Es geht mir nicht um meinen Artikel, sondern darum, dass du dich so ohnmächtig fühlst.«

»Wie sollte man das nicht? Ich meine: Viele Leute ziehen sich doch auf einen ganz einfachen Standpunkt zurück. *Du und deine Klimapredigten! Ich kann doch als Einzelner sowieso nichts machen. Die da oben müssen das Problem in den Griff kriegen! Bla, bla, bla!* Was meinst du, wie oft ich diese Sätze schon zu hören gekriegt habe!« Sie steckte den Finger in den Hals und tat, als müsse sie würgen. »Immer wenn ich solche Parolen höre, denke ich: zu spät, Leute. Wir haben es verkackt! Seht es ein.« Dann jedoch änderte sich ihr Gesichtsausdruck. Die Wut verschwand und machte Nachdenklichkeit Platz.

»Hast du mal darüber nachgedacht, dich den Klimaaktivisten anzuschließen?«, fragte Nina.

Lou warf sich gegen die Rückenlehne der Bank. »Nö.«

»Und wieso nicht? Da denken viele genauso wie du. Und du hast ein Talent zu reden. Ich könnte mir vorstellen, dass du mit dem, was du mir gerade gesagt hast, eine Menge Leute erreichen würdest.«

»Hmhm.«

»Warum kommt das für dich nicht infrage?«, hakte Nina nach.

»Weil diese Klimaaktivisten doch alles Klugscheißer sind!« Das kam heftig, fast wie eine Selbstrechtfertigung. »Ich meine, guck dir die doch mal an! Das sind alles Studenten und so. Die kommen von der Uni, geben im Fernsehen Interviews und ...« Sie machte eine wegwerfende Handbewegung. »So eine wie mich brauchen die da nicht.«

Nach diesem Ausbruch schwiegen sie beide eine Weile. Nina suchte erfolglos nach einer passenden Erwiderung.

»Wir haben noch acht Jahre«, murmelte Lou. »Acht lausige Jahre!«

Nina wurde bewusst, dass die junge Frau offenbar einem Fehlschluss aufsaß. »Was passiert dann?«, fragte sie.

»Na ja, dann sind wir alle am Arsch!«

»Aber das ist doch Unsinn!«

Überrascht hob Lou die Augenbrauen.

»Die Vorstellung, dass wir nur noch acht bis zehn Jahre haben, wie manche Klimaforscher sagen, stimmt zwar«, erklärte Nina ihr. »Aber gemeint ist damit doch nicht, dass die Welt in acht Jahren untergeht. Gemeint ist das Zeitfenster, das uns bleibt, um das 1,5-Grad-Klimaziel zu erreichen.«

»Klar! Und die Typen, die sich an fossilen Brennstoffen eine goldene Nase verdienen und sämtliche Klimaschutzgesetze schon seit Jahrzehnten blockieren, die verschwinden einfach über Nacht, oder wie?«

»Natürlich nicht! Aber ich glaube fest daran, dass *zu spät* uns nicht weiterhilft. Es lähmt uns nur. Wenn du alles für zu spät hältst, bist du genau genommen nicht anders als die Typen, die immer noch behaupten, die da oben müssten das Problem lösen.« Nina lächelte. »No offense«, schob sie nach.

»Du glaubst, dass jeder von uns was tun kann?«

»Kann und muss, ja.«

»Aber was kann ich denn tun? Ich meine, ich kriege Bürgergeld, weißt du, wie viel das im Monat ist? Ich kann nicht bio, öko oder was weiß ich einkaufen, weil meine Kohle dafür nicht reicht. Ich fliege sowieso nicht in den Urlaub, darauf kann ich also nicht verzichten. Was also sollte ich tun, um die Katastrophe aufzuhalten?« Es war ihr deutlich anzumerken, wie sehr sie dieses Dilemma zerriss. Ein gequälter Ausdruck erschien auf ihrem Gesicht. »Manchmal stelle ich mir vor, zur Uni zu gehen, um Umwelt- und Menschenrecht zu studieren. Dann könnte ich vor den Gerichtshöfen dieser Welt das Recht auf meine zukünftige Lebensgrundlage einfordern, aber hey, das geht ja nicht. Wegen meinem versoffenen Alten, und weil ich einfach keine Kohle für die Uni habe …« Sie sank ein Stück in sich zusammen.

Das, dachte Nina, war der Kern ihrer Probleme. Sie warf den Klimaaktivisten lieber vor, intellektuelle Arschlöcher zu sein, als sich der Tatsache zu stellen, dass das Leben ihr nicht dieselben Möglichkeiten bot wie ihnen. Natürlich war das ungerecht. Aber Resignation half eben auch nicht weiter.

Lou rang sich ein Grinsen ab. »Sorry, ich wollte dich nicht mit meinen Problemen zumüllen.«

Nina ließ ihren Blick über das verwaiste Gehege schweifen. Ganz kurz fühlte sie sich seltsam schutzlos und angreifbar, wie in einem Weltuntergangsfilm. Sie schob das Gefühl beiseite. Gewöhnlich war sie kein melodramatischer Mensch, aber diese

Lou und ihre Probleme hatten sie wohl irgendwie auf dem falschen Fuß erwischt. »Darf ich dich was fragen?« Sie zögerte. »Auch wenn ich dafür noch mal auf deine Ziegen zu sprechen kommen muss?«

»Wenn's sein muss.«

»Eigentlich bin ich hergekommen, weil ich gehört habe, dass durch den Milzbranderreger hier bei den Ziegen auch ein Mensch zu Schaden gekommen ist. Weißt du etwas darüber?«

»Unsere Ziegen? Menschen angesteckt? Da hätte ich von gehört«, sagte Lou. Dann, schlagartig, schien ihr was einzufallen. »Shit!«, entfuhr es ihr.

»Was?«

Lou war auf einmal blass. »Das ist mir jetzt erst klar geworden! Vor ein paar Wochen ist ein Freund von mir gestorben, Thomas. Das war ganz komisch: Erst hatte er eine fette Erkältung mit Fieber und so. Und dann ist es ihm ganz rapide total schlecht gegangen. So schlecht, dass er gestorben ist. Glaubst du, dass das mit diesem Milzbrand zu tun haben könnte?«

Nina fröstelte. »Was genau hatte er für Symptome?«

»Kein dickflüssiges Blut aus Nase und Augen, so wie bei den Ziegen. Jedenfalls nicht, bevor sie ihn ins Krankenhaus gebracht haben. Was danach mit ihm passiert ist, weiß ich nicht, ich habe nur gehört, dass er gestorben ist.« Lou bedeckte den Mund mit einer Hand.

»Wie hast du davon gehört?«, fragte Nina.

Eine Amsel landete auf dem nackten Boden direkt vor ihnen, pickte irgendetwas auf, befand es für nicht lohnenswert und flog davon.

»Irgend so ein Typ vom Gesundheitsamt war hier, und ein Polizist, hm, warte, ja, Schilling, so hieß er, glaube ich. Sie haben mir erzählt, dass Thomas tot ist.« Lou drehte sich um und kratzte mit dem Fingernagel gedankenverloren an der Wasserkante des Bauwagens. »Ich bin bis eben nicht auf die Idee gekommen, dass beides zusammenhängen könnte. Aber wenn ich überlege, kann das ja auch sowieso nicht sein.«

»Wieso?«

»Na, die Ziegen sind krepiert, weil das Hochwasser diesen Erreger aus dem Boden geschwemmt hat.« Lou schwieg einen Moment, wirkte sehr nachdenklich. »Aber Thomas ist schon drei Wochen vor der Überschwemmung gestorben.«

6. Kapitel

Frank Bergmann las gerade einen aktuellen Artikel über Milzbrandfälle in der Drogenszene, als sein Telefon klingelte und Klemm dran war. Erneut verzichtete er auf eine Begrüßung und kam sofort zur Sache. »Blomberg hat Sie angefordert. Sie sollen in die Grunowstraße kommen, und zwar sofort.« *Die Grunowstraße* – das stand für das Gesundheitsamt Pankow. »Er klang ziemlich nervös«, fuhr Klemm fort. »Am besten, Sie fahren da sofort rüber. Die Ergebnisse haben Sie ihm gemailt, hoffe ich.«

»Habe ich.« Kurz dachte Frank an Franziska und das Baby. Er hätte gern gewusst, ob es seiner Tochter besser ging, aber das musste jetzt warten. »Ich mache mich gleich auf den Weg«, versprach er.

Eine gute Dreiviertelstunde später stand er vor dem langen Klinkergebäude in der Grunowstraße, das wegen seiner von der Luftverschmutzung dunklen Fassade immer etwas deprimierend auf Frank wirkte. Sogar die Graffiti, die das Gebäude zierten, wirkten irgendwie lustlos, dachte er.

Der Mann am Empfang, bei dem er sich meldete, schien neu zu sein. Jedenfalls hatte Frank ihn hier noch nie zuvor gesehen. »Dr. Blomberg erwartet Sie schon«, erklärte er nach einem Blick auf seinen Monitor. »Sie wissen, wo sein Büro ist?«

Frank zuckte mit den Schultern. »Ja.« Er sprintete die Treppe hoch, ging durch eine Glastür und um eine Ecke. Als er vor der Tür mit dem Vermerk *Vorzimmer Amtsleitung* stand, hörte er Blomberg dahinter mit jemandem reden.

Frank klopfte kurz an und betrat dann den Raum. Es handelte sich um eines dieser typischen Amtsleitervorzimmer: funktionelle Büromöbel und Aktenschränke, an den Fenstern Lamellenvorhänge in einem hellen Grau, an einer Wand eine Weißwandtafel, auf der jemand ein Flussdiagramm skizziert hatte, dessen Bedeutung sich Frank nicht erschloss.

Blombergs Büroleiterin, eine schmale Frau, deren Haare entweder platinblond oder bereits weiß waren – so genau konnte Frank das nicht sagen –, saß an ihrem Schreibtisch. Blomberg selbst stand mit verschränkten Armen und leicht verkniffenem Gesicht in der Tür zu seinem eigenen Büro und brummelte etwas, das nicht besonders nett klang. Er war ungefähr in Franks Alter, aber vom Typ her hätten die beiden Männer unterschiedlicher nicht sein können. Wo Frank mit Laufen und Fahrradfahren dem altersgemäßen Verfall wenigstens einigermaßen Einhalt gebot, hatte Blomberg irgendwann den Kampf gegen die Pfunde aufgegeben. Er trug eine veritable Plauze vor sich her, die von seinem Anzug jedoch recht geschickt kaschiert wurde. Blomberg war Facharzt für öffentliches Gesundheitswesen und seit ein paar Jahren Chef des Gesundheitsamtes in Pankow. Soweit Frank wusste, hatte der Mann in Münster Medizin studiert und sich nach der klinischen Ausbildung im Gesundheitsamt in Uelzen bis in eine leitende Position hochgearbeitet, bevor er hierher nach Berlin gewechselt war.

Als Blomberg Frank bemerkte, entflocht er seine Arme. »Ah! Dr. Bergmann.« Er kam Frank entgegen und reichte ihm die Hand. »Die anderen sind auch auf dem Weg. Kommen Sie herein. Frau Dietz, würden Sie uns bitte Kaffee bringen?«

Seine Assistentin nickte ergeben und stand vom Schreibtisch auf, während Blomberg Frank in sein Büro schob. Dessen Einrichtung bestand samt Schreibtisch, Aktenschränken und rundem Besprechungstisch aus hellgrauem Holz und sah genauso funktional aus wie die im Vorzimmer. Hinter Blombergs Stuhl hing keine Weißwandtafel, sondern ein paar gerahmte Fotos, die ihn mit führenden Politikern von Stadt und Bund zeigten und offensichtlich Eindruck schinden sollten. Frank fand sie eher peinlich, besonders, da eines der Fotos den Leiter des Gesundheitsamtes mit Gerhard Schröder zeigte.

»Bitte setzen Sie sich«, forderte Blomberg ihn auf. Frank kam der Aufforderung nach, und dann saßen sie da.

Blomberg grinste. »Tja, sieht so aus, als würden sich unsere beiden anderen Gesprächspartner verspäten, oder?«

Seine Assistentin brachte Kaffee, Milch und Zucker und stellte alles auf den Tisch. »Kekse kommen gleich.« Mit diesen Worten verschwand sie wieder. Blomberg schenkte sich und Frank Kaffee ein. Zwei oder drei Minuten später betraten zwei weitere Herren das Vorzimmer. Durch die offen stehende Tür rief Blomberg ihnen zu: »Kommen Sie gleich durch!«

Die beiden Männer taten wie geheißen. Einer von ihnen war mittleren Alters und trug Jeans und Hemd. Seine Art, sich zu bewegen, kam Frank resolut vor.

Der andere war eher klein, Frank schätzte ihn auf höchstens eins zweiundsechzig, dafür aber wirkte er drahtig und irgendwie knallhart.

Blomberg begrüßte beide mit Handschlag. »Kommissar Schilling. Kommissar Wildner. Gut, dass Sie da sind.«

Schilling, der größere der beiden, schien das nicht ganz so gut zu finden. Er sah abgehetzt aus und mit seinen Gedanken ganz woanders, fand Frank. Er selbst hatte das Gefühl, Schilling irgendwo schon mal gesehen zu haben, kam aber nicht darauf, wo das gewesen sein könnte.

Kommissar Wildner hingegen blickte in die Runde, als sei es ihm völlig egal, ob er hier war oder irgendwo am anderen Ende der Welt mitten in einem Feuergefecht. Er trug zur Jeans ein T-Shirt, und unter seinem Arm kam ein Waffenholster zum

Vorschein, als er nun schweigend die Jacke auszog und über eine Stuhllehne hängte.

»Meine Herren«, meinte Blomberg. »Bitte setzen Sie sich. Wir warten jetzt nur noch auf Dr. Arndt.«

Kommissar Schilling schaute verblüfft, aber Frank hatte bereits vermutet, dass Dr. Lydia Arndt der Grund war, warum Blomberg sie herzitiert hatte. In ihrer Funktion als amtierende stellvertretende Bezirksbürgermeisterin von Pankow und gleichzeitige Bezirksstadträtin für Soziales und Gesundheit hatte sie das Gesundheitsamt unter sich. Damit war sie de facto Blombergs Vorgesetzte. Vor allem aber war sie eine Politikerin, die keine Gelegenheit ausließ, sich der Bevölkerung von Berlin als tatkräftige Macherin – und *woke Persönlichkeit des 21. Jahrhunderts* – zu präsentieren. Was immer Letzteres bedeuten mochte. Wie auch immer: Wenn Arndt befahl zu springen, erkundigte Blomberg sich, wie hoch.

Frank unterdrückte ein Seufzen. Während sie auf die Politikerin warteten und sich dabei über Belanglosigkeiten unterhielten, checkte er sein Handy, um sicherzugehen, dass er nicht aus Versehen eine Nachricht von seiner Frau oder seiner Tochter verpasst hatte. Hatte er nicht. Blombergs Assistentin kam mit einem Teller Kekse herein. Sie stellte ihn in die Mitte des Besprechungstisches und ging wieder, um noch zwei Neuankömmlinge zu begrüßen, die in diesem Augenblick das Vorzimmer betraten.

»Frau Bürgermeisterin«, hörte Frank sie sagen. »Dr. Blomberg und die drei anderen Herren erwarten Sie bereits.«

Gleich darauf betrat Lydia Arndt im eleganten Kostüm und voller Energie den Raum. Sie wurde von weniger wohlmeinenden Kommentatoren in den Sozialen Medien gern einmal als »fette Schlampe« bezeichnet, hatte in Franks Augen jedoch einfach eine üppige, aber sehr sinnlich wirkende Figur. Nicht, dass er es jemals gewagt hätte, diese Meinung laut zu äußern, natürlich. Er war ja nicht blöd. Er wusste, dass es heutzutage nicht mehr opportun war, im Berufsleben Frauen Komplimente über ihr Aussehen zu machen.

Wie es ihre Angewohnheit war, grüßte Lydia Arndt mit einem etwas zu strahlenden Lächeln in die Runde. »Meine Herren.« Ihr Assistent, der ihr auf dem Fuße gefolgt war, blieb an der Tür zwischen Büro und Vorzimmer stehen und verschränkte die Arme vor der Brust. Gegen Wildner sah er aus wie ein Abiturient.

Frank unterdrückte das Bedürfnis zu lachen.

Arndt setzte sich, ließ sich von Blomberg eine Tasse Kaffee einschenken und wartete darauf, dass der Leiter des Gesundheitsamtes das Wort ergriff.

Nachdem der auch sich selbst nachgeschenkt hatte, wies er als Erstes auf den größeren der beiden Kommissare. »Frau Dr. Arndt, das hier ist Lutz Schilling. Er ist Hauptkommissar beim Berliner LKA.«

Frank sah Schilling ins Gesicht. Jetzt, da er wusste, von welcher Behörde der Mann war, wusste er auch, warum er ihm bekannt vorkam. Er selbst hatte vor ein paar Jahren schon einmal mit ihm zusammengearbeitet, dabei allerdings nur ein- oder zweimal kurz mit Schilling gesprochen, darum hatte er sich nicht sofort an ihn erinnert. Damals war es um eine Brandstiftung auf dem Forschungscampus Berlin-Buch gegangen und um die Einschätzung einer biologischen Gefahrenlage, die am Ende zum Glück nicht vorgelegen hatte.

Blomberg wies auf den zweiten Kommissar. »Kommissar Wildner. Er arbeitet ebenfalls für das LKA, aber für eine andere Abteilung, den Staatsschutz. Herr Wildner leitet ein übergeordnetes Team, das sich mit der Bekämpfung von Terroranschlägen befasst und dabei sämtliche Unterabteilungen berät, egal ob nun zuständig für Links-, Rechts- oder islamistischen Terror.«

Ein Terrorexperte, dachte Frank. Blomberg ging wirklich auf Nummer sicher, auch wenn sie es hier mit großer Wahrscheinlichkeit mit einem natürlichen Ausbruch von Anthrax zu tun hatten.

Er unterdrückte den Gedanken, der ihn kurz anflog. Hatte Blomberg ihn etwa deswegen herzitiert? Weil auch er selbst Terrorbekämpfungserfahrung hatte?

»… und das ist Dr. Frank Bergmann, Mikrobiologe beim ZBS«, fuhr der Leiter des Gesundheitsamtes fort. »Er arbeitet für die Abteilung, die zuständig ist für die Diagnostik hochpathogener bakterieller Erreger, die potenzielle bioterroristische Agenzien darstellen.«

Frank nickte Arndt zu.

»Dr. Bergmann hat viele Jahre als Epidemiologe in Auslandseinsätzen gearbeitet«, fuhr Blomberg fort. »Er ist dementsprechend ausgebildet, in Fällen von besonderen Bedrohungen durch Infektionskrankheiten zu ermitteln.«

Schauen Sie her, wie gut ich vorbereitet bin!, dachte Frank. Das war es, was aus jedem Wort und jeder Bewegung von Blombergs Mimik schrie. Er selbst bemühte sich noch stärker um einen möglichst neutralen Gesichtsausdruck, aber sein Eindruck wuchs, dass er wegen seiner speziellen Erfahrungen hier war.

Arndt lächelte ihm ebenso zu wie zuvor Schilling auch.

Endlich kam Blomberg zur Sache. »Ich danke Ihnen allen, dass Sie so schnell kommen konnten. Wie bereits gesagt, habe ich Sie hergebeten, um mit Ihnen gemeinsam zu einer Lageeinschätzung in Hinsicht auf einige Vorfälle der letzten Wochen zu gelangen. Wenn Sie nichts dagegen haben, Frau Dr. Arndt, würde ich zuerst gern erläutern, um was genau es geht.«

»Tun Sie das. Ich werde Sie unterbrechen, falls ich Fragen habe.« Arndt betonte das freundlich, aber es war deutlich, dass sie keine andere Antwort als Ja akzeptieren würde.

Blomberg tat, als bemerke er das nicht. Er nickte beflissen. »Natürlich.« Dann begann er aus dem Gedächtnis zu referieren. »Also. Vor acht Wochen vermisste die Sozialarbeiterin einer Einrichtung in der Blankenburger Straße einen Obdachlosen, mit dem sie einen Termin bei einer Schuldnerberatung wahrnehmen wollte. Thomas Vetter, so der Name des Mannes, wurde kurz darauf gefunden. Er lag in einer aufgegebenen Unterführung am Schlosspark, es ging ihm extrem schlecht. Er wurde in die Notaufnahme der Charité gebracht, wo er kurz nach seiner Einlieferung starb. Die Ärzte stellten recht schnell fest, dass der Mann an einer sehr schnell voranschreitenden Infektionskrankheit litt. Sie riefen die Polizei.« Blomberg deutete auf Kommissar Schilling. »Man ordnete eine Obduktion an. Die dabei sichergestellten Proben wurden ins RKI geschickt.« Nun zeigte Blomberg auf Frank. »Obduktion und Laborbefunde ergaben, dass der Mann an Milzbrand verstorben war, genauer gesagt an Lungenmilzbrand. Es erfolgte vorsichtshalber eine Behandlung sowohl der behandelnden Ärztin als auch des obduzierenden Arztes mit Antibiotika, wobei Pathologen aufgrund eines hohen Ansteckungsrisikos sowieso geimpft sind. Der Ansteckungsherd konnte nicht ermittelt werden, da Thomas Vetter, wie viele Obdachlose, ein Einzelgänger war und tagtäglich ein sehr großes Gebiet durchstreift hat.«

Mit einem erhobenen Zeigefinger deutete Arndt an, dass sie eine Frage hatte. Sie wartete nicht, bis Blomberg ihr das Wort erteilte. »Erzählt mir bitte zuerst jemand ein wenig über Milzbrand?«

»Das kann Dr. Bergmann vermutlich am besten.« Blomberg bedeutete Frank mit einem Nicken zu übernehmen.

Frank schob seine Kaffeetasse fort. »Wie viel wissen Sie über die Erkrankung beziehungsweise den Erreger?«

Arndt zuckte lächelnd mit den Schultern.

Also fangen wir bei Adam und Eva an, dachte Frank. Laut

sagte er: »Milzbrand wird ausgelöst durch einen Erreger namens *Bacillus anthracis*, der unter ungünstigen Lebensbedingungen sogenannte Sporen ausbildet. Das sind sehr widerstandsfähige kleine Kapseln, die Jahre, Jahrzehnte oder sogar Jahrhunderte im Boden überdauern können. Gelangen diese Sporen dann aus dem Boden an die Oberfläche, zum Beispiel bei einem Hochwasser, kommt es vor, dass sie bestimmte Gebiete kontaminieren, Viehweiden beispielsweise. Frisst ein Tier kontaminiertes Gras, werden die Sporen im feuchten, nährstoffreichen Milieu in seinem Körper innerhalb kürzester Zeit wieder zu aktiven infektiösen Bakterien. Das Tier erkrankt und stirbt unbehandelt innerhalb weniger Stunden oder Tage. Auch Menschen können sich mit Anthrax anstecken. Wenn das geschieht, dann in den allermeisten Fällen dadurch, dass die Sporen über kleinste Hautläsionen in den Körper gelangen.« Er sah Arndt die Stirn runzeln. »Also über kleine Wunden«, schob er nach. »Von diesen Eintrittsstellen breitet sich der Milzbrand dann meist lokal aus. Die Haut rund um die Wunde bildet Pusteln und wird nekrotisch-schwarz. Behandelt man das nicht, wandern die Erreger ins Blut und verursachen schwerste Blutvergiftungen, die am Ende zum Tode führen. Der Obdachlose, von dem Dr. Blomberg gesprochen hat, hatte allerdings eine andere Form als die eben beschriebene. Er hatte Lungenmilzbrand.«

»Das ist eine andere Krankheit?«, fragte Arndt dazwischen.

»Genau genommen nicht. Sowohl Haut- als auch Lungenmilzbrand – und auch die noch seltenere Variante des Darmmilzbrandes, nebenbei bemerkt – werden durch denselben Erreger ausgelöst. Der Unterschied liegt allein darin, auf welchem Wege der Erreger in den Körper eingedrungen ist. Bei Hautmilzbrand gelangt er, wie schon erwähnt, über Wunden in den Körper. Wenn jemand an Lungenmilzbrand erkrankt, dann hat er in der Regel den Erreger …«

Arndt zog scharf Luft durch die Zähne. »Eingeatmet?«

Frank nickte. »Exakt.«

Arndt sah erschüttert aus, und das war nicht verwunderlich für Frank. Seit der weltweiten Corona-Pandemie reagierten die Menschen seiner Erfahrung nach extrem sensibel auf Krankheiten, die sich über die Atemwege übertrugen. Er ahnte, was der Bürgermeisterin durch den Kopf ging. »Keine Sorge«, beruhigte er sie. »Milzbrand überträgt sich nicht von Mensch zu Mensch. Auch wenn jemand unter Lungenmilzbrand leidet – seine Lunge also mit dem Erreger übersät ist –, atmet er diesen Erreger nicht aus.«

»Und wenn dieser Mensch, sagen wir, von einer dieser elenden Mücken gestochen wird, die derzeit überall rumschwirren?«

Frank unterdrückte ein frustriertes Seufzen, denn mit dieser Frage hatte Arndt bewiesen, dass sie nicht einmal die medizinischen Basisinformationen beherrschte. Warum nur vergab man immer wieder Posten an Politiker, die von den ihnen untergeordneten Behörden und ihren Fachdisziplinen nicht die geringste Ahnung hatten? Was für einen Doktortitel hatte diese Frau eigentlich?, fragte er sich. Wenn man bedachte, dass sie nicht einmal den Unterschied zwischen einer Bakterien- und einer Virusinfektion kannte … »Krankheiten, die von Mücken auf den Menschen übertragen werden können, wie Malaria, Gelbfieber, Dengue-Fieber, West-Nil-Fieber oder auch Zika-Infektionen, werden durch Viren ausgelöst. *Bacillus anthracis* ist aber, wie gesagt, kein Virus. Es befällt das Gewebe, mit dem es in Kontakt kommt, und schädigt es durch die Toxine, die es herstellt. Diese Toxine können zwar den Blutkreislauf des Opfers überschwemmen, und sie sind es auch, die am Ende zu dessen Tod führen. Menschen stecken sich durch Berührung von Tieren oder verseuchtes Material an – wenn sie Bakteriensporen einatmen oder verseuchtes Fleisch essen. Aber eine Übertragung durch blutsaugende Insekten, wie das eben bei einem Virus möglich ist, ist völlig ausgeschlossen.«

»Das bedeutet, dass Thomas Vetter also niemanden angesteckt haben kann?«, hakte Arndt nach.

Frank nickte. »Unwahrscheinlich. Viel wichtiger aber ist: Es besteht keine Gefahr einer neuen Epidemie, so wie zum Beispiel bei Corona. Wir müssen einzig den Ort finden, an dem sich unser Opfer angesteckt hat, ihn dekontaminieren, und die Infektionsgefahr ist ausgeschaltet.«

Arndt wirkte erleichtert, aber Blomberg warf ihm einen langen, vielsagenden Blick zu, den er nicht so recht zu deuten wusste. Und dann machte der Leiter des Gesundheitsamtes Franks Bemühungen, die Stadträtin zu beruhigen, wieder zunichte, indem er sagte: »Trotzdem war Thomas Vetter nicht unser einziges Opfer.«

Frank dachte an die Proben, die er erst vor wenigen Stunden analysiert hatte. Der Tote, von dem sie stammten, hatte ebenfalls Anzeichen von Lungenmilzbrand gezeigt. Das war der Grund, warum sie hier zusammensaßen. Ein Opfer eines potenziell tödlichen Erregers konnte noch als singuläres Ereignis angesehen werden, aber in dem Moment, wo es ein zweites Opfer gab, musste davon ausgegangen werden, dass noch mehr Menschen Gefahr liefen, sich an der unidentifizierten Infektionsquelle anzustecken. Frank warf einen kurzen Seitenblick auf Kommissar Wildner, der bisher außer bei der Begrüßung kein Wort gesagt hatte und auch jetzt äußerlich völlig regungslos dasaß.

Was tat nur ein Terrorexperte hier in dieser Runde? In Franks Augen ergab das immer noch keinen Sinn.

Blomberg fuhr in seinem Bericht fort. »Vergangenen Samstag tauchte ein gewisser Paul Wagner in der Notaufnahme der Charité auf, ebenfalls ein Obdachloser. Die Anzeichen ähnelten zunächst einer unspezifischen Grippe, aber sein Zustand verschlechterte sich stündlich: Er hatte Fieber, Atemnot, Kopfschmerzen und Bluthusten, und trotz sofort eingeleiteter Maßnahmen starb er am Montag an Organversagen. Gestern wurde eine Obduktion des Mannes angeordnet, und Blut- und Gewebeproben, Sputum und Lungensekret wurden, wie bei Thomas Vetter auch, ins ZBS geschickt. Herr Bergmann hat uns die Ergebnisse vor wenigen Stunden vorgelegt.«

»Milzbrand«, sagte Arndt.

»Milzbrand«, bestätigte Frank.

»Wir haben also zwei Fälle einer tödlichen Lungenkrankheit, deren Ausgangsort wir nicht kennen«, fasste Blomberg zusammen. »Natürlich ist klar, dass wir in Zusammenarbeit mit dem LKA«, er nickte Schilling und Wildner zu, »versuchen werden herauszufinden, wo diese beiden Männer sich angesteckt haben, und diesen Ansteckungsort dann dekontaminieren, damit keine Gefahr für die Bevölkerung besteht. Dennoch sollten wir auch eine mögliche nicht-natürliche Art der Infektion dieser beiden Männer nicht außer Acht lassen.«

»Sie denken an einen gezielt ausgebrachten Erreger?«, stellte Arndt die naheliegendste Frage.

Frank sah Wildner an.

Der Kommissar setzte sich ein wenig gerader hin.

»Ich denke an einen Terroranschlag wie 2001«, sagte Arndt und sprach damit genau das an, was Frank in derselben Sekunde auch gedacht hatte. 2001, kurz nach den Terroranschlägen vom 11. September, waren in den USA und in Deutschland eine Reihe mit Anthraxsporen verseuchter Briefe verschickt worden. Es hatte Tote und Verletzte gegeben, und die Verantwortlichen dafür waren Franks Wissen nach nie gefasst worden.

Wildner schüttelte den Kopf. »Wir beobachten die Terrorszene sehr genau, natürlich auch in Hinsicht auf biologische Bedrohungen. Es gibt derzeit keine Hinweise darauf, dass irgendjemand einen Bioterroranschlag plant.«

Schilling tauschte einen Blick mit dem Mann, dann nickte er. »Unsere beiden Abteilungen gehen von einer natürlichen Ursache für beide Fälle aus.« Er drehte die Hände mit den Flächen nach oben. »Vorerst.«

»Gut.« Arndt schien erleichtert und das Thema damit für sie abgeschlossen.

Frank jedoch sah, dass es in Blombergs Miene zuckte.

»Dieser Milzbrandausbruch bei den Ziegen im Bürgerpark«, ging Arndt zum nächsten Thema über. »Hängt der vielleicht mit unseren Fällen hier zusammen?«

»Der Gedanke liegt nahe«, antwortete Frank und wich Blombergs Blick aus. Er war sich inzwischen fast sicher, dass der Leiter des Gesundheitsamtes ihn aus einem ganz speziellen Grund herbeordert hatte. »Wir werden das natürlich überprüfen. Aber wenn ich ehrlich bin, glaube ich es nicht.«

»Wieso das?«, fragte Schilling.

Frank legte die Hände auf den Tisch vor sich. »Aus mehreren Gründen. Das Veterinäramt, mit dem wir in engem wissenschaftlichem Austausch stehen, hat ermittelt, dass die Ziegen im Bürgerpark an einem in der Umwelt vorkommenden Erreger erkrankten, der durch die Überschwemmung vom Gelände einer alten Gerberei freigesetzt wurde. Thomas Vetter starb aber *vor* der Überschwemmung.«

Was der Grund dafür war, dass Frank und seine Leute bis heute noch nicht überprüft hatten, ob der Erreger, der bei den Ziegen gefunden worden war, derselbe war, an dem Thomas Vetter gestorben war. Ein dummes, unnötiges Versäumnis, dachte Frank, das möglicherweise diesen Paul Wagner das Leben gekostet hatte. Er nahm sich vor, die entsprechenden Tests sofort nachzuholen.

»Korrigieren Sie mich«, wandte Dr. Arndt sich an ihn. »Wenn der Mann vor seinem Tod auf dem Gelände der Gerberei unterwegs war, kann er sich doch auch vor der Überschwemmung dort angesteckt haben.«

Das war durchaus möglich, stimmte Frank ihr im Stillen zu. Er wusste von Fällen, in denen Milzbrand eine Inkubationszeit von über hundert Tagen gehabt hatte, was durchaus hätte bedeuten können, dass auch Paul Wagner, ihr zweites Opfer, sich *vor* der Überschwemmung angesteckt hatte. Dass die Krankheit bei ihm einfach nur länger gebraucht hatte, um auszubrechen.

»Im Moment ist es müßig, darüber zu spekulieren. Wir brauchen mehr Fakten«, sagte er. »Ich lasse meine Leute die Sequenzierung des Milzbranderregers, die das Veterinäramt beauftragt hat, mit den Proben von unseren beiden Toten vergleichen, dann wissen wir, woran wir sind.«

Er sah in lauter nachdenkliche Mienen, nur Arndt schien zufrieden damit. Sie lächelte ihn strahlend an. »Gut. Ich möchte, dass Sie alle hier sich miteinander abstimmen, um die Bedrohung für die Gesundheit der Bürger*innen so schnell wie möglich ausfindig zu machen und zu beseitigen.« Sie benutzte diese mittlerweile immer häufiger werdende kleine Pause mitten im Wort, um deutlich zu machen, dass sie Personen jeden Geschlechts meinte. Frank stolperte noch immer darüber, wenn jemand das tat, aber es störte ihn auch nicht besonders. Aufmerksam hörte er Dr. Arndt weiter zu. »Bisher gibt es zwei Todesfälle, aber es können jederzeit mehr werden, was wir natürlich verhindern müssen. Wir werden also alle unser Möglichstes tun, um die Menschen von Berlin zu schützen.«

An dieser Stelle hätte Frank dann doch beinahe aufgelacht, weil es so typische Politikerworte waren, die doch nur das Offensichtliche umrissen. Er konnte sich gerade noch auf die Zunge beißen.

»Natürlich«, sagte Blomberg mit der ihm eigenen Servilität.

»Mein Team wird versuchen, Verbindungen zwischen den beiden Toten herauszufinden«, sagte Schilling und wandte sich an Wildner. »Sollten wir irgendeinen Hinweis auf einen möglichen Terrorakt finden, geben wir euch sofort Bescheid.«

Wildner nickte, als sei das sowieso selbstverständlich.

»Sehr gut«, sagte Arndt.

Blomberg räusperte sich. »Ich hätte gern, dass Sie Herrn Schillings Team beigeordnet sind, Dr. Bergmann.«

Frank glaubte, seinen Ohren nicht zu trauen. »Warum das?«

»Nun, Sie haben gehört, was die Frau Stadträtin gesagt hat. Diese beiden Todesfälle müssen so schnell wie möglich aufgeklärt und die Gefahr für die Bevölkerung ausgeräumt werden.« Blomberg vermied es, Frank direkt anzusehen.

Was hast du eigentlich vor?, schoss es Frank durch den Kopf. Laut sagte er: »Sie können nicht ...«, aber Arndt fiel ihm ins Wort.

»Ich spreche das nachher mit Ihrem Chef Herrn Klemm ab, der soll Sie abordnen. Sämtliche Tests und Forschungen, die nötig sind, um den Ausbruchsort und -grund zu finden, sollten Vorrang vor allem anderen haben.«

Frank fasste es einfach nicht. Ermittlungstechnischer Handlanger für die Polizei? Das hatte ihm gerade noch gefehlt! Er hatte keine Zeit, sich allein um diese beiden Toten zu kümmern. Er und sein Team schoben ohnehin schon einen ganzen Berg von Tests in den verschiedensten Bereichen vor sich her. Abgesehen davon, das konnte er Schilling ansehen, war auch der Kommissar nicht besonders begeistert von der Tatsache, einen Labortypen wie ihn in sein Team gesetzt zu bekommen.

Blomberg, der weder von Franks noch von Schillings Widerwillen etwas mitbekam, kroch Arndt weiter in den Allerwertesten. »Eine sehr gute Idee! Ich würde vorschlagen, wir richten hier im Haus einen Stützpunkt ein, von dem aus ...«

»Danke«, fiel Schilling ihm schmallippig ins Wort. »Aber ich würde gern von meiner eigenen Behörde aus operieren. Das ist einfacher und effektiver.«

Wildner hatte die Arme vor der Brust verschränkt. Bis auf das Schnaufen eben hatte Frank bei ihm noch keine einzige Gefühlsregung wahrgenommen.

Blomberg hingegen sah aus, als hätte Schilling ihm eine Kröte zu schlucken gegeben, aber gegen das Argument der Effektivität ließ sich nichts einwenden. Besonders nicht, als Schilling betont lässig hinzufügte: »Der größte Teil unseres Teams wird aus meinen Leuten bestehen. Warum sollten die alle quer durch die Stadt kutschieren, wenn es viel einfacher ist, wenn Herr Bergmann zu uns kommt?«

Blomberg wollte widersprechen, aber Arndt nickte zustimmend, und dementsprechend tat es auch der Leiter des Gesundheitsamtes.

Frank machte erneut einen Versuch zu protestieren. Er wollte all die anderen Tests anführen, die sie im Zuge der Überschwemmung vor sich herschoben. Aber er ahnte, dass das wenig bringen würde. Er würde sich hier noch so sehr auf die Hinterbeine stellen können. Lydia Arndt hatte einen ganz privaten Draht zu seinem Chef, sie und Blomberg würden ihren Willen bekommen. Er würde sich damit abfinden müssen, diesem Team beigeordnet zu sein. Und dann dachte er daran, dass Paul Wagner möglicherweise noch leben würde, wenn er und sein Labor sich eher um den Vergleich von Thomas Vetters Erreger mit dem der Ziegen im Bürgerpark gekümmert hätten, wenn er nur früher eine Ahnung davon gehabt hätte …

Okay.

Vielleicht war es doch gut, wenn er seine Zeit dafür nutzte, nach Zusammenhängen zwischen den beiden Anthraxtoten zu suchen. Schließlich hatte er erst heute Morgen noch gedacht, dass diese Art der Detektivarbeit, die Suche nach Infektionsursachen – egal ob natürlichen oder kriminellen Ursprungs –, sein ureigenstes Terrain war.

Er begegnete Schillings Blick und sah das Missfallen in dessen Miene. »Na dann«, sagte er. »Auf gute Zusammenarbeit, Herr Kollege.«

Blomberg beendete die Sitzung, die beiden Kommissare verschwanden als Erste, gleich darauf folgte auch Arndt mit ihrem Assistenten.

»Auf ein Wort!«, wandte sich Blomberg an Frank.

Er ahnte, dass der Leiter des Gesundheitsamtes jetzt endlich mit der Sprache rausrücken würde, warum er hier war. Und genau so war es.

»Sie wundern sich, warum Sie hier sind, stimmt's?«

Frank nickte nur.

»Nun. Sie haben gehört, was die beiden Polizisten über das Thema Bioterror gesagt haben.«

»Ja. Und ich teile ihre Ansicht.«

Blomberg wirkte leicht überrascht, sodass Frank nachschob: »Ich glaube ebenfalls, dass wir es bei den beiden Todesfällen mit einer natürlichen Ursache zu tun haben.«

»Selbst mit Ihrer Erfahrung in Terror…«

»Hören Sie, Dr. Blomberg! Kommissar Wildner ist mit Sicherheit sehr viel qualifizierter als ich, um die Terrorgefahr in diesem Fall zu bewerten. Ich …«

»Einerlei!« Blomberg winkte ab. »Ich will von Ihnen nichts weiter, als dass Sie die Augen offenhalten und auf Ihr Gespür hören. Sollten Sie auch nur einen leisen Verdacht haben, dass wir es hier mit etwas anderem als einer natürlichen Ursache zu tun haben, möchte ich, dass Sie den Polizisten Feuer unter dem Hintern machen.«

Frank sah den Mann fassungslos an. »Sie denken wirklich,

dass wir es hier mit einem Terroranschlag zu tun haben?« Er dachte an das, was er vorhin schon über Blomberg gedacht hatte. Der Mann neigte zum Aktionismus und zur blinden Panikmache.

»Ich denke gar nichts«, entgegnete Blomberg. »Ich will nur, dass alles Menschenmögliche in dieser Sache unternommen wird. Sagen wir also, Sie sind mein Gegengewicht gegen die Borniertheit unserer Sicherheitsbehörden, die nicht in der Lage zu sein scheinen, Anschläge wie den auf dem Breitscheidplatz 2016 zu verhindern.«

Klar, dachte Frank dumpf. Und dann dachte er: *na toll!*

*

»Okay.« Gereon ließ den Wagen auf dem Seitenstreifen ausrollen. »Okay.« Er atmete flach, weil jeder Atemzug glühende Schmerzen durch seinen Körper jagte und weil ihm unter dem Schutzanzug der Schweiß aus allen Poren strömte. Wenn er das Ding nicht schleunigst loswurde, würde er zu allem Überfluss auch noch einen Hitzschlag erleiden. Ihm schwirrte der Kopf, und er krümmte sich vor Schmerzen.

Er starrte das Probenkästchen auf seinem Beifahrersitz an und dachte an die letzten Minuten unten im Tunnel. Er musste die Polizei rufen … *keine gute Idee!* Der Gedanke kam so scharf und klar, dass ihm davon ganz anders wurde. Warum nicht die Polizei …? Weil er … Seine Gedanken zerfaserten, ihm war schwindelig. Er öffnete die Fahrertür und erbrach sich auf die Fahrbahn.

Als er sich wieder aufrichtete, wusste er sicher, dass er sich nicht an die Polizei wenden durfte, auch wenn der Grund dafür im Nebel seiner Verwirrung verschwamm. Er ahnte, dass er nicht mehr weit kommen würde. Er musste raus aus dem

Wagen. Er musste den Schutzanzug loswerden. Dann musste er die Proben verstecken und anschließend Mike anrufen. Mike würde wissen, was zu tun war, er wusste immer, was zu tun war. *Verdammt!* Seine Schulter brannte wie Feuer. Waren das schon Auswirkungen einer Infektion? Nein, das konnte auf keinen Fall sein … *Konzentrier dich!* Er tastete nach dem Handy in seiner Jackentasche, erstarrte aber im selben Moment, weil er im Rückspiegel ein fremdes Auto auftauchen sah.

Verfolgte man ihn? Er wusste, das konnte nicht sein, aber er wusste nicht, wieso. Erneut zerstoben seine Gedanken. Er legte den Gang wieder ein, fuhr weiter. Der andere Wagen kam näher, er fuhr schnell. Dann ein kurzer Moment des reinen, panischen Schreckens, als der Wagen sehr dicht auffuhr, ausscherte und Gereon überholte. Gereon fürchtete bereits, dass der andere Fahrer sich vor ihn setzen und ihn ausbremsen würde, aber nichts dergleichen geschah. Ohne die Geschwindigkeit auch nur zu verringern, verschwand das Auto hinter der nächsten Kurve.

Gereon atmete auf.

Er wollte gerade wieder anhalten, doch da wurde ihm schwarz vor Augen. Als er wieder klar sehen konnte, holperte sein Wagen einen steilen Abhang hinunter, und gleich darauf schoss der armdicke Stamm einer Silberfichte auf ihn zu. Metall kreischte, Glas splitterte. Es gab einen Ruck, der Airbag explodierte mit einem ohrenbetäubenden Knall und verhinderte, dass Gereon mit dem Oberkörper auf das Lenkrad knallte. Trotzdem katapultierte der Aufprall ihn an den Rand einer Ohnmacht. Glutrot schlug es über ihm zusammen, dann wogten von den Seiten seines Sichtfeldes schwarze Schatten heran und verschluckten ihn vollständig.

7. Kapitel

Lou und das Gespräch mit ihr gingen Nina nicht mehr aus dem Kopf. Es hatte sie geschmerzt, die Resignation dieser jungen Frau zu spüren. Das Gift der gefühlten Ausweglosigkeit, die sie in jeder nur erdenklichen Hinsicht empfand, schien sich tief in ihr Bewusstsein gefressen zu haben. Hartz IV der Eltern. Krankheit der Mutter. Schulabbruch. Dann selbst Bürgergeld beziehen zu müssen und dabei ständig die Stimme des Vaters im Kopf. *Du bist zu dämlich!*

Es klang alles nach dem üblichen frustrierenden Lebenslauf, und Nina ertappte sich dabei, dass sie sich fragte, was wohl Toms Reaktion darauf gewesen wäre. Vermutlich hätte er gesagt: »Sie hätte keines dieser Probleme, wenn sich unsere Gesellschaft endlich dazu durchringen könnte, das bedingungslose Grundeinkommen einzuführen.«

Nina lächelte bei dem Gedanken, dann richtete sie ihre Gedanken auf die Dinge, die drängten: Rüdiger und die Tatsache, dass er es auf Janus Therapeutics abgesehen hatte. Wenn Ninas Ex-Kommilitone sich wirklich darauf versteift hatte, Janus Therapeutics einen Medizinskandal anzuhängen, indem er den Verdacht erweckte, dass die Firma schuld war an der Milzbranderkrankung eines Menschen, dann war das eine echte PR-Katastrophe. Und nicht nur das. Dieser tote Obdachlose, von dem Lou ihr erzählt hatte … Zwar hatte sie keinen Beweis dafür, dass er tatsächlich an Milzbrand gestorben war, aber die Tatsache, dass jemand vom Gesundheitsamt zusammen mit der Polizei bei der jungen Frau aufgetaucht war, deutete darauf hin, dass man von einer Gefährdung für weitere Menschen ausging. Und zumindest einige der Symptome, die Lou geschildert hatte, ließen den Verdacht zu, dass Thomas jenes Milzbrand-Opfer sein könnte, von dem Rüdiger gesprochen hatte.

Wenn das stimmte, dann hätten die Behörden mit Sicherheit längst Ermittlungen aufgenommen. Und wenn man bei diesen Ermittlungen darauf stieß, dass bei Janus Therapeutics mit einem Anthrax-Stamm gearbeitet wurde, konnte es sein, dass Gereons Firma auch aus dieser Richtung unter Beschuss geriet. Janus Therapeutics befand sich aktuell in einer sehr heiklen Situation. Die klinischen Studien zur Zulassung von JanuThrax beim Menschen waren existenziell für das Fortbestehen der Firma, weil von ihnen abhing, ob sich Investoren fanden, um das Medikament bis zur Marktreife zu bringen. In einer solchen Lage konnte die Firma nicht den geringsten Skandal gebrauchen. Allein die Tatsache allerdings, dass Janus Therapeutics Gegenstand von Ermittlungen von Polizei und Gesundheitsbehörden war, konnte schon potenzielle Interessenten abschrecken. Besser also, ihr Freund war darauf vorbereitet, was da möglicherweise auf ihn zukam.

Nina versuchte nun doch, Gereon anzurufen, aber er ging immer noch nicht ran, also schrieb sie ihm eine Textnachricht:

Hey. Melde dich mal. Wir müssen dringend reden.

Nachdem sie sie abgeschickt hatte, las sie die Worte noch einmal durch und merkte, dass sie klangen, als würde sie ein Beziehungsgespräch einfordern. Also fügte sie noch hinzu: *Es geht um Janus Therapeutics. Kann sein, dass ihr Schwierigkeiten bekommt. XX Nina*

Okay. Jetzt konnte sie wieder nur warten.

Blöd nur, dass Gereon auch auf diese Nachrichten nicht reagierte. Zähneknirschend suchte Nina die Nummer von Mike Reed, Gereons Geschäftspartner, im Telefonspeicher und wählte.

Mike ging nach dem dritten Klingeln ran. »Nina! Alles in Ordnung?«

Seine Frage war verständlich, denn Nina rief ihn sonst so gut wie nie an. Zwar waren Mike und Gereon auch persönlich eng befreundet, aber diese Freundschaft hatte sich irgendwie nie auf Nina ausgedehnt. Gereon hatte Nina irgendwann einmal erzählt, dass er und Mike sich aus jener Zeit kannten, in der Gereon als Arzt in Alaska gewesen war und versucht hatte, die Menschen von Arctic Village zu retten. Mike, der zehn Jahre jünger war als Gereon, hatte damals in dem Ort gelebt und bei der Katastrophe seinen Vater verloren. Danach hatte Mike sich entschieden, Medizin zu studieren. Er wollte dabei mithelfen, Katastrophen wie die von Arctic Village zu verhindern. Zwar war er ein Überflieger, aber als Arzt wäre er eine totale Fehlbesetzung gewesen, das merkte er früh, weshalb er auf Biochemie umsattelte. Eine Weile lang hatte er danach im Marketing für einen großen europäischen Pharmakonzern gearbeitet, bevor er eine leitende Funktion bei einem Mittelständler übernommen hatte. Dort hatte er überaus erfolgreich komplexe Lizensierungstransaktionen mit großen Pharmaunternehmen durchgeführt, hatte Finanzmittel von Investoren eingeworben und kannte sich exzellent darin aus, wie die Prozesse der Marktzulassung von Medikamenten abliefen. Was ein Grund für Gereon gewesen war, ihn zu Janus Therapeutics zu holen, wo er seitdem als Kaufmännischer Geschäftsführer für alles Finanzielle zuständig war. Aktuell führte er Verhandlungen mit mehreren großen Pharmakonzernen über JanuThrax.

Nina mochte ihn, er war ein lebenslustiger, immer zu einem lockeren Spruch aufgelegter Kerl, mit dem man viel lachen konnte und der darüber hinaus eine ausgeprägte soziale Ader hatte. Was sich unter anderem darin zeigte, dass er sich – genau wie Gereon – oft und viel für den Klimaschutz engagierte.

»Ja, alles in Ordnung«, antwortete sie. »Hast du was von Gereon gehört? Bei mir hat er sich noch nicht einmal gemeldet, seit er in Alaska ist.«

»Er wird beschäftigt sein. Mach dir keine Sorgen, dem geht es gut. Ich habe erst vor ein paar Stunden eine SMS von ihm gekriegt. Er hat geschrieben, dass er gut vorankommt mit seiner Arbeit.«

Nina rieb sich die Stirn. »Das ist gut. Aber …« Sie überlegte, wie sie es in passende Worte kleiden sollte. »Ich muss dringend mit ihm sprechen, Mike! Es kann sein, dass Janus Therapeutics ein Problem bekommt, um das er sich kümmern muss.«

»Noch eins?« Mike seufzte. »Was für ein Problem?«

»Es geht um eure Labors in Pankow.«

»Klingt ominös. Weißt du was? Was hältst du davon, wenn wir im *La dolce vita* einen Happen essen gehen? Ich hatte heute keine Zeit zum Mittagessen und sterbe vor Hunger. Ich lade dich ein, dann kannst du mir in Ruhe erzählen, was los ist.«

Nina musste nicht lange überlegen. Sie selbst war ebenfalls hungrig, und das Lokal, das er genannt hatte, lag ganz in der Nähe vom Schloss Schönhausen und war für seine gute italienische Küche bekannt. »Wann treffen wir uns?«, fragte sie.

»Gib mir eine halbe Stunde.« Er schwieg einen Moment, und Nina stellte sich vor, wie er auf die Uhr sah. »Sagen wir um sechs? Ich lasse meine Assistentin einen Tisch für uns reservieren.«

»Okay«, sagte Nina. »Bis gleich.«

Sie war ein paar Minuten zu früh. Die Kellnerin, die eine knöchellange, schwarze Schürze mit einem aufgestickten Logo trug und darüber eine elegante weiße Bluse, nahm Nina ihre leichte Sommerjacke ab und reichte sie an einen jungen Mann weiter. Dann führte sie Nina durch das kleine, exklusive und angenehm klimatisierte Lokal zu einem Tisch am Fenster, von dem aus man auf die Blankenburger Straße hinaus blicken konnte. Der Tisch war elegant eingedeckt mit weißem Leinen, Silberbesteck und Wasser- sowie Weingläsern.

Obwohl er aus einfachen Verhältnissen stammte, hatte Mike Klasse, das hatte Nina schon mehrfach miterleben dürfen, seitdem sie ihn kennengelernt hatte.

»Darf ich Ihnen schon etwas bringen?«, fragte die Kellnerin, nachdem Nina sich gesetzt hatte.

Nina bestellte ein stilles Wasser. Die Kellnerin entfernte sich nahezu lautlos. In diesem Laden bewegten sich alle nahezu lautlos. Auch die Gespräche der Gäste klangen gedämpft. Alles wirkte gediegen, was auch für die Preise galt, stellte Nina fest, als ihr die Kellnerin zusammen mit ihrem Wasser die Speisekarte brachte.

Mike verspätete sich nur um wenige Minuten. Als er das Lokal betrat und von der Kellnerin ebenfalls an den Tisch geführt wurde, sah er abgehetzt aus. Auf seinem runden Gesicht glühten scharf umrissene, brombeerrote Flecken, seine schwarzen, dichten Haare, die zusammen mit seinen Gesichtszügen eine indigene Abstammung erahnen ließen, standen ihm wirr vom Kopf ab.

»Nina!« Er beugte sich über sie, gab ihr Küsschen rechts und links auf die Wangen, dann setzte er sich. »Hast du schon gewählt?«

Sie entschied sich für getrüffelte Pasta, ein Gericht, das sich irgendwo im mittleren Preissegment des Angebots befand, aber ihr eigenes Budget immer noch empfindlich übertraf. Mike hingegen schien die Karte auswendig zu kennen. Er warf nicht einmal einen Blick hinein, sondern reichte sie der Kellnerin mit den Worten: »Die Involtini und eine Flasche von Ihrem 2018er Barbera d'Alba. Ach, und bringen Sie für uns beide zusammen bitte eine kleine Antipastiplatte vorweg.«

»Sehr gern.« Die Kellnerin ließ sich auch von Nina die Karte reichen und schwebte davon.

Mit einem Seufzen warf Mike sich gegen die Lehne seines Stuhls und blies sich gegen die erhitzte Stirn. »Junge, Junge, das war vielleicht ein irrer Tag heute!«

Eine Frau in schmalem Etuikleid und Perlenkette am Nachbartisch schoss einen missmutigen Blick auf ihn ab. Er redete zu laut für dieses Ambiente, aber das tat er im Grunde an jedem Ort. Zur Entschuldigung strahlte er die Frau so sehr an, dass sie tatsächlich zurücklächelte.

Nina musste schmunzeln. Wo Gereon eher ein ernster, nachdenklicher Typ war, wirkte Mike humorvoll, glamourös und selbstbewusst. Ja, er war laut, aber die Menschen verziehen es ihm nahezu immer. Nina hatte keine Ahnung, wie er das machte. »Was war los?«, fragte sie und merkte, dass sie erst ein bisschen Small Talk machen musste, bevor sie das eigentliche Problem ansprechen konnte.

»Ach, nur der übliche Irrsinn in der Firma, hauptsächlich Gespräche mit Geldgebern und Abwehr der kreisenden Geier, die sich unsere Firma gern zu ihren inakzeptablen Konditionen einverleiben würden. Dann die üblichen ignoranten Sesselfurzer in den Aufsichtsbehörden. Und zu allem Überfluss hat Airi ausgerechnet jetzt auch noch Urlaub, sodass ich einen Teil ihrer administrativen Arbeit mitmachen muss.«

Airi Young war eine leitende Mitarbeiterin von Gereon und Mike, und sie war an der Entwicklung von JanuThrax beteiligt gewesen. Auf ihr Konto gingen einige der Durchbrüche ihrer gemeinsamen Forschung. Wie Mike war sie Amerikanerin mit indigenen Wurzeln, die man ihr im Gegensatz zu ihm aber erst auf den zweiten Blick ansah. Sie war fast einen Kopf kleiner als Nina, hatte helle Haut, dafür aber rabenschwarze, ganz glatte und glänzende Haare und einen in Ninas Augen sehr faszinierenden Lebenslauf.

Dr. Airi Young war Paläo-Mikrobiologin mit dem Fachgebiet

Wiederauferstehungsökologie. Im Grunde ging es in diesem Technologieansatz darum, in Gendatenbanken DNA-Material aus uralten Mikroorganismen zu sammeln, um sie in der Entwicklung zum Beispiel für innovative Impfstoffe sowie antibiotische oder krebsbekämpfende Medikamente einzusetzen. Auch um neue Epidemien und Pandemien besser zu verstehen und verhindern zu können, war es wichtig, historische Ausbrüche von Seuchen nachzuverfolgen und ihren Verlauf zu begreifen.

Trotz ihrer Faszination für Airis Fachgebiet hatte Nina allerdings auch ihre Mühe mit der Frau, was vor allem an ihren sehr verschiedenen Ansichten zum Klimawandel lag. Nina hatte sich mit Airi schon mehrfach über die Frage gestritten, wie gefährlich der auftauende Permafrost für die Menschheit wirklich war. Während sie selbst sich dabei eher auf die Tonnen von CO_2 bezog, die im Eis lagerten und den Treibhauseffekt in schwindelerregende Höhen treiben konnten, war Airis Argument, dass das ewige Eis auch wertvolle Mikroben enthielt, die der Menschheit zu neuen Medikamenten verhelfen würde. Sie nannte die eisbedeckte Nordhalbkugel der Erde manchmal sogar eine »Schatzkammer«, und die Erfolgsgeschichte von Janus Therapeutics gab ihr in dieser Hinsicht sogar recht. Trotzdem konnte Nina nicht so recht nachvollziehen, warum Airi in ihrer Begeisterung für neue medizinische Entdeckungen die Gefahr für das Klima nicht sehen wollte.

»Klingt anstrengend«, sagte Nina.

Mike lachte. »Business as usual. Aber jetzt los, raus mit der Sprache! Womit willst du mir den Appetit verderben? J. T. hat zwar schon genug Probleme, aber ein weiteres kriegen wir auch noch gemanagt, da bin ich sicher.« Er sprach die Abkürzung amerikanisch aus und so, als handele es sich bei der Firma um einen sehr guten Freund.

Nina trank einen Schluck von ihrem Wasser. Ihr Mund

fühlte sich plötzlich trocken an. »Es kann sein, dass es gar nichts ist, aber ich denke, ihr solltet Bescheid wissen. Ich habe heute einen Anruf von einem Reporter bekommen, ein Ex-Kommilitone von der Journalistenschule. Er schreibt für den Boulevard, und es klingt, als ob er auf etwas gestoßen ist.« Sie beugte sich ein Stück vor und senkte ihre Stimme. »Wenn er recht hat, ist es in Pankow zu Fällen von Milzbrand gekommen.«

Er runzelte die Stirn. »Was ist daran neu? Die Ziegen im Bürgerpark sind schon vor ein paar Wochen eingegangen. Die Behörden haben uns natürlich auf dem Schirm gehabt – klar, wenn man bedenkt, dass wir nur ein paar hundert Meter vom Gehege entfernt unsere Labors und um das Ausgangsprodukt unserer Forschung nie ein Geheimnis gemacht haben. Aber Gereon hat denen die Gensequenzierungen von Janus-Anthrax gegeben, und es hat sich rausgestellt, dass die Ziegen an einem anderen Erreger eingegangen sind. Ich glaube, das Hochwasser hat da irgendwas ans Licht befördert. Janus Therapeutics jedenfalls hatte mit der ganzen Sache nichts zu tun.« Er verzog das Gesicht.

Nina drehte ihr Glas auf dem blütenweißen Tischtuch im Kreis. »Neu an der Sache ist, dass nicht nur Tiere betroffen sind, sondern möglicherweise ein Mensch. Wie gesagt, ich bin noch nicht hundertprozentig sicher, aber die Hinweise deuten stark darauf hin, dass ein Obdachloser schon vor acht Wochen an Milzbrand gestorben ist.«

»Echt?« Diesmal senkte Mike seine Stimme weit genug, um die Dame am Nebentisch nicht erneut auf sich aufmerksam zu machen. »Uff.«

»Ja. Uff.«

»Aber das kann auch nichts mit Janus Therapeutics zu tun haben.«

»Hoffentlich hast du recht«, sagte Nina.

Erneut zuckte Mike mit den Schultern. »Ich sehe das Problem nicht. Unsere Labore sind mehr als S3-Standard. Da ist nichts entfleucht, nicht bei diesem elenden Hochwasser und auch nicht vorher. Das ist es doch, was dir Sorgen macht, oder?«

Sie fuhr sich mit der Zunge über die Lippen. Täuschte sie sich, oder war bei der Erwähnung des Hochwassers kurz ein Schatten über seine Züge gefallen? Sie war sich nicht ganz sicher. Die Kellnerin kam, brachte die bestellte Vorspeisenplatte und den Wein, den sie Mike probieren ließ. Er nickte zufrieden, sie goss ihm und Nina jeweils ein Glas ein und nahm die Weißweingläser mit. »Guten Appetit«, sagte sie.

Als sie weg war, griff Nina den Gesprächsfaden wieder auf. »Wenn ich ehrlich bin, ja. Immerhin stand eure Firmenzentrale unter Wasser, oder etwa nicht?«

Diesmal flog tatsächlich ein Schatten über sein Gesicht, was verständlich war, denn die Überschwemmung und der anschließende Tanz mit den Versicherungen hatten ihm ganz schön Kopfzerbrechen bereitet und taten es vermutlich immer noch. »Stimmt. Aber die Labore befinden sich im zweiten Stock. Und unsere Notaggregate sind einwandfrei angesprungen, als das Hochwasser die Stromversorgung lahmgelegt hat. Sämtliche Abluftfilter und auch die Abwassersterilisation haben nachweislich unterbrechungsfrei gearbeitet. Du machst dir also völlig umsonst Sorgen!« Er prostete Nina zu.

Sie stieß mit ihm an, wobei er sein Glas gegen ihres stieß, als habe er einen Bierhumpen in der Hand. Typisch Mike. Die Dame am Nebentisch rümpfte die Nase und vermied es diesmal, zu ihnen herüberzusehen. Trotzdem hatte sie damit bei Mike offenbar irgendeine unsichtbare Grenze überschritten.

»Was?«, blaffte er sie an. »Passe ich etwa nicht in Ihre elitäre, blasierte Welt?«

Die Dame wirkte konsterniert und ärgerlich zu gleichen Teilen. »Ich würde es begrüßen, wenn Sie Ihren Frust nicht bei mir abladen würden«, sagte sie steif.

Mike schnaubte nur, und Nina wunderte sich über seinen Ausbruch. Er passte so gar nicht zu ihm, zeigte aber sehr deutlich, unter was für einem Druck Mike derzeit stehen musste.

Sie nahm einen Bissen Vitello tonnato, um ihm Gelegenheit zu geben, sich wieder zu beruhigen. Es zerging förmlich auf der Zunge. Sie kaute, spülte mit Wein nach, der ebenfalls sehr gut war. Okay. Mike mochte sicher sein, dass Janus Therapeutics nichts mit Milzbrandfällen, egal ob bei Tieren oder Menschen, zu tun hatte. Aber was er offenbar völlig unterschätzte, war die Gefahr, die es für das Image der Firma darstellte, wenn das Gesundheitsamt in einem menschlichen Milzbrandfall gegen sie ermittelte. Oder – noch schlimmer – der Schießhund Rüdiger Neumann anfing, seine reißerischen Artikel über sie zu schreiben.

Mit wenigen Worten machte Nina Mike auf dieses Problem aufmerksam.

Er nickte, als sei er selbst noch nicht auf diese Idee gekommen. »Gut, dass du das sagst. Ich gebe gleich heute Abend noch unserer Pressestelle Bescheid, damit sie eine Strategie in der Schublade haben für diesen Fall.«

»Mach das«, sagte Nina. Sie wusste nicht, ob sie damit zufrieden war, aber sie beschloss, das Essen zu genießen und sich nicht schon wieder Probleme der Welt zu eigen zu machen, die vielleicht gar keine waren. Mike schien die Sache im Griff zu haben.

Hoffentlich.

Ihr Bedürfnis, mit Gereon zu reden, wuchs noch einmal.

Sie zwang ihre Mundwinkel ein paar Millimeter nach oben. »Okay. Themawechsel. Ich würde wirklich zu gern wissen, warum Gereon ausgerechnet in dieser wichtigen Phase der klinischen Studien nach Alaska fliegt und neue Erreger sucht.« Das war ihr schon komisch vorgekommen, als er ihr neulich am Telefon davon erzählt hatte.

Mike trank seinen Wein, wie er ein Bier hinuntergestürzt hätte. Dann stellte er das Glas auf den Tisch, wischte sich einen Tropfen von den Lippen und grinste breit und anzüglich. »Du bist aber nicht eifersüchtig, oder?« Er griff nach der Weinflasche und goss sich nach, bot dann ihr an, aber sie schüttelte den Kopf.

»Eifersüchtig?«

»Na, könnte doch sein, du denkst, er ist wegen einer anderen Frau da. Aber keine Sorge: Gereon ist ein absolut treuer Typ.«

Sie winkte ab. Wie kam er nur auf diesen Gedanken? Die Idee, dass Gereon sie betrügen könnte, war ihr tatsächlich überhaupt nicht gekommen. Warum auch? Sie wusste, dass Gereon sie liebte, vermutlich sogar um einiges mehr als sie ihn. Darüber hinaus wusste sie auch, dass er für einen Betrug nicht nur viel zu ehrlich war, er war außerdem viel zu sehr mit seiner Arbeit verheiratet, um neben ihr als Freundin auch noch eine Geliebte zu haben. »Ich bin nicht der eifersüchtige Typ«, erklärte sie.

Mike nickte nur.

Sie wollte ihn nach Einzelheiten von Gereons Reise nach Alaska fragen, aber sie wusste, dass Mike nicht in die fachlichen Details involviert war, und sie wollte ihn nicht bloßstellen. Also wechselte sie erneut das Thema. »Wie läuft die Studie?«

Zu ihrer Verwunderung schien ihm dieses Thema nicht so richtig zu gefallen. »Die läuft«, antwortete er kurz angebunden und sah der Dame am Nachbartisch dabei zu, wie sie bezahlte. Zwischen seinen Augenbrauen stand eine steile Falte.

Sein Tonfall ließ Nina aufhorchen. »Aber?«

»Nichts aber. Alles ist in perfekter Ordnung.« Zum wiederholten Male führte er das Weinglas an den Mund und trank einen langen Schluck.

Irgendwie glaubte Nina ihm nicht so recht. Sie hatte das Gefühl, dass er log. Stimmte etwa etwas mit der Studie nicht?

Wenn ja, dann wäre das eine ziemliche Katastrophe, dachte sie.

*

Gereon war nicht mehr auf der Flucht, alles war wieder gut. Oder? Er stand in einem Labor, die Umgebung war vertraut: das Schimmern der Oberlichter auf den Laborgeräten, das feine Summen der Geräte. Er hätte zufrieden sein müssen, aber er war es nicht. Da war ein Dröhnen in seinem Kopf, ein Dröhnen, das ihm das Hirn zu zerreiben drohte und ihm als brennender Schmerz den Arm herunterrann …

Er riss die Augen auf, und nichts war mehr gut. Sein Kopf und seine Brust schmerzten von dem Aufprall. Blut rann aus einer Wunde am Kopf, aber es war nur ein schmaler Faden.

Das Lenkrad, die zerborstene Windschutzscheibe, aus der Stück für Stück zerbröseltes Sicherheitsglas rieselte, der Baumstamm direkt vor der Kühlerhaube. Er saß immer noch in seinem Wagen irgendwo in Alaska. Er war von der Straße abgekommen …

Wie lange war er ohnmächtig gewesen? Er wusste es nicht, aber es musste auf jeden Fall mehr als eine Stunde gewesen sein.

Er tastete nach der Wunde an seiner Schulter, die nicht mehr viel stärker schmerzte als der ganze Rest des Körpers. Er wischte sich das Blut aus dem Augenwinkel. Suchte nach den Proben vom Beifahrersitz. Sie waren durch die Wucht des Aufpralls in den Fußraum geschleudert worden, aber immerhin unversehrt. Erleichtert angelte Gereon sie sich, und um zu testen, ob der Motor vielleicht noch funktionierte, betätigte er die Zündung. Keine Reaktion, nur das Autoradio schaltete sich an. Gereon glaubte die Worte *Fox* und *Permafrost-Camp* zu hören, und einem Impuls folgend stellte er lauter. Die Stimme eines Nachrichtensprechers füllte das Wageninnere. »… aussieht, hat es in einem Klimaforschungsprojekt in der Nähe von Fox eine Explosion gegeben. Die Feuerwehr ist mit mehreren Einheiten vor Ort. Ersten Informationen zufolge brennt es in einem der Eistunnel, die Forscher in den Boden gegraben haben …«

Feuer? Im Permafrosttunnel? Gereon lehnte den Kopf an die Nackenstütze und schloss die Augen. Um Himmels willen! Er dachte an das Aluminiumpulver, das er ganz in der Nähe der Karibus gesehen hatte. Wenn das in Brand geriet, würden die Kadaver völlig vernichtet werden, und wenn das geschah …

Sein Blick fiel auf das Probenkästchen in seiner Hand.

… würden seine Gewebeproben der letzte Überrest von Janus-Anthrax auf dieser Welt sein.

Er musste hier weg!

Der Gedanke kam übergangslos, mehr wie ein Instinkt. Gereon wollte die Tür öffnen, aber es ging nicht. Erst, als er sich mit der ganzen ihm verbliebenen Kraft dagegenstemmte, schwang sie mit einem Ächzen weit genug auf, dass er hindurchschlüpfen konnte und zu Boden fiel.

Schatten wallten vor seinen Augen, aber er schaffte es, wieder auf die Beine zu kommen. Er schälte sich aus dem Anzug, ließ ihn einfach fallen. Dann stolperte er vorwärts, hin zu einem Pfad, der sich direkt voraus in dem dichten Gestrüpp öffnete. Ein Wildwechsel.

Mit pochendem Herzen, pulsierender Schulter und dröhnendem Schädel machte Gereon sich wieder auf den Weg. Er war noch nicht in Sicherheit.

Und die Proben in seiner Hand waren es auch nicht.

*

Weil die Straße blockiert war und Tom nicht so recht wusste, wie es jetzt weitergehen sollte, schlug Andy vor, dass er mit zu ihm kommen sollte. Tom, der in fremden Ländern gern Menschen in ihren Häusern besuchte, willigte ein, und knapp eine Stunde später saßen er und sein Gastgeber gemeinsam in einer kleinen, aus Brettern und Torfballen zusammengezimmerten Hütte.

Ein Eisenofen stand in einer Ecke und diente als Kochstelle und im Winter vermutlich auch als Wärmequelle. Das Bett bestand aus dünnen Birkenstämmen und Fellen, Sitzmöbel und Tisch aus unbehandelten Brettern. Über dem Kopfende des Bettes hingen eine Schamanentrommel und ein kurzes Regal, auf dem eine Handvoll Bücher standen. Shakespeare und Chaucer, sah Tom, dazu eine Bibel. Und zwei uralte Ausgaben von *National Geographic*, die sich mit dem Polarkreis und dem Nordpolarmeer beschäftigten. Die Luft in der Hütte roch nach Holzrauch, nach Räucherfisch und nach Hund. Andys zwei Samojedenrüden – *darf ich vorstellen, Romeo und Hamlet* – hatten es sich in der Nähe der Tür bequem gemacht und behielten den unerwarteten Besuch im Auge, während ihr Besitzer sich daranmachte, in einer alten Blechkanne Kaffee zu kochen.

»Diese verflixten Löcher«, grummelte er dabei. »Seit Jahren geht das schon so, aber in der letzten Zeit werden es immer mehr, habe ich das Gefühl.«

»Der Klimawandel?« Tom lehnte sich auf seinem Stuhl zurück. Die Holzverbindungen knirschten unter seinem Gewicht.

Andy nickte. »Eigentlich ist das hier oben alles Permafrostboden. Aber je wärmer es wird, umso tiefer taut das Eis in den Sommermonaten. Und das geht nicht nur uns so. Ich habe von einem See in Sibirien gelesen, der ist einfach leergelaufen, weil der Damm, der ihn umgeben hat, so durchlässig geworden ist, dass er dem Wasserdruck nicht mehr standhalten konnte.«

Tom versuchte, sich vorzustellen, wie das ausgesehen haben mochte. Ein See, der sich in einer Flutwelle in die Tundra ergoss und dort versickerte. Vor seinem geistigen Auge entstand das Bild einer weiten Fläche aus Schlamm, toten Wasserpflanzen und sterbenden Fischen. Er rieb sich mit der flachen Hand den Nacken.

»Ein Stück südlich von hier ist ein halbes Dorf in einem dieser Löcher verschwunden«, erzählte Andy weiter. »Zum Glück hat der Schamane das Unglück vorhergesehen und die Bewohner gewarnt, sodass sie sich in Sicherheit bringen konnten.« Er stellte zwei Teller aus dünnem Metallblech auf den Tisch und zwei ebenfalls aus Metall bestehende Becher. »Kaffee kommt gleich.«

»Wohnten dort deine Leute?«

»Die meiner Mutter.« Andy öffnete eine Klappe in dem dicken Ofenrohr, das knapp unter der Decke in der Wand verschwand, und nahm mehrere kleine, intensiv nach Rauch riechende Fische heraus. Auf dem Ofen begann das Wasser zu simmern. »Vielleicht ist es ja ganz gut, dass diesmal die Straße der Weißen betroffen ist und nicht nur ein unwichtiges Indianerdorf.« Er verzog das Gesicht zu einer Grimasse.

»Andrew Thornton«, sagte Tom vorsichtig. »Das klingt nicht, als sei es dein richtiger Name.«

»Oh doch. Ist es. Es ist der Name, den mir meine Adoptiveltern gegeben haben. Sie waren Weiße.«

»Darf ich dich fragen, welchen Namen man dir bei deiner Geburt gegeben hat?«

Im ersten Moment schüttelte Andrew den Kopf, aber dann antwortete er doch und nannte Tom einen Namen, der in dessen Ohren wie eine Aneinanderreihung von Vokalen klang. Als er Toms fragendes Gesicht sah, lächelte er. »In die Sprache der Weißen übersetzt, heißt das *Kleiner Frosch, der lächelt.* Ich muss als Säugling ziemlich merkwürdig ausgesehen haben. Aber jetzt genug von mir. Was ist mit dir? Erzähl mir ein bisschen von dir! Hast du eine Frau? Kinder?«

Tom fuhr sich mit der flachen Hand durch die Haare. »Eine Frau, ja. Isabelle. Und eine Tochter. Sie heißt Sylvie.«

»Das sind schöne Namen«, sagte Andy, nahm die Kanne vom Feuer und goss den Kaffee auf. »Du musst stolz auf sie sein.«

Tom schwieg und rang mit den Erinnerungen an seinen letzten Streit mit Isabelle. Er wusste nicht einmal mehr, was der Auslöser gewesen war, vermutlich irgendeine Kleinigkeit, die er gesagt oder getan – wahlweise auch nicht gesagt oder nicht getan hatte. So genau wusste man das bei Isabelle nie. Sehr gut allerdings erinnerte er sich an das Ende dieses Streits, denn das war der Moment gewesen, in dem Isabelle ihm eröffnet hatte, dass sie für eine Weile Abstand brauchte.

»Na klar«, hatte Tom nur gesagt, und er hatte nicht gewusst, was er empfinden sollte.

Woraufhin sie ihm an den Kopf geknallt hatte: »Tu bloß nicht so selbstgerecht! Immerhin bist du doch derjenige, der ständig in der Weltgeschichte rumreist und von dort wer weiß was für Krankheiten anschleppt.«

Tom hatte sich gefühlt, als habe sie ihm eine unverdiente Ohrfeige gegeben. »Du bist ungerecht.«

Isabelle, das wusste er, würde ihm auch noch in hundert Jahren vorwerfen, dass er von seiner letzten Auslandsreise einen Erreger mitgebracht hatte, mit dem er seine Tochter beinahe umgebracht hätte. Dass er sich danach förmlich den Arsch aufgerissen hatte, um diesen Fehler wiedergutzumachen, zählte offenbar nicht mehr – ebenso wenig wie die Tatsache, dass er seit Sylvies Genesung keinen einzigen Tag mehr im Ausland gewesen war …

»Hallo? Erde an Tom!« Andy wedelte mit der Hand vor seinem Gesicht herum. »Du warst ja eben ganz weit weg, mein Freund. Ist die Sehnsucht nach deiner Frau so groß?«

Tom richtete den Blick auf das wettergegerbte Gesicht seines Gastgebers. *Kein Grund, das richtigzustellen.* Er nickte. »Kann schon sein«, sagte er.

Sie redeten bis weit nach Mitternacht über Gott und die Welt, über die Zwangsadoptionen, bei denen Kanada Tausende von indigenen Kindern ihren Familien entrissen und in weißen Mittelschichtfamilien hatte aufwachsen lassen, und über die Bemühungen der aktuellen Regierung, dieses Unrecht irgendwie wiedergutzumachen. Irgendwann bestand Andy darauf, Tom sein Bett zu überlassen. Er selbst baute sich aus Reisig und Fellen ein Lager auf dem Boden. Tom schrieb einen kurzen Text über Andrew und seinen Beinaheunfall an dem Thermokarst-Loch in seinen Reiseblog. Er nahm sich vor, den Eintrag hochzuladen, wenn er wieder in technologisierteren Gegenden war, aber er wurde überrascht. Als er den Eintrag beendete, lud er automatisch hoch.

Andy, der sein Erstaunen bemerkte, lachte auf. »Tja. Wir sind hier nicht so hinterwäldlerisch, wie du gedacht hast, würde ich meinen.«

Tom beschloss, dazu nichts zu sagen.

*

Nach dem Essen mit Mike kehrte Nina in ihre überhitzte Wohnung zurück. Sie öffnete alle Fenster, in der Hoffnung, dass der Durchzug wenigstens für ein bisschen Abkühlung sorgen würde. Dann duschte sie, trocknete sich nur nachlässig ab und schlüpfte in Höschen und Top. Routinemäßig checkte sie ihren RSS-Feed, bevor sie das Licht ausmachte, und musste schlucken, als in der Liste der neuen Beiträge auch ein Food- und Reiseblog mit Namen *Tom's Diner* auftauchte. Tom musste heute Morgen irgendwann einen neuen Eintrag geschrieben haben.

Mit dem Smartphone in der Hand ließ sie sich auf die Bettkante sinken. Auf den Holzdielen krampfte sie einmal die nackten Zehen zusammen, dann lehnte sie sich an das Betthaupt, zog die Beine in den Schneidersitz und klickte Toms Beitrag an.

Sie wusste, dass das keine gute Idee war, denn immer, wenn sie einen seiner Artikel las, ging ihr anschließend nicht mehr aus dem Kopf, wie sie ihn kennengelernt hatte. Dann war sie wieder in das Gefühlschaos jener wenigen Tage im vergangenen Jahr zurückgeworfen, mitten hinein in die Trauer um ihren ermordeten Ziehvater Georgy, der ihr immer noch so schrecklich fehlte. Und ja, dann fühlte sie auch wieder den Schmerz, als Tom nach dem kurzen, sehr intensiven Intermezzo mit ihr zu seiner Frau zurückgekehrt war.

Eigentlich, das hatte sie sich schon so oft gesagt, wäre es klüger, seinen Blog aus ihrem Feed zu löschen. Bisher hatte sie es allerdings nichts übers Herz gebracht. Jetzt las sie, was er über einen Mann namens Andy geschrieben hatte und über einen Beinahe-Unfall, den er gehabt hatte. Die Straße, auf der er unterwegs gewesen war, hatte sich in einen riesigen Krater verwandelt?

Weil ihr das seltsam vorkam, scrollte sie in seinem Tagebuch ein Stück zurück und stellte fest, dass er in Kanada unterwegs war, genauer im Yukonterritorium. Ein Lächeln glitt über ihre Züge. Dann war er nach der Beinahe-Katastrophe mit seiner Tochter im letzten Jahr also doch wieder auf Reisen. Sie freute sich für ihn. Reisen waren schließlich sein Leben.

Sie hob den Blick und starrte gegen die Wand auf der anderen Seite des Zimmers. Sie hatte das Bedürfnis, Tom anzurufen, aber das würde die Sache mit ihm nur unnötig verkomplizieren.

Ihre Finger wählten dennoch fast ohne ihr Zutun, allerdings nicht Toms Nummer.

Sondern die von Gereon.

*

Ein penetrantes Geräusch drang durch die Finsternis, die Gereon umgab. Mühsam kämpfte er sich an die Oberfläche seiner Ohnmacht, blinzelte. Wo war er? Er erinnerte sich noch, dass er diesen Wildwechsel entlanggetaumelt und dass vor ihm eine verfallene Jagdhütte aufgetaucht war. Raues Holz berührte seine Wange, die Welt war eigenartig gekippt und bestand aus Bretterwänden, einem gemauerten Kamin, in dem schon seit Jahrzehnten kein Feuer mehr gebrannt haben konnte, Dreck, Laub, Staub …

Das Probenkästchen lag neben seinem Gesicht. Er packte es, und da erst wurde ihm bewusst, was das Geräusch war, das ihn geweckt hatte: Sein Handy klingelte. Mühsam und mit jagendem Herzen tastete er danach, schaffte es, auf das Display zu schauen. Der Balken der Akkuanzeige blinkte warnend rot.

Verdammter Mist!

Er blinzelte, weil seine Sicht verschwamm, dann las er den Namen des Anrufers. Es war nicht Mike, wie er gehofft hatte, sondern Nina. Er rappelte sich auf. »Nina, hör zu …«, meldete er sich.

Seine Zunge fühlte sich an wie eine alte, pelzige Decke.

*

»Nina, hör zu …«

Im ersten Moment war Nina so überrascht, dass Gereon ranging, dass sie fast überhört hätte, wie belegt seine Stimme klang.

Hatte er etwa geschlafen? Unwahrscheinlich. Bei ihm dort drüben in den USA musste es heller Tag sein.

»Hey!«, sagte sie, erleichtert darüber, dass sie ihn endlich erreichte. »Ich dachte schon, dich gibt es gar nicht mehr. Ich …«

»Nina!«, fiel Gereon ihr ins Wort. »Mein Akku ist fast leer.« Sie glaubte zu hören, wie er keuchte.

»Gereon?«, wisperte sie. »Ist alles in Ordnung?«

»Sag Mike, er soll meine Koordinaten orten …« So drängend klangen seine Worte, dass Nina automatisch nickte.

»Natürlich. Aber Gereon, was ist …«

»Nina, das ist wirklich wichtig! Sag Mike, ich habe Janus, aber …« Übergangslos war er weg.

Sie wählte noch mal, bekam aber nur noch die Automatenstimme, die ihr sagte, der Teilnehmer sei vorübergehend nicht erreichbar.

*

Als die Verbindung unterbrochen wurde, fluchte Gereon mit zusammengebissenen Zähnen. *Verdammt! Verdammt, verdammt, verdammt!* Die Verbindung war zu früh unterbrochen worden. Er hatte Nina und Mike nicht mehr warnen können. Warnen? Wieso? Wovor? Er wusste es nicht. Er sah sich um, starrte auf die rohen Holzwände der Hütte, das Laub auf dem Boden. Auf das Probenkästchen. *Ich habe Janus*, hatte er Nina gesagt. Hochgefühl ergriff ihn. Er war noch nicht gescheitert. Ganz im Gegenteil! Ihm wurde kurz schwarz vor Augen.

»Mike …«, murmelte er, als könne sein Partner ihn über die Entfernung von Tausenden Kilometern hinweg hören. Wenn Mike seinen Standort ortete, wusste er, wo sich die Proben befanden. Gereon packte das Kästchen, tastete umher auf der Suche nach einer losen Bodendiele, um es in dem Hohlraum darunter zu verstecken. Schwarze Schleier wallten vor seinen Augen, aber er drängte sie zurück. Vergeblich. Er fand eine lose Diele, aber gleichzeitig spürte er, wie ihm das Kästchen aus den Fingern rutschte. Sein Bewusstsein entglitt ihm erneut, und bevor er wieder in die Dunkelheit hinabsank, hörte er noch, wie das Kästchen auf den Dielen aufschlug. Gleich darauf war da nur noch Leere.

*

Nachdem Nina akzeptiert hatte, dass sie Gereon nicht mehr erreichen konnte, zwang sie sich zur Besonnenheit und ging ihr kurzes Gespräch mit ihrem Freund noch einmal durch. Täuschte sie sich, oder hatte er Schmerzen gehabt? Sie war nicht sicher, aber plötzlich verspürte sie ein tiefes Unbehagen. Irgendwas stimmte nicht bei ihm.

In ihrem Kopf spielten sich endlose Szenen ab, was ihm geschehen sein konnte. Hatte er einen Unfall gehabt und lag verletzt irgendwo in der endlosen Landschaft Alaskas? War er krank geworden?

Sag Mike, er soll meine Koordinaten orten, hatte er gesagt. Und: *Sag Mike, ich habe Janus.* Beides hatte sonderbar geklungen. So dringlich. Gereons Koordinaten …

Er wollte ganz offensichtlich, dass Mike ihn ortete, aber wie sollte das gehen, wenn doch sein Akku leer war?

Sie zwang ihre wirbelnden Gedanken zur Ruhe.

Mike. Er würde ihr alles erklären. Sie rief seine Privatnummer auf und wählte.

Mikes Mailbox ging ran. Fluchend legte sie wieder auf, wählte erneut, in der Hoffnung, dass sie auf seiner VIP-Liste stand und deswegen nun durchgelassen wurde.

»Sie haben den Anschluss von Mike Reed gewählt …«

Mit einem frustrierten »Verdammt noch mal!« legte sie erneut auf. Was nun?

Ihr blieb nur eine Möglichkeit. Sie würde zu Mike fahren müssen, und zwar auf der Stelle.

Gut eine halbe Stunde später sprang Nina vor Mikes Wohnhaus am Majakowskiring aus dem Taxi, bezahlte und eilte dann den kurzen Weg zwischen Gartenpforte und Hauseingang entlang. Der Nachthimmel zeigte diesen seltsamen Farbton, den er nur über Großstädten hatte, irgendwo zwischen Grau und Orange. Auf dem Nachbargrundstück schlug ein kleiner Hund an, aber er klang eher müde als empört. Er bellte zweimal, dann beschloss er, lieber wieder schlafen zu gehen.

Nina konnte es ihm nicht verdenken.

Sie lauschte auf die Geräusche der Stadt, das Rauschen des Verkehrs, das in diesem Bezirk weit weg und gedämpft klang. Sie presste den Daumen auf Mikes Klingel und hielt den Knopf gedrückt, bis ihr Gelenk schmerzte. Im Haus blieb es still.

Sie klingelte erneut, noch länger diesmal. Endlich ging im oberen Stockwerk Licht an. Nina wich ein paar Schritte zurück, als das Fenster direkt über dem Eingang geöffnet wurde.

»Hast du sie noch alle?«, grummelte Mike mit verschlafener Stimme, die um diese Uhrzeit alles andere als jovial und freundlich klang.

»Ich bin's!«, rief Nina zu ihm hoch.

»Nina, um Himmels willen!« Er reckte den Kopf aus dem Fenster, starrte sekundenlang fassungslos auf sie nieder, als hätte er sie irgendwo am anderen Ende der Welt vermutet und nicht hier in seinem Vorgarten.

»Es geht um Gereon, Mike! Du musst mich reinlassen!«

»Was? Okay. Warte einen Augenblick, ich muss mir erst was anziehen.« Sein Kopf verschwand, dann hörte sie ihn in seinem

Schlafzimmer herumhantieren. Kurz darauf ertönten Schritte hinter der Haustür, und er schloss ihr auf. In seinem Blick spiegelte sich Beunruhigung wider. »Was ist passiert?«, fragte er, während er sie den Flur entlang in seine modern und kühl eingerichtete Küche führte.

Sie sank auf einen der Barhocker an dem schwarzmarmornen Küchentresen. »Ich habe mit ihm telefoniert. Er …« Ihre Stimme kippte weg, und sie wusste nicht so recht, warum sie derart in Sorge um Gereon war. Sein Akku war leer, sonst nichts. Warum war sie trotzdem so in Panik? Sie konnte sich des Gefühls einfach nicht erwehren, dass er … ja, was? Sie wusste es nicht.

»Beruhige dich erst mal!« Mike stellte eines dieser neumodischen doppelwandigen Kaffeegläser unter den Auslass des Kaffeevollautomaten. Die Maschine begann, Bohnen zu mahlen. Nina konzentrierte sich auf das Geräusch und vor allem auf den intensiven und vertrauten Geruch des frisch gemahlenen Pulvers. Während der Kaffee durchlief, erzählte sie Mike das Wenige, das Gereon ihr am Telefon gesagt hatte.

Er hörte konzentriert und mit blasser Miene zu, und während sie redete, reichte er ihr ihren Kaffee. Sie klammerte sich daran fest, sah zu, wie er sich mit dem Hinterteil an die Arbeitsplatte lehnte und die Arme vor der Brust verschränkte. »Koordinaten …«, murmelte er. »Scheiße, das ist gar nicht gut!«

Es waren genau die Worte, die Nina auf keinen Fall hören wollte. Sie kam sich vor, als hätte er ihr einen Eimer Eiswasser über den Kopf gekippt.

Mike umrundete den Küchentresen und nahm sein Handy, das auf einer weißen Anrichte am Ladekabel hing. Er öffnete irgendeine App und tippte etwas ein. Bevor sie fragen konnte, was er tat, drehte er das Handy so, dass sie darauf schauen konnte. Auf dem Display war ein Kartenausschnitt zu sehen, ganz ähnlich wie der von Google Maps. In der Mitte der Darstellung prangte ein rot blinkender Punkt, der mit *Gereon* beschriftet war.

Nina runzelte die Stirn. »Was ist das?«

»Gereons Aufenthaltsort.« Mike lächelte schmal. Dann warf er selbst einen zweiten Blick auf die Karte, und das Lächeln verblasste. »Das ist ein ganzes Stück weg vom Permafrosttunnel-Camp.«

Das Forschungscamp, in dem Gereon zurzeit war. Trotzdem verstand Nina immer noch nicht. »Was bedeutet das, Mike?«

Er blies die Wangen auf. »Als Gereon mich als seinen Partner zu Janus Therapeutics geholt hat, hielten wir es für eine gute Idee, wenn wir jederzeit wüssten, wo der andere sich gerade aufhält. Darum haben wir auf unseren Handys diese App installiert. Sie erlaubt uns, den letzten Standort des anderen zu orten, wenn es nötig werden sollte.« Ein Schatten flog über sein Gesicht. »Wir dachten dabei hauptsächlich an eine mögliche Entführung oder so etwas in der Art.« Er deutete auf den roten Punkt auf seinem Display. »Da hat er sich befunden, als sein Handy sich ausgeschaltet hat.«

Nina verspürte eine Mischung aus Erleichterung und neuer Unruhe. Entführung. *Du liebe Zeit!* »Okay, aber wie hilft uns das jetzt weiter? Dass er in Alaska ist, wussten wir auch so.« Sie war mittlerweile fast überzeugt davon, dass Gereon irgendwo dort draußen bewusstlos in der Wildnis lag.

Unsinn! Es gibt keinen Grund, das anzunehmen.

Oder?

ODER?

Sie presste die Fingerspitzen gegen beide Schläfen und fühlte sich genauso verloren wie damals, als ihr Ziehvater in ihren Armen gestorben war. In Gedanken ging sie noch einmal das Gespräch mit Gereon durch, und während sie das tat, starrte auch

Mike nachdenklich vor sich hin. »Warum wollte er, dass ich ihn orte? Okay. Schauen wir mal, ob wir ein paar mehr Infos bekommen können.« Er googelte eine Nummer, irgendeine Vorwahl in den Staaten, aber Nina kannte sich nicht gut genug aus, um zu wissen, zu welchem Bundesstaat sie gehörte.

»Das Permafrosttunnelcamp«, sagte er, als würde das irgendwas erklären. Er aktivierte den Lautsprecher, und gleich darauf wurde am anderen Ende mit einem hässlichen Knacken abgenommen.

»Sokolov!« Eine dunkle, nicht mehr ganz jung klingende Männerstimme. Sie klang angespannt, dachte Nina, so, als erwarte ihr Besitzer schlechte Nachrichten.

»Nikita?« Mike hob den Blick vom Display des Telefons in Ninas Gesicht und schenkte ihr ein schwaches Lächeln.

Alles wird gut!

»Mike? Um Himmels willen!«, stieß Sokolov hervor.

»Wir haben einen etwas beunruhigenden Anruf von Gereon bekommen«, erklärte Mike.

»Okay …«, meinte Sokolov gedehnt.

Nina konnte nicht mehr an sich halten. »Was ist da bei Ihnen los?«, stieß sie hervor.

»Tja. Wenn wir das wüssten.« Sokolov schwieg kurz, und selbst über die Entfernung von Tausenden von Kilometern hatte Nina den Eindruck, dass er sich sammeln musste. »Es hat ein Feuer gegeben. Im Tunnel. Und es sieht aus, als wäre es absichtlich gelegt worden. Ein Teil des Tunnelsystems ist eingestürzt, eine totale Katastrophe für unsere Forschungen! Hier herrscht noch immer das reinste Chaos. Kann sein, dass noch weitere Tunnel durch die Hitze …«

»Nik, was ist mit Gereon?«, drängte Mike.

»Tja, ich … ich fürchte, da habe ich schlechte Nachrichten …« Er verstummte. Hustete.

Im Hintergrund waren Männerstimmen zu hören, die Befehle brüllten.

Nina sah zu, wie Mike sämtliche Gesichtszüge entglitten. Sie konnte nicht an sich halten. »Lebt er?«, rief sie. Das Wort *Anschlag* gellte in ihren Ohren.

»Ich glaube schon.« Mehrere Sekunden verrannen, in denen Nina sich fühlte, als halte Sokolov ihr eine Rasierklinge an die Kehle. Seine nächsten Worte kamen wie aus weiter Ferne und wurden halb überlagert von einer Sirene, die kurz aufjaulte. »Wir wissen, dass er kurz vor dem Feuer im Tunnel war, weil einer unserer Wachleute ihn gesehen hat. Der Mann hat ihn auch wieder wegfahren sehen, und zwar ziemlich überstürzt. Mehr wissen wir allerdings nicht. Die Polizei ist dabei, zu ermitteln …« Er verstummte. Diesmal dauerte es eine halbe Ewigkeit, bis er weitersprach.

Nina schloss die Augen. Sie ahnte, dass etwas Schockierendes folgen würde. Und sie täuschte sich nicht.

»Sie verdächtigen Gereon, das Feuer gelegt zu haben, Mike«, presste Sokolov hervor. »Sie vermuten, dass er deswegen auf der Flucht ist, und sie fahnden nach ihm.«

8. Kapitel

Nach den schockierenden Worten von diesem Sokolov fühlte Nina sich, als hätte ihr jemand den Boden unter den Füßen weggezogen und sie mitten in den luftleeren Raum gehängt. »Mike!«, drängte sie. »Was geht hier vor?«

Er schwankte. »Der Grund, warum Gereon in Alaska ist«, murmelte er. »Ich … ich fürchte, er hat dir nicht ganz die Wahrheit darüber gesagt.«

Seine Worte waren nicht dazu geeignet, Nina zu beruhigen. »Mensch!«, fuhr sie ihn an. »Rück endlich raus mit der Sprache: Was ist hier los, Mike?«

Er wich ein Stück zurück. »Also gut, also gut! Vielleicht ist es wirklich besser, wenn dir jemand reinen Wein einschenkt.« Er räusperte sich. »Wie erkläre ich dir das alles? Gestern Abend im *La dolce vita*, als du mich danach gefragt hast, ob das Hochwasser auch J. T. getroffen hat …«

Schlagartig war ihr kalt. »Es ist doch etwas entwichen!«

»Was? Nein! Nein, eben nicht. Als wir die S3-Labore gebaut haben, hat Gereon auf einer zusätzlichen Sicherung für die ganz gefährlichen Stoffe bestanden. Sie werden in einem Spezialschrank aufbewahrt, der mit dem Sicherheitssystem gekoppelt ist. Im Falle einer drohenden Gefahr der Freisetzung springt ein zweiter Sicherheitsmechanismus an und leert eine Phagen-Enzymlösung über die Anthraxproben aus, die Sporen und Kulturen in kürzester Zeit unschädlich macht.«

Wie clever, dachte Nina. Es war typisch Gereon, dass er sich mit den gesetzlichen Sicherheitsstandards nicht zufriedengab, sondern neue Wege ging, um bei einem Laborunfall das Janus-Anthrax zuverlässig zu zerstören. Sie ignorierte die schmerzhaften Erinnerungen an ihren Ziehvater, der an Phagen geforscht hatte.

Mike seufzte. »Das System hat perfekt funktioniert. Leider ein bisschen zu perfekt. Blöderweise war die Sensibilitätsstufe nämlich zu niedrig eingestellt.«

»Was bedeutet das?«

»Das bedeutet, dass der Vernichtungsmechanismus eigentlich erst anspringen sollte, wenn das Sicherheitssystem des Labors auf Rot umspringt, wenn es also wirklich versagt. Aber Gereon war der Meinung, dass das nicht ausreicht. Er fand es viel zu gefährlich, dass in der halben Stunde, die die Phagen brauchen, um Anthrax wirksam zu zerstören, doch etwas entweicht. Darum wollte er auf Nummer sicher gehen. Er hat das Ganze so programmiert, dass die Vernichtung schon gestartet wird, wenn das System länger als zwanzig Minuten auf Warnstufe gelb steht. Und leider war das bei dem Hochwasser im Juni der Fall.«

»Du willst sagen, dass der Originalstamm von Janus völlig zerstört wurde?«

»Ja. Und das ist eine Katastrophe für uns. Ohne die Originalbakterienkultur stoppt die ganze weitere Entwicklung des Medikaments, weil wir den Wirkstoff für die klinischen Studien nicht nachproduzieren können. Und in die pharmazeutische Großproduktion gehen können wir dann auch nicht.« Mike blies die Wangen auf. »Jetzt weißt du, warum Gereon nach Alaska geflogen ist.«

Nina brauchte ein paar Sekunden, bevor sie das alles richtig eingeordnet hatte. »Wenn er also von dort kein neues Janus-Anthrax mitbringen kann, geht die ganze Firma den Bach runter?« Zehn Jahre Forschung sollten hier gerade auf dem Spiel stehen? Der Gedanke war zu furchtbar, um ihn auch nur zu denken.

»Genau. Zum Glück wusste er, dass man in diesem Tunnel

hundert Jahre alte Karibu-Kadaver gefunden hat. Und als das Sicherheitssystem versagt und unseren Erregerstamm zerstört hat, war unsere einzige Hoffnung, dass in diesen Kadavern eben auch Anthrax unserer Janus-Subspezies ist.«

Nina wollte nachfragen, woher diese Hoffnung rührte, aber Mike sprach schon von sich aus weiter. »Du fragst dich, wieso wir davon ausgehen konnten, dass die Karibus in Arctic Village und die im Tunnel denselben Stamm tragen? Gereon hat dazu auf alten Karten die Zugrouten der Tiere untersucht. Frag mich nicht, wie er das genau gemacht hat, aber Fakt ist: Wir hatten Grund zu der Annahme, dass die Kadaver an beiden Orten zu derselben Herde gehörten, und auch, dass sie ungefähr zur selben Zeit verendet sind.«

Nina biss sich auf die Lippe. »Er hat mir am Telefon gesagt, dass er Janus hat. Meinte er damit, er konnte es vor diesem Feuer retten, von dem dieser Sokolov gesprochen hat, oder was?«

»Tja, wenn ich das wüsste. Gereon hatte vor, aus den Kadavern Material zu isolieren, um die Studie fortführen zu können und unsere Investoren zufriedenzustellen. Unser Plan war eigentlich, dass er morgen in einen Flieger steigen und das Zeug hierher schaffen sollte.«

»Aber irgendwas ist dazwischengekommen.«

»Ja. Wie es aussieht, das Feuer im Tunnel.«

»Wie hängt das eine mit dem anderen zusammen?«

»Ehrlich, Nina? Ich habe keine Ahnung! Aber wenn es stimmt, was Sokolov gesagt hat, dann wurde der gesamte Tunnel mit der Karibu-Fundstätte vernichtet. Die Chance, jetzt noch an die Kadaver zu kommen und den Erreger zu extrahieren, dürften damit gegen null gehen. Wenn Janus Therapeutics also nicht den Bach runtergehen soll, brauchen wir diese Proben, die Gereon bei sich hat.«

»Dann sollten wir so schnell wie möglich die Polizei benachrichtigen und ihnen seine Koordinaten geben, damit sie nach ihm suchen!«

»Nein! Denn wenn wir die Polizei ins Spiel bringen, und die finden die Anthrax-Proben bei ihm, verschwinden die auf Nimmerwiedersehen in deren Asservatenkammer. Oder schlimmer noch: Sie vernichten sie, weil sie sie für gefährlich halten, und dabei ist es ihnen egal, ob Gereon Genehmigungen für das Zeug hat oder nicht. Amerika hat schließlich seine Erfahrungen mit Anthrax, Nina. Vergiss das nicht.«

Wo er recht hatte, hatte er recht. In den Augen vieler Amerikaner stand Anthrax für Terror und qualvollen Tod, nicht für die Hoffnung auf neue Krebstherapien.

Wie es aussah, befanden sie sich hier also wirklich in einer ziemlich ausweglosen Situation.

*

Die Drahtschlingen des mannshohen Zaunes, der das Permafrost-Camp umgab, drückten sich schmerzhaft in Josephs Rücken und Hinterkopf, aber er rührte sich trotzdem nicht von der Stelle. Er hatte das Gefühl, dass er jeden Halt gebrauchen konnte. Sogar die Finger beider Hände hatte er in die Maschen gehakt, während er zusah, wie im Lager erst die beiden Löschwagen der örtlichen Feuerwehr eintrafen und kurz darauf auch die aus Fairbanks, Pleasant Valley und North Pole. Er sah zu, wie die Feuerwehrmänner zwischen ihren Wagen und dem Tunneleingang hin- und herrannten. Schläuche wurden verlegt, aber der Befehl *Wasser marsch!* blieb aus, weil man erkannt hatte, dass es kein normales Feuer war, das dort unter der Erde wütete.

Die Truppführer der einzelnen Mannschaften standen beieinander und diskutierten, wie man am besten herausfinden konnte, was genau dort unter der Erde so verheerend brannte.

Sokolov, der Leiter des Camps, stand bei ihnen. Er war blass und wütend, und das war nur zu verständlich. Dort unten, etliche Meter tief in der Erde, verbrannten gerade Forschungsergebnisse von vermutlich mehreren Jahren.

Joseph krallte die Finger fester in die Maschen des Zauns und konzentrierte sich darauf, wie der dünne Draht sich in sein Fleisch grub. Er glaubte zu spüren, wie der Boden unter seinen Füßen schwankte, und im ersten Moment dachte er, es liege daran, weil er selbst so geschockt war. Aber dann begriff er, dass er sich die Sache nicht einbildete. Der Boden schwankte tatsächlich!

Ein tiefes, stöhnendes Geräusch erhob sich, es klang, als würde die Erde selbst sich in Agonie winden. Vielleicht tat sie das ja auch. Risse bildeten sich auf dem Platz vor dem Tunneleingang. Bei zwei Labors klirrten die Fensterscheiben, bei einem dritten barsten sie mit einem Knacken, das in Josephs Ohren wie das Brechen von Knochen klang.

Er ließ den Zaun los, bedeckte die Augen mit der Hand, um das Chaos nicht mehr ansehen zu müssen, das in völliger Lautlosigkeit ablief. Hier oben, an der Oberfläche, war von dem Brüllen der Flammen unter der Erde nicht das Geringste zu hören.

Und vielleicht, dachte er, war das das Gruseligste von allem.

*

Gereon erwachte mit einem unguten Gefühl und der Ahnung von Gefahr. Als er jedoch in die Höhe fuhr und ihn der Schmerz in seiner Schulterwunde durchzuckte, begriff er, dass er sich getäuscht hatte.

Er war immer noch in der Hütte, immer noch allein. Und sein Schädel dröhnte immer noch. Mittlerweile fühlte er sich fiebrig. Die Erreger, die zusammen mit der Kugel in seinen Körper eingedrungen waren, hatte ihr tödliches Werk begonnen. Gereon schloss die Augen. Ganz kurz flackerte ein Bruchstück der letzten Minuten im Tunnel auf, und er glaubte, eine Waffe in der Hand zu halten, den Rückstoß des Schusses zu fühlen …

Er krümmte sich. Alles fühlte sich unwirklich an. Waren es Erinnerungen, die er sah, oder Halluzinationen? Er wusste es nicht.

Was er allerdings wusste: Mike kannte jetzt seine Koordinaten und damit auch die der Proben. Er würde sie nach Deutschland bringen und Janus Therapeutics damit retten, genau wie sie es gemeinsam geplant hatten … Bedauern durchflutete ihn bei dem Gedanken, dass er das vielleicht nicht mehr miterleben würde, und es war sogar stärker als die Angst vor dem Tod. Aber weder von dem einen noch von dem anderen durfte er sich ablenken lassen. Er musste die Proben endlich in dieser Hütte verstecken. Und selbst wenn er hier an diesem Erreger starb …

»Beaver!«

Die Stimme klang, als käme sie vom anderen Ende des Universums.

»Beaver, lass das!«

Etwas Großes, Zottiges tauchte vor Gereons Nase auf, stinkender Atem schlug ihm entgegen, und das Letzte, was er denken konnte, bevor er erneut ohnmächtig wurde, war: *Bitte nicht das Gesicht ablecken!*

*

Die Sonne schien schräg durch die Fenster der Villa in die Geschäftsräume von INKA und hätte den Raum auf mehr als dreißig Grad aufgeheizt, wenn Martin Krause nicht schon früh am Morgen die Klimaanlage angeschaltet hätte.

»Also gut!« Der Mann im grauen Anzug, der auf dem schwarzen Ledersofa in Krauses Büro saß, warf einen dünnen Aktenordner auf den Couchtisch. Sebastian Löbnitz war Leiter der Kommunikationsabteilung des deutschen Ablegers von EurOil, derzeit Nummer acht in der Liste der größten Ölkonzerne der Welt. »Wie ich die Sache sehe, haben Sie hier wohl das ein oder andere Problem, um das wir uns kümmern müssen«, sagte er.

»Nun, als Probleme würde ich das nicht bezeichnen, was ...«

Als habe Krause überhaupt nichts gesagt, fuhr Löbnitz fort: »Da ist zuerst mal dieser SPIEGEL-Artikel, in dem man Ihr Institut bezichtigt, sich von unserer Firma für Antiklimalobbyarbeit bezahlen zu lassen.«

Krause biss sich auf die Unterlippe. *Stimmt ja auch*, dachte er, vermied es aber natürlich tunlichst, diesen Gedanken laut auszusprechen. Stattdessen sagte er: »Wir haben mit mehreren Pressemeldungen und Leserbriefen an die Redaktion darauf reagiert. Ich selbst habe einen geschrieben, der in Teilen auch abgedruckt wurde. Ich habe darin darauf hingewiesen, dass wir als Institut nur der wissenschaftlichen Forschung verpflichtet sind.«

Löbnitz nickte. »Schön.« Er schwieg eine Weile, vermutlich, um Krause nervös zu machen.

Krause richtete den Blick auf das Gemälde mit dem Segelschiff. *Nur raue See*, sagte er sich und nannte sein Gegenüber im Stillen ein Arschloch. »Herr Löbnitz, ich kann verstehen, dass Sie verärgert über diesen Artikel sind, aber ich versichere Ihnen, dass meine Leute und ich exakt nach den mit Ihnen abgestimmten Aktionsplänen vorgegangen sind.« Er hatte sich nicht für das andere Sofa entschieden, sondern für einen der beiden Sessel. Er brauchte Abstand von seinem Gegenüber. Und das Gefühl, ihn wenigstens körperlich zu überragen.

Löbnitz lehnte sich zurück. »Schön«, sagte er schon wieder.

»Am besten erzählen Sie mir erst mal, wie Sie unsere Gelder in den vergangenen Monaten verwendet haben.«

»Wie gesagt, genau nach dem mit Ihnen besprochenen Plan.«

»Influencer?«

Krause nickte. »Wir haben fünfundzwanzig Prozent der von Ihnen zur Verfügung gestellten Mittel in sie investiert.« *Influencer* war Löbnitz' geschöntes Wort für das, was landläufig als Troll bezeichnet wurde: Menschen, die man dafür bezahlte, mithilfe verschiedener Fake-Profile im Netz zu bestimmten Themen Stimmung zu machen.

»Wie viele in reinen Zahlen?«

Krause war froh, dass er sich gut auf dieses Gespräch vorbereitet hatte. »Zweihundert, Männer und Frauen ungefähr zu gleichen Teilen. Sie verwalten insgesamt an die zweitausend Accounts auf allen relevanten Plattformen. Auf diese Weise ist es uns gelungen, die Reichweite unserer wissenschaftlichen Artikel und unserer PR-Kampagnen um bis zu tausend Prozent zu steigern.«

»Diese wissenschaftlichen Artikel?«

»Dank Ihrer Mittel ist es uns gelungen, eine Handvoll Fachleute für uns zu gewinnen, die in verschiedensten Zeitungen und Zeitschriften Zweifel an den Thesen von Klimaforschern artikulieren. Unter diesen Fachleuten befinden sich ein Meteorologe, der unter anderem durch den Wetterbericht auf einem Privatsender bekannt ist, ein Physiker, der alternative Klimamodelle modelliert, und eine renommierte Mikrobiologin. Sie schreibt sehr öffentlichkeitswirksam immer wieder darüber, was für einen Benefit die Menschheit aus dem tauenden Permafrost erwarten kann.« Er grinste. »Stichwort JanuThrax. Das wäre schließlich niemals entdeckt worden, gäbe es die Erderwärmung nicht.«

Löbnitz nickte, doch Krause hatte das Gefühl, dass er ihn

immer noch nicht überzeugt hatte. »Wir haben unsere PR-Arbeit dahin gehend verbessert, dass unsere Fachleute in Radio- und TV-Sendungen eingeladen werden …«

»In denen sie von jungen, eloquenten Wissenschaftlern wie Larissa Haas und ihrem Gefolge in der letzten Zeit immer häufiger in ihre Einzelteile zerlegt werden.«

Krause knirschte mit den Zähnen, als er an die Talkshow dachte. Er hätte niemals die Contenance verlieren dürfen, aber diese blöde Kuh hatte ihn einfach zu sehr auf die Palme getrieben.

Das alles ist nur raue See! Bleib locker.

»Nun ja«, sagte er und hasste es, dass er sich schon wieder in der Defensive befand. »Der verleumderische Artikel im SPIEGEL hat unserer Arbeit natürlich schon geschadet. Außerdem ist unser Kampf nicht nur durch die verheerende Überschwemmung vor ein paar Wochen erschwert worden, sondern auch dadurch, dass die Weltorganisation für Meteorologie Anfang des Jahres erklärt hat, dass das vergangene Jahr die 1,5-Grad-Marke gerissen hat.«

Was die Menschen aber hoffentlich recht bald wieder vergessen haben würden, dachte er. Schließlich hatte die Flut im Ahrtal eindrücklich gezeigt, wie schnell Katastrophen aus dem Gedächtnis der Öffentlichkeit wieder verschwanden. Erst gab es wohlfeile Sonntagsreden von betroffenen Politikern, und irgendwann ging der Rest der Republik zum Tagesgeschäft über und machte sich keinen großen Kopf mehr darum, dass immer noch Menschen in den Trümmern ihrer weggeschwemmten Häuser saßen. Die Sonntagsredner versanken wieder im politischen Tagesgeschäft, alles blieb, wie es war. So lief es zum Glück immer, und so würde es hoffentlich auch mit dem 1,5-Grad-Thema sein.

Krause unterdrückte ein Lächeln. Die Beharrungskräfte, die

aus der Bequemlichkeit der Menschen resultierten, hatten sich bisher noch immer zu ihren Gunsten durchgesetzt.

»Mir sind die Schwierigkeiten bewusst, unter denen Sie und Ihre Leute zu arbeiten haben«, sagte Löbnitz in seine Überlegungen hinein. »Aber EurOil und seine Partner denken, dass die Beträge, die wir Ihnen regelmäßig überweisen und die das alles hier ermöglichen …« Er umschrieb das Büro und die gesamte Villa mit einer raumgreifenden Geste. »… dazu dienen sollten, Ihre Bestrebungen noch einmal zu verstärken, um den unseligen Eindruck dieses SPIEGEL-Artikels und Ihre, hm, sagen wir semiprofessionelle Performance in dieser Talkshow vergessen zu machen.«

Krause wusste, dass die höfliche und verklausulierte Art, mit der sein Gegenüber sprach, eine ernste Drohung enthielt: die Drohung, ihn seines Amtes als Vereinsvorstand von INKA zu entheben. Oder schlimmer noch: dem Verein sämtliche Finanzmittel zu entziehen, was bedeuten würde, dass er selbst und sein ganzes fein abgestimmtes System aus Vereinsmitgliedern, Experten und Wissenschaftlern wieder in der Bedeutungslosigkeit versinken würden. »Natürlich«, sagte er darum und zwang sich zu einem Lächeln.

Löbnitz senkte freundlich den Kopf. »Ich gehe davon aus, dass Sie einen Plan B haben?«

Krause atmete tief durch. »Haben wir«, sagte er. Und im Stillen war er froh, dass er längst die anderen INKA-Mitglieder um ein Treffen gebeten hatte.

Teil 2: Kipppunkt

1. Kapitel

Nach der schockierenden Eröffnung von Nikita Sokolov, dass möglicherweise Gereon ein verheerendes Feuer in einem wichtigen Forschungsprojekt gelegt hatte und sich jetzt auf der Flucht vor der Polizei befand, und nach Mikes Beichte darüber, warum Gereon wirklich in Alaska war, saß Nina eine Weile betroffen schweigend da.

Mike wirkte ähnlich schockiert und verwirrt wie sie selbst. Und dann explodierte er. »Verdammte Scheiße!«, brüllte er. Er sprang auf und fegte seine Tasse mit solcher Wucht vom Tresen, dass sie in einem Regen aus winzigen Glasscherben an der Wand zerschellte. Der Kaffeefleck sah auf dem weißen Putz aus wie verdünntes Blut.

Nina, die bei seinem Schrei zusammengezuckt war, schaute ihn fassungslos an. Er stand ein paar Sekunden lang schweratmend da, dann rieb er sich das Gesicht. »Entschuldige«, murmelte er. »Es war wohl ein bisschen viel Stress in der letzten Zeit.«

Verständlich. Wie es aussah, hing das Wohl und Wehe von Janus Therapeutics – und damit das von Tausenden Krebskranken, die sich Hoffnung auf eine Heilung mit JanuThrax machten – davon ab, dass sie diese Proben bekamen, die Gereon bei sich trug. Gereon, zu dem der Kontakt abgerissen war. Gereon, der sich auf der Flucht befand …

Mike atmete tief durch. »Okay. Bleiben wir ruhig, das wird schon wieder. Ich habe ein paar Kontakte da oben, Leute, die Gereon und ich schon lange kennen. Ich sehe mal zu, dass ich jemanden erreiche.« Er trat vor Nina. »Hey! Ich bin sicher, er ist okay!«, sagte er und griff wieder zu seinem Telefon.

*

Joseph hatte seinen Posten am Maschendrahtzaun verlassen. Jetzt stand er abseits einer Gruppe von Wissenschaftlern und starrte auf das dunkelrote Glühen, das aus dem Eistunnel drang und die Forschungsstation wirken ließ, als hätte sich mitten in ihr ein Tor zur Hölle aufgetan. Das gesamte Camp war inzwischen ein einziges Chaos. Die Löschzüge aus den umliegenden Orten standen auf dem Gelände verstreut, mehr als fünfzig Feuerwehrleute rackerten sich immer noch ab, um das Feuer im Tunnel zu bekämpfen.

Joseph betrachtete die geschockten Gesichter der Forscher und stellte sich vor, wie die sich fühlen mussten. Er konnte es nicht. Da unten gingen gerade Projekte in Flammen auf, an denen einige von ihnen seit Jahren arbeiteten. Projekte, für die diese Menschen viel geopfert hatten. Joseph war froh, dass keiner dieser Menschen auch nur ahnte, wer auf den Zünder gedrückt hatte.

Er wischte sich die Schweißtropfen von der Stirn.

Irgendwann im Laufe des Vormittags war einer der Löschzugführer ins Freie gestolpert gekommen und hatte verkündet, dass es sich um Aluminiumpulver handelte, das dort unten brannte. Danach hatte man Wagen mit speziellem Löschmittel von der Eielson Air Force Base kommen lassen, und jetzt, weit nach Mittag, schien das Feuer zwar immer noch nicht gelöscht, aber wenigstens endlich unter Kontrolle zu sein.

Joseph war kotzübel.

Er sah zu, wie ein Truppführer der Air Force in die Tiefe hinabstieg, kurz darauf wieder zum Vorschein kam und Nikita Sokolov mit düsterer Miene verkündete, dass von dem Kaributunnel und allem, was sich einmal darin befunden hatte, nur noch Asche übrig war.

Gut!, dachte er. *Genau das war der Plan gewesen!* Seit Monaten schon befürchtete er, dass die Kadaver irgendwann eine Katastrophe auslösten, wie sie damals in Arctic Village passiert war. Schließlich wusste er nur allzu gut, was passierte, wenn aus dem ewigen Eis plötzlich das Böse auftauchte und die Menschen befiel … Adams mit Schlamm und verwesten Pflanzenresten bedecktes kleines Gesicht tauchte vor seinem inneren Auge auf, und es gelang ihm nur schwer, es wieder in die Tiefen seines Bewusstseins zurückzuschieben – zurück zu den Schuldgefühlen, die er seit jenem verhängnisvollen Tag vor mehr als zehn Jahren empfand.

Wenn er an diesem Tag doch bloß nicht eingeschlafen wäre …

Er biss die Zähne zusammen, konzentrierte sich auf das Hier und Jetzt.

»Jahrzehntelange Forschungsarbeit – einfach vernichtet!«, hörte er eine Wissenschaftlerin sagen. Ihr Gesicht war bleich und tränenüberströmt.

Joseph zog sich ein Stück zurück, dabei sah er, wie Chief Johnson von der örtlichen Polizei zu Nikita Sokolov ging.

»Wir benutzen für die Forschung kein Aluminiumpulver«, sagte Sokolov. »Es kann sich also nur um einen Sabotageakt handeln.«

Mist!, dachte Joseph. Er hatte gehofft, dass dieser Verdacht nicht so schnell aufkommen würde, aber im Grunde war es klar gewesen, oder? Immerhin geriet ein Eistunnel metertief unter der Erde nicht von allein in Brand, ganz anders als die Wälder und Moore ringsherum.

Chief Johnson schien derselben Meinung zu sein. »Ich habe mit dem Wachmann am Tor geredet. Der Mann hat sich Marke und Kennzeichen von Kirchners Wagen gemerkt. Ich habe bereits eine Fahndung nach dem Fahrzeug rausgegeben.«

Joseph nickte unwillkürlich. Gereon. Im Grunde war er der perfekte Sündenbock.

Mit beiden Händen fuhr er sich in die Haare. Raufte sie.

»Ich habe gerade mit Kirchners Geschäftspartner und seiner Freundin telefoniert«, erzählte Sokolov dem Chief. »Offenbar hat der Mann sich bei ihnen gemeldet.«

»Und?«

»Sie machen sich Sorgen um Kirchner, mehr weiß ich nicht.«

»Hast du die Nummer von diesem Geschäftspartner?«

»Klar.«

»Gut. Ich kümmere mich später um den Mann. Jetzt müssen wir erst mal warten, dass die Jungs von der Feuerwehr den Tunnel freigeben, und dann den Tatort sichern.« Mit einem lässigen Tippen an den Hut ließ der Chief Sokolov stehen und kehrte zu seinen Leuten zurück.

Joseph sah ihm nach, als sein Handy klingelte. Er warf einen Blick auf das Display, und sein Herz machte einen schmerzhaften Satz. War ja klar, dass der Kerl sich bei ihm meldete! Mit zusammengebissenen Zähnen marschierte er hinter die Laborcontainer, wo er ungestört reden konnte. »Hey, Mike. Mal wieder um der alten Zeiten willen?« Diesen Spruch konnte er sich einfach nicht verkneifen. Allein Mikes Stimme zu hören, ließ ihn sich um diese zehn Jahre zurückversetzt fühlen, hin zu jenem Tag, an dem die Erde sich aufgetan und einen Keim freigegeben hatte, der ihnen beiden ihre Familien entrissen hatte – Mike seinen Vater und ihm selbst seine Geschwister, allen voran seinen kleinen Bruder Adam. Das Schuldgefühl, weil er nicht gut genug auf die Kleinen aufgepasst hatte, überfiel ihn mit solcher Wucht, dass ihm davon die Knie weich wurden.

Mike schluckte seinen Spruch kommentarlos. »Hallo, Joseph.«

Joseph ballte die freie Hand zur Faust und betrachtete sie. »Du rufst wegen Gereon an, oder?«

»Ja. Was zur Hölle ist da los bei euch? Wir hatten ganz kurz Kontakt mit ihm, aber die Verbindung ist abgerissen. Es heißt, es hat ein Feuer gegeben.«

»Ja, das stimmt. Ich bin gerade im Camp. Die Feuerwehr hat den Brand unter Kontrolle.«

»Gut! Sehr gut! … Egal! Hör mal, Joseph. Ich mache mir Sorgen um Gereon. Sokolov hat mir erzählt, dass er auf der Flucht ist. Weißt du was darüber?«

Joseph lehnte sich gegen den Container und schloss die Augen. Einige Sekunden lang lauschte er auf die Geräusche der Feuerwehrleute, die sich zum Abzug bereit machten. Im Grunde, dachte er, war es doch nur ausgleichende Gerechtigkeit, dass Chief Johnson Gereon jagte. »Ich weiß nur das, was Sokolov dir bestimmt auch schon gesagt hat. Dass er kurz vor dem Brand abgehauen ist und dass die Polizei ihn im Verdacht hat, mit dem Feuer was zu tun zu haben.«

»Das ist doch absurd, Joseph!« So überzeugt klang Mike, dass Joseph versucht war zu nicken. Er kannte Gereon Kirchner, und er wusste, dass der Mann niemals in der Lage gewesen wäre, ein für das Klima so wichtiges Forschungsprojekt in Brand zu setzen. Wenn Chief Johnson nur ein bisschen tiefgehender ermittelte, würde er das bald raushaben.

»Du musst mir in dieser Sache helfen, Joseph«, hörte er Mike sagen.

»Ich wüsste nicht, wie.« Mit der Faust schlug Joseph einen langsamen Rhythmus gegen die Metallwand des Containers hinter sich.

»Aber ich. Irgendwas stimmt nicht. Ich habe GPS-Daten von

Gereons letztem Aufenthaltsort. Ich weiß, es ist viel verlangt, aber würdest du bitte bei den Koordinaten vorbeifahren und mal nachsehen?«

Joseph hielt mit dem Trommeln inne. Seine Fingernägel hatten sich tief in sein Fleisch gegraben. Er spürte das Brennen der halbmondförmigen Male. Die ganze Sache war doch einfach nur absurd! »Um der alten Zeiten willen?«, fragte er mit völlig neutraler Stimme.

Mike brachte es tatsächlich fertig zu lachen. »Ja! Genau! Um der alten Zeiten willen. Ich bin froh, dass du das so siehst, Kumpel! Wie gesagt: Ich mache mir echt Sorgen um Gereon! Könntest du also bitte …«

Jetzt erst öffnete Joseph die Augen wieder. »Klar«, murmelte er. »Um der alten Zeiten willen.«

»Danke, Kumpel. Ich weiß das wirklich zu schätzen. Ich schicke dir die Koordinaten. Moment.«

Gleich darauf piepste Josephs Handy. Er kontrollierte seinen Messenger. »Angekommen«, sagte er.

»Gereon und ich sind dir was schuldig, Joseph.« Mike klang so erleichtert, dass Joseph unwillkürlich angewidert das Gesicht verzog.

Ja, dachte er und legte kommentarlos auf. *Das kann man wohl sagen.*

*

»Verdammt noch mal, Sabine, wieso dauert das so lange?«, ranzte Frank Bergmann seine Frau am Telefon an.

»Herrgott, Frank«, antwortete sie. »Sie sind in der Notaufnahme! Das dauert eben! Es wird schon alles gut gehen!«

Kurz bevor heute Morgen sein Wecker geklingelt hatte, hatte Timo, Franks Schwiegersohn, angerufen und ihm gesagt, dass es Franziska immer noch nicht besser ginge und er sie jetzt ins Krankenhaus fahren würde. Seitdem waren mehr als zwei Stunden vergangen. Stunden, die Frank vorkamen wie Jahre.

»Dein Wort in Gottes Ohr«, grummelte er. Er gähnte unterdrückt und betrat mit dem Handy am Ohr das Gebäude des Berliner LKA am Tempelhofer Damm, wo er sich mit Kommissar Schilling und seinen Leuten von der neuen Ermittlungsgruppe treffen wollte. Noch gestern Nachmittag, direkt nach seinem Treffen mit Blomberg, Arndt, Wildner und Schilling, hatte er seine Kollegen im Labor gebeten, sich die Daten des Anthrax-Ausbruchs im Ziegengehege zu besorgen und einen Abgleich zwischen allen drei Erregern zu machen. Solange die Ergebnisse dieser Tests nicht vorlagen, konnten sie im Grunde wenig tun, aber da Klemm, Blomberg und Arndt nun einmal wollten, dass ihr Team aktiv wurde, würden sie eben aktiv werden.

Aktionismus war das Wort der Stunde. Und der kam ihm gerade einfach nur dumm vor, vor allem angesichts Blombergs unsinniger Begründung für seine eigene Abordnung in dieses Team.

Frank hatte gestern einen Teil des Abends damit vertrödelt, sich über diese Entscheidung und über seine absurde Rolle darin zu ärgern. Mehrmals war er alles durchgegangen, was er bisher über die beiden Toten wusste. Er war überzeugt davon, dass sie es mit einem natürlichen Ausbruch von Milzbrand zu tun hatten. Und genau so würde er in diesem Team auch agieren: rein an den Fakten orientiert. Professionell und wissenschaftlich. Egal, was auch immer für Verschwörungstheorien oder Polizeiskepsis Blomberg hegte. Er selbst würde sich nicht vor dessen Karren spannen lassen. Als er diesen Entschluss für sich gefasst hatte, hatte er den Rest des Abends damit verbracht, Fachartikel zu googeln, um Informationen darüber zu finden, wie man eine Präeklampsie am besten behandelte. Er war Infektionsmediziner, da war die Gynäkologie nicht sein Spezialgebiet, und die Fachseiten, auf die er gestoßen war, hatten ihn nicht beruhigt, eher im Gegenteil. Schließlich hatte Sabine ihm den Laptop weggenommen und ihm befohlen, endlich ins Bett zu gehen.

Natürlich hatte er nicht besonders viel geschlafen, aber was nutzte es? Seine schwangere Tochter war im Krankenhaus hoffentlich in guten Händen. Er selbst konnte nichts für sie tun, also konnte er sich genauso gut darum kümmern, dass es demnächst nicht noch weitere Anthrax-Opfer in der Berliner Bevölkerung gab.

Und genau das würde er tun, verdammt noch mal, auch wenn es ihm gehörig gegen den Strich ging, dass all seine anderen, nicht weniger wichtigen Aufgaben dabei auf der Strecke blieben. Er fluchte leise vor sich hin, während er in den langen Gängen zu dem Raum unterwegs war, den Schilling als Operationsbasis für sie vorgesehen hatte. In Gedanken ging er durch, was Blomberg gestern über das zweite Opfer erzählt hatte. Der Mann war mit hohem Fieber, Atemnot und Bluthusten in der Charité behandelt worden, wo man offenbar relativ schnell die richtige Diagnose gestellt hatte. Trotzdem hatte man sein Leben nicht retten können.

Frank erreichte den Besprechungsraum und betrat ihn. Ein junger Mann mit sandfarbenem Haar und ungewöhnlich blauen Augen war schon da und damit beschäftigt, einen Laptop mit einem Smartboard zu verbinden, das in Franks Augen viel zu modern für eine deutsche Polizeibehörde aussah. Er war es noch gewohnt, mit Flipchart oder gar mit einer Kreidetafel zu arbeiten, wenn es darum ging, ein Team zu leiten und zu organisieren. Aber offenbar war man in dieser Angelegenheit gewillt, die modernste Technik einzusetzen, die der strapazierte Berliner Haushalt hergab.

Der junge Mann mit den blauen Augen war so auf seine Arbeit konzentriert, dass er Frank nicht einmal bemerkte. Frank beschloss, dass er die Zeit, bis auch Kommissar Schilling und seine Leute eintreffen würden, genauso gut nutzen konnte. Er deutete auf eines der bereits installierten Festnetztelefone. »Kann ich mal?«

Der junge Mann zuckte zusammen. »Was? Keine Ahnung.« Dann vertiefte er sich wieder in seine Software, die ganz offenbar nicht so wollte wie er. »Jetzt komm schon, du blödes Mistding!«, hörte Frank ihn murmeln.

Er unterdrückte ein Lächeln. Flipcharts hatten den Vorteil, dass sie keine Software benötigten, dachte er und fühlte sich augenblicklich alt wie ein Dinosaurier. Er nahm das Telefon und prüfte, ob es angeschlossen war. Als er das Freizeichen hörte, wählte er die Nummer der Zentrale der Charité, die er im Laufe seiner langen Jahre im ZBS auswendig gelernt hatte. Dort bat er, mit dem leitenden Arzt der Inneren verbunden zu werden, was auch augenblicklich passierte.

»Teichmann«, meldete sich eine helle Frauenstimme.

»Dr. Teichmann? Mein Name ist Frank Bergmann vom ZBS 2. Ich arbeite zusammen mit dem LKA in einem Team, das versucht herauszufinden, wo der Ansteckungsort mit dem Milzbranderreger liegt.«

»Ah. Der Obdachlose vom Wochenende«, sagte Dr. Teichmann. Es war Frank unmöglich zu sagen, wie alt sie sein mochte. Sie hatte ein tiefes, selbstbewusstes Timbre, das ihn ein wenig an Sabine erinnerte.

»Genau. Paul Wagner.«

»Hmhm. Wie kann ich Ihnen weiterhelfen?«

»Ich wüsste zunächst mal gern, wie Sie den Mann behandelt haben und wie Ihre Behandlung angeschlagen hat.«

»Sie hat gar nicht angeschlagen«, antwortete Dr. Teichmann spontan. »Das war fast ein bisschen beunruhigend.«

Franks Magen zog sich zusammen.

»Moment, ich muss mir kurz die Akte aufrufen, damit ich Ihnen nichts Falsches erzähle.« Dr. Teichmann klapperte auf einer Tastatur herum. »Ah. Ja. Hier. Also: Paul Wagner kam am vergangenen Samstag gegen Mittag in die Notaufnahme. Es ging ihm einigermaßen, auch wenn er Fieber und Atemnot hatte. Ein sofort angefertigter Coronatest war negativ, und die weiteren Symptome machten auch recht bald deutlich, dass wir es bei ihm keinesfalls mit Covid zu tun haben konnten. Wir ordneten verschiedene Tests an, aber noch während die liefen, verschlechterte sich sein Zustand rapide. Unsere Laborergebnisse ergaben dann, dass der Patient an Milzbrand erkrankt war. Genau wie bei einem anderen Fall ein paar Wochen zuvor haben wir natürlich sofort die nötigen Sicherheits- und Dekontaminationsmaßnahmen eingeleitet und den Patienten isoliert.«

»Wie haben Sie ihn behandelt?«

»Die Standardtherapie. Wir begannen mit 400 mg Ciprofloxacin, die wir innerhalb der ersten Stunden wiederholten. Da der Mann unter einer schweren Pneumonie litt, ergänzten wir das Ganze durch die Gabe von Kortikosteroiden. Aber obwohl wir die empfohlene Tagesdosis Ciprofloxacin um das Doppelte überschritten haben, schlug das Medikament nur marginal an. Die Alternativtherapie mit Doxycyclin und Amoxicillin wirkte besser, aber es war bereits zu spät. Der Patient verstarb, Moment, am Montag gegen halb elf vormittags.«

Also knapp achtundvierzig Stunden nach seiner Einlieferung, dachte Frank. Das war schnell gegangen. »Dieser andere Fall, von dem Sie eben sprachen, das war ein gewisser Thomas Vetter, vermute ich?«

»Augenblick … ja, genau. Bei ihm war die Krankheit schon sehr viel weiter fortgeschritten. Er starb quasi Minuten, nachdem er hier eingeliefert wurde. Eine Behandlung war bei ihm darum überhaupt nicht mehr möglich.«

Frank kniff sich in den Nasenrücken und zwang sich, die naheliegende Frage zu stellen. »Ich brauche Ihre Einschätzung zur Behandlung von Paul Wagner, Dr. Teichmann. War die Behandlung deswegen erfolglos, weil der Erreger den Körper von Paul Wagner bereits überschwemmt hatte?« Er dachte an seine Überlegung von gestern. Daran, dass es zwischen wenigen bis zu hundert Tage dauern konnte, bis Milzbrand Symptome zeigte, und dass der Erreger in der Zwischenzeit im Körper ein überaus unheilvolles Werk verrichten konnte. Anthrax war ein fieses Zeug. Erkannte man es nicht rechtzeitig und es bekam Gelegenheit, weite Teile eines menschlichen Körpers zu befallen, dann vergiftete es diesen mit seinen Toxinen so stark, dass es meistens keine Hoffnung mehr gab.

»Ganz ehrlich?«

»Natürlich.«

»Auf mich machte der Mann nicht den Eindruck, als wäre er dem Erreger schon vor längerer Zeit und in geringer Dosis ausgesetzt. Er hatte keine infizierten Wunden, wie bei Hautmilzbrand üblich, bei dem ja nur unspezifische Grippesymptome auftauchen. Stattdessen hatte er eine sehr schnell fortschreitende Infektion in einem späteren Stadium, die sich mit hohem Fieber, Bluthusten und Atemnot zeigte. Trotz Behandlung mit eigentlich wirksamen Antibiotika haben wir den Mann verloren.«

»Haben Sie eine Theorie, warum das so ist?«

»Ganz offensichtlich haben wir es mit einem ungewöhnlich aggressiven Stamm mit einer kurzen Inkubationszeit zu tun. Meiner Vermutung nach hat das Opfer eine sehr hohe Sporendosis abbekommen, den Symptomen nach tippe ich auf eine Aufnahme über die Atemwege.«

»Inkubationszeit?«

»Vielleicht ein bis drei Tage.«

»Resistent?«

»Eher nicht. Wie gesagt, unsere Therapien mit Antibiotika schlugen an, aber sie kamen einfach zu spät. Wir sprechen hier von einer regelrechten Verwüstung im Körper: hohes Fieber, Brustschmerzen, Sepsis, Lungen-, Herz-Kreislauf-Versagen …«

»Können Sie mir den Behandlungsbericht mailen?«, fragte er und nannte Dr. Teichmann die E-Mail-Adresse seines Labors.

»Natürlich.«

»Danke, Dr. Teichmann.« Frank verabschiedete sich von der Frau und legte auf. Gedankenverloren kaute er danach auf seiner Unterlippe herum.

Während Frank mit der Ärztin von der Charité telefoniert hatte, waren Kommissar Schilling und eines seiner Teammitglieder eingetrudelt, eine Frau, deren Alter Frank beim besten Willen nicht hätte nennen können. Sie hatte kurze, leuchtend rote Haare und kurze, schwarz lackierte Fingernägel. Von ihr ging ein intensiver Geruch nach Parfüm aus, das Sabine bestimmt sofort irgendeiner Marke zugeordnet hätte. Für Frank jedoch roch es nach einer Mischung aus Seife und Mottenkugeln.

»Diese Spinner sind morgen auch noch da, konzentrieren wir uns erst mal auf diese Sache hier«, sagte Schilling im Eintreten zu ihr und zeigte Frank damit, dass auch er noch andere Arbeit hatte, um die er sich kümmern musste. Schilling entdeckte ihn, er machte Anstalten, Frank die Frau vorzustellen, aber in dieser Sekunde erschien ein weiteres Teammitglied, ein Mann ungefähr in den Vierzigern. Er trug ein Drachentattoo an der Seite seines Halses und Bikerstiefel, die teuer aussahen und Frank ein wenig neidisch machten. Der Mann lutschte auf einem Halsbonbon, das so intensiv nach Menthol roch, dass Frank es, genau wie das Parfüm der Frau, durch den halben Raum riechen konnte.

Die Aroma-Gang, schoss es ihm durch den Kopf.

Der Tätowierte grüßte den jungen Techniker mit den ungewöhnlich blauen Augen mit einem lässigen »Hey, Ben!«

Der junge Mann grüßte zurück. »Hey, Danny!«

»Okay«, meinte Schilling. »Da wir nun vollzählig sind, fangen wir am besten sofort an. Leute, das hier ist Dr. Frank Bergmann, der Labor-Crack, den die Arndt uns aufs Auge gedrückt hat.«

Frank bemühte sich, bei dieser etwas zu lässigen Vorstellung seiner Person nicht das Gesicht zu verziehen. Er verzichtete auch darauf, Schilling zu erklären, dass er durchaus Besseres mit seiner Zeit anfangen konnte, als ausgerechnet hier zu sein. Es gab keinen Grund, gleich zu Anfang für schlechte Stimmung im Team zu sorgen.

Die Frau mit den roten Haaren grinste kurz.

Schilling deutete auf sie. »Dr. Bergmann, das ist Kriminalkommissarin Monika Fischer. Und der tätowierte Riese ist Kriminaloberkommissar Daniel von Berg.«

Frank gab erst der Kommissarin und dann dem Mann mit dem Drachentattoo die Hand.

»Nenn mich ruhig Danny«, sagte von Berg, schob sein Bonbon in die andere Wange und hauchte Frank dabei seinen Mentholatem ins Gesicht.

»Dann bin ich Frank«, gab Frank zurück und beschloss spontan, auf die kurze Ansprache zu verzichten, die er eigentlich geplant hatte – *wir haben alle keine Lust auf das hier, aber lasst uns das Beste draus machen, blablabla*. Vielleicht war Schillings Team ja gar nicht so verkehrt.

Man würde sehen.

Danny grinste. »Cool.« Er hätte mit seinem Tattoo und dem betont auf jugendlich getrimmten Verhalten lächerlich wirken müssen, aber genau das Gegenteil war der Fall. Danny strahlte etwas aus, das Frank bisher nur bei Polizisten gesehen hatte. Es war eine Art natürliche Härte und Autorität, die man sich vermutlich auf der Straße erwarb, und das auch nur in den Großstädten dieser Welt. Wildner war auch so ein Typ, allerdings noch eine Nummer härter, dachte er.

»Okay, Frank.« Schilling übernahm völlig selbstverständlich das Du, das er Danny angeboten hatte. »Der verschrobene Kerl da am Computer ist Ben Schneider, unser Fachmann vom KTI, ein Genie an der Tastatur und bei der Recherche.«

Der junge Mann mit den blauen Augen tippte sich abwesend an die Stirn und wandte sich dann wieder seiner Anlage zu, die inzwischen jedoch zu funktionieren schien.

Schilling nahm einen Kugelschreiber von dem Tisch ganz vorn an der Stirnwand des Raumes und begann, ihn um die Finger seiner linken Hand tanzen zu lassen, während er darauf wartete, dass alle sich hinsetzten. »Also, Leute. Hier eine erste kurze Zusammenfassung, damit alle dieselben Informationen haben. Vor sieben Wochen, am 11. Mai, fand man in einer aufgegebenen Unterführung im Norden von Pankow einen schwer kranken Mann, der kurz darauf in der Charité verstarb.« Er tippte auf den Laptop vorne auf dem Pult und warf ein Foto an die Wand über seinem Kopf. Es zeigte einen Mann, dem man deutlich ansehen konnte, dass er kein einfaches Leben gehabt hatte. Sein Gesicht war verwittert, seine Falten, die sich tief in seine Haut gegraben hatten, starrten vor Schmutz. Seine Haare waren lang und fettig, wirkten aber gleichzeitig irgendwie ordentlich, als hätte er sie noch kurz vor seinem Tod glatt gekämmt. Dem verzerrten Gesichtsausdruck mit den bläulichen Lippen des Toten war deutlich anzusehen, dass er unter großen Qualen gestorben war. »Der Tote wurde identifiziert als Thomas Vetter«, erklärte Schilling. »Sechsundvierzig Jahre alt, wohnungs- und erwerbslos. Die angeordnete Obduktion ergab zum allgemeinen

Entsetzen Anzeichen für Lungenmilzbrand. Dr. Bergmann – Frank – und sein Labor haben den Verdacht der Rechtsmedizin bestätigt. Er wird euch gleich erklären, womit genau wir es hier zu tun haben. Zunächst aber: Thomas Vetter starb nachweislich dadurch, dass er Milzbrandsporen eingeatmet hat. Franks Leute vom ZBS haben dafür gesorgt, dass die vom RKI vorgeschriebenen Dekontaminationsmaßnahmen in Obduktionssaal, Leichenwagen und allen Räumlichkeiten, in denen der Tote sich befunden hat, durchgeführt wurden. Milzbrandverdachtsfälle vom Personal traten danach nicht auf.«

Zum Glück, dachte Frank.

»Um eine Gefährdung weiterer Menschen auszuschließen, haben die Kollegen versucht, den Ort der Ansteckung zu finden. Dazu haben sie ein paar Nachforschungen angestellt. Sie haben Obdachlose befragt, die Thomas Vetter kannten, und konnten so feststellen, wo der Mann sein Lager aufgeschlagen hatte. Seine gesamten Habseligkeiten wurden beschlagnahmt und überprüft. Ohne Ergebnis. Weder in den Wischproben von seinem Schlafsack noch auf irgendeiner seiner anderen Habseligkeiten konnten wir auffällige Mengen des Milzbranderregers feststellen.« Schilling ersetzte das Bild des Toten durch eine Reihe anderer Fotos.

Frank erkannte den speckigen, blauen Daunenschlafsack wieder, den er und sein Team untersucht hatten. Dazu alle anderen Habseligkeiten des Toten: mehrere Plastiktüten voller Kram, die auf einem weiteren Foto auf einer Tischplatte ausgebreitet worden waren. Da waren eine Haarbürste sowie zwei Teddys, die dem Aussehen nach zu urteilen mindestens fünfzig Jahre alt waren und offenbar von Steiff stammten. Außerdem einige Zeitschriften mit bunten Hochglanzcovern, die allesamt Herzogin Kate zeigten, ein billiger Plastikteller und eine Plastiktasse, beides in einem leuchtenden Neongrün, und eine

Reihe Klamotten: zwei Hosen, T-Shirts, ein Paar ausgetretene Turnschuhe von Adidas und ein völlig zerlesenes Exemplar des zweiten Bandes von Tolkiens *Der Herr der Ringe*. Ein Kinderetui rundete das Sammelsurium ab. Schilling warf ein weiteres Foto an die Wand, auf dem der Inhalt des Etuis zu sehen war: eine Packung Paracetamol, ein Blister Prednisolon und ein Nasenspray, das allerdings fast leer war.

»Wie gesagt: Thomas Vetters Eigentum war nicht die Infektionsquelle«, fuhr Schilling fort. »Wir haben die Sachen nach der Untersuchung durch Franks Team darum sichergestellt und in der neuen Asservatenkammer unten an der ehemaligen Abflughalle deponiert.«

Brav wie ein mustergültiger Einserschüler hob Danny den Zeigefinger. »Bisher haben wir also keine Ahnung, wo der Mann sich angesteckt haben könnte?«

»Exakt so sieht es aus.« Schilling blickte Frank an, der daraufhin nickte. Er konnte sich gut an die Dinge auf den Fotos erinnern. Vor allem aber erinnerte er sich an den erdigen, leicht säuerlichen Geruch, der danach stundenlang in ihren Räumen gehangen hatte.

»Monika und ich haben dann den Fall übernommen. Wir haben versucht rauszufinden, wo Thomas Vetter überall gewesen ist«, fuhr Schilling fort. »Aber das erwies sich als nahezu unmöglich. Alle, die wir befragt haben, kannten Vetter zwar, aber niemand wusste, ob der Mann feste Routen hatte oder Orte, an denen er sich besonders gern aufhielt.« Er griff sich mit der flachen Hand ans Genick. »Soweit wir wissen, war Vetter ein Einzelgänger, und wir hatten keinerlei Anhaltspunkte, wo er sich angesteckt haben könnte.«

»Als die Ziegen im Bürgerpark krepiert sind«, warf Danny ein, »ist da niemand auf die Idee gekommen, dass Vetters Tod damit in Zusammenhang steht?«

Schilling sah Frank an. »An dieser Stelle solltest du vielleicht kurz übernehmen.«

Alle Augenpaare richteten sich neugierig auf Frank.

»Die Ziegen starben durch einen Erreger, den die Überschwemmung aus dem Boden einer alten Gerberei geschwemmt hat. Thomas Vetter starb aber *vor* der Überschwemmung. Die Fälle standen vorher in keinem Zusammenhang und wurden von zwei verschiedenen Laboren untersucht.« Er fühlte sich ein wenig in der Defensive, aber das lag eher an seinem eigenen Schuldgefühl als daran, dass die Ermittler ihm gegenüber irgendwie verständnislos daherkamen.

»Ihr habt das damals nicht gegengecheckt?«, fragte Danny. Er klang einfach nur sachlich, kein bisschen vorwurfsvoll.

Frank entschied, dass diese Truppe hier ihm tatsächlich gefiel. »Es bestand kein Anlass. Aber ich habe meinem Team schon Bescheid gegeben, das auf der Stelle nachzuholen. Sie sind gerade dabei, uns vom Veterinäramt die Sequenzierungen des Ziegenanthrax' geben zu lassen und sie mit denen unserer beiden Toten zu vergleichen.«

»Und wie lange dauert das?«

»Hängt ein bisschen davon ab, wie schnell das Veterinäramt uns die Daten liefert. Meine Leute melden sich sofort, wenn sie das Ergebnis haben.«

Schilling übernahm an dieser Stelle wieder. »Okay. Machen wir erst mal so weiter.« Er schloss die Fotos mit Vetters Habe und öffnete ein anderes. Es zeigte einen zweiten Mann, auch sein Gesicht war verzerrt, aber obwohl dieser hier Dreadlocks trug, wirkte er weitaus weniger ungepflegt als Vetter.

Kein Wunder, dachte Frank. Dieser Tote war ihr zweites Anthrax-Opfer. Vor seinem Tod hatte er fast zwei Tage lang auf einer Isolierstation der Charité gelegen, und mit Sicherheit hatte man dafür gesorgt, dass er gewaschen wurde.

Schilling stellte auch diesen Toten vor. »Paul Wagner, genannt Ike. Sechsunddreißig Jahre, genau wie Vetter wohnungslos.« Er lehnte sich mit der Hüfte an die Kante des Pultes, verschränkte die Arme und warf einen Blick in die Runde. »Ihr seid dran. Eure Ideen, bitte!«

»Ist der genau wie Vetter auch an Lungenmilzbrand gestorben?«, fragte Monika Fischer. Während Schilling gesprochen hatte, hatte sie die ganze Zeit am Nagel ihres linken Zeigefingers herumgekratzt, dessen Lack zum Teil absplitterte.

Frank nickte. Dann lieferte er den Polizeibeamten ungefähr dieselbe Erläuterung der verschiedenen Milzbrandarten und ihrer Ursachen, die er gestern auch Dr. Arndt gegeben hatte.

»Noch mal für Doofe«, sagte Danny. »Haut- und Lungenmilzbrand werden von demselben Erreger verursacht, und es kommt nur darauf an, auf welchem Weg er in den Körper gelangt, korrekt?«

»Genau. Im Falle unserer beiden Toten können wir davon ausgehen, dass sie ihn eingeatmet haben und er sich dann von der Lunge aus in ihrem Blutkreislauf ausgebreitet hat, wo er letztendlich zum Tode führte.«

»Milzbrand«, murmelte Monika Fischer. »Also Anthrax. Haben wir es hier mit so was wie 2001 zu tun?«

»Ich habe mich darüber schon mit Rick Wildner vom Staatsschutz ausgetauscht«, sagte Schilling. »Zum einen: Was würde es bringen, wenn ein paar verstrahlte Terroristen zwei Obdachlose mit Anthrax verseuchen? So traurig ich es auch finde, diese Leute interessieren doch niemanden. Abgesehen davon hat Wildner mir gesagt, dass wir aktuell nicht von einer Terrorbedrohung ausgehen.«

»Und was macht uns da so sicher?« Monika schien noch nicht überzeugt.

»Weil es laut Wildner und seinen Leuten keine Hinweise auf

derzeitige Bemühungen von terroristischen Vereinigungen gibt, an Anthrax zu gelangen.«

»Seit wann sind die Kollegen vom Staatsschutz auf dem Laufenden, was die Arschlöcher dieser Welt vorhaben?«, hörte Frank Danny murmeln, und er musste sich ein Grinsen verkneifen. Er konnte nicht anders, er musste automatisch an sein Gespräch von gestern mit Blomberg denken.

Jetzt schüttelte Schilling den Kopf. »Ich glaube auch nicht an irgendein terroristisches Motiv.«

»Bioterrorparadigma?«, fragte Monika.

»Logisch«, sagte Schilling. »Ich habe das mit Wildner durchdiskutiert.«

Frank hatte keine Ahnung, wovon sie sprachen.

»Kurz gesagt«, erklärte Monika ihm, »handelt es sich dabei um eine kriminalistische Theorie, die besagt, dass Terroristen sich nur mit sehr geringer Wahrscheinlichkeit biologischer Kampfstoffe bedienen, um ihre Ziele zu erreichen.«

»Wieso das?«

»Na ja, aus verschiedenen Gründen. Es braucht zunächst fachlich kompetentes Personal und Ausrüstung, um biologische Kampfstoffe zu händeln, ohne dabei selbst in Gefahr zu geraten. Speziell die Ausrüstung ist teuer und nicht so leicht unauffällig zu beschaffen, was für Terroristen kein guter Punkt ist. Aber es gibt noch andere Gründe, warum Bio-Anschläge nur selten verübt werden. Einer der wichtigsten ist, dass man die Opferzahl bei ausgebrachten Erregern nur sehr schwer kontrollieren kann. Die Motivation von Terroristen ist aber meistens, mit möglichst wenigen Todesopfern möglichst viel Verunsicherung und Angst in der Bevölkerung zu erzeugen. Da ist eben eine abgefeuerte Waffe, ein Sprengstoffgürtel oder sogar ein Auto, mit dem man in eine Menschenmenge fährt, die bessere und vor allem leichter zu beschaffende Wahl. Und noch ein Punkt: Die Gefahr ist groß, dass solch ein Anschlag gar nicht als solcher erkannt, sondern als natürlicher Krankheitsausbruch gesehen wird. Was all den hohen Vorbereitungs- und Beschaffungsaufwand noch mal riskanter macht.«

Schilling hatte während all der Dinge, die Monika darlegte, immer wieder genickt. »Der letzte Punkt auf der Liste ist, dass es kaum terroristische Motive gibt, die groß genug sind, einen solchen Aufwand zu rechtfertigen.«

Frank warf einen Blick aus dem Fenster, wo die Sonne grell durch die Bäume auf dem Innenhof stach, und obwohl er sich vorgenommen hatte, Blombergs geheimen Auftrag für albern zu halten, konnte er doch nicht anders. Er musste einfach ein wenig den *Advocatus Diaboli* spielen. »Nun, ich könnte mir vorstellen, dass der immer noch stockende Klimaschutz als Motiv für manche Terroristen durchaus groß genug sein könnte. Ich meine, die Aktionen der Klimaaktivisten haben nicht ohne Grund in den letzten Monaten immer mehr an Aggressivität zugenommen, oder?«

»Schon«, erwiderte Schilling. »Aber es ist eben doch ein Unterschied, ob man Autos anzündet oder Leute mit Anthrax infiziert. Nein. Ich würde an dieser Stelle erst mal davon ausgehen, dass wir es nicht mit einem terroristischen Motiv zu tun haben. Vor allem auch, weil wir die Stämme kennen, die Terroristen gern benutzen. Und unser Anthrax hier gehört zu keinem der gängigen. Das haben wir natürlich gleich nach Thomas Vetters Tod überprüft.«

»Was ist mit Drogen?«, fragte Monika Fischer. »Gab es da nicht dieses Anthrax-verseuchte Heroin, an dem sich Fixer mit Milzbrand angesteckt haben?«

Das gab es. Im Jahre 2012 hatten sich zwei Süchtige Anthrax-verseuchtes Heroin gespritzt. Einer davon war in der Folge verstorben, und die Ermittlungen hatten ergeben, dass das Dreckzeug aus Großbritannien stammte, wo es in der dortigen Drogenszene kursierte. Das LKA hatte allerdings damals ausgeschlossen, dass die Anthraxsporen dem Heroin absichtlich beigemischt worden waren.

Frank schüttelte den Kopf. »Das können wir in unserem Fall ausschließen, weil die Opfer sich dann die Erreger gespritzt hätten. Das würde aber keinen Lungenmilzbrand in diesem Ausmaß auslösen.«

Schilling schien derselben Meinung zu sein. »Okay. Unsere Aufgabe ist es dann also jetzt, herauszufinden, wo beide Männer gewesen sind und sich angesteckt haben«, sagte er.

Monika stöhnte. »Das wird eine ganze Menge Lauferei.«

Schilling deutete mit dem Kugelschreiber auf sie wie mit einer Pistole. »Bingo«, sagte er und stieß sich von der Pultkante ab. »Es besteht Grund zu der Annahme, dass noch mehr Menschen sich mit diesem Teufelszeug infizieren könnten. Das würde ich sehr gern verhindern.«

Ja, dachte Frank. *Ich auch.*

Schilling hatte recht: Das Anthrax, an dem die Obdachlosen gestorben waren, gehörte zu einem anderen Stamm als die gängigen Erregertypen, die Terroristen gern benutzten. Aber was, wenn sie es hier mit Leuten zu tun hatten, die irgendwie an ganz neues Zeug gelangt waren?

Wieder schaute er aus dem Fenster. Plötzlich fand er es durchaus denkbar, dass die Sonne irgendwelchen Psychopathen das Hirn weggebrannt hatte und sie irgendwas Größeres planten. Was, wenn die toten Obdachlosen nur der Anfang von etwas viel Größerem waren?

Er wusste, dass dieser Gedanke unprofessionell war und im Grunde aus seinem Gespräch mit Blomberg resultierte. Vermutlich war ein Grund dafür auch sein eigenes Gefühl von ständiger Bedrohung, das er seit der Überschwemmung empfand.

Du wolltest professionell an die Sache rangehen!, ermahnte er sich. Sein Verstand sagte ihm, dass die Wahrscheinlichkeit, dass sie es mit einem natürlichen Ausbruch von Milzbrand zu tun hatten, sehr viel größer war als die, dass Terroristen ihre Hände im Spiel hatten.

2. Kapitel

Gegen halb neun morgens stand Nina in ihrer Wohnung auf dem Balkon. Ihre Augen brannten vor Müdigkeit. Nachdem Mike mit diesem Joseph telefoniert hatte, hatte sie noch einmal versucht, ihn dazu zu überreden, die Polizei von Fairbanks anzurufen und ihnen Gereons Koordinaten zu geben, aber Mike blockte erneut. *Ich werde Gereons jahrelange Forschung nicht dadurch zunichtemachen, dass ich die Polizei auf ihn und die Proben hetze*, sagte er. *Nicht, solange wir überhaupt keinen Anhaltspunkt haben, was passiert ist.* Und irgendwie verstand sie es. JanuThrax war zu wertvoll, um es nur wegen eines mulmigen Gefühls aufs Spiel zu setzen. Irgendwann dann nötigte Mike sie, sein Haus zu verlassen, in ihre eigene Wohnung zu fahren und ein bisschen zu schlafen. Sie war gegangen, wenn auch zähneknirschend, und seitdem grübelte sie, ob sie ihrerseits die Polizei in Alaska benachrichtigen sollte. Das war allerdings ein wenig schwierig, denn sie hatte die Koordinaten nicht, und ohne den Standort konnte die Polizei nicht viel ausrichten. Alles, was ihr einfiel, war, aus dem Fenster auf die Straße zu starren, über der bereits zu dieser frühen Stunde der Asphalt flimmerte. *Schmelzendes Eis. Dinge, die es freigab.* Der Blogeintrag fiel ihr ein, den sie vergangene Nacht gelesen hatte.

Tom hatte geschrieben, dass er beinahe in einem durch die Permafrostschmelze verursachten Loch verschwunden wäre.

Er war in White Horse im Nordwesten von Kanada. Im Gegensatz zu ihr, die Tausende von Kilometern von Gereon trennten, war er also nur einen Katzensprung von ihm entfernt.

Sollte sie ihn anrufen und ihn um Hilfe bitten?

Sie wusste, dass Tom ihr auf der Stelle helfen würde, und genau deswegen sperrte sich etwas in ihr gegen die Idee. Hauptsächlich wollte sie sich nicht erneut in ihre komplizierten Gefühle für ihn verstricken. Und natürlich hatte sie auch nicht vergessen, was es ihn gekostet hatte, als er ihr vergangenen Herbst geholfen hatte, das Vermächtnis ihres Ziehvaters zu retten. Damals war er auf der Jagd nach medizinisch wertvollen Proben angeschossen, verprügelt und verhaftet worden. Und trotzdem würde er ihr auch jetzt wieder ohne Zögern helfen, das ahnte sie. Wollte sie erneut derartig in seine Schuld geraten?

Andererseits: Gereon war irgendwo allein in den nordamerikanischen Wäldern, und nach dem, was dieser Sokolov erzählt hatte, steckte er ganz offensichtlich in Schwierigkeiten. Wollte sie sich vorwerfen müssen, nicht alles in ihrer Macht Stehende für ihn getan zu haben? Für ihn und für die Forschung an einem wichtigen Medikament wie JanuThrax?

Leise fluchend drehte sie sich zu ihrem Handy auf dem Balkontisch um. Während sie sich einredete, dass sie es ja nur für Gereon tat, nahm sie das Telefon und rief Toms Kontakt auf.

*

Nach der Nacht, die Tom in Andys Hütte verbrachte, bedankte er sich bei dem Mann und machte sich wieder auf den Weg. Weil die Straße Richtung Norden durch den Thermokarst-Einbruch völlig unpassierbar war und Tom seinem Mietwagen nicht zutraute, sich rechts oder links davon durch die Botanik zu quälen, beschloss er, seinen Besuch bei diesem Miller und seinen weltberühmten Lachsen zu streichen und stattdessen nach White Horse zu fahren. Er nahm sich in einem Motel am Stadtrand ein Zimmer und verbrachte den Tag damit, sich den Ort anzusehen und in einem Pub ausgiebig zu Abend zu essen. Dabei kam er mit einer Gruppe Rucksacktouristen aus Florida ins Gespräch, und so war es nach elf Uhr abends, als er sich endlich auf den Weg zu seinem Motel machte. Er hatte gerade die überdachte Veranda vor seinem Zimmer betreten, als sein Handy klingelte. Direkt vor seiner Tür blieb er stehen und nahm das Telefon aus der Tasche.

Nina, stand auf dem Display. Nichts weiter. Jetzt, hier mitten in der Weite Kanadas – und noch dazu spätabends – einen Anruf von ihr zu bekommen, versetzte ihm eine Art Schock. Als Isabelle ihm eröffnet hatte, dass sie mit Sylvie für eine Weile zu ihren Eltern ziehen würde, hatte er mit dem Gedanken gespielt, Nina anzurufen. Aber am Ende hatte er nicht die Eier dazu gehabt. Immerhin war sie mittlerweile mit einem erfolgreichen Arzt und Unternehmer liiert, eine Beziehung, in die Tom sich auf keinen Fall hineindrängen wollte. Wie es aussah, hatten Nina und er einfach ein großes Talent für beschissenes Timing.

Er starrte auf Ninas Namen auf dem Display. Sein Verstand riet ihm, einfach nicht ranzugehen, aber natürlich hörte er nicht darauf. Beim vierten Klingeln nahm er ab.

»Hallo, Nina.«

In der Leitung war es einige Sekunden lang still, dann erklang ein tiefes, erleichtertes Durchatmen. Augenblicklich war Tom in Alarmbereitschaft. Irgendwas stimmte nicht, das spürte er.

»Hallo, Tom«, sagte sie. Sie sprach leise, schien genauso befangen zu sein wie bei ihrem letzten gemeinsamen Kaffee.

»Alles okay?«, fragte er. »Geht es dir gut?«

»Ja. Ja, natürlich, ich …« Sie stockte. »Verdammt, Tom! Tut mir leid, dass ich dich einfach so anrufe. Bei dir muss es fast Mitternacht sein.«

Sie wusste, wo er war! Die Erkenntnis entlockte ihm ein Lächeln, und bevor sie einfach auflegen konnte, fiel er ihr ins Wort. »Was ist los, Nina? Du klingst nicht gut.« Er verfluchte die riesige Distanz, die zwischen ihnen lag. Wäre er in diesem Moment in Berlin gewesen, er wäre auf der Stelle zu ihr gefahren.

»Es ist etwas passiert, Tom.« Pause. »Und ich fürchte, ich brauche deine Hilfe.«

Ein seltsam vielschichtiges Gefühl ergriff ihn. Schlagartig kehrten all die Dinge zurück, die sie gemeinsam erlebt hatten. Die Angst, die Schmerzen, die Wut. Aber natürlich auch die Stunden dieser einen kostbaren Nacht, die sie gemeinsam verbracht hatten …

Natürlich würde er ihr helfen. Verdammt, es gab eigentlich nichts, was er lieber getan hätte. »Erzähl: Was ist los?«

»Es geht um … Scheiße, es fällt mir echt nicht leicht, dir das zu sagen …«

Mit dem Gesäß lehnte er sich an das Geländer der Veranda. Das rot angestrichene Holz knarrte unter seinem Gewicht. Er spürte den noch warmen Motor seines Trucks, und er hörte das leise Knacken, mit dem der Wagen bei den nächtlichen Temperaturen abkühlte. »Nina!«, sagte er. »Raus mit der Sprache!«

Sie seufzte. »Es geht um Gereon«, stieß sie hervor.

Gereon. Der Arzt, mit dem sie zusammen war. Er schloss die Augen. So neutral wie möglich fragte er: »Was ist mit ihm?«

In hastig hervorgestoßenen Sätzen erzählte sie, dass Gereon nach Alaska geflogen war, um ein paar mikrobiologische Proben nach Deutschland zu holen. Sie erzählte ihm, dass er sich seit zwei Tagen nicht gemeldet und sie dann vergangene Nacht angerufen hatte. »Er scheint in irgendwelchen Schwierigkeiten zu stecken, Tom«, fügte sie mit flacher Stimme hinzu, und er hatte das Bedürfnis, sie in den Arm zu nehmen und zu trösten. »Mike und ich, wir haben versucht rauszubekommen, was passiert ist …«

»Mike? Das ist Gereons Geschäftspartner, oder?« Er biss sich auf die Zunge, weil er gerade verraten hatte, wie gut er über Gereon und seine Firma informiert war. Hätte sie ihn gefragt, warum er von Mike wusste, dann hätte er sie angelogen. Nie im Leben hätte er ihr gebeichtet, dass er Gereon überprüft hatte, als er erfahren hatte, dass der Kerl Ninas neuer Freund war.

Nina jedoch war zu sehr mit ihren Sorgen beschäftigt, um solche Details zu hinterfragen. »Ja, genau. Wir konnten noch Gereons letzten Aufenthaltsort orten, bevor die Verbindung abgebrochen ist. Zu dem Zeitpunkt befand er sich in der Nähe von einem Klimaforschungsprojekt in der Nähe von Fairbanks in Alaska. Mike hat da angerufen, und …« Ihre Stimme brach. Sekundenlang schwieg sie, und er konnte die Entfernung zwischen ihnen in der Leitung summen hören. »Es hat ein Feuer gegeben, Tom. Wichtige Arbeiten wurden offenbar systematisch vernichtet, und seitdem ist Gereon verschwunden.«

In Gedanken ging Tom die Dinge durch, die sie ihm soeben gesagt hatte. »Warum benachrichtigt ihr nicht die Polizei?«

Wieder musste sie sich sammeln. »Sie verdächtigen Gereon, das Feuer gelegt zu haben …« Wie um die Worte dramatisch zu untermalen, erklang ein Martinshorn im Hintergrund. Der Lautstärke der Sirene nach zu urteilen, hatte Nina die Fenster geöffnet. Als es wieder still war, fuhr sie fort. »Sie glauben, dass er sich auf der Flucht befindet.« Diesmal klang sie anders, unsicherer, als glaube sie selbst nicht so ganz, was sie sagte. »Ach, verdammt!«, stieß sie hervor. »Das ist natürlich nur die halbe Wahrheit.«

Während er darauf wartete, dass sie mit der anderen Hälfte herausrückte, konzentrierte Tom sich auf seinen eigenen Atem. Der Motor seines Wagens hatte aufgehört zu knacken. Die Geräusche der Natur waren zu dieser späten Stunde nur unwesentlich leiser als gegen Mittag, aber sie wurden jetzt übertönt, als in einem der Zimmer im ersten Stock jemand einen Fernseher einschaltete. Tom konnte die Titelmelodie einer zurzeit beliebten Krimiserie hören. Zwei Türen neben seinem Zimmer kam ein Mann in kurzer Hose und Feinripphemd ins Freie und ging mit einem Eisbehälter unter dem Arm zu der Eismaschine um die Ecke. Die Klappe des Gerätes quietschte, als sie geöffnet wurde.

»Ich hasse es irgendwie, Tom«, sagte Nina, »aber im Grunde setze ich dich hier gerade schon wieder darauf an, ein paar wichtige medizinische Proben zu retten.«

»Aha.«

»Ja.« In kurzen Sätzen erzählte sie ihm davon, dass das Hochwasser vor vier Wochen in Berlin wichtige medizinische Proben vernichtet hatte und Gereon deshalb nach Alaska gereist war, um neue zu beschaffen. Sie sagte irgendwas davon, dass Karibukadaver vernichtet worden waren, was er nicht so recht verstand. Und sie sagte, dass es ohne diese Proben nicht möglich war, JanuThrax weiterzuentwickeln.

Sogar Tom hatte schon mal von dem neuen Medikament gehört. Er rieb sich mit der flachen Hand über Nasenrücken, Oberlippe und Kinn. »Es geht also wieder mal um sehr viel.«

»Ja. Wenn es das nicht tun würde, hätte ich dich nicht angerufen, Tom.«

»Was ist mit Gereon?«

»Was soll mit ihm sein?«

Er überlegte, ob er die nächste Frage stellen sollte, aber etwas in ihm hatte sich gespreizt, und er konnte es nicht verhindern, dass er fragte: »Worum geht es dir hier wirklich, Nina? Um Gereon oder um diese Proben?«

Sie holte erschrocken Luft, aber sie schluckte den leicht aggressiven Vorwurf widerspruchslos. »Um beide.«

»Hmhm. Und dieses Feuer in diesem Tunnel, von dem du gesprochen hast? Glaubst du, er hat was damit zu tun?«

Sie lachte ungläubig auf. »Natürlich nicht! Gereon verbringt jede Minute seines Lebens damit, Menschenleben zu retten, Tom! Er würde nie im Leben … noch dazu so wichtige Klimaforschung – undenkbar!« Ihr schien bewusst zu werden, dass sie die Stimme erhoben hatte. »Entschuldige«, murmelte sie. »Ich wollte dich nicht anschreien.«

»Schon gut.« Er dachte über das nach, was sie gesagt hatte. Gereon verbrachte seine ganze Zeit damit, Menschenleben zu retten. Es wurmte ihn ein wenig, dass sie das allein als Menschenfreundlichkeit interpretierte, denn natürlich ging es dabei auch um Geld. Eine Menge Geld und Anerkennung. Einen ganz neuen Therapieansatz in der Krebsforschung zu finden, da winkte gern einmal ein Medizinnobelpreis. Tom kannte Gereon nicht persönlich, aber er hatte sich im Internet ein Interview mit dem Kerl angesehen, und er hatte ihn spontan nicht gemocht. Er hatte ihn arrogant und großspurig gefunden, aber ihm war auch klar gewesen, dass dieser Eindruck zu einem Großteil da herrührte, dass Gereon Kirchner mit Nina zusammen war.

Der Typ im Unterhemd kam mit dem vollen Eiseimer unter dem Arm zurück und verschwand wieder in seinem Zimmer. Aus dem Fernseher im ersten Stock ertönten Schüsse.

»Was willst du, dass ich tue?«, fragte Tom und war sich bewusst, dass es fast eine Minute lang still zwischen ihnen gewesen war.

Sie seufzte erleichtert. »Ich weiß, es ist schrecklich viel verlangt, aber ich habe absolut keine Ahnung, was da drüben vor sich geht. Ich könnte einfach einen Freund gebrauchen, dem ich vertrauen kann. Ich habe deinen Blogeintrag gelesen, und darum weiß ich, dass du gerade in Kanada bist.«

»White Horse«, sagte er. Es freute ihn, dass sie seinen Blog las und dass sie ihm vertraute. Das mit dem Freund … nun ja.

»Das ist im Yukon, oder?«, sagte Nina.

»Ja. Die Grenze zu Alaska ist nicht weit von hier.«

»Ich bin in Berlin. Ich würde sofort einen Flug nach Anchorage buchen, aber ich …«

»Schon gut, Nina. Ich habe verstanden. Du möchtest, dass ich nach Fairbanks fliege und Gereon helfe, stimmt's?« Er konnte förmlich spüren, wie unangenehm es ihr war, ihn darum zu bitten. Dass sie es dennoch tat, zeigte ihm, wie sehr sie sich um diesen Gereon sorgte.

Er hielt den zweiten Gedanken auf Abstand.

»Ja«, murmelte sie.

Tom schloss die Augen.

Was zögerst du? Du hast dich doch längst entschieden, flüsterte eine Stimme in seinem Hinterkopf. Trotzdem hatte er das Bedürfnis, sich wenigstens ein bisschen Selbstachtung zu bewahren, nicht auf der Stelle einzuknicken. »Ich bin zwar an der Grenze zu Alaska, aber trotzdem ist Fairbanks nicht eben um die Ecke.«

»Ich weiß. Ich …«

Er ersparte es ihr, ihn anzuflehen. *So viel zur Selbstachtung!* »Schon gut. Ich schaue mal, wie ich von hier am schnellsten dorthin komme«, sagte er. »Ich melde mich, sobald ich da bin.«

*

Gereon sah Flammen. Flammen und Blut. Er hörte, wie Schüsse fielen.

Mit einem Ruck fuhr er in die Höhe, schrie auf, weil sich der Schmerz in seine Schulter grub. In seinen Ohren kreischte es, schwarze Nebel wallten vor seinen Augen.

»Ganz ruhig!« Eine Stimme. Ein Mann. Jemand packte ihn an den Schultern und drückte ihn auf eine harte Unterlage nieder. Gereon roch Tierfelle, gegerbtes Leder. »Du hast viel Blut verloren, Kumpel. Du musst ruhig liegen bleiben. Keine Sorge, der alte Hoss kümmert sich um dich.« Etwas wurde an Gereons Lippen gehalten. Eine kühle, bittere Flüssigkeit benetzte seine Lippen. »Trink. Das hält das Fieber fern.«

Gereon gehorchte, aber er wusste, dass der Trank ihn nicht retten würde. Er tastete nach der Wunde an seiner Schulter. Seine Finger stießen auf rauen Stoff. Sein unbekannter Retter griff nach seiner Hand und zog sie fort. »Ich habe dich verbunden. Das war zum Glück ein glatter Durchschuss, Kumpel. Das wird wieder. Wir müssen nur dafür sorgen, dass die Wunde sich nicht entzündet.«

Gereon blinzelte die Schleier vor seinen Augen fort und sah sich um. Er befand sich nicht mehr in der verlassenen Jagdhütte, so viel war sicher. Aber wo war er dann?

An seinem Lager stand ein Mann, er wirkte alt und knorrig, war aber seinen Bewegungen nach zu urteilen ziemlich fit. Ein zotteliger Bart und lange, ebenfalls wirre Haare umrahmten ein gebräuntes Gesicht mit unzähligen Falten. Eisblaue Augen musterten Gereon, und dann teilten sich die Lippen und brachten ein verblüffend weißes, ebenmäßiges Gebiss zum Vorschein.

Gereon schüttelte den Kopf. »Das … Es wird nicht reichen.« Er dachte an den Schutzanzug, an die Karibukadaver im Tunnel und an tödliche Sporen in halb verwestem Tierfleisch. In seinem eigenen Fleisch … Wie viele davon waren durch das Loch im Schutzanzug in seine Wunde gelangt? »Ich … ich muss in ein Krankenhaus …«

Hoss lachte. »In deinem Zustand? Keine drei Schritte weit kommst du! Aber keine Sorge, Kumpel. Ich behandele nicht zum ersten Mal eine Schusswunde, und bei deiner sind keine lebenswichtigen Organe verletzt. Das kriegen wir schon wieder hin!«

Gereon schüttelte den Kopf. Der Mann hatte keine Ahnung!

»Du … du musst den Notruf wählen. Jemand muss mich hier abholen und …«

»Tja, Kumpel. Ich fürchte, du befindest dich meilenweit entfernt von jeder Zivilisation. Und leider ist dein Handyakku leer. Das bedeutet also, du musst mit meiner Heilkunst und der von meiner Mondtochter vorliebnehmen.«

Gereon hatte keine Ahnung, wer die Mondtochter war, aber es war ihm auch egal. Er glaubte, das unheilvolle Werk der Erreger in seiner Wunde spüren zu können, was natürlich Einbildung war. Alles andere als Einbildung allerdings war: Er würde hier draußen elend krepieren …

»Meine … Proben!«, murmelte er.

»Meinst du das Kästchen hier? Das ist da, keine Sorge. Du hattest es in der Hand, als Beaver dich gefunden hat.« Hoss zeigte auf das Probenkästchen, das auf einem aus Brettern zusammengezimmerten Tisch stand. »Du hast dich regelrecht daran festgeklammert, darum dachte ich mir, das Ding ist wichtig, und habe es für dich mitgenommen.«

Gereon war nicht sicher, ob er froh oder entsetzt darüber sein sollte. Hoss musste ihn von der Jagdhütte fortgebracht haben, als er bewusstlos gewesen war. Was bedeutete: Mike hatte jetzt keine Chance mehr, den Handykoordinaten zu folgen und die Proben an sich zu bringen. »Gib sie mir!«, bat Gereon.

Der Trapper tat ihm den Gefallen.

Gereon umklammerte das Kästchen, von dessen Inhalt so viel abhing. Dann betrachtete er seine verbundene Schulter. Er musste sich Zeit verschaffen, damit er Mike über die neuen Umstände informieren konnte. Zumindest so lange musste er die Infektion überleben. »Okay«, murmelte er. »Wie es aussieht, musst du mir bei was helfen.«

Fragend hob Hoss die Augenbrauen. »Klar, Kumpel. Bei was denn?«

Gereon ließ seinen Blick durch die Hütte schweifen. Er sah aus rauen Bohlen gezimmerte Wände, eine offene Feuerstelle, in der Feuerholz fein säuberlich aufgeschichtet war. Sein Magen verkrampfte sich, als ihm eine Idee kam. Vielleicht gelang es ihm, die Anzahl der Erreger in seiner Wunde zumindest zu reduzieren. »Du musst ein Feuer machen, so heiß, wie es nur geht«, sagte er. Er tippte auf den Verband, den Hoss ihm angelegt hatte. »Und dann brauchen wir noch dein Jagdmesser.«

*

Krause warf einen Blick in die Runde seiner Mitstreiter. Nach seinem Treffen mit diesem Löbnitz gestern Abend hatte er jenes mit den anderen Mitgliedern vom INKA-Vereinsvorstand vorverlegt und alle gebeten, so schnell wie möglich zu kommen. Sein Gespräch mit Löbnitz hatte ihm bewusst gemacht, wie dringlich die Lage war. Wie dicht sie vor dem Abgrund standen, weil man ihnen die Gelder entziehen würde, wenn sie nicht zur Zufriedenheit ihrer Auftraggeber Ergebnisse lieferten.

Löbnitz, und hinter ihm natürlich EurOil, für die er arbeitete, wollten spürbaren Gegenwind für die Klimaaktivisten, die mit ihren immer vehementer werdenden Protesten ihr Geschäftsmodell gefährdeten.

Und sie würden Gegenwind bekommen. Dafür würde er, Krause, schon sorgen. Er hatte Löbnitz versichert, dass er nach dem desaströsen SPIEGEL-Artikel einen Plan B hatte, und jetzt stand er bei ihm im Wort. Er und seine Leute mussten etwas entwickeln, und zwar im Handstreich.

Darum saßen sie hier. Ulrich Wallenhorst, Doktor der Meteorologie von der Freien Universität Berlin, und Heiko Graf, Grafikdesigner und PR-Stratege. Graf, ein schlaksiger Typ mit schwarzer Hornbrille, der Krause immer leicht affektiert vorkam, sah sich in dem weitläufigen Büro um, durch dessen Fenster die Vormittagssonne hereinfiel und lange goldene Streifen auf das Parkett malte, während Krause sie alle über ihr Problem informierte.

»Irgendwelche Ideen, wie wir Löbnitz zufriedenstellen können?«, fragte Krause, nachdem er geendet hatte.

»Unsere Arbeit ist schwieriger geworden, seit die Extremwetterlagen zunehmen«, sagte Ulrich. Im Gegensatz zu Heiko Graf war er leicht untersetzt, was er allerdings durch geschickt geschnittene Sakkos zu kaschieren wusste. Auf seiner hohen Stirn prangte eine gezackte Narbe, die er sich bei einem Feldforschungsauftrag zugezogen hatte, als ein leckgeschlagener Wetterballon abgestürzt und ihm samt anderthalb Kilo schwerem Equipment auf den Kopf gefallen war. Krause nannte Ulrich deswegen manchmal scherzhaft Harry Potter, was dem aber nicht besonders gefiel.

»Genau das habe ich Löbnitz auch gesagt«, erwiderte Krause. »Es interessiert ihn nicht. Er will sicht- und messbare Ergebnisse, sonst drehen sie uns den Geldhahn zu. Und ihr wisst, was das bedeutet.«

Ohne die Gelder von EurOil würde INKA in sich zusammenfallen wie Ulrichs Wetterballon damals.

»Was wir bräuchten«, sagte Graf, »wäre mal wieder so eine bescheuerte Aktion von den Klimaaktivisten. Eine, die wir ausschlachten können, um die Ideologie dieser Leute zu demaskieren.« Er meinte die immer häufiger werdenden Einsätze, bei der sich meist junge Männer und Frauen mitten in der Hauptverkehrszeit auf der Fahrbahn irgendwelcher wichtigen Straßenkreuzungen festklebten. Die Polizei musste dann jeden Einzelnen von ihnen mühsam vom Asphalt lospulen, bevor sie sie mit auf die nächste Polizeiwache nehmen und wegen schwerwiegenden Eingriffs in den Straßenverkehr belangen konnten. Diese

Aktionen führten jedes Mal zu massivem Unmut unter den Berlinern, die zu spät zur Arbeit kamen oder sich sonst wie in ihrem Tagesablauf gestört fühlten. Graf hatte in der Folge die Aktionen immer sehr geschickt für ihre Zwecke ausgenutzt, indem er die von ihnen finanzierten Trolle – Löbnitz' »Influencer« – beauftragt hatte, den Ärger der Bürger hübsch hochzujazzen. Er hatte auch einen Doktoranden der Ökonomie aufgetrieben, den er dazu gebracht hatte, einmal auszurechnen, wie hoch der wirtschaftliche Schaden dieser Aktionen war. Es war Graf tatsächlich gelungen, einen Artikel über diese Summe sowohl in der B.Z. als auch in der Online-Ausgabe der WELT zu platzieren. Trotzdem wussten sie alle im Raum, dass die Menschen sich mittlerweile irgendwie an die Aktionen der Klimaaktivisten gewöhnten. Ja, mehr noch: Seit dem Hochwasser sympathisierten sogar immer mehr Menschen mit diesen jungen Anarchisten.

»Strengt euch an!«, befahl Krause. »Uns muss was einfallen!«

Ulrich, der bis eben schweigend zugehört hatte, beugte sich vor und nahm das oberste Exemplar von dem Stapel mit Zeitungen, die Krause regelmäßig kaufte. Es war Berlins führendes Boulevardblatt.

Ulrich betrachtete die Schlagzeile.

Anthrax-Skandal in Berlin?, lautete sie.

»Eine so gute Gelegenheit, die Klimaaktivisten in ein negatives Licht zu rücken, bietet sich uns nicht alle Tage«, sagte er. »Wenn die Gegenseite keine brauchbaren Aktionen liefert, die wir gegen sie verwenden können, müssen wir eben dafür sorgen, dass die Leute glauben, diese Typen hätten was Gruseliges geplant.« Er hielt die Zeitung so, dass die anderen die Schlagzeile lesen konnten. »Man könnte zum Beispiel in ein paar Berliner Lokalen ein bisschen Mehl ausstreuen und lancieren, dass das von Klimaaktivisten kommt.«

»Eine False-Flag-Aktion?«, fragte Krause.

Ulrich nickte. »Das wäre eine False-Flag-Aktion, ja. Ich glaube aber, eine echte Aktion ist gar nicht unbedingt nötig.« Er klopfte auf den Artikel. Dann wandte er sich an Graf. »Alles, was wir brauchen, sind ein paar geschickte Kampagnen unserer Trollarmee. Mit denen können wir in den sozialen Medien den Eindruck erzeugen, dass die Klimaaktivisten dazu übergegangen sind, Menschenleben für ihre Sache aufs Spiel zu setzen.«

»Was genau schwebt dir vor?«, fragte Krause.

Ulrich tippte auf die Schlagzeile. »Wusstet ihr, dass die Inhaber von Janus Therapeutics die Klimaschützer finanziell unterstützen?«

Die anderen schüttelten den Kopf.

»Ist ein offenes Geheimnis«, sagte Ulrich.

»Was hast du vor?«, fragte Graf.

Ulrich grinste. »Es gibt da einen Mann, Erwin Brauer, der mir noch einen Gefallen schuldet«, sagte er. Dann erklärte er Krause und Graf seinen Plan.

3. Kapitel

Während Schilling und seine Leute anfingen zu diskutieren, wo sie mit ihren Ermittlungen beginnen sollten, rang Frank sein mulmiges Gefühl und seine Gedanken über Bioterrorismus nieder. Um sich davon abzulenken, checkte er seine Nachrichten: nichts Neues von seiner Tochter Franziska. Noch einmal lauschte er auf das mulmige Gefühl in seinem Magen, konzentrierte sich dann aber wieder auf die Arbeit.

»Das ist doch völlig illusorisch!«, beschwerte sich Kriminalkommissarin Monika Fischer gerade. »Damit erreichen wir nur, dass wir uns die Hacken krumm laufen!«

Schilling sah Hilfe suchend in Franks Richtung. Der räusperte sich und wandte sich an Ben Schneider, der die ganze Zeit an seinem eigenen Laptop gesessen und sich durch was auch immer geklickt hatte.

Frank bat ihn, auf eine Seite des Katasteramtes zu gehen, auf die er im Zuge seiner Arbeit Zugang hatte. Gemeinsam suchten sie nach einer bestimmten Liegenschaftskarte, die Ben auf das Smartboard projizierte.

»Okay«, sagte Frank. »Wir gehen erst mal von einer natürlichen Ursache für die beiden Todesfälle aus.« Er brachte die Zweifel endgültig zum Verstummen und räusperte sich. »Starten wir mit der üblichen Vorgehensweise. Der erste Schritt in einem Fall wie unserem wäre zu überprüfen, ob an den üblichen Orten bei dem Hochwasser irgendwas an die Oberfläche gespült worden ist.« Er deutete auf die Karte. Sie zeigte das Gebiet Pankow, man konnte den gewundenen Verlauf der Panke erkennen, des Flusses, der dem Ortsteil seinen Namen gegeben hatte. An seinem Ufer waren sechs Gebiete von unterschiedlicher Größe rot schraffiert, dazu noch ein siebtes, das etwas abseits des Flusses an einer der Seiten des Bürgerparks lag.

»Am Ufer der Panke gab es im 19. Jahrhundert mehr als zwanzig Gerbereien. Das hier«, Frank deutete der Reihe nach auf die ersten sechs Schraffuren, »sind die Orte, von denen wir sicher wissen, dass sich dort Anthrax im Boden befindet.« Bevor jemand fragen konnte, fügte er als Erklärung hinzu: »Früher, als man noch nicht das mikrobiologische Wissen hatte, über das wir heute verfügen, kam es in der Nähe von Gerbereien häufig zu Milzbrandausbrüchen. Der Erreger sitzt an Fellen und Häuten von infizierten Tieren und gelangte von dort über Wasser und Boden immer wieder einmal in den Menschen. Ich habe ja vorhin schon erklärt, dass Milzbrandbakterien sehr widerstandsfähige Sporen bilden können. Das bedeutet, dass an all diesen Orten hier …«, erneut zeigte er auf die Schraffuren, »… der Erreger immer noch im Boden vorkommt, obwohl die letzte dieser Gerbereien schon Anfang des 20. Jahrhunderts dichtgemacht hat. Das gilt als gesichert.«

»Echt?« Dannys Augen weiteten sich. »Das Zeug liegt da einfach so rum? Warum entsorgt man es nicht, wenn man das weiß?«

Frank lächelte ihn an. »Weil es extrem aufwendig wäre, all diese Orte zu dekontaminieren. Und es ist eigentlich auch nicht nötig, denn Milzbrandbakterien und ihre Sporen sind kein flüchtiger Stoff. Und die Infektion überträgt sich auch nicht von Mensch zu Mensch. Darüber hinaus ist Milzbrand mit Antibiotika relativ leicht zu behandeln, sodass es nicht nötig ist, einen solchen Aufwand zu betreiben.«

»Es sei denn, es tauchen plötzlich Tote auf, denen man mit Antibiotika nicht mehr helfen kann«, warf Kriminaloberkommissar Daniel von Berg ein.

Frank warf ihm einen finsteren Blick zu, weil die Worte an sein eigenes mulmiges Bauchgefühl rührten. »Wie dem auch sei. Als Erstes sollten wir diese sieben Orte absuchen und prüfen, ob unsere beiden Toten an einem von ihnen gemeinsam oder natürlich auch zeitlich unabhängig voneinander gewesen sind. Dabei ist es wichtig, dass uns klar ist, dass nur ein kurzer Spaziergang über kontaminiertes Gelände keinerlei Auswirkungen hätte. Der Kontakt mit dem Erreger muss sehr viel intensiver sein, um eine Infektion mit Lungenmilzbrand auszulösen. Vielleicht haben die beiden dort einen Schlafplatz gehabt. Oder einen Schrebergarten, in dem sie in der Erde gewühlt haben.«

»Obdachlose und ein Schrebergarten?« Monika Fischer schnaufte. »Klar!«

Frank sah sie ähnlich finster an wie kurz zuvor Danny. »Ich nenne euch nur die Möglichkeiten, die ihr in Betracht ziehen müsst«, sagte er. »Was ihr am Ende daraus macht, ist eure Sache.«

»Nach den Aufenthaltsorten von Thomas Vetter haben wir ja schon mal vergeblich gesucht«, sagte Monika.

»Stimmt.« Wie es offenbar seine Angewohnheit war, ließ Schilling schon wieder einen Kugelschreiber um seine Finger tanzen. Der Anblick begann Frank zu nerven, und er vermied es hinzusehen. »Aber mit dem zweiten Toten bieten sich uns jetzt vielleicht Abgleichmöglichkeiten. Wenn wir wissen, wo dieser Paul sich aufgehalten hat, können wir das vielleicht mit dem wenigen, was wir über Vetters Routen wissen, vergleichen.«

»Laufarbeit«, schnaufte Monika. »Ich sag's ja.« Sie deutete auf die Karte. »Was ist das für eine siebte Stelle da, abseits vom Fluss? Das kann keine Gerberei gewesen sein, oder?«

Frank verdrehte den Hals, um auf die Projektion hinter sich an der Wand zu schauen. »Ein ehemaliger Wasenplatz«, erklärte er.

»Was ist das denn?«

»Ein Ort, an dem man früher an Seuchen verendete Tiere vergraben hat, bevor es darauf spezialisierte Tierkadaverentsorgungsanstalten gab. Auch an solchen Orten kann immer wieder einmal Anthrax auftauchen, darum sollten wir ihn in unsere Erwägungen miteinbeziehen.«

»Ein Wasenplatz.« Monika Fischer schüttelte den Kopf. Ihr Fingernagel war mittlerweile vollständig von seinem schwarzen Lack befreit. »Was, wenn unser Erreger nicht von einem dieser sieben Orte stammt? Du hast gesagt, dass es mehr als zwanzig Gerbereien in dem Gebiet gab.«

»Ja.« Auf ein Nicken von Frank hin klickte Ben Schneider eine zweite Karte desselben Bezirks an. Zu den sieben rot schraffierten Stellen gesellten sich nun noch mehr als ein Dutzend orangefarbene. »Deren Standorte sind uns natürlich auch bekannt. Bisher gab es aber an diesen keinerlei Hinweise auf Anthrax. Was nicht heißt, dass es nicht da ist. Sondern nur, dass es bisher nicht in Erscheinung getreten ist.«

Monika Fischer stöhnte. »Na toll!« Sie begann mit dem Nagel ihres Mittelfingers. »Wisst ihr was? Irgendwie finde ich die Vorstellung gruselig, dass an so vielen Stellen fiese kleine Eumelchen im Boden hocken und nur darauf warten, dass das nächste Hochwasser sie freispült und in unsere Häuser trägt.«

Ja, dachte Frank. *Ja. Ich auch.*

Genau in dieser Sekunde kündigte sein Handy eine SMS von seiner Frau an.

Melde dich!, hatte sie geschrieben.

*

Um sich von ihren verknoteten Gefühlen abzulenken, die sie nach dem Telefonat mit Tom überfallen hatten, schrieb Nina ungefähr eine Dreiviertelstunde lang an ihrem Artikel über die

Klimakrise. Sie wurde abgelenkt, weil es draußen auf der Straße klirrte. Sie hörte eine Art *Swusch*, gleich darauf ertönte das an- und abschwellende Jaulen einer Auto-Alarmanlage. Nina stand auf und trat auf den Balkon hinaus. Direkt gegenüber stand ein schwarzer SUV in hellen Flammen. Das Feuer leckte aus dem zerborstenen Fenster, durch das jemand ganz offensichtlich einen Brandsatz auf den Beifahrersitz geworfen hatte. Dann krachte es heftig, als auch die anderen Scheiben des Wagens platzten und sich als Scherbenregen auf Bürgersteig und Straße ergossen. Mehrere Passanten standen erschrocken herum.

Irgendwann hatten die Flammen die Fahrzeugelektronik ergriffen. Die Alarmanlage jaulte ein letztes Mal auf und verstummte dann. Zurück blieb das Knistern der Flammen, das überlaut in Ninas Ohren klang und schließlich von sich nähernden Martinshörnern übertönt wurde. Es waren kaum drei Minuten vergangen, dann trafen zwei Feuerwehrfahrzeuge ein und ihre Teams machten sich an die Löscharbeiten.

Kopfschüttelnd kehrte Nina an ihre Arbeit zurück. Weil sie sich natürlich jetzt erst recht nicht mehr konzentrieren konnte, checkte sie ihre Mails und blieb dabei an der Zusammenfassung der programmierten Alerts hängen, die Google ihr einmal am Tag schickte.

Unter dem Stichwort »Janus Therapeutics« standen heute drei Links. Zwei davon führten auf die Seiten von medizinischen Fachjournalen, in deren Artikeln die Firma nur kurz erwähnt wurde. Der dritte jedoch brachte Nina auf die Berlinseite von Deutschlands führendem Boulevardmagazin, jenem Blatt, für das Rüdiger arbeitete.

Mit einem mulmigen Gefühl klickte sie den Beitrag an.

Anthrax-Skandal in Berlin?, schrie die in dicken, roten Lettern geschriebene Überschrift sie an, und darunter stand kleiner, aber ebenso fett: *Nur die wenigsten Berliner wissen, dass mitten in ihrer Stadt ein Pharmaunternehmen mit gefährlichem Anthrax experimentiert. Jetzt gibt es erste Vermutungen, dass der tödliche Erreger aus den Laboren von Janus Therapeutics entkommen sein könnte … Ein Beitrag von Rüdiger Neumann.*

Mit einem Anflug von Zorn warf Nina sich gegen die Rückenlehne ihres Schreibtischstuhles. »Rüdiger, du Arsch!« Sie überflog den Artikel, der natürlich alle in der Überschrift angedeuteten Behauptungen wieder zurücknahm.

Natürlich sind das bis jetzt nur erste Indizien, dass in dem Pharmaunternehmen nicht alles mit rechten Dingen zugeht, hatte Rüdiger geschrieben, und im letzten Satz versicherte er, dass die Redaktion heldenmütig an der Story dranbleiben würde, um die *besorgte Berliner Bevölkerung, die von all den Krisen der letzten Zeit bereits gebeutelt genug war*, mit weiteren Informationen zu versorgen.

Wütend starrte Nina auf den Bildschirm. Sie hatte eine ungefähre Vorstellung davon, wie oft dieser Beitrag in den Kommentarspalten der sogenannten sozialen Medien bereits geteilt und kommentiert worden war. Und wie viele der Kommentatoren sich nicht die Mühe gemacht hatten, den Artikel weiter als bis zur Subhead zu lesen. *Pharmafirma gleich Verbrecher*, das passte so wunderbar ins Weltbild der meisten Menschen, dass Rüdiger mit nur wenigen Stichworten die richtigen Knöpfe bei den Leuten gedrückt hatte.

Womit Mike, genau wie sie befürchtet hatte, zu all seinen Problemen ein weiteres hinzubekommen hatte.

Noch während sie überlegte, ob sie ihn anrufen und ihn wegen des Artikels warnen sollte, kam er ihr zuvor und meldete sich bei ihr.

Sie ging ran. »Hey, hast du …«

»Den Artikel unserer Lieblingszeitung gesehen? Ja. Deswegen rufe ich ja an. Kannst du herkommen und mir bei dieser Sache helfen?« Er klang gehetzt und nervös, was sie verständlich fand, aber seine Frage verwunderte sie ein wenig, und weil sie plötzlich nur noch schlecht Luft bekam in ihrer stickigen Wohnung, trat sie erneut auf den Balkon hinaus. Die Feuerwehr hatte den SUV gelöscht, ein Wagen rückte bereits ab. Die Besatzung des zweiten Löschfahrzeugs unterhielt sich mit zwei Polizisten, die in der Zwischenzeit eingetroffen waren.

»Ich wüsste nicht, wie«, antwortete sie Mike.

Er stieß Luft durch die Nase, ein kurzes Geräusch, das über alle Maßen wütend klang. »Dieser Artikel kommt zur schlimmstmöglichen Zeit, Nina! Nicht nur, dass wir diesen ganzen Stress mit Gereon und der Anthraxprobe haben, jetzt auch noch ein herbeigeschriebener Medizinskandal, da können wir genauso gut gleich dichtmachen!«

Sie teilte seine Sicht der Dinge, dennoch wiederholte sie: »Ich weiß nicht, wie ich dir dabei helfen könnte, Mike.«

»Du könntest unsere Presseabteilung beraten, wie sie mit diesem Artikel am besten …«

»Ich bin Journalistin«, fiel sie ihm abrupt ins Wort. »Schon mal was von professioneller Distanz gehört? Ich kann mich nicht auf deine Seite stellen, auch wenn ich eure Forschung richtig finde. So gern ich dir auch helfen würde, mir sind da wirklich die Hände gebunden.«

Er schwieg einen Moment, und sie glaubte, seine Verblüffung durch die Leitung hindurch zu spüren.

»Das ist jetzt aber nicht dein Ernst!«, rutschte es ihm heraus.

Sie dachte an Gereon, an die Art und Weise, wie er immer angefangen hatte zu leuchten, wenn er ihr von JanuThrax erzählt hatte, und wie energisch er sich die vergangenen zehn Jahre gegen alle Schwierigkeiten und Hindernisse gestemmt hatte, die der Entwicklung des Mittels entgegengestanden hatten. Rüdigers unsäglicher Artikel war ein weiteres Geschütz, das auf die Firma gerichtet wurde, und sie konnte sich vorstellen, wie er den Druck, unter dem Mike stand, weiter erhöhte. Aber daran konnte sie nicht das Geringste ändern.

»Ich bin nicht deine Pressesprecherin, Mike.«

»Du bist Gereons Freundin, Herrgott!«, blaffte er. »Und du willst allen Ernstes zusehen, wie diese Schmierentypen sein Lebenswerk zerstören?«

»Darf ich dich daran erinnern, dass *mein* Freund offenbar drüben in Alaska in Schwierigkeiten steckt? Du wirst verstehen, dass mir seine Firma deswegen im Moment völlig egal ist!«, gab sie bissig zurück. Es stimmte zwar nicht. Janus Therapeutics war zu wichtig, als dass es ihr jemals egal sein könnte. Aber die Sorge um Gereon überlagerte zumindest im Moment alle anderen. »Ich habe einen guten Freund gebeten, nach Fairbanks zu fliegen«, fügte sie an.

Er brauchte einen Moment, um das zu verdauen. »Du hast …«

»Tom Morell. Er hat mir letztes Jahr geholfen, die Forschungsarbeiten meines ermordeten Ziehvaters zu retten. Er ist zufällig gerade in Kanada. Ich habe ihn angerufen, und er hat sich bereit erklärt, rüber nach Alaska zu fliegen und nach Gereon zu suchen.«

Erneut schwieg Mike, und sie stellte sich vor, wie in seinem Kopf die Gedanken wild durcheinanderwirbelten. »Du traust ihm?«

»Warum sollte ich das nicht?«

»Was, wenn er für unsere Konkurrenz arbeitet, wenn er hinter den Proben her …« Mike ächzte. »Ich werde wirklich langsam paranoid. Entschuldige!«

»Tom hat mir letztes Jahr das Leben gerettet«, erklärte sie. »Und zwar nicht nur einmal. Er arbeitet auf ziemlich unkonventionelle Weise, und wenn jemand schnell und notfalls auch unauffällig rausfinden kann, was da drüben passiert ist, dann er.«

Sie lauschte in sich hinein, um zu ergründen, ob sie sich dessen wirklich sicher war. »Tom ist ein guter Freund, Mike. Ich würde ihm mein Leben anvertrauen.« Letztes Jahr hatte sie genau das mehrfach getan, dachte sie, kniff sich in den Nasenrücken und unterdrückte ein Seufzen.

»Okay«, hörte sie Mike sagen. »Wenn du ihm vertraust … Hilfst du mir dann jetzt mit diesem Zeitungsartikel? Ich weiß einfach nicht, was ich machen soll, Nina!«

»Wie gesagt, es ist eigentlich nicht mein Job, Mike! Prinzipiell könntest du dagegen vorgehen und beim Presserat eine Klage wegen Verleumdung einreichen und bestenfalls eine Gegendarstellung erwirken. Wenn ich ehrlich bin, glaube ich allerdings, du würdest Rüdiger damit nicht stoppen. Eine Rüge beim Presserat ist für den nur ein weiteres Abzeichen an seiner Wall of Fame.«

»Aber was dann?«

»Dir bleibt meiner Meinung nach nichts anderes übrig, als eine neue Sau durchs Dorf zu treiben! Was interessiert die Leute eine Nachricht von gestern? Einfach transparent neue und relevante Fakten für die Presse bieten. Verheimliche nichts! Setz gezielt wahre positive Nachrichten von Janus Therapeutics dagegen, Nachrichten von der erfolgreichen Krebsstudie, meine ich.«

»Der Studie, die völlig umsonst gewesen sein wird, wenn wir diese elenden Proben nicht in die Finger bekommen«, murmelte Mike.

Nina spürte, wie sie innerlich auf Abstand ging und wie sich gleichzeitig etwas in ihr festigte. Sie konnte Mike bei dieser PR-Sache wirklich nicht helfen, aber sie konnte Tom dabei unterstützen, Gereon zu finden. Sie konnte das Rätsel lösen, was dort drüben in Alaska geschehen war, und wenn das dazu führte, dass sie die wertvollen Proben für die Firma rettete, war das ein positiver Nebeneffekt.

Sie nickte sich zur Bestätigung selbst zu und ignorierte die kleine Stimme in ihrem Hinterkopf, die wisperte: *Bist du sicher, dass du nicht einfach nur Tom wiedersehen willst?*

Noch während sie zuhörte, wie Mike lamentierte, rief sie eine Buchungswebsite auf, um einen Flug nach Alaska zu suchen.

*

Frank entschuldigte sich bei den anderen, eilte aus dem Raum und wählte noch im Gehen Sabines Nummer.

»Sie leiten die Geburt ein«, sagte seine Frau ohne Begrüßung.

Frank blieb stehen wie vor eine Wand gerannt. »Franziska ist erst in der zweiunddreißigsten Woche!«, stieß er aus. Ein Kind in dieser Phase der Schwangerschaft war bei Weitem noch nicht weit genug herangewachsen, es galt als Frühchen. Und bei Frühchen konnte es Komplikationen geben, an die er sich von seinem lange zurückliegenden Medizinstudium zum Glück nur noch vage erinnerte. Das wenige allerdings, das er noch wusste, reichte durchaus, ihm zitterige Knie zu verursachen.

Neurologische Behinderungen, unzureichend ausgebildete Lunge …

Er vertrieb die Gedanken.

»Sie haben alles versucht, um es zu verhindern«, hörte er Sabine sagen, »aber es ging wohl nicht mehr. Franziskas Blutdruck scheint in der letzten halben Stunde noch mal gestiegen zu sein, und der Herzmonitor des Babys zeigte, dass der Kleine …« Gnädigerweise hörte sie an dieser Stelle auf.

»Und jetzt?«, flüsterte Frank.

»Jetzt warten wir, bis die Geburt vorbei ist.«

Er hob den Blick, starrte gegen die Wand, die einen hässlichen dunkelgrünen Farbton hatte. Ein gerahmtes Foto hing direkt vor seiner Nase, aber er hätte nicht sagen können, was darauf war. Die Welt verschwamm vor seinen Augen.

»Gut«, murmelte er. Dann besann er sich. »Soll ich ins Krankenhaus kommen?«

»Damit du hier rumtigerst und den Leuten auf die Nerven gehst? Auf keinen Fall! Timo ist bei Franziska. Und die medizinische Versorgung hier ist eine der besten der Stadt, Frank. Das wird schon alles gut ausgehen!«

Frank wünschte, er hätte Sabines Zuversicht teilen können. Weil er es nicht konnte, klammerte er sich daran fest wie an einem Rettungsring, den sie ihm zugeworfen hatte. »Gut«, sagte er erneut. Und dann noch einmal: »Gut.«

»Versuch, dich auf deine Arbeit zu konzentrieren. Sobald ich Neuigkeiten habe, rufe ich dich sofort wieder an«, versprach sie.

Er nickte. Dann begriff er, dass sie das natürlich nicht sehen konnte, aber bevor er einen weiteren Ton herausbringen konnte, hatte sie sich schon verabschiedet und aufgelegt.

Eine Weile lang stand er danach da und starrte auf das Foto. Es zeigte ein altes Gebäude mit einem knorrigen Baum davor, das sah er jetzt. Er wandte sich ab.

Er konnte nicht sofort in den Besprechungsraum zurückgehen, zuerst musste er sich ein wenig sammeln. Aber noch während er das versuchte, öffnete sich die Tür und Monika streckte den Kopf auf den Gang heraus.

»Da bist du ja.« Sie sah ihm ins Gesicht. »Alles okay? Du siehst aus, als hättest du schlimme Nachrichten erhalten!«

Er war drauf und dran, ihr von Franziska zu erzählen, aber um ihr sein Herz auszuschütten, kannte er sie einfach noch nicht lange genug. Also schüttelte er den Kopf.

»Nichts allzu Schlimmes, nein.« Bevor sie nachhaken konnte, deutete er auf die Tür, die sie blockierte. »Von mir aus können wir weitermachen.« Er war gerade wieder drinnen, als sich sein

Labor meldete. Einer seiner Mikrobiologen, ein junger Mann namens Eric Müller, war dran. »Hallo, Dr. Bergmann. Das Veterinäramt hat uns die Sequenzierungen zugeschickt. Uns liegen jetzt die Ergebnisse der Anthrax-Vergleiche vor.«

»Okay«, meinte Frank.

»Ja. Die beiden Männer sind nicht an *Bacillus anthracis* gestorben, der von dem tierischen Wirt stammt. Die Ziegen scheiden also als Ursache der Infektionskette aus.«

»Das ist gut«, murmelte Frank. Er empfand eine gewisse Erleichterung, denn im Grunde bedeuteten Müllers Worte, dass sie Paul Wagners Tod auch dann nicht verhindert hätten, wenn sie diese Tests schon viel früher durchgeführt hätten. »Vielen Dank, Herr Müller.«

»Da ist aber noch was«, warf Müller ein. »Die Kollegen vom Veterinäramt haben uns nicht nur die Sequenzierungen des Pathogens aus dem Ziegengehege geschickt, sondern auch noch eine weitere. Sie stammt von einer Firma namens Janus Therapeutics, bei denen man offenbar in der Medikamentenentwicklung mit Anthrax arbeitet. Da ist Helga was aufgefallen.« Helga Lehmann war eine Mikrobiologin, die wie Frank selbst bereits kurz vor der Rente stand. Müllers Worte lösten ein Frösteln in ihm aus, das genauso durch seinen Körper rieselte wie zuvor die Erleichterung. Er ahnte natürlich, was jetzt kommen würde. »Und?«

»Zwar stimmen die Sequenzierungen der Milzbrand-Isolate von den Toten und den Ziegen nicht überein. Dafür aber die von den toten Obdachlosen mit jenen bei Janus Therapeutics.«

Frank atmete durch, was Schilling und seine Leute auf ihn aufmerksam machte. Fragend schauten sie ihn an. »Sie wollen mir sagen, dass unsere beiden Obdachlosen an Janus-Anthrax gestorben sind?«, wiederholte er, damit sie mitbekamen, was Eric Müller soeben gesagt hatte.

Zwischen Schillings Augenbrauen erschien eine Falte. Monika Fischer blinzelte fragend. Danny hingegen schaute ausdruckslos.

»Genau so ist es«, bestätigte Müller.

»Janus Therapeutics«, murmelte Frank, nachdem er sich bei seinem Kollegen bedankt und aufgelegt hatte. Den Gesichtern der anderen nach zu urteilen, kannten sie die Firma nicht – ganz im Gegensatz zu ihm. Ben Schneider jedoch war schon dabei zu recherchieren. »Hier«, meinte er. »Janus Therapeutics, das ist ein Medizin-Start-up in Berlin. Wartet, ähm, die arbeiten offenbar an der Entwicklung eines neuen Krebsmedikaments.«

Genau das taten sie. Frank verfolgte die Nachrichten über die klinischen Studien, die die Firma durchführte, aus privatem Interesse. Dass man bei Janus Therapeutics mit Anthrax arbeitete, passte gut zu ihrem Fall.

Zufrieden nickte er. »Da habt ihr euren Ermittlungsansatz.«

»Noch mal, Herr Schilling: So kommen wir beide nicht zusammen!« Die dunkle, leicht verärgert klingende Stimme des Richters drang aus Schillings Telefon, das er eigens für dieses Gespräch auf laut gestellt hatte. Gleich nach dem Hinweis auf Janus Therapeutics, den Franks Labor ihnen geliefert hatte, hatte Schilling die Nummer von Dr. jur. Peter Neuenkirchen gewählt und ihn um einen Durchsuchungsbeschluss für die Medizinfirma gebeten.

Frank hatte mit einiger Verblüffung darauf reagiert, dass der Richter schlichtweg abgelehnt hatte. »Noch mal«, wiederholte Neuenkirchen jetzt betont langsam. »Sie haben zwei Todesfälle, bei denen Menschen an einem Erreger verstarben, der in den vergangenen Monaten nachweislich aus dem Boden geschwemmt wurde. Und Sie haben nichts außer einem …«

»Entschuldigung, Dr. Neuenkirchen«, fiel Frank dem Mann

ins Wort. »Aber das stimmt so nicht. Die Erreger, an denen die beiden Männer gestorben sind, und die, die die Ziegen getötet haben, sind verschieden. Wir können das labortechnisch einwandfrei nachweisen. Hingegen stimmen die Befunde in Bezug auf Janus Therapeutics …«

»Sind sowohl die Obdachlosen als auch die Ziegen an Anthrax gestorben?«, blaffte Neuenkirchen.

Frank geriet zu seinem eigenen Ärger ins Stottern. »Ja … natürlich, aber die Stämme sind verschieden. Wir können das, wie gesagt, im Labor eindeutig belegen.«

»Ihre Stämme und wissenschaftlichen Belege interessieren mich im Moment nicht, Dr. Bergmann. Das war doch Ihr Name, oder?« Neuenkirchen ließ Frank keine Gelegenheit, darauf zu antworten. »Herr Schilling, Sie haben mir Ihren Antrag auf einen Beschluss damit begründet, dass es verschiedene Möglichkeiten gibt, wie dieses Zeug aus den Laboren von Janus Therapeutics entkommen sein könnte.«

»Ja«, meinte Schilling. Seine Gesichtsmuskeln arbeiteten, aber er schaffte es, seine Stimme ganz ruhig klingen zu lassen. »Entweder es gab ein Leck im Sicherheitssystem, und die Überschwemmung vor ein paar Wochen wäre eine Möglichkeit, wie das passieren konnte. Oder aber jemand hat das Zeug absichtlich aus den Laboren entwendet.«

»Und Sie haben weder für die eine noch für die andere Hypothese Belege?«

»Leider bisher nicht, aber …«

»Nichts aber, Herr Schilling. Wenn ich Ihnen nur aufgrund von unbewiesenen Hypothesen die Erlaubnis gebe, eine der führenden Medizinfirmen von Deutschland durch eine Hausdurchsuchung lahmzulegen, wird deren Rechtsabteilung uns grillen! Haben Sie eine Ahnung, was für Schadenersatzforderungen auf uns zukommen könnten, wenn die das tun? Nein, ich brauche konkrete und belastbare Hinweise, und das wissen Sie auch. Ehrlich gesagt frage ich mich, wieso Sie mit Ihrem Anruf überhaupt meine kostbare Zeit verschwenden.«

Schilling rieb sich die Stirn. Er sah aus wie ein gescholtener Erstklässler, fand Frank, und beschloss, dem Kommissar beizuspringen.

»Dr. Neuenkirchen«, versuchte er einen weiteren Vorstoß. »Lungenmilzbrand ist eine fiese Krankheit, die unter der Bevölkerung schnell zu Panik führen könnte, wenn es zu weiteren Fällen kommt. Und unsere Laborergebnisse besagen mit hundert Prozent Sicherheit, dass …«

»Ich sage es Ihnen noch einmal ganz langsam, Dr. Bergmann. Ihre Laborergebnisse interessieren mich nicht. Machen Sie Ihre Hausaufgaben! Bringen Sie mir belastbare Hinweise, und zwar *polizeiliche* Hinweise, dass Janus Therapeutics mit den Toten zu tun hat, dann bekommen Sie Ihren Beschluss. Und jetzt entschuldigen Sie mich. Ich habe Wichtigeres zu tun.« Ohne weitere Worte legte der Richter auf.

Schilling starrte sein Handy an. »Arschloch!«, rutschte es ihm heraus.

Frank schüttelte den Kopf. »Wieso ignoriert er wissenschaftliche Beweise?«

Das brachte Monika dazu aufzulachen. »Tja«, sagte sie. »Willkommen in unserer netten, kleinen Polizeiwelt.«

»Und was machen wir jetzt?«

Schilling stopfte das Handy so heftig in seine Hosentasche, als sei es schuld an dem schiefgelaufenen Gespräch mit dem Richter. »Was schon?«, grummelte er. »Wir fahren zu Janus Therapeutics und reden mit denen. Mal sehen, was wir rausfinden.«

*

Nina starrte auf den Bildschirm ihres Laptops, auf dem sie die Website einer großen Fluggesellschaft geöffnet hatte. In knapp drei Stunden, um siebzehn Uhr, ging ein Flug nach Frankfurt, von wo aus um 18.30 Uhr eine Maschine per Direktflug nach Anchorage abhob. Sie hatte bereits ihren Koffer gepackt und war kurz davor zu buchen, als Mike anrief.

»Nina!« Er klang bedrückt.

»Was ist mit ihm?«, stieß sie alarmiert hervor. »Geht es ihm gut?«

Er wirkte irritiert. »Was? Ach, du meinst Gereon? Nein, da gibt es nichts Neues. Deswegen rufe ich auch nicht an.«

Nina klappte den Laptop zu, weil die Werbung neben der Website anfing, sie zu nerven. »Was ist passiert?«

»Ich bin in der Firma. Die Polizei ist hier. Und so ein Sonderkommando vom RKI.«

Nina richtete sich auf. »Was wollen sie?« Rüdigers Anruf fiel ihr ein. Sein Verdacht, dass sich ein Mensch mit Anthrax angesteckt und dass Janus Therapeutics damit zu tun hatte.

»Sie verlangen Zugang zu unseren Labors. Sie sagen, sie müssen überprüfen, ob unsere Sicherheitsvorkehrungen in Ordnung sind. Verdammt, Nina! Sie glauben offenbar, dass Janus Therapeutics verantwortlich ist für zwei tote Obdachlose. Was kommt denn noch alles? Dieser Typ von der Zeitung, er hatte …«

»*Zwei* Tote?«, fiel Nina ihm ins Wort.

»Ja, das haben sie gesagt. Und sie behaupten, dass sie beweisen können, dass die beiden an Janus-Anthrax gestorben sind. Fuck, was kommt denn noch alles an Katastrophen! Ich …«

»Janus?«, fiel Nina ihm ins Wort. »Aber wie kann das sein? Ich denke, da ist nichts entwichen?«

»Ist es auch nicht. Verdammt, was soll ich jetzt machen, Nina? Wenn die Presse mitkriegt, dass die Polizei bei uns ermittelt, zerfleischen die uns! Und wenn rauskommt …«

Während er noch ein wenig weiterlamentierte, klappte Nina den Laptop wieder auf. Die Website der Fluggesellschaft informierte sie darüber, dass sie zu lange inaktiv gewesen war und dass sie die Seite neu laden sollte, um die aktuellen Flugpreise zu sehen. Sie zögerte. Sie vertraute darauf, dass Tom in Alaska sein Möglichstes tun würde, um Gereon zu helfen, trotzdem hatte sie selbst natürlich immer noch das Bedürfnis, so schnell wie möglich hinzufliegen.

Was aber, wenn es klüger war, hierzubleiben? In der Stadt starben Menschen an Janus-Anthrax. Sie ging in Gedanken den Zeitablauf durch. Die Überschwemmung, die den Janus-Stamm im Labor vernichtet hatte, war vier Wochen her. Gereon war nach Alaska geflogen, um neues Material zu besorgen, bevor er dort oben verschwunden war. Wie hingen diese Dinge zusammen? Um das herauszufinden, brauchte sie mehr Informationen. Und vielleicht würde sie die ja bekommen, wenn sie mit der Polizei in Gereons Firma redete.

Es sträubte sich alles in ihr, aber sie klickte die Seite der Fluggesellschaft zu.

»Ich bin auf dem Weg«, sagte sie.

Keine Viertelstunde später stieg sie vor dem Firmengebäude aus dem Taxi und blieb verblüfft auf dem Bürgersteig stehen. Eine Gruppe von vielleicht achtzehn oder zwanzig Menschen hatte sich vor dem Eingang versammelt und schien eine Art Spontandemonstration abzuhalten. Mit Trillerpfeifen verursachten sie einen Höllenlärm, und Nina sah hastig selbst gemalte Plakate mit der Aufschrift »Stoppt die Pharmalobby!« und »Keine Biowaffenforschung mitten in Berlin!«

Biowaffen. Oder neue Medikamente. Janus hatte zwei Gesichter, wie so vieles.

Kopfschüttelnd setzte Nina ihren Weg fort. Eines der Plakate zeigte das Schwarz-Weiß-Foto eines Pseudomonas-Keimes, den man fett in Rot durchgestrichen hatte. Spontan überfiel Nina das Bedürfnis, dem Mann, der das Schild in die Höhe reckte, den Unterschied zwischen Anthrax und Pseudomonas zu erklären. Natürlich tat sie nichts dergleichen, sondern sah zu, wie zwei Polizisten mit einem der Demonstranten diskutierten. Allerdings drangen nur Satzfetzen durch den Lärm der Trillerpfeifen bis zu ihr hindurch.

»... Demonstration ist nicht angemeldet ...«

»... egal!«

»Wir müssen Sie bitten, diesen Platz zu räumen, andernfalls ...«

Sie knirschte mit den Zähnen. »Vielen Dank auch, Rüdiger!«, murmelte sie, wappnete sich und schlängelte sich an den Demonstrierenden vorbei, die den Eingang der Firma zur Hälfte blockierten.

»Pharmamarionette!«, zischte ihr eine ältere Frau zu.

Nina versuchte, sie zu ignorieren, aber als sie sah, was die Frau auf ihr Schild gemalt hatte, blieb sie mit einem Ruck stehen.

»Die Zukunft unserer Kinder retten – Gentechnik verbieten«, las sie vor. »Ist das wirklich Ihr Ernst?«

Die Frau wirkte irritiert.

»Haben Sie sich ernsthaft mit Gentechnik beschäftigt, sodass Sie so eine Forderung fundiert stellen können?«, fragte Nina.

Die Frau antwortete immer noch nicht. Ganz offensichtlich überforderte sie die Tatsache, dass man sie auf den Slogan ansprach.

Nina legte nach. »Haben Sie Kinder?«

»Ähm, ja. Wieso?« Verunsichert über den Ärger in Ninas Gesicht, wich die Frau einen halben Schritt zurück.

»Dann wünsche ich Ihnen, dass Sie niemals an einem Nierentumor erkranken oder an einem aggressiven Gebärmutterhalskrebs. Dagegen wird nämlich in diesem Gebäude geforscht. Schönen Tag noch!« Damit ließ Nina die Frau stehen. Mit langen, wütenden Schritten betrat sie die Lobby und begrüßte den jungen Mann am Empfang. »Mike erwartet mich.«

Bevor der junge Mann etwas erwidern konnte, öffnete sich schon eine Tür in dem Flur, der rechts von Nina von der Lobby abzweigte. Mike streckte den Kopf heraus. Er winkte sie zu sich heran, und als sie ihm ins Gesicht sah, stockte ihr Schritt.

»Du meine Güte! Wie siehst du denn aus?«

Er hatte eine rot leuchtende Prellung unter dem rechten Auge, und seine Kleidung schien ebenfalls derangiert. Nina sah einen Riss an einem seiner Ärmel und Schmutzflecken an seinen Knien.

Verlegen grinste er. »Ich dachte wohl, ich könnte die Typen da draußen durch Argumente zur Vernunft bringen. War ein bisschen naiv, fürchte ich.«

Nina glaubte, ihren Ohren nicht zu trauen. »Die Demonstranten haben dich angegriffen?«

Mike zuckte mit den Schultern. »Sagen wir, die Sache ist ein bisschen aus dem Ruder gelaufen.«

Weil er erneut ausgerastet war?

Er winkte ab. »Aber das ist jetzt auch egal! Wir sollten uns um die Polizisten kümmern. Sie haben nach Gereon gefragt, ich habe ihnen nur gesagt, dass er auf Geschäftsreise ist.« Eindringlich sah er Nina an. »Ich würde gern den Kreis der Leute, die wissen, warum er in Alaska ist, möglichst klein halten. Wenn durchsickert, dass der Janusstamm bei der Überschwemmung vernichtet wurde, wäre das eine Katastrophe!«

Sie musterte ihn. Er wirkte aufgewühlt und paranoid, aber er tat ihr jetzt nur noch bedingt leid. Sie wurde das Gefühl nicht los, dass er sie hier gerade in etwas reinzog, dessen Ausmaße sie nur in

Ansätzen überblicken konnte. »Wir werden sehen«, sagte sie. Sie wollte sich an ihm vorbeischieben, doch er hielt sie am Handgelenk fest. »Bitte, Nina!«, flehte er. »Sag denen nichts von Gereon!«

Sie schaute ihm in das verunstaltete Gesicht, dann schaute sie demonstrativ auf seine Hand, die sie umklammert hielt.

Eilig ließ Mike los. »Entschuldige.«

Sie nickte ihm zu, schob sich an ihm vorbei und betrat den kühl eingerichteten Besprechungsraum. Vor ihr standen zwei Männer. Einer von ihnen war ungefähr Mitte vierzig und hatte die selbstbewusste Präsenz, die Nina sofort mit Polizeibeamten in Verbindung brachte. Der Mann trug zivil – Jeans und ein hochgekrempeltes Hemd, das ihm lässig über den Gürtel fiel. Kein Schulterholster, aber vielleicht hatte er das Hemd absichtlich nicht in den Hosenbund gesteckt, um zu verbergen, dass er die Waffe am Gürtel trug. Der zweite Mann war älter, Mitte, vielleicht sogar schon Ende fünfzig. Auch er wirkte schlank und trainiert, bis auf einen kleinen Bauchansatz, den man unter seinem schwarzen Poloshirt sehen konnte. Er hatte den gesunden Teint eines Menschen, der sich viel im Freien aufhielt. Nina hatte das Gefühl, ihn schon mal irgendwo gesehen zu haben, wusste aber nicht, wo.

Mike stellte ihr die beiden als Kommissar Schilling von der Berliner Kriminalpolizei und Dr. Bergmann vom RKI vor.

Sie schüttelte beiden die Hand. »RKI?«, fragte sie an Bergmann gewandt.

Er nickte. »ZBS, um genau zu sein. Abteilung Hochpathogene mikrobielle Erreger.«

»Ah«, machte Nina. »Verstehe. Kann es sein, dass wir uns kennen?«

Er lächelte, offensichtlich geschmeichelt, dass sie sich an ihn erinnerte. »Ja. Wir waren zusammen auf der letzten Medical Biodefense Conference in München.«

»Stimmt«, sagte Nina. »Zoonotische Pathogene, ich erinnere mich.« Sie wandte sich an den Kommissar. »Herr Reed hat mich hergebeten, damit ich ihm in Ihrer Angelegenheit behilflich sein kann. Ich hoffe, ich kann Ihnen Ihre Fragen beantworten.«

Schilling sah sie säuerlich an. »Das hoffen wir auch.« Er war eindeutig genervt von der Tatsache, dass Mike sie auf Nina hatte warten lassen. »Arbeiten Sie für Janus Therapeutics?«

»Nein. Sagen wir, ich habe eine Beraterfunktion inne.«

»Sie sind Mikrobiologin«, wandte Bergmann ein. »Sie haben letztes Jahr mitgeholfen, diesen Terroranschlag im Charlottenburger Rathaus zu verhindern. Ich habe das Interview gelesen, das Sie danach dem Tagespiegel gegeben haben, und ein paar von Ihren Artikeln, die Sie über Bakteriophagen geschrieben haben.« Er lächelte schon wieder. Er schien überhaupt gern und viel zu lächeln, jedenfalls ließen die Fältchen rund um seine Augen darauf schließen. »Ich muss sagen, die Art, wie Sie die Funktionsweise von Phagen für Laien erklärt haben, hat mir Respekt abgenötigt.«

Auch wenn es sich bei seinem Kompliment um das unter Akademikern übliche Abtasten des Gegenübers ging – *ich habe deine Artikel gelesen, du meine auch?* –, freute Nina sich darüber. Kommissar Schilling hingegen war nicht so begeistert.

»Wenn wir dann genug Höflichkeiten ausgetauscht haben«, grummelte er, »könnten wir ja vielleicht endlich zur Sache kommen.«

»Vielen Dank«, sagte Nina zu Bergmann. »Das ist sehr freundlich von Ihnen.« Dann wandte sie sich an Schilling. »Also? Warum genau sind Sie hier?« Sie bedeutete den beiden Männern, sich zu setzen, dann wartete sie darauf, bis Mike ebenfalls Platz genommen hatte, bevor sie es ihm gleichtat.

Kommissar Schilling übernahm das Reden. »Im Zuge einer unserer Ermittlungen ist der Verdacht aufgetaucht, dass aus einem Ihrer Labore Anthrax entwichen sein könnte. Wir müssen davon ausgehen, dass Sie hier ein Sicherheitsleck haben oder vielleicht auch …«

»Ich sagte Ihnen schon, das ist unmöglich!«, fiel Mike ihm ins Wort. Er tastete an seinem geschwollenen Auge herum und verzog schmerzlich das Gesicht dabei. »Wir arbeiten mit modernsten S3-Laboren, die gegenüber der Umwelt abgeschirmt sind. Das sind komplett isolierte Anlagen, Containments, in denen sichergestellt ist, dass kein Erreger unbeabsichtigt entweicht. Hier ist nichts entkommen, darauf können Sie getrost Ihren …« Er unterbrach sich. »Hier ist nichts entkommen«, wiederholte er und rieb sich die Stirn, als habe er Kopfschmerzen. Nina vermutete, dass das durchaus der Fall war.

Ihr war nicht entgangen, dass Mike Gereons doppelte Sicherung, den Spezial-Phagen-Schrank, nicht erwähnt hatte. Es schien ihm wirklich wichtig zu sein, den Informantenkreis von der Vernichtung der Janus-Proben so klein wie möglich zu halten.

Schilling hingegen wirkte, als würde er Mike am liebsten zum Frühstück verspeisen. »Das wird sich zeigen. Vorerst würden wir uns gern mit eigenen Augen vergewissern, dass das, was Sie sagen, stimmt.«

»Moment!« Nina hob eine Hand. Sie war keine Expertin, aber sie wusste, dass sie ein Recht darauf hatte zu erfahren, was exakt man der Firma vorwarf. »Zunächst einmal würde ich wirklich gern wissen, wofür genau Sie Janus Therapeutics verantwortlich machen.«

Kommissar Schilling warf auch ihr einen missmutigen Blick zu, und irgendwie störte es sie, dass er bei ihr nicht ganz so giftig ausfiel wie bei Mike. »Was war noch einmal Ihre Funktion in dieser Firma?«

Sie ließ sich von seiner durchschaubaren Verunsicherungsstrategie nicht beeindrucken, schwieg einfach und wartete darauf, dass er ihr ihre Frage beantwortete.

Sein Hals färbte sich langsam rot, während sie sich gegenseitig anstarrten.

Am Ende war es Mike, der das stumme Ringen nicht ertrug. »Frau Dr. Falkenberg ist in meinem Auftrag hier. Sie ist von mir persönlich befugt worden, solche Fragen zu stellen.«

Schilling schnaufte.

»Wir ermitteln in zwei Fällen, in denen Menschen mit einem Anthrax-Erreger kontaminiert wurden und starben«, übernahm Bergmann es, die Wogen ein wenig zu glätten. »Wir haben die Sequenzen dieses Erregers bestimmt, und dabei stellte sich heraus, dass es sich um jenen Stamm handelt, mit dem Sie hier arbeiten.«

»Unmöglich!«, brauste Mike auf.

Nina brachte ihn mit einer knappen Handbewegung zum Schweigen. Dann wandte sie sich an Bergmann. »Verraten Sie mir, wie Sie das herausgefunden haben?«

Diesmal unterdrückte er das Lächeln, und bevor Kommissar Schilling protestieren konnte, erklärte er: »Die aus den Leichen extrahierten Anthrax-Isolate besaßen beide Virulenzplasmide kombiniert, und das Plasmid pXO2 hat zweiunddreißig Kopien.«

Wie Janus. Das war nicht gut, dachte Nina. Überhaupt nicht gut. Sie schluckte, bevor sie sagte: »Verstehe.«

»Herausgefunden haben wir das, als wir die Sequenzierungen der Erreger, an denen die beiden Männer gestorben sind, mit den Daten aus der Ermittlung um die toten Ziegen vom Bürgerpark verglichen haben.«

»Wir reden hier von den Sequenzierungen von Janus-Anthrax, die Herr Kirchner dem Veterinäramt zur Verfügung gestellt hat, vermute ich.«

Diesmal kam Schilling Dr. Bergmann zuvor. »Das hier ist

eine laufende Ermittlung. Sie haben alle Informationen, die wir Ihnen dazu mitteilen müssen.«

Nina wusste, dass er recht hatte, aber sie sah Dr. Bergmanns Miene an, dass sie mit ihrer Vermutung richtiggelegen hatte. Sie nickte, als würde sie einlenken.

Mike jedoch begehrte auf. »Sie können nicht einfach im laufenden Betrieb …«

Diesmal schnitt Schilling ihm das Wort ab. Seine Stimme allerdings war betont freundlich. »Hören Sie«, sagte er. »Ich weiß, dass das für Sie extrem lästig sein muss. Und ich weiß auch, dass die Sicherheitsanlagen bei Janus Therapeutics bereits im Zuge des Milzbrandausbruchs bei den Ziegen überprüft wurden und es nichts zu beanstanden gab. Dr. Bergmann und ich schätzen die Kooperationsbereitschaft, die Sie damals an den Tag gelegt haben.«

»Aber wir können die aktuellen Testergebnisse nicht einfach ignorieren«, ergänzte Dr. Bergmann. »Ich denke, das verstehen Sie.«

Nina verstand es, natürlich. Sie selbst war Wissenschaftlerin. An Dr. Bergmanns Stelle hätte sie genauso gehandelt wie er. Sie tauschte einen Blick mit Mike. »Wir sind interessiert daran, diese Angelegenheit so schnell wie möglich aus der Welt zu schaffen«, sagte sie und biss die Zähne zusammen, zum einen, weil sie nun doch klang, als sei sie Mikes Pressesprecherin. Und zum anderen, weil sie den Beamten am liebsten auf der Stelle von Gereons Verschwinden erzählt hätte. »Wenn Sie möchten, führt Herr Reed Sie durch das Gebäude und zeigt Ihnen alles.« Sie wartete darauf, dass Mike ihr beipflichtete. Er zögerte eine Sekunde, aber dann sagte er: »Selbstverständlich.«

*

Als Frank zusammen mit Schilling zurück zum LKA am Tempelhofer Damm fuhr, rief er bei Sabine an. Seit seinem Telefonat mit ihr am Vormittag hatte er mehrfach versucht, sie zu erreichen, doch vergeblich. Sie schien im Krankenhaus keinen Empfang zu haben. Gegen Nachmittag allerdings hatte sie ihm eine kurze Nachricht geschickt: *Sie überlegen, einen Kaiserschnitt zu machen.*

Seitdem waren Franks Gedanken immer wieder zu seiner Tochter und seinem Enkelkind abgeschweift.

Jetzt endlich kam er durch. »Die OP ist gerade zu Ende«, sagte Sabine ohne Begrüßung. »Sie haben einen Kaiserschnitt gemacht. Franziska geht es den Umständen entsprechend.«

Er musste sich bewusst daran erinnern, wie man atmete. »Und dem Baby?«

Schilling warf ihm aus dem Augenwinkel einen fragenden Blick zu, konzentrierte sich dann aber wieder auf die Fahrbahn.

»Sie haben es auf die Frühchenintensiv gebracht«, antwortete Sabine. »Der dritte APGAR-Wert lag immer noch bei 5.«

Frank schloss die Augen und versuchte, sich daran zu erinnern, was dieser Wert aussagte. Zehn Punkte waren bei diesem Test, dem jedes Neugeborene nach der Geburt innerhalb von Minuten insgesamt dreimal unterzogen wurde, das Optimum. Unter einem Wert von 7, das wusste er noch, überwachte man das Kind medizinisch intensiver, und 5 war auch irgendein Schwellenwert. Er erinnerte sich allerdings nicht mehr genau, was für einer. Für die Verlegung in die Kinderintensiv? »Haben sie gesagt, wie es ihm geht?«

»Soweit ganz gut. Wir scheinen Glück gehabt zu haben«, sagte Sabine, und er verspürte Erleichterung. »Wann machst du Feierabend?«

Er sah auf die Uhr, es war mittlerweile fast sechs. »So schnell ich kann.«

»Das ist gut.« Sabine ließ es nicht durchblicken, aber er ahnte trotzdem, dass sie ihn in diesem Moment doch gern in ihrer Nähe gehabt hätte, auch wenn sie erst kürzlich noch genau das Gegenteil behauptet hatte. Er bekam ein schlechtes Gewissen, weil er den ganzen Tag lang gearbeitet hatte, statt ihr beizustehen. Kurz spielte er mit dem Gedanken, sich vor ihr zu verteidigen – *die Polizei brauchte meine Expertise bei dieser Sache hier* –, aber dann ließ er es doch bleiben. Die Wahrheit war: Er hätte es ohnehin nur gesagt, um es vor sich selbst zu rechtfertigen. Und mehr noch: Wenn er ganz und gar ehrlich zu sich war, war er froh über die Ablenkung gewesen, die der Fall bedeutete. Wenn er zusammen mit Sabine im Krankenhaus hätte warten müssen, wäre er vermutlich durchgedreht.

»Bis gleich«, verabschiedete er sich und legte auf.

Schilling warf ihm einen weiteren Seitenblick zu, fragte aber nicht nach. Er hatte die Hände oben auf das Lenkrad gelegt und starrte selbst gedankenverloren auf die Fahrbahn. Frank war ihm dankbar für sein Schweigen.

Irgendwann seufzte er und fragte Schilling: »Was denkst du? Über den Fall, meine ich.«

Schilling wiegte den Kopf. »Tja.«

Dr. Falkenberg und Mike Reed waren über alle Maßen kooperativ gewesen – sie hatten Frank und Schilling die S3-Labore von Janus Therapeutics gezeigt, die einen Glasgang besaßen, durch den Besucher ins Innere des gesicherten Bereiches schauen konnten. Reed und ein Mann, den er als seinen Sicherheitschef vorstellte, hatten ihnen die Sicherheitsmaßnahmen erklärt, die wirklich in allem mehr als den gesetzlich vorgeschriebenen Standards folgten. Frank hatte bei ihrem Rundgang sogar einen von der Firma patentierten Phage-SAFELAB-Schrank gesehen. Es verwunderte ihn ein wenig, dass Reed ihm den nicht erklärte, aber er hinterfragte es nicht weiter. Während Schilling und seine Leute dann mit Reed und seinem Sicherheitschef die Computerprotokolle der Überwachungsanlagen durchgingen, unterhielt Frank sich mit Dr. Falkenberg, um ein bisschen mehr über die Art der Forschung herauszubekommen, die sie bei Janus Therapeutics betrieben. Dr. Falkenberg erklärte ihm jedoch, dass sie nicht besonders viel Einsicht in die Vorgänge in den Labors hatte. Sie sei nur mit einem der beiden Geschäftsführer liiert, einem Mann namens Gereon Kirchner.

»Wo ist dieser Herr Kirchner?«, fragte Frank sie, und dies war der erste Augenblick, in dem er das Gefühl hatte, dass Nina nicht ehrlich zu ihm war.

»Auf Geschäftsreise«, antwortete sie ausweichend.

»Ja, das sagte uns Herr Reed bereits. Und wo?«

»In den USA.«

Er nickte, und bevor er sich überlegen konnte, was er sie noch fragen sollte, kam sie ihm zuvor und stellte ihm ihrerseits eine Frage. »Dass aus den Laboren nichts entwichen sein kann, sollte bald geklärt sein. Warum aber habe ich das Gefühl, dass das gar nicht der Verdacht ist, dem Sie hier nachgehen?«

Er fühlte sich ertappt, aber er wusste natürlich, dass es unklug gewesen wäre, ihr von ihrem zweiten Verdacht zu erzählen – dass jemand von der Belegschaft das Anthrax heimlich entwendet hatte. Wer wusste schon, ob nicht vielleicht sogar sie diejenige war, die das getan hatte? Der Gedanke kam ihm absurd vor, kaum dass er ihn gedacht hatte. Immerhin hatte Dr. Nina Falkenberg vergangenen Herbst einen ziemlich großen Anteil daran gehabt, dass es im Charlottenburger Rathaus nicht zu einem Massaker gekommen war.

»Wie lange sind Sie mit Herrn Kirchner zusammen?«, fragte er und hielt ihrem Blick stand.

»Seit Ende letzten Jahres.«

Er nickte nur, und natürlich hatte er sie unterschätzt. So

schnell ließ sie sich nicht von ihrer Fährte abbringen. »Sie denken, dass jemand Janus-Anthrax absichtlich aus dem Labor entwendet hat, oder? Jemand aus der Firma.«

Frank wand sich, weil er nicht genau wusste, wie er darauf reagieren sollte. Schilling jedoch rettete ihn. Er hatte soeben sein Gespräch mit Reed und dem Sicherheitschef beendet und gesellte sich zu ihnen. »Was denken denn Sie, Frau Falkenberg?«

Sie zuckte nur mit den Achseln.

Schilling hakte nach. »Sie sprechen das doch nicht ohne Grund an. Verdächtigen Sie jemanden, das Anthrax gestohlen zu haben?«

Mit einem bemühten Lächeln sagte sie: »Ich kenne außer Herrn Kirchner hier kaum jemanden.«

»Und er kann es nicht gewesen sein?«

»Nein!« Das war schnell gekommen. Sehr schnell. Aber auch überzeugt? Schilling hatte Dr. Falkenberg aufmerksam gemustert.

»Da ist noch etwas anderes, das Sie uns sagen wollen, oder?«, hatte er gefragt.

Aber auch das hatte Dr. Falkenberg verneint …

Jetzt hielt Schilling hinter einem dunkelgrünen Transporter an einer roten Ampel. Einen Moment lang kaute er auf seiner Unterlippe herum, dann antwortete er auf Franks Frage. »Sie verheimlicht uns was«, sagte er, und er konnte sich nicht helfen, er dachte schon wieder an sein Gespräch mit Schilling und den anderen über das Bioterrorparadigma. Und an seine eigenen Zweifel daran.

4. Kapitel

Mit zusammengebissenen Zähnen starrte Joseph auf den großen Blutfleck zu seinen Füßen.

»Fuck. Fuck! Fuck! Fuck!«, murmelte er.

Nach seinem Telefonat mit Mike gestern hatte er erst mal alle Details dieser ganzen elenden Sache, in die er sich da verstrickt hatte, klarkriegen müssen. Ein Feuer in einem menschenleeren Tunnel zu legen, war eine Sache. Jetzt aber ausgerechnet für Mike nach Gereon zu suchen … Ihm schwirrte der Kopf schon allein bei der Vorstellung daran, und darum war er gestern erst mal zu seinem Trailer gefahren und hatte sich einen Scotch eingeschenkt. Das Zeug half ihm gewöhnlich seine Gedanken zu sortieren. Blöderweise allerdings hatte das gestern Abend nicht funktioniert. Kein Wunder! So, wie die Dinge sich gerade entwickelten, konnte man ja auch wirklich irre werden. Er hatte es mit einem zweiten Glas versucht, das Ergebnis war leider nicht besser gewesen, und irgendwann dann war die Whiskeyflasche leer gewesen und er sternhagelvoll. Aus all diesen Gründen hatte er es erst heute Morgen geschafft, hierherzukommen. Zu den Koordinaten, die Mike ihm geschickt hatte.

Und nun stand er da und starrte auf halb getrocknetes Blut, das ihm mit seinem Rot ins Gesicht schrie und ihm den Magen umdrehte.

Er betäubte den Würgereiz mit einem schnellen Schluck aus seinem Flachmann. Dann wandte er den Blick von dem Blutfleck ab und schaute auf sein Handy. Sein Aufenthaltsort stimmte exakt mit Mikes Koordinaten überein.

Dies hier war die Stelle, an der Gereon mit Mike telefoniert hatte: eine alte, halb verfallene Jagdhütte mitten im Nichts.

Joseph musterte die Fensterscheiben, die schon seit langer Zeit zerborsten waren, und die mit Moos überzogene Inneneinrichtung. Er betrachtete die viertelkreisförmigen Schlieren, die die Eingangstür im Staub hinterlassen hatte, dann die Fußspuren, die deutlich zeigten, dass ihr Besitzer sich kaum noch auf den Beinen hatte halten können.

Joseph kniete sich hin. Der Blutfleck auf den Dielen war noch nicht vollständig getrocknet. So lange konnte es also noch nicht her sein, dass Gereon hier gewesen war. Die Frage war nur: Wo befand er sich jetzt? Die Spuren im Staub zeigten an, dass noch jemand hier gewesen sein musste. Ein Mann. Und ein großer Hund.

Joseph erhob sich wieder, drehte sich einmal um die eigene Achse, dann trat er hinaus auf die baufällige Veranda. Die Bäume ringsherum standen schweigend da. Sie konnten ihm nicht verraten, wohin Gereon nach seinem letzten Telefonat verschwunden war. Ob er irgendwo in den Wäldern lag?

Joseph seufzte. Wie es aussah, blieb ihm nichts anderes übrig, als den Wald rings um die Hütte herum abzusuchen.

Warum noch mal hatte er sich auf diese ganze verflixte Sache eingelassen?

*

Tom blickte aus dem Fenster der Piper Super Cub hinunter auf die Landebahn von Fairbanks, die sich zwischen die weitverzweigten Arme des Chena Rivers schmiegte. Obwohl der Flughafen den großspurigen Zusatz *International* trug, bestand er hauptsächlich aus einigen barackenähnlichen Gebäuden, einem grau angemalten Tower und einem verblüffend neu und modern aussehenden Terminal, einer Mischung aus Glas, Beton und Holz, die hier in der nordamerikanischen Einöde völlig fehl am Platze wirkte.

Chuck Anderson, der Buschpilot, den Tom heute früh in White Horse angeheuert hatte, um ihn nach Alaska zu fliegen, unterhielt sich mit dem Fluglotsen, als seien sie alte Bekannte. Tom unterdrückte ein Schmunzeln. Hier oben galten die Regeln der Funkdisziplin eindeutig nicht so streng wie andernorts. Er hatte das schon bei seiner Ankunft in White Horse gemerkt. Auch dort hatten Pilot und Tower mehr Frotzeleien und Familienanekdoten ausgetauscht als Flugdaten.

»Danke, Fairbanks Tower«, sagte Chuck. »Ich bringe uns dann mal runter.« Er war ein knapp sechzigjähriger, knorriger Typ, ein ehemaliger Militärflieger, der sich nach Ende seiner beruflichen Karriere bei der Air Force als Buschpilot selbstständig gemacht hatte. Seine knallrot lackierte Piper Super Cub war sein Ein und Alles, seine *Red Lady*, die er mehr zu lieben schien als so manche Frau in seinem Leben. Insgesamt sechsmal, das hatte er Tom auf dem Flug verraten, war er verheiratet gewesen und hatte in elf Jahren dreizehn Kinder gezeugt. »Aber mit einem Vagabunden wie mir hat es keine der Ladys lange ausgehalten«, hatte er mit einem Kichern erzählt.

Tom war der Mann von der ersten Sekunde an sympathisch gewesen. Jetzt sah er zu, wie Chuck die Piper in eine lang gezogene Kurve lenkte und den Steuerhebel dann so weit nach vorn drückte, dass sich die Nase des Flugzeugs nach unten neigte. Toms Magen meldete sich kurz, aber bevor ihm richtig schlecht werden konnte, setzte das Flugzeug mit seinen ballonartigen Tundrareifen auf der buckeligen Piste auf und rollte zum Terminal.

»Herzlich willkommen in Fairbanks«, hörte Tom den Mann im Tower sagen.

»Danke, Tower. Sagt eurem Bürgermeister mal, dass er sich endlich um die ganzen Schlaglöcher auf der Landebahn kümmern soll. Mir hätte eins davon eben fast die Achse weggebrezelt.«

»Keine Sorge!«, bekam er zur Antwort. »Der ist auf einmal ganz motiviert. Gerade letzte Woche ist nämlich ein hübscher langer Riss in seinem eigenen Haus aufgetaucht. Dem fällt bald die Hütte über dem Kopf zusammen, wenn das mit dem Tauwetter noch lange so weitergeht.«

»Verrückte Zeiten«, murmelte Chuck. »Okay. Grüß Amy von mir.« Er ließ die Motoren auslaufen, dann zog er die Kopfhörer ab. Tom tat es ihm gleich, und er nahm auch den Helm ab, den der Pilot ihm vor Abflug gegeben hatte und der ihm albern vorgekommen war, bis Chuck ihm erklärt hatte, dass die Piper Super Cub einen kleinen, aber fiesen Nachteil hatte: Bei einem Crash starb man in den allermeisten Fällen daran, dass man sich den Schädel an der V-Strebe über dem Instrumentenpanel einrammte.

Tom atmete tief durch. Nach den Stunden in der Luft kam ihm die Stille in der engen Kabine schrill vor.

Er öffnete die Tür, kletterte auf den Reifen und sprang von dort aus zu Boden. Er fühlte sich ein wenig steif. Chuck, der mittlerweile ebenfalls ausgestiegen war, kam um die Nase des Flugzeugs herum und reichte ihm die Hand. »Danke für Ihren Flug mit Red Lady Airlines«, sagte er und grinste dabei so breit, dass Tom die Lücken in seinen Backenzähnen sehen konnte.

Tom gab ihm die Hand. »Ich danke dir. Vor allem dafür, dass du deine Pläne für heute über den Haufen geworfen hast.« Die Pläne waren ein Besuch in der Kneipe von White Horse gewesen und ein Date mit einer Lady namens Chastity. Auch das hatte Chuck Tom fröhlich erzählt.

»Kein Ding.« Chucks Händedruck war so hart, dass Tom darunter beinahe in die Knie ging. Vor allem, weil ihm sein Ehering fast den kleinen Finger brach. »Ich hoffe, du kannst deiner kleinen Lady helfen.«

»Ja«, sagte Tom. »Ich auch.« Er hatte Chuck gegenüber nur ein paar Andeutungen darüber gemacht, warum er so dringend nach Fairbanks musste, aber er hatte der Versuchung nicht widerstehen können, ihm von Nina zu erzählen – wie er sie kennengelernt und dass sie ihn um Hilfe gebeten hatte.

Nur fünf Minuten nach der Landung stand er mit seinem deutschen Pass in der Hand und seinem Seesack über der Schulter in der Ankunftshalle des Flughafens, betrachtete die »Welcome to Alaska«-Schilder unter der Decke und wartete darauf, dass man ihn kontrollierte. Draußen vor der gläsernen Front der Halle kletterte Chuck wieder in seine Maschine, warf sie an und rollte in Richtung Startbahn davon. Kurz darauf stieg die Red Lady steil in den gleißenden Himmel.

Die junge Frau am Schalter der Passkontrolle schien First-Nation-Wurzeln zu haben. Sie hatte langes, völlig glattes, dunkelbraunes Haar und ein fast ebenso breites Lächeln wie Chuck. Sie warf einen Blick in seinen Pass, dann strahlte sie Tom an, als sei es die beste Idee aller Zeiten gewesen, hierherzukommen. »Herzlich willkommen in Fairbanks, Mr. Morell.« Sie sprach seinen Namen mit Betonung auf der ersten Silbe aus.

Er fragte sie, wo er einen Wagen mieten konnte.

Während er am Schalter des Verleihs darauf wartete, dass die ebenfalls junge Dame hinter dem Tresen den ganzen Verwaltungskram erledigte, löste er sein Versprechen ein. Er rief Nina an.

Sie meldete sich gleich nach dem ersten Klingeln und klang schrecklich erschöpft. »Tom?«

»Ja. Ich bin jetzt in Fairbanks.«

»Das ist gut.« Wieder einmal entstand diese unangenehme befangene Pause zwischen ihnen. »Nichts Neues hier von Gereon«, sagte Nina.

Tom biss die Zähne zusammen. »Du hast gesagt, dass ihr seinen Aufenthaltsort orten konntet, bevor der Kontakt zu ihm abgebrochen ist. Ich dachte mir, ich fange da mit der Suche an.«

»Klar. Warte kurz.« Sie stellte ihn in die Warteschleife, und es dauerte ein paar Minuten, bis er eine Nachricht erhielt. Gleich darauf war Nina wieder dran.

»Was hat so lange gedauert?«, fragte er.

Sie antwortete nicht sofort. »Ich musste mir die Koordinaten erst von Mike geben lassen. Er wollte nicht. Er ist total paranoid, seit Gereon mich angerufen hat.«

»Er traut mir nicht?«

»Er traut keinem, glaube ich.«

Tom hörte den seltsamen Unterton in ihrer Stimme. »Da ist noch was, oder?« Aus irgendeinem Grund ahnte er, dass jetzt etwas kommen würde, das ihr ebenso wenig gefiel wie ihm.

»Die Polizei war heute Nachmittag in der Firma. Offenbar sind zwei Obdachlose an Janus-Anthrax gestorben. Die Polizisten glauben, dass jemand den Erreger aus dem Labor geschmuggelt hat.«

In Toms Kopf bildete sich ein dumpfer Druck. »Korrigier mich, aber Janus-Anthrax ist das Zeug, das Gereon als Basis für JanuThrax dient, oder? Ist es auch das Zeug, das sich in seinen Proben befindet?«

Sie brauchte lange, bevor sie antwortete, und als sie es tat, klang ihre Stimme rau. »Ja.«

»Uff«, machte Tom.

»Ja. Das trifft es ziemlich gut. Es tut mir leid, Tom.«

»Was genau?« Er wusste es wirklich nicht.

»Na, dass ich dich schon wieder auf die Jagd nach medizinischen Proben schicke. Das letzte Mal hast du …« Sie verstummte. Sie wussten beide, woran der andere gerade dachte.

»Vergiss es«, sagte er und war sich nicht ganz sicher, was er fühlen sollte. »Was muss ich über das Zeug wissen, hinter dem ich her bin?«

»Es ist ein Milzbranderreger. Hochinfektiös, aber nur, wenn man ihm die Chance gibt.« Sie erklärte ihm, dass dieser Erreger Haut- oder Lungenmilzbrand auslösen konnte, wenn man ihn in eine offene Wunde bekam oder ihn einatmete. »Das Zeug ist nicht ganz ungefährlich, Tom. Aber Gereon ist überaus verantwortungsbewusst, also gehe ich davon aus, dass es sich in einem sicheren Probenbehälter befindet. Solange du den nicht öffnest, sollte keine Gefahr bestehen.«

»Sollte …«

Darauf ging Nina nicht ein. »Du hast das Zeug im Kopf, mit dem man 2001 diese Anschläge in den USA begangen hat«, sagte sie. »Das war ein weißes Pulver, weil man es aufgereinigt und für die Anschläge mit einer Trägersubstanz präpariert hat, damit es eine möglichst tödliche Wirkung entfalten konnte. In ihrer natürlichen Form sind Anthrax-Sporen geruchlos und zu klein, als dass man sie sehen könnte.«

»Und in den Proben?«

»Gereon hat die Proben aus ein paar halb verwesten Karibukadavern entnommen. Ich vermute also, dass sie aussehen wie eine dunkle, schmierige Biomasse, abgefüllt in medizinische Probenröhrchen. Oder wie ein grobkörniges, braunes Pulver, wenn er es gefriergetrocknet hat.«

»Gut zu wissen.«

»Öffne einfach den Probenbehälter nicht und komm nicht mit dem Zeug in Berührung, dann bist du sicher.«

»Klingt machbar.« Um seinen verknäuelten Emotionen zu entkommen, checkte er die Nachricht, die sie ihm geschickt hatte. Sie enthielt die genaue Angabe von Breiten- und Längengrad. Soweit Tom sich auskannte, befand sich Gereons letzter Standort ein ganzes Stück nördlich von hier. »Ich habe die Koordinaten«, sagte er. »Ich fahre da jetzt mal hin und sehe mich ein bisschen um.«

»Gut. Ach, noch eins. Mike traut dir zwar nicht, aber dafür offenbar einem gewissen Joseph. Er hat ihn gebeten, auch nach Gereon zu suchen.«

»Er wohnt hier in Fox?«

»Offenbar. Sein voller Name ist Joseph Moose. Vielleicht könnt ihr euch zusammentun.«

»Vielleicht«, sagte er.

Kurz darauf saß er am Steuer eines betagten Jeep Defender und fuhr erst auf dem Johansen Expressway nach Osten und dann auf dem Steese Highway in Richtung Norden. Beide Straßen waren besser ausgebaut als Yukons Verkehrsadern, sodass ihm die Gefahr, dass sich hier ein Thermokarst-Krater auftat, gering vorkam. Trotzdem sah er rechts und links des Weges immer wieder kleinere Seen, Überbleibsel solcher Absenkungen. Wenn er nicht gewusst hätte, wie sie entstanden waren, hätte er ihren Anblick idyllisch finden können. Er ließ seine Gedanken mal in die eine, dann in die andere Richtung treiben. Er freute sich darüber, dass Nina ihm so sehr vertraute, dass sie ihn um Hilfe gebeten hatte. Und gleichzeitig schmerzte ihn ihre Verbundenheit mit diesem Gereon. Er gestand es sich nicht ein, aber da war ein kleiner, romantischer Teil in ihm, der sich wünschte, sie würde eine solche Verbundenheit zu ihm empfinden.

Was für ein dummer Gedanke!

Besser, er konzentrierte sich darauf, worum sie ihn gebeten hatte.

Er kam an winzigen Orten mit Namen wie Goldstream oder

Fox vorbei, und nach gut fünfundzwanzig Meilen wies ihn das Handynavi an, den Highway nach rechts zu verlassen. Die Piste, auf die er einbog, war nur schmal und im Gegensatz zu den Highways extrem buckelig und uneben. Sie zog sich ungefähr fünf Meilen in weiten Schlangenlinien durch eine flache Landschaft, die mit dichtem Unterholz und alten Weißkiefern bewachsen war, von denen viele nicht gerade nach oben wuchsen, sondern verblüffend schief standen. Tom registrierte dieses Phänomen, konnte es sich aber nicht erklären. Ab und an zeigte ein Briefkasten am Straßenrand an, dass irgendwo noch tiefer im Gelände jemand wohnen musste. Häuser waren allerdings nicht zu sehen.

Ungefähr auf der Hälfte des Weges erreichte er einen verrosteten Truck, der am Rand der schmalen Straße geparkt war. Der Fahrer saß hinter dem Steuer und telefonierte. Tom fuhr halb auf den Seitenstreifen und passierte den Wagen, was der Mann mit einem freundlichen Winken quittierte.

Danach war er wieder ganz allein auf weiter Flur. Er fuhr bis in die Ausläufer einer flachen Hügelkette und hielt an einer Stelle, an der sich links vom Weg eine anderthalb Meter breite Schneise in das Unterholz fraß. Es war deutlich zu sehen, dass hier vor Kurzem ein Wagen von der Piste abgekommen war. Tom stieg aus, trat an den Rand der Straße. Jenseits davon ging es steil nach unten. Ungefähr acht oder zehn Meter weiter glänzte dunkelblauer Lack durch das Laub der Büsche.

Tom warf einen Blick auf das Navi. Der Punkt, den die Koordinaten bezeichneten, befand sich ungefähr anderthalb Kilometer von der Straße entfernt mitten im Nirgendwo. Auch wenn das Unfallszenario vor seinen Augen nicht zu Ninas letztem Anruf mit Gereon passte, machte Tom sich darauf gefasst, Ninas Freund am Steuer des Wagens sitzend vorzufinden, tot vielleicht, weil der Aufprall ihn umgebracht hatte. Er umrundete seinen

Defender, öffnete die Beifahrertür und nahm die Dose mit Bärenspray heraus, deren Benutzung ihm die Frau am Schalter der Autovermietung genauestens erklärt hatte. Er steckte die Dose in seine hintere Hosentasche. Dann holte er für alle Fälle eine Taschenlampe und ein solides Brecheisen aus einer Werkzeugkiste, die sich auf der Ladefläche des Defenders befand. Wenn Gereon in seinem Wagen eingeklemmt sein sollte, wollte er nicht erst zurückmüssen, um sich passendes Werkzeug zu holen.

Mit leicht mulmigem Gefühl machte er sich an den Abstieg zu dem verunglückten Wagen. Der Abhang war steil und glitschig, sodass Tom zweimal ausrutschte. Einmal wäre er beinahe auf dem Hosenboden gelandet. Gerade noch konnte er sich Halt an einer jungen Birke verschaffen, und dabei schürfte er sich den Daumenballen der linken Hand auf. Leise fluchend kämpfte er sich weiter durch das Dickicht und kam schließlich bei dem Wagen an.

Er war leer.

Die Fahrertür war halb geöffnet. Davor lag ein lose zusammengeknüllter Haufen weißen Stoffs. Ein Schutzanzug. Tom hütete sich, ihn anzufassen, schließlich hatte Nina ihm erklärt, wie man sich mit Anthrax anstecken konnte. Vorsichtig inspizierte er das Innere des Wagens, fand aber nichts außer trockenen Blättern und kleinen Ästen. Irgendein Tier schien überprüft zu haben, ob sich der Wageninnenraum als Unterschlupf eignete. Winzige Pfotenabdrücke zierten das Armaturenbrett, aber Tom hätte nicht sagen können, von was für einem Tier sie stammten. Das Auffälligste und Beunruhigendste war jedoch ein großer Blutfleck, der sich über die Rückenlehne des Fahrersitzes zog. Er war so großflächig und tief in den Bezug eingesickert, dass er kaum von dem Unfall stammen konnte.

Mit einer langsamen Drehung um die eigene Achse sah Tom sich um.

Ringsherum nichts als Buschwerk. Der Wind rauschte in den Baumkronen, sonst war es totenstill. Nicht einmal ein Vogel war zu hören, nur ab und zu das Surren einer Mücke. Toms Blick blieb an einem schmalen Durchlass im Unterholz hängen. Ein Wildwechsel. Wenn Gereon den Wagen verlassen hatte, um trotz einer schweren Verletzung tiefer in die Wildnis vorzudringen, wäre das die beste Möglichkeit gewesen. Tom warf einen prüfenden Blick auf das Handynavi. Die Koordinaten, die Gereon Nina geschickt hatte, lagen nicht in der Richtung, in die der Wildwechsel führte, aber das war nicht weiter verwunderlich. Tom wusste, dass Wildwechsel sich in weiten Bögen durch das Unterholz zogen.

Also atmete er einmal tief durch.

Dann folgte er dem schmalen, schlammigen Pfad.

*

Joseph blickte in den Rückspiegel seines alten, verrosteten Trucks, wo der Jeep Defender, der gerade vorbeigefahren war, hinter einer Kurve verschwand.

Er hatte die vergangenen knapp zwei Stunden damit verbracht, die Umgebung rund um die Hütte abzusuchen, aber vergeblich. Weder hatte er Gereon im Unterholz gefunden, noch einen einzigen Tropfen Blut entdeckt, der ihm als Spur hätte dienen können.

»Wie es aussieht, hat sich Gereon in Luft aufgelöst«, sagte er zu Mike, den er am anderen Ende der Leitung hatte.

»Verdammt!«, knurrte Mike. »Das gibt es doch einfach nicht!«

»Tja.« Joseph zog seinen Flachmann aus der Tasche und gönnte sich einen Schluck.

»Es kann sein, dass bei euch da draußen demnächst noch jemand auftaucht, der nach Gereon sucht«, sagte Mike. »Ein

Mann mit Namen Tom Morell. Nina, Gereons Freundin, hat ihn gebeten, nach ihm zu suchen.«

»Und?«, fragte Joseph.

»Ich weiß nicht, ob ich dem Kerl trauen kann. Irgendwie möchte ich nicht, dass er Gereons Proben in die Finger bekommt, deshalb dachte ich, ich sage dir besser Bescheid. Falls er dir über den Weg läuft, kannst du ein Auge auf ihn haben?«

Seine Worte ließen den Zorn in Joseph hochkochen. Trotzdem entgegnete er völlig ruhig: »Auch um der alten Zeiten willen?«

Und er knirschte mit den Zähnen, als Mike auflachte. »Genau! Um der alten Zeiten willen. Wie gesagt: Ich bin so froh, Alter, dass du das genauso siehst.«

»Dieser Morell – wie sieht er aus?«

»Groß, weiß, dichter, brauner Lockenkopf.«

Genau wie der Typ in dem Jeep Defender, der eben vorbeigekommen war. Joseph starrte in den Rückspiegel. »Scheiße«, murmelte er.

»Was?«

»Nichts. Ich melde mich wieder.« Joseph legte auf, hämmerte mit beiden Händen aufs Lenkrad. Dann wendete er den Wagen und folgte diesem Morell.

*

Tom brauchte eine knappe Dreiviertelstunde, bis er zu einer verlassenen, heruntergekommenen Jagdhütte mitten im Wald kam. Das Ding war nichts weiter als ein vier mal vier Meter großer, aus rustikalen Stämmen gezimmerter Schuppen mit einer kleinen Veranda davor. Ein Blick auf sein Handynavi sagte Tom, dass er sein Ziel erreicht hatte: Das hier war der Ort, von dem aus Gereon als Letztes mit Nina telefoniert hatte.

Er blieb stehen und sah sich um.

Die Bäume hinter der Hütte rauschten im Wind, ein leises, quietschendes Geräusch erklang, das Tom zuerst nicht zuordnen konnte. Bis er die rostige Kette entdeckte, die an einer Ecke des Hauses von einem Balken hing. Vermutlich hatte der frühere Besitzer der Hütte an dieser Kette seine Jagdbeute aufgehängt, um sie auszuweiden.

»Gereon?«, rief Tom. »Bist du hier irgendwo?«

Seine Stimme verlor sich zwischen den dicht stehenden Stämmen der Bäume. In seinem Nacken bildete sich eine Gänsehaut.

»Gereon?«

Wieder keine Antwort.

Tom wartete noch ein paar Sekunden, dann ging er auf die Hütte zu, erklomm die drei maroden Stufen zur Veranda. Die Tür stand offen, darum sah er es sofort.

Blut.

Ziemlich viel Blut sogar.

»Scheiße«, murmelte Tom.

*

Trotz aller Sorge war Nina gegen halb elf in einen unruhigen Schlaf gesunken, weil sie vergangene Nacht nicht eine Minute die Augen zugemacht hatte. Das Gespräch mit der Polizei und das Dilemma, in dem sie sich befand, hatten sie ausgelaugt. Es hatte sie Kraft gekostet, den Polizisten nichts von Gereons Verschwinden zu sagen, und sie war nicht sicher, ob sie das Richtige tat.

Machte sie sich schuldig dadurch, dass sie schwieg? Aber das würde ja bedeuten, dass sie Gereon für schuldig hielt, und das tat sie nicht. Außerdem konnte niemand von ihr verlangen, ihren Freund zu belasten. Zumal er ja nichts getan hatte … Es war ein Teufelskreis, aus dem sie nicht entkommen konnte, bis das Klingeln ihres Handys sie aus ihren unruhigen Träumen riss. In einem seltsamen Mischzustand aus Schlaftrunkenheit und Alarmbereitschaft tastete sie auf dem Nachtschrank nach dem Gerät, stieß dabei beinahe ihr Wasserglas zu Boden, bevor ihre Finger das Ladekabel zu fassen bekamen. Sie zerrte das Telefon zu sich heran, schaltete es ein. Das bläuliche Licht des Displays war im ersten Moment zu hell für sie. Sie blinzelte, bis ihre Augen sich an das Licht gewöhnt hatten, dann nahm sie den Anruf an.

»Ich bin's.« Toms Stimme ließ sie senkrecht in die Höhe fahren.

»Tom! Gott sei Dank! Wo …«

»Hör zu«, unterbrach er sie. »Ich bin jetzt bei den Koordinaten, die du mir gegeben hast.«

Eine Flut der verschiedensten Gefühle überkam Nina. Die Selbstverständlichkeit, mit der Tom auf ihren völlig unangemessenen Hilferuf reagierte, machte sie dankbar und sprachlos zugleich.

Er zögerte.

Warum zögerte er?

Ihr wurde eng ums Herz. »Tom?«

»Gereon war hier nicht, Nina. Die Koordinaten haben mich zu einer Hütte in den Wäldern geführt, aber ich habe ihn hier nicht gefunden. Da war allerdings … eine Menge Blut.«

»Blut.« Das Wort erreichte ihren Verstand nicht. Mehrere Sekunden verstrichen. »Du meinst, als wäre er verletzt?«

Sag Nein!, schoss es ihr durch den Kopf. *Bitte, bitte, sag Nein!* Doch den Gefallen tat er ihr nicht.

»Es sieht ganz danach aus, ja. Auch in seinem Auto war Blut.«

»Sein Auto?«

»Ja, er hatte offenbar einen Unfall. Ich habe außerhalb vom Wagen auch einen dieser weißen Schutzanzüge gefunden, den ihr in euren Laboren benutzt. Wie es aussieht, hat Gereon in der Nacht, in der er verschwunden ist, so ein Ding getragen, und er hat es nach dem Unfall ausgezogen …«

Eiskalt rann es ihr durch die Adern. »Hast du ihn angefasst?«

»Nein. Du hast schließlich gesagt, dass ich mich von dem Zeug fernhalten soll. Ich habe auch im Auto nichts berührt, keine Sorge. An dem Schutzanzug war Blut, und wenn du mich fragst, dann stammt es nicht von dem Unfall. So tief, wie es in die Polster gesickert ist, sieht es eher aus, als wäre Gereon schon vor dem Unfall verletzt worden. Vielleicht im Camp.«

»Was ist da nur passiert?«, flüsterte sie.

»Wie gesagt: Ich weiß es nicht. Und ich kann dir ebenso wenig sagen, wohin Gereon verschwunden ist und warum er sich keine Hilfe holt. Vielleicht fürchtet er, dass ihn jemand verfolgt. Für mich sieht es so aus, als hätte er sich in der Hütte für eine Weile in Sicherheit gebracht. Ich habe die Gegend rundherum abgesucht, aber da sind keine weiteren Blutspuren. Nur die, die vom Auto hierher führen. Tut mir leid, Nina, aber im Moment sieht es in meinen Augen nicht nur so aus, als hätte Gereon sich in Luft aufgelöst, sondern auch, als sei er da in etwas Schlimmeres hineingeraten.«

Sie nickte mechanisch, obwohl er das nicht sehen konnte. »Ich verstehe.« Gar nichts verstand sie mehr.

»Ich … ich war nicht sicher, ob ich dich anrufen soll, bevor ich was Konkretes habe. Aber dann dachte ich mir, du musst es wissen, auch, um eure Entscheidung noch mal zu überdenken, zur Polizei zu gehen.«

»Ja. Ich … ich weiß nicht.« Nina fühlte sich, als habe die Welt plötzlich aufgehört, sich zu drehen, aber ihr Körper habe das noch nicht mitbekommen. Sie versuchte, einen klaren Gedanken zu fassen, aber vergeblich. Ihr Kopf gaukelte ihr die schlimmsten Bilder vor, und nur mit Mühe schaffte sie es, sich auf das Gespräch zu konzentrieren. Ihr wurde bewusst, dass Tom sie etwas gefragt hatte.

»Wie bitte?«, murmelte sie.

»Ich habe gesagt, dass ich die Hütte nach diesen Proben abgesucht, aber nichts gefunden habe. Und dann habe ich dich gefragt, ob du klarkommst«, wiederholte Tom.

Sie schluckte. »Ja«, murmelte sie. »Ja, ich komme klar.«

Dann war es zum wiederholten Male lange still zwischen ihnen.

»Ich dachte mir, ich versuche, seinen Weg bis hierhin nachzuverfolgen«, sagte Tom. »Vielleicht wissen wir dann mehr. Hast du eine Telefonnummer von diesem Joseph?«

»Nein. Mike hat mit ihm gesprochen. Aber ich kann ihn fragen und sie dir schicken.«

»Ja. Mach das.«

Danach gab es nicht mehr viel zu sagen.

»Tom?«, flüsterte Nina.

»Ja?«

»Danke.«

»Schon gut«, sagte er und legte auf.

*

Joseph duckte sich hinter einen Busch. Seine Hand tastete in seiner Jackentasche nach dem 38er Colt. Der Kerl aus dem Defender, dem er bis zu der Jagdhütte gefolgt war, trug Jeans, robuste Stiefel und Lederjacke, und Joseph war nicht sicher, wie er ihn einordnen sollte. Typen in solchen Klamotten konnten in diesen modernen Zeiten alles sein – angefangen von warmduschenden Großstädtern, die es cool fanden, auszusehen wie ein harter Hund, bis hin zu wirklich toughen Typen, die nicht zögerten, dir plötzlich eine Knarre unter die Nase zu halten.

Der Typ allerdings, dieser Tom Morell, sah weder aus wie das eine noch wie das andere, und doch hatte er etwas an sich, das Joseph vorsichtig machte. Dieser Morell hatte definitiv Erfahrung mit Gefahr, das las Joseph aus der Art, wie der Mann erst mehrfach nach Gereon gerufen hatte, bevor er die Hütte betreten hatte. Auch die Tatsache, dass Morell sich nur kurz über den Blutfleck gebeugt und dann sogleich telefoniert hatte, zeigte, wie tough er war. Morell sprach kein Englisch, sondern irgendwas Schnelles, Hartes, Joseph tippte auf Deutsch oder irgendeine andere Sprache aus einem dieser kleinen, unbedeutenden europäischen Länder. Dummerweise verstand er kein einziges Wort, doch Gereons Namen konnte er mehrfach heraushören.

Joseph umklammerte den Griff des 38er. Langsam zog er die Waffe aus der Tasche, und nicht zum ersten Mal fragte er sich, warum er sich auf dieses ganze Unterfangen überhaupt eingelassen hatte. Er spannte den Hahn der Waffe. Unbehaglich trat er von einem Bein aufs andere – woraufhin ein Ast unter seinem Stiefel mit einem Knacken barst.

Morell, der nur eine Sekunde zuvor aufgelegt hatte, hob den Kopf und blickte sich um.

Joseph hielt den Atem an.

*

Einen Moment lang stand Tom ganz still da, hielt den Atem an und lauschte darauf, ob es im Unterholz erneut knackte. Nichts geschah. Irgendwann entspannte er sich wieder.

Okay. Gereon war hier gewesen, aber jetzt war er nicht mehr hier. Was also jetzt?

Am besten, er hielt sich an das, was er Nina am Telefon

gesagt hatte. Er würde Gereons Weg zurückverfolgen und auf diese Weise versuchen, ihn zu finden. Er hatte in Chucks Piper bereits das Permafrosttunnel-Projekt gegoogelt. Es stand Touristen offen und lag knapp zwanzig Meilen von Fairbanks entfernt nahe Fox. Er marschierte den Wildwechsel zurück, dann stieg er in den Defender, wendete auf der schmalen Piste und machte sich auf den Weg. Als er sein Navi programmierte, fiel sein Blick auf die aufgeschürfte Stelle an seiner Hand, und er dachte an alles, was Nina ihm über Anthrax erzählt hatte. Kurz kam er sich dumm vor, weil er hier auf der Suche nach dem Freund jener Frau war, die er heimlich liebte. Sich dabei auch noch mit einem tödlichen Keim zu infizieren, wäre wirklich der Gipfel der Dämlichkeit gewesen. Gepasst hätte es allerdings zu ihm.

Irgendwie.

Das Navi lotste ihn über die unebene Piste zurück, vorbei an weiteren Hügeln und kleinen Wäldern aus schief stehenden Weißkiefern bis hin zu einer Abzweigung, an der außer einem roten Briefkasten und einem Schild mit einem gemalten Mammut nichts darauf hindeutete, dass es hier zu einem wissenschaftlichen Klimaforschungsprojekt ging. Toms Defender holperte die mit Schlaglöchern und Pfützen übersäte Strecke entlang tiefer und tiefer in die Wälder hinein. Nach fast einer Viertelstunde war er da. Er parkte auf dem kleinen Besucherparkplatz, ging zu dem aus Baumstämmen zusammengezimmerten Wachhäuschen am Eingang, das die Besucherkasse enthielt, und stellte fest, dass das Areal für Touristen um 17 Uhr schließen würde.

Er bat den jungen Mann in dem Häuschen um ein Ticket.

»Tut mir leid«, sagte der. »Wegen eines Polizeieinsatzes ist das Camp leider derzeit für Besucher geschlossen.«

Tom beschloss, die Steilvorlage zu nutzen. »Ach, wie schade! Hat das mit dem Feuer zu tun, das im Tunnel ausgebrochen ist?«

Der junge Mann nickte. Er wirkte so übertrieben bekümmert, als habe das Feuer ihm sein eigenes Haus und seine gesamte Habe vernichtet. »Ich fürchte, ja.«

Tom entschied sich für einen gewagten Schuss ins Blaue. »Ich habe Gerüchte gehört, wonach ein Deutscher das Feuer gelegt haben soll.«

Der junge Mann zog die Augenbrauen zusammen. »Echt? Davon weiß ich nichts.« Er lächelte Tom so offen und strahlend an, dass es ebenso unecht wirkte wie seine Bekümmerung kurz zuvor.

»Sie waren in der Nacht, als das Feuer ausgebrochen ist, nicht zufällig hier, oder?«, fragte Tom weiter.

Der junge Mann schüttelte den Kopf, und Tom überlegte, wie er trotzdem auf das Gelände kam. Am Ende löste ein diskret über den Tresen geschobener Hunderter das Problem. Der junge Mann steckte ihn eilig ein und meinte: »Ich glaube, ich muss mal kurz wohin.«

Die Forschungsstation bestand aus einer Mischung aus funktionellen Containerbauten, den typischen amerikanischen Fertighäusern und mehreren Blockhütten, die in Toms Augen aussahen, als seien sie für einen Katastrophenfilm errichtet worden. Der Eindruck wurde noch verstärkt durch den schlammigen, von unzähligen Stiefelabdrücken übersäten Boden rund um den Tunneleingang, durch lange Risse, die sich durch den Boden zogen, und durch die Überbleibsel eines offenbar ziemlich großen Feuerwehreinsatzes. Tom sah einen defekten Schlauch neben einem der Labore liegen und mehrere Haufen verbrannten Zeugs – schwarz verkohlte Stützbalken, etwas, das aussah wie zerschmolzene Plastikplanen, irgendein Laborgerät, das zu völliger Unkenntlichkeit verbrannt war.

Zwei Wagen vom CDC, der US-amerikanischen Seuchenschutzeinheit, standen herum, und die Männer und Frauen in ihren Schutzanzügen verstärkten den Eindruck eines apokalyptischen Szenarios noch.

Tom wandte den Blick ab und dem Rest des Lagers zu, in dem die Wissenschaftler ganz offensichtlich so gut wie möglich versuchten, ihre Arbeit aufrechtzuerhalten. Unter den vielen Männern und Frauen aus den verschiedensten Nationen fiel er zu seinem Glück überhaupt nicht auf.

Vor einer der Blockhütten stand ein großes Schild, auf das jemand recht ungelenk die Worte *Visitor Center* geschrieben hatte. Die Hütte selbst war klein, die Veranda davor ohne Geländer und auch ohne Überdachung. Alles in allem sahen die meisten Gebäude hier aus, als hätten sie ihre besten Zeiten schon hinter sich, dachte Tom. Er stieg die drei Stufen zum Eingang des Besucherzentrums hoch. Die blaue Eingangstür jedoch war verschlossen.

»Da ist zu!«, rief eine Frau in Jeans und offen stehendem Parka zu ihm herüber. Sie stand ein paar Dutzend Meter weiter bei einem Laborcontainer und unterhielt sich mit einem grauhaarigen Mann.

Tom wandte sich zu ihr um. »Ja«, rief er zurück. »Das habe ich gemerkt.«

Die Frau sagte noch etwas zu dem Grauhaarigen, dann kam sie auf Tom zu. Neugierig musterte sie ihn, ließ ihren Blick von seinen ausgelatschten Boots über seine Jeans, sein Hemd und die alte Lederjacke schweifen. Zufrieden mit dem, was sie sah, nickte sie. »Es gibt im Moment keine Führungen durch den Tunnel.« Bedauernd hob sie beide Hände.

»Echt? Ach, verdammt!«

»Ja. Ich wundere mich sogar, dass man Sie am Eingang überhaupt durchgelassen hat. Eigentlich ist das Camp aktuell für Besucher gesperrt.«

Tom tat, als sei er selbst überrascht. »Das wusste ich nicht.«

Die Frau zuckte mit den Schultern. Mit einem schiefen

Grinsen streckte sie die Hand aus. »Chris Tanner. Ich arbeite für die NOAA. Wir erforschen, welche Auswirkungen das Auftauen des Permafrostes für den globalen Treibhauseffekt hat.«

Tom erwiderte ihren Händedruck. »Tom Morell. Ich führe einen Reiseblog.«

»Ein Schreiberling!« Sie lachte auf.

Er fiel mit ein, obwohl ihn die Bezeichnung ein wenig ärgerte. »So ähnlich.«

Sie spürte, dass er beleidigt war. »Hey! Nicht sauer sein! Wir Forscherlinge hier freuen uns immer, wenn jemand über unsere Arbeit schreibt. Je mehr Menschen davon erfahren, was wir hier tun, umso größer wird die Wahrscheinlichkeit, dass die Menschen der Politik endlich Feuer unterm Hintern machen und ein Klimaschutz in die Gänge kommt, der den Namen auch verdient.«

»Na dann«, sagte er, und bevor sie anfangen konnte, ihm von ihrer Forschung zu berichten, brachte er das Gespräch auf sein eigentliches Thema. »Ich habe gehört, dass es im Tunnel gebrannt hat, stimmt das?«

»Das stimmt, ja. Darum hat die Polizei ja alles abgesperrt. Das ist jetzt ein Tatort.«

Tom tat, als würde ihn das völlig überraschen. »Tatort?«

»Ja.« Sie blies sich die feinen, blonden Haare aus der Stirn, die der Wind ihr in die Augen geweht hatte. »Die Polizei vermutet, dass das Feuer absichtlich gelegt wurde.«

»Verstehe«, sagte Tom. »Tja, das ist bedauerlich.«

Chris zuckte mit den Schultern. »Wir hoffen sehr, dass Chief Johnson alles bald wieder freigibt. Wissen Sie was? Was halten Sie davon, wenn Sie mir von Ihrem Blog erzählen und ich Ihnen im Gegenzug ein bisschen was über unsere Arbeit? Dann habe ich wenigstens etwas Sinnvolles zu tun, solange wir nicht in den Tunnel können.«

Er musste nicht lange überlegen. Gereon war hier im Camp gewesen, um an seine wichtigen Proben zu kommen. Vielleicht konnte er selbst im Gespräch mit Chris und den anderen etwas rausfinden, das ihn weiterbrachte. Er schenkte Chris sein strahlendstes Lächeln. »Warum nicht? Ich schreibe ab und an ganz gern über Forscherlinge wie Sie.«

Sie lachte, und es klang, als sei sie der Meinung, sie habe diesen kleinen Seitenhieb verdient. »Sie gefallen mir! Lassen Sie uns in die Kantine gehen. Wenn wir Glück haben, kriegen wir noch Mittagessen und treffen ein paar Forscherlinge, um mit ihnen zu plaudern.«

Tom war froh darüber, dass es so einfach sein würde, hier ein paar Fragen zu stellen. Zufrieden willigte er ein. »Sie sind sehr freundlich.«

»Reine Berechnung«, gab sie fröhlich zurück und hakte sich bei ihm ein. »Wie ich schon sagte: Sie gefallen mir.«

Während sie Tom mit sich zog, überlegte er, ob er ihr den Ehering unter die Nase halten sollte, den er immer noch trug. Er entschied sich dagegen und ließ stattdessen seinen Blick über das Gelände schweifen. Die Wege zwischen den Containern waren genauso aufgeweicht und schlammig wie die, die ihn zu Andy geführt hatten.

Er schlug nach einer aufdringlichen Mücke, die sich sein Ohr als Zielgebiet ausgesucht hatte.

5. Kapitel

Die Kantine befand sich in einem der Fertighäuser, die abseits von den Containern und dem Besucherzentrum im Schatten mehrerer großer Weißkiefern standen. Schon als Tom die Stufen der weiß gestrichenen Veranda hochstieg, roch er frischen Kaffee und gebratenes Fleisch, und ihm knurrte tatsächlich der Magen. In weiser Vorausahnung von Chucks Flugkünsten hatte er heute Morgen nur ein wenig Joghurt gegessen, und er merkte plötzlich, dass er Hunger hatte.

Chris lachte, als sie das Grummeln seiner Eingeweide hörte. »Das klingt ja, als könnten Sie einen ganzen Bären verspeisen! Glauben Sie mir: Da kommen Lindas Hamburger und vor allem ihr Blaubeerkuchen gerade richtig. Er ist ein Gedicht, sage ich Ihnen!«

Tom versprach, beides ausgiebig zu testen. Er folgte Chris ins Innere des Hauses, das aus nichts als einem riesigen Raum voller Tische mit einer Großküche dahinter zu bestehen schien. An der hinteren Wand des Speisesaals zog sich ein Tresen entlang, auf dem wie auf einem Büfett mehrere Kannen mit Tee und Kaffee, eine Platte mit den angekündigten Hamburgern und eine mit einem sehr süß aussehenden Blaubeerkuchen standen. Ungefähr die Hälfte der Tische war besetzt. Die meisten Anwesenden waren leger gekleidet, hauptsächlich in Jeans und Boots wie er selbst. Ab und an sah er auch einen weißen Laborkittel, aber darüber hinaus wies nichts darauf hin, dass alle, die hier zu Mittag aßen, als Wissenschaftler arbeiteten. Die Gespräche waren laut wie in einer normalen Kantine außerhalb der akademischen Welt. Rechts von Tom, an einem Tisch, der größer war als die anderen und auf dem ein Schild *Team Sokolov* verkündete, schien allerdings keine besonders gute Laune zu herrschen.

»Chief Johnson findet doch nicht einmal einen dämlichen Pickel an seinem eigenen Arsch!«, hörte Tom einen mittelalten Mann in Rollkragenpullover und Militärhose fluchen. »Er kann nicht einfach tagelang den Tunnel schließen, das gefährdet unsere Arbeit, die, nebenbei bemerkt, auch von seiner Regierung mitfinanziert wird! Uns fehlen jetzt schon mehrere Stunden an Daten. Wenn das Ganze noch länger dauert, können wir unsere ganzen Modellierungen in die Tonne treten.«

Zwei Frauen, die dem Mann gegenübersaßen, waren bei seinen derben Worten rot geworden, wagten es aber nicht, zu widersprechen.

Chris stieß Tom in die Seite. »Das ist Nikita Sokolov, der führende Kopf des Tunnelprojektes. Klimaforscher. Kommt ursprünglich aus Irkutsk in Russland, aber er arbeitet schon lange hier in Alaska.«

»Er wirkt ziemlich sauer«, sagte Tom.

Chris rümpfte die Nase. »Dabei hat er eigentlich keinen Grund. Immerhin versucht Chief Johnson rauszufinden, wer uns sabotiert.« Sie führte Tom an das Büfett und tat ihm ungefragt einen Burger und ein Stück des angepriesenen Blaubeerkuchens auf einen Teller.

Er bedankte sich mit einem Nicken und dachte an das Feuer und die Ereignisse dieser einen Nacht. Von hier war Gereon geflohen – verletzt und blutend, wie sie nun wussten. »Denkt ihr wirklich, dass jemand dieses Feuer absichtlich gelegt hat?«

»Der Chief geht davon aus, ja. Er hat was davon gesagt, dass es im Tunnel einen Aluminiumbrand gegeben hat.«

»Aluminium?« Tom war nicht besonders versiert in Chemie, aber so viel wusste er immerhin: Aluminium kam in reiner Form so gut wie nie in der Natur vor, sondern immer in irgendwelchen chemischen Verbindungen, aus denen es unter großem Energieaufwand hergestellt werden musste. Die Frage war also durchaus berechtigt, wie genug Aluminium in die Tunnel des Klimaforschungsprojektes gekommen war.

Chris schien das genauso zu sehen. »Aluminium brennt über tausend Grad heiß. Wenn du mich fragst, kann das nur absichtlich dort deponiert worden sein.« Sie nahm sich selbst nur ein Stück Kuchen und eine Tasse Kaffee. »Ich tippe auf irgendwelche Klimakrisenleugner, Spinner, denen es nicht passt, was wir hier tun. Aber egal! Wir wollten doch über unsere Forschung reden.«

In der Hoffnung, mehr über das Aluminium und den Brand zu erfahren, folgte Tom ihr zu einem Tisch, an dem schon zwei Männer saßen. Beide trugen sie Laborkittel und aßen mit sichtbarem Appetit ihre Burger.

»Jungs«, sagte Chris zu ihnen. »Das ist Tom Morell. Er kommt aus …« Sie zögerte.

»Deutschland«, half er ihr aus.

»Echt?« Sie hob die Augenbrauen. »Wie Gereon? So ein Zufall! Egal. Ich hätte schwören können, dass Ihr Akzent britisch ist. Tom ist hier, Leute, weil er über unsere Arbeit schreiben will.«

Tom wurde regelrecht schwindelig bei der Geschwindigkeit, mit der sie ihre Themen wechselte. Zu seinem Ärger fiel ihm spontan keine unauffällige Art ein, sie nach Gereon oder dem Brand zu fragen, dazu war sie zu schnell wieder bei ihrer Arbeit gelandet. Er würde sich wohl oder übel ein bisschen gedulden und den interessierten Blogger geben müssen. Lächelnd reichte er Chris' Kollegen die Hand.

»Jack Armstrong«, stellte der eine sich vor, er war ein Hüne von Mann mit einer spiegelblanken Glatze und einem Ring im linken Ohrläppchen. »NOAA.«

»Adam Coleman«, sagte der zweite. »Ebenfalls NOAA.«

»Angenehm.« Tom setzte sich den beiden gegenüber. Chris wählte den Stuhl direkt neben ihm. Ein bisschen zu nah, fand Tom. »Was bedeutet NOAA?«, fragte er.

»National Oceanic and Atmospheric Administration«, bekam er von Coleman zur Antwort. »Die NOAA ist eine Art Informationsagentur, ein Zusammenschluss engagierter Wissenschaftler, die daran arbeiten, die Öffentlichkeit über Veränderungen in der Umwelt auf dem Laufenden zu halten, und zwar so, dass auch Laien es verstehen. Unser langfristiges Ziel ist es, die Bevölkerung auf die große Transformation zu einer nachhaltigen Produktion und Lebensweise vorzubereiten.«

»Essen Sie!«, forderte Chris Tom auf, bevor Coleman das Thema vertiefen konnte, und fuhr an seiner Stelle fort: »Der Tunnel wurde in den Sechzigerjahren vom US-Militär gebaut und ist sozusagen ein Relikt des Kalten Krieges. Aber hier gibt es schon länger kein Militär mehr, sondern vor allem wir Klimawissenschaftler versuchen hier, die nötigen Daten zu sammeln, um die bevorstehende Klimakatastrophe besser zu verstehen. Durch die wärmer werdenden Sommer taut der Permafrostboden nämlich überall auf der Welt immer schneller, und im Tunnel kann man das gut nachvollziehen, weil man darin die wirklich langfristigen Trends besser erkennt als an der Oberfläche. Wir konnten zum Beispiel zeigen, dass die Temperatur dort unten seit den Achtzigerjahren um etwa drei Grad gestiegen ist. Das ist mehr, als die meisten Szenarien voraussagen, und es hat uns offen gesagt ganz schön erschreckt! Wir wissen mittlerweile ziemlich gut: Das Klima war in den letzten fünftausend Jahren noch nie so warm wie heute, und aus wissenschaftlicher

Sicht gibt es keinen Grund mehr, nicht anzunehmen, dass der Mensch dafür verantwortlich ist.«

In diesem Moment wurde am Tisch des Sokolov-Teams erneut die Stimme des Forschungsleiters laut. »Verdammt noch mal, Sandy! Ich brauche diese Messdaten, sonst war die gesamte Arbeit der vergangenen Monate für den Arsch!«

Wieder schien Sokolovs derbe Sprache den beiden jungen Frauen peinlich zu sein. Chris rief quer durch den Raum: »Man sollte dir den Mund mal mit Seife auswaschen, Nik!«

Sokolovs Kopf schwang zu ihr herum, und er feuerte einen wutentbrannten Blick auf sie ab. »Ich rede, wie ich will«, grummelte er. Dann fasste er Tom ins Auge, und schlagartig kam der sich vor wie das sprichwörtliche Kaninchen vor der Schlange. »Ein Viertel der Landfläche der Nordhalbkugel ist dauerhaft gefroren, dazu gehören Alaska, Nordkanada, der Norden Europas und weite Teile Sibiriens, in deren Böden gigantische Mengen abgestorbener Pflanzenreste eingeschlossen sind. Taut der Permafrost, werden die darin eingefrorenen Mikroben aktiv und fangen an, die Pflanzenreste zu zersetzen. Dabei entstehen Treibhausgase wie Lachgas, Methan und Kohlendioxid, die in die Atmosphäre gelangen und den Klimawandel weiter antreiben. Methan ist in der Erdatmosphäre rund fünfundzwanzig Mal so wirksam wie Kohlendioxid, Lachgas sogar fast dreihundert Mal. Und wenn man jetzt weiß, dass allein im oberen Bereich der weltweiten Permafrostböden bis zu 1.600 Milliarden Tonnen Kohlenstoff stecken, also fast doppelt so viel, wie sich derzeit schon in der gesamten Erdatmosphäre befindet, dann bekommt man eine ungefähre Vorstellung davon, was uns bevorsteht. Wird auch nur ein Teil davon freigesetzt, wäre das eine Katastrophe, denn mehr Treibhausgase bedeuten noch wärmeres Klima, also mehr tauender Permafrost, was wiederum noch mehr Treibhausgase … Ich denke, Sie haben den Teufelskreis verstanden, oder?«

»Klar«, meinte Tom.

Sokolov jedoch war noch nicht fertig. »Aber das ist nicht die einzige Folge des Klimawandels. Dadurch, dass die Temperaturen tagsüber im Sommer über sechsundzwanzig Grad steigen, trocknet der Torfboden aus. Trockener Torf bedeutet erhöhte Waldbrandgefahr, und wir reden dabei nicht nur von ein paar Gegenden hier oder in Kanada. Das betrifft die gesamte Permafrostregion der Erde. Ist Ihnen aufgefallen, dass hier überall die Birken und Schwarzfichten Schlagseite haben?«

Tom dachte an all die schiefen Stämme, die ihm auf der Fahrt hoch zu Gereons Unfallstelle aufgefallen waren. »Ist es.«

»Gerade wachsende Bäume bedeuten intakten, gefrorenen Untergrund. Wenn sie schief stehen, taut der Boden. Das ist ein sicheres Anzeichen. Ich beobachte das alles jetzt schon lange, Junge, und glauben Sie mir: Seit vierzig Jahren wird es immer schlimmer. Die internationalen Maßnahmen, um das Abschmelzen zu verhindern, sind alle zu langsam. Viel zu langsam.«

»Sie wirken trotzdem nicht resigniert«, warf Tom ein. Sokolov machte auf ihn eher einen streitbaren, energischen Eindruck.

Der Klimaforscher schnaubte. »Ich habe keine Zeit für Resignation. Ich werde weiter an all diesen Dingen forschen und den Mächtigen da oben auf den Sack gehen mit meinen Ergebnissen. Und nur weil irgend so ein irrer Deutscher ein paar Karibus in Asche verwandelt hat, werde ich mich auch nicht in die Ecke setzen und flennen.«

Dankbar für die Möglichkeit, das deprimierende Klimathema ruhen zu lassen und wieder auf das Feuer zu sprechen zu kommen, wandte sich Tom an Jack Armstrong und Adam Coleman. »Karibus?«

Coleman nickte. »Die beiden älteren Tunnel wurden schon in den Sechzigerjahren gegraben, aber erst kürzlich wurde das

Tunnelsystem erweitert, um den sogenannten Kaributunnel. Der heißt so, weil man in ihm drei Kadaver gefunden hat, die mindestens hundert Jahre alt sind. Daraufhin wurde der Tunnel für Touristen und auch für die meisten Forscher gesperrt.«

»Warum das?«

»Weil man festgestellt hat, dass die Kadaver mit Anthrax verseucht sind.«

»Anthrax.« Tom dachte an die Proben, von denen Nina ihm erzählt hatte. Er wollte eine weitere Frage stellen, aber in diesem Moment öffnete sich die Tür der Kantine und ein bulliger schwarzer Mann in blauer Polizeiuniform kam herein. Er nahm seinen Hut ab, sodass ein quadratischer Schädel mit militärisch kurz geschnittenem Haarkranz zum Vorschein kam.

Augenblicklich stand Sokolov. »Gut, dass Sie kommen, Chief! Ich muss in den Tunnel und meine Messergebnisse …«

Der Chief of Police blieb mitten im Raum stehen. Kurz machte er auf Tom den Eindruck, als fühle er sich von einem lästigen Insekt gestört, das ihm unablässig ums Ohr summte. Dann erst wandte er sich an Sokolov. »Nik, ich werde es Ihnen noch einmal und in aller Geduld erklären: Meine Männer und ich ermitteln hier, und Sie werden uns nicht daran hindern. Und jetzt hören Sie auf, meine Zeit zu verschwenden, denn ich muss mich auch noch um dieses verschwundene Mädchen aus dem Reservat kümmern.«

Chief Johnsons Worte schienen Sokolov ein wenig den Wind aus den Segeln zu nehmen. »Kari Wescott ist immer noch nicht gefunden worden?«

Der Chief schüttelte den Kopf. »Einige meiner Männer denken, dass sie durchgebrannt ist, aber irgendwie …«

»Ich kenne Kari ein bisschen. Sie hat eine Weile hier bei uns im Camp für ein paar der Wissenschaftler gearbeitet. Die würde ihren Eltern niemals solchen Kummer machen.«

»Eben. Sie …« Der Chief unterbrach sich, weil sein Blick an Tom hängen geblieben war. »Wer sind Sie?«

Bevor Tom es konnte, ergriff Chris das Wort. »Das ist Tom Morell, ein Journalist aus Deutschland, Chief Johnson. Er ist hier, weil er über unsere Arbeit schreiben will.«

»Deutschland.« Der Blick des Polizeichefs war durchdringend. Tom hielt ihm stand, und er fragte sich, was hinter der Stirn des Mannes vorging. Und dann fasste er einen Entschluss. Zwar widerstrebte es ihm grundsätzlich, mit Polizisten zu reden, aber er würde hier nur weiterkommen, wenn er mit offenen Karten spielte. »Darf ich Sie kurz sprechen, Chief?«, fragte er.

Johnson hob die Augenbrauen, als habe er das nicht kommen sehen. »Natürlich.« Er überlegte, dann rief er einer Frau an einem der Tische zu: »Clarice, können wir das Besucherzentrum für eine kurze Besprechung nutzen?«

»Klar.« Die Frau beugte sich zur Seite und nestelte ein Schlüsselbund aus ihrer Jeanstasche, das sie dem Chief quer durch den Raum zuwarf.

»Danke.« Mit dem Kopf wies er auf den Ausgang. »Kommen Sie, Mr. Morell.«

»Ich bin gleich wieder da«, versprach Tom Chris und den anderen, dann erhob er sich und folgte Johnson nach draußen.

*

Da waren überall Flammen. Sie verfolgten ihn, jagten ihn. Umzingelten ihn. Gereon spürte ihre Hitze auf der Haut, und dann spürte er, wie ihm das Fleisch von den Knochen gebrannt wurde.

Er schrie, wie er noch nie in seinem Leben geschrien hatte.

»Ganz ruhig.« Eine Stimme. Ein Mann. Hoss. An den Namen erinnerte er sich, aber an mehr auch nicht. Das Feuer erreichte seine Knochen, ließ sie bersten, zu Staub zerfallen …

»Du hast hohes Fieber, Kumpel«, sagte die Stimme von diesem Hoss. »Kein Wunder, nach dieser verrückten Scheiße, die du da von mir verlangt hast!«

Erinnerungsfetzen taumelten durch Gereons Geist. Er fühlte Schmerzen, die schlimmer waren als alles, was er je in seinem Leben empfunden hatte. Und gleichzeitig empfand er so was wie Erleichterung, weil Hoss getan hatte, um was er ihn gebeten hatte. Er hatte die rot glühende Klinge seines Jagdmessers in Gereons Schulter gegraben und versucht, das infizierte Gewebe aus ihm herauszuschneiden. Es war eine verzweifelte Behandlungsmethode, eine, die man nur anwandte, wenn es gar keine andere Möglichkeit gab. Wenn man sich mitten im nordamerikanischen Nirgendwo befand zum Beispiel und keine Chance hatte, an Antibiotika zu kommen.

Wieder benetzte eine kühle, bittere Flüssigkeit Gereons Lippen. Seine Kehle stand in Flammen. »Wo …?«, keuchte er. »Meine … Proben …« Er wusste, dass diese Proben wichtig waren, aber ihm wollte gerade nicht einfallen, warum.

»Beruhig dich, Kumpel. Deine Proben sind immer noch hier.«

»Wo …?«, stöhnte Gereon. Er blinzelte gegen die Schleier vor seinen Augen an, aber vergeblich. Alles, was er erkennen konnte, waren die Umrisse des Mannes, mit dem er sprach. Er wusste weder, wo er war, noch, wie er hierhergekommen war. Warum ging es ihm so schlecht? Seine Schulter, sie brannte wie Feuer. Sein Mund war staubtrocken, und seine Augäpfel fühlten sich an wie mit Sandpapier überzogen.

Fieber.

Er hatte Fieber, das hatte Hoss gesagt, und das passte auch zu seinen Symptomen. »Wo?«, wiederholte er.

Der Mann wandte sich kurz ab, gleich darauf drückte er Gereon etwas in die Hand. Ein Kästchen. Seine Proben. Erleichtert sackte Gereon zurück in die Kissen. Hoss wollte ihm die Proben wieder wegnehmen, aber er hielt sie eisern fest.

»Okay. Gut, gut. Ich nehme sie dir nicht weg, Kumpel. Behalt sie ruhig, wenn sie dir so wichtig sind. Aber wir müssen jetzt erst mal das Fieber runterkriegen. Scheiße, das ist wirklich hoch, Kumpel!«

Gereon wollte ihm zustimmen. Das Fieber fühlte sich tatsächlich bedrohlich an. Er öffnete den Mund, um etwas zu sagen, aber es fehlte ihm an Kraft. Er schloss den Mund wieder und die Augen auch.

»So ist es gut. Ruh dich aus. Der alte Hoss kümmert sich um dich, keine Angst. Alles wird wieder ins Lot kommen …«

*

Schweigend führte der Chief Tom über das Gelände, zurück zu dem Blockhaus, vor dessen verschlossener Tür Tom vorhin schon einmal gestanden hatte. Als sie es betraten, musste er beinahe lachen, denn das, was sich so großartig Besucherzentrum nannte, war nichts weiter als eine kahle, mit robustem, grauen Teppich ausgelegte Bretterbude, an deren rohen Balkenwänden ein paar Plakate mit Informationen hingen. Auf einem Tisch standen zwei Mammutfiguren aus Plastik, und in einer furnierten Vitrine, die aussah, als stamme sie aus der ersten Hälfte des vergangenen Jahrhunderts, lagen eine Handvoll Steine und Fossilien. Es roch nach Zigarettenrauch, was Tom daran erinnerte, dass er seit dem Abflug aus White Horse heute Morgen nicht mehr geraucht hatte.

»Bitte«, sagte Chief Johnson und deutete auf einen der beiden Stühle, die unter den Tisch geschoben waren. Tom ließ sich nieder, der Polizeichef zog sich den zweiten Stuhl herum und setzte sich ihm genau gegenüber. »Also? Weswegen wollten Sie mich sprechen?«

Tom legte die Hände nebeneinander auf die Resopalplatte. »Es stimmt nicht ganz, dass ich Journalist bin«, sagte er. »Aber vor allem bin nicht hier, um über das Projekt zu schreiben.«

»Nicht.« Johnson sah nicht besonders überrascht aus.

Er hat dich sofort durchschaut, dachte Tom, und er bezähmte den reflexartig in ihm aufkeimenden Widerwillen gegen alles, was mit Polizei zu tun hatte. Wie gut, dass dieser Mann keine Ahnung von seiner Vergangenheit in der Antifa hatte. Er war sich relativ sicher, dass Chief Johnson zu jenen Männern gehörte, die weitaus weniger freundlich zu einem waren, wenn sie erfuhren, dass man politisch eher linke – vielleicht sogar in Ansätzen radikale – Ansichten vertrat. Besser also, er hielt seine grundsätzlich misstrauische Haltung aller Staatsgewalt gegenüber im Zaum und gab sich jovial.

»Ja. Als ich ihnen gesagt habe, dass ich einen Blog schreibe, sind Chris und die beiden anderen sofort davon ausgegangen, dass ich über sie schreiben will. Ich hatte keine Gelegenheit, das richtigzustellen.«

Der Chief kniff die Augen zusammen. Von dem kurzen Weg zwischen Kantine und Besucherzentrum ging sein Atem zu schnell, und die Röte in seinem Gesicht war noch ein wenig dunkler geworden. »Verstehe.« Dann grinste er Tom überraschend verschwörerisch an. »Vermutlich hat Chris sich an Sie gehängt wie eine Klette, als sie gehört hat, dass Sie Journalist sind, oder?«

Tom nickte. »Könnte man so sagen, ja.«

Johnson lachte. »Sieht ihr ähnlich. Diese Klimatrottel suchen verzweifelt nach Möglichkeiten, ihre überflüssigen Forschungen in die Welt zu posaunen. Wenn Sie mich fragen: Die sollten ihre Energie lieber darauf verwenden, neue Öl- und Gasfelder zu finden, statt den Firmen das Leben noch zusätzlich schwer zu machen mit ihrem ganzen Ökokram.«

Tom musste an sich halten, um nicht zu widersprechen. Es würde ihn keinen Schritt voranbringen, wenn er jetzt mit dem Chief eine Diskussion über fossile Brennstoffe und den Klimawandel begann. Ganz im Gegenteil. Er spürte, wie sich bei den Worten des Mannes etwas in ihm quergestellt hatte. Ginge er auf dieses Thema ein, würde es keine zwei Sekunden dauern, bis er seinen Missmut und damit seine Stimme nicht mehr unter Kontrolle gehabt hätte. Damit wäre Nina nicht im Mindesten gedient.

Also riss er sich zusammen und nickte. »Stimmt vermutlich.«

Johnson wirkte erstaunt. Der Mann hatte ein gutes Gespür für Menschen und eindeutig erwartet, dass Tom zu den Klimatrotteln gehörte, mit denen er sich hier Tag für Tag herumschlagen musste. »Lassen wir das«, sagte er. »Gereon Kirchner ist nicht der einzige Vermisstenfall, um den ich mich kümmern muss.«

»Kari Wescott?« Tom fragte aus einer Art Reflex heraus. Wenn es um junge Mädchen oder Frauen ging, erinnerte ihn das stets an Sylvie. Er biss die Zähne zusammen.

»Ja. Warum interessiert Sie das?«

»Nur so. Ich habe da vorhin in der Kantine zufällig mitgekriegt, dass ein Mädchen aus einem Reservat verschwunden ist. Sie ist eine First-Nation-Angehörige, oder?«

»Sie gehört zu einem Stamm der Tanana Athabasken, ja. Aber jetzt raus mit der Sprache: Warum genau wollten Sie mich sprechen?«

»Wie gesagt, ich konnte das nicht mehr richtigstellen, aber in Wirklichkeit bin ich hier, weil eine Freundin mich darum gebeten hat. Der Mann, der vermisst wird, Gereon Kirchner, er ist ihr Partner.«

Johnsons Augenbrauen schossen so hoch, dass die Stirn darüber sich in ein ganzes Dutzend Falten legte. »Wirklich?« Er schwieg einige Sekunden lang. »Sie sind Deutscher, haben Sie gesagt. Sie klingen nicht wie einer.«

»Das höre ich heute nicht zum ersten Mal.«

»Seit wann sind Sie hier in Fox?«

Klar, dachte Tom. Logisch, dass das Johnsons erste Frage war. Damit, dass Tom sich als Bekannter von Gereon geoutet hatte, brachte er sich selbst in die Schusslinie. Wenn der Chief als Polizist etwas taugte, dann musste er ihn wenigstens kurz verdächtigen.

»Seit«, Tom sah auf die Uhr, »heute Morgen. Ich bin mit einem Buschflieger namens Chuck Anderson aus White Horse hierhergekommen.«

»Chuck Anderson.« Johnson nahm ein kleines Notizbuch aus der Tasche und notierte sich den Namen.

»Red Lady Airlines«, ergänzte Tom. »Er hat seine Basis in White Horse, fliegt aber bis runter nach Anchorage und rüber zu den Seen im Osten Kanadas.«

»Gut. Ich werde das überprüfen, Mr. Morell. Aber jetzt erzählen Sie erst mal: Was wissen Sie über Mr. Kirchner?«

»Nicht viel, fürchte ich. Ich bin ein, hm, guter Freund von einer deutschen Wissenschaftsjournalistin namens Nina Falkenberg, der Lebensgefährtin von Kirchner. Sie wusste, dass ich nur wenige hundert Kilometer von Fairbanks entfernt unterwegs war, daher hat sie mich gestern angerufen und mich gebeten, für sie herauszufinden, was mit Gereon passiert ist. Sie erreicht ihn seit Tagen nicht mehr.«

»Kein Wunder«, murmelte Johnson, nachdem er sich auch Ninas Namen notiert hatte.

Tom presste die Handflächen auf die Tischplatte. »Wie meinen Sie das?«

Der Chief ging nicht auf die Frage ein. »Diese Nina Falkenberg, sie ist ebenfalls Deutsche, sagten Sie?«

Tom nickte. »Sie lebt in Berlin.«

»Sie hat Sie gebeten herzufliegen, und Sie machen das. Mal eben knapp tausend Meilen mit einem Buschflieger von Kanada nach Alaska. Einfach so.«

Wieder nickte Tom, und er überlegte, was er antworten würde, sollte der Chief ihn fragen, warum er das für Nina tat. Zu seiner Erleichterung stellte Johnson diese Frage nicht.

»Erzählen Sie mir, was Sie über Kirchner wissen!«

»Wie gesagt, es ist nicht viel. Er leitet in Berlin eine Medizinfirma, die sich auf Krebsforschung spezialisiert hat. Soweit ich von Frau Falkenberg weiß, ist er aus beruflichen Gründen hierher nach Alaska geflogen.«

»Was wollte Kirchner hier?«

»Irgendein Forschungsauftrag, darüber weiß ich nichts«, log Tom.

»Wie heißt diese Medizinfirma?« Johnson musterte ihn, schien aber nicht misstrauisch zu werden.

Tom pries seine Antifa-Zeiten und die Erfahrungen mit Polizeiverhören, die sie ihm geliefert hatten. »Janus Therapeutics.«

Johnson notierte auch das, als ein Mann hereingestürzt kam. Er trug die blaue Uniform eines State Troopers, aber den Hut hatte er abgenommen. »Chief!«, keuchte er. »Sie müssen …« Dann sah er, dass Johnson nicht allein war, und verstummte abrupt.

Johnson wandte sich zu ihm um. »Was ist, Stan?«

Der Beamte schluckte. Er war blass. Sehr blass sogar. »Sie müssen kommen und sich das ansehen, Chief«, stieß er hervor, und dann, bevor Johnson irgendetwas erwidern konnte, fügte er hinzu: »Die Jungs von der CDC haben unter den Trümmern im Tunnel eine Leiche gefunden.«

6. Kapitel

Gereon wusste nicht, ob es Wahnvorstellungen waren, die er sah, oder Erinnerungen. Wieder stand er im Labor, diesmal war Airi Young bei ihm, seine wichtigste Mitarbeiterin, und gemeinsam lachten sie über irgendeinen Scherz. Die Daten aus der ersten klinischen Studienphase zeigten überaus zufriedenstellende Ergebnisse, und sie waren beide überaus guter Stimmung. Doch dann, übergangslos, wandelte sich das Bild. Das Labor verblasste, wurde ersetzt von dem engen, nach Verwesung riechenden Kaributunnel. Auch jetzt noch stand Airi vor ihm, und er wunderte sich, weil sich alles wie eine Erinnerung anfühlte. War Airi in dem Kaributunnel gewesen? Offenbar. Immerhin das wusste er jetzt wieder. »Hallo, Gereon«, hatte sie lächelnd gesagt. Und er hatte sie völlig verblüfft gefragt: »Was machst du denn hier?«

Sie trat näher. Durch ihre Respiratormaske hindurch versuchte er, den Ausdruck auf ihrem Gesicht zu deuten … Seine Erinnerung ruckelte wie ein uralter, defekter Film. *Der Schuss war ohrenbetäubend. Gereon sah Airis Gesicht, sah das Rot, das mitten auf ihrer Stirn erblühte …*

Herrgott nochmal!

»Nein!«, wimmerte er. »Nicht!«

»Scht. Ganz ruhig.« Hoss. Gereon spürte, wie sein Retter ihm etwas Kaltes auf die Stirn legte. Der Kaributunnel war ebenso verblasst wie zuvor das Labor. Plötzlich befand er sich wieder in Hoss' Hütte.

»Ich habe dein Fieber ein bisschen runtergekriegt«, sagte der

Mann. »Aber jetzt halluzinierst du. Keine Angst. Du bist hier in Sicherheit.«

*

Sie verheimlicht uns was.

Schillings Worte ließen Frank nicht zur Ruhe kommen, trieben ihn um, den ganzen Abend lang und bis tief in die Nacht hinein. Kurz nach Mitternacht gab er es auf, schlafen zu wollen. Er warf einen kurzen, prüfenden Blick auf Sabine, die ihre dünne Decke weggestrampelt hatte und nur in einem Nachthemd mit Spaghettiträgern dalag und leise vor sich hin schnarchte.

Im Schlafzimmer war die Temperatur nur unwesentlich unter fünfundzwanzig Grad gefallen. Frank wischte sich den Schweiß von der Stirn, spielte nicht zum ersten Mal mit dem Gedanken, eine Klimaanlage anzuschaffen, und verwarf ihn sofort wieder. Die Dinger hatten einfach einen absurd hohen Stromverbrauch, und er hatte es immer noch nicht geschafft, sein kleines Einfamilienhaus mit einer Photovoltaikanlage auszustatten, um seinen eigenen grünen Strom zu produzieren. Noch etwas, um das er sich eigentlich längst hätte kümmern sollen. Aber wenn er erst mal in Rente war …

Mit einem lautlosen Seufzer schwang er die Beine aus dem Bett und tappte nur in Unterhose und T-Shirt die Treppe hinunter in sein Arbeitszimmer im Erdgeschoss. Weil der Raum nach Norden lag, war es hier im Moment einigermaßen kühl. Frank öffnete das Fenster über seinem Schreibtisch und auch die Haustür, sodass es einen leichten Luftzug gab, der es endlich erträglich machte. Dann fuhr er sein Notebook hoch.

Er wusste selbst nicht genau, wonach er suchte, aber in den vergangenen Stunden, in denen er sich schlaflos von einer Seite auf die andere gewälzt hatte und seine Gedanken abwechselnd um seine Tochter und um Dr. Falkenberg gekreist waren, hatte ihn mehr und mehr die Gewissheit überkommen, dass Dr. Falkenberg etwas über Gereon Kirchner wusste, es ihnen aber nicht sagen wollte. Die Untersuchung der Sicherheitsstandards und -protokolle der Firma hatten keinerlei Leck ergeben, durch die Janus-Anthrax aus den Laboren entwichen sein und zwei Obdachlose getötet haben konnte. Morgen würde Schilling versuchen, den Richter doch noch zu einem Beschluss zu überreden, der ihnen erlaubte, ihre IT-Spezialisten auf die Firma anzusetzen und herauszufinden, ob die Protokolle vielleicht manipuliert worden waren. Aber selbst wenn es ein Leck gegeben haben sollte und vertuscht worden war, fiel es Frank schwer, sich vorzustellen, wie sich ausgerechnet zwei Männer ohne festen Wohnsitz angesteckt haben konnten. Wäre der Erreger bei einem Unfall entwichen, hätte es viel eher Menschen getroffen, die in der Nähe der Labore lebten, und das hatte er Schilling auf der Rückfahrt von Janus Therapeutics zum Tempelhofer Damm auch gesagt.

Und jetzt, nach Stunden des nächtlichen Grübelns, war er sich relativ sicher, dass das Janus-Anthrax auf andere Weise aus dem Labor entkommen sein musste. Was im Grunde also auf einen Diebstahl hinauslief. Und damit schon wieder auf diesen beunruhigen Gedanken, dass jemand das Zeug zu kriminellen – möglicherweise sogar terroristischen – Machenschaften zweckentfremden wollte.

Warum nur war Dr. Falkenberg so vorsichtig geworden, als man sie nach Gereon Kirchner gefragt hatte?

Frank gab den Namen des Mannes in eine Suchmaschine ein. Mal sehen, wohin ihn das brachte. Er bekam eine ganze Reihe Links, ein paar verwiesen auf Klatschmagazine. Frank klickte sich durch einige davon und stellte fest, dass alle diese

Magazine sich auf ein einzelnes Ereignis bezogen, einen Presseball, bei dem *der begehrte und gut aussehende Junggeselle und Biotech-Unternehmer Gereon Kirchner* erstmals mit einer Frau an seiner Seite aufgetaucht war.

Mit Nina Falkenberg.

Frank betrachtete die Fotos, die die Magazine abgedruckt hatten. Nina trug darauf einen extravaganten schwarzen Jumpsuit. Sie sah toll aus, schoss es ihm durch den Kopf. Allerdings brachten ihn weder die Berichte noch die Fotos des Boulevards weiter, denn dass Kirchner und Dr. Falkenberg ein Paar waren, wusste er ja bereits. Also konzentrierte er sich auf die andere Sorte Links, von denen die meisten zu wissenschaftlichen Beiträgen über JanuThrax und auch zu ein paar seriösen Wissenschaftsartikeln in der ZEIT oder der Süddeutschen führten. Nachdem Frank sie gelesen hatte, konzentrierte er sich auf die Fachartikel aus der Krebsforschung, die das Potenzial von JanuThrax priesen. Das sah alles extrem vielversprechend aus, jedenfalls soweit er das beurteilen konnte. Ihm wollte partout kein Grund einfallen, warum ein vom Erfolg verwöhnter Mann wie Gereon Kirchner auch nur einen Gedanken an das terroristische Potenzial seines Erregers verschwenden sollte. Eines allerdings zeigten die Artikel Frank ganz und gar offensichtlich: Es gab in Gereon Kirchners Leben neben Dr. Falkenberg noch eine zweite wichtige Frau. Die meisten Artikel, die der Mann veröffentlicht hatte, nannten nämlich eine Co-Autorin namens Airi Young. Frank googelte auch sie, und der erste Link in der Liste führte ihn auf den Subthread der Firmenwebsite von Janus Therapeutics, wo sich die einzelnen Mitarbeiter vorstellten.

Dort war Dr. Airi Young als Paläomikrobiologin und Forschungsleiterin aufgeführt. Frank las sich ihren Lebenslauf durch, der im Wesentlichen aus einem Studium und der Arbeit für Janus Therapeutics bestand. Dann schaute er sich die Liste ihrer Veröffentlichungen an, weil ihn interessierte, was die Frau außer den Artikeln, bei denen sie mit Kirchner zusammengearbeitet hatte, noch geschrieben hatte.

Offenbar, stellte er fest, hatte sie noch ein völlig anderes Thema.

Und als er begriff, was für ein Thema das war, setzte Frank sich unwillkürlich aufrechter hin.

*

Die Stunden nach Toms beunruhigendem Anruf waren endlos für Nina, voller Sorge um Gereon. Mittlerweile war sie überzeugt, dass er irgendwo tot in der nordamerikanischen Botanik lag. Und absurderweise war sie gleichzeitig auch voller nagendem Schuldgefühl, weil sie Tom in die Sache hineingezogen hatte. Über Letzteres dachte sie fast noch mehr nach als über Gereon, und das fühlte sich vollkommen falsch an. Wieso empfand sie so stark für Tom, obwohl sie sich doch eigentlich allein um Gereon hätte sorgen müssen?

Sie sah auf die Uhr. Es war bereits nach Mitternacht, darum ging sie ins Bad, um sich für die Nacht fertig zu machen. Sie schaufelte sich gerade kaltes Wasser ins Gesicht, als sie im Schlafzimmer ihr Handy klingeln hörte. Eilig trocknete sie sich ab und war ein wenig außer Atem, als sie dranging.

»Tom?«

»Hallo, Nina. Ich hoffe, ich habe dich nicht geweckt.«

Er klang erschrocken, schoss es ihr durch den Kopf. Vor allem aber: Warum sprach er Englisch?

»Ich sitze hier mit Chief Johnson vom Fairbanks Police Department, der leider kein Deutsch spricht. Es gibt Neuigkeiten.«

Ihr sank das Herz. *Neuigkeiten. Die Polizei von Fairbanks.* Gereon!

»Ich mache mal den Lautsprecher an«, sagte Tom.

»Okay«, gab sie zurück, irgendwie auf Autopilot, und gleich darauf erklang eine tiefe Männerstimme.

»Ms. Falkenberg?«

»Ja. Nina Falkenberg«, sagte sie ebenfalls auf Englisch. Was war mit Gereon?

»Ich bin Chief of Police in Fairbanks, ich ermittele im Fall Ihres … Lebensgefährten Gereon Kirchner, und ich hätte da einige Fragen an Sie.«

»Natürlich. Er ist tot, oder?«

»Tot? Nein. Wie kommen Sie darauf?«

Ihre Beine waren plötzlich aus Gummi. Sie ließ sich auf die Bettkante sinken. »Ich dachte …« Sie besann sich. »Bitte sagen Sie mir, was passiert ist!«

»Das versuche ich gerade, Ms. Falkenberg. Trotzdem wüsste ich zunächst gern, warum Sie automatisch davon ausgehen, dass Mr. Kirchner etwas passiert ist.«

»Er hat sich ungewöhnlich lange nicht gemeldet.« *Und da war Blut in seinem Auto …*

»Und das kommt sonst nicht vor?«

Nina fuhr sich über den Mund, weil die ehrliche Antwort auf diese Frage gewesen wäre: *Ich weiß es nicht. Dafür kenne ich ihn nicht lange genug.* Stattdessen sagte sie: »Nein. Letzte Nacht hat er mich angerufen, aber wir konnten nicht lange sprechen. Die Verbindung ist abgebrochen.«

»Das ist nichts Ungewöhnliches hier draußen. Warum sorgen Sie sich trotzdem so sehr um ihn?«

Sie knirschte mit den Zähnen. »Ich bin nicht sicher. Sie müssen ihn suchen, Chief Johnson, er …«

»Das werden wir, Ms. Falkenberg. Zunächst habe ich aber einige Fragen an Sie.« Johnson räusperte sich. »Sagt Ihnen der Name Airi Young etwas?«

»Ja. Das ist eine Mitarbeiterin von Gereon. Wenn ich richtig informiert bin, hat sie zurzeit Urlaub. Warum fragen Sie mich ausgerechnet nach ihr?«

Johnson schwieg. Nina war kurz davor, ihn anzufahren, aber sie beherrschte sich. »Bitte, Chief! Sagen Sie mir endlich, was los ist!«

»Wir wissen es nicht. Wir wissen nur, dass ein absichtlich gelegtes Feuer ein Klimaforschungsprojekt, das der amerikanischen Regierung ziemlich wichtig ist, zerstört hat. Und dass wir in den Trümmern die Leiche einer Frau gefunden haben.« Wieder Schweigen. Sekundenlang.

Was wollte er von ihr? Erwartete er, dass sie irgendwas sagte? Sie war viel zu verwirrt. So verwirrt, dass sie noch nicht einmal richtig begriffen hatte, dass er soeben von einer Leiche gesprochen hatte.

»Die Leiche war teilweise verbrannt, aber wir konnten sie trotzdem identifizieren«, fuhr er fort. »Es handelt sich bei ihr um eine gewisse Airi Young aus Berlin.«

Der Schock kam mit Verzögerung. Kurz fühlte Nina sich, als habe Johnson ihr eine Waffe gegen die Stirn gehalten und abgedrückt. In ihrem Kopf war nichts mehr außer tiefer, pechschwarzer Leere.

»Airi …«, murmelte sie. Airi war in Alaska? Aber Mike hatte doch gesagt, dass sie Urlaub hatte. Was hatte sie in Alaska gewollt?

»Fällt Ihnen irgendein Grund ein, warum Ihr Lebensgefährte Ms. Young töten sollte?«

Die Leere wechselte die Farbe, wurde blutrot. »Gereon hat Airi nicht getötet!«, entfuhr es ihr. Wie kam dieser Mann nur auf diesen absurden Gedanken?

Johnsons Stimme blieb ganz ruhig, ganz neutral. »Was macht Sie da so sicher?«

»Ich … Hören Sie, Chief Johnson. Ich kenne Gereon.«

Wirklich?

»Er würde niemals im Leben einem Menschen Schaden zufügen. Er ist Arzt, er forscht, um Leben zu retten. Er würde niemals …«

»Ich habe das zur Kenntnis genommen, Ms. Falkenberg. Irgendjemand jedoch hat Feuer in diesem Tunnel gelegt und Ms. Young getötet. In ihrem Schädel steckte die Kugel aus einer 38er.«

Seine Worte sickerten nur langsam in Ninas Bewusstsein. Airi. Tot.

Erschossen!

»Wie …«, murmelte sie.

»Vielleicht war das ja der Grund für das Feuer. Wissen Sie, was ich vermute? Gereon Kirchner hat diese Airi Young erschossen und dann das Feuer gelegt, um den Mord zu vertuschen. Er hoffte, dass die Leiche völlig verbrennen und auf diese Weise niemals gefunden werden würde.«

»Unmöglich, das ist …«

»Da unten ist alles aus Eis, müssen Sie wissen, und das schmilzt nun mal bei Feuer, und dann kracht die ganze Konstruktion zusammen. Die Eisbrocken haben die Leiche davor bewahrt, völlig zu Asche zu zerfallen, sodass wir sie identifizieren konnten.«

Ninas Gedanken rasten. Was hatte Gereon getan?

Sie erschrak vor sich selbst wegen dieser Frage. Konnte sie sich tatsächlich – wenn auch nur mit einem winzigen Teil ihres Verstandes – vorstellen, dass Gereon etwas mit Airis Tod zu tun hatte?

In ihrem Schädel steckte die Kugel aus einer 38er.

Niemals! Nina schüttelte den Kopf. Niemals war diese Waffe von Gereon abgefeuert worden!

»In der Nacht, in der das Feuer ausgebrochen ist …«, murmelte sie.

Mikes Worte hallten in ihr wider. *Wenn wir die Polizei ins Spiel bringen, und die finden die Proben, verschwinden sie auf unabsehbare Zeit in der Asservatenkammer …*

Scheiß drauf! Gereon war jetzt irgendwo dort draußen, und sehr wahrscheinlich war er schwer verletzt. Er war nicht nur in einen Sabotagefall verwickelt, sondern plötzlich auch noch in einen Mord! Sie wollte wissen, wie das alles zusammenhing. Und sie wollte ihm helfen, wollte, dass man nach ihm suchte. Professionell nach ihm suchte.

»Kurz nachdem Gereon mich angerufen hat, Chief Johnson … Sein Geschäftspartner hat seinen Standort orten können. Mr. Morell kann Ihnen mehr dazu sagen.«

Sie hörte, wie Tom sich räusperte. »Das stimmt. Frau Falkenberg hat mir die Koordinaten geschickt, und ich bin dort gewesen. Wie es aussieht, ist Gereon auf der Route 6 verunglückt. Ich habe seinen Wagen am Fuße eines Abhangs gefunden. Da war ziemlich viel Blut im Fahrzeuginneren, aber von ihm selbst keine Spur.«

Chief Johnson war einen Moment lang still, und Nina stellte sich vor, wie verblüfft er Tom gerade ansah.

»Und das sagen Sie erst jetzt?«, stieß er hervor.

Tom schwieg. Nina sah ihn förmlich vor sich, wie er einfach nur mit den Schultern zuckte. Sie glaubte, Johnson fluchen zu hören.

»Ich will diese Koordinaten haben«, sagte er.

»Nina?«, fragte Tom.

Tausend Gedanken gingen Nina auf einmal durch den Kopf. Mike wollte nicht, dass die amerikanische Polizei von dem Anthrax erfuhr, das Gereon bei sich hatte.

Sie schloss die Augen. »Gib sie ihm«, bat sie.

»Okay.«

Sie hörte zu, wie Tom dem Chief die Zahlenkombination diktierte. Tom hatte bei Gereons Wagen einen biologischen Schutzanzug gefunden. Wenn sie Chief Johnson nicht warnte, bestand die Gefahr, dass der Mann sich infizierte … Sie räusperte sich. »Wenn Sie Gereons Wagen finden, Chief«, zwang sie sich zu sagen, »dann seien Sie vorsichtig. Gereon hat im Forschungscamp mit Anthrax gearbeitet.«

»Anthrax?« Johnson machte eine Pause, um das zu verarbeiten. »Wenn Sie raten müssten, Ms. Falkenberg«, meinte er dann lauernd, »was würden Sie sagen, warum Mr. Kirchner hier in Fox war – zusammen mit einer Mitarbeiterin, die jetzt tot in einem eingestürzten Eistunnel liegt?«

»Ganz ehrlich, Chief Johnson: Ich weiß es nicht!« Sie biss sich auf die Lippe.

»Soll ich Ihnen sagen, was ich glaube, Ms. Falkenberg?« Er wartete nicht auf die Antwort. »Je mehr ich von Ihnen erfahre, umso sicherer bin ich, dass Ihr … Partner nicht nur das Tunnelprojekt sabotiert hat, sondern auch seine Kollegin erschossen. Und wissen Sie, was mich so sicher macht? Das Anthrax! Sie wissen schon, dass es damit schon einige Anschläge hier in unserem Land gegeben hat?«

»Natürlich weiß ich das. Aber Gereon nutzt Anthrax zu medizinischen Zwecken, Chief. Er ist kein Terrorist, der …«

»Das werden wir sehen.«

»Chief …«, erklang Toms Stimme, aber er unterbrach sich. Nina stellte sich vor, wie der Chief ihn mit einem Blick oder einer Geste zum Schweigen brachte.

Sie schluckte schwer. »Gereon würde nie im Leben einen Menschen töten, er würde niemals ein so wichtiges wissenschaftliches Projekt sabotieren, und er ist auch kein Terrorist!«, sagte sie.

»Auch das habe ich zur Kenntnis genommen, Ms. Falkenberg. Gut. Ich denke, das war es vorerst. Sollte ich weitere Fragen an Sie haben, werde ich mich telefonisch wieder bei Ihnen melden.«

»In Ordnung«, murmelte Nina. Ihr Kopf drehte sich. Auf einmal war ihr schlecht.

*

Tom hatte während des gesamten Telefonats wie auf heißen Kohlen gesessen, weil er Ninas Verwirrung und Trauer spürte und ihr nicht helfen konnte. Als sie sich von Chief Johnson verabschiedete, klang sie so verloren, dass Tom beinahe geflucht hätte.

»Ich versuche, dem Chief hier noch ein bisschen weiterzuhelfen«, sagte er. »Und dann melde ich mich bei dir, okay?«

»Ja«, sagte sie, und er hoffte, sie würde noch irgendetwas hinzufügen. Etwas, das ihm die Sorge um sie nahm.

Das tat sie jedoch nicht.

»Ja«, wiederholte sie. »Bitte mach das.«

»Danke, Ms. Falkenberg.« Der Chief unterbrach die Verbindung und sah Tom direkt in die Augen. Schwieg. Sehr lange.

Tom verschränkte die Hände locker auf dem Tisch und hielt dem Blick stand. Er war bisher in seinem Leben gut damit gefahren, der Polizei gegenüber lieber zu wenig als zu viel zu sagen.

Schließlich seufzte Johnson. »Also gut. Bis meine Männer Ihre Aussagen überprüft haben, halten Sie sich bitte zu unserer Verfügung. Darüber hinaus gilt für Sie das Gleiche wie für Ms. Falkenberg: Sollte ich weitere Fragen haben, melde ich mich.«

»Natürlich.«

»Wo erreiche ich Sie?«

»Ich denke, ich werde mir im Ort ein Motelzimmer nehmen.«

»Gut. Ich kann Ihnen das *Fox Inn* empfehlen. Nehmen Sie sich da ein Zimmer, dann weiß ich, wo ich Sie finden kann.« Johnson erhob sich. »Und geben Sie mir Ihre Handynummer.«

Nachdem das erledigt war und der Chief auch Toms Nummer in seinem kleinen Notizblock notiert hatte, komplimentierte er Tom aus dem Besucherzentrum hinaus. Hinter ihnen schloss er ab, dann kehrte er zurück in die Kantine zu Chris und den anderen.

Tom wartete, bis er um eine Ecke verschwunden war, bevor er einige Schritte in Richtung Tunneleingang ging und dabei Ninas Nummer wählte.

Sie nahm ab, bevor es überhaupt richtig geklingelt hatte. »Kümmert er sich um Gereon?«, fragte sie.

»Ich hoffe es.« Besser, er behielt für sich, dass Gereons Rettung ganz offensichtlich nicht Johnsons oberste Priorität war. Ihn zu finden hingegen schon. Johnson hielt Ninas Freund für einen Mörder und Saboteur und wollte zuallererst diese beiden Verbrechen aufklären. Und nicht zuletzt wollte er natürlich verhindern, dass das Anthrax, das Gereon bei sich hatte, in die falschen Hände geriet.

Tom glaubte, Ninas Panik über die vielen tausend Kilometer hinweg zu spüren. Er hatte eine ungefähre Vorstellung davon, wie sie sich fühlte. Erst seine Hiobsbotschaft mit dem Blut, jetzt die Nachricht von Airi Youngs Tod – ihre Leiche im Tunnel. Hing das alles irgendwie zusammen?

Vermutlich.

Die ganze Sache wurde von Minute zu Minute rätselhafter – und vermutlich auch gefährlicher, dachte Tom. Denn immerhin wussten sie jetzt, dass mindestens eine Person in dieser Geschichte bereit war, über Leichen zu gehen. Die Frage war nur: wer?

Tom schwieg einen Moment, gab Nina Zeit, sich zu sammeln. Endlich stöhnte sie auf. »Airi, Tom? Ich kann einfach nicht glauben, dass Airi tot ist. Wieso nur war sie in Alaska? O Gott, ich muss Mike anrufen und ihm erzählen …« Ihr blieb die Stimme weg, und sie verstummte mit einem Geräusch, das in seinen Ohren wie unterdrücktes Schluchzen klang.

»Nimm es mir nicht übel«, sagte er extrem vorsichtig. »Aber ich muss dich das fragen. Denkst du, dass Gereon Airi getötet haben könnte?«

Zu seiner Verwunderung schrie sie ihn nicht an. Im Gegenteil. Diesmal schwieg sie, lange. Sehr lange. »Ich weiß überhaupt nicht mehr, was ich denken soll.« Pause. »Erst die beiden toten Obdachlosen und jetzt Airi. Wie hängt das alles zusammen, Tom?«

Er hatte nicht die geringste Ahnung. »Ich habe mich mit ein paar Wissenschaftlern unterhalten, die haben mir erzählt, dass das Feuer mit Aluminiumpulver gelegt worden ist.«

»Aluminium?«

»Das haben sie gesagt, ja. Aluminiumpulver brennt mit unglaublicher Hitze, über tausend Grad heiß, meinten sie.«

»Hitze …« Ninas Mikrobiologenhirn reagierte darauf. »Die Temperatur ist ungefähr doppelt so hoch, wie nötig wäre, um Anthraxsporen zuverlässig zu zerstören!«

Er biss die Zähne zusammen, weil er das Kommende nicht sagen wollte. Doch er musste es aussprechen. »Du weißt«, sagte er vorsichtig, »dass wir uns mit dem Gedanken vertraut machen müssen, dass Gereon auch nicht mehr lebt. Bei dem vielen Blut, das ich in der Hütte gefunden habe …«

Sie stieß einen leisen Laut aus, der ihm bis ins Herz fuhr. »Was ist ihm passiert, Tom?«

Wenn er das nur gewusst hätte. »Am besten, ich höre mich hier mal weiter um und versuche, mehr rauszufinden.«

»Ja. Gut.«

Die Sekunden dehnten sich lautlos zwischen ihnen.

»Ich melde mich wieder«, sagte er.

*

Gereon fuhr aus einem Schlaf, der so tief gewesen war, dass er sich totenähnlich angefühlt hatte.

Airi! Er zuckte zusammen, als er einen Schuss zu hören glaubte. Seine Schulter wurde von einem titanischen Schlag getroffen, gleich darauf jedoch war es ihm, als sei er derjenige, der die Waffe in der Hand hielt …

Eine Ahnung davon, was in diesem elenden Tunnel passiert war, überfiel ihn mit solcher Wucht, dass er sie reflexartig von sich wies.

Die Janus-Proben!

Er fuhr hoch, wandte den Kopf. Die Proben waren so viel wichtiger. Hoss, sein Retter und Pfleger, hatte ihm das Probenkästchen weggenommen, aber es auf einen Hocker direkt neben seinem Bett gestellt, sodass sein Blick sofort darauf fiel.

Nicht zum ersten Mal durchflutete Gereon Dankbarkeit für den Mann, der sich so selbstverständlich um ihn kümmerte. Er lehnte sich zurück in die Kissen und Felle, die sein Wohltäter ihm in den Rücken gestopft hatte. Seine Seite brannte wie Feuer, aber das Fieber, das ihn die letzten Stunden – oder waren es sogar Tage? – im Griff gehalten hatte, schien tatsächlich gesunken zu sein. Vielleicht hatten sie mit ihrer verzweifelten Behandlungsmethode ja genug anthraxverseuchtes Gewebe aus seinem Körper entfernt, um ihn zu retten.

Er leckte sich über seine aufgesprungenen Lippen. Ihn quälte ein Durst, der kaum auszuhalten war.

»Ah! Du bist wach. Sehr gut!« Hoss' Stimme ertönte schräg

hinter ihm. Er verrenkte sich den Hals, um seinen Wohltäter anzuschauen.

»Bleib ruhig liegen.« Hoss trat in sein Sichtfeld. »Es geht dir besser, wie ich sehe. Sehr gut! Ehrlich gesagt hätte ich nie gedacht, dass ich dich mit dieser irren Schnippelaktion wirklich retten würde.«

»Auf jeden Fall hast du mir damit ein bisschen Zeit verschafft«, erwiderte Gereon. Ihm war klar: Wenn sich in seinem Körper immer noch nur kleinste Mengen des Anthrax-Erregers befanden, würden sie über kurz oder lang ihr zerstörerisches Werk erneut beginnen. Er war noch nicht über den Berg.

»Wo genau bin ich?«, fragte er.

»In meiner Hütte. Ungefähr zehn Meilen nördlich von Fox, ganz in der Nähe vom Chatanika River.« Grinsend reichte Hoss Gereon die Hand. »Ich bin Hoss, aber das weißt du ja schon. Deinen Namen kenne ich übrigens immer noch nicht.«

»Gereon.« Gereon schüttelte die rauen, schwieligen Finger. »Ich muss auf der Stelle …« Er machte Anstalten aufzustehen, aber die Wunde an seiner Seite und die körperlichen Strapazen der letzten Tage ließen ihn mit jagendem Herzen und starkem Schwindelgefühl zurücksinken. Okay. Wie es aussah, war er derzeit nicht in der Lage, auch nur zwei Schritte zu machen. Was bedeutete: Er musste Mike anrufen, der sich darum kümmern sollte, dass die Proben endlich auf den Weg nach Deutschland gelangten. »Kann ich mal telefonieren?«, fragte er.

Hoss lachte. »Telefonieren kannst du vergessen, Kumpel. Wie ich dir schon sagte, dein Handy ist leer, und ich habe so eine Teufelsding nicht. Sieht also aus, als müsstest du dich mit deinem Anruf noch ein bisschen gedulden, bis du wieder fit genug bist, um nach Fox zurückzugehen.«

Gereon wollte widersprechen, aber er war Realist. Es nützte

überhaupt nichts, das Offensichtliche zu leugnen. Er wechselte das Thema. Vorerst. »Wie bin ich hierhergekommen?«, fragte er.

»Oh, ich habe dich in einer alten Jagdhütte gefunden, oder sagen wir lieber, Beaver hat dich gefunden. Er hat dein Blut gewittert und ist der Spur bis zu dieser Hütte gefolgt.« Er deutete auf einen grauen Hund, der ebenso zottelig aussah wie sein Herrchen und die ganze Zeit schon seine gelblichen Augen auf Gereon gerichtet hielt. »Beaver hat dann auch geholfen, dich auf der Zugtrage hierher zu ziehen.«

Gereon musterte das Tier. Er hatte nicht besonders viel Ahnung von Hunden, aber er hätte ein halbes Monatsgehalt darauf gewettet, dass das Biest Wolfsblut in den Adern hatte.

»Warum hast du mich nicht in ein Krankenhaus gebracht?«

»Oh. Davon halte ich nicht viel! Wir hier draußen kümmern uns lieber selbst um unsere Blessuren. Hast du Durst?«

Bevor Gereon die Frage bejahen konnte, reichte Hoss ihm schon einen Holzbecher, den er von einem Regalbrett an der Wand nahm.

Gereon trank gierig. Das Wasser war kühl und floss ihm geradezu köstlich durch die ausgedörrte Kehle. Er hustete. »Danke.«

Hoss zog sich einen Schemel heran, der aus Birkenästen und einem runden Stück Baumscheibe gezimmert war und der ziemlich kippelte. »Jetzt erzähl aber! Wie bist du in diese Hütte gekommen? Und vor allem: Wer hat auf dich geschossen?«

»Geschossen?« Es war dieses eine Wort, das aus der Ahnung in Gereon eine Erinnerung machte, die wie ein Sturzbach über ihm zusammenschlug. »O Gott!«, murmelte er. »O Gott, Airi.«

Teil 3: Kaskade

1. Kapitel

»O mein Gott, wie siehst du denn aus?« Monika Fischer, die als Einzige schon da war, als Frank am nächsten Morgen den Besprechungsraum im LKA betrat, riss die Augen auf.

Frank lächelte sie matt an. Er wusste, dass er Ringe unter den Augen hatte, in denen man Untertassen hätte versenken können. Kein Wunder. Nach seiner Entdeckung vergangene Nacht hatte er kein Auge mehr zugetan, sondern sich tiefer und tiefer durch das Netz gewühlt auf der Suche nach Spuren und Indizien, die den Verdacht bestätigten, der ihm beim Lesen von Airi Youngs Dokumenten gekommen war.

Und er glaubte, er war fündig geworden.

In seiner Hemdtasche befand sich ein USB-Stick mit einer Datei voller Links und Informationen, die er sorgsam zusammengetragen hatte. Gleich würde er das alles dem Team zeigen, und er war gespannt darauf, ob die anderen seinen Verdacht teilten.

Vorerst jedoch musste er Monikas Befürchtungen zerstreuen, denn sie erkundigte sich nun, ob mit seinem Enkelkind etwas nicht stimmte.

Frank schüttelte den Kopf. »Mit dem ist alles okay.« Franziska ging es gut. Er hatte ganz früh am Morgen mit ihr telefoniert. Bei dem Kleinen gab es keine Veränderung, aber die Ärzte waren weiterhin optimistisch.

»Ah.« Monika schien erleichtert. »Super.« Sie ließ ihren Blick von seinem Kopf bis zu seinen Füßen wandern. »Du siehst trotzdem scheiße aus.«

Frank lachte auf. »Ich habe nicht geschlafen. Ich glaube nämlich, ich habe was rausgefunden.« Er stellte seinen Rucksack auf einen der Tische und zog den Stick aus der Hemdtasche.

Schilling, Danny und Ben trafen kurz darauf fast gleichzeitig ein. Auch Ben machte einen Spruch über Franks Augenringe, aber diesmal winkte Frank nur ab. Er reichte dem IT-Techniker den Stick. »Kannst du das mal an die Wand werfen? Ich will euch was zeigen.«

Ben nahm den Stick und betrachtete ihn, als sei es ein urzeitliches Insekt. Als er ihn in ein USB-Hub an seinem Laptop steckte und sah, dass er nichts weiter enthielt als eine Textdatei, grummelte er: »Und die konntest du mir nicht aufs Handy schicken?«

Frank ignorierte diesen nicht sehr subtilen Hinweis darauf, dass er altmodisch war, und wartete, bis Ben seine Datei per Beamer an die Wand projiziert hatte. Es war eine lange Liste mit wissenschaftlichen Artikeln, die Airi Young veröffentlicht hatte.

Seine Kollegen von der Polizei schauten ratlos.

Frank setzte zu einer Erklärung an. »Nach der Durchsuchung von Janus Therapeutics kam mir der Gedanke, dass das Anthrax, das die beiden Obdachlosen getötet hat, mutwillig aus dem Labor entfernt worden sein könnte. Ich weiß, Lutz, ihr geht nicht von möglichem Terror aus, aber lasst euch bitte mal kurz auf meinen Gedankengang ein, ja?« Er wartete, bis alle nickten, bevor er weitersprach. »Ich habe mir Folgendes überlegt: Jemand könnte das Anthrax aus den Labors der Firma gestohlen haben. Ich dachte mir, dass man nichts stehlen kann, was einem faktisch gehört, und das brachte mich auf diesen Kirchner. Du fandest es ja auch auffällig, dass er das Land verlassen hat und dass Dr. Falkenberg …«

»… uns in Bezug auf ihn irgendwas verschweigt!«, pflichtete Schilling bei.

»Genau. Also habe ich Kirchner ein bisschen durchleuchtet, konnte aber keinen Hinweis darauf finden, warum ein Mann wie er Anthrax aus seinen eigenen Labors schaffen sollte. Bei meinen Recherchen ist mir allerdings aufgefallen, dass er bei all seinen wissenschaftlichen Veröffentlichungen immer eine Co-Autorin an seiner Seite hat, eine gewisse Airi Young. Das wollte ich mir mal genauer ansehen, darum habe ich auch über sie ein wenig recherchiert und dabei etwas sehr Spannendes herausgefunden.« Er deutete auf die Liste der Veröffentlichungen. »*Chancen durch die globale Erderwärmung und tauende Permafrostböden* und *Schatzkiste Permafrost: Potente Mikroorganismen für bioökonomische Lösungen*«, las er zwei davon vor. »Das sind Artikel, die diese Airi Young ohne Gereon Kirchner veröffentlicht hat.«

»Ich verstehe nur Bahnhof!«, beklagte sich Danny, und die anderen sahen auch nicht viel schlauer aus.

»Geduld!«, bat Frank. »Wenn ihr euch anschaut, wo diese Paper veröffentlicht wurden, dann erkennt ihr, dass keines von ihnen in einem so renommierten Magazin erschienen ist wie die, die sie mit Kirchner zusammen geschrieben hat. Die erscheinen in *Scientific* oder *The Lancet. Potente Mikroorganismen für bioökonomische Lösungen* allerdings erschien im *Scientific and Applied Research*, kurz SAR. Oder der andere hier in *Technology and Sciences*. Immer wieder SAR und *Technology and Sciences.*« Er wartete, dass die anderen kapierten, worauf er hinauswollte, aber er schaute immer noch in ratlose Gesichter. »Von euch hat niemand jemals wissenschaftlich publiziert, oder?«

Alle schüttelten den Kopf.

»Gut. Dann erkläre ich euch das am besten zuerst. Also. Ihr entwickelt zu irgendeinem Thema eine wissenschaftliche These. Die müsst ihr veröffentlichen, damit andere Forscher sie lesen und diskutieren können. Auf der Basis der Reaktionen könnt ihr weiterforschen, um eure These zu untermauern oder sie an die Erkenntnisse der Forschercommunity anzupassen. Am Ende kommt im Idealfall eine Theorie raus, der der Großteil der Wissenschaftler zustimmt. So was nennt sich wissenschaftlicher Konsens. Je renommierter oder, sagen wir, seriöser nun das Journal ist, in dem ihr veröffentlicht, umso ernster wird eure Arbeit genommen, umso mehr ebenfalls renommierte Kollegen befassen sich damit. Die großen wissenschaftlichen Fachmagazine haben Fachjurys aus anerkannten Experten, die über jedes eingereichte Paper urteilen und entscheiden, ob es angenommen wird oder nicht. Wie gesagt: Das ist der übliche Weg. Daneben gibt es aber auch noch die sogenannten Fakejournale. Die geben nur vor, hochwertige Fachpublikationen zu sein. Wir sprechen hier von minderwertigen Zeitschriften, die noch dazu eine Publikationsgebühr verlangen. Das Modell kann natürlich ausgenutzt werden, und das wird es auch. Von Forschenden nämlich, die besonders umstrittene Thesen publizieren wollen.«

»*Scientific and Applied Research*«, murmelte Monika. »Klingt ganz schön gewichtig.«

»Ja, oder? Seht euch Airi Youngs Veröffentlichungsliste an. Das sind alles wohlklingende Namen, die schön verschleiern, dass man da jeden Schrott veröffentlichen kann.« Er lächelte, weil die Pferde mit ihm ein wenig durchgegangen waren. »Das ist natürlich überspitzt formuliert.«

»Warum macht man so was, wenn es dem wissenschaftlichen Renommee nichts nützt?«, fragte Schilling, dem anzusehen war, dass er von all diesen Dingen noch nie gehört hatte, und der sich darüber hinaus ebenso sichtlich fragte, wann Frank endlich zum Punkt kommen würde.

»Verschiedene Gründe«, erklärte Frank. »Entweder, eure Artikel sind durch die Ablehnungsmühle bei den *Guten* gelaufen.« Er betonte das Wort mit einem leicht ironischen Tonfall. »Ihr habt aber viele Monate, vielleicht Jahre an eurer These gearbeitet und wollt nicht, dass das umsonst war. Dann sind die Fakejournale oftmals eure letzte Chance, wenigstens doch noch irgendwie veröffentlicht zu werden.«

»Klingt plausibel«, murmelte Monika.

»Es gibt aber noch einen anderen Grund, in einem Fakejournal zu veröffentlichen. Einen, der nichts mit Eitelkeit zu tun hat, sondern mit knallharten wirtschaftlichen Interessen.« Frank machte eine kurze Pause, weil er merkte, dass Ben und Danny in ihrer Aufmerksamkeit nachließen. Als er sie wieder hatte, fuhr er fort: »Wissenschaftler, die mit ihrer Arbeit ein nichtwissenschaftliches Ziel verfolgen, zum Beispiel, weil sie nicht für eine wissenschaftliche Institution, sondern für eine Lobbyorganisation arbeiten, veröffentlichen dort auch.« Er schaute erneut in ratlose Gesichter und zeigte in seiner Liste auf ein paar Namen von Airis Co-Autoren. »Andersherum. Diese Männer sind schon mehrfach mit Artikeln an die Öffentlichkeit getreten, in denen sie, hm, sagen wir, sehr kontroverse Ansichten über den Klimawandel veröffentlicht haben.«

Monika runzelte die Stirn. »Klimawandelleugner?«

»Vereinfacht gesagt, ja. Ich habe da ein bisschen weiterrecherchiert. Mindestens vier der fünf Co-Autoren von Airi Young sind schon mit öffentlichen Äußerungen aufgetreten, die belegen, dass sie entweder Mitglieder bei INKA sind – oder aber dass sie mindestens mit der Organisation sympathisieren.«

»INKA?«, fragte Schilling stirnrunzelnd.

»Das Institut für nationale Klima- und Atmosphärenforschung. Ihr müsstet von denen gehört haben. Der SPIEGEL hat gerade recherchiert, dass die über Umwege von der Öllobby bezahlt werden.«

»Stimmt!«, meinte Monika. »Dieser Martin Krause gehört zu denen, oder? Der hat sich neulich mal in einer Talkshow gegenüber so einer jungen Klimawissenschaftlerin so richtig blamiert.«

Frank nickte. »Genau.«

»Und mit denen veröffentlicht diese Airi Young zusammen?«, fragte Ben. »Heißt das, wir können davon ausgehen, dass sie auch zu INKA gehört?«

Frank zuckte mit den Schultern. »Es ist zumindest ein Indiz dafür.«

»Mag sein, aber ist es auch ein Indiz dafür, dass diese Airi Young Anthrax aus dem Labor von Janus Therapeutics gestohlen hat?«, fragte Monika.

Frank sah in vier ziemlich skeptische Gesichter, und ihm war klar, dass seine Theorie einigermaßen weit hergeholt war. Er wollte gerade noch etwas sagen, als an der Tür geklopft wurde.

»Herein!«, rief Schilling.

Dr. Falkenberg öffnete und streckte den Kopf durch die Tür. »Kann ich Sie sprechen?«, fragte sie. »Ich glaube, ich habe Ihnen etwas Wichtiges zu sagen.«

*

Joseph saß hinter dem Steuer seines Trucks und beruhigte seine flatternden Nerven mit einem großen Schluck aus dem Flachmann.

Nachdem dieser blöde Ast unter seinem Stiefel geknackt hatte, war ihm bewusst geworden, was er hier eigentlich tat. Es war ihm eiskalt über den Rücken gelaufen, und er hatte den Colt wieder gesichert, ihn in die Tasche gesteckt und den Rückzug angetreten.

Danach fuhr er eine Weile lang in der Gegend rum, und als er gegen drei Uhr nachmittags zurück ins Camp kam, waren dort alle in heller Aufregung.

»Was ist passiert?«, fragte er eine junge Wissenschaftlerin, die mit blassem Gesicht an ihm vorbeieilen wollte.

Sie blieb stehen, starrte ihn an, als sei er soeben aus dem Erdboden gewachsen. »Haben Sie es noch nicht gehört?« Sie wirkte so geschockt, dass Josephs Magen sich verkrampfte. Der Whiskey, den er intus hatte, schien sich von innen durch seine Schleimhäute zu fressen.

»Nichts habe ich gehört«, brummelte er. »Sonst würde ich ja nicht fragen!«

»Im Tunnel …« Die junge Frau holte zitternd Luft. »Es ist schrecklich! Sie haben … im Tunnel eine Leiche gefunden.«

Josephs whiskeyumnebeltes Gehirn brauchte einige Sekunden, um das zu begreifen. »In welchem Tunnel?«, herrschte er die junge Frau an.

»Na, in dem, in dem es gebrannt hat. Im Kaributunnel. Der Chief hat gesagt, das Feuer hat die arme Frau nur halb verbrannt, weil es einen Einsturz gab und lauter Eis auf ihr gelandet ist. Darum hat man sie überhaupt gefunden, sonst wäre sie zu Asche geworden so wie die Karibus.«

Joseph sah, wie sich der Mund der Frau bewegte. Ihre Worte erreichten auch sein Gehör und von dort aus sein Gehirn. Das allerdings wusste mit dem Gesagten nichts anzufangen.

Eine Frauenleiche?

Im dem Kaributunnel, den er angezündet hatte? Wie konnte das sein? Es war nie geplant gewesen, dass Menschen sterben sollten! Ganz im Gegenteil: Retten wollte er die Leute …

Er spürte, wie ihm der Whiskey in der Kehle hochstieg.

Die junge Frau nickte. Offenbar hatte er mindestens eine der Fragen, die wie Flipperkugeln in seinem Schädel herumpolterten, laut ausgesprochen. »Eine deutsche Forscherin«, sagte sie, und ihre Augen begannen zu glitzern. »Und der Chief sagt, jemand hat ihr eine Kugel in den Kopf geschossen.«

Joseph nahm die Schultern nach hinten. *Kinn hoch*, kommandierte er sich selbst. *Bleib cool! Niemand darf merken, wie verdattert du bist.*

»Weiß man, wer die Tote ist?«, krächzte er.

»Ich glaube, ihr Name war Airi. Airi Young. So hat zumindest der Chief sie genannt.«

Airi?

Tot?

Auf einmal ergab nichts, absolut nichts mehr einen Sinn.

Joseph bedankte sich bei der jungen Frau. Dann sah er zu, dass er hinter die Laborcontainer kam. Dort, bei den Fireweeds, die durch den Maschendrahtzaun wucherten, kapitulierte er vor dem renitenten Whiskey und übergab sich.

*

»Frau Falkenberg!« Kommissar Schilling, der aussah, als sei er auf dem Sprung, trat Nina einen Schritt entgegen. »Womit können wir Ihnen behilflich sein?« Ihm war noch immer der Argwohn anzumerken, den er gestern Nachmittag bei ihrem Rundgang durch die Labore von Janus Therapeutics gegen sie an den Tag gelegt hatte.

Sie verschränkte die Hände vor dem Leib. »Ich muss Ihnen etwas erzählen, das ich gestern … nun, bei dem ich gestern noch nicht so richtig wusste, wie ich es einordnen soll.«

»Na, das klingt ja überaus spannend.« Schilling deutete auf einen der Besucherstühle.

Nina setzte sich. Sie wusste, dass sie so offen und ehrlich wie nur möglich sein musste, um das Misstrauen des Ermittlers ihr gegenüber zu zerstreuen. Sie sammelte sich. Das hier war auch nicht schwerer, als ihre Doktorarbeit zu verteidigen, redete sie sich ein. Oder als einen Vortrag über den Nutzen von Bakteriophagen vor einem politischen Ausschuss zu halten, dessen Mitglieder alles, was nicht das Label *Antibiotikum* trug, für Esoterik hielten. »Ich habe vergangene Nacht einen Anruf bekommen«, begann sie, und sie war sich bewusst, dass nicht nur Dr. Bergmann und Kommissar Schilling ihr zuhörten, sondern auch die drei anderen Anwesenden: die Kommissarin mit den extravaganten Klamotten und den knallig lackierten Fingernägeln, der Kommissar mit dem Drachentattoo am Hals und sogar der Computerspezialist mit den sandfarbenen Haaren und den ungewöhnlich blauen Augen. Alle hatte sie gestern in Gereons Firma gesehen, aber nur bei dem IT-Mann erinnerte sie sich an den Namen. Ben Schneider. »Ein gewisser Chief Johnson aus Fox in Alaska hat mich angerufen. Wie es aussieht, hat es in Fox einen Anschlag auf ein Klimaforschungsprojekt gegeben.« Sie dachte an Airi, und es fröstelte sie. »Jemand hat einen Brand gelegt, der Teile des Permafrost-Tunnelsystems, in denen man dort forscht, zerstört hat. Und unter den Trümmern hat die Polizei eine Tote gefunden. Sie wurde erschossen. Chief Johnson hat mich darüber informiert, dass es Airi Young ist, eine Mitarbeiterin von Gereon Kirchner.«

Ben Schneiders Kopf ruckte von seinem Computer hoch, und auch alle anderen Anwesenden wirkten verblüfft.

»Airi Young?«, sagte Schilling in einem Tonfall, der Nina klar machte, dass er den Namen nicht zum ersten Mal hörte.

Sie nickte. Das Folgende kam ihr nur schwer über die Lippen. »Seit dem Feuer ist Gereon verschwunden. Chief Johnson … Er glaubt, dass er nicht nur den Brand gelegt hat, sondern auch Airi getötet …«

Erneut hatte sie den Eindruck, dass diese Information bei den Ermittlern einschlug wie eine Bombe. Sie konnte förmlich sehen, wie es in Frank Bergmanns und auch in Kommissar

Schillings Hirn anfing zu rotieren. Was wussten sie über Airi, das durch deren Tod plötzlich in ganz neuem Licht erschien?

»Was denken Sie über diese Sache?«, fragte Schilling.

Nina hob die Hände. »Gereon ist weder ein Saboteur noch ein Mörder. Es muss eine andere Erklärung für all das geben.«

»Wenn Sie der Meinung sind, dass Ihr Partner diese Airi Young nicht erschossen hat: irgendeine Idee, wer es dann gewesen sein könnte?«, fragte Schilling.

Nina schüttelte den Kopf.

»Oder warum jemand einen Brandanschlag auf ein Klimaforschungsprojekt begeht?« Schillings Blick lag ruhig, aber sehr aufmerksam auf ihrem Gesicht.

»Meine Vermutung wäre, dass jemand das Feuer gelegt hat, um ein paar Karibukadaver zu vernichten.«

»Warum sollte jemand irgendwelche toten Tiere vernichten wollen?«, fragte die Kommissarin mit den bunten Fingernägeln.

Nina zuckte mit den Schultern. »Sie waren mit Anthrax verseucht.«

Eine Weile lang starrten alle Anwesenden Nina nur sprachlos an.

»Habe ich Sie richtig verstanden«, ergriff Schilling irgendwann das Wort. »Sie haben mit einem Beamten in Alaska gesprochen, und er hat Sie darauf hingewiesen, dass er in einem Fall von Brandstiftung ermittelt – ein Fall, in den Ihr Partner Gereon Kirchner verwickelt ist und in dem anthraxverseuchte Tierkadaver eine Rolle spielen?«

Sie nickte.

»Wussten Sie, dass Ihr Partner zu diesem Klimaprojekt gereist ist?«, fragte Kommissar Schilling. »Einer Klimaforschungsstation, um präzise zu sein, in der dasselbe Zeug vorkommt, an dem hier in Berlin zwei Männer gestorben sind?«

Nina schluckte. Dann nickte sie erneut.

»Und Sie haben es gestern nicht für nötig gehalten, uns davon zu erzählen?«

So, wie er es sagte, klang es, als habe sie das mindestens zum Staatsfeind Nummer eins gemacht. Und Gereon auch. Sie ärgerte sich darüber, dass sie sich von Mike dazu hatte überreden lassen, Gereons Reise nach Alaska zu verschweigen. Es war ein dummer Fehler gewesen. Sie nickte zum dritten Mal. Was blieb ihr auch anderes übrig? »Gereon nutzt das Anthrax rein für seine medizinische Forschung.«

Schilling registrierte, was sie gesagt hatte, ging aber nicht weiter darauf ein. Seine nächste Frage kam völlig überraschend. »Haben Sie irgendeine Beziehung zu einer Vereinigung namens INKA?«

Verwundert sah sie ihn an. »Diese Klimakrisenleugner? Wieso sollte ich?«

»Bitte beantworten Sie meine Frage, Frau Falkenberg.«

»Nein.«

Er schien fürs Erste zufrieden damit zu sein. »Kommen wir zurück zu dieser Airi Young. Kannten Sie sie?«

»Ein wenig. Ich bin ihr ab und zu in der Firma begegnet, wenn ich Gereon abgeholt habe. Und ein paarmal habe ich mich mit ihr auch über Klimafragen gestritten.«

»Wieso das?«

»Nun ja. Sagen wir, Airi hatte eine etwas andere Meinung darüber als ich, wie gefährlich das Auftauen des Permafrostes in Sibirien und Kanada ist.«

»Wie ist Ihre Meinung dazu?«

Nina lächelte matt. Die Frage verwunderte sie, aber sie vermutete, dass der Kommissar sie vom eigentlichen Thema ablenken wollte, um sie so leichter in Widersprüche verwickeln zu können. »Ich denke, dass wir es dabei mit einem der gefährlichsten der klimatischen Kipppunkte zu tun haben und dass die Menschheit dringend etwas dagegen tun muss.«

»Und Airi Young sah das anders.«

»Ja. Sie dachte wohl eher an die Möglichkeiten, die das tauende Eis der Medizin bietet. Das Potenzial neuer Bakterien und Viren, die sich für innovative Medikamente nutzen lassen. Solche Dinge.«

»Verstehe.« Schilling notierte sich etwas auf einem Block, der vor ihm lag. Dann hob er den Blick und bohrte ihn in Ninas Augen. »Darf ich wissen, warum Sie uns vom Verschwinden Ihres Freundes nicht schon gestern erzählt haben?«

Diese Frage wiederum hatte sie erwartet und war dementsprechend darauf vorbereitet. »Wir reden hier von dem Mann, den ich liebe, Kommissar Schilling. Dem Mann, zu dem mein Kontakt seit Tagen abgebrochen ist und den ich als großen Menschenfreund und überaus empathischen Mann kenne. Können Sie sich vorstellen, dass ich von der Tatsache überfordert war, dass Sie ankommen und behaupten, eben dieser Mann sei verdächtig, hier in Berlin zwei Menschen getötet zu haben? Und das ausgerechnet mit einem Erreger, an dem er seit zehn Jahren zum Wohle der Menschheit forscht?«

»Ein Pathogen«, warf Dr. Bergmann mit betont neutraler Stimme ein, »das in den Händen der falschen Leute aber ziemlich fatale Auswirkungen haben könnte.«

»Das ist mir durchaus bewusst, Dr. Bergmann«, sagte Nina steif, und als niemand darauf etwas erwiderte, fuhr sie fort: »Hören Sie, ich möchte genauso wie Sie wissen, was los ist. Darum bin ich hier. Ich versichere Ihnen meine volle Kooperation.«

»Natürlich«, sagte Schilling sarkastisch.

Nina sah aus dem Augenwinkel, wie Bergmann schluckte. Sie nahm ihr Handy heraus, rief die Anrufliste auf und tippte auf den Eintrag von Chief Johnson. Dann drehte sie das Handy so, dass Schilling auf das Display sehen konnte. »Das ist Chief Johnsons Nummer.«

Der Kommissar notierte sie auf seinen Notizblock. »Danke. Wir werden uns mit Chief Johnson in Verbindung setzen.«

»Kann ich dann gehen?«

»Wenn Sie nicht noch eine weitere unverhoffte und fallrelevante Information für uns haben, ja.«

Habe ich nicht. Die Worte lagen ihr auf der Zunge, aber bevor sie sie aussprechen konnte, fiel ihr Blick zufällig auf ein Foto, das Ben Schneider auf seinem Laptop aufgerufen hatte. Es waren Medikamente, und der Vermessungswinkel neben den Schachteln verriet ihr, dass es sich um Asservate handeln musste. Eine Packung Paracetamol, einen Blister Prednisolon und ein Nasenspray.

Ein Gedanke keimte in ihrem Hinterkopf, kaum mehr als eine bohrende Ahnung, dass sie gerade etwas Wichtiges sah, aber dessen Bedeutung noch nicht richtig begriff.

»War es das dann, Frau Falkenberg?«, wiederholte Schilling. Er schien bemerkt zu haben, wohin sie geschaut hatte. Seine Stirn war gerunzelt.

Nina starrte auf das Foto. *Paracetamol und Prednisolon.* Die beiden Obdachlosen waren an Lungenanthrax gestorben.

Sie nickte. »Ja, ich meine …« Sie deutete auf das Foto. »Gehörten die Sachen einem von Ihren Opfern?«

Ben Schneider wollte den Laptop zuklappen, um das Bild Ninas Blicken zu entziehen, aber Frank Bergmann hob eine Hand.

»Stopp, Ben! Lass mal.« Er wandte sich an Nina. »Ihnen ist irgendwas aufgefallen, oder?«

Nina war immer noch nicht sicher, darum tastete sie sich langsam an die Sache heran. »Ist einer Ihrer Obdachlosen Allergiker?«

»Thomas Vetter war Asthmatiker, ja, wieso?«, fragte Bergmann.

Nina sah, wie Kommissar Schilling die Lippen aufeinanderpresste. Ihm gefiel nicht, was hier gerade geschah, aber Nina ignorierte ihn und seine Befindlichkeiten. Und dann hatte sie es.

Plötzlich wusste sie, was sie an dem Foto gestört hatte.

»Wo ist das Spray?«, murmelte sie.

Inzwischen hatten auch die anderen Ermittler gemerkt, dass sie etwas auf der Spur war. »Na, da«, sagte Ben Schneider. Er deutete auf das Nasenspray.

Nina schüttelte den Kopf. »Das meine ich nicht. Ich meine das Asthmaspray.«

Bergmann schien zuerst zu verstehen, worauf sie hinauswollte. In seiner Miene leuchtete es auf.

»Prednisolon ist ein Medikament, das man unter anderem bei allergischem Asthma verschreibt«, erklärte Nina ihm und seinen Kollegen. »Menschen, die damit behandelt werden, besitzen oft auch ein Notfallspray für akute Asthmaanfälle.« Sie deutete auf das Foto. »Da ist aber kein Asthmaspray.«

Bergmann wirkte jetzt regelrecht elektrisiert. »Vielleicht hatte er es in der Jackentasche.«

Das war nun doch zu viel Ermittlungsarbeit für Kommissar Schilling. Er erhob sich. »Vielen Dank, Frau Falkenberg«, sagte er energisch. »Sie haben uns sehr geholfen.« Mit ausgestrecktem Arm machte er klar, dass er sie nicht mehr im Raum haben wollte.

Es widerstrebte ihr allerdings, ausgerechnet jetzt zu gehen, und Schilling schien das zu spüren. »Danny, würdest du so freundlich sein, Frau Dr. Falkenberg hinauszubegleiten?«

Mit einem Gesichtsausdruck, der irgendwo zwischen Bedauern und Freude lag, kam der tätowierte Beamte auf sie zu. Ihr blieb nichts anderes übrig, als sich zu fügen. An der Art, wie

Frank Bergmann dasaß, im Gesicht die verblüffte Frage, warum er das mit dem fehlenden Asthmaspray nicht längst selbst erkannt hatte, sah sie, dass die Männer der Spur folgen würden, die sie ihnen soeben eröffnet hatte.

Halbwegs zufrieden ließ sie sich zur Tür geleiten.

»Vielen Dank für Ihre Mitarbeit!«, rief Schilling ihr hinterher.

Sie tat so, als bemerke sie den ironischen Unterton in seinen Worten nicht. »Gern geschehen«, erwiderte sie, aber im Stillen dachte sie: *Arschloch!*

Draußen auf dem Flur erst fiel ihr auf, wie flach sie die ganze Zeit geatmet hatte.

*

Nach dem Leichenfund im Tunnel war das gesamte Permafrost-Camp in heller Aufregung, sodass Toms Chancen, noch etwas mehr über Gereon zu erfahren, gegen null tendierten. Aus diesem Grund erkundigte er sich nur kurz nach Chris Tanner. Er fand sie in einem der Labore, wo sie sich über ein Mikroskop beugte. Als sie ihn kommen hörte, richtete sie sich auf, drehte sich um und strahlte. »Tom! Schön, Sie zu sehen!«

»Ich störe Sie gar nicht lange«, meinte er. »Ich habe nur eine kurze Frage. Man hat mich darüber informiert, dass ich mich hier mit einem Mann namens Joseph Moose treffen soll. Er ist offenbar auch auf der Suche nach Gereon.«

»Joseph?« Chris klang, als sei das eine völlig absurde Vorstellung. »Der Säufer?«

Tom zuckte mit den Schultern.

»Joseph übernimmt hier im Camp ab und zu kleinere Gelegenheitsarbeiten. Wenn Sie ihn treffen wollen, gehen Sie am besten heute Abend ins Silver Gulch. Das ist die Brauerei an der Mainstreet.«

Ungefähr eine Stunde danach kam Tom im Fox Inn an, dem Motel, das Chief Johnson ihm empfohlen hatte. Es war ein niedriges, aus Holz gebautes Gebäude, das ähnlich wie viele andere auch auf einem Sockel aus gemauerten Steinen stand. Und ganz ähnlich, wie Tom es auch bei anderen Häusern schon gesehen hatte, zeigten sich in diesem Sockel lange Risse – Auswirkungen des tauenden Bodens, der auch hier jedes Jahr mehr an Stabilität verlor. Tom hoffte, dass das Gebäude sich nicht gerade in dieser Nacht dazu entschließen würde, über seinem Kopf einzustürzen. Als er sich an der Rezeption ein Zimmer nahm, fragte er auch nach Gereon Kirchner, aber er wurde enttäuscht. »Jemand mit dem Namen wohnt hier nicht«, lispelte der junge Mann, der ihm seinen Zimmerschlüssel aushändigte und der dem Schild auf seiner Theke nach zu urteilen Phil hieß.

»Er arbeitet im Permafrosttunnel-Projekt«, schob Tom nach und fügte in der vagen Hoffnung, dass wenigstens das zu etwas führen würde, hinzu: »Er kommt aus Deutschland.«

»Die Typen von den Unis übernachten fast nie bei uns«, informierte Phil ihn. »Die meisten quartieren sich privat ein. Es gibt hier ein paar alte Ladys, die ganz gut davon leben, dass sie ihnen Bett und Frühstück anbieten.« Wenn ihm bewusst war, dass seine Worte anzüglich klangen, so ließ er es sich nicht anmerken. Tom bedankte sich bei ihm.

Sein Zimmer war klein und abgewohnt, aber peinlich sauber. Er duschte sich den Staub und den Schweiß des langen Tages vom Leib. Als er aus dem Bad kam, hatte Nina ihm Josephs Telefonnummer geschickt. Tom antwortete mit einem schlichten *Danke.* Dann zögerte er und spielte mit dem Gedanken, noch ein Herz oder einen Kuss-Smiley hinterherzuschicken, doch das kam ihm albern und übergriffig vor, darum ließ er es bleiben. Schließlich war Nina in einer Beziehung.

Ja. Und du reißt dir hier den Arsch auf, um ihren Typen zu finden.

Er zog ein frisches T-Shirt an und wählte Josephs Nummer.

Dessen Handy war jedoch ausgeschaltet.

»Shit«, grummelte er. Blieb ihm also nur der Tipp, den Chris ihm gegeben hatte: das Silver Gulch. Er machte sich zu Fuß auf den Weg durch den kleinen Ort, der aus nichts zu bestehen schien als zwei Dutzend weit auseinanderliegender Gebäude. Etlichen davon konnte man nur schwer ansehen, ob es Wohnhäuser oder heruntergekommene und leer stehende Schuppen waren. Bei mehr als einem stand das Grundstück voller verrosteter Autos, Landmaschinen und anderem Krempel. Die allgegenwärtigen niedrigen Stauden der Fireweeds schossen überall aus dem Boden, und teilweise öffneten sich bereits erste violette Blüten.

Das Silver Gulch war ein lang gezogenes graues Gebäude, etwas heruntergekommen wie alle anderen auch, das etwas abseits der Hauptstraße hinter einem Parkplatz lag. Ein halbes Dutzend Autos stand auf der riesigen, staubigen Fläche, und die Fenster des Gebäudes waren erleuchtet. Ein Schriftzug über dem Eingang verriet Tom, dass das Silver Gulch zu einer Brauerei gleichen Namens gehörte. Durch eine Doppeltür betrat er das Etablissement, und zwei Dinge fielen ihm sofort auf. Erstens war es im Inneren der Kneipe verblüffend dunkel, ein Umstand, den er als typisch amerikanisch empfand. Abgedunkelte Restaurants und Bars galten in diesem Land aus irgendeinem Grund als schick – je dunkler es war, umso edler das Lokal, schien man zu denken.

Das Zweite war die Temperatur. Im Raum konnten höchstens fünfzehn oder sechzehn Grad herrschen. Eine Klimaanlage war direkt über der Eingangstür angebracht, summte leise vor sich hin und sandte eisige Luft Toms Rücken hinab.

Der Schankraum selbst war ungefähr zur Hälfte voll. Rechter Hand zog sich eine lange Theke entlang, die Regale dahinter waren allesamt leer und machten einen trostlosen Eindruck. Jemand hatte in eines der Regalfächer ein postkartengroßes Stück Papier gepinnt, auf dem in dickem schwarzem Filzstift *Fuck Corona* stand. Sowohl Regalbretter als auch der Zettel waren angestaubt. Die Tische in der Mitte des Raumes jedoch waren sauber und mit Platzdeckchen aus Papier gedeckt, auf denen jeweils ein in eine Papierserviette eingewickeltes Besteck und ein hohes, schlankes Bierglas auf einen Gast warteten. Die Tische an der der Theke gegenüberliegenden Wand standen in hüfthohen Nischen und waren allesamt besetzt, hauptsächlich mit robusten Typen in Jeans und Holzfällerhemden. Jeder Einzelne von ihnen musterte Tom, wandte sich jedoch gleich wieder den Gesprächen zu. Ganz offensichtlich hatte man ihn akzeptiert. Da war er in anderen Gegenden dieser weiten Welt, besonders im Fernen Osten, schon sehr viel mehr aufgefallen, dachte Tom. An diesen Ort hier passte er als mittelalter weißer Mann in Jeans, Hemd und Boots ziemlich gut.

Er entschied sich für einen Tisch im hinteren Teil des Raumes, von wo aus er sowohl den Eingang als auch die Durchgangstür zu den Toiletten im Auge behalten konnte. Das war eine Angewohnheit, die er sich in seinen langen Jahren auf Reisen zugelegt hatte. Sie hatte ihn schon mehr als einmal vor brenzligen Situationen bewahrt.

Tom setzte sich und griff nach der laminierten Speisekarte, die zusammen mit einem Pfeffer- und einem Salzstreuer in einem kleinen Ständer in der Mitte des Tisches stand. Vor seinen Augen entrollte sich das erwartete Angebot: Burger, Pommes, Sandwiches, Eierspeisen in allen Variationen.

Und Blaubeerkuchen.

Er drehte die Karte um und las sich durch die verschiedenen Biersorten. Die Namen waren fantasievoll, es gab Copper Creek

Amber Ale, Coldfoot Pilsner Lager, Silver Gulch Tundra Apple Ale und etwas, das Osculum Infame hieß und offenbar ein mit allerlei Gewürzen verfeinertes belgisches Bier war.

Er schüttelte sich, als er las, dass auch Koriander darunter war. Bevor er all die langen Beschreibungen der Biere gelesen hatte, trat eine Bedienung an seinen Tisch, eine Frau um die dreißig, der die graue Uniform – knapper Rock und Bluse, auf die das Silver Gulch Logo gestickt war – nicht zu hundert Prozent passten. Über ihrem Busen klaffte der Stoff auseinander. Tom gab sich Mühe, es nicht zu offensichtlich zu bemerken, sondern konzentrierte sich auf das freundliche Lächeln der Frau und auf ihre Begrüßung. »Willkommen in der Silver Gulch Brewery. Ich bin Cindy, Ihre Bedienung.«

»Hallo, Cindy. Ich bin Tom.«

Sie schien erstaunt, dass er ihr seinen Namen nannte, und er kam sich ein bisschen dämlich vor. Er hatte schlichtweg vergessen, dass es in den Staaten üblich war, dass Bedienungen sich mit Namen vorstellten. Hoffentlich glaubte sie jetzt nicht, dass er versuchte, sie anzumachen. Mit ausdruckslosem Gesicht drückte sie die Spitze ihres Kugelschreibers auf den kleinen Block und fragte: »Sie sind nicht von hier, oder?«

Er legte die Karte vor sich auf den Tisch. »Ist es so offensichtlich?«

Sie lächelte nur. Mit dem Kugelschreiber deutete sie durch das Fenster auf den Parkplatz. »Wo ist Ihr Auto?«

»Beim Fox Inn. Ich habe da ein Zimmer genommen.«

Ihre Augen weiteten sich, als habe er ihr soeben eröffnet, er sei mit einem Raumschiff gelandet. »Sie sind *zu Fuß* gekommen?« So, wie sie das betonte, war das hier mindestens eine Straftat.

Tom lachte. »Ja. Unglaublich, oder? Ich habe einen anstrengenden Tag hinter mir und brauchte ein bisschen Bewegung.«

»Ah.« Sie schien es trotzdem schräg zu finden. »Okay. Das hier ist ein freies Land. Also: Was kann ich Ihnen bringen?«

Er bestellte sich ein Pils, und da er zu Mittag schon einen Burger gehabt hatte, entschied er sich für ein Roggensandwich mit Salat und Pute, wohl wissend, dass das weitaus weniger gesund sein würde, als es klang.

Cindy nickte, als habe er eine gute Wahl getroffen. »Kommt sofort.« Sie wandte sich ab und verschwand in der Küche, aus der leises Klappern von Geschirr zu hören war. Sie trug zu ihrem knappen Rock schwere Doc Martens, die Tom ein Lächeln entlockten. Kurz malte er sich aus, was sie in diesem Kaff wohl für ein Leben führte. Ob sie glücklich war hier in der Einöde so nah am Polarkreis?

Als sie zurück in den Schankraum kam, ging sie zu ein paar Männern in der ersten Nische am Eingang. Tom glaubte sie sagen zu hören: »Stellt euch vor, er ist zu Fuß gekommen!« Woraufhin sämtliche Köpfe am Tisch zu ihm herumflogen.

Er tat, als bemerke er es nicht, und überlegte, ob einer von ihnen vielleicht Joseph war. Als Cindy ihm einen Krug mit Bier und ein Sandwich in der Größe des Saarlandes brachte, bedankte er sich.

»Sind Sie auf der Durchreise oder auf der Suche nach einem Job?«, fragte sie.

»Keins von beidem. Ich bin auf der Suche nach einem Mann.«

Cindy nickte, als käme so was hier alle Tage vor.

»Sein Name ist Joseph Moose. Eigentlich sollte ich mich mit ihm treffen, aber irgendwie …«

Cindy wirkte verwundert. »Mit Joseph sollten Sie sich treffen?«

»Na ja. Ich hoffe, dass er mir helfen kann bei der Suche nach jemandem.«

»Wie jetzt? Sind Sie auf der Suche nach Joseph oder nicht?«

»Eigentlich bin ich auf der Suche nach einem Gereon Kirchner. Mir wurde gesagt, dass Joseph mir vielleicht behilflich sein kann. Leider erreiche ich ihn auf seinem Handy nicht.«

Das schien Cindy nicht zu verwundern. »Ist nicht ungewöhnlich. Wenn Joseph betrunken ist – und das ist er leider öfter –, hört er sein Telefon nie.« Sie runzelte die Stirn. »Dieser Mann, den Sie wirklich suchen ...«

»Wie gesagt, sein Name ist Gereon Kirchner.«

»Nie gehört.«

»Er ist ein Arzt aus Deutschland.« Tom fühlte sich fast wie ein Kopfgeldjäger. »Er hat im Permafrosttunnel-Camp gearbeitet.«

Sie musterte ihn. »Sind Sie auch aus Deutschland?«

Er nickte, und sie sah aus, als würde das irgendwas erklären. »Ich weiß von keinem Deutschen in der Stadt, aber das heißt nichts. Nicht alle von den Uni-Leuten kommen hierher ins Silver Gulch. Die meisten von denen bleiben lieber unter sich.«

»Aha.«

»Was wollen Sie von diesem Gereon?«

»Er ist der Freund einer Freundin aus Deutschland. Sie hat mich gebeten, mal nach ihm zu sehen.«

»Er macht ihr Schwierigkeiten.« Das klang, als zögen in Cindys Kopf Männer und Schwierigkeiten einander an wie zwei Magnete mit unterschiedlichen Polen.

»Kann man so sagen, ja.« Tom nahm einen Schluck von dem Bier. Er hatte nicht allzu viel erwartet, aber er wurde überrascht. Es schmeckte verblüffend gut, ein bisschen zu mild für seinen Geschmack, sonst aber okay. Anerkennend stellte er das Glas wieder ab.

Cindy grinste. »Gut, oder? Wenn Sie wollen, höre ich mich bei den Jungs hier mal ein bisschen nach Ihrem Gereon Kirchner um.«

»Das wäre sehr nett. Vielen Dank.« Vielleicht würde es ja ein paar Dinge in Gang setzen, die ihn weiterbrachten. »Haben Sie eine Ahnung, ob Joseph heute noch herkommen wird?«

»Das ist so sicher wie das Amen in der Kirche. Wenn er da ist, zeige ich ihn Ihnen, okay?«

Tom bedankte sich erneut bei ihr, und während sie zurück zu den Männern in der ersten Sitznische ging, biss er in sein Sandwich. Es schmeckte erstaunlich gut, genau wie das Bier. Er hatte es gerade halb aufgegessen, als einer der Männer aus einer der Nischen aufstand und zu ihm kam. Er war sehnig, mindestens einen Kopf größer als Tom und offenbar zwanzig Jahre jünger. Ein kaum sichtbarer Bartflaum zierte ein weiches, noch jugendlich wirkendes Gesicht, das so gar nicht zu den Muskeln und den rauen, schaufelähnlichen Händen passte, von denen der Mann jetzt eine ausstreckte. »Cindy hat gesagt, dass du auf der Suche nach jemandem bist, einem Deutschen.«

Tom schüttelte die dargebotene Hand. Genau wie Chuck, der Buschflieger, quetschte auch dieser Kerl ihm den kleinen und den Ringfinger fast kaputt. »Stimmt. Gereon Kirchner. Er ist vor ein paar Tagen hier angekommen und hat im Tunnelcamp gearbeitet, bevor er verschwunden ist.« Er deutete auf den freien Stuhl gegenüber, und der Mann setzte sich.

»Du bist Tom, nicht wahr?«, fragte er.

Tom nickte.

»Logan«, sagte sein Gegenüber und warf einen sehnsüchtigen Blick auf Toms Bier.

Tom winkte Cindy und bestellte ein Bier für Logan, woraufhin sie sich daranmachte, irgendetwas sehr Dunkles in ein Glas zu zapfen.

Logan beugte sich vor. Fast verschwörerisch sah er aus, und Tom fragte sich, ob er hier wirklich etwas Sinnvolles erfahren würde oder ob es diesem Kerl nur um die Sensation ging. Etwas, das seinen langweiligen Alaska-Alltag ein bisschen würzte. »Dieser Gereon, war das so ein großer Blonder? Mit einem gruselig harten Akzent?«

Was für einen Akzent Gereon hatte, wusste Tom nicht, aber von Fotos aus dem Internet wusste er, dass Gereon tatsächlich blond war.

»Und so einem komischen antiken Tattoo auf dem Arm?«, fragte Logan weiter.

Tom nickte. »Ein Januskopf.« Das Tattoo war in einem der Zeitungsartikel erwähnt worden, die er gelesen hatte, und auch auf einem Foto war es abgebildet gewesen.

»Ja. Der war einmal hier, vor ein paar Tagen. Cindy hatte an dem Tag frei, darum weiß sie nichts von ihm.«

»Ging es ihm gut?«

Logan wirkte verwundert über diese Frage. »Klar. Na ja. Wenn du so fragst, war er vielleicht ein bisschen angespannt. Aber das sind diese Uni-Typen ja oft. Total humorlos. Wenn du mich fragst, liegt das an ihren ach so wichtigen Arbeiten. Ist eben nicht gesund für den Kopf, wenn man den ganzen Tag lang irgendwelche Fragen stellt, statt davon auszugehen, dass der Herrgott diese Welt schon gut und richtig geschaffen hat.«

Bevor Logan in einen Monolog über die Gottlosigkeit der Wissenschaft verfallen konnte, kam zu Toms Erleichterung Cindy und brachte ihm sein Bier. »Fang nicht schon wieder mit deinem Bibelkram an, Logan!«, mahnte sie. »Sonst fliegst du schneller raus, als dir lieb ist.«

Er grinste sie frech an und trank einen gehörigen Schluck. Dann wischte er sich den Schaum von den Lippen. »Schon klar, Süße.« Er wandte sich wieder an Tom. »Hab ein, zwei Bier mit deinem Mann gezischt. Der war total in Ordnung. Hat ohne zu mucken bezahlt.«

Was ihn automatisch zu einem guten Menschen machte, dachte Tom. »Wann war das genau?«

Logan nannte ihm das Datum. Es lag einen Tag vor dem Brand im Permafrosttunnel.

»Hat er irgendwas erzählt? Was genau er hier macht oder so?«

Logan schüttelte langsam den Kopf. »Da war er eher zugeknöpft. Aber dass du dich mit Joseph treffen willst, ist schon eine gute Idee.«

»Wieso?«

Toms Gesprächspartner leerte sein Bierglas mit einem langen Zug. Grinsend stellte er es hin und wartete.

Tom seufzte. Er nickte Cindy zu, und die machte sich daran, Logan ein zweites Bier zu zapfen.

Zufrieden meinte Logan: »Ich hab an dem Abend zufällig gesehen, wie sich die beiden in die Haare gekriegt haben. Draußen auf dem Parkplatz.«

»Sie haben sich gestritten?«

»Hmm, gestritten würde ich das nicht nennen. Joseph hat deinen Freund regelrecht angebrüllt. Mann, Mann, der war vielleicht sauer!«

Tom straffte sich unwillkürlich. »Weißt du, worum es ging?«

Bevor er antworten konnte, trat Cindy an ihren Tisch und brachte das neue Bier. Ihre Miene spiegelte Verwunderung. »Sie müssen dem guten Joseph einen ganz schönen Schrecken eingejagt haben.«

Verständnislos blickte Tom zu ihr auf. »Wie kommen Sie denn darauf?«

»Als er reinkam, hat er Sie gesehen und auf dem Absatz kehrtgemacht.«

»Hihi«, machte Logan. »Das sieht ihm ähnlich.«

Tom überlegte, ob er aufspringen und diesem Joseph nachlaufen sollte, aber Cindy machte diesen Plan mit ihren nächsten Worten zunichte.

»Der ist in seinen Wagen gesprungen und weggefahren, als sei der Leibhaftige hinter ihm her.«

»Kannst du dich an irgendwas von dem Streit erinnern?«, fragte Tom Logan.

»Nö. Ich habe nur verstanden, dass Joseph deinen Kumpel einen Aasgeier genannt hat. Genau genommen hat er gesagt: *Du bist schon damals ein widerlicher Aasgeier gewesen!*«

Interessant, dachte Tom. »Irgendeine Ahnung, was er gemeint haben könnte?«

»Nope. Er kommt ursprünglich aus Arctic Village.« Er sagte das, als müsste es Tom alles erklären, was er wissen wollte.

Tom jedoch verstand nicht, er hatte den Namen Arctic Village noch nie gehört. »Du klingst, als sei der Ort hier jedem bekannt. Ich fürchte aber, ich habe keine Ahnung, was du damit meinst.«

Logans Miene wurde ernst. Er wechselte einen Blick mit Cindy, und Tom ahnte, dass er jetzt etwas hören würde, das nicht zur Sorte Gute-Nacht-Geschichten gehörte. »Vor ungefähr zehn Jahren hat es in Arctic Village eine Katastrophe gegeben. Das ewige Eis ist aufgetaut, ein Hang kam ins Rutschen und legte verseuchte Karibukadaver frei. Das halbe Dorf ist kurz darauf krepiert, wie die Fliegen.«

»Karibukadaver.« Tom schluckte.

»Ich hab da mal was drüber gelesen«, warf Cindy ein. »Ich glaube, das war irgend so ein Scheiß-Virus, das die Leute von Arctic Village gekillt hat. Wenn ich mich richtig erinnere, war es das Gleiche, das diese arabischen Terroristen 2001 in Briefen verschickt haben.«

»Anthrax«, sagte Tom. Er verzichtete auf den Hinweis, dass die Anthrax-Anschläge kurz nach dem Angriff auf das World-Trade-Center nie aufgeklärt worden waren und es dementsprechend nicht sicher war, ob wirklich Islamisten dahintersteckten.

Eine andere Theorie, die ihm persönlich weitaus besser gefiel, besagte, dass es sich bei den Tätern um rechtsextreme weiße Amerikaner gehandelt hatte.

Cindy schenkte ihm ein Lächeln. »Genau! So hieß das Virus.«

Tom verzichtete ebenso darauf, ihr zu erklären, dass Anthrax kein Virus war, sondern ein Bakterium. Es gab keinen Grund, sich hier als Schlaumeier aufzuspielen. »Die Karibus, die im Tunnel aufgetaucht sind und die das Feuer vernichtet hat«, sagte er und zögerte. »Die Wissenschaftler im Camp haben mir erzählt, dass die auch mit Anthrax verseucht waren.«

Cindys Augen wurden ganz groß. »Das heißt, das Zeug, das damals so viele Tote gefordert hat, lauert auch hier unter der Erde?«

Es wunderte Tom nicht, dass sie bis eben keine Ahnung davon gehabt hatte, und er dachte an sein Gespräch mit Sokolov.

Hier lauern noch ganz andere Sachen unter der Erde, dachte er.

2. Kapitel

Die Tür war noch nicht ganz hinter Dr. Falkenberg zugefallen, als Frank sich schon durch die Reihe der Fotos von Thomas Vetters Habseligkeiten klickte. Im Grunde war das allerdings gar nicht nötig, denn er hatte sich ziemlich gut gemerkt, was der Obdachlose alles dabeigehabt hatte: Klamotten, Zeitschriften, Teddys, das *Herr-der-Ringe*-Exemplar … Da war kein Asthmaspray gewesen, dessen war er sich relativ sicher. Dass er damit richtiglag, wussten alle im Raum, nachdem sämtliche Asservatenfotos durchgeschaut waren.

»Kein Spray«, sagte Frank.

Schilling wirkte nachdenklich.

»Was nun?«, fragte Danny. Er tat so, als halte er eines dieser Inhalationsgeräte in der Hand und schüttele es. Dann simulierte er einen tiefen Zug aus dem Ding. Sein Brustkorb hob sich dabei so weit, dass sein Shirt über der Brust spannte.

»Ben, kannst du mal den Obduktionsbericht von Thomas Vetter aufrufen?«, bat Schilling.

Ben brauchte nur zwei Klicks, dann leuchtete die erste Seite des Berichtes an der Wand hinter ihm auf. Ein rasches Durchblättern. »Da!« Ben las vor, was der obduzierende Rechtsmediziner geschrieben hatte: »Die Erreger wurden ungewöhnlich tief eingeatmet.«

Genau das war es auch, was die behandelnde Ärztin der beiden Obdachlosen, Dr. Teichmann, gesagt hatte. Das ungläubige Gefühl, das Frank bei Dr. Falkenbergs Hinweis auf das fehlende Spray erfasst hatte, wurde noch ein wenig stärker. »Wenn das

Anthrax tatsächlich in diesem Inhalator war, würde das die weitgreifend zerstörte Lunge erklären.« Er richtete den Blick auf Schilling. »Was denkst du?«

Schilling marschierte auf und ab, während hinter seinem Kopf die Gedanken rotierten. »Zwei tote Obdachlose«, murmelte er. »Zwei. Wie wahrscheinlich ist es, dass sie beide Asthma hatten?«

Frank zuckte mit den Schultern. »Viele Obdachlose haben diverse chronische Krankheiten. Ich finde den Gedanken nicht so abwegig, warum?«

Statt zu antworten, beugte Schilling sich über Bens Laptop und rief die Akte von Paul Wagner auf. Kurz ging er sie durch, verzog enttäuscht das Gesicht. »Ich wollte nachsehen, ob Paul Wagner vielleicht so ein Ding bei sich hatte, aber die Kollegen, die diesen Fall aufgenommen haben, haben auf Fotos verzichtet. Hier steht, dass man die Habseligkeiten einfach nur zusammengepackt und zur Untersuchung ins ZBS geschickt hat.«

»Moment!« Frank befand sich bereits am Telefon. Er rief Eric Müller an, seinen Kollegen im Labor, und erkundigte sich nach Paul Wagners Sachen. Müller erinnerte sich daran. »Ja. Stimmt. Wir haben die Sachen sorgfältig auf Anthrax untersucht, aber keine Spur davon finden können. Darum haben wir alles, wie von der Polizei gewünscht, in deren Asservatenkammer geschickt.«

Frank bedankte sich bei ihm und erzählte den anderen, wo sich Paul Wagners Habseligkeiten befanden.

Von diesem Moment an arbeitete das Team wie ein Uhrwerk. Ben suchte die Fallnummer von Paul Wagner raus. Schilling nahm sein Telefon und rief in der Asservatenkammer an.

»Hauptkommissar Schilling. Ich brauche mal kurz Ihre Hilfe. Können Sie bitte nachsehen, ob sich in dem Vorgang …« Er nannte dem Angerufenen die Fallnummer. »… ein Notfallasthmaspray befindet?«

Frank rieselte es kalt den Nacken hinunter, aber dann beruhigte er sich. Seine Leute hatten an Wagners Sachen keine Spuren von Anthrax gefunden, der Kollege in der Asservatenkammer war also nicht in Gefahr.

Schilling lauschte einen Augenblick lang. »Ja. Machen Sie das auf jeden Fall. Danke. Ich weiß Ihre Hilfe sehr zu schätzen.« Er verabschiedete sich und legte auf. Kopfschüttelnd sah er Frank an. »Verseuchtes Asthmaspray?« Auch ihn gruselte diese Vorstellung, das sah Frank ihm an. »Wenn sich das wirklich bewahrheitet, was glaubst du, wie das Zeug da reingekommen ist?«

Frank jonglierte im Kopf mit den verschiedenen Möglichkeiten, und irgendwie führten sie ihn alle plötzlich in eine Richtung: Jemand hatte die Erreger absichtlich in den Inhalator getan. Schließlich waren Menschen wie Vetter und Wagner die perfekten Opfer für alle möglichen finsteren Machenschaften. Niemand vermisste sie. Und sie lebten auf der Straße, was hieß, sie waren leichte Beute.

Die Frage war dann allerdings: Wer verseuchte hier absichtlich Obdachlose? Und was konnte das Motiv sein, zwei von ihnen … Frank versuchte, seine Gedanken zu bremsen, aber trotzdem kreiste er weiter um diese Sache, und zwar so lange, bis der Mitarbeiter aus der Asservatenkammer zurückrief. Schilling stellte ihn auf Lautsprecher.

»In den Asservaten mit der von Ihnen genannten Nummer befindet sich ein Asthma-Inhalator.«

Frank unterdrückte das Bedürfnis zu fluchen. »Gut. Lassen Sie auf jeden Fall die Finger davon. Ich schicke jemanden vorbei, der die Sachen abholt.«

»Danny!«, befahl Schilling. »Du fährst mit Franks Leuten mit und sorgst dafür, dass das Teil sicher im Labor ankommt.«

Danny nickte und erhob sich schweigend.

Während er den Raum verließ, wählte Frank die Nummer

seines Labors. Erneut ging Eric Müller ran. Frank befahl ihm, sich umgehend auf den Weg nach Tempelhof zu machen, und erklärte ihm, worum es ging. »Einer von Kommissar Schillings Männern wird zu Ihnen stoßen, aber warten Sie bitte nicht auf ihn. Testen Sie den Inhalt des Inhalators auf Janus-Anthrax und geben Sie mir so schnell wie möglich Bescheid, was dabei rausgekommen ist.«

*

Nach seinem Gespräch mit Cindy und Logan zahlte Tom und trat vor das Silver Gulch. Er musste jetzt dringend eine rauchen, und in Innenräumen war das hier, wie mittlerweile fast überall in den USA, verboten. Seufzend schüttelte er eine Zigarette aus der Packung, zündete sie mit dem in Vancouver gekauften Feuerzeug an und inhalierte.

Seine Handfläche, die er sich an der Unfallstelle aufgeschürft hatte, juckte. Während er sich kratzte, ging er durch, was er erfahren hatte.

Joseph, der Mann, den Mike Reed angerufen hatte, um ihm bei der Suche nach Gereon zu helfen, hatte sich kurz vor dessen Verschwinden mit Gereon gestritten.

Du bist schon damals ein widerlicher Aasgeier gewesen, hatte dieser Joseph zu Gereon gesagt. In Toms Ohren klang das, als kannten die beiden sich schon eine ganze Weile.

Und es klang auch so, als sei Joseph wütend genug auf Gereon gewesen, um ihm die Pest an den Hals zu wünschen. War er verantwortlich für Airi Youngs Tod? Für Gereons Verletzung, die das ganze Blut im Auto und in der Hütte erklärte? Hatte Joseph auf Gereon geschossen und seine Leiche irgendwo vergraben? Wenn ja, war das vielleicht der Grund, warum er eben auf dem Absatz kehrtgemacht hatte, als er Tom gesehen hatte?

Tom stellte sich vor, wie Joseph und Gereon sich in dieser fatalen Nacht im Tunnel begegnet waren. Was genau war dort unter der Erde geschehen?

Das war es, was er herausfinden musste.

Er rauchte zu Ende, löschte die Kippe sorgfältig in einer Tonne mit Sand, die vor dem Eingang stand. Er ging noch einmal nach drinnen und ließ sich von Cindy Josephs Adresse geben. Danach kehrte er zum Fox Inn zurück, um seinen Wagen zu holen.

Josephs alter Trailer stand etwas abseits von Fox. Tom lenkte den Defender über ein Grundstück, das von Brombeeren und Fireweeds überwuchert war. Ein mit Schlaglöchern übersäter Pfad führte vom Highway aus in langen Windungen durch das Gestrüpp, und er war so schmal, dass Tom die Dornen rechts und links an seinem Wagen entlangkratzen hörte.

Der Trailer selbst war alt und von Wind und Wetter blank geschmirgelt. Silbern glänzte er im Sonnenlicht und wirkte ein wenig wie ein Ufo, das aus dem All auf diesen verlassenen Flecken Erde gefallen war. Er stand auf simple Betonblöcke aufgebockt in der Mitte eines von Unkraut überwucherten Kiesplatzes, auf den sich der Pfad öffnete.

Und er war verlassen. Von Joseph keine Spur, was wenig überraschend war. Cindy hatte Tom gewarnt, dass Joseph oft die ganze Nacht unterwegs war. Wenn er nicht im Silver Gulch trank, dann streifte er durch den Busch. »Wenn Sie ihn sicher erwischen wollen«, hatte sie gesagt, »dann versuchen Sie es lieber morgen früh gegen acht Uhr. Da frühstückt er immer zu Hause.«

Unverrichteter Dinge kehrte Tom in sein Zimmer zurück.

Was nun?

In Deutschland war es jetzt kurz nach sieben. Vielleicht sollte er an diesem an Erfolgen armen Tag wenigstens eine sinnvolle Sache tun und mit Sylvie telefonieren. Er hielt das für eine gute Idee, also schrieb er ihr eine Nachricht. *Hey. Bist du wach?*

Es dauerte keine zwei Sekunden, dann wurden die Häkchen hinter seiner Frage blau. Gleich darauf zeigten drei tanzende Punkte an, dass Sylvie zurückschrieb. Lächelnd wartete er, doch es dauerte schier endlos, und als Sylvies Nachricht endlich eintraf, war sie enttäuschend kurz.

Ja. Hab heute eine Klausur.

Wie unangenehm … Er hatte die Worte schon getippt, aber dann wurde der Wunsch, die Stimme seiner Tochter zu hören, so übermächtig, dass er sie wieder löschte und stattdessen Sylvies Nummer wählte.

Sie ging sofort dran. »Hey.«

»Hey. Wie geht's dir?«, stellte er seine gewohnte Frage.

Sie antwortete mit ihrer eigenen. »Ganz gut. Und du? Wo bist du gerade?«

»Alaska«, sagte er.

Sie lachte auf. »Echt? Ich dachte, du bist in Kanada.«

»Nina hat mich angerufen und gebeten, ihr bei einer Sache zu helfen.«

»Cool! Bei was denn?« Dass sie das freute, war klar gewesen.

Er erzählte ihr von Ninas verschwundenem Freund, aber er machte die Geschichte so wenig dramatisch wie nur irgend möglich. Er wollte seine Tochter nicht von ihrer Klausur ablenken. Nachdem er geendet hatte, schwieg Sylvie eine Weile.

»Du suchst für sie den Mann, in den sie verliebt ist«, fasste sie zusammen. Er war sich sicher, stünden sie sich gegenüber, hätte sie ihn angesehen wie den Idioten, der er ja auch war.

»Tja«, meinte er. »Was soll ich dazu sagen?«

Sie lachte auf. »Du bist echt schräg drauf, Paps, weißt du das? Du weißt schon, dass wir nicht mehr im Mittelalter leben, oder? Männer müssen sich heute nicht mehr aus der Ferne nach den Frauen ihres Herzens verzehren. Und sie müssen auch nicht den weißen Ritter spielen, das ist einfach nur so macho…«

»Hey!«, meinte er. »Vorsicht, junge Dame!«

Sie lachte erneut. »Sonst was?«

Tom fiel in ihr Lachen ein. Es tat gut, mit ihr zu reden und zu scherzen, und er verspürte eine fast körperliche Sehnsucht danach, sie in die Arme zu schließen und nie wieder loszulassen.

»Und? Hast du schon eine Spur von diesem Gereon?«, wollte Sylvie wissen.

Er erzählte ihr, was er bisher hatte. Die ganze Sache mit Joseph verkürzte er ein wenig. Er sagte nur, dass er gehört hatte, dass Joseph und Gereon sich gestritten hatten. Dass er diesen Mann verdächtigte, auf Gereon geschossen zu haben, verschwieg er.

»Das ist nicht viel«, meinte Sylvie.

»Ja. Reicht nicht wirklich, um damit zum Polizeichef zu gehen.«

Sie schnaubte, und er wusste, sie dachte an seine grundsätzlich eher misstrauische Haltung aller polizeilichen Amtsgewalt gegenüber. »Dann triffst du dich also morgen mit diesem Joseph?«

»Ich dachte es mir so, ja.«

»Du passt aber gut auf dich auf, oder?«

»Mache ich«, sagte er. »Logisch.«

»Genau. Weil du ja immer gut auf dich aufpasst.«

Da ihm das Thema unangenehm war, beendete er es. »Schluss jetzt damit! Erzähl mir lieber von dir. Was ist das für eine Klausur, die du heute schreiben musst?«

»Mathe. Laplace-Regel, Baumdiagramme und Pfadregeln.« Sie stöhnte übertrieben.

Er lachte. »Klingt kompliziert.«

»Ist es auch. Wenn es wenigstens Bio wäre, dann hätte ich

einen Grund, Nina anzurufen.« Sie hatte das Beziehungsthema also noch nicht aufgegeben. »Aber vermutlich ist es gut, dass ich ihre Hilfe nicht brauche. Immerhin hat sie mit ihrem Freund gerade ganz andere Sorgen.«

Oh ja, dachte Tom. Das hatte sie.

»Außerdem wüsste Nina sofort, dass ich euch verkuppeln will. Immerhin hast du mich auch gleich durchschaut, und du bist nur ein Mann.«

»Hey!« Er wollte einen weiteren Scherz machen, aber er wusste nicht, was er sagen sollte.

Auch Sylvie schwieg einige Sekunden lang, und er glaubte zu wissen, was ihr durch den Kopf ging. Über Nina zu reden, war vermutlich nicht die beste Idee, wenn man immer noch versuchte, all die schlimmen Erlebnisse des vergangenen Jahres hinter sich zu lassen.

Er beschloss, das Gespräch auf ein etwas weniger explosives Thema zu bringen. »Wie geht es Mama?«, wollte er wissen. *Weniger explosiv! Klar!*

Wieder ließ Sylvies Antwort auf sich warten. »Gut. Glaube ich. Wir reden gerade nicht so viel.«

»Mama hat es nicht ganz einfach«, mahnte er und fragte sich, warum er Isabelle eigentlich immer noch entschuldigte. Früher hatte er es getan, weil er die gemeinsamen Jahre wertschätzte. Inzwischen, das wurde ihm bewusst, tat er es wegen Sylvie. Er war sich relativ sicher, dass Isabelle alles daransetzte, ihre gemeinsame Tochter gegen ihn aufzuhetzen, und das war ein Spiel, in das er definitiv nicht einsteigen würde. »Das darfst du nicht vergessen.«

Sie schnaubte. Sie war ein Teenager, und gewöhnlich bedeutete das Fundamentalopposition zu ihren Erziehungsberechtigten. Dass sie sich mit ihm so gut verstand, lag vermutlich vor allem daran, dass sie sich so selten sahen. Es war ja auch einfach, der liebevolle Papa zu sein, wenn einem die tägliche Erziehungsverantwortung mehr oder weniger genommen wurde. Er vertrieb den Gedanken, er führte zu nichts.

»Ich wollte dir eigentlich nur sagen, dass ich dich lieb hab«, hörte er sich murmeln.

Sofort war sie misstrauisch. »Alles okay, Papa?«

Er lachte, obwohl ihm ihre Besorgnis vorkam wie eine Ohrfeige. »Hey! Darf ich dir nicht einfach so sagen, dass ich dich lieb hab?«

Wieder diese bedächtige Pause. »Doch. Klar.« Er hörte sie atmen. »Es ist nur: Wenn du mich früher angerufen und so geklungen hast, dann hast du hinterher meistens irgendwas Gefährliches gemacht. Ist dieser Joseph gefährlich, Papa?«

Was hatte er erwartet? Natürlich spürte sie, dass er besorgt war. Er kam sich dämlich vor. Vielleicht war es ein Fehler gewesen, sie anzurufen. Seine Besorgnis war dadurch nicht geringer geworden, aber dafür hatte er immerhin erreicht, dass sie sich nun auch noch Sorgen machte. Um ihn.

Toll hinbekommen.

Er beschloss, ehrlich zu sein. »Ich weiß es nicht. Aber ich werde vorsichtig sein, versprochen.«

»Na, hoffentlich. Weißt du was? Ich hab dich auch lieb. Doll.«

Ihre seltsame Mischung aus Kreuzverhör und den kindlichen letzten beiden Sätzen ließ ihm ganz warm werden vor Stolz und Liebe. Besser, er legte auf, bevor er hier noch völlig gefühlsduselig wurde.

»Du musst dich fertig machen«, sagte er. »Sonst verpasst du deine Klausur.«

»Stimmt.« Sie gab ihm einen Kuss durch die Leitung. »Grüßt du Nina von mir?«

»Klar. Viel Erfolg für deinen Laplace-Kram.«

»Danke. Wird schon werden. Wenn du nur vorsichtig bist.«

»Großes Ehrenwort.«

3. Kapitel

Missmutig starrte Martin Krause an diesem Morgen seinen Kamm an, in dem schon wieder viel zu viele Haare hängen geblieben waren. Ein Blick in den Spiegel zeigte ihm fahle Haut, fette Tränensäcke und ein beginnendes Doppelkinn.

Vielleicht sollte er mal die Lampe über dem Spiegel austauschen. Ihr kaltes, blaues Licht ließ einen automatisch zehn Jahre älter aussehen. Dabei war Krause doch in jungen Jahren ein richtig fescher Kerl gewesen. Ulrike, seine Frau, mit der er vorletztes Jahr Silberhochzeit gefeiert hatte, war stolz gewesen, als er sie erwählt hatte. Er erinnerte sich noch gut an ihr Strahlen und an den Ausdruck von Glück in ihren Augen, als er sie damals zum Altar geführt hatte.

Heute war von beidem nicht mehr viel übrig. Im Gegenteil. Eigentlich meckerte sie nur noch an ihm rum. Dass er zu wenig Zeit für sie hatte. Dass sein Kampf gegen eine grüne Ökodiktatur albern war. Und noch schlimmer: dumm.

Nur noch Vollidioten sehen nicht, dass der Klimawandel menschengemacht ist, hatte sie neulich sogar zu ihm gesagt.

Er knirschte mit den Zähnen, legte den Kamm auf die Ablage über dem Waschbecken. Dann fiel ihm ein, dass Ulrike ihn auch anmeckerte, wenn er seine Haare nicht aus dem Ding entfernte. Also fummelte er seine Haare zwischen den Zinken heraus und warf sie in die Toilette. Ein Druck auf den Spüler, weg waren die Anzeichen seines fortschreitenden Alters.

Als er in die Küche kam, begrüßte Ulrike ihn mit den Worten: »Sag nicht, du hast deine Haare weggespült!«

»Hab ich nicht«, log er und fragte sich, warum sie es immer wieder schaffte, dass er sich in die Defensive gedrängt fühlte.

»Ich hab's doch gehört. Du hast zweimal gespült. Echt, Martin? Und das bei der derzeitigen Dürre, wo wir doch alle Wasser sparen sollen?«

Er starrte auf den Marmeladentoast, den sie ihm jeden Morgen schmierte. Er hatte das dringende Bedürfnis, die Küche wieder zu verlassen. Stattdessen setzte er sich auf seinen Platz, biss einmal von dem Toast ab und nahm sich den Teil der Zeitung, den Ulrike meistens nicht las. Ein längerer Artikel befasste sich mit den beiden Anthraxtoten, von denen gestern auch der Boulevard geschrieben hatte. Aber statt sich wie dieses Schmierenblatt in Spekulationen darüber zu ergehen, ob man bei Janus Therapeutics wissentlich mit dem Leben der Anwohner spielte, konzentrierte sich dieser Artikel auf die Demonstrationen vor dem Firmengebäude. Die Autorin, die den Artikel geschrieben hatte, hatte mehrere Teilnehmer interviewt. Krause las, was die Menschen von sich gegeben hatten, und an einem Statement blieb sein Blick hängen.

Ein Mann, der die Aktivitäten von Janus Therapeutics kritisch sieht, ist Erwin Brauer, hatte die Autorin geschrieben. *Er ist Soziologe und forscht zu der Frage, ab wann sich Protestinitiativen radikalisieren und schließlich zu Gewalt greifen. Brauer hat sich intensiver mit Janus Therapeutics und deren Geschäftsmodell befasst, und er fürchtet nicht so sehr die Gefahr, dass etwas aus den Laboren der Firma entweichen könnte. Ihm geht es um etwas ganz anderes. »Die beiden Toten, die an Anthrax starben, könnten eine Art Versuchskaninchen gewesen sein«, sagt er. Ihr Tod diene möglicherweise der Vorbereitung einer größeren Anschlagsserie, bei der Anthrax verwendet werden könnte. Auf näheres Nachfragen, wen er einer solchen Tat verdächtige, meinte Brauer nur: »Die wenigsten wissen, dass die beiden Geschäftsführer sich stark in der Klima-*

schützerszene engagieren.« Auf die Frage, ob er Gereon Kirchner und Mike Reed verdächtige, Ökoterroristen zu sein, antwortete Brauer allerdings nur ausweichend.

Krause faltete die Zeitung zusammen und legte sie neben seinen Teller. Er dachte an sein Treffen gestern mit Ulrich und Graf. Wie es aussah, hatte Ulrich diesen Erwin Brauer noch am selben Tag kontaktiert. Krause nahm sein Handy, rief Twitter auf und suchte nach den Hashtags #JanusTherapeutics und #Anthrax. Die Spekulationen über einen Anschlag von Klimaterroristen gingen zwar noch nicht viral, aber es gab eine sehr ansehnliche Menge von Meinungen und Gegenmeinungen zu diesem Thema. Ulrich und Graf würden das heute hübsch weiter anheizen, so viel war sicher. Ulrich hatte recht gehabt: Eine so gute Gelegenheit, die Klimaaktivisten in ein negatives Licht zu rücken, bot sich ihnen nicht alle Tage.

Ihre Auftraggeber, allen voran Löbnitz und EurOil, würden zufrieden sein.

Er seufzte, froh darüber, dass sie geliefert hatten, was Löbnitz wollte, aber gleichzeitig verursachte ihm ihre Vorgehensweise auch Magenschmerzen. Wann waren sie eigentlich zu so manipulativen und unterirdischen Aktionen übergegangen, statt wie früher mit wissenschaftlichen Argumenten ins Feld zu ziehen?

Die Antwort darauf war einfach: Seit ihre wissenschaftlichen Thesen in der Gesellschaft kein Gehör mehr fanden, weil alle nur noch auf die Argumente der grünen Ökospinner hörten …

»Du hast ja kaum was gegessen«, drang Ulrikes Stimme in seine düsteren Gedanken.

Er stand auf. »Ich habe keinen Hunger.« Er umrundete den Tisch, gab ihr einen flüchtigen Kuss auf die Haare und verabschiedete sich. »Bis heute Abend.«

»Komm nicht wieder so spät! Unsere Kinder kommen zum

Abendessen, und ich möchte endlich mal wieder einen netten Abend zu viert verbringen.«

Allein bei der Vorstellung grauste es ihm. »Ja, ja«, murmelte er. Er bekam kaum noch Luft, und das war irgendwie die Beschreibung seines emotionalen Grundzustandes, dachte er. Draußen auf dem Flur griff er sich Aktentasche und Jacke.

Als die Wohnungstür hinter ihm ins Schloss fiel, atmete er auf, aber der Druck, der auf ihm lastete, wurde nicht geringer. In langen Schritten marschierte er die Treppen hinunter, ärgerte sich über die schon wieder nicht gewischten Stufen im Erdgeschoss und diesen elenden Kinderwagen, der so dämlich im Flur abgestellt war, dass man kaum dran vorbeikam.

*

Es dauerte bis gegen halb zwölf, bevor Frank endlich den ersehnten Anruf erhielt.

»Sie lagen richtig«, sagte sein Mitarbeiter Eric Müller ohne auch nur den Ansatz einer Begrüßung oder Vorwarnung. »In dem Ding *war* Anthrax.«

Frank, der gerade auf dem Weg zur Toilette gewesen war, blieb mitten auf dem Gang stehen. Eine Polizistin, die dicht hinter ihm hergegangen war, rempelte ihn an und schob sich mit einer gemurmelten Entschuldigung an ihm vorbei.

Frank rieb sich die Lider, die sich plötzlich schwer anfühlten. »Warum hat das so lange gedauert?«

Erics Stimme verriet mit keiner Silbe, ob er sich angegriffen fühlte. Völlig sachlich antwortete er: »Wir haben die entsprechenden Tests sofort in Angriff genommen, genau wie Sie gesagt haben. Sie waren negativ. Der Inhalator war von außen nicht kontaminiert. Ich wollte Sie schon anrufen und Bescheid geben, aber dann hat mich Carsten auf etwas aufmerksam gemacht.«

Carsten Eck war studentische Hilfskraft in ihrem Labor. Er studierte Mikrobiologie und machte am ZBS einen der für sein Studium nötigen Praktikumsscheine. Soweit Frank wusste, war Carsten Asthmatiker.

»Er hat mir mit seinem eigenen Inhalator vorgemacht, wie man ihn benutzt«, erklärte Eric. »Man schüttelt ihn, dann umschließt man mit den Lippen das Mundstück und drückt auf den Auslöser, der den Pumpstoß freisetzt. Ich dachte mir, es ist zwar unwahrscheinlich, aber wenn die Leute, die den Inhalator benutzt haben, das ordnungsgemäß getan haben, dann besteht eventuell die Möglichkeit, dass nie was von dem Spray *außen* an das Gerät gelangt ist. Darum habe ich es mit ins Labor genommen, unter Hochsicherheitsrichtlinien geöffnet und den Schnelltest wiederholt.«

»Und er war positiv«, sagte Frank.

»Ja. Wie gesagt. Ihr armer Thomas hat sich mit einem einzigen Sprühstoß aus dem Teil vermutlich Millionen Anthraxsporen in die Lunge gejagt. Wir …«

»Moment!«, fiel Frank ihr ins Wort. »Thomas?«

»Ja.«

»Woher wissen Sie, dass das Thomas' Inhalator war? Wir haben ihn bei Paul Wagners Sachen gefunden.«

»Na, weil es draufsteht. Dick und fett mit schwarzem Edding.«

»Oookay«, meinte Frank gedehnt. »Das ist interessant.« In seinem Kopf fielen ein paar Puzzleteile an ihren Platz und ergaben einen kleinen Teil des Bildes, nach dem sie suchten. »Aber ich habe Sie unterbrochen. Reden Sie weiter.«

»Wir führen gerade die exakten Analysen durch, aber nach dem zweiten Schnelltest können Sie mit hoher Wahrscheinlichkeit davon ausgehen, dass das Spray kontaminiert ist.«

Frank bedankte sich bei Eric für die gute Arbeit und bat ihn, ihm ein Foto von dem Namen auf dem Inhalator zu schicken.

»Kommt gleich«, versprach Eric und legte auf.

Frank lächelte. Er war stolz auf das Team, in dem er arbeitete, vor allem auf Carsten. Hätte er nicht so gut mitgedacht, würden er und Schilling jetzt wieder von vorn anfangen und nach einem anderen Weg suchen, auf dem die beiden Männer sich infiziert hatten.

Weil Schilling schon eine ganze Weile telefonierte – mit Chief Johnson, vermutete Frank, jedenfalls dem etwas holperigen Englisch mit dem harten deutschen Akzent nach zu urteilen, mit dem Schilling sprach – und weil die anderen in eine längere Diskussion über Airi Young und INKA versunken waren, nutzte Frank die Zeit, jetzt wirklich kurz die Toilette aufzusuchen, in der – natürlich – die Papierhandtücher fehlten.

Mit feuchten Händen kehrte er in den Besprechungsraum zurück, wo Schilling immer noch telefonierte, mittlerweile aber nicht mehr auf Englisch. »Ja, Frau Dr. Arndt«, hörte Frank ihn sagen. »Ich weiß das alles, glauben Sie mir! Wir tun unser Bestes, um … ja. Natürlich weiß ich das. Herr Blomberg hat mich darüber informiert, dass Dr. Bergmann Erfahrung bei der Ermittlung in Terrorfällen hat. Ja … Wie gesagt: Ich melde mich, sobald wir etwas Neues wissen … Auf Wiederhören, Frau Dr. Arndt.« Mit einem unterdrückten Fluchen legte er auf.

»Hat sie einen Rapport eingefordert?«, fragte Frank.

Schilling fluchte noch einmal und ging nicht darauf ein. »Die soll uns verdammt noch mal unsere Arbeit machen lassen.« Er musterte Frank, und kurz hatte der das Gefühl, dass er ihn mit anderen Augen ansah. Um das leidige Terrorthema zu vermeiden, ergriff Frank lieber schnell das Wort.

»Meine Leute haben sich gerade gemeldet«, erklärte er. »In dem Asthmaspray *war* Anthrax.«

»Scheiße.« Schilling ließ sich auf den nächsten Stuhl fallen, und auch die anderen wirkten geschockt. »Wie sicher ist das?«

»Sehr sicher! Wir haben gerade die Ergebnisse der Real-Time-PCR-Tests bekommen, wir können davon ausgehen, dass unsere Toten sich beide an diesem Asthmaspray angesteckt haben.« Er machte eine kurze Pause. »Und zwar beide an einem.«

»Wie, beide an einem?«, fragte Schilling.

Frank erzählte ihm von dem mit Edding geschriebenen Namen auf dem Inhalator, von dem Eric ihm eben berichtet hatte. Das Foto, um das er ihn gebeten hatte, war gekommen, während Frank sich die Hände gewaschen hatte. Er rief es auf und betrachtete es. Tatsächlich war quer über den hellblauen Plastikkörper mit einem Edding der Name *Thomas* geschrieben. Ein dickes Ausrufezeichen stand dahinter, es wirkte geradezu, als schreie es: *Meins! Hände weg!*

Frank hatte keine Ahnung von dem Leben auf der Straße, aber er konnte sich gut vorstellen, dass gegenseitige Diebstähle an der Tagesordnung waren. Medikamente mussten neben Zigaretten oder Alkohol so ziemlich das Wertvollste sein, was diese Menschen besaßen.

Er zeigte Schilling das Foto. »Ich glaube, dass Paul Thomas' Spray gestohlen und es dann letzte Woche selbst benutzt hat. Vielleicht dachte er, er kann damit eine Erkältung behandeln, oder so.«

Schilling starrte das Foto an. »Okay, das würde erklären, warum zwischen den beiden Krankheitsausbrüchen mehrere Wochen lagen. Ich habe eben mit Chief Johnson telefoniert«, erklärte er. »Er war zwar nicht besonders begeistert über meinen Anruf, weil ich im Eifer des Gefechts völlig vergessen hatte, dass es da drüben nach Mitternacht ist. Aber er hat bestätigt, was Frau Falkenberg uns gesagt hat. Es gab einen Aluminiumbrand in einem der Tunnel, bei dem eine Fundstelle mit mehreren anthraxverseuchten Karibukadavern vernichtet wurde. Ein Wachmann hat Gereon Kirchner auf dem Gelände gesehen, und eben dieser Wachmann hat auch bestätigt, dass Kirchner kurz vor Ausbruch des Brandes das Camp fluchtartig verlassen hat. Seitdem gilt er als vermisst. Johnson hat von Frau Falkenberg beziehungsweise über einen Bekannten von ihr, der offensichtlich dort ist, um nach Kirchner zu suchen, GPS-Koordinaten von Kirchners letztem bekannten Aufenthaltsort bekommen. Als er seine Leute dorthin geschickt hat, fanden sie den verunfallten Wagen von Kirchner mit einer Menge Blut darin. Ebenfalls fand man Blut in einer aufgegebenen Jagdhütte. Beides stammte von Kirchner, das hat die dortige Rechtsmedizin bestätigt. Johnson hat einen Spürhund kommen lassen, aber der hat nicht allzu weit von der Hütte entfernt die Fährte verloren. Nachdem die Feuerwehr den Brand im Tunnel löschen konnte, fand die Forensik Überreste einer halb verbrannten Frauenleiche mit einer Kugel im Kopf. Man hat sie als Airi Young identifiziert.« Schilling sah Ben an. »Ich habe Johnson unsere E-Mail-Adresse gegeben, er hat versprochen, uns Fotos von der Leiche zu mailen.«

»Sobald die Mail da ist, gebe ich Bescheid«, meinte Ben.

»Gut.« Schilling nahm einen roten Folienstift und ließ ihn um die Finger tanzen. »Also fassen wir mal zusammen, was wir haben. Wir haben eine Paläo-Mikrobiologin, die die Fähigkeiten und das Wissen besitzt, um einen Menschen mithilfe eines biologischen Wirkstoffs umzubringen. Die darüber hinaus als führende Wissenschaftlerin von Janus Therapeutics Zugang hatte zu deren S3-Labors und damit zu unserer Tatwaffe. Airi Young besaß also auf jeden Fall die Mittel und die Gelegenheit für diese Tat. Die Frage ist jetzt nur: Was war ihr Motiv? Und wieso liegt ihre Leiche mit einer Kugel im Kopf in einem Tunnel in Alaska?«

»Die Frage ist doch, warum eine erfolgreiche Wissenschaftlerin wie Airi Young einen Obdachlosen töten sollte«, warf Monika ein.

»Vielleicht im Auftrag von diesen INKA-Typen, für die sie ja offensichtlich geschrieben hat«, meinte Frank. Sein Verdacht, jemand könne einen Anschlag mit Anthrax planen und vorbereiten, kam ihm wieder in den Sinn. Diesmal scherte er sich nicht um den möglichen Spott der anderen und äußerte diesen Verdacht laut. »Obdachlose wie Vetter und Wagner sind die perfekten Opfer. Niemand vermisst sie. Was, wenn sie eine Art Versuchskaninchen waren?«

Die anderen starrten ihn an. Er konnte sehen, wie es in ihren Köpfen arbeitete, und war froh darüber, dass sie seine Gedanken nicht sofort verwarfen.

»Versuchskaninchen für was?« Schilling ließ immer noch den roten Folienstift rotieren.

Frank schaute woandershin. »Ich bin kein Experte für so was, aber ich denke da an diese klinischen Studien, die Janus Therapeutics durchführt. Ein Medikament wird zuerst nur an einer ganz kleinen Zahl von Menschen erprobt, bevor man es dann einer größeren Anzahl Probanden verabreicht. Was, wenn das hier genauso ist?«

Wieder brauchten die anderen einen Augenblick, bis sie die Konsequenzen durchdacht hatten.

»Du meinst, die Morde an den beiden könnten dazu gedient haben, eine größere Tat vorzubereiten?« Wieder war es Schilling, der die Frage stellte.

»Interessanter Gedanke«, warf Danny ein. »Anthrax ist das perfekte Mittel dafür. Es ist leicht auszubringen, wenn man es denn mal hat. Vielleicht hat Frank recht, vielleicht wollte unser unbekannter Täter an Thomas Vetter und Paul Wagner einfach mal ausprobieren, wie und vor allem wie schnell sein Schätzchen am Menschen wirkt, bevor er es irgendwo platziert.«

»Nur an Thomas Vetter«, widersprach Frank. »Wir sollten

davon ausgehen, dass Paul Wagner ein Kollateralschaden war. Ich kann mir nicht vorstellen, dass sein Tod vorgesehen war.«

Schilling war noch nicht überzeugt von dieser Theorie, das konnte Frank ihm ansehen. Trotzdem verwarf er sie auch nicht sofort. »Monika, Danny, versucht mal, einen Beschluss für die Wohnung von dieser Airi Young zu bekommen. Da sie tot ist, sollte das nicht so ein Problem sein wie bei Janus Therapeutics neulich. Und wenn wir in der Wohnung Beweise dafür finden, dass sie hinter den Morden an den beiden Obdachlosen steckt, erfahren wir vielleicht auch, was ihr Motiv war – und wie sie es angestellt hat.«

»Was machst du?«, fragte Monika.

»Ich denke, ich fahre mal zu Rick Wildner vom Staatsschutz und bespreche Franks Theorie mit ihm.«

So viel zu Blombergs Theorie, dass die Polizei sich um einen möglichen Terrorverdacht nicht kümmern würde, dachte Frank. Er wollte gerade fragen, was er tun sollte, als seine Frau anrief. Mit einem entschuldigenden Lächeln in Schillings Richtung verließ er den Besprechungsraum, und mit einem ziemlich schlechten Gewissen Sabine gegenüber, weil er immer noch arbeitete, ging er ran. »Hey. Ich bin schon fast ...« Er unterbrach sich, weil Sabine in den Hörer schluchzte. »Was ist passiert?«

Sie holte lange Luft. »Sie haben eben angerufen, Frank. Der Kleine ist gestorben.«

*

Nina saß in der U6 und befand sich auf dem Weg vom LKA zu Janus Therapeutics, weil sie Mike von ihrem Besuch bei Kommissar Schilling erzählen wollte. Als sie vergangene Nacht durch Chief Johnson von Airis Tod erfahren hatte, hatte sie Mike umgehend angerufen. Was er mit sehr langem, sehr betroffen wirkendem Schweigen quittiert hatte.

»Ich kann es einfach nicht glauben«, hatte er nach einer halben Ewigkeit gemurmelt. »Airi? Tot? Wieso?«

Nina hatte ihm diese Frage nicht beantworten können, ebenso wenig, wie er gewusst hatte, warum Airi nach Alaska geflogen war – statt in den Urlaub, wie er zuvor noch gedacht hatte. Nina hatte ihn darüber unterrichtet, dass sie sich entschieden hatte, zur Polizei zu gehen und den Beamten endlich von Gereons Verschwinden zu erzählen. Zu ihrem Erstaunen hatte er nicht mehr versucht, es ihr auszureden, und sie war froh darüber gewesen.

Die U-Bahn fuhr über eine Weiche, und das Ruckeln holte Nina in die Gegenwart zurück. Eher beiläufig lauschte sie auf ein Gespräch zwischen zwei Frauen, die sich in dem benachbarten Vierersitz gegenübersaßen. Eine von ihnen war shoppen gewesen. Sie hielt zwei Tüten auf dem Schoß, eine mit dem Logo irgendeiner Edelboutique vom Ku'damm, die andere mit dem einer großen Parfümkette. Offenbar hatte sie sich in der Parfümerie auch ausgiebig durchprobiert, denn Nina konnte die aufdringliche Duftmischung, die von ihr ausströmte, bis auf die andere Seite des Ganges wahrnehmen.

Nina wandte den Blick ab. Das Foto von Thomas Vetters Habseligkeiten ging ihr noch im Kopf herum, und vor allem das fehlende Asthmaspray. Die Reaktionen der Ermittler hatten ihr das Gefühl gegeben, dass ihre Entdeckung wichtig war. Konnte es sein, dass der fehlende Inhalator die Mordwaffe war? Wenn sie es richtig verstanden hatte, dann waren die beiden Obdachlosen an Lungenmilzbrand gestorben. Anthraxsporen über einen Asthmainhalator zu verabreichen, war mit Sicherheit nicht besonders schwierig. Oder? Aber warum sollte jemand das tun? Und dann war da auch noch diese seltsame

Frage, die Kommissar Schilling so unvermittelt auf sie abgeschossen hatte.

Haben Sie irgendeine Beziehung zu einer Vereinigung namens INKA?

Was sollte das? Wie hing INKA mit Airis Tod zusammen? Und mit dem der beiden Obdachlosen? Ninas Grübelei wurde unterbrochen, als ihr Handy klingelte. Tom war dran.

Sie riss das Gerät förmlich ans Ohr. »Tom?«

»Hey, Nina. Sagt dir Arctic Village was?«

Genau in diesem Moment hielt der Zug am Bahnhof Unter den Linden, und die Geräusche der Aussteigenden überlagerten Toms Stimme, sodass Nina ihn nur schlecht verstehen konnte. Im Kopf überschlug sie, wie spät es bei ihm war. Auf jeden Fall nach Mitternacht. »Wieso schläfst du nicht?«, stellte sie eine Gegenfrage, als sie ihn wieder besser hören konnte.

Er schien zu lächeln bei der Antwort. »Hier ist es um diese Zeit taghell. Mein Körper hat das Schlafen fast komplett eingestellt.«

Die Türen schlossen sich, die U-Bahn fuhr weiter.

»Wie kommst du auf Arctic Village?«, fragte Nina.

»Ich habe heute Abend davon erfahren.« Plötzlich klang er so nah, als stünde er neben ihr. »Es sagt dir was, oder?«

»Ja. Gereons Janus-Anthrax stammt von dort. Und Mike und Gereon kennen sich von dort. Gereon war als Arzt bei einem Milzbrandausbruch in dem Dorf eingesetzt, das ist jetzt so ungefähr zehn Jahre her. Mikes Vater war eines der Todesopfer, so haben sie sich kennengelernt. Warum fragst du?«

»Es geht um Joseph Moose, von dem du mir erzählt hast – der Mann, den Mike um Hilfe bei der Suche nach Gereon gebeten hat. Die Leute, mit denen ich gesprochen habe, haben mir gesagt, dass er auch aus Arctic Village stammt. Kann das sein?«

»Keine Ahnung. Möglich. Glaubst du, dass das irgendwas zu bedeuten hat?«

»Ich bin nicht sicher. Ich versuche nur, mir ein Bild von der Situation zu machen. Ich habe nämlich rausgefunden, dass Gereon sich ziemlich heftig mit diesem Joseph gestritten hat. Offenbar hat Joseph Gereon einen widerlichen Aasgeier genannt. Wörtlich hat er gesagt: ›Du bist schon damals ein widerlicher Aasgeier gewesen.‹«

Es berührte Nina seltsam unangenehm, das zu hören. Sie schwieg einen Moment lang. »Das klingt auf jeden Fall, als kennen sie sich schon lange.«

»Genau das habe ich auch gedacht. Und ich dachte mir, ich versuche gleich morgen früh mal, mit Joseph zu reden. Vielleicht erfahre ich dann endlich ein bisschen mehr.«

Nina starrte auf den Boden vor ihren Füßen. »Tom?«

»Ja?«

»Pass auf dich auf, okay? Wenn dieser Joseph und Gereon eine Geschichte miteinander haben, und wenn Joseph wütend auf Gereon war, dann ist er vielleicht schuld an seinem … Verschwinden.« Sie schluckte. »Dann ist er vielleicht gefährlich.«

»Hey, ich bin immer vorsichtig, das weißt du doch.« Sie konnte hören, wie er grinste, und sie dachte automatisch daran, wie er letztes Jahr immer wieder sein eigenes Leben riskiert hatte – für seine Tochter, aber auch für sie.

»Wer's glaubt«, gab sie zurück. »Aber ich könnte es mir nie verzeihen, wenn dir etwas passiert, und ich habe dich schon beim letzten Mal …«

»Schon gut, Nina«, fiel er ihr ins Wort. »Ich verspreche, auf mich aufzupassen. Okay?«

»Ja, okay. Ich bin auf dem Weg zu Mike. Ich will ihm erzählen, was bei meinem Gespräch mit der Polizei rausgekommen ist.«

»Dann warst du jetzt doch bei der Polizei?«

»Nach dem Gespräch mit Chief Johnson schien es mir angebracht.«

Darauf erwiderte er nichts, und sie hätte gern gewusst, was er dachte. In kurzen Sätzen informierte sie ihn darüber, was eben in dem Gebäude am Tempelhofer Damm passiert war.

»Du denkst, sie ermitteln in Airis Richtung?«, fragte Tom.

»Keine Ahnung, aber sah irgendwie so aus, ja. Wenn ich gleich bei Mike bin, frage ich ihn, ob er eine Ahnung hat, warum Joseph so wütend auf Gereon sein könnte, okay?«

»Gute Idee.«

Sie verabschiedeten sich voneinander. Nina war drauf und dran, Tom noch einmal zu bitten, vorsichtig zu sein, aber er kam ihr zuvor und legte auf.

Der Zug hielt am Bahnhof Friedrichstraße, wo sie umsteigen musste. Grübelnd verließ sie die Station, und während sie die Treppe hochging, eilte eine Gruppe Touristen an ihr vorbei, alle trugen sie robuste Schuhe und Outdoorkleidung, als seien sie auf einer Tour durch Amerikas Nationalparks und nicht in einer deutschen Großstadt unterwegs. »Wir müssen uns beeilen, die Führung fängt gleich an!«, hörte Nina einen Mann sagen, dann verschwand die Gruppe um eine Ecke.

4. Kapitel

Mike befand sich in seinem Eckbüro im vierten Stock von Janus Therapeutics und machte gerade Mittagspause. Er hatte eine metallene Brotbox vor sich stehen, in der sich zwei Stullen befanden, aber er starrte nur darauf, als Nina von Mikes Vorzimmerdame hereingelassen wurde. In der Luft lag der Geruch von Leberwurst.

»Nina!« Er klappte die Brotbox zu, stellte sie in eine Schublade und stand auf, um ihr um den Schreibtisch herum entgegenzukommen. Das Veilchen unter seinem Auge, das die Demonstranten ihm verpasst hatten, hatte eine dunkel-violette Färbung angenommen. Zu Ninas Überraschung zog er sie in die Arme und hielt sie mehrere Sekunden lang umschlungen. Sie konnte seinen Herzschlag spüren, so fest drückte er sie an sich.

»Mein Beileid wegen Airi«, sagte sie, als er sie wieder losgelassen hatte. Genau dasselbe hatte sie ihm auch vergangene Nacht am Telefon schon gesagt, aber sie hatte das Bedürfnis, es erneut zu tun. Mike sah grau aus und übermüdet, und gleichzeitig ging von ihm eine Art nervöse Energie aus, für die Nina großes Verständnis hatte. Nicht nur, dass er sich um seinen verschwundenen Geschäftspartner sorgen und fürchten musste, dass die Sache das Aus von Janus Therapeutics bedeuten würde. Jetzt musste er auch noch eine neue wissenschaftliche Leiterin suchen, jemanden, der Airi mit ihrem Fachwissen und ihrer Genialität ersetzen konnte. Die Probleme, die Janus Therapeutics hatte, rissen einfach nicht ab.

Nina konnte sich den Schraubstock ungefähr vorstellen, in dem Mike eingespannt war.

»Gibt es etwas Neues von Gereon?«, murmelte er, während er hinter seinen Schreibtisch zurückkehrte.

Nina setzte sich auf einen der beiden Besucherstühle. »Tom hat vielleicht eine Spur. Er hat nach diesem Joseph gesucht, den du angerufen hast.« Sie hielt inne, weil sie ihm Gelegenheit geben wollte, zu erklären, was für Ergebnisse Josephs Suche nach Gereon geliefert hatte.

Aber Mike überraschte sie. »Joseph. Ja.« Mehr sagte er dazu nicht.

»Hat der Kerl sich überhaupt schon mal gemeldet?«

Mike sah sie gequält an, schüttelte den Kopf. »Nicht mit hilfreichen Infos jedenfalls.«

»Hat er sich überhaupt auf die Suche gemacht?«

»Ehrlich, Nina? Ich weiß es nicht. Ich versuche wieder und wieder, ihn zu erreichen, aber er geht einfach nicht mehr ans Telefon. Vermutlich war es ein Fehler zu glauben, dass er mir helfen würde.«

Ja, dachte Nina. *Vermutlich war es das.* Sie war froh, dass Tom sich um die Sache kümmerte, und sie dachte an ihr letztes Gespräch mit ihm. »Gereon und du. Ihr kennt euch aus Arctic Village. Kennt ihr Joseph auch daher?«

Mike lehnte sich zurück, verschränkte die Finger ineinander und stützte sich mit dem Kinn darauf. Eine Weile lang starrte er auf einen Punkt auf seiner Schreibtischplatte. »Ja.«

»Erzähl mir von dem Mann!«

»Er war fünfzehn, als die Seuche ausgebrochen ist. Er hat all seine kleinen Geschwister dabei verloren. Seine Mutter hat sich kurz danach totgesoffen. Gereon hat seine Beziehungen zu Sokolov genutzt und Joseph im Permafrost-Camp einen Job besorgt.«

»Tom hat rausgefunden, dass Joseph und Gereon sich kurz vor Gereons Verschwinden gestritten haben«, erklärte Nina. »Joseph hat Gereon offenbar einen widerlichen Aasgeier genannt. Hast du eine Idee, warum?«

Diesmal schwieg Mike noch länger.

Nina wartete und betrachtete dabei einen holzgeschnitzten Bären, den er als Briefbeschwerer benutzte. Es war eine sehr feine und wertvoll aussehende Handarbeit. Als Mike auch nach einer Minute immer noch nicht antwortete, hakte sie nach: »Mike?«

In seiner Miene spiegelte sich eine ganze Fülle von Gefühlen, aber Nina konnte sie nicht deuten. Ein wenig sah er schuldig aus, dachte sie. »Du denkst bestimmt, dass es nett von Gereon war, Joseph den Job im Camp zu beschaffen. Aber im Grunde war es ein elendes Almosen. Gereon«, er räusperte sich, dann setzte er neu an. »Nein, anders. Als Gereon damals damit begonnen hat, aus Janus-Anthrax JanuThrax zu entwickeln, stellten sich die Bewohner von Arctic Village auf den Standpunkt, dass sie an späteren Gewinnen mit dem Medikament beteiligt werden müssten. Schließlich stammte der Ursprungserreger aus ihrem Dorf, und sie hatten nicht unerheblich darunter gelitten. Ich habe Joseph versprochen, dafür zu sorgen, dass das Dorf angemessen beteiligt wird. Ich dachte dabei an das Vorbild von Initiativen, die sich für den Zugang zu genetischen Ressourcen und gerechten Vorteilsausgleich für indigene Völker einsetzen.« Er hielt inne. Rieb sich die Augen. »Aber Gereon weigerte sich. Er steht auf dem Standpunkt, dass der Erreger einer zufällig auftretenden Seuche etwas anderes ist als traditionelles Wissen über biologische Wirkstoffe oder Bodenschätze, die einem Land gehören, die ein anderes aber ausbeutet.«

Nina nickte. Sie wusste um die rechtlichen Streitigkeiten der Biodiversitätskonvention. Und sie wusste auch um das Problem, dass es bei überall vorkommenden Bakterien oder Viren umso schwieriger war, ihre Verwendung rechtlich und vor allem gerecht zu regeln.

»Ich habe versucht, Gereon klar zu machen, dass es völlig unmoralisch wäre, die Hinterbliebenen nicht an den Gewinnen zu beteiligen. Aber er steht auf dem Standpunkt, ich wäre ein sentimentaler Idiot.«

Die Information musste Nina erst einmal verdauen, warf sie doch ein ganz neues Licht auf das Bild, das sie von Gereon hatte. »Okay«, meinte sie gedehnt.

Mike war jetzt ein wenig in sich zusammengesackt. »Ich redete mit Engelszungen auf ihn ein, einmal habe ich ihm sogar gesagt, dass seine Haltung im Grunde Biopiraterie ist, aber er will einfach nicht, Nina. Dummerweise ist seine Position in der Firma stärker als meine. Tut mir leid. Das muss eine Seite an deinem Freund sein, die du bisher noch nicht gesehen hast.«

Das war es tatsächlich. Nina wusste nicht so recht, wie sie mit diesem neuen Wissen umgehen sollte. Sie rang nach Worten, aber ihr fiel einfach nichts Passendes ein, das sie hätte sagen können. »Das muss Joseph furchtbar gefuchst haben«, murmelte sie und dachte daran, wie Tom ihr gegenüber zitiert hatte, was Joseph Gereon vorgeworfen hatte. *Du bist schon damals ein widerlicher Aasgeier gewesen!*

Das ergab jetzt tatsächlich einen Sinn.

*

Die Sonne stand noch sehr weit im Osten, und Hoss schnarchte selig auf seinem provisorischen Lager, als Gereon es nicht mehr aushielt. Er war sich sicher, dass das Anthrax in seiner Wunde bereits wieder sein unheilvolles Werk tat. Er musste Mike anrufen, und zwar auf der Stelle! Mike musste Bescheid wissen über das, was im Tunnel geschehen war. Er musste wissen, dass Airi dort gewesen war. Dass sie tot war … Mit zusammengebissenen Zähnen setzte er sich auf, schwang die Beine aus dem Bett und quälte sich auf die Füße. Seine ganze Seite brannte wie Feuer, und er blieb minutenlang gekrümmt stehen, aber dann konnte er sich aufrichten.

Beaver hatte bemerkt, dass etwas geschah, und den Kopf gehoben. Aus seinen gelblichen Wolfsaugen blickte er Gereon still an.

»Was hast du vor?« Hoss' Stimme klang verschlafen und verwundert zugleich.

Gereon wandte sich zu dem alten Trapper um. »Ich muss hier weg. Ich brauche ein Telefon, sonst geht alles, wofür ich seit Jahren kämpfe, den Bach runter.«

Hoss schüttelte den Kopf, aber dann sah er die Entschlossenheit in Gereons Miene. »Von hier bis in den nächsten Ort sind es gut vier Stunden zu Fuß, das packst du nie im Leben!«

Wie um seine Worte zu unterstreichen, wurden Gereons Knie weich. Er ließ sich auf die Bettkante sinken und ächzte. »Hier in der Nähe muss es doch irgendwo einen Highway geben! Ein Trucker kann mich mitnehmen, oder ich telefoniere mit seinem Handy …«

Wieder schüttelte Hoss den Kopf. »Sorry, Kumpel. Kein Highway. Hier oben ist nichts außer Schwarzkiefern, Buschwerk und Mücken. Darum bin ich ja hierhergezogen. Schön ruhig hier.«

Während er gesprochen hatte, hatte Gereon nach seinem Probenkästchen gegriffen. Jetzt stutzte er.

Warum war es nicht versiegelt? Hatte er das unten im Tunnel nicht eigenhändig getan? Das hatte er, und zwar kurz bevor Airi vor ihm gestanden hatte. Er war sich ganz sicher. Verwundert sah er genauer hin, und es rann ihm eiskalt durch den ganzen

Körper, als er begriff, dass es gar nicht seine Probenbox war, die er bei seiner Flucht gegriffen hatte. Es war die andere, jene, die er unten im Kühlschrank gefunden hatte.

Er stöhnte fassungslos auf.

»Was hast du?«, fragte Hoss.

Er winkte ab. Seine Gedanken rasten. Er hatte die falsche Box gegriffen. Es waren nicht seine Gewebeproben, die er die ganze Zeit mit aller Kraft beschützt hatte. Es waren …

In Gedanken ging er noch einmal durch, an was er sich erinnerte, und ein winziger Hoffnungsfunke glomm in ihm auf. Vielleicht war ja doch noch nicht alles verloren. »Ich brauche ein Telefon!«, sagte er. »Unbedingt.«

Hoss zuckte mit den Schultern. »Ich fürchte, alles, was ich dir anbieten kann, ist, einen alten Kumpel aufzusuchen. Mitten durch den Busch sind es bis zu seinem Trailer vielleicht zwei Stunden. Wenn du richtig die Arschbacken zusammenkneifst, könntest du es vielleicht gerade so schaffen.«

»Hat er ein Telefon?«

»Joseph? Oh ja. Klar.«

*

Gegen sieben quälte Tom sich aus dem Bett. Er hatte das Gefühl, er hätte die ganze Nacht kein Auge zugemacht, aber offenbar war das nicht der Fall, denn auf seinem Handy befand sich eine Nachricht von Nina, deren Eingang er nicht mitbekommen hatte.

Ich weiß, warum Gereon und Joseph sich gestritten haben, hatte sie geschrieben. *Bevor du zu Joseph fährst, ruf mich bitte unbedingt an!*

»Ich bin's«, meldete er sich.

»Hey. Guten Morgen!«

Er musste lächeln. Dann gähnte er. »Was hast du?«

Sie erzählte ihm, was sie in Erfahrung gebracht hatte: dass Gereon Joseph in Arctic Village kennengelernt hatte, wo er vergeblich versucht hatte, Josephs Geschwister zu retten. Dass Gereon ihm später einen Job im Permafrost-Camp beschafft hatte. Tom hörte ihr aufmerksam zu und kratzte sich dabei unbewusst seinen Daumenballen. »Hm. Irgendwie verstehe ich immer noch nicht, wieso Joseph trotzdem so wütend auf ihn war.«

»Weil Gereon sich weigert, den Leuten von Arctic Village einen Anteil am Gewinn von JanuThrax zu bezahlen.«

»Verstehe ich nicht. Hätten die denn einen Anspruch darauf?«

»Rechtlich gesehen, na ja. Das ist eine ziemlich komplizierte Sache. Aber moralisch ist es ganz einfach, da schon. Finde ich. Und das findet Mike auch. Immerhin wird Janus Therapeutics in absehbarer Zeit eine Menge Geld mit JanuThrax verdienen.«

Er hörte eine gewisse Anspannung in ihrer Stimme.

»Das Medikament basiert auf einem Bakterium, das Gereon niemals gefunden hätte, wenn es diese Katastrophe in Arctic Village nicht gegeben hätte«, erklärte Nina weiter. »Klar, er und seine Leute haben all ihr Know-how und auch viel Geld und Zeit in die Entwicklung gesteckt. Aber der seltene Bakterienstamm, mit dem sie arbeiten, stammt eben aus diesem Dorf. Die Leute da nicht zu beteiligen, ist einfach nicht okay, und ich dachte eigentlich, dass Gereon so nicht tickt.«

Tom nickte. Er hatte eine ungefähre Vorstellung davon, warum Nina das so triggerte, und gleichzeitig freute es ihn ein wenig, dass Nina diesen Aspekt in Gereons Persönlichkeit entdeckt hatte.

Ein wenig?

Nein. Es freute ihn sehr, aber er gestattete sich dieses Gefühl nicht. »Er wird seine Gründe dafür haben«, hörte er sich sagen und kniff kurz die Augen zusammen.

Nina schnaubte.

Er konnte ein Lächeln nicht unterdrücken.

Tom war froh, als es endlich acht Uhr war und er sich erneut auf den Weg zu Josephs Trailer machen konnte. Das war der Zeitpunkt, so hatte Cindy es ihm jedenfalls gesagt, an dem Joseph sicher zu Hause war. Genau wie am Abend zuvor lenkte Tom den Defender über das zugewucherte Grundstück bis auf den Kiesplatz. Heute Morgen kam Rauch aus dem Schornstein. Tom atmete durch, bevor er ausstieg, und als er an Josephs rostigem Truck vorbeiging, knirschte der Kies unter seinen Stiefeln.

Er dachte daran, dass Amerikaner gern eine Schrotflinte neben der Haustür stehen hatten. Besser, er machte sich erst einmal aus der Entfernung bemerkbar.

»Joseph Moose?«, rief er. »Mein Name ist Tom Morell. Ich würde gern kurz mit Ihnen sprechen.«

Er erhielt keine Antwort. Vorsichtig ging er ein paar Schritte näher. Dabei fiel ihm auf, dass die Tür des Trailers offen stand. Aus dem Inneren des Wohnwagens war nicht das geringste Geräusch zu hören.

»Joseph Moose?«, rief Tom erneut.

Dann hatte er die Stufen erreicht, die zur Wohnwagentür hinaufführten. Noch immer auf der Hut, stellte er den Fuß auf die unterste. Streckte die Hand aus und öffnete die Tür komplett.

Keine Reaktion.

In Toms Nacken richteten sich die Haare auf. »Joseph?« Diesmal verzichtete er auf den Nachnamen. »Ich komme jetzt rein, okay?«

Er überwand die beiden oberen Stufen der Treppe und stand gleich darauf im Inneren des Wohnwagens.

Der Trailer war verlassen, in ihm herrschte das pure Chaos. Es gab keine waagerechte Fläche, auf der nicht irgendetwas herumstand oder -lag. Stapel von Zeitschriften mit leicht bekleideten Covergirls wechselten sich ab mit leer gegessenen Tellern und Kaffeetassen, von denen Joseph verblüffend viele zu haben schien. Das Bett, das sich auf einer zweiten Ebene befand, war ungemacht und schmuddelig. In der Luft hing eine muffige Mischung aus ungelüfteter Bettwäsche und gebratenem Speck. Es war allerdings nicht der Mief, der Tom die Luft wegbleiben ließ, sondern der Anblick der Wände.

Jede freie Fläche – egal ob Fenster, winziger Wandausschnitt oder Schranktür – hatte Joseph mit Papier beklebt, hauptsächlich mit Zeitungsausschnitten, die allesamt vergilbt und wellig waren und dort vermutlich schon Jahre lang hingen. Tom las Überschriften, die in schreienden Lettern von der Katastrophe in Arctic Village kündeten.

Ewiges Eis gibt tödliche Keime frei.

Tragödie in einem kleinen Dorf in Alaska.

Mehr als ein Dutzend Todesopfer bei Erdrutsch.

Eine Zeitung hatte marktschreierisch getitelt: *Killerkeime aus dem Eis – tödliche Bedrohung für die Menschheit?*

Zwischen den Zeitungsausschnitten klebten immer wieder Fotos. Sie zeigten allesamt einen kleinen Jungen in den verschiedensten Altersabstufungen, als Baby auf dem Arm seiner Mutter, als Krabbelkind, im Alter von ungefähr fünf Jahren …

Toms Blick fiel auf die Sitzecke genau gegenüber vom Eingang. Über dem Tisch befand sich das einzige Fenster des Trailers, und auch seine Scheibe war mit Zetteln und Ausschnitten beklebt.

Genau in der Mitte prangte eine Todesanzeige.

Adam Moose. Geliebter Sohn und Bruder.

Grace Moose und Alice Moose. Geliebte Töchter und Schwestern.

Aus dem Leben gerissen durch ein schreckliches Unglück.

Tom schluckte. Beim Anblick der verrückt anmutenden Papiersammlung war er unwillkürlich einen Schritt in den Trailer hineingetreten. Jetzt drehte er sich um, nur um festzustellen, dass auch die Wände und Schränke neben der Eingangstür beklebt waren. Hier allerdings gab es keine Artikel über das Unglück von Arctic Village, sondern lauter Berichte und Magazinbeiträge, die sich mit nur einem einzigen Thema befassten.

Janus Therapeutics.

Tom stieß einen leisen Fluch aus. Es waren Berichte über die Gründung der Firma, die berühmt und erfolgreich genug war, um auch in amerikanischen Zeitungen Erwähnung zu finden. Außerdem Fotos von Mike Reed und Gereon, wobei das Gesicht von Gereon auf jedem mit dickem, rotem Filzstift durchgestrichen war. Quer über die Lobeshymne einer Medizinzeitschrift, die den Titel *Die Lebensretter* trug, hatte Joseph in krakeliger, ebenfalls knallroter Schrift *Wichser* geschrieben, über einem anderen Artikel, der davon handelte, dass der Gründer und wissenschaftliche Leiter von Janus Therapeutics demnächst vermutlich für den Medizinnobelpreis vorgeschlagen werden würde, stand in derselben Schrift: *Fuck you!*

Der Anblick all der manisch angeklebten Papiere und der fahrigen Kommentare darauf versetzte Tom einen regelrechten Schock. Sein Blick fiel auf den Tisch vor dem Fenster. In seiner Mitte standen zwei Gegenstände.

Eine fast leere Whiskeyflasche.

Und ein gerahmtes Foto.

Tom hatte die Hand gerade nach dem Foto ausgestreckt, als hinter ihm das charakteristische Geräusch eines Revolvers ertönte, bei dem der Hahn gespannt wurde.

»Kannst du mir verdammt noch mal sagen, was du hier machst?«, fragte eine Männerstimme.

*

Der Raum sah nicht aus wie ein Krankenzimmer auf einer Intensivstation – ganz im Gegenteil. Die Wände waren hellgelb gestrichen, an den Fenstern hingen Vorhänge mit Blumenmuster. Es stand kein Bett in diesem Zimmer, sondern nur eine Couchgarnitur. An den Wänden künstlerisch anmutende Fotos von Bäumen und Bergen. Auf dem niedrigen Tisch ein Strauß Sommerblumen, deren Namen Frank nicht kannte.

Franziska saß in einem der Sessel und hielt ein in eine rote Decke eingehülltes Bündel im Arm. Allein der Anblick zerriss Frank das Herz. Hilflos sah er Sabine an, die direkt hinter der Tür neben ihm stehen geblieben war.

Timo, Franziskas Mann, stand auf und kam auf sie zu.

»Es tut mir so unendlich leid, Junge«, murmelte Sabine. Dann zog sie Timo an sich und hielt ihn so fest, wie sie konnte.

Frank kam sich vor, als habe sein Körper sich in Holz verwandelt.

Franziska hielt den Blick auf sein Gesicht gerichtet. Sie war bleich, wirkte aber gefasst. Da war etwas in ihren Augen, eine Qual, die er sich nicht einmal ausmalen konnte.

Ein Kind zu verlieren …

Er rang ein Schluchzen nieder, das ihm in der Kehle nach oben drängen wollte. Er war hier niemandem eine Hilfe, wenn er in haltloses Weinen ausbrach, auch wenn ihm genau danach zumute war.

Und dann sagte Franziska etwas, das ihm noch einmal den Boden unter den Füßen wegzog. »Wir haben uns überlegt, dass er Francis heißen soll.«

Timo hatte sich unterdessen von Sabine losgemacht. Mit rauer Stimme fügte er hinzu: »Francis. Frank. Das klingt sehr ähnlich. Wir dachten, das freut dich.«

Frank freute sich in der Tat, aber es war auch brutal bitter. Er wankte zu der Couch und ließ sich auf deren Kante niedersinken. Sabine kam zu ihm, setzte sich neben ihn und ergriff seine Hand. »Das ist ein schöner Name«, sagte sie.

Franziska nickte und senkte ihren Blick auf das Bündel auf ihrem Arm. Von der Schwester, die sie hierher geführt hatte, wusste sie, dass man den Kleinen schon zurechtgemacht hatte. Als sei er noch am Leben, war er gebadet und angezogen worden. Jetzt blieb ihnen allen nur, Abschied von dem leblosen, kleinen Körper zu nehmen.

Frank versuchte sich vorzustellen, wie jemand Franziska das Kind aus den Armen nahm und nach unten in die Leichenhalle brachte. Es ging nicht. Er beugte sich vornüber und atmete tief durch. Seine Augen brannten.

Timo setzte sich wieder zu Franziska, seine Hand lag locker auf dem Bauch des Kleinen.

Francis, dachte Frank.

Wie Francis Bacon.

Wissen ist Macht …

Lange Zeit saßen sie schweigend beieinander, und schließlich war es Franziska, die die Stille durchbrach. »Ich kriege den Gedanken einfach nicht aus dem Kopf, dass es meine Schuld ist«, flüsterte sie.

Franks Kopf ruckte hoch. Was redete sie da?

»Ich muss die ganze Zeit denken, dass sie ihn nicht hätten holen müssen, wenn ich …«

»Stop!« Zu Franks Erleichterung unterbrach Sabine sie. »Das darfst du auf keinen Fall denken, Kind!«

Franziska sah nicht aus, als würde sie diesen Rat beherzigen.

Wütend schüttelte sie den Kopf. »Doch! Die Ärzte haben ihn geholt, weil es mir schlecht ging. Wenn ich das doch nur verhindert hätte. Aber sie haben mir gesagt, dass die 32. Schwangerschaftswoche kein allzu großes Problem für ihn darstellt. Hätte ich geahnt, dass … Ich hätte doch niemals die Einwilligung für diesen Kaiserschnitt gegeben.«

»Du warst selbst in Lebensgefahr«, krächzte Timo. Er hatte Schatten unter den Augen, die fast violett aussahen. Tiefe Falten hatten sich ihm um Mund und Nase eingegraben.

»Ich hätte niemals einwilligen dürfen«, murmelte Franziska unbeeindruckt, als hätte sie ihren Mann nicht einmal wahrgenommen. »Aber ich wollte doch erleben, wie mein Kind aufwächst, wie er groß wird, und wie …« Ihre Stimme versagte in einem Laut, der Frank bis tief ins Herz fuhr.

Er wollte aufstehen und irgendwas zertrümmern. Er wollte jemandem die Schuld geben an dieser Tragödie, die sie alle zu erleiden hatten. Irgendjemandem. Nicht Franziska. Sie war an Francis' Tod gänzlich unschuldig. Diese verdammte, elende Hitze, die seit Tagen über der Stadt lag und alles auslaugte, war schuld. Ihretwegen hatte Franziska die Präeklampsie erlitten.

Er stand schwerfällig auf und trat ans Fenster. Draußen tat sich eine braune, verbrannte Rasenfläche vor ihm auf, in deren Mitte sich der Hubschrauber-Landeplatz befand. Frank starrte auf das riesige H auf dem Asphalt, bis ihm alles vor Augen verschwamm.

5. Kapitel

Tom hatte beim Spannen des Hahns unwillkürlich die Hände erhoben. Erst nachdem mehrere Sekunden verstrichen waren und der Kerl hinter ihm nichts weiter sagte, wagte er es, sich umzudrehen.

In der Tür des Trailers stand ein Mann, das Gesicht durch Sonne und Wetter wie gegerbt, obwohl er die dreißig noch nicht erreicht haben konnte. Das und auch die Kleidung des Mannes nahm Tom jedoch nur am Rande wahr, denn er konnte den Blick nicht von dem Revolver abwenden, der direkt auf sein Gesicht gerichtet war. Die Mündung kam ihm tief und endlos vor wie ein schwarzes Loch.

Schlagartig wurde sein Mund trocken. Er schluckte schwer. »Mein Name ist Tom Morell. Mike Reed muss mich angekündigt haben. Ich bin hier, weil ich mit Ihnen reden möchte.«

»Was treibst du in meinem Trailer?«, fragte der Mann, als habe Tom den Mund überhaupt nicht aufgemacht. Die Mündung der Waffe beschrieb kleine, unregelmäßige Kreise, weil dem Kerl die Hände zitterten. Sein Blick huschte zu der fast leeren Whiskeyflasche auf dem Tisch.

Cindy hatte Joseph einen Säufer genannt. Offenbar lag sie goldrichtig damit.

Tom räusperte sich. »Joseph, oder? Joseph Moose? Wie gesagt, ich bin gekommen, weil ich mit Ihnen reden wollte. Ich habe mich mehrmals bemerkbar gemacht, aber Sie waren nicht da. Und da die Tür offen war …«

Die Mündung senkte sich ein paar Millimeter. »Du marschierst also in jedes Haus, bei dem die Tür offen steht, oder wie? Macht man das bei euch so, da in Deutschland?«

Tom verzichtete auf eine Antwort. »Sie sind Joseph Moose, oder?«, fragte er und versuchte, so ruhig wie möglich zu atmen, um sein Herz vom Explodieren abzuhalten.

»Wer sollte ich sonst sein? Der Papst, oder was? Der kommt hier eher selten vorbei, würde ich sagen.« Moose kniff die Augen zusammen und musterte Tom von Kopf bis Fuß.

Endlich senkte er die Waffe.

Mit Verzögerung wurden Toms Knie weich. »Hören Sie, Mr. Moose …«

Ein breites Grinsen verzerrte Josephs Gesicht. »Oh. Joseph. Einfach nur Joseph. Mr. Moose war mein Vater, und an den hege ich nicht allzu gute Erinnerungen.« Plötzlich wirkte er jovial, irgendwie erleichtert, fand Tom, blieb aber auf der Hut. Schließlich hatte Joseph immer noch eine geladene Waffe in der Hand, deren Lauf er jetzt allerdings gen Boden gerichtet hielt.

»Also Joseph«, sagte Tom.

Joseph wies auf einen Platz an dem kleinen Tisch. »Setz dich doch. Aber ich will deine Hände sehen.«

Tom schob sich in die Sitzecke und legte seine Hände auf die Tischplatte. »Ich bin unbewaffnet.«

Joseph grinste. »Logisch. Du bist Deutscher.« Zu Toms Erleichterung legte er den Revolver auf die kleine Arbeitsfläche neben dem Herd, behielt ihn allerdings in Reichweite. Tom sah jetzt auch, dass direkt neben der Trailertür tatsächlich ein Gewehr lehnte. Joseph machte sich daran, Speck zu braten – völlig gelassen und so selbstverständlich, als hätte er Tom niemals zuvor bedroht.

Die Situation hatte etwas Unwirkliches.

Eine Art gespannte Erwartung lag in der Luft. Tom hielt es für besser zu warten, bis sein Gegenüber wieder das Wort ergriff.

Um die Stille zu füllen, nahm er das Foto vom Tisch und betrachtete es. Es steckte in einem abgegriffenen Holzrahmen, der ursprünglich einmal rot gewesen sein musste. Auf ihm war eine sehr viel jüngere Version von Joseph zu sehen. Er stand Seite an Seite mit einem anderen jungen Mann, der vielleicht Anfang, Mitte zwanzig sein mochte, dessen schwarze Haare wirr in die Luft ragten und auf dessen breitem Gesicht ein so intensives Lachen lag, dass Tom es förmlich hören konnte. Der junge Mann war Mike Reed, das erkannte er auf den ersten Blick. Zwischen Mike und dem jüngeren Joseph standen drei Kinder, die sich wie Orgelpfeifen für den Fotografen aufgereiht hatten, zwei Mädchen und ein kleiner Junge. Eines der Mädchen, das kleinere, hielt einen zerschlissenen Teddy im Arm. Tom schaute auf und starrte auf die Todesanzeige in der Mitte des Fensters.

Alice. Grace. Adam.

Er betrachtete wieder das Foto. Ganz an dessen Rand, an der einen Schulter ein wenig abgeschnitten, stand ein junges, eher unscheinbar wirkendes Mädchen mit einem blassen, runden Gesicht und sonderbar grimmiger Miene.

Tom hatte keine Ahnung, wer sie war. Er stellte das Foto wieder hin.

In der Luft lag der Geruch des brutzelnden Fleisches. Ihm wurde schlecht.

Endlich zog Joseph die Pfanne vom Feuer und stellte sie in die Mitte des Tisches. Er holte zwei Messer und Gabeln aus einer Schublade. Ein Besteck reichte er Tom, der es nahm, aber vor sich ablegte.

Dann setzte Joseph sich in die Bank gegenüber. Den Revolver legte er so selbstverständlich neben seinen Oberschenkel, als sei er nichts weiter als ein Dekorationsstück. Er bemerkte, dass das Foto anders stand als zuvor, und rückte es gerade. Anschließend richtete er den Blick auf Tom. »Du warst im Camp und hast mit den Forschern geredet«, sagte er. Er spießte ein Stück Speck auf und steckte es sich ganz in den Mund.

Tom richtete den Blick auf sein vor Fett glänzendes Kinn. »Stimmt.«

»Und du hast auch im Silver Gulch auf mich gewartet.«

Tom dachte daran, wie Joseph auf dem Absatz umgekehrt war, als er ihn gesehen hatte. Diesmal nickte er nur.

»Du willst wissen, ob ich was zu tun habe mit dem Verschwinden von Gereon. Ist er ein Freund von dir?« Ein weiteres Stück Speck verschwand in Josephs Mund.

Tom sah zu, wie er kaute. Es war eine schnelle, effiziente Bewegung, die aussah, als habe Joseph mit dem Fleisch eine Rechnung offen. »Der Freund einer Freundin«, antwortete er. »Ich bin hier, weil sie sich Sorgen um ihn macht.«

»Hmhm.« Schweigen.

Tom fuhr sich mit der Zunge über die Lippen. »Man hat mir erzählt, dass du dich mit Gereon gestritten hast.« Er war auf der Hut, aber Joseph machte keinerlei Anstalten, zu der Waffe zu greifen.

Stattdessen grinste er. »Ist ein kleines Kaff. Hier bleibt nichts verborgen.«

»Ich habe Gereons Spur bis zu einer Hütte mitten im Busch verfolgt. Da war eine Menge Blut.« Aufmerksam beobachtete Tom Josephs Miene.

Der hielt mitten im Kauen inne. Nickte. »Ja. Ja, ich weiß.«

»Du warst auch dort? Stimmt. Mike hat dir die Koordinaten auch gegeben.«

Grinsen. Kauen. Nicken. »Hab dich da gesehen.«

Tom dachte an das Geräusch des berstenden Astes, das ihn aufmerksam gemacht hatte. Er fröstelte. Aufmerksam musterte er Joseph. Der Mann war hager bis zum Abgemagertsein, aber die Ähnlichkeit zwischen ihm und dem Joseph auf dem Foto war deutlich zu erkennen. »Irgendeine Idee, wo Gereon sein könnte?«

Achselzucken.

Toms Blick glitt über die Zeitungsausschnitte an den Wänden. Er hatte keine Ahnung, was hinter der Stirn seines Gegenübers vorging, aber er spürte, dass Joseph seine eigenen Schlüsse zog. Diesem Mann war klar, dass Tom genügend Zeit gehabt hatte, all die Artikel an den Wänden zu studieren, die dicken, roten Kreuze quer über Gereons Gesicht, die manischen Beschimpfungen. Joseph musste wissen, dass all dieses Papier nur einen einzigen Schluss zuließ: dass er Gereon getötet hatte. Aber trotzdem unterhielt er sich mit Tom, als sei das alles hier ein fröhliches Sonntagspicknick. Tom brach der Schweiß aus.

Mit dem Kinn deutete Joseph auf das gerahmte Foto. »Das wurde in Arctic Village gemacht, vor zwölf oder dreizehn Jahren.« Ein Schatten glitt über sein Gesicht, Tom war erleichtert, als er erkannte, dass es Traurigkeit war, kein Zorn. Joseph berührte eines der Kinder mit der Spitze seines Fingers. »Adam«, sagte er leise. »Mein kleiner Bruder. Und Alice und Grace. Meine Schwestern. Nur Michael hat überlebt.« Joseph tippte auf den verstrubbelten jungen Mann. »Sein Vater allerdings nicht. Er ist auch draufgegangen, als er versucht hat, Adam zu retten. Ich bin nicht sicher, ob er mir das jemals verzeihen kann.«

Tom betrachtete die fröhlichen Gesichter der Kinder, die nichts davon ahnten, dass sie nur noch kurze Zeit zu leben hatten. Mikes Vater war bei dem Unglück gestorben, das hatte Nina Tom auch erzählt. »Wer ist das Mädchen ganz am Rand?«, fragte er.

Ein Schatten huschte über Josephs Gesicht, aber auf die Frage ging er nicht ein. »Mike hatte ein tolles Verhältnis zu seinem Vater. Er hat lange gebraucht, um über den Verlust hinwegzukommen.«

Tom nickte. »Das mit deinen Geschwistern tut mir sehr leid.« Ihn fröstelte bei der Art, wie Joseph seiner Frage nach dem Mädchen ausgewichen war.

Logans Worte hallten in ihm wider. *Das halbe Dorf ist kurz darauf krepiert, wie die Fliegen.*

An Anthrax.

Immer wieder Anthrax. Es war damals in Arctic Village aus dem ewigen Eis gekrochen. Und vor Kurzem hier in Fox in dem Permafrost-Tunnel wieder.

Tom betrachtete noch einmal das Foto. Michael. Mike. Die schwarzen Haare und das breite Lachen sahen genauso aus wie auf dem Bild, das Tom auf der Über-uns-Seite von Janus Therapeutics gesehen hatte.

»Mike und du, ihr wart gut befreundet?«, fragte er.

»Yep.«

In Toms Verstand fielen ein paar Puzzleteile an Ort und Stelle. Plötzlich hatte er eine Ahnung, welche Rolle Joseph in dieser Geschichte hier gespielt hatte. Er befeuchtete die Lippen mit der Zungenspitze. »Die Karibukadaver im Eistunnel«, sagte er. Übergangslos lag Spannung in der Luft, und er wusste, dass dies der Moment war, in dem alles kippte.

Joseph hob den Kopf und sah ihm direkt in die Augen. »Was ist damit?«

Tom fuhr sich über Mund und Kinn. Sein Blick huschte zur Tür des Trailers. Das Gewehr sah uralt aus und so, als sei es seit Jahren nicht angefasst worden, aber der Revolver lag noch immer in Josephs Reichweite. Tom richtete den Blick wieder auf Joseph, hielt ihm stand, und aus irgendeinem Grund wusste er, dass dieser Mann wollte, dass endlich jemand aussprach, was geschehen war.

Die Frage war nur: Was tat Joseph, wenn das geschah?

Tom sammelte sich. Langsam. Er musste sich langsam an

das Thema herantasten. »Vor zehn Jahren hast du deine Familie wegen ein paar toter Karibus verloren. Ich frage mich einfach nur, was es mit dir gemacht hat, als ausgerechnet in dem Forschungscamp, für das du arbeitest, wieder solche Viecher aufgetaucht sind. Der gleiche Erreger, der dir alles genommen hat.«

Joseph schwieg, wartete darauf, dass er weitersprach. Tom war sich sicher, dass er auf der richtigen Spur war. Ein weiteres Frösteln rann ihm den Nacken hinab, während er im Kopf Stück für Stück das Geschehene zusammensetzte.

»Du hast im Camp gearbeitet, das heißt, du konntest dich frei auf dem Gelände bewegen. Hattest du auch Zugang zu den Tunneln?«

Joseph atmete einmal tief durch, legte beide Hände flach auf den Tisch, je eine rechts und links neben seinen Teller.

»Woher hattest du das Aluminiumpulver?«, fragte Tom weiter.

»Von einer Kupfermine hier ganz in der Nähe. War ganz einfach, da zwei von den Säcken zu klauen.«

Tom zwang seine Hände auf der Tischplatte dazu, nicht zu zittern. »Muss sich gut angefühlt haben, als das Dreckszeug im Tunnel zu harmloser Asche verbrannt ist.«

In Josephs Augen veränderte sich etwas. Im ersten Moment erschrak Tom, aber dann begriff er, dass es nicht Zorn oder Wut waren, die aufblitzten. Es war Erleichterung. Erleichterung, eine Last endlich nicht mehr allein tragen zu müssen.

Sekundenlang blickten er und Joseph sich in stillem Einvernehmen an, dann fragte Joseph: »Du hast Verständnis dafür?«

Toms Blick glitt zu dem Foto. All die toten Kinder. Dieses seltsam grimmige Mädchen, das so sonderbar abseits von ihnen stand … War es auch tot? »Wenn meine Familie so gestorben wäre, hätte ich das Gleiche getan. Allein schon, um die Menschen von Fox vor dem Zeug zu beschützen.« Vor seinem geistigen Auge liefen Bilder dessen ab, was geschehen war. Er stellte sich vor, wie Joseph sich heimlich auf das Gelände der Kupfermine schlich und dort zwei Zentnersäcke mit Aluminiumpulver stahl. Wie er diese Säcke bei Nacht und Nebel in den Tunnel schleppte, sie mit Zündern und Kabeln versah …

»Du wolltest die Menschen vor einer tödlichen Gefahr retten«, sagte Tom ganz ruhig. Er spürte den Fluchtreflex, der mit jedem seiner Worte größer und größer wurde.

Das hier steuerte geradewegs auf eine Katastrophe zu, das ahnte er, und trotzdem konnte er nicht aufhören. Er wusste, dass Joseph ihn nicht einfach aufstehen und gehen lassen würde. Nicht, bevor sie diesen Tango ganz zu Ende getanzt hatten.

Joseph nahm den Revolver, legte ihn vor sich auf den Tisch.

Tom straffte sich. »Du hast dich mit Gereon gestritten. Ich weiß, dass es darum ging, dass Gereon sich geweigert hat, deine Leute angemessen an dem Erfolg seines Medikaments zu beteiligen. Wusstest du, dass Gereon hier war, um neues Anthrax nach Deutschland zu holen?« Er schaute auf die blutroten Flüche an den Wänden.

Joseph folgte seinem Blick. Schwieg. »All diese klugen Leute. Diese Wissenschaftler glauben, dass sie die Gefahren im Griff haben, die wieder und wieder aus dem Eis kriechen …«, murmelte er. »Sie denken, dass sie die Sache beherrschen, und in Wahrheit spielen sie Gott und haben nicht die geringste Ahnung, was sie anrichten.« Er blinzelte, schien den Faden zu verlieren, doch dann fing er sich wieder. »Gereon hat das Zeug, das Adam getötet hat, damals mit nach Berlin genommen und wird sich sehr bald eine goldene Nase damit verdienen. Er wird seinen Profit auf dem Blut eines toten Dorfes aufbauen. Und Mike hat ihm dabei auch noch geholfen, obwohl dieses Dreckszeugs seinen Vater gekillt hat.«

Tom schaute die bekritzelten Zeitungsausschnitte an. Er

konnte sich ungefähr vorstellen, wie die Tatsache, dass Gereon vom Leid seiner Familie profitierte, in Joseph gewühlt haben musste. Nein, mehr noch. Die Papiere an den Wänden zeigten, dass die Sache Joseph förmlich in den Wahnsinn getrieben hatte.

Dass Joseph für das Feuer im Tunnel verantwortlich war, hatte er soeben mehr oder weniger zugegeben. Aber wie war Airi gestorben? Und wo war Gereon?

Es kostete Tom unendliche Überwindung, die nächste Frage zu stellen. »Hast du Airi erschossen?«

Joseph umfasste den Griff des Revolvers. »Ich bin in dieser Story nicht der Killer«, sagte er.

»Joseph!«

Die Stimme, die von draußen erklang, kam Tom vor wie eine Rettung des Himmels.

Joseph fuhr herum, die Waffe schwenkte mit.

Tom sackte vor Erleichterung zusammen. *Entwaffne ihn!* Der Gedanke zuckte durch sein Hirn, aber es war aussichtslos. Er klemmte in der engen Bank fest. Keine Chance, Joseph zu erreichen und ihm die Waffe zu entwinden, bevor der sich ihm wieder zugewandt und abgedrückt hätte.

Die Stimme von draußen erklang erneut. »Joseph, bist du da? Ich brauche hier mal deine Hilfe!«

»Hoss?«, murmelte Joseph. Und dann murmelte er »Fuck!« und ließ die Waffe sinken. »Du bleibst, wo du bist!«, befahl er Tom, rutschte selbst aus der Sitzecke und öffnete die Trailertür. »Gütiger Gott im Himmel!«, rief er aus. Gleich darauf verließ er zu Toms grenzenloser Verblüffung den Trailer.

Was hatte das nun wieder zu bedeuten? Egal! Es gab ihm die Gelegenheit, Hilfe zu holen. Er zog sein Handy aus der Tasche und tippte eilig ein paar Zeilen an Chief Johnson.

Ich weiß, wer das Feuer gelegt hat. Kommen Sie zum Trailer von Joseph Moose. Schnell!

Danach erhob er sich zögernd, und ebenso zögernd folgte er Joseph nach draußen. Der Anblick, der sich ihm bot, war völlig irre. Schwankend stand Joseph vor dem Trailer, der Revolver baumelte lose neben seinem Bein. Er schien ihn völlig vergessen zu haben. Auf der Wiese, nur wenige Meter entfernt, stand ein Typ in Trapperkleidung. Er stützte einen Mann in schmutzigen, blutverschmierten Klamotten, der völlig entkräftet war und sich nur mit Mühe aufrecht halten konnte. Seine Augen waren weit aufgerissen, sein Mund aufgeklappt, sein Gesicht aschfahl. All das registrierte Toms Verstand, bevor er begriff, dass dieser Mann Gereon Kirchner war. In derselben Sekunde riss Joseph die Waffe nach oben. »Du Dreckskerl!«, schrie er und richtete die Mündung auf Gereon.

*

Airi Young wohnte in einem Appartementhaus in Charlottenburg, einem vierstöckigen Neubau, dessen Architektur Ben Schneider wie eine krude Mischung aus Bauhaus und Barock vorkam. Es gab viel Beton und Glas und gerade, klare Linien an der Fassade und im Treppenhaus. Und dann gab es hier und da verschnörkelte Formen, die in einem seltsamen Widerspruch zum Rest standen. Zum Beispiel bestand das Geländer im Treppenhaus abwechselnd aus Sicherheitsglas mit einer Art Reling darüber und im nächsten aus geschwungenen, ziselierten Metallsäulen.

»Da kriegt man ja Pickel«, murmelte Schilling, der vor Ben die Treppen erklomm. Monika hatte es geschafft, innerhalb weniger Stunden einen Durchsuchungsbeschluss für die Wohnung zu bekommen, und als Schilling Ben gefragt hatte, ob er trotz der fortgeschrittenen Abendstunde für eine erste Durchsuchung mit ihm mitkommen wollte, hatte der natürlich sofort Ja gesagt. Er nutzte jede Gelegenheit, aus dem Büro rauszukommen.

Airis Wohnung lag im vierten Stock, und um die Haustür zu öffnen, mussten sie einen Schlüsseldienst kommen lassen. Der Mann, der ungefähr nach einer halben Stunde eintraf, las sich den Durchsuchungsbeschluss überaus genau durch, bevor er ihnen das Schloss aufbohrte und dann mit einem grummeligen »Rechnung kommt!« wieder verschwand.

Erfüllt von Neugier, folgte Ben Schilling ins Innere der Wohnung, die relativ spartanisch und im fernöstlichen Stil eingerichtet war. Viel leuchtendes Rot und Schwarz an den Wänden, dazu moderne Lackmöbel und im Schlafzimmer ein Futon mit dünner Matratze. Ben wandte sich sofort Airis Arbeitsplatz im Wohnzimmer zu, einem weiß lackierten Schreibtisch, auf dem außer einem schlanken, silbernen Laptop und einem leuchtend pinkfarbenen Zettelblock nichts weiter stand. »Dass der noch da ist, ist gut«, meinte er.

Schilling nickte. Ben musste ihm nicht erklären, dass viele Leute ihren Computer überall mit hinnahmen. Dass das Ding noch hier stand, mochte bedeuten, dass Airi ein anderes Gerät bei sich hatte, ein Tablet vielleicht, weil das leichter und dementsprechend einfacher zu transportieren war. Und das wiederum deutete darauf hin, dass diese Frau ihre Daten in einer Cloud abgelegt hat. Das vereinfachte Ben die Sache ein bisschen.

Er schaltete den Computer an, und während Schilling sich daranmachte, die Wohnung zu durchsuchen, versuchte er, das Passwort zu knacken. Er brauchte keine Viertelstunde, dann hatte er es geschafft und widmete sich zunächst Airis E-Mail-Account. Sie hatte mehr als fünfzig ungelesene Mails, allerdings befand sich darunter eine Menge nutzloses Zeug. Junk, das noch nicht automatisch in den Spam-Ordner verschoben worden war, außerdem mehrere Newsletter von verschiedenen fachmedizinischen Institutionen. Eine Mail kam von Mike Reed, aber sie war nur kurz und informierte Airi, dass er sich wunderte, wo sie war. Er forderte sie auf, sich sofort bei ihm zu melden. Ben schloss die Mail und wandte sich denen zu, die Airi bereits gelesen hatte. Und hier wurde er tatsächlich fündig.

Leise pfiff er durch die Zähne.

Schilling, der dabei war, den Wohnzimmerschrank zu durchsuchen, schaute in seine Richtung. »Was gefunden?«

»Und ob!« Ben las vor, was vor seiner Nase auf dem Bildschirm geschrieben stand. »›Sehr geehrte Frau Young. Vielen Dank für das Interesse Ihrer Firma Janus Therapeutics an einer Kooperation mit PharmaMed. Im Anhang haben wir Ihnen die detaillierten Informationen zusammengestellt, um die Sie uns gebeten haben. Mit freundlichen Grüßen, Jenny Winter.‹«

Inzwischen war Schilling hinter ihn getreten.

Ben klickte den Anhang an. Eine Art Risszeichnung öffnete sich. »Das ist eine detaillierte Bauanleitung eines Inhalators, den PharmaMed baut und vertreibt«, informierte er.

Schilling grinste. »Unsere nette Airi Young hat sich also erkundigt, wie die Dinger konstruiert sind?«

»Sieht ganz so aus«, bestätigte Ben. »Sie hat so getan, als wolle Janus Therapeutics mit PharmaMed zusammenarbeiten. Ich denke aber, das hier ist der Beweis, dass sie unsere Täterin ist.«

»Kein Beweis, aber immerhin ein weiteres Indiz«, sagte Schilling. »Pack den Computer ein und nimm ihn mit! Vielleicht findest du darauf ja noch mehr, das uns weiterhilft.«

*

Der Anblick von Joseph mit der Waffe in der Hand war ein Schock für Gereon. Plötzlich befand er sich wieder im Tunnel, in dieser Nacht, als er die Proben hatte holen wollen …

Die Mündung der Waffe, die Airi auf ihn richtete, gähnte end-

los vor ihm, dennoch ergab plötzlich alles einen Sinn. Airis seltsames Verhalten in den letzten Monaten, ihre ständigen Bitten um Urlaub, die häufigen Abwesenheiten von der Firma … Er hob das Probenkästchen in die Höhe, das er kurz zuvor aus dem Kühlschrank genommen hatte. »Ist darin das, was ich vermute?«, gelang es ihm zu fragen.

Sie grinste vielsagend.

»Anthraxpulver?«, krächzte er. »Warum?«

»Hast du eine Ahnung, was das manchen Leuten wert ist?« Ihre Antwort erschütterte ihn fast mehr als der Blick in die Mündung ihrer Waffe. »Nein«, beantwortete sie sich ihre Frage selbst. »Natürlich hast du das nicht.«

Was ging nur in ihr vor? Wann hatte sie sich so sehr verändert? Er erkannte sie nicht wieder.

»Her damit!«, fuhr sie ihn an, dann stockte seine Erinnerung, und das Nächste, was er sah, war dieses schockierend rote, kreisrunde Loch in Airis Stirn …

Mit einem Ruck kehrte er aus der Vergangenheit zurück, befand sich plötzlich wieder vor diesem alten, silbernen Trailer, vor dem Joseph ihm eine Waffe unter die Nase hielt.

»Nein!«, wisperte er. »Bitte nicht!«

*

Tom rann eine Gänsehaut über den Rücken, als er Gereons Wispern hörte.

Gereon sackte in sich zusammen. »O Gott, Airi!«

»Sie ist tot, Gereon«, sagte Tom.

»Hab ich sie erschossen?«, murmelte Gereon.

Joseph schüttelte den Kopf. Er wirkte bleich und starr wie ein Stock.

Der Trapper, der Gereon stützte – ein knorriger Kerl mit

wirren Haaren und Bart –, schien von all den Dingen völlig unbeeindruckt. »Der Kumpel hier …« Er schob Gereons Arm ein Stückchen höher auf seine Schulter. »… ich habe ihn im Busch gefunden. Er braucht dringend medizinische Hilfe, aber vor allem braucht er ein Telefon. Ich dachte mir, er kann deins benutzen, Joseph.«

Das war die Sekunde, in der Joseph die Beherrschung verlor. Er warf den Kopf in den Nacken und lachte so lange und laut, dass Tom sich ein Herz fasste. Er trat hinter Joseph, griff nach der Waffe in seiner Hand. Joseph ließ sie sich ohne Gegenwehr abnehmen.

»Das ist …« Wieder lachte Joseph auf. »Das ist … unfassbar! Ausgerechnet zu mir kommt ihr? Ausgerechnet …« Er wandte sich zu Tom um und schien jetzt erst zu merken, dass der die Waffe in der Hand hielt. »Ich könnte mir denken, dass Chief Johnson von all dem hier gern erfahren würde«, sagte er.

6. Kapitel

Nachdem Tom Joseph die Waffe abgenommen hatte, kontrollierte er Gereons Wunde und rief dann erst einen Rettungswagen, bevor er die Polizeistation kontaktierte und darum bat, dass Chief Johnson sich beeilte. Danach brachte er Joseph dazu, sich wieder in die Sitzecke im Trailer zu setzen. Er selbst behielt Josephs Waffe in der Hand und lehnte sich gegen die kleine Küchenzeile, von wo aus er beide Männer im Blick behalten konnte. Er hatte allerdings nicht das Gefühl, dass es nötig war, den Mann mit Gewalt in Schach zu halten. Joseph wirkte, als habe er sich seit Tagen nur mühsam aufrecht gehalten und sei froh, dass ihm endlich eine große Last von den Schultern genommen worden war.

Tom schaute durch die offen stehende Trailertür nach draußen, wo Gereon zusammengekrümmt auf den Stufen saß, Toms Handy in der Hand hielt und es gedankenverloren anstarrte.

Josephs letzte Worte im Trailer gingen Tom durch den Kopf.

Ich bin in dieser Story nicht der Killer.

Offenbar stimmte das. Offenbar hatte Gereon Airi erschossen. Tom war gespannt, wie sich das alles ganz am Ende entwirren würde. Vorerst jedoch würde er Gereon Gelegenheit geben, Nina und Mike darüber zu informieren, dass er noch lebte.

Der Trapper, Gereons Retter, hatte sich vor ein paar Minuten verabschiedet. Tom war nicht sicher, ob der Mann lieber dem Chief aus dem Weg gehen wollte oder ob ihn das ganze weitere Geschehen einfach nicht interessierte. Er wünschte Hoss, dass es Letzteres war. Einen gewissen Gleichmut allen Widrigkeiten der menschlichen Zivilisation gegenüber hätte er allzu gern selbst auch besessen.

Gereon warf ihm einen Blick zu. Tom nickte ihm aufmunternd zu, da endlich gab Gereon sich einen Ruck und wählte Ninas Nummer.

»Ich bin's«, sagte er. Pause. »Ich bin am Leben, ja. Es geht mir gut.«

Tom blieb die Luft weg, als er sich vorstellte, was Nina in dieser Sekunde wohl empfand. Er fühlte sich irgendwie ausgeschlossen, während Gereon einfach nur sekundenlang lauschte, was Nina sagte. »Tom?«, meinte er schließlich und wandte sich zu Tom um. »Ja. Der ist hier. Dem geht's gut.« Ein Schatten huschte über sein fahles Gesicht. »Ich soll … na gut!« Er nahm das Handy vom Ohr und schaltete den Lautsprecher an. »Sie will, dass du mithören kannst«, sagte er.

Tom musterte Joseph und verfluchte die Tatsache, dass der Chief immer noch nicht da war. »Schön artig bleiben!«, mahnte er, dann trat er an die Trailertür, sodass er nahe genug am Telefon stand, um mit Nina reden zu können.

»Hallo, Nina«, murmelte er. Die Waffe hielt er vage in Josephs Richtung gerichtet.

»Hallo, Tom. Ich … Du hast ihn gefunden. Ich weiß nicht, wie …«

Bevor Tom ihr erklären konnte, dass er nicht den geringsten Anteil daran hatte, ergriff Gereon wieder das Wort. »Airi ist tot.«

Nina atmete durch. »Ich weiß, Gereon.«

»Ich … ich habe sie erschossen.«

Das Schweigen, das aus der Leitung drang, dröhnte in Toms Ohren.

»Wie bitte?« Jetzt flüsterte Nina nur noch.

Joseph rutschte auf seinem Platz hin und her, aber ein warnender Blick von Tom genügte, um ihn zum Erstarren zu bringen.

»Sie tauchte plötzlich im Permafrost-Tunnel auf, Nina, und sie hatte eine Waffe, bedrohte mich damit. Sie wollte die Proben, und da war irgendwas in ihren Augen. Ich wusste, sie würde mich erschießen. Ich wusste, sie würde mich erschießen …« Gereon schwankte. Überhaupt war er in den vergangenen Minuten immer blasser und blasser geworden.

»Sie hat auf dich geschossen, oder?«, fragte Nina, und bevor er das bestätigen konnte, fuhr sie fort: »Der Schuss ist durch den Schutzanzug gegangen, nicht wahr? Du hast ihn getragen, als Airi auf dich geschossen hat. Hast du dich infiziert, Gereon?« Ihre Stimme zitterte, und Tom durchfuhr ein ziemlicher Schrecken.

Gereon hob den Kopf. »Es ist möglich, dass das Zeug noch immer in meinem Körper …« Er beendete den Satz nicht.

Tom biss die Zähne zusammen.

In der Ferne erklang eine Polizeisirene. Das typische blaurote Licht amerikanischer Streifenwagen zuckte über die Brombeerbüsche und Fireweeds. Gleich darauf sah Tom einen knallgelben Rettungswagen den holprigen Weg entlangfahren, direkt dahinter zwei Polizeifahrzeuge.

»Was ist mit ihm, Tom?«, hörte Tom Nina fragen. »Wie schlimm ist es wirklich?«

»Das wird wieder«, behauptete er, ahnte aber, dass Nina ihm nicht glauben würde. Wenn Gereon wirklich infiziert war, dann war sein Zustand weitaus bedrohlicher, als es im Moment vielleicht den Anschein hatte. Wenn Nina mit ihrer Vermutung recht hatte, dann vermehrten sich in Gereons Kreislauf gerade die Milzbranderreger und sorgten dafür, dass seine Zellen mit tödlichen Toxinen überschwemmt wurden. »Hör zu, der Rettungswagen ist da, ich melde mich gleich wieder, versprochen!« Tom legte auf und kniete sich hin, um Gereon zu stützen.

Zwei kräftige junge Männer in gelben Overalls sprangen aus

dem Rettungswagen und eilten herbei. Im Laufen zogen sich beide einen Mundschutz über. »Was ist passiert?«, fragte der eine, während er sich medizinische Handschuhe überstreifte.

»Schusswunde!«, informierte Tom. »Und mögliche Infektion mit Anthrax«, fügte er hinzu, was einem der beiden einen geschockten Ausruf entlockte.

»Anthrax?« Der Mann wich unwillkürlich einen Schritt zurück.

Gereon hob den Kopf. »Ich forsche an dem Zeug. Ich kann Ihnen ...«

»Später!« Der zweite Sanitäter übernahm es an Toms Stelle, Gereon zu stützen. Vorsichtig und mit langsamen Schritten führte er Gereon zum Rettungswagen. Tom wandte sich dem Chief zu.

»Was hat das alles hier zu bedeuten?«, blaffte Johnson ihn an. Das ganze Chaos ringsherum ließ seine Laune nicht eben steigen.

Tom grinste den Mann an. »Keine Ahnung. Aber ich habe Ihren Brandstifter. Sitzt brav drinnen und wartet auf Sie.«

*

Nina saß mit dem Telefon in der Hand an ihrem Schreibtisch und fühlte sich wie auf einem elektrischen Stuhl, der jederzeit angeschaltet werden konnte.

Ihr Innerstes war ein einziges Knäuel aus einander widersprechenden Gefühlen. Natürlich war sie erleichtert, dass Gereon am Leben war. Sehr sogar. Aber er hatte überhaupt nicht gut geklungen, was nicht nur daran lag, dass er sich möglicherweise mit Anthrax infiziert hatte. Dazu kamen auch noch all die furchtbaren Dinge, die er ihr erzählt hatte. Er hatte Airi erschossen? In Notwehr?

Sie hatte ihn bedroht?

Warum? Das alles ergab nicht den geringsten Sinn!

Tom hatte versprochen, sich wieder zu melden. Warum zum Henker dauerte das so lange? Sie hielt es im Sitzen nicht mehr aus, sprang auf und begann, im Zimmer auf und ab zu marschieren. Dabei starrte sie wieder und wieder das Telefon an, als könne sie es allein durch Willenskraft zum Klingeln bringen.

Minute um Minute verstrich.

Dann, endlich! Tom rief zurück. Sie riss das Telefon ans Ohr. »Er wird versorgt«, sagte er ohne Einleitung. »Sorry, dass es ein bisschen gedauert hat. Chief Johnson hatte ein paar Fragen an Gereon.«

»Weil er Airi erschossen hat?«

»Ja.«

»Wie geht es ihm wirklich?« Sie stand mitten im Raum und fühlte sich, als würden die Wände auf sie einstürzen. Mit den Fingerspitzen der freien Hand massierte sie sich die Stirn.

Tom zögerte. »Die Wunde selbst ist nicht lebensbedrohlich, haben mir zumindest die Sanis gesagt. Ein Schuss in die Schulter. Der Trapper, der ihn versorgt hat, hat die Wunde offenbar einigermaßen fachmännisch, wenn auch extrem rustikal, versorgt …«

Nina biss die Zähne zusammen. »Sind die Sanitäter noch da?«

»Ja, wieso? Die wollen ihn gerade abtransportieren.«

»Gib sie mir, bitte!«

»Moment.«

Sie hörte, wie seine Schritte auf Kies knirschten, gleich darauf war eine dunkle Männerstimme in der Leitung. »Ja?«

»Das Anthrax, mit dem dieser Mann möglicherweise infiziert ist, ist hochpathogen. Sie müssen ihn auf der Stelle mit hoch dosierten Antibiotika behandeln …«

»Wir wissen, wie man …«

»Hören Sie!«, fiel Nina dem Sanitäter ungeduldig ins Wort. »Jetzt ist keine Zeit für Befindlichkeiten. Ich bin Mikrobiologin, und ich warne Sie eindringlich vor dem Erregerstamm, den dieser Mann möglicherweise im Blut hat. Machen Sie mit dieser Info, was Sie wollen, aber geben Sie sie an die behandelnden Ärzte weiter. Und noch eins: Es gibt einen Mann, der auf jeden Fall auch auf den Erreger getestet werden muss. Ein Trapper, der sich um Ihren Patienten gekümmert hat!«

Der Sanitäter schien immer noch nicht besonders begeistert davon, dass ihm eine völlig Fremde medizinische Ratschläge erteilte, aber immerhin bestätigte er jetzt, verstanden zu haben. »Der Patient möchte Sie noch mal sprechen«, sagte er verschnupft.

Gleich darauf hatte sie Gereon dran. »Tom muss die Proben nach Berlin schaffen«, hörte sie ihn flüstern. »Sie sind der letzte Rest von Janus, alles andere wurde zerstört, und Mike braucht die Probe so schnell wie möglich. Tom muss …«

»Wovon redest du?« Es machte ihr Angst, ihn so reden zu hören, denn es klang fast, als fürchte er, nicht zu überleben. »Das kannst du selbst machen, wenn du …«

»Schluss jetzt!« Es krachte im Hörer, und Nina vermutete, dass der Sanitäter Gereon das Telefon weggenommen hatte.

Gleich darauf war Tom wieder dran. »Sie bringen ihn jetzt weg, aber er hat mir seine Proben gegeben.«

»Das ist gut.«

*

»Mr. Morell!« Tom wartete noch darauf, dass Nina weitersprach, als Chief Johnson nach ihm rief. Mit dem Kästchen in der Hand, das Gereon ihm kurz zuvor zusammen mit einer überaus verwirrenden Information übergeben hatte, wandte er sich um. Der Chief stand in der Tür des Trailers und winkte ihn zu sich.

»Der Sheriff will mich sprechen«, informierte Tom Nina.

Sie ächzte. »Wenn der die Probe an sich nimmt, sehen wir sie nie wieder, Tom«, sagte sie.

»Ich weiß«, meinte er, bevor er auflegte. Im gleichen Moment wurde Joseph von einem von Johnsons Männern in Handschellen zu einem der beiden Streifenwagen geführt. Als er an Tom vorbeikam, blieb er mit einem Ruck stehen und wehrte den Deputy ab, der ihn vorwärtstreiben wollte. Er starrte Tom in die Augen. Und dann sagte er etwas sehr Kryptisches.

»Dein Freund, dieser Gereon. Er ist auch nicht der Killer.«

Verwundert sah Tom ihn an. »Was soll das heißen?«

Der Deputy packte Joseph am Arm, wollte ihn weiterschieben, aber Tom hielt ihn auf.

»Warten Sie bitte einen Moment.« Er wandte sich an Joseph. »Was meinst du damit?«

Joseph wirkte immer noch erleichtert, dass seine Tat endlich ans Licht gekommen war, aber da war noch etwas anderes in seiner Miene. Etwas, das Tom nicht zu deuten wusste.

War es Zorn?

Verwirrung?

Josephs Augen jedenfalls flackerten ungut.

Säufer, hatte Chris ihn genannt.

Chief Johnson verließ seinen Posten in der Trailertür und kam näher. »Gibt es Probleme?«

»Keine Probleme, Chief«, sagte der Deputy und packte Joseph fester. Während er ihn vorwärtsschob, wandte Joseph den Kopf in Toms Richtung. »Das Mädchen auf dem Foto …«

»Schluss jetzt mit deinem versoffenen Gestammel!«, befahl der Deputy. Dann schob er Joseph auf den Rücksitz des Streifenwagens und schlug die Tür hinter ihm zu. Joseph presste die gefesselten Hände an die Scheibe und rief Tom durch die geschlossene Scheibe hindurch etwas zu, das er nur halb verstand, weil der Motor angelassen wurde.

»Mr. Morell!«, drängte der Chief.

Tom biss die Zähne zusammen. *Wenn der Chief die Proben an sich nimmt, sehen wir sie nie wieder*, hatte Nina gesagt. Sie hatte ja keine Ahnung, wie recht sie damit hatte. Er steckte das Probenkästchen in seine Jackentasche. Mit der Hand darauf ging er auf den Chief zu. Hinter ihm wendete der Streifenwagen auf dem knirschenden Kies und fuhr davon.

Tom rieb sich das Genick. Was Joseph ihm vom Wageninneren aus zugerufen hatte, hatte geklungen wie: *Das Mädchen! Sie ist der Killer!*

Er schob dieses Detail zunächst in den hintersten Winkel seines Hirns. »Was kann ich für Sie tun?«, fragte er den Chief so neutral wie nur möglich.

Johnson bat ihn, in den Trailer zu kommen, sich zu setzen, und dann nahm er ihm gegenüber Platz. Er deutete auf die Zeitungsausschnitte und Zettel an den Wänden rings herum. »Sieht ganz schön durchgeknallt aus, oder?«

Tom nickte. »Wenn meine Familie so umgekommen wäre wie die von Joseph, würde ich vielleicht auch durchdrehen.« Er verbot es sich, an Sylvie zu denken. *Das Mädchen. Die Killerin.* Aus dem Augenwinkel ließ er einen Blick auf das Foto fallen.

»Schon klar.« Johnson zupfte die Todesanzeige der Kinder von der Scheibe und betrachtete sie lange Zeit schweigend.

»Chief?«, meinte Tom.

Nur langsam kehrte Johnson mit den Gedanken zurück in den Trailer. »Joseph hat da eben ziemlich wirres Zeug geredet, und ich hoffe, Sie können mir helfen, Licht ins Dunkel zu bringen.«

»Ich wüsste nicht, wie, aber ich versuche es.«

»Okay. Gut. Also fangen wir ganz von vorn an. Joseph hat

zugegeben, dass er das Feuer im Tunnel gelegt hat. Er hat mir erzählt, wie er das Aluminiumpulver gestohlen und wie er es verkabelt hat. Wussten Sie, dass man mit einem Handy eine vorprogrammierte Zeitschaltuhr in Gang setzen kann? Man braucht dazu nur ein bisschen Technikkram, den man in jedem Handyladen kaufen kann. Gruselig, oder?« Der Chief schüttelte sich. »Egal! Joseph hat auch ausgesagt, dass er das Feuer schon länger legen wollte, aber Skrupel hatte. Und dann hat er etwas sehr Interessantes gemurmelt: *Da musste erst diese Bitch kommen, damit ich die Eier dazu hatte.*«

»Was bedeutet?«

»Das habe ich ihn auch gefragt. Aber er war plötzlich ganz verschlossen. Ich habe nur aus ihm rausgekriegt, dass diese *Bitch*, von der er geredet hat, offenbar aus seinem Dorf stammt.«

»Aha.«

»Ja. Sagt Ihnen das was?«

Statt darauf zu antworten, nahm Tom das Foto von der Tischplatte und zeigte es dem Chief. »Ich denke, er könnte von diesem Mädchen hier gesprochen haben.«

Johnson nahm das Foto, betrachtete es fast genauso lange wie eben den Zeitungsausschnitt. »Das wurde in Arctic Village aufgenommen, vermute ich? Wer sind die anderen?«

»Joseph mit seinen Geschwistern. Und Mike Reed.«

»Der Geschäftspartner von Kirchner?«

Wieder nickte Tom.

Johnson stellte das Foto zurück an seinen Platz. »Interessant. Joseph hat zugegeben, dass diese Frau aus seinem Dorf plötzlich hier aufgetaucht ist. Offenbar hat er sie im Silver Gulch getroffen und ihr im Suff erzählt, was ihn so umtreibt. Dass in dem Tunnel Kadaver liegen, ganz ähnlich wie die, die seine Familie umgebracht haben, zum Beispiel, und dass er sie gerne zurück in die Hölle schicken würde, wo sie seiner Meinung nach herkommen. Da hat diese Frau ihm eine hübsche Stange Geld geboten dafür, dass er seinen Plan in die Tat umsetzt.«

»Aha.« Tom war bewusst, dass Johnson ihn die ganze Zeit aufmerksam beobachtete. Er versuchte zu ergründen, ob der Chief ihn immer noch im Verdacht hatte, aber das Gesicht seines Gegenübers war in dieser Hinsicht völlig undurchdringlich.

»Als ich Joseph gefragt habe, ob er auch diese Airi Young erschossen hat, hat er noch mehr dichtgemacht«, fuhr Johnson fort. »*Ich bin kein Killer!*, hat er immer wieder behauptet. *Ich nicht.*«

»Stimmt ja auch. Sie haben schließlich gehört, was Gereon gesagt hat. Er hat Airi erschossen.«

Das Mädchen. Der Killer.

Tom überlegte, ob er dem Chief sagen sollte, was Joseph ihm durch die Streifenwagenscheibe hindurch zugerufen hatte. »Ich bin sicher, Gereon wird ein umfassendes Geständnis ablegen.«

Johnson nickte grübelnd.

»War es das dann?«, fragte Tom. »Denn wie es aussieht, haben Sie ja Ihren Saboteur und auch Ihren Todesschützen. Kann ich gehen?«

Johnson musterte ihn eindringlich. »Noch nicht.«

»Was noch?« Tom hatte aufstehen wollen. Jetzt setzte er sich wieder. »Ich war nicht vor Ort, als das Feuer ausgebrochen und Airi Young gestorben ist, das habe ich Ihnen doch gesagt. Und Sie haben zwei geständige Täter.«

Der Chief grinste. »Stimmt. Aber eins habe ich noch nicht.« Er streckte seine Hand über den Tisch. »Die Proben, bitte.«

Tom stand in der Tür von Josephs Trailer und sah zu, wie Johnson mit dem Probenkästchen in der Hand zu seinem Streifenwagen ging und ein paar Worte mit seinem zweiten Deputy wechselte.

»Wie es aussieht, müssen wir zu diesem Kirchner ins Krankenhaus.«

»Oh Mann!«, sagte der Deputy. »Es kotzt mich echt an, Chief, dass wir unsere ganze Zeit mit irgendwelchen Ausländern verschwenden, statt uns endlich auf die Suche nach Kari zu konzentrieren.«

Kari. Tom erinnerte sich daran, dass dieser Name schon einmal gefallen war, vor ein paar Tagen in seinem ersten Gespräch mit dem Chief. Kari Wescott, die junge Frau aus einem Athabasken-Stamm, die vermisst wurde, war also immer noch nicht gefunden worden.

Josephs Worte hallten in ihm wider.

Das Mädchen.

Killerin …

Er nickte dem Chief zu, der sich zum Abschied grüßend an den Hut tippte, dann in seinen Wagen stieg und den unkrautüberwucherten Pfad in Richtung Straße davonfuhr.

Tom seufzte.

Er musste jetzt dringend eine rauchen, das würde ihm helfen, seine Gedanken zu ordnen. Und da gab es eine ganze Menge zu ordnen. Er zündete sich eine Zigarette an, dann wandte er sich um, nahm Josephs Foto an sich. Mit ihm in der Hand trat er nach draußen auf den Kies, und während er rauchte, betrachtete er das grimmige Gesicht des Mädchens auf dem Foto.

»Wer bist du?«, murmelte er.

Als er halb fertig war mit der Zigarette, stellte er das Foto auf die oberste Trailerstufe und rief Nina an.

»Hey«, drang ihre Stimme an sein Ohr.

Er nahm einen tiefen Zug. »Hey.«

Schweigen.

Dann murmelte Nina: »Ich weiß nicht, was ich sagen soll, Tom.«

Wie wäre es mit Danke?

»Sag einfach gar nichts.«

»Das kommt mir falsch vor. Ich bin dir unendlich dankbar für alles, was du getan hast.«

Er schloss die Augen, rauchte. Freute sich darüber, dass sie ihn nicht als Allererstes nach diesen verdammten Proben gefragt hatte, und wusste doch, dass gleich etwas kommen würde, das ihm nicht gefiel. »Schon gut.« Seine Hand wanderte in die Jackentasche, in der sich bis eben noch das Probenkästchen befunden hatte.

»Kann ich dir eben mal ein Foto schicken?«, fragte er. Er ahnte ihre Verwunderung, aber sie bejahte, und dann wartete sie, bis er Josephs Bild abfotografiert und ihr geschickt hatte. Als ihr Handy den Eingang einer Nachricht signalisierte, hielt er unwillkürlich den Atem an. »Das Mädchen am Rand«, sagte er.

Sie schwieg.

Verblüffend lange.

»Was ist mit ihr?«, fragte sie dann mit einer Stimme, die aus einem Grab zu kommen schien.

Das Mädchen! Sie ist der Killer!

»Ich vermute, dass ihr Name Kari ist und dass sie Airi erschossen hat.«

Nina entfuhr ein Ächzen, der ihm einen eisigen Schauder über den Rücken rieseln ließ. »Das kann nicht sein«, flüsterte sie, noch immer mit dieser Grabesstimme.

»Warum nicht?«

»Das Mädchen … Tom! Sie ist Airi!«

*

Was war ihr Motiv?

Wie ein heißgelaufener Motor kreisten Franks Gedanken nur um diese eine Frage.

Was war Airi Youngs Motiv dafür, zwei Menschen mit Anthrax zu verseuchen?

Gelegenheit. Mittel. Beides hatte diese Frau für die Tat gehabt. Aber was zum Henker war ihr Motiv? Er stützte beide Ellenbogen auf den Küchentisch, an dem er vor einem leeren Glas und einer halb vollen Flasche Wodka saß, und raufte sich die Haare.

Seit er und Sabine aus dem Krankenhaus nach Hause gefahren waren, fühlte er sich wie gehäutet. Er hätte in einer Tour schreien können, weil ihm das Bild seines toten Enkelkindes nicht aus dem Kopf ging. Franziskas rote Augen und dieser winzige porzellanweiße Körper in ihren Armen – er musste nur blinzeln, um beides wieder und wieder vor sich zu sehen.

Mit zusammengebissenen Zähnen zwang er seine Gedanken dann jedes Mal zurück zu dem Fall, um nicht durchzudrehen.

Er brauchte das verflixte Motiv!

Er goss sich ein zweites Glas Wodka ein. Das erste hatte er in einem einzigen Zug runtergestürzt, und es brannte ihm immer noch in Kehle und Magen. Diesmal nahm er einen kleineren Schluck.

Dann ließ er beide Hände auf die Tischplatte krachen. Er musste das verdammte Motiv finden! Er stand auf, nahm Glas und Flasche an sich und ging in sein Arbeitszimmer. Dort startete er den Laptop, und während das Ding hochfuhr, leerte Frank das zweite Glas.

Sein Magen protestierte mit einem dumpfen Brennen.

Frank setzte sich, und als der Rechner endlich betriebsbereit war, ging er ins Internet und googelte Airi Young, genau wie er es vergangene Nacht schon einmal getan hatte. Auf seinem Monitor erschien die Liste mit Links, die zu dieser Frau führten. Frank ignorierte den ersten, die Seite von Janus Therapeutics, auf der sich die Mitarbeiter vorstellten, hatte er sich gestern schon durchgelesen. Stattdessen klickte er den Wikipedia-Eintrag über Airi an. Es fiel ihm schwer, sich auf die Worte zu konzentrieren, doch er schaffte es, einige Informationen über diese Frau zu einem Bild zusammenzusetzen, das die Firmenwebsite nicht hergab.

Danach hatte Airi Young als Kind und Jugendliche in den USA gelebt, aber da ihre Mutter Russin war, war sie mit ihrer Tochter nach dem Tod des Vaters zurück in ihr eigenes Land gekehrt. Airi hatte erst Biologie und dann Mikrobiologie studiert, und zwar an der Polytechnischen Peter-der-Große-Universität in St. Petersburg. Nach dem Studium war sie in die USA zurückgekehrt und hatte nach nur einer Station bei einem mittelgroßen Pharmaunternehmen in Seattle eine Stelle als leitende Wissenschaftlerin bei Janus Therapeutics angetreten. Dort hatte sie in den vergangenen fünf Jahren offensichtlich wesentlich an der Entwicklung von JanuThrax mitgearbeitet …

»Frank?« Sabines Stimme riss Frank aus seiner Konzentration. Er spürte, wie sie hinter ihn trat. Sie roch nach Nachtcreme, offenbar war sie schon im Bad gewesen und hatte sich bettfertig gemacht. Sanft legte sie ihm beide Hände auf die verspannten Schultern. »Was machst du? Arbeitest du etwa immer noch?«

Er verspürte den Stich eines schlechten Gewissens. »Ich muss mich irgendwie ablenken«, murmelte er. »Sonst zertrümmere ich noch irgendwas.«

Sie packte ihn und drehte ihn auf seinem Stuhl zu sich herum. In ihren Augen stand derselbe Schmerz, den er empfand. Ein Kind zu verlieren, selbst wenn es nicht das eigene war, sondern »nur« ein Enkel, war das Härteste, was es auf der Welt gab. »Es tut mir so leid!«, flüsterte er.

Sie zog ihn an sich und hielt ihn fest. Er konnte ihren Herzschlag hören und das Rauschen in seinen eigenen Ohren.

»Komm«, sagte sie. »Lass uns versuchen zu schlafen.« Sie zog ihn auf die Füße, und er folgte ihr ins Schlafzimmer, wo sie bereits – wie jeden Abend – die Betten aufgeschlagen hatte. Diese winzige Alltagsgeste ließ ihm die Tränen in die Augen schießen. Wie konnte die Welt sich nur weiterdrehen?

»Ach, Sabine«, flüsterte er.

Später, als er immer noch hellwach neben ihr lag und ihrem Atem lauschte, polterten die Einzelheiten aus Airi Youngs Leben wie Flipperkugeln in seinem Schädel herum.

Studium in St. Petersburg. Mikrobiologie. Der Vater überraschend verstorben.

Irgendwo in diesen Details, das war einer seiner letzten Gedanken, bevor er endlich in einen unruhigen Schlaf hinüberglitt, befand sich das Motiv, das diese Frau angetrieben hatte, zwei Menschen zu ermorden.

*

»Tom?« Nina hatte den Lautsprecher eingeschaltet, sodass sie gleichzeitig mit Tom reden und das Bild betrachten konnte, das er ihr geschickt hatte. Sie glaubte, ihn durch die Leitung hindurch atmen zu hören.

»Noch mal für Doofe«, murmelte er. »Das Mädchen, das auf diesem Foto am Rand steht, ist Airi Young? Bist du dir da ganz sicher?«

Sie war es. Auch wenn es sie selbst überraschte, aber ja, sie war sich sicher. Sie blickte der jüngeren Version von Airi auf dem Foto in die Augen. »Sie war da offenbar noch ziemlich jung, und wie es aussieht auch etliche Kilo schwerer als heute, aber es ist ganz eindeutig sie!« Ihr war nicht ganz klar, was das nun schon wieder zu bedeuten hatte. Je mehr sie erfuhren, umso verworrener wurde alles, dachte sie.

»Okay.« Tom räusperte sich. »Joseph hat mir gesagt, dass das Mädchen auf dem Foto unsere Killerin ist. Ich dachte darum, dass sie Airi erschossen hat, aber jetzt sagst du mir, dass sie Airi *ist*. Das ist ziemlich schräg.«

Das war es wirklich.

»Gehen wir das noch mal der Reihe nach durch«, fuhr er fort. »Das heißt, Joseph und Mike kannten nicht nur sich gegenseitig schon aus Jugendzeiten, sondern auch Airi?«

Offenbar. Das Foto legte nahe, dass Airi damals in dem Dorf gelebt hatte. Sie trug die gleiche Kleidung wie Joseph, Mike und die Kinder. Und sie wirkte, als gehöre sie zu ihnen dazu und gleichzeitig auch irgendwie nicht. Nina betrachtete den Abstand zwischen ihr und den anderen.

»Wusstest du das?«, fragte Tom in ihre Gedanken hinein.

Nein. Mike hatte ihr nie davon erzählt. Und jetzt lag Airi tot in einer Leichenhalle in Alaska, weil Gereon sie in diesem Eistunnel erschossen hatte. Unwillkürlich schüttelte Nina den Kopf. »Wieso hat Joseph gesagt, dass sie die Killerin ist? Das alles ergibt nicht den geringsten Sinn«, flüsterte sie.

»Und es wird noch schlimmer«, sagte Tom.

*

»Was meinst du?« Er glaubte, die Anspannung in Ninas Stimme zu hören, dieses schwache Vibrieren, das von Sorge und Verständnislosigkeit sprach.

Er knirschte mit den Zähnen. »Chief Johnson hat mich gezwungen, die Proben rauszurücken.«

Nina sog Luft durch die Zähne, fing sich aber schnell wieder. »Ja. Ja, das war irgendwie zu erwarten.« Sie klang so resigniert, dass er rasch hinterherschob:

»Ich habe ihn, hm, sagen wir, ein klein wenig ausgetrickst.« Er zog die Hand aus der Jackentasche. In ihr lagen zwei durchsichtige Röhrchen, die sich kurz zuvor noch in der verschlossenen Probenbox befunden hatten. Eines davon war voll, das andere leer. Als der Chief ihn zu sich in den Trailer gerufen hatte, hatte er ohne viel nachzudenken in seine Jackentasche gegriffen, die Box blind geöffnet und ihr zwei Röhrchen entnommen. Wenn er richtig gerechnet hatte, lag die Chance, dass er dabei zwei leere erwischte, bei eins zu vier, genauso wie die Chance, dass er die beiden gefüllten erwischt hätte. Im ersten Fall wäre sein Trick erfolglos gewesen, im zweiten wäre Johnson ihm auf die Schliche gekommen. Alles in allem hatte Tom also eine Fifty-fifty-Chance gehabt, dass sein Täuschungsmanöver funktionierte.

»Dein Glück«, sagte er, »dass der Chief nicht wusste, dass Gereon zwei von den Dingern abgefüllt hat.«

»Das … ich weiß nicht, was ich …«

»Allerdings gibt es einen kleinen Haken«, unterbrach er sie und dachte dabei an die wenigen Worte, die Gereon ihm noch hatte zuflüstern können, bevor die Sanitäter ihn abtransportiert hatten. Eine Gänsehaut zog sich von seinem Genick den ganzen Rücken hinab.

»Was?«

»Du hast mir gesagt, dass das Zeug, das Gereon abgefüllt hat, schwarze, halbverweste Schmiere ist.«

»Ja. Wieso?«

Tom erinnerte sich daran, wie sie ihm erklärt hatte, dass Anthrax für terroristische Zwecke aufbereitet werden musste und wie es aussah, wenn man es für einen Anschlag missbrauchen wollte. Und er dachte an Gereons Worte.

Das hier sind nicht meine Proben.

Er schluckte. »Ich fürchte, das, was ich hier habe, sieht ein bisschen anders aus.« Er hob die beiden Röhrchen gegen das Licht. In dem vollen rieselte weißer Staub von einer Seite auf die andere.

Teil 4: Transformation

1. Kapitel

»Gereon lebt!«, sagte Nina zu Mike. Sie stand vor seiner Haustür, die er kurz zuvor geöffnet hatte, und schaute in sein ungläubiges Gesicht. Mittlerweile war es weit nach Mitternacht. Sie fühlte sich wie gerädert. »Er hat sich gemeldet, Mike. Er …«

»Komm erst mal rein!« Mike packte sie reichlich grob. Er zog sie in die Küche, ergriff ihre Schultern, drehte sie zu sich um. »Jetzt erzähl!«

Sie musste lachen. Zu wissen, dass Gereon lebte, hatte sie in eine euphorische Stimmung versetzt, die sich nicht nur wegen der Lebensgefahr, in der er schwebte, zwiespältig anfühlte, sondern vor allem wegen des weißen Pulvers in Toms Probe. Sie hatte eine vage Ahnung, um was es sich dabei handelte. Hoffentlich hatte Mike eine Erklärung dafür, dachte sie.

Aber das hatte er nicht.

»Du denkst, es ist präpariertes Anthraxpulver?«, echote er, nachdem sie ihm alles erzählt hatte.

Sie nickte. Er wirkte genauso perplex wie sie.

»Waffenfähiges Anthrax.« Er schluckte schwer. Schüttelte den Kopf. »Wie kommst du darauf?«

»Ich weiß nur, dass Gereon Tom gesagt hat, es sind nicht seine Proben. Vielleicht kann er uns selbst ja mehr sagen.« Nina nahm ihr Handy, wählte Gereons Nummer und schaltete auf laut. Hoffentlich war Gereon in der Lage zu telefonieren – und hoffentlich hatte er mittlerweile sein Telefon aufgeladen. Beides schien der Fall zu sein, denn ungefähr nach dem fünften Klingeln ging er ran.

»Nina!« Seine Stimme klang genauso matt wie vor wenigen Stunden, als die Sanitäter ihn abtransportiert hatten.

»Gereon! Partner!«, stieß Mike voller Erleichterung hervor.

»Mike!«

»Ich bin so froh zu hören, dass du lebst! Nina hat mir erzählt, dass du dich infiziert hast, ich …«

»Die Ärzte haben ein paar Tests gemacht«, fiel Gereon ihm ins Wort. »Es stimmt, ja. Ich habe mich mit Milzbrand infiziert, als Airi auf mich geschossen hat. Aber ich habe bereits ein hoch dosiertes Antibiotikum bekommen, und es fühlt sich an, als würde es wirken.«

Nina konnte sich des Gedankens nicht erwehren, dass er sich möglicherweise etwas vormachte, aber sie behielt ihre Meinung besser für sich.

»Wieso hat Airi auf dich geschossen?«, fragte Mike. »Wieso war sie überhaupt dort bei dir? Ich dachte, sie wollte Urlaub machen! Wir alle hier sind von der ganzen Sache ziemlich verwirrt, Gereon! Vor allem von dem Pulver in deiner Probe …«

Gereon stieß ein Geräusch aus, das alles hätte sein können, von einem ironischen Lachen bis hin zu einem schmerzerfüllten Stöhnen. »Tja. Da geht es euch nicht anders als mir.«

»Nina fürchtet, dass das Zeug aufgereinigtes Anthrax ist. Was bedeutet das, Gereon?«

»Tja. Das ist wohl eine längere Geschichte. Als ich nach Alaska geflogen bin, um die Gewebeproben zu holen …« Gereon hielt inne, weil ihm klar wurde, dass Nina mithörte.

»Ich weiß, dass die Überschwemmung den Janus-Originalstamm zerstört hat«, sagte sie durch zusammengebissene Zähne. Plötzlich störte es sie massiv, dass er nicht das Vertrauen zu ihr gehabt hatte, ihr die Wahrheit zu sagen. Sie fragte sich, ob er den verärgerten Ton in ihrer Stimme mitbekommen hatte.

»Gut. Die Gewebeproben aus den Kadavern zu extrahieren,

sie gefrierzutrocknen und in einem Kühlschrank im Kaributunnel zu lagern, war kein großes Problem, Mike. In der Nacht, bevor ich die Proben für die Reise fertig machen wollte, konnte ich nicht schlafen, also bin ich ins Camp gefahren. Als ich unten im Tunnel war, fiel mir auf, dass in dem Kühlschrank noch eine andere dieser Transportboxen stand, die wir speziell für Janus Therapeutics entwickelt haben. Ich war neugierig, und darum habe ich einen Blick reingeworfen. Im ersten Moment wusste ich natürlich nicht, dass ich hochaufgereinigtes Anthrax vor mir habe.« Er brauchte einen Augenblick, um sich aus seinen Erinnerungen zu befreien. »Sicher wusste ich es erst in dem Moment, als Airi plötzlich hinter mir aufgetaucht ist. Ich dachte ja, dass sie irgendwo Urlaub macht, darum überraschte es mich, sie in diesem Tunnel zu sehen. Und noch mehr überraschte es mich, als sie plötzlich eine Waffe zog.« Er fluchte leise in sich hinein.

»Dann hat sie auf dich geschossen, weil du ihr auf die Schliche gekommen bist?«, fragte Nina.

»Zuerst hat sie mich nur bedroht. Ich war völlig perplex, verstand überhaupt nichts. Bis sie sagte: ›Gib mir mein Anthrax!‹ Da begriff ich, was das weiße Pulver in ihren Probenröhrchen war. Ich wusste, dass sich parallel mit mir seit einiger Zeit eine deutsche Wissenschaftlerin im Permafrost-Camp befand, hatte sie aber noch nie getroffen. Als ich Airi mit der Waffe vor mir stehen sah, verstand ich, dass sie diese deutsche Wissenschaftlerin sein musste. Sie hatte genug Zeit gehabt, um Anthrax in solch hohen Konzentrationen herzustellen.«

»Aber dafür gibt es überhaupt keinen Grund!«, entfuhr es Nina.

»Doch. Es als Biowaffe einzusetzen. Und tatsächlich sagte sie mir ins Gesicht, dass das Zeug einen Haufen Geld bringen würde. In der Sekunde begriff ich, dass sie sich seit einigen Monaten stark verändert haben musste. Ich erkannte sie nicht wieder, aber eines wusste ich: dass sie mich erschießen würde. Ich warf mich auf sie, sie drückte ab und traf mich in die Schulter. Die nächsten Minuten sind in meiner Erinnerung total verschwommen. Ich muss irgendwie die Waffe in die Hand gekriegt und geschossen haben. Als Nächstes erinnere ich mich an das Einschussloch in ihrer Stirn und wie sie zusammensackte. Ich habe mir meine Probenbox geschnappt und bin geflohen. Zumindest dachte ich, dass es meine Probenbox ist …«

»Du hast Airis erwischt«, sagte Mike.

»Ja. Offenbar. Als ich den Tunnel kurz vorher betreten hatte, sind mir zwei Säcke mit Aluminiumpulver aufgefallen, und ich habe mich noch darüber gewundert. Später dann ist mir klar geworden, dass Airi die dort deponiert haben muss, um die Kadaver zu vernichten.«

»Sie hat es nicht selbst getan, sondern Joseph dazu gebracht«, erwähnte Nina das, was sie von Tom wusste. »Er hatte schon länger geplant, die Kadaver zu vernichten, damit nicht anderen Menschen das Gleiche passiert wie seiner Familie. Ihr muss das ganz gut in den Kram gepasst haben. Immerhin wurden ihre Proben dadurch noch ein bisschen wertvoller für ihre potenziellen Abnehmer.«

»Angebot und Nachfrage, meinst du?«, fragte Gereon.

»Wäre eine Erklärung, oder? Du hast ihren Plan durchkreuzt, das Zeug aus dem Tunnel zu holen, als du selbst in der Nacht dort aufgetaucht bist.«

»Sieht so aus, ja.« Gereon seufzte tief. »Und wir haben jetzt ein sehr konkretes Problem, bei dem uns aktuell nur Tom helfen kann.«

Nina presste die Lippen zusammen, weil sie wusste, wovon er sprach. Dadurch, dass Airi die Karibukadaver in die Luft gejagt hatte, war das Anthrax, das sich zurzeit in Toms Händen befand, die einzige, die übrig war, um mit der Krebsstudie fortzufahren. Was bedeutete: Toms Probe musste so schnell wie möglich nach Berlin.

Zornig schüttelte sie den Kopf. »Unmöglich, Gereon! Du kannst nicht von Tom verlangen, dass er Anthrax in solchen hohen Konzentrationen quer durch die Welt fliegt! Das ist viel zu gefährlich! Verdammt, immerhin hat er sich an dem Zeug vielleicht sowieso schon angesteckt …« Ihr ging die Luft aus, weil dieser Gedanke immer noch furchtbar war. Als Tom ihr vor ein paar Stunden von dem weißen Pulver in der Probe erzählt hatte, war ihr schon einmal eiskalt geworden. Obwohl sie ihn gleich in ihrem ersten Telefonat davor gewarnt hatte, vorsichtig mit Anthrax zu sein, und obwohl er zu diesem Zeitpunkt zumindest geahnt haben musste, was sich wirklich in den Röhrchen befand, hatte er das Sicherheitskästchen geöffnet, um die Proben vor Chief Johnsons Zugriff zu bewahren. Er habe einfach nicht über die Konsequenzen nachgedacht, hatte er behauptet. Und natürlich bestand eine gewisse Wahrscheinlichkeit, dass er sich dabei mit dem Erreger angesteckt hatte. Aus diesem Grund hatte sie ihn angefahren, sich sofort in einem Krankenhaus testen zu lassen, und zu ihrer Erleichterung hatte er eingewilligt. Er hatte ihr versprochen, sich sofort zu melden, wenn das Ergebnis vorlag. »Außerdem würdet ihr niemals die Genehmigungen für den Transport bekommen!«, führte sie weiter aus.

Gereon ächzte. »Stimmt wohl.«

Sie wartete, dass er ihr widersprechen würde, dass er eine akzeptable Lösung präsentierte. Offenbar hatte er sich ja selbst schon Gedanken darüber gemacht, wie es weitergehen sollte.

»Er müsste die Probe schmuggeln«, hörte sie ihn sagen, und sie glaubte, ihren Ohren nicht zu trauen. Das konnte er nur als Scherz meinen!

»Das ist aber nicht dein Ernst!«, schnaubte sie.

»Nina! Du weißt so gut wie ich, dass es die einzige Chance ist, JanuThrax zu retten! Wenn wir diese Probe nicht innerhalb …«

»Ich weiß das alles!«, brauste sie auf. »Trotzdem kannst du nicht von Tom verlangen …«

»Findest du nicht, dass der Mann das selbst entscheiden sollte?«

»Du hast schon mit ihm gesprochen?«, entfuhr es ihr.

»Natürlich nicht, ich habe ja nicht mal seine Handynummer. Ich hatte, ehrlich gesagt, gehofft, dass du sie mir geben würdest.«

»Auf keinen Fall!«

»Nina! Weißt du, wie viele Menschen auf der Welt verzweifelt auf eine solch neue Therapie wie mit JanuThrax warten?«

Natürlich wusste sie das, und es machte sie zornig, wie er ihr die Pistole auf die Brust setzte. »Schon, aber … Tom …«

»Wenn ich es nicht besser wüsste, würde ich denken, dass dir ganz schön viel an diesem Tom liegt.«

Sie fühlte sich, als habe er ihr eine Ohrfeige gegeben, vor allem deshalb, weil er natürlich ins Schwarze getroffen hatte. Sie sah Mike an, der die ganze Zeit jede ihrer Regungen registrierte.

»Nein, aber ich …« Plötzlich musste sie an Sylvie denken, an Toms Tochter, und an die Leidenschaft, mit der er vergangenes Jahr um ihr Leben gerungen hatte. Ihr war völlig klar, dass Tom in einem Dilemma steckte, wenn Gereon ihn bitten sollte, die Probe im Flugzeug nach Deutschland zu schmuggeln. Denn wenn er sich weigerte, bedeutete das, dass die Hoffnung ungezählter Menschen auf eine neuartige Krebstherapie vergeblich gewesen wäre. Und Tom war nicht der Typ, der das zulassen würde. Wie sie ihn kannte, würde er einwilligen, bei dieser Irrsinnsidee mitzumachen.

Und das durfte auf keinen Fall geschehen!

»Ich denke, Tom sollte selbst entscheiden«, wiederholte Gereon.

Nina ballte eine Faust. Wie sehr sie es hasste, dass er damit natürlich recht hatte! »Trotzdem …«

»Nina, weißt du was? Ich kann auch auf Toms Website nachschauen.« Ganz kühl klang Gereon auf einmal.

Sie schloss die Augen. »Also gut«, willigte sie ein. »Ich gebe dir seine Nummer.«

*

Die Sonne schien in schrägen Bahnen durch die Fensterfront in den Besprechungsraum und ließ die Temperaturen auf über fünfundzwanzig Grad steigen.

Frank spürte es kaum. Er war in einer Mischung aus emotionaler Betäubung, Schuldgefühl und grimmiger Entschlossenheit gefangen. Seit er seinen toten Enkel auf dem Arm gehabt hatte, musste er immer wieder an dieses winzige, schon lange ausgekühlte Bündel Mensch denken und konnte sich nur schwer konzentrieren.

Er seufzte. Er hatte weder Schilling noch den anderen von Francis' Tod erzählt, weil er Angst hatte, dass der Kommissar ihn auf der Stelle wieder nach Hause schicken würde. Aber zu Hause zu sitzen und sich in seiner Trauer und seinem Zorn zu suhlen, war das Letzte, was Frank jetzt gebrauchen konnte. Er musste irgendwas tun, musste sich beschäftigen, und genau darum hatte er sich heute Morgen wie immer für die Arbeit fertig gemacht.

Jetzt richtete er seine Aufmerksamkeit auf den Laptop, den er vor sich stehen hatte. Ben hatte ihm das Ding hingestellt, er stammte aus der Durchsuchung von Airi Youngs Wohnung, die Schilling und der IT-Mann offenbar gestern Abend noch vom

Richter genehmigt bekommen hatten. Ben und ein paar seiner Kollegen vom KTI hatten eine sehr interessante Datei auf Airis Rechner gefunden. Es war eine Art Mischung aus Online-Tagebuch und Laborjournal, und es war Franks Aufgabe, es zu sichten. Was er überaus gewissenhaft tat, auch wenn ihm schon nach den ersten Einträgen schlecht geworden war. Er senkte den Blick auf seine Hände, stützte den Kopf auf und rieb sich den schmerzenden Schädel.

»Alles in Ordnung?«, erkundigte sich Schilling bei ihm.

»Ja, ja.«

Doch er war schon immer ein schlechter Lügner gewesen. Natürlich merkte Schilling, dass etwas nicht stimmte.

»Komm schon!«, sagte er.

Mit zusammengebissenen Zähnen erklärte Frank: »Mein Enkelkind ist gestern Abend gestorben.«

»Scheiße!« Unwillkürlich ballte Schilling die Fäuste. »Scheiße, Mann, das tut mir total leid!«

Auch Ben und die anderen machten betroffene Gesichter und murmelten Beileidsbekundungen. Frank akzeptierte sie mit einem knappen Nicken. »Danke euch allen. Können wir dann bitte unsere Arbeit machen?« Er wartete, bis er das Gefühl hatte, dass die anderen mit ihren Gedanken nicht mehr bei seinem toten Enkelkind, sondern wieder bei der Sache waren. »Das hier«, begann er mit Blick auf den Laptop, »ist Youngs erster Eintrag in dem Journal. Er stammt vom 16. September vergangenen Jahres. Hört zu. *Mit den eigentlichen Vorbereitungen angefangen, genau wie M und ich besprochen haben. Der Typ, den ich für den Feldversuch/das Experiment ausgesucht habe, passt exakt ins Anforderungsprofil. Und er scheint auch unter den Pennern im Viertel ein echter Einzelgänger zu sein, sodass ihn niemand so schnell vermissen wird.*« Frank sah vom Bildschirm auf und in die Gesichter der anderen.

»Krass«, murmelte Schilling.

»Das Ganze wird noch besser, hört zu, das hier ist vom 9. Mai dieses Jahres: *Versuchsreihe läuft. V hat den Inhalator mit der Dosis erhalten und in meinem Beisein den ersten Hieb genommen.* Und dann, 12. Mai: *Versuch: erfolgreich. V ist gestern gegen Mittag an J gestorben. Inkubationszeit: wenige Stunden, danach rapider Verlauf, kaum Chancen auf Behandlungserfolg … Versuch wiederholen?*« Frank blieb die Luft weg. Er musste sich räuspern, bevor er weitersprechen konnte, aber gegen die Übelkeit, die in seinem Magen wühlte, gab es kein Mittel.

»V steht für Vetter!«, murmelte Monika.

Das sah Frank genauso. Sie hatten hier endlich den Beweis dafür, dass Airi Young für den Tod der beiden Obdachlosen verantwortlich war. Sie hatten den Beweis, dass diese Frau Vetters Tod geplant hatte und dass sie dabei eiskalt und skrupellos vorgegangen war. Er hätte Triumph empfinden sollen. Er empfand gar nichts. Tief atmete er ein. »Sie beschreibt da ganz klinisch den Mord an Thomas Vetter!«

»Das Ganze war wirklich ein beschissener Menschenversuch«, stieß Monika hervor. »Du hattest also recht, Frank! Sie hat das alles eiskalt geplant!«

»Aber wozu?«, rätselte Schilling. »Das wissen wir immer noch nicht. Schreibt sie dazu irgendwas in diesem Journal?«

Frank schüttelte den Kopf. »Das meiste sind sachliche Beschreibungen des Versuchsdesigns.« Er dachte an das, was er vergangene Nacht über Airi Young recherchiert hatte, und das Gefühl, dass darin die Antworten auf ihre Fragen steckte, wurde plötzlich noch stärker. »Sie hat in St. Petersburg Mikrobiologie studiert«, informierte er die anderen.

»In Russland?«, fragte Danny überrascht.

»Bingo!« Das kam von Ben. Er lehnte sich auf seinem Stuhl zurück und verschränkte die Hände hinter dem Kopf. »Wie es aussieht, bin ich einen Schritt weiter als ihr!«

Alle Köpfe wandten sich zu ihm um.

Er nahm die Hände runter und deutete auf seinen eigenen Monitor. »Meine Leute und ich sind da noch nicht ganz durch mit, aber so viel können wir immerhin schon sagen. Airi Young ist halbe Russin und hat in St. Petersburg Mikrobiologie studiert, das ist kein Geheimnis, Frank hat es gerade ja auch schon gesagt. Aber jetzt kommt es: Sie hat neben ihrem offiziellen Mailprogramm auf ihrem Rechner noch ein zweites. Offenbar hat sie darüber jahrelang an verschiedene Adressen gemailt und dabei eine Blockchiffre zur Verschlüsselung genutzt, die auf Kuznyechik basiert und die von mehreren Geheimdiensten verwendet wird.«

Frank hatte nur die Hälfte von dem verstanden, was der IT-Techniker gesagt hatte, aber eines immerhin war überaus deutlich geworden. »Du denkst, sie arbeitet für den GRU?«

»Oder für den SWR oder FSO«, nannte Ben zwei weitere russische Geheimdienste. »Aber wenn du mich fragst, muss es gar nicht Russland sein. Wie gesagt, es arbeiten einige Geheimdienste mit Kuznyechik. Vielleicht stammen Airis Auftraggeber also auch aus dem Iran, aus China, aus … was weiß ich! Das müssen die Kollegen vom Staatsschutz rausfinden. Sicher ist im Augenblick nur, dass die Young Kommunikationsmethoden benutzt hat, die auf eine Zusammenarbeit mit Geheimdiensten schließen lassen.«

»Was eine Erklärung wäre, warum die Frau hinter Anthrax her war«, sagte Monika. »Und es würde auch die Menschenversuche erklären. Airi liefert ihren Auftraggebern nicht nur den Stoff, sondern gleich noch belastbare Daten zu Wirkweise und -dauer dazu.«

Schilling schien immer noch skeptisch. »Ziemlich weit hergeholt, oder? Ich meine, Menschenversuche mitten in Berlin? Wenn sie für die Russen arbeitet, hätten die doch bestimmt unauffälligere Methoden, um die Wirkweise des Stoffes zu testen.

Irgendwo im hinteren Winkel von Sibirien in irgendeinem ihrer Arbeitslager, oder so.«

Das war nicht von der Hand zu weisen, dachte Frank und blätterte auf seinem Laptop durch die einzelnen Einträge aus Airis Journal auf der Suche nach einem Hinweis darauf, für wen genau sie arbeitete. Vergeblich. Aber etwas anderes fand er. »In ihrem Tagebuch schreibt sie einmal: *M war überrascht und wütend, dass ich die Versuchsreihe selbst gestartet habe, und vermutlich hat er recht. Es war dumm von mir, auf eine Belobigung wegen Pflichtübererfüllung zu spekulieren. Dämliche Psyche! Dass G die ganzen Lorbeeren für die Entwicklung von JanuThrax allein erntet, trifft mich eben doch tiefer, als ich mir hätte träumen lassen …*« Ihm lief es kalt den Rücken hinunter. »G ist einfach zu entschlüsseln«, sagte er. »Das kann eigentlich nur Gereon Kirchner sein, der ist hauptverantwortlich für die Entwicklung von JanuThrax und in letzter Zeit für seine Forschung mehrfach ausgezeichnet worden.«

»Ist dann dieser M, von dem sie schreibt, sein Partner?«, fragte Monika.

Schilling griff zu einem Stift, verzichtete aber zu Franks Erleichterung darauf, ihn schon wieder um die Finger tanzen zu lassen. »Mike Reed? Möglich wäre es, oder?«

*

Es war gegen Abend dieses elend langen und anstrengenden Tages, als Tom in einem der Feldlabore des Permafrost-Camps stand und zusah, wie Chris Tanner ein Fluoreszenzmikroskop für eine Untersuchung vorbereitete. Die Mitarbeiterin der NOAA hatte einen Abstrich von der Schürfwunde an seiner Hand genommen und war dabei, einen Phagenschnelltest für Anthrax durchzuführen.

Mit einem mulmigen Gefühl im Magen betrachtete Tom seinen leicht geröteten Daumenballen. Als Nina ihm gesagt hatte, dass die Gefahr bestand, er könne sich an den Probenröhrchen mit Anthrax infiziert haben, hatte er es im ersten Moment nicht glauben wollen.

Aber klar: Es wäre nur logisch gewesen.

Natürlich hatte er Nina versprochen, sofort in ein Krankenhaus zu fahren, hatte aber stattdessen Chris angerufen. »Kein Problem!«, hatte sie gesagt. »Wir haben in den Camplaboren sehr zuverlässige Anthraxtests. Wenn Sie wollen, kann ich den rasch für Sie durchführen. Und keine Sorge: Falls Sie sich das Zeug eingefangen haben, haben wir auch wirksame Antibiotika vorrätig, mit denen wir Sie im Nu wieder flottkriegen.«

Hier stand er nun also, eingehüllt in Kittel und Mundschutz, während Chris einen Objektträger für ihren Test vorbereitete.

»In zehn Minuten wissen wir Bescheid.« Sie präparierte den Objektträger mit einer Phagenmilzbrandlösung, die sie kurz zuvor hergestellt hatte, und schob ihn unter das Mikroskop. Sollte der Test positiv sein, hatte sie ihm erklärt, würden die Phagen anfangen, rot zu leuchten. Tom rang mit der Sorge, dass genau das der Fall sein würde, als sein Handy klingelte. Nina. Natürlich: Sie wollte den Stand der Dinge wissen. Mit überaus gemischten Gefühlen ging er ran. »Hey.«

»Hey. Hast du schon ein Ergebnis?«

Die Besorgnis in ihrer Stimme besänftigte seine eigene ein wenig. »Man ist dran.«

Chris sah von ihrer Arbeit auf, er nickte ihr zu. Sie zwinkerte zurück, konzentrierte sich dann wieder auf das, was sie tat.

Um sie nicht zu stören, verließ Tom den Container, in dem das Labor untergebracht war, und trat hinaus in das Zwielicht der nordamerikanischen Mitternachtssonne. Tief sog er die noch warme, nach feuchter Erde riechende Luft ein.

»Ich mache mir elende Vorwürfe«, hörte er Nina sagen, »dass ich dich in diese Sache mit reingezogen …«

»Stopp!«, fiel er ihr ins Wort, doch sie ließ sich nicht beirren.

»Nein, Tom! Bitte, ich muss das loswerden! Ich hätte dich niemals anrufen dürfen. Du bist nur meinetwegen in dieser Situation, ich …«

»Nina«, unterbrach er sie erneut. »Es wird alles gut werden.«

Sie lachte auf. Es klang zu gleichen Teilen resigniert und verängstigt, und im Grunde konnte er es ihr nachfühlen. Nachfühlen? Nein, zum Teufel! Ihm ging der Arsch genauso auf Grundeis wie ihr. Er nahm das Smartphone in die andere Hand. Bildete er es sich ein, oder hatte die Schürfwunde angefangen zu kribbeln? Vermutlich bildete er es sich ein. Chris hatte ihm erklärt, dass man es nicht spürte, wenn man mit Anthrax infiziert war – jedenfalls nicht, bevor das Fieber anfing. Trotzdem. Er wurde einfach den Gedanken nicht los, dass sich in seinem Körper gerade uralte Sporen in aktive, potenziell tödliche Bakterien zurückverwandelten und ihr unheilvolles Werk begannen.

»Es wird alles wieder gut«, wiederholte er, weil Nina eine Weile lang gar nichts gesagt hatte. »Die haben hier wirksame Antibiotika gegen das Zeug.«

Nina atmete durch. »Das ist beruhigend!«

»Gereon hat mich vor ein paar Stunden angerufen.«

Sie seufzte. »Ja. Ich habe ihm deine Nummer gegeben.« Sie klang, als wollte sie etwas hinzufügen.

Tom rieb sich über Mund und Kinn. »Er hat mich gebeten, die Probe so schnell wie möglich nach Berlin zu bringen, weil Janus Therapeutics sonst den Bach runtergeht.«

»Ich weiß.« Sie zögerte. »Es tut mir leid, Tom. Ich wollte nicht, dass du in so ein Dilemma gerätst. Es muss sich schlimm anfühlen, dass du nichts tun kannst …«

»Ich bin nicht ganz sicher, was du meinst, ehrlich gesagt.«

Sie lachte auf. Es klang gläsern. »Na, du kannst auf keinen Fall diese Probe auf legalem Wege nach Deutschland bringen!«

»Ich weiß. Darum hat Gereon vorgeschlagen, dass ich sie schmuggele.«

Diesmal lachte sie nicht. »Du planst nicht ernsthaft, dabei mitzumachen! Das wäre Schmuggel von Biowaffen, darauf stehen mindestens zehn Jahre, und du …«

»Beruhig dich! Ich habe mich ja noch nicht entschieden.« Er hatte das Bedürfnis nach einer Zigarette. Beiläufig klopfte er seine Jackentasche ab.

»Du darfst das auf keinen Fall tun, Tom! Verdammt, hätte ich dich doch nur nie um Hilfe gebeten!« Aus ihrer Stimme sprach echte Sorge um ihn, und das wärmte ihn innerlich mehr, als er zugeben wollte. Einen Gedanken allerdings konnte er trotzdem nicht abwehren. *Tja. Das hättest du dir überlegen sollen, bevor du mich angerufen hast.*

»Bevor ich mich entscheide, habe ich sowieso noch eine Frage an dich«, sagte er.

»Frag!«

»Gereon. Traust du ihm?«

»Ich verstehe nicht …«

»Traust du ihm? Glaubst du, dass es ihm wirklich darum geht, JanuThrax zu retten? Dass es nicht einen ganz anderen Grund gibt, warum er diese hochkonzentrierte Probe unbedingt in Berlin haben will?«

»Du verdächtigst ihn, gemeinsame Sache mit Airi zu …? Nein, Tom! So was würde Gereon niemals tun. Airi hat Menschen ermordet. Gereon will Menschen heilen. Niemals würde er …«

»Schon gut.« Er zog die Zigaretten aus der Tasche, klemmte sich das Handy zwischen Ohr und Schulter und zündete sich eine an. Tief inhalierte er, und während er auf die entspannende

Wirkung des Nikotins wartete, verwarf er die Theorie, dass Gereon und Airi Komplizen waren und es zwischen ihnen im Tunnel zu einem tödlichen Streit gekommen war. Nina war sich ihrer Sache zu sicher. »Okay. Gehen wir mal davon aus, dass du richtigliegst. Aber was ist mit Mike? Er und Airi kannten sich seit ihrer Kindheit. Könnte doch sein, oder? Gereon mag unschuldig sein und nur seine Firma retten wollen, aber Mike?«

Diesmal war sie sich weitaus weniger sicher. »Ich kann mir das nur schwer vorstellen, Tom.«

Klar. Weil es einem grundsätzlich schwerfiel zu akzeptieren, dass jemand, den man gut zu kennen glaubte, in ein furchtbares Verbrechen verwickelt war. »Hat er dir jemals erzählt, dass Airi auch aus Arctic Village stammte?«

»Nicht dass ich wüsste, nein. Verdammt, Tom! Wenn du glaubst, dass Mike in die Sache involviert ist, dann ist das noch ein Grund mehr, bei diesem bescheuerten Schmuggel nicht mitzumachen!«

»Und damit zu riskieren, dass dein Freund sein Lebenswerk verliert.« Er kam sich ein wenig gemein vor, das zu sagen, aber er fühlte den Druck des Dilemmas jetzt fast körperlich, in das man ihn hier stürzte.

»Ach, Tom …«

»Ich denke noch ein bisschen nach«, sagte er. »Vielleicht fällt mir ja noch was ein, wie …«

»Tom?« Chris' Stimme ließ ihn sich umwenden. Sie winkte ihn zu sich.

»Das Testergebnis ist da«, informierte er Nina und ging mit dem Hörer am Ohr wieder ins Labor.

Chris zeigte auf den Bildschirm, auf den sie gespiegelt hatte, was sie unter dem Mikroskop sah. »Eindeutig!«, war ihr Kommentar. Glühend rote mit Phagen besetzte Milzbrandbakterien auf schwarzem Grund leuchteten Tom entgegen. »Ganz hübsch, oder?«, sagte Chris. »Wenn sie dabei nur nicht so gefährlich wären, diese Biester.«

»Tom?«, drängte sich Ninas ungeduldige Stimme in seine Gedanken.

Sekundenlang starrte Tom das Bild auf dem Monitor an, und aus irgendeinem Grund war ihm plötzlich klar, dass es ihm eine Lösung für sein Dilemma bot. »Der Test ist negativ«, murmelte er und ballte die Hand mit der Schürfwunde zur Faust.

»Gott sei Dank!« Nina klang zutiefst erleichtert.

Chris hingegen runzelte die Stirn.

Tom sammelte sich. »Okay«, meinte er. »Wie gesagt, ich überlege noch, ob ich mir etwas einfällt, um Gereon zu helfen. Ich melde mich wieder.«

Nachdem er sich von Nina verabschiedet und aufgelegt hatte, schüttelte Chris den Kopf. »Warum haben Sie sie angelogen?«

Tom starrte auf den Monitor, auf dem die Bakterien aussahen wie rot leuchtende Spaghetti.

Positiv.

»Ich habe meine Gründe«, sagte er.

2. Kapitel

Es war später Nachmittag, als Nina allein in ihrem Wohnzimmer saß und sich unruhig und zerrissen fühlte. Kurz zuvor hatte Gereon sie angerufen und ihr gesagt, dass der Erreger in seinem Blut gut auf die Antibiotikagaben ansprach. Die Ärzte waren zuversichtlich, dass er in zwei oder drei Wochen nach Hause kommen würde. Das freute sie natürlich. Nach dieser guten Nachricht aber hatte Gereon ihr noch etwas gesagt, und das erfüllte sie mit Schuldgefühl und einer überaus vielschichtigen Wut.

Tom hatte eingewilligt, die Probe nach Deutschland zu schmuggeln.

»Ist das nicht wunderbar, Nina?«, hatte Gereon voller Begeisterung gesagt und dabei völlig überhört, dass sie unterdrückt geflucht hatte.

»Ja, großartig«, hatte sie lahm erwidert und gleich darauf versucht, Tom zu erreichen. Er jedoch war nicht rangegangen, was sie noch wütender machte.

Was bildete er sich ein, diese Entscheidung ohne sie zu treffen? Das war ihre erste Reaktion gewesen – bis ihr aufgegangen war, dass er ihr nicht das Geringste schuldete. Ganz im Gegenteil: Sie war es, die tief in seiner Schuld stand. Wieder einmal. Sie hätte es wissen müssen! Es passte zu ihm, sich dieser Verantwortung nicht zu entziehen.

Was nun? Sie überlegte gerade, ob sie in die Küche gehen und sich einen Kaffee machen sollte, als es an ihrer Haustür klingelte. Mit müden Schritten ging sie öffnen.

Schilling stand vor ihr, in Begleitung von Frank Bergmann. »Wir müssen mit Ihnen reden«, sagte der Kommissar.

*

Dr. Falkenberg bat Frank und Schilling, in ihrer Küche Platz zu nehmen. Als sie ihnen die Haustür geöffnet hatte, war sie barfuß gewesen, aber inzwischen hatte sie Ballerinas angezogen. Mit fragend gerunzelter Stirn sah sie Schilling an. Der übernahm das Reden. »Frau Falkenberg, wir sind hier, weil im Mordfall Thomas Vetter und Paul Wagner noch einige offene Fragen aufgetaucht sind. Wir befragen Sie nach wie vor als Zeugin.«

»Ich verstehe.« Dr. Falkenberg lehnte sich mit dem Gesäß an die Arbeitsplatte und verschränkte die Arme vor der Brust, was sie weniger abweisend als vielmehr verletzlich aussehen ließ. Sie trug ein leichtes Sommerkleid, das ihr luftig um die bloßen Beine flatterte.

»Wir haben mittlerweile Beweise dafür, dass Airi Young des Mordes an Thomas Vetter und Paul Wagner schuldig ist.« Wie immer näherte Schilling sich dem eigentlichen Thema der Befragung auf Umwegen und beobachtete sein Gegenüber beim Reden sehr genau.

Dr. Falkenberg hielt seinem forschenden Blick stand und wartete, bis er weitersprach.

»Können Sie uns noch einmal Ihre Beziehung zu Frau Young erläutern?«

»Ich kannte sie, aber nicht besonders gut. Wir sind uns ab und zu begegnet, wenn ich in Gereons Firma war. Und ein paarmal habe ich mich mit ihr, wie gesagt, über Klimafragen gestritten.«

Das war exakt das, was sie schon einmal ausgesagt hatte, dachte Frank. Offenbar verdächtigte Schilling nicht nur Kirchner und Reed, sondern auch Dr. Falkenberg. Das ließ seine nächste Frage vermuten.

»Sie sind studierte Mikrobiologin, genau wie Frau Young, nicht wahr?«

Diesmal nickte sie nur.

Frank dachte an sein Zusammentreffen mit Dr. Falkenberg in der Zentrale von Janus Therapeutics. Damals war sie nicht von Anfang an völlig ehrlich zu ihnen gewesen, und dieser Fakt, verbunden mit ihrem Studium der Mikrobiologie, hatte sie natürlich ziemlich weit oben auf Schillings Liste der Verdächtigen gesetzt. Frank jedoch fiel es schwer zu glauben, dass Nina mit der ganzen Sache etwas zu tun hatte. Vergangenes Jahr hatte sie sich bei diesem Terroranschlag im Charlottenburger Rathaus selbst in Gefahr gebracht, um Menschenleben zu retten. In Franks Augen passte ihr damaliges Verhalten einfach nicht dazu, jetzt an der kaltblütigen Ermordung von Menschen beteiligt zu sein. Ihm war schon klar, dass seine hohe Sympathie für diese Frau ihn möglicherweise davon abhielt, objektiv zu sein. Aber dennoch: Dr. Nina Falkenberg war keine Mörderin und auch keine Terroristin. Punkt. Außerdem erwähnte Airi Young in ihren Aufzeichnungen weder sie noch jemanden mit dem Anfangsbuchstaben ihres Vornamens. Er fragte sich, wann Schilling auf den M aus ihrem Tagebuch kommen würde.

»Mikrobiologin«, wiederholte Schilling.

Dr. Falkenberg zuckte mit den Schultern. »Ich verstehe nicht, warum Sie mich das alles noch mal …« Und dann verstand sie doch. »Verdächtigen Sie mich etwa, mit Airis Taten etwas zu tun zu haben?«

»Im Moment stelle ich nur ein paar Fragen. Ihr Lebensgefährte, Dr. Kirchner. Wir wissen, dass er in Verbindung steht mit dem Tod von Airi Young drüben in Alaska. Wissen Sie, was er getan hat?«

»Natürlich. Ich habe mit ihm telefoniert. Er hat mir erzählt, dass er Airi erschossen hat.« Sie rieb sich mit den Fingerspitzen die Stirn. »Es war Notwehr.«

»Wissen Sie, was ich mich die ganze Zeit frage? Könnte es sein, dass Herr Kirchner irgendein medizinisches Interesse am Tod der beiden Obdachlosen hat?«

»Was für ein Interesse sollte das sein?«, fragte sie mit einer Arglosigkeit, die Franks Meinung über sie nur bestätigte.

»Keine Ahnung. Sie sind die Fachfrau, sagen Sie es mir!« Schilling wartete einen Augenblick und fügte dann hinzu: »Vielleicht brauchte er ja wissenschaftliche Informationen über den Erreger, an die er auf ethisch korrektem Wege nicht kommen konnte.«

Jetzt riss Dr. Falkenberg die Augen auf. Dann lachte sie ungläubig. »Sie meinen ein Humanexperiment? Warum sollte er? Die erste Phase der Studie läuft sehr vielversprechend. Gereon ist zuversichtlich, dass JanuThrax demnächst für die Anwendung am Menschen zugelassen wird. Wenn Sie sich ein wenig mit der Materie befassen, wissen Sie, dass die Fachwelt das auch so sieht. Er wird bereits als Kandidat für einen Medizinnobelpreis gehandelt. Außerdem würde er niemals so unethische Menschenversuche durchführen!«

»Das sagen Sie!«

»Fragen Sie seine Bekannten und die Leute, die für ihn arbeiten!«

»Keine Sorge, das werden wir. Aber …«

Nina hob eine Hand, um Schilling zu stoppen. »Moment!« Sie wandte sich an Frank. »Sie sagten doch, dass die Obdachlosen am Janus-Originalstamm gestorben sind, erinnere ich mich da richtig? Sie haben zuerst vermutet, dass etwas aus den Laboren von Janus Therapeutics entwichen ist.«

Frank ahnte bereits, worauf sie hinauswollte. »Das stimmt, ja.«

Dr. Falkenberg schüttelte den Kopf. »Um aus Janus-Anthrax JanuThrax zu machen, musste Gereon einen komplizierten und langen Weg gehen. Was ihm gelungen ist – wie die klinische Studie gerade bewiesen hat. Nein, er hätte absolut keinen sinnvollen Grund, die beiden Obdachlosen mit dem Originalstamm zu verseuchen. Er brauchte keine medizinischen Fachinformationen …«, sie malte mit den Fingern Anführungszeichen um die Worte, »… die er auf ethische Weise nicht bekommen konnte!«

Frank spürte, wie Schilling ihn ansah. »Sie hat recht«, bestätigte er.

»Das gilt dann auch für seinen Partner? Mike Reed?«, fragte Schilling.

»Ja.« Dr. Falkenberg nickte. Täuschte er sich, dachte Frank, oder war sie bei Reed weitaus weniger sicher als bei ihrem Freund?

Schilling schwieg einige Sekunden, und Frank ahnte, dass auch er die leichte Unsicherheit bei Dr. Falkenberg gespürt hatte. Er glaubte schon, dass Schilling jetzt endlich die Abkürzung M aus Airi Youngs Aufzeichnungen ansprechen würde, aber bevor er das tun konnte, stieß sich Dr. Falkenberg von der Arbeitsplatte ab. »Hören Sie, Kommissar Schilling! Gereon ist genauso wenig ein Mörder wie ich! Er hätte überhaupt kein Motiv für so eine Tat …«

Schilling lächelte kühl. »Interessant. Sie haben sich bereits Gedanken über das Motiv gemacht.«

»Nein! Ich …« In einer hilflosen Geste warf Dr. Falkenberg die Arme in die Luft. »Drehen Sie mir doch nicht jedes Wort im Mund um, verdammt noch mal!«

*

Die Welt rings um Nina hatte Risse bekommen. Zu erfahren, dass Airi nicht nur versucht hatte, Gereon zu töten, sondern dass sie auch die Mörderin dieser beiden Obdachlosen war, fühlte sich schlimm an. Ebenso wie diese Reihe furchtbarer Verdachte, die Schilling geäußert hatte.

Gereon sollte an den Obdachlosen Menschenversuche durchgeführt haben? Völlig ausgeschlossen!

Er sollte einen Anschlag mit Anthrax planen?

Undenkbar! Er würde nie im Leben so etwas tun!

Aber was war mit Mike?

Toms Worte kamen ihr in den Sinn.

Gereon mag unschuldig sein und nur seine Firma retten wollen, aber Mike?

Sie dachte an die Probe, die Tom nach Berlin bringen sollte, und an die Skrupellosigkeit, mit der Gereon Tom für seine Belange eingespannt hatte – obwohl er wusste, dass sich in der Probe extrem gefährliches Anthraxpulver befand. Sie musste den Polizisten von diesem Anthrax erzählen, aber wie sollte sie das, ohne Tom massive Schwierigkeiten zu bereiten? Außerdem war die Probe der letzte Überrest von Janus. Wenn die Polizei sie sicherstellte und Gereon sie nicht für seine Forschung nutzen konnte …

Sie wich wieder an die Arbeitsfläche zurück und umklammerte das Holz hinter ihrem Rücken. Was für eine elende, unausweichliche Zwickmühle!

Und es wurde noch schlimmer.

»Wissen Sie, Frau Falkenberg, dass Gereons Name im Zusammenhang mit den Obdachlosenmorden in den Aufzeichnungen von Frau Young auftaucht?«

Woher sollte sie das wissen?, dachte sie, und dann dachte sie: *O Gott!* Und war sich dabei der Tatsache bewusst, dass Schilling sie sehr genau beobachtete.

»Sagt Ihnen M etwas?«, fragte er. Es wirkte, als sei diese Frage der eigentliche Grund für sein Erscheinen hier.

M.

Ihr Verstand weigerte sich an dieser Stelle einfach, diesen Pfad weiterzugehen. Ihr Mund war plötzlich staubtrocken. »Stand das auch in diesen Aufzeichnungen?«, krächzte sie. »M?«

Schilling wartete nur.

M.

Mike.

Traust du ihm?

Ihr wurde kalt. Hatte sie Tom völlig unbeabsichtigt zum Komplizen eines Mordkomplotts gemacht? Sie musste ihn auf der Stelle anrufen, musste ihn warnen. Er durfte auf keinen Fall in dieses Flugzeug steigen!

Sie griff nach ihrem Handy.

»Was haben Sie vor?«, entfuhr es Kommissar Schilling.

Aus großen Augen starrte sie ihn an. Ihre Gedanken rasten. »Ich muss kurz telefonieren!«

»Ich würde sagen, das lassen Sie mal schön bleiben.« Um seinen Worten mehr Nachdruck zu verleihen, stand Schilling auf und kam einen Schritt auf sie zu.

»Hören Sie, ich muss …«

»Sie werden jetzt nicht telefonieren, Dr. Falkenberg!« Schilling nahm ihr das Telefon weg.

Sie wollte protestieren, wollte ihm sagen, dass sie Tom davon abhalten wollte, in diesen Flieger zu steigen, weil weder er noch sie auch nur das Geringste mit irgendwelchen Morden zu tun hatten, aber sie war zu perplex, zu überrascht von der plötzlich körperlichen Art, mit der er sie bedrängte. Sie bekam keinen einzigen Ton heraus.

»Dr. Falkenberg«, sagte Schilling betont ruhig. »Ich fürchte, ich muss Sie vorläufig wegen Verdunkelungsgefahr festnehmen!«

Seit einer halben Stunde saß Nina in einer schlichten und altmodischen Beamtenstube und wartete darauf, dass Kommissar Schilling kam und ihr Verhör fortsetzte. Er und Dr. Bergmann hatten sie in ihrer Wohnung tatsächlich festgenommen. Sie hatten ihr gerade noch Gelegenheit gegeben, alle Fenster zu schließen und sich ihre leichte Sommerlederjacke zu schnappen. Dann hatte man sie zum Landeskriminalamt gebracht. Und hier, in diesem miefigen Raum, ließ man sie jetzt schmoren. Was gut funktionierte. Ihre Gedanken rotierten.

Die Polizisten verdächtigten Gereon und Mike, zusammen mit Airi diese Obdachlosen getötet zu haben. Sie musste ihnen dringend sagen, dass Airi dort drüben in Alaska aus Karibugewebeproben biowaffenfähiges Anthrax hergestellt hatte. Anthrax, das Tom nach Berlin bringen würde. Wenn alles ganz blöd lief, würde man ihn nicht nur des Schmuggels anklagen, sondern auch noch der Vorbereitung einer terroristischen Tat …

Sie krümmte sich bei dem Gedanken, und ihr Herz schlug heftig. Sie warf einen Blick auf die Uhr. Die Zeiger standen auf kurz nach sechs abends. Was bedeutete, dass Tom in Kürze in Anchorage in den Flieger steigen würde.

Das musste sie irgendwie verhindern!

In einer verfahrenen Situation hilft nur bedingungslose Ehrlichkeit. Das war ein Spruch von ihrem Ziehvater Georgy gewesen. Sie würde ihn hier und jetzt beherzigen. Ihr blieb ja auch gar nichts anderes mehr übrig. Sie biss die Zähne zusammen, rang das Schuldgefühl nieder. Sie würde Kommissar Schilling die Wahrheit sagen, und zwar in allen Einzelheiten …

Die Tür öffnete sich, und sowohl Schilling als auch Dr. Bergmann kamen herein. Nina sprang auf. »Hören Sie, Kommissar Schilling …«

Er wies auf ihren Stuhl. »Bitte setzen Sie sich wieder.« Er nahm ihr gegenüber Platz, zog einen Block zu sich heran, der auf dem Schreibtisch lag, und nahm einen Kugelschreiber aus der Hosentasche. Einmal ließ er ihn um seine Finger rotieren, dann tippte er mit der Spitze auf das Blatt. »Wen wollten Sie eben anrufen?«, stellte er seine erste Frage.

Bedingungslose Ehrlichkeit …

Sie sah in Dr. Bergmanns Richtung. Er war neben einem Aktenschrank stehen geblieben und hatte die Augenbrauen zusammengezogen, als sei er mit der Situation nicht einverstanden. Mit der Zunge fuhr Nina sich über die Lippen. »Tom Morell. Er ist ein guter Freund, und er war zufällig in Kanada unterwegs, als Gereon in Fox verschwunden ist. Ich habe ihn gebeten, hinzufliegen und nach ihm zu suchen.«

Schilling machte sich eine kurze Notiz.

»Gereon war drüben in Alaska, weil er für seine Forschung eine Janus-Probe nach Deutschland holen wollte«, fuhr Nina fort. »Er …«

»Moment!«, unterbrach Schilling sie und wandte sich an Dr. Bergmann. »Nur, damit ich das richtig verstehe: Janus, das ist das Zeug, mit dem Airi Young die Obdachlosen ermordet hat, korrekt?«

»Korrekt«, sagte Bergmann.

»Gereon hat alle Genehmigungen für die Einfuhr dieser Probe, Kommissar Schilling!«, sagte Nina eindringlich. »Und ihm geht es nicht um irgendeinen Mord, sondern darum, dass seine klinische Studie nicht abgebrochen werden muss.«

»Das müssen Sie mir näher erklären, fürchte ich.«

Sie sank ein Stück in sich zusammen, aber dann sah sie Schilling geradeaus in die Augen und erzählte ihm davon, wie das Hochwasser den Janusstamm vernichtet hatte und wie wichtig er für die Weiterentwicklung von JanuThrax war.

Schilling wandte sich erneut an Bergmann. »Ergibt es Sinn, was sie sagt?«

»Ich wüsste nicht, was dagegenspräche.«

»Das mit der Studie, die durch das Hochwasser in Gefahr geraten ist. Das hat Ihnen Herr Kirchner erzählt, oder? Glauben Sie ihm das?«

»Ich habe es geglaubt, als Gereon Herrn Morell bat, die Erreger an seiner Stelle nach Deutschland zu bringen.« Siedend heiß ging ihr auf, dass es genau genommen Mike gewesen war, der ihr den Sachverhalt erklärt hatte. Mike, den Airi in ihren Aufzeichnungen möglicherweise mit dem Buchstaben M abgekürzt hatte. Sie umklammerte mit beiden Händen ihre Knie, weil sie das Gefühl hatte, sich an irgendwas festhalten zu müssen. Langsam hob sie den Blick in Schillings Gesicht. »Egal, was hier vorgeht: Herr Morell hat mit der ganzen Sache nicht das Geringste zu tun! Er will nur helfen.«

Schilling beugte sich vor. Während sie gesprochen hatte, hatte er unbewusst angefangen, den Kugelschreiber um seine Finger rotieren zu lassen. Jetzt deutete er mit dem Ding auf sie. »Noch mal für das Protokoll: Sie wollen mir also sagen, dass in diesem Moment ein Mann mit einem tödlichen Erreger auf dem Weg nach Deutschland ist. Einem Erreger, mit dessen Hilfe Airi Young – und mindestens ein potenzieller Komplize, den wir noch nicht kennen – zwei Menschen ermordet hat?«

Nina schluckte. Noch war sie nicht einmal in die Nähe einer Beichte darüber gekommen, dass dieser Erreger auch noch waffenfähig präpariert vorlag. Sie hatte keine Ahnung, wie sie das erklären sollte, ohne so ziemlich alles zu zerstören. »Ja, aber dafür kann …«

»Ich habe Sie schon verstanden, Frau Falkenberg. Dieser Tom Morell hat mit all diesen Dingen nichts zu tun.«

»Bitte, das müssen Sie mir glauben!«

Er ignorierte diesen Einwand. »Wissen Sie, was ich spannend finde? Ihnen scheint dieser Morell ja sehr viel mehr am Herzen zu liegen als Ihr Freund Gereon.«

Sie presste die Lippen aufeinander. Was gab es dazu zu sagen? »Ich muss Ihnen …«

Schilling unterbrach sie. »Gar nichts müssen Sie. Außer mir zu sagen, in welchem Flieger dieser Tom Morell sitzt.«

*

Nachdem Dr. Falkenberg Schilling gesagt hatte, wann Morell in Berlin landen würde, unterbrachen sie ihre Befragung und ließen sie für eine Weile allein in dem Befragungszimmer zurück, um zu Ben und den anderen in den Besprechungsraum zu gehen.

»Tom Morell«, sagte Schilling zu Ben. »Check den Mann mal.«

Bens Augen weiteten sich, als er den Namen hörte. »Morell?«

»Ja. Wieso?« Schilling erzählte ihm, was sie soeben von Nina Falkenberg erfahren hatten.

Ben wirkte bestürzt. »Tom Morell! Mit dem hatten wir schon letztes Jahr das Vergnügen, als es diesen Anschlag im Rathaus in Charlottenburg gegeben hat. Aber er hatte nichts mit den Attentätern zu tun, im Gegenteil.«

Schilling registrierte das mit ausdruckslosem Gesicht. »Gut zu wissen. Check den Mann trotzdem, wie ich gesagt habe. Such speziell nach Verbindungen zwischen ihm und INKA. Oder den Klimaaktivisten. Oder Russland«

Ben salutierte übertrieben und machte sich an die Arbeit.

»Das heißt«, ergriff Frank das Wort, »du gehst jetzt sicher davon aus, dass Kirchner und Reed Komplizen von Airi Young sind und immer noch etwas planen?«

»Ich gehe davon aus, dass ein potenziell tödlicher Erreger auf dem Weg hierher nach Berlin ist.« Schilling setzte sich. Er sah müde aus. Fast so müde, wie Frank selbst sich fühlte. Er riss sich zusammen. Seit Francis' Tod hatte er sich für jeden Atemzug zusammenreißen müssen.

An dieser Stelle meldete sich Ben zu Wort. »Also, Tom Morell.« Er projizierte den Inhalt seines Bildschirms an das Smartboard. Dort erschien das aus vollem Hals lachende Gesicht eines Mannes mit wirren, braunen Locken und sympathischen Augen, das Ben auf Morells Website gefunden hatte. »Der Mann arbeitet als Reise- und Foodblogger. Wie gesagt, er war in die Sache in Charlottenburg verstrickt und hat damals auch kurz unter Terrorverdacht gestanden. Aber er hat dann auf ziemlich, hm, sagen wir unkonventionelle Art und Weise einem ganzen Haufen Menschen das Leben gerettet. Soweit ich sehen kann, ist er seitdem nicht mehr auf unserem Radar aufgetaucht.«

»Und vorher?«, fragte Schilling.

Frank konnte ihm ansehen, dass ein Wort, das Ben gesagt hatte, besonders bei ihm hängen geblieben war. *Terrorverdacht.*

»Vorher. Tja. Ein ganz unbeschriebenes Blatt ist er nicht. Es gibt ein paar Einträge aus seiner Jugendakte, wonach er bei der Antifa war und dort einige Delikte begangen hat. Das war aber alles Kinderkram. Hauptsächlich Prügeleien mit stadtbekannten Neonazis, ein paar linksextremistische Sprayereien. Solches Zeug. Keine Hinweise auf Beziehungen zu Russland«

»Und Verbindungen zu INKA?«, fragte Schilling weiter.

»Genauso wenig wie bei dieser Nina Falkenberg, jedenfalls nichts, das ich auf Anhieb finden konnte. Ich kann mir, ehrlich gesagt, auch nicht vorstellen, dass jemand, der sich in der Antifa getummelt hat, für einen Rechtsauslegerverein wie INKA arbeitet.«

Das sah Frank ähnlich wie Ben.

»Also gut. Morell landet morgen um 18 Uhr auf dem BER.«

Schilling stemmte sich von seinem Sitz in die Höhe. »Ich informiere jetzt erst mal den Staatsschutz über unsere neuen Erkenntnisse. Bevor der Kerl morgen landet, passiert vermutlich nichts weiter. Ich würde also vorschlagen, dass alle Feierabend machen für heute.«

»Was passiert mit Dr. Falkenberg?«, erkundigte sich Frank.

Schilling dehnte seine verspannten Schultern. »Die bleibt fürs Erste in Gewahrsam. Solange wir nicht sicher wissen, welche Rolle sie oder dieser Morell in der ganzen Sache spielen, besteht schließlich immer noch Verdunkelungsgefahr.«

3. Kapitel

Tom lehnte den Kopf gegen die Nackenstütze seines Sitzes und schloss die Augen. Seit zweieinhalb Stunden waren sie jetzt in der Luft, der Bordcomputer an der Rückenlehne vor ihm zeigte an, dass sie sich irgendwo über dem Nordpazifik befanden.

Er fühlte sich erschöpft, sehr viel mehr, als er es für möglich gehalten hätte.

In seinen Ohren rauschte es.

Mit einem Buschflieger von Fairbanks nach Anchorage zu kommen, war relativ unproblematisch gewesen, und auch der Check-in auf dem internationalen Flughafen der Hauptstadt von Alaska war verblüffend reibungslos vonstattengegangen. Wenn man davon absah jedenfalls, dass Toms Herz vor Nervosität beinahe geplatzt wäre, während ihn der Flughafenbeamte beim Security-Check abgetastet hatte. Jede Minute hatte Tom damit gerechnet, dass jemand die ominöse Probe in seinem aufgegebenen Gepäck fand und dass flughafenweiter Alarm ausgelöst wurde. Aber nichts dergleichen war geschehen, was Tom auf gewisse Weise auch befriedigte. Hatte er sich in all den Jahren, in denen er als Foodhunter gearbeitet und das ein oder andere Mal Gewürze oder andere Lebensmittel aus einem Land geschmuggelt hatte, wohl doch ein paar gute Tricks angeeignet. Er sandte einen stummen Dank an einen lange verstorbenen Kollegen, der ihm vor Jahren einmal gezeigt hatte, wie man eine Rasierschaumdose so umbaute, dass sie noch funktionierte und man gleichzeitig Proben bis zu hundert Gramm Gewicht darin verbergen konnte. Und er dankte seiner eigenen Gewohnheit, weil er diese präparierte Dose auch diesmal mit auf Reisen genommen hatte, obwohl er genau genommen ja gar nicht zum Food Hunting unterwegs gewesen war.

Der Kabinensignalton holte ihn aus seinen nostalgischen Erinnerungen, und die Crew machte eine ihrer Durchsagen, über die er hinweghörte.

Bisher lief alles wie geplant.

Er gähnte. Irgendwann gingen die Geräusche der Turbinen und auch die Gespräche der anderen Passagiere in das Rauschen in seinen Ohren über. Wie immer, kurz bevor er einschlief, wurde alles rings herum kurz lauter. Er glaubte, die Frau in der Reihe hinter sich etwas von Seattle erzählen zu hören, dann war auch die Stimme dieser Frau fort und wurde ersetzt von Bildern.

Er sah sich selbst in Josephs Trailer, im Angesicht all dieser wirren Papiere und Zeitungsausschnitte an den Wänden. Gleich darauf richtete jemand einen Revolver auf ihn.

Mit jagendem Herzen fuhr er aus dem Schlaf.

Sein Sitznachbar warf ihm einen fragenden Blick zu. Tom lächelte ihn schwach an. Der Mann schaute auf dem Monitor vor sich irgendeine Sitcom, und Tom konnte das Konservengelächter durch die Kopfhörer hindurch hören. Er tippte vielsagend gegen sein eigenes Ohr, und mit einem entschuldigenden Lächeln stellte der Mann seinen Ton leiser.

Tom betrachtete seine Hand mit der Schürfwunde. Chris hatte darauf bestanden, dass er sie verband. Beim Anblick der weißen Mullbinde verspürte er plötzlich das Bedürfnis, Ninas Stimme zu hören. Nachdem er zusammen mit Gereon die Entscheidung gefällt hatte, die Probe zu schmuggeln, hatte er ihre Anrufe ein paarmal ignoriert. Jetzt gab er dem Impuls nach und wählte ihre Nummer. Er wollte ihr von seinem Plan erzählen, weil er das Gefühl hatte, sie habe ein Recht darauf, zu erfahren, was er hier gerade tat. Zu seiner Enttäuschung jedoch war ihr Handy ausgeschaltet.

Seufzend richtete er den Blick wieder auf seinen eigenen Monitor, an dessen linkem Rand inzwischen die sibirische Ostküste aufgetaucht war.

*

Schon seit Stunden tigerte Nina unruhig in der Zelle auf und ab, in die eine Beamtin sie gebracht hatte, nachdem Schilling ihre Befragung vorerst für beendet erklärt hatte. Sehr zu ihrem eigenen Frust hatte der Kommissar ihr keine Gelegenheit für weitere Erklärungen gegeben, stattdessen hatte die Beamtin sie noch einmal darüber informiert, dass sie wegen Verdunkelungsgefahr vorläufig festgenommen war und dass man sie vierundzwanzig Stunden ohne weitere Rechtsmittel festhalten durfte.

Man hatte ihr ihre Habseligkeiten – Armbanduhr, Handy, Portemonnaie – fortgenommen und sämtliche Taschen ihrer Lederjacke kontrolliert, dann hatte man sie gefragt, wen man telefonisch über ihre Situation informieren sollte, und sie hatte der Frau Toms Nummer gegeben. Natürlich hatte diese mit dem Kopf geschüttelt. »Irgendjemanden aus Ihrer Verwandtschaft«, hatte sie gesagt. »Jemand, der sich Sorgen über Ihren Verbleib machen würde.«

»Dann Gereon Kirchner«, hatte Nina aufsässig erwidert, doch auch das war abschlägig beschieden worden. Weiter war ihr tatsächlich niemand eingefallen, woraufhin die Beamtin sie achselzuckend allein gelassen hatte.

Seitdem hockte Nina in dem zweimal dreieinhalb Schritte großen Raum, der außer einer Pritsche, einer Toilette und einem Waschbecken völlig leer war. Der Blick aus dem vergitterten Fenster ging auf einen Parkplatz hinaus, und Nina konnte es kaum glauben, wie sie in eine solche Situation geraten war.

Sie dachte an Tom, der sich gerade vermutlich irgendwo über Sibirien befand, bei sich einen Kasten mit einem Stoff, der ihn direkt nach seiner Landung ins Gefängnis bringen würde. Und sie selbst gleich mit, weil sie der Polizei verschwiegen hatte, dass das Anthrax in seinem Besitz zu allem Überfluss auch noch als Biowaffe einsetzbar war …

Mit einem Gefühl grenzenloser Machtlosigkeit ließ sie sich auf die harte Pritsche fallen, legte sich der Länge nach hin und verschränkte die Arme hinter dem Kopf. Irgendwann fiel sie in einen unruhigen Schlaf, und im Traum schleuderte ihr Kommissar Schilling eine Frage nach der nächsten an den Kopf.

Als sie erwachte, sprang sie mit einem Ruck auf, hastete zur Zellentür und hämmerte dagegen. »Ich muss dringend mit Kommissar Schilling sprechen!«, rief sie. Er musste endlich von dem waffenfähigen Anthrax erfahren!

Es dauerte einen Augenblick, bis vor der Tür Schritte ertönten. »Was wollen Sie?«, fragte die Beamtin, die sie auch hierhergebracht hatte.

»Ich muss mit Kommissar Schilling sprechen!«

»Wissen Sie, wie spät es ist?«, blaffte die Frau sie an.

»Das ist egal! Herr Schilling muss wissen, dass …«

»Ich hinterlasse ihm eine Nachricht. Sie können morgen früh mit ihm sprechen.« Damit wandte die Beamtin sich ab, und Nina blieb ratlos in ihrer Zelle zurück.

*

Ben Schneider saß vorgebeugt in seinem Gamer-Stuhl – ein kleiner Luxus, den er sich gönnte, weil er fast rund um die Uhr vor der Kiste saß und arbeitete. Trotzdem schmerzten seine

Schultern, und der Schmerz strahlte als feines Ziehen bis unter seine Schädeldecke. Es wurde Zeit, dass sie diesen elenden Fall endlich abschlossen!

Die ganze Sache deprimierte ihn zutiefst.

Dass jemand skrupellos genug war, einen Menschen zu töten, war er gewohnt, auch wenn natürlich nicht jeder Todesfall, in dem das Berliner LKA ermittelte, ein eiskalt geplanter Mord war. Trotzdem kam es immer noch häufig genug vor, dass ein Mensch eine Tat von langer Hand plante und dann kaltblütig durchzog. Aber das, was diese Airi Young getan hatte, war in seiner Dimension auch für Ben völlig neu.

Es bereitete ihm körperliches Unbehagen, allein die klinisch-kalte Sprache ihres Laborjournals zu lesen. Als wäre Thomas Vetter nur eine Laborratte für diese Frau gewesen. Als habe der Wert dieses Mannes allein darin bestanden, ihr durch seinen Tod wichtige wissenschaftliche Erkenntnisse zu liefern. Erkenntnisse, die sie zusammen mit einer tödlichen Biowaffe an einen feindlichen Staat verschachern konnte.

»Was für eine Scheiße!«, stieß er aus und warf sich gegen die Rückenlehne.

Seine Kollegen von der IT-Abteilung des KTI schauten kurz auf und konzentrierten sich dann wieder auf ihre eigenen Arbeiten. Ben stemmte sich aus seinem Stuhl, ging mit steifen Schritten zu der Kaffeemaschine an der Rückwand des höhlenartigen Raumes, der vollgestellt war mit Computern und halb ausgeweideten elektronischen Geräten. Er goss sich eine Tasse ein, aber bevor er Milch und Zucker dazugeben konnte, klingelte das Festnetztelefon an seinem Schreibtisch. Mit dem schwarzen Kaffee in der Hand eilte Ben zu seinem Arbeitsplatz zurück.

»Wildner hier, vom Staatsschutz«, meldete sich eine zackige Stimme. »Wir konnten die verschlüsselten E-Mails knacken und haben dabei ein paar interessante Infos gefunden. Die Kollegen stellen unsere Erkenntnisse gerade zu einem Bericht für euch zusammen, aber ich dachte mir, ihr wollt das hier lieber gleich wissen.«

Ben ließ sich in seinen Stuhl sinken. »Klingt nicht gut.« Die Tasse stellte er einfach zwischen das Chaos aus Kabeln, Zetteln und Schokoriegelpapierchen.

»Na ja. Wir konnten einiges von dem bestätigen, was ihr schon wusstet, also, dass Young in St. Petersburg studiert hat und dass offenbar da schon Agenten vom GRU Kontakt mit ihr aufgenommen haben. Zuerst hat sie sich geweigert, aber als sie bei Janus Therapeutics angefangen hat, scheint eine Zusammenarbeit mit, hm, sagen wir potenziellen eher undemokratischen Geldgebern für sie interessant geworden zu sein. Wir wissen noch nicht, von welcher Organisation wir hier reden, aber jedenfalls hat sie ab da regelmäßige und sehr detaillierte Anweisungen erhalten, die alle darauf hinauslaufen, dass sie biowaffenfähiges Material beschaffen sollte. Worauf sie dann ja offenbar auch ziemlich strategisch hingearbeitet hat. Sie muss kurz davor gestanden haben, eine nennenswerte Menge des Erregers aus den Laboren von Janus Therapeutics zu stehlen, aber dann kam ihr diese schwere Überschwemmung dazwischen, die sämtliches Janus-Anthrax vernichtet hat. Ihre Auftraggeber erhöhten daraufhin den Druck auf sie, sie sah keine andere Möglichkeit, als nach Alaska zu reisen, um neuen Wirkstoff zu besorgen.«

Ben griff nachdenklich nach seinem Kaffee, nahm einen Schluck. All das erklärte, was Airi Young angetrieben hatte. Er stellte die Tasse wieder hin. Der Geschmack des Kaffees lag ihm unangenehm bitter auf der Zunge.

»Unser Fazit lautet, dass wir es bei Airi Young mit einer gefährlichen feindlichen Agentin zu tun hatten.«

»Wenn es so ist«, murmelte Ben, »dann können wir ja nur froh sein, dass die Frau in diesem Tunnel gestorben ist.«

*

Die Morgensonne schien schräg in das Krankenzimmer in Fairbanks und malte lange, altgoldene Streifen auf Wand und Fußboden. Gereon saß aufgerichtet in seinen Kissen, vor sich das Tablett mit seinem Frühstück, aber er duselte immer wieder weg. Die hoch dosierten Antibiotika, die man ihm über eine Braunüle in seinem rechten Arm verabreichte, taten ihre Arbeit, aber sie machten ihn auch schrecklich müde. Er wehrte sich nicht dagegen. Seit er mit Tom gesprochen hatte, wusste er die wertvollen Proben bei dem Mann in guten Händen. Was für ein Glück, dass Tom durch seinen Job einiges an Erfahrung damit hatte, Dinge in einem Flugzeug zu schmuggeln! Das Universum hatte es am Ende doch gut mit ihm gemeint, dachte Gereon. Egal, was er alles durchgemacht hatte: Letztendlich würde diese Geschichte hier gut ausgehen. Jetzt musste er nur noch die Verhöre mit diesem Chief Johnson überstehen und dem Mann klarmachen, dass er Airi wirklich in Notwehr erschossen hatte. Was ihm nicht allzu großes Kopfzerbrechen bereitete. So finster es vielleicht auch klang: Das hier war Amerika. Und er war ein weißer Mann, während das Opfer zumindest zur Hälfte nichtweiße Wurzeln hatte. All das machte ihn relativ optimistisch, dass die Ermittlungsbehörden von Alaska die Notwehr anerkennen würden.

Gereon schob das Tablett zur Seite, stellte das Kopfteil seines Bettes ein Stück runter und schloss die Augen. Der Schein der Morgensonne tanzte hinter seinen geschlossenen Lidern. Die Geräusche draußen auf dem Gang – das Quietschen von Gummischuhen auf Linoleum, die Durchsagen, die vielfältigen Stimmen – verschwammen zu einem diffusen Hintergrundrauschen, aus dem sich irgendwann Airis Gesicht herausschälte.

»Her mit den Proben!«, hörte er sie sagen und sah sich selbst in die Mündung ihrer Pistole starren. Im Halbschlaf fiel ihm auf, dass er sich bisher überhaupt nicht gefragt hatte, wie es ihm gelungen war, an die Waffe zu kommen. Ihm fehlte einfach jede Erinnerung daran, was zwischen dem höllischen Schlag gegen seine Schulter und seiner überhasteten Flucht aus dem Tunnel passiert war. Alles, an das er sich noch erinnern konnte, war dieses kreisrunde, rote Loch in einem blassen Gesicht. Airis Gesicht. Und doch war ihm völlig schleierhaft, wie es ihm gelungen war, Airi die Waffe zu entreißen und sie genau zwischen die Augen zu treffen, als sei er ein wahrer Meisterschütze.

Er sank tiefer in den Schlaf und fühlte sich zurückversetzt in den Eistunnel. Wieder befahl Airi: »Her mit den Proben!« Wieder fragte er sie fassungslos: »Anthraxpulver?« Und sie erwiderte: »Hast du eine Ahnung, was das manchen Leuten wert ist?«

Anders als all die Male zuvor lief der lückenhafte Film seiner Erinnerungen diesmal weiter. Diesmal sah Gereon, wie er vor der Kälte in Airis Stimme zurückwich, wie er den Blick abwandte, weil es ihm schwerfiel, diese Frau, die er zu kennen geglaubt hatte, auch nur anzusehen.

Das Bild, das er in dieser Sekunde gesehen hatte, sprang ihn an wie etwas aus einem Horrorfilm.

Ein Gesicht.

Bleich war es. Mit leeren Augen und einem kreisrunden Loch in der Stirn. Kurz war ihm, als stürze das gesamte Universum auf ihn ein und nähme ihm den Atem.

Mit einem Keuchen fuhr er aus dem Halbschlaf. »Scheiße!«, murmelte er. »Verdammte Scheiße!«

Eine Krankenschwester, die gerade draußen auf dem Flur an

der halb offenen Tür vorbeiging, warf ihm einen stirnrunzelnden Blick zu. »Alles okay?«, fragte sie.

Gereon winkte ab. »Ja!« Er tastete nach seinem Handy. Ihm war gleichzeitig eiskalt und glühend heiß, weil endlich alles einen Sinn ergab. Das Loch in der Stirn, das er die ganze Zeit gesehen hatte: Es hatte gar nicht in Airis Schädel geprangt. Dort unten, in dem Tunnel, hatte schon vor seinem und Airis Auftauchen eine Leiche gelegen.

Und das bedeutete: Er musste mit Chief Johnson sprechen.

Auf der Stelle.

*

»Vielen Dank, dass Sie mit Lufthansa geflogen sind.« Die blonde Flugbegleiterin, die Tom Morell den ganzen Flug über sehr zuvorkommend behandelt hatte, schenkte ihm auch jetzt ein strahlendes Lächeln.

Er nickte ihr zu. »Auf Wiedersehen.«

In ihren Augen erschien ein vielsagendes Funkeln, und halb erwartete er, dass sie ihm gleich mitteilen würde, in welchem Hotel sie heute Abend übernachten würde. Aber dann schien sie irgendetwas in seiner Miene zu entdecken, das sie zögern ließ.

Kein Wunder, dachte Tom. Mittlerweile musste er ziemlich runtergekommen aussehen. Kurz nachdem das Flugzeug Polen erreicht hatte, hatte ihn auf der Bordtoilette der erste Schüttelfrostanfall gepackt. Inzwischen fror er erbärmlich.

Fieber.

Chris hatte ihn davor gewarnt, und zwar mit ziemlich deutlichen Worten: *Sind Sie wirklich sicher, dass Sie das durchziehen wollen? Eigentlich gehören Sie ins Krankenhaus, und zwar schnell!*

»Ich wünsche Ihnen eine gute Weiterreise«, sagte die Flugbegleiterin. Er bedankte sich und verließ das Flugzeug. Mit langen

Schritten eilte er die Gangway entlang Richtung Flughafengebäude. Die Anspannung, die er die vergangenen Stunden über nur mühsam im Zaum gehalten hatte, kehrte mit voller Wucht zurück.

Vertrau dem Plan!, sagte er sich. *Alles wird gut.*

Aber er spürte jetzt seinen Herzschlag als hastiges Trommeln in der Brust. Das Blut rauschte durch seine Adern, so heftig, dass er nicht wusste, ob es an dem Fieber oder doch eher an seiner Besorgnis lag. Was, wenn er zu spät kam?

Ganz einfach.

Dann bist du komplett am Arsch.

Vorbei am Sicherheitspersonal, das den Eingang zum Terminal bewachte, betrat er Berliner Boden. Ein Beamter der Zollbehörden, ein noch sehr jung aussehender Mann, kontrollierte seinen Pass, ließ seinen Blick anerkennend über die zahllosen Stempel aus aller Welt wandern und hieß Tom dann in Deutschland willkommen. Tom bedankte sich auch bei ihm und ging zur Gepäckausgabe, wo er darauf wartete, dass das Band anfing zu laufen. Als sein eigener Seesack an ihm vorbeiruckelte, packte er ihn, warf ihn sich über die Schulter und machte sich auf den Weg zum Zollbereich. Diesen Bereich passierte er zu seiner grenzenlosen Erleichterung ohne Kontrolle.

Sein Herz hämmerte mittlerweile so sehr, dass ihm davon schwindelig wurde. Kalter Schweiß stand ihm auf der Stirn. War er blass? Vermutlich. Würde das Misstrauen erregen? Hoffentlich nicht. Weil er fror, hatte er seine alte, abgewetzte Lederjacke übergezogen, deren Taschen er jetzt nervös abtastete. Die Zigarettenschachtel darin war leer.

Mit einem gemurmelten Fluch warf er sie in den Mülleimer, dann durchquerte er eine Tür, die sich automatisch vor ihm öffnete. Vorbei an dem Pult eines weiteren Flughafenbeamten ging er auch durch die niedrige, doppelflüglige Schwingtür, die ihn aus dem Sicherheitsbereich in den öffentlich zugänglichen Teil des Flughafens entließ. Kurz blieb er stehen, ließ seine Blicke über die wartenden Menschen schweifen. Zwei Männer mittleren Alters in Jeans und T-Shirts schienen auf Angehörige oder Arbeitskollegen zu warten, und eine Frau mit einer riesigen Sonnenbrille und hellbraunen Haaren unter einem großen Sonnenhut ebenfalls. Eine Gruppe Frauen begrüßten mit ohrenbetäubendem Jubel und Gelächter eine Freundin, die sie, ihrer Lautstärke nach zu urteilen, seit einem Jahrzehnt nicht mehr gesehen hatten. Und ein Mann und eine Frau schienen ihre Umgebung völlig vergessen zu haben und knutschten auf einer der Sitzbänke hemmungslos miteinander.

Ganz in der Nähe einer Apotheke dann entdeckte Tom endlich Mike Reed. Das schwarze, verwuschelte Haar des Mannes war unverkennbar. Das breite Lachen ebenso. Um eines von Reeds Augen schillerte ein nettes Veilchen, bemerkte Tom, als er auf den Mann zuging. Seine Knie waren plötzlich weich, und er wusste nicht, ob das an dem Fieber lag oder daran, dass dies der Moment der Übergabe war.

»Alles okay mit Ihnen?«, hörte er Reed besorgt fragen.

Er wehrte dessen Hand ab, die nach seinem Ellenbogen greifen wollte. »Ja.« Dann bückte er sich, öffnete den Reißverschluss seines Seesacks und nahm eine bunte Geschenktüte heraus, die er eigens für diesen Zweck gekauft hatte. Sie war ihm ins Auge gefallen, weil sie mit einem Einhorn in Bonbonfarben bedruckt war, ganz ähnlich wie das Feuerzeug in seiner Tasche, das seine Tochter ihm geschenkt hatte. Jetzt reichte er die Geschenktüte an Reed und sah ihm dabei in die Augen. *Was führst du mit diesem Zeug im Schilde?*

Stand ihm die Frage so deutlich ins Gesicht geschrieben, wie sie in seinem Hirn aufflackerte?

»Ist es da drin?« Reed warf einen Blick in die Tüte. Seinem Strahlen nach zu urteilen, mussten umstehende Menschen deren Inhalt für ein besonders lang ersehntes Geschenk halten. Da war nichts Zwielichtiges in Reeds Verhalten, kein Anflug von kühler Zufriedenheit oder Triumph, die auf eine Verstrickung in Airis Machenschaften schließen ließen. Alles, was von diesem Mann ausging, war pure Erleichterung.

»Das ist es«, bestätigte Tom mit einem Nicken. Kurzzeitig geriet die Welt aus dem Gleichgewicht. Er schloss die Augen, aber das machte es nur noch schlimmer.

»Hey, Kumpel, ist mit Ihnen wirklich alles in Ordnung?«

»Ja«, behauptete er erneut.

Reed drückte die Tüte samt Inhalt an sich. »Ich weiß nicht, wie ich Ihnen hierfür danken soll. Durch Ihren mutigen Einsatz ermöglichen Sie es Gereon und mir, in Zukunft sehr viele Menschenleben zu retten.«

»Ja, ja«, murmelte Tom durch zusammengebissene Zähne. »Schließen Sie mich in Ihr Nachtgebet ein!«

*

Frank stand neben Schilling, Monika und Danny im Gang der Ankunftshalle und behielt Mike Reed im Auge, der – genau wie sie – darauf wartete, dass Morell auftauchte. Als Verstärkung befanden sich insgesamt vier weitere Beamte bei ihnen. Draußen vor dem Gebäude waren an zwei strategischen Stellen SEK-Teams positioniert. Der Plan sah vor, nach der Übergabe Morell noch im Flughafen festzunehmen und Mike Reed draußen auf dem Parkplatz zu verhaften. Letzteres sollte dazu dienen, möglichst wenige Menschen in Gefahr zu bringen. Schilling hatte die Bundespolizei und den Flughafensicherheitsdienst darüber informiert, dass das LKA in einem Fall von Gefahrstoffschmuggel ermittelte und dass niemand eingreifen sollte, bevor die Übergabe erfolgt war.

Danny, Monika und zwei von Wildners Leuten waren für den Zugriff auf Morell zugeteilt. Schilling und er, Frank, und die beiden anderen Männer vom Staatsschutz würden Mike Reed nach draußen folgen, wo das entsprechende SEK-Team die Aufgabe erledigen würde.

Um die Wartezeit zu überbrücken, unterhielt Frank sich mit Monika über sein Enkelkind, bis Dannys Stimme ertönte: »Da kommt er!«

Frank hob den Blick. Tom Morell sah genauso aus wie auf dem Foto, das Ben ihnen gezeigt hatte. Seine braunen Locken allerdings wirkten zerzaust und von dem langen Flug platt gedrückt. Und er selbst wirkte müde. Mehr noch: erschöpft.

Irgendwie … krank.

Morell wechselte ein paar Worte mit Reed, dann sah Frank, wie eine knallbunte Geschenktüte den Besitzer wechselte. Echt jetzt? Er hatte Magenschmerzen bei dem Gedanken, dass hier, nur knapp zwanzig Meter von ihren Nasen entfernt, ein potenziell tödlicher Wirkstoff überreicht wurde, als sei es nur ein banales Mitbringsel.

Täuschte er sich, oder schwankte Morell?

Er täuschte sich nicht. Während Reed mit der Tüte Richtung Ausgang strebte, musste Morell an einer der Sitzbänke Halt suchen.

»Zugriff!«, quetschte Schilling hervor, woraufhin Danny, Monika und die beiden anderen Beamten die Hände auf die Waffen an ihren Gürteln legten und sich auf den Weg machten.

In Schilling selbst kam ebenfalls Bewegung. »Kommt mit!«, befahl er Frank. »Wir schnappen uns Reed.«

*

Tom musste sich abstützen, weil vor seinen Augen alles verschwamm. Die jubelnden Frauen und die wartenden Männer waren mittlerweile verschwunden. Nur das knutschende Pärchen saß immer noch an derselben Stelle und hatte alles rund um sich herum vergessen. Tom sah der Frau mit dem Hut und der Sonnenbrille hinterher, die genau wie Mike Reed auf dem Weg in Richtung Ausgang war. Irgendetwas störte ihn an dem Anblick ihres Rückens, aber er konnte nicht festmachen, was es war, denn auf einmal schien die Wand auf ihn zuzustürzen. Seine Knie wurden weich, aber bevor er sich einen Platz zum Sitzen suchen konnte, kamen mehrere Männer und Frauen mit Waffen auf ihn zugestürmt.

»Tom Morell!«, bellte einer der Männer, ein hart wirkender Typ mit einem Drachentattoo am Hals. »Ich nehme Sie fest. Ihnen wird vorgeworfen, gegen Paragraf 326 des Strafgesetzbuches verstoßen zu haben, den unerlaubten Umgang mit Abfallstoffen, sowie Paragraf 129a …«

Tom hatte das Gefühl, dass er sich unter Wasser bewegte. Sein Kopf schwang zu dem Polizisten herum, aber es war, als sei er in einer Zeitlupe gefangen.

»Ich habe …«, gelang es ihm zu sagen, da wurde er auch schon gepackt und gegen einen der massiven quadratischen Pfeiler geschleudert, die die Decke trugen. Seine Wange prallte hart gegen den Beton. Wenn er nicht sowieso schon die ganze Zeit Sterne gesehen hätte, wäre es spätestens jetzt so weit gewesen. Er spürte, wie ihm die Arme auf den Rücken gedreht wurden und sich kalte Metallbänder um seine Handgelenke schlossen. Gleich darauf wurde er von der Wand weggezerrt. Vor seinen Augen wallten düstere Schleier. »Sie machen einen Fehler«, presste er hervor, dann gaben die Beine unter ihm nach.

»Hey, hey, hey!«, war das Letzte, das er hörte. »Langsam, ja?«

»Bringen Sie mich sofort …«, hauchte er noch, bevor die Dunkelheit über ihm zusammenschlug.

*

Ohne den Blick vom Monitor abzuwenden, auf dem er soeben Wildners angekündigten Bericht aufgerufen hatte, tastete Ben nach seiner Tasse und führte sie an den Mund. Der Kaffee war nur noch lauwarm und schmeckte jetzt richtig ekelig.

Angewidert stellte Ben die Tasse wieder ab. Er wollte sich gerade eine neue holen, als schon wieder sein Telefon klingelte. Nur halb mit den Gedanken bei der Sache, hob er es ans Ohr. »Schneider!«, bellte er.

Jemand von der Zentrale war dran. »Ich habe hier einen Chief Johnson am Apparat. Er will eigentlich Kommissar Schilling sprechen, aber der ist gerade in einem Einsatz, da dachte ich …«

»Stellen Sie durch!«, bat Ben. Er wurde verbunden, und gleich darauf sagte jemand auf Englisch: »Chief Johnson aus Fairbanks. Ihr Kollege meinte, dass Sie mir weiterhelfen können.«

Ben schloss die Augen, um sich auf seine Fremdsprachenfähigkeiten zu konzentrieren. Er schaute gern amerikanische Serien und chattete viel auf Englisch, darum verstand er die Sprache gut. Nur sie zu sprechen fiel ihm schwer. »Kommissar Schilling ist in einem Einsatz«, gelang es ihm trotzdem zu sagen.

»Ja, das sagte man mir bereits. Können Sie ihm ausrichten, dass der forensische Bericht da ist?«

»Ja.«

»Es sieht so aus, als wären wir einem Irrtum aufgesessen, weil die Tote einen Ausweis bei sich hatte. Er war angekokelt und nur noch halb lesbar, aber das reichte, um den Namen zu lesen.

Airi Young. Berlin. Wir sind erst stutzig geworden, als Gereon Kirchner uns vor Kurzem angerufen hat und eine Aussage machen wollte. Er erzählte uns noch mal seine Geschichte, wie Airi Young ihn im Tunnel bedroht hatte und so, aber diesmal meinte er, er erinnere sich daran, dass er eine Leiche in dem Tunnel hat liegen sehen, *bevor* er angeschossen wurde. Eine Leiche mit einem Kopfschuss, um genau zu sein.«

»Ich verstehe nicht …« Bens Verstand versuchte, eine Erklärung für das Gehörte zu finden, aber Johnson redete schon weiter.

»Wir vermuten, dass der Schock, den er erlitten hat, dazu führte, dass in seinem Kopf eine falsche Erinnerung entstand. Er hat ganz eindeutig geglaubt, dass er Airi Young erschossen hat.«

So langsam ging Ben auf, was er hier gerade hörte. »Und das hat er nicht.«

»Nein. Wir haben die Gerichtsmedizin in Fairbanks gebeten, die Obduktion der Leiche vorzuziehen, und dabei stellte sich heraus, dass es sich um eine junge vermisste Frau aus der Gegend handelte. Kari Wescott.«

»Das bedeutet …«, setzte Ben an, und das Blut gefror ihm in den Adern. »Die Tote im Tunnel ist nicht Airi Young?«

»Exakt. Es bedeutet vermutlich auch, dass Airi Young am Leben ist. Ich dachte mir, es interessiert Sie da drüben in Deutschland, dass die Frau möglicherweise schon wieder in Berlin ist. Wir haben sie durch eine Gesichtserkennung laufen lassen. Wir sind nicht hundertprozentig sicher, aber wir vermuten, dass sie schon gestern unter falschem Namen zurück nach Deutschland geflogen ist.«

Ben konnte kaum fassen, was er da hörte. Airi Young lebte? Und sie war in Berlin?

»Ich danke Ihnen«, krächzte er, legte auf und starrte auf

eine Mail, die Wildner ihm in seinen Bericht kopiert hatte. Sie enthielt Airis Einsatzbefehl. Die Worte flimmerten vor Bens Augen.

Janus beschaffen und untertauchen. Vernichten Sie sämtliche Spuren, die zu Airi Young führen könnten, und agieren Sie von jetzt ab unter einer neuen Identität weiter …

Ben war schlecht.

Er schüttelte seine Erstarrung ab und griff zum Telefon.

*

Wenn doch nur ihr Fuß nicht so sehr geschmerzt hätte!

Airi verlagerte das Gewicht auf das andere Bein, aber das machte es nicht viel besser. Ihr Knöchel war nach dem endlosen Flug dick wie ein Handball, und genauso fühlte er sich auch an. Sie verfluchte Joseph, und sie verfluchte Gereons Auftauchen im Tunnel, das ihren ganzen wohldurchdachten Plan gefährdet hatte. Sie hasste es. Sie hasste es, weil es einen weiteren Punkt auf der langen Liste des Pechs darstellte, das sie schon seit Kindertagen verfolgte. Immer war in ihrem Leben alles nur schiefgegangen!

Eigentlich hätte sie das Janus-Anthrax schon vor Wochen an ihren Verbindungsmann übergeben sollen. Aber stattdessen stand sie hier in diesem lächerlichen Flughafen, was im Grunde nichts weiter war als ein allerletzter verzweifelter Versuch, das Zeug doch noch in die Finger zu bekommen. Natürlich wurden ihre Auftraggeber langsam ungeduldig.

Dabei hatte sie doch von Anfang an alles so gut geplant! Nach ihrem Studium war es ein Leichtes für sie gewesen, Kontakt mit Mike aufzunehmen. Förmlich überschlagen hatte er sich, ihr eine Stelle bei Janus Therapeutics zu verschaffen. Zwischenzeitlich hatte sie sich ein paarmal gefragt, ob er sich daran erinnerte, wie er und Joseph sie früher in Arctic Village gehänselt und sie *das Walross* genannt hatten. Aber das war egal gewesen. Ihr Verbindungsmann war begeistert darüber, wie reibungslos sie als leitende Wissenschaftlerin freien Zugang zu allen S3-Labors von Janus Therapeutics bekam. Es war auch kein Problem gewesen, von *Bacillus anthracis* über einen längeren Zeitraum kleinste Mengen abzuzweigen und eine ausreichende Dosis der Sporen aufzubereiten. Sogar der »Spezialversuch« an dem Obdachlosen, dessen medizinische Daten sie ihren Auftraggebern als Beweis für die schnelle und tödliche Wirkweise des Stoffes mitliefern wollte, lief reibungslos ab.

Geradezu klinisch.

Dann jedoch hatte sich das Schicksal entschieden, ihr Steine in den Weg zu legen. Die Schwierigkeiten begannen damit, dass sie das kontaminierte Asthmaspray bei dem toten Obdachlosen nicht mehr fand. So war es ihr unmöglich, es zu entsorgen und auf diese Weise ihre Spuren zu verwischen. Als Nächstes dann vernichtete bei dieser verheerenden Überschwemmung das überdimensionierte Sicherheitssystem, mit dem Gereon seine Labors ausgestattet hatte, nicht nur den Original-Anthrax-Stamm, sondern auch ihre eigenen für den Transport fast fertiggestellten Proben.

Woraufhin ihr Verbindungsmann ihr erst so richtig Feuer unter dem Hintern machte. Es war reines Glück gewesen, dass Gereon, der den Originalstamm für seine Arbeit natürlich auch brauchte, in diesem elenden Tunnel ganz am Ende der Welt Ersatz fand. Dort, im nicht mehr ganz so Ewigen Eis des Permafrostes, lagerte weiteres Janus-Anthrax. Also reichte sie Urlaub ein, flog nach Alaska und gab sich als Gastforscherin aus. Eine Weile lang war ihr das Glück wieder hold, und es war verblüffend einfach, nachts auf das Gelände des Camps zu gelangen. Die Wachleute hatten eine Menge Verständnis für eine von

Schlaflosigkeit geplagte Wissenschaftlerin, und die Karibukadaver waren so voller Anthrax-Sporen, dass sie es schaffte, innerhalb von nur zwei Wochen zwei ganze Probenröhrchen hoch dosiertes Anthrax zu isolieren. Dabei war ihr die vielen verschiedenen Forschungsteams zugutegekommen, sodass niemandem der zusätzliche Probenständer in dem Kühlschrank im Tunnel auffiel.

Niemandem, bis auf diese neugierige kleine Kari Wescott, die als Hilfskraft im Camp arbeitete und irgendwann zu viele Fragen stellte. Das Mädchen mit einem aufgesetzten Schuss in die Stirn zum Schweigen zu bringen, war relativ einfach gewesen. Genauso, wie diesen Trottel Joseph dazu zu bringen, das Feuer im Tunnel zu legen. Schwieriger war es hingegen, die Leiche hinter die Karibus in den Tunnel zu schaffen, wo sie durch das Feuer zu Asche hätte zerfallen und niemals gefunden werden sollen. Aber auch das war gelungen, und Airi hatte sich schon am Ziel gesehen. Sie hatte der Toten ihren deutschen Pass und ihren Führerschein in die Tasche gesteckt, um beides auftragsgemäß zu vernichten. Und dann war ausgerechnet in dieser Nacht Gereon in diesem elenden Tunnel aufgetaucht. Er entdeckte ihre Anthrax-Proben, und sie war entschlossen, ihn ebenfalls zu erschießen. Dass er genau in der falschen Sekunde auch noch Karis Leiche entdeckte und sich mit dem Mut der Verzweiflung auf sie stürzte, war am Ende nur ein weiteres Element in ihrem ständigen Kampf gegen die Ironie des Schicksals gewesen. Genau wie die Tatsache, dass er auf seiner überstürzten Flucht aus dem Tunnel ausgerechnet ihre Probenbox mit dem hoch dosierten Stoff griff. Sie hatte ihm nachlaufen, es ihm wieder abnehmen wollen, aber ein fieses Geräusch ließ sie erstarren. Es war das leise Piepsen, mit dem Josephs Zündmechanismus aktiviert wurde. Da hatte sie gewusst, dass ihr nur noch zehn Sekunden blieben. Sie war gerannt und dem Feuer um Haaresbreite entkommen, auch wenn sie sich dabei den Knöchel verletzt hatte, sodass dieser jetzt dick angeschwollen war und sie behinderte …

Egal! Jetzt war sie hier, auf dem Flughafen, und was auch immer geschah: Sie musste hier und heute diese Proben an sich bringen, wenn sie nicht Gefahr laufen wollte, von ihrem Job abgezogen oder schlimmer noch wegen Unfähigkeit eliminiert zu werden.

Mit all diesen Gedanken im Kopf sah sie zu, wie Morell eine rosafarbene Geschenktüte an Mike überreichte, als sei sie nur ein Reisesouvenir. Sie wartete, bis sie sicher war, in welche Richtung Mike verschwand, dann stieß sie sich von der Säule ab.

Sie wusste, wo Mike seinen Wagen geparkt hatte, darum verließ sie das Flughafengebäude durch einen Seitenausgang und umrundete es mit eiligen Schritten. Sie würde ihn auf der unteren Ebene abpassen, wo nicht so viel Betrieb war.

*

Frank sah zu, wie Mike Reed mit der albernen Geschenktüte, die Morell ihm gegeben hatte, in Richtung Hauptausgang ging, sich dann jedoch für eine Treppe entschied, die ins Untergeschoss führte. Vorbei an einem Café, aus dem es nach heißer Schokolade roch, durchquerte der Mann eine automatische Glastür.

Frank, Schilling und die beiden anderen Polizisten folgten ihm. Sie waren die Treppe halb unten, als Schillings Handy klingelte. Er ignorierte es. Er war jetzt vollständig auf Reed und den bevorstehenden Zugriff konzentriert. Auf dem Weg an zwei bronzenen Kunstwerken vorbei klingelte Schillings Handy ein zweites Mal, verstummte wieder. Gleich darauf klingelte es bei

Frank, der innehielt. Wie es seine Gewohnheit war, meldete er sich mit einem knappen »Ja?«

»Frank, hier ist Ben!« Der IT-Mann klang abgehetzt. »Hör zu, es ist was Wichtiges rausgekommen …«

»Scheiße, was soll das?« Schillings hervorgestoßener Ruf überlagerte fast Bens Stimme aus dem Telefon.

Frank wandte sich ab. Er presste die Hand auf das linke Ohr und das Telefon fester ans rechte. »Und was?«

»Airi Young«, rief Ben so laut, dass ihm fast das Trommelfell platzte. »Sie lebt. Sie will das Anthrax! Und es kann sein, dass sie bei euch am Flughafen auftaucht!«

Auch das wurde von Schillings Stimme übertönt. »Verdammt, wer ist das denn?«

Franks Kopf fuhr herum.

Reed war direkt neben einem der Kunstwerke stehen geblieben. Eine Frau trat ihm entgegen. Sie war klein, reichte Reed kaum bis zur Brust. Sie trug einen hellen Sonnenhut, unter dem hellbraune Haare hervorragten, und eine große Sonnenbrille. Sie humpelte.

»Hallo, Mike«, hörte Frank sie sagen.

*

Nina saß auf der Pritsche in ihrer Zelle und hatte den Rücken gegen die Wand gelehnt, als die Tür geöffnet wurde. Eine Beamtin kam herein, es war die von letzter Nacht.

»Sie dürfen gehen«, sagte die Frau ähnlich sauertöpfisch wie am Tag zuvor.

Nina sprang auf, konnte sich eine Erwiderung aber nicht verkneifen. »Die vierundzwanzig Stunden waren vor einer Dreiviertelstunde schon rum.«

Wie erwartet, erhielt sie darauf keine Antwort.

»Kommen Sie!«, befahl die Beamtin nur.

Nina schnappte sich ihre Jacke und folgte der Frau. »Ich muss dringend mit Kommissar Schilling …«

»Rufen Sie ihn eben an«, unterbrach die Beamtin sie unwirsch und war danach zu keiner weiteren Diskussion bereit. Voller Ungeduld wartete Nina darauf, dass man ihr die Sachen wiedergab, die man ihr bei der Festnahme abgenommen hatte. Ihre Armbanduhr zeigte kurz vor halb sechs.

Noch auf dem Weg nach draußen wählte sie Toms Nummer. Er ging nicht ran, obwohl er schon vor gut einer halben Stunde gelandet sein musste.

Vor dem Haupteingang des LKA-Gebäudes blieb Nina stehen. Sie hatte Schillings Nummer nicht, aber sie hatte eine Ahnung, wo der Kommissar sich gerade befand. Auf dem BER, um Tom festzunehmen …

Ein Taxi kam mit eingeschaltetem Schild den Tempelhofer Damm entlang. Nina hob den Arm und winkte es zu sich heran.

»Zum BER«, verlangte sie, als sie sich auf den Rücksitz geworfen hatte. »Bitte beeilen Sie sich!«

*

Die Frau stellte sich auf die Zehenspitzen, um Reed etwas ins Ohr zu flüstern. Reed stand stocksteif da, sein Gesicht spiegelte völlige Fassungslosigkeit. Ohne Widerstand ließ er sich von der Frau die Geschenktüte abnehmen.

Franks Verstand, der kurz ins Stocken gekommen war, nahm die Arbeit wieder auf. Er sah zu, wie die Frau sich bei Reed einhakte, als wolle sie sich auf dem Weg zum Ausgang von ihm stützen lassen.

»Was zum …«, stieß Schilling hervor. Dann brüllte er: »Zugriff!«

Die beiden Staatsschützer, die sie begleiteten, reagierten augenblicklich. Sie rissen ihre Waffen aus den Holstern, aber auch die Frau hörte den Ruf. Ihr Kopf fuhr zu ihnen herum, alles an ihr ging in den Alarmmodus. Mit einer fließenden, blitzschnellen Bewegung riss sie den Arm hoch. In ihrer Hand lag eine Pistole, und Frank begriff, dass sie damit Reed bedroht hatte. Eine Sekunde lang nur richtete die Frau die Waffe auf die Polizisten und gleich danach wieder auf Reeds Rippen. »Stehen bleiben!«, schrie sie. »Oder er stirbt!«

»Lassen Sie die Waffe fallen!«, brüllte Schilling, doch die Frau reagierte nicht.

»Diese Frau«, erklärte Frank. »Sie ist Airi.«

»Was?«, keuchte Schilling. »Wie …?«

»Völlig egal«, unterbrach Frank ihn. Er wollte noch etwas hinzufügen, da wurden hinter ihnen eilige Schritte laut. Eine zweite Frau erschien.

»Dr. Falkenberg!«, entfuhr es Frank.

4. Kapitel

Nina hatte dem Taxifahrer schon vor dem LKA einen Fünfziger in die Mittelkonsole gelegt, um ihn zur Eile anzuspornen. Vor Terminal 1 sprang sie aus dem Wagen und eilte durch den Windfang nach drinnen. Kurz streifte ihr Blick das rote Kunstwerk unter der Hallendecke, und sie musste sich orientieren. Wo war Tom angekommen, rechts oder links? Sie ließ den Blick über die Menschen schweifen, die Gänge und Rolltreppen bevölkerten.

Bevor sie sich orientiert hatte, hörte sie aus dem Untergeschoss des Gebäudes einen Tumult. Jemand kreischte auf, dann glaubte sie, Kommissar Schillings Stimme zu hören, konnte aber nicht verstehen, was er schrie.

Ohne zu überlegen, rannte sie los, die Treppe hinunter, vorbei an einem Café und durch eine automatische Glastür. Dahinter blieb sie stehen, als sei sie vor eine Wand geprallt. Da war Mike, der mit erhobenen Händen dastand wie jemand, dem man soeben das gesamte Leben auf links gekrempelt hatte. Und direkt neben ihm? Eine Frau … Ninas Verstand brauchte eine Sekunde, bevor sie sie erkannte.

Airi! Sie hielt eine bunte Geschenktüte in der einen Hand, und in der anderen eine Waffe, die sie auf Mike gerichtet hatte. Drei Polizisten hatten auf sie angelegt – einer von ihnen war Schilling. Frank Bergmann hingegen war gegen eine der elektronischen Werbetafeln zurückgewichen, sein Gesicht wirkte blass und fassungslos. Über seiner rechten Schulter flackerte ein Slogan von einem Autoverleih, der absurderweise *Wenn man ab und zu einfach mal wegmuss* … lautete.

»Frau Young!«, beschwor Schilling Airi. »Ich bin sicher, es lässt sich über alles reden. Aber Sie müssen erst die Waffe auf den Boden legen! Und die Tüte auch.«

Airi rührte sich nicht. In Ninas Kopf schwirrte es.

Wieso war Airi am Leben? Sie war doch in diesem Eistunnel in Alaska gestorben. Gereon hatte sie erschossen!

Was ging hier vor?

Unwichtig jetzt! Nina dachte an die Dinge, die sie von Gereon erfahren hatte. An das waffenfähige Anthrax, das sich nur in der Geschenktüte befinden konnte. Der Tüte, die Airi wie eine Art Schutzschild vor die Brust presste ... Keine Zeit, den Polizisten alles zu erklären ...

»Airi!«, schrie Nina.

Mehrere Blicke richteten sich auf sie. Wie in Zeitlupe drehte Airi den Kopf zu ihr herum. Die Unruhe und das Gemurmel der Menschen ringsherum stürzten auf Nina ein, rückten dann aber in weite Ferne. Für den Moment gab es nur sie und Airi auf dieser Welt. »Was tust du da?«, flüsterte Nina.

»Frau Falkenberg, nicht!«

Sie blendete Schillings Warnung aus und auch Mikes Worte: »Nina, sie hat die Probe!«

»Was zum Teufel geht hier vor?« Einer der Polizisten.

Nina achtete ebenso wenig auf ihn wie auf die beiden anderen. Zögernd ging sie einen Schritt auf Airi zu. Vielleicht konnte sie sie zur Vernunft bringen. Rechts von ihr leuchtete das Logo einer Supermarktkette in grellem Rot.

In Airis Blick flackerte es. »Nina!«

Nina zwang sich, ihr in die Augen zu sehen. Das Anthrax befand sich in einem von Gereons eigens entwickelten Sicherheitsröhrchen, das wusste sie, weil Tom es ihr beschrieben hatte. Es würde nicht zerbrechen, wenn es herunterfiel. Das war gut.

Nina streckte die Hand aus. »Gib mir die Tüte, Airi!« Schweiß lief ihr den Rücken hinunter, und gleichzeitig fror sie.

Airi schüttelte den Kopf. Sie wirkte in die Enge getrieben. *Nicht gut!*

Aus dem Augenwinkel sah Nina, wie Dr. Bergmann sich von der Werbetafel löste, wie er vortrat, als wolle er ihr irgendwie helfen. Kommissar Schilling allerdings hielt ihn zurück. Seine Waffe war immer noch auf Airis Brust gerichtet.

»Sie werden dich erschießen, wenn du mir nicht diese Tüte gibst«, sagte Nina. »Du …« Sie verstummte, als Airi sie mit wildem Blick anstarrte und dann anfing zu lachen.

»Du denkst wirklich, dass mich das schreckt?«

Nina fuhr sich mit der Zunge über die Lippen. »Bitte, Airi!«

Doch Airi achtete nicht auf sie. Sie starrte Mike an, und da lag etwas in ihrer Miene, das Nina nicht deuten konnte. Im ersten Moment hielt sie es für Hass, aber dann ging ihr auf, dass es wohl eher Enttäuschung war.

Mike zitterte. »Wir können über alles reden«, murmelte er. »Du musst aber …«

»Bullshit!« Übergangslos schrie Airi. Sie rammte ihm die Waffe in die Seite, sodass er stöhnend zusammenklappte.

»Scheiße, das ist doch …« Schilling führte den Satz nicht zu Ende, weil Airi ihm einen warnenden Blick zuwarf. Der Kommissar erstarrte. Nina ahnte, was er dachte. *Wann war das hier so aus dem Ruder gelaufen?*

Die Antwort darauf war einfach: als eine Frau aufgetaucht war, die sie alle für tot gehalten hatten.

Airis Blicke huschten durch die Halle auf der Suche nach einem Fluchtweg. Der Ausgang war nur wenige Meter hinter ihr, aber sie kam nicht dazu, den Rückzug anzutreten.

Einer der Polizisten drückte ab.

Der Schuss hallte in der Flughafenhalle wie ein Kanonenschlag, und irgendjemand kreischte vor Schreck und Angst. Fassungslos sah Nina mit an, wie Airi getroffen wurde. Und ihr Herz setzte vollständig aus, als Airi, Mike, die Polizisten, Dr. Bergmann und sie selbst schlagartig in einer feinen Wolke aus weißem, irgendwie klebrigem Zeug standen.

»O Gott!«, rief jemand.

Und dann brach Panik aus.

*

Die Polizisten, die ihn festgenommen hatten, hatten Tom auf einer der Wartebänke Platz nehmen lassen und einen Rettungswagen für ihn gerufen. Als im Untergeschoss erst der Schuss ertönte und gleich darauf Schreie, hob Tom mühsam den Kopf. »Was ist da los?« Seine Zunge fühlte sich an wie ein totes, pelziges Tier.

Die Frau, die ihn zusammen mit dem Mann mit dem Drachentattoo festgenommen hatte – sie hatte sich ihm als Kommissarin Monika Fischer vorgestellt –, schüttelte den Kopf. »Keine Ahnung.« Ihr war anzusehen, dass sie am Liebsten nachgesehen hätte.

Tom verspürte einen Anflug von Belustigung. »Ich laufe Ihnen schon nicht weg.«

Sie warf erst Tom einen grimmigen Blick zu, dann sprach sie mit ihrem tätowierten Kollegen. Im Gegensatz zu ihr hatte er darauf verzichtet, sich vorzustellen. »Ich bin gleich wieder da«, sagte sie.

Dann war sie weg.

Tom stützte die Ellenbogen auf die Knie und ließ den Kopf hängen. Der Rettungswagen war auf dem Weg, das hatte die Kommissarin ihm versichert. Blöd nur, dass ihm langsam, aber sicher die Zeit weglief.

Sie sind völlig irre!, hallte Chris' Stimme in ihm nach. *Sie spielen mit Ihrem Leben!*

Er konnte nicht anders, er musste lächeln. Es fühlte sich absolut irre an. Sein Kopf stand kurz vor dem Platzen.

Eine Durchsage ertönte. »Achtung bitte! Wegen eines Notfalls sind die Ausgänge im Untergeschoss nicht begehbar. Bitte gehen Sie nicht ins Untergeschoss und verlassen Sie so schnell wie möglich das Gebäude.« Während die Ansage auch in Englisch wiederholt wurde, kam die Kommissarin zurück. Sie war leichenblass.

»Was?«, murmelte Tom.

»Das Zeug, das Sie mitgebracht haben«, stieß sie hervor. »Es wurde freigesetzt.«

Tom hob den Kopf ein weiteres Mal. An den Rändern seines Gesichtsfeldes wallten jetzt schwarze Schatten heran. Er starrte auf den Verband an seiner Hand und dachte an das, was sich darunter befand. Er war nicht sicher, ob er richtig verstanden hatte, was die Kommissarin gesagt hatte. »Das Zeug aus *meiner* Probe?«, murmelte er. »Sicher?«

Fischer nickte. »Es war in einer Rasierschaumdose, oder?«

»Ja.« Tom erfasste ein solches Hab-ich-es-doch-gewusst-Gefühl, dass er nicht anders konnte. Er fing an zu lachen.

»Warum lachen Sie?«, schnappte der Beamte mit dem Drachentattoo.

Er denkt, dass du dich über einen gelungenen Anschlag freust, schoss es Tom durch den Kopf. Aber nichts hätte falscher sein können.

»Wusste ich doch, dass ich euch nicht trauen kann«, murmelte er.

*

Anthrax war freigesetzt worden. Frank stand da und starrte auf die Wolke aus seltsam weißem Zeug, das sich im Umkreis von mehreren Metern auf Boden, Sitzbänke und alle Umstehenden senkte.

»Wieso …«, setzte er an.

Dr. Falkenberg unterbrach ihn. Sie war blass und wirkte geschockt. Dann jedoch fing sie sich, wandte sich an Frank und Schilling. »Hören Sie! In dem Behälter, der da eben explodiert ist, befanden sich keine Gewebeproben, sondern waffenfähiges Anthrax.«

»Wie bitte?« Schlagartig fühlte Frank sich wie in einem schlechten Film. Nur mit halbem Ohr konnte er sich auf Dr. Falkenbergs hastig hervorgestoßene Worte konzentrieren, während sein für Notsituationen geschultes Gehirn sofort anfing, Einsatzpläne für das folgende Vorgehen zu entwickeln.

»… Airi Young hat das Anthrax aufgereinigt, keine Zeit für lange Erklärungen. Sie müssen sofort handeln …«

Mit Letzterem schien Schilling einer Meinung zu sein. Er befahl Frank, sich um diese neue Situation zu kümmern, dann kniete er sich neben der angeschossenen Airi nieder und versuchte, ihre Blutung zu stoppen.

Frank atmete einmal tief durch. Schließlich veranlasste er als Erstes, dass dieser Bereich für die anderen Passagiere gesperrt und dass das Lüftungssystem abgeschaltet wurde, um den Erreger nicht über das gesamte Gebäude zu verteilen. Danach suchte er nach einer Erklärung für die Freisetzung des weißen Pulvers mit den Anthraxsporen. Die Probe hatte sich aus irgendeinem Grund in einer unter Druck stehenden Rasierschaumdose befunden, die durch den Schuss getroffen worden und dabei explodiert war, weshalb sich das Pulver in einem Umkreis von mehreren Metern verteilt hatte. Im Kopf ging Frank rasch die Konsequenzen durch. Hatte die Explosion die Erreger wirksam vernichtet? Vermutlich nicht. Anthraxsporen mussten über einen längeren Zeitraum sehr hohen Temperaturen ausgesetzt werden, um zerstört zu werden. Eine Treibgasexplosion reichte dazu bei Weitem nicht aus. Nachdem das klar war, überlegte Frank, wie er weiter vorgehen sollte. Die Polizisten waren dabei, die teils besorgten, teils regelrecht panischen Menschen zu beruhigen. Einige davon waren nach draußen geflohen, bevor man die Türen geschlossen hatte, aber man hatte sich nicht die Mühe gemacht, sie zu verfolgen. Die Gefahr, die von diesen Personen für andere ausging, war nur gering. Man würde über sämtliche Medien einen Aufruf starten und die Geflohenen auffordern, sich in ärztliche Behandlung zu begeben. Und man würde eine Information an alle Ärzte rausgeben, damit sie vermehrt auf Anzeichen von Milzbrand achteten …

Frank unterdrückte den Impuls, sofort noch weitere Maßnahmen zum Schutz der Bevölkerung zu entwickeln. All das kam erst später. Erst mal musste er sich um die Menschen kümmern, die immer noch hier drinnen waren. Was Schilling, Dr. Falkenberg, die Staatsschützer und ihn selbst einschloss.

Er knirschte mit den Zähnen. So hatte er sich das Ende seines Tages bei Weitem nicht vorgestellt. Er hatte sein Telefon noch in der Hand, mit dem er sein Team vom ZBS in Marsch gesetzt hatte, als Monika ein zweites Mal die Treppe heruntergerannt kam. Wie eben auch schon einmal, hielt ein Mann der Flughafensicherung sie davon ab, durch die Glastüren zu treten. Sie nahm ihr Handy heraus und rief Frank an.

»Ich habe gerade mit Morell gesprochen. Er behauptet, in der Probe sei kein Anthrax gewesen, er habe das Zeug noch vor Abflug in Alaska vernichtet.«

Franks Blick huschte zu den Menschen in der Halle, und schlagartig empfand er Hoffnung. Hoffnung darauf, dass sie es vielleicht doch nicht mit Dutzenden Fällen von Lungenmilzbrand zu tun bekamen. »Warum sollte er das getan haben?«

»Keine Ahnung. Er sagte nur, dass es ihm zu gefährlich war, das Zeug Mike Reed auszuhändigen. Für mehr Erklärungen war keine Zeit.«

»Warum nicht?«

»Es ging ihm irgendwie überhaupt nicht gut. Der Rettungswagen war da und hat ihn sofort mitgenommen. Denkst du, er sagt die Wahrheit?«

Frank runzelte die Stirn. »Keine Ahnung, aber das werden wir bald wissen. Ich habe schon mein Team informiert. Sie werden schnell festgestellt haben, ob wir kontaminiert sind, und dann die entsprechenden Maßnahmen einleiten.«

Monika schauderte sichtbar. »Die beiden Obdachlosen sind an dem Zeug gestorben. Was, wenn Morell gelogen hat? Wenn er auf Zeit spielt, um möglichst viele Opfer …«

»Stopp!«, sagte Frank und sah sich um, ob jemand ihr Gespräch mitgekriegt hatte. Ja, die Obdachlosen waren an dem Toxin des Erregers gestorben. Aber sie waren nicht rechtzeitig behandelt worden. Selbst wenn Morell gelogen hatte und sie es hier doch mit Janus zu tun hatten, konnten sie entsprechende Maßnahmen einleiten. Das hier war nur eine weitere Bedrohungslage, ähnlich wie viele andere, die er schon erfolgreich gemanagt hatte. »Mach dir keine Sorgen«, sagte er zu Monika. »Alles wird gut ausgehen, das weiß ich.« Er hoffte, dass er zuversichtlich klang, war sich da aber nicht ganz sicher.

*

Während Dr. Bergmann mit seinem Team vom ZBS telefonierte, kniete Nina an Kommissar Schillings Seite neben Airi auf dem Boden. Der Schuss hatte sie mitten in die Brust getroffen, und Schilling hatte ihr den Rucksack eines Reisenden unter den Oberkörper geschoben, um ihr die Atmung zu erleichtern. Es war deutlich zu sehen, dass die Kugel mindestens einen Lungenflügel durchschlagen hatte. Airis Atem ging rasselnd, und als sie hustete, erschienen feine, rote Tröpfchen auf ihren Lippen und ihrem Kinn. Mit zusammengebissenen Zähnen presste Schilling ein zusammengefaltetes Stofftaschentuch auf die Wunde, in dem vergeblichen Versuch, die Blutung wenigstens zu verlangsamen.

Airi schrie vor Schmerzen.

»Der Notarzt ist unterwegs«, erklärte Schilling Nina, aber an seiner finsteren Miene konnte sie ablesen, dass er das Gleiche dachte wie sie. Für Airi würde jede Hilfe zu spät kommen.

Sie hatte nur noch wenige Minuten zu leben.

Nina biss die Zähne zusammen, rang die Übelkeit nieder, die sie bei der Erinnerung an eine andere Situation überkam. Ihr Ziehvater Georgy war ganz ähnlich in ihren Armen gestorben …

Sie verscheuchte die Erinnerung an all das Blut von damals, sah Airis Blick durch die Halle irren, als suche sie jemanden.

»Mike …«, flüsterte Airi. Sie war kaum zu verstehen.

Nina hob den Kopf, suchte nach Gereons Partner. Mike stand noch immer vor diesem Glaskasten mit dem Kunstwerk. Und er zitterte auch noch immer. Nina winkte ihn heran.

Nur zögernd näherte er sich, es sah aus, als würde ihn eine starke Macht von Airi fernhalten. Sein Gesicht war grau, seine Lippen aschfahl. Airi streckte eine Hand nach ihm aus, aber erst, als Nina ihn mit einer zornigen Kopfbewegung dazu aufforderte, ließ er sich neben ihnen auf die Knie nieder und griff nach Airis Hand.

»Mike«, flüsterte sie erneut. Sie bedeutete ihm, noch näher zu kommen.

Er tat auch das nur zögernd.

Airi holte Luft, so tief sie konnte. Es klang furchtbar, so, als würde sie an ihrem eigenen Blut ertrinken. Sie stöhnte. Dann hauchte sie: »Sag Gereon … er hätte all das hier … verhindern können … und du … Es tut mir leid, Mike …« Ihre Stimme erstarb. Gleich darauf wich alles Leben aus ihren Augen.

»Nein!«, stöhnte Mike.

»Fuck!« Schilling nahm das durchgeblutete Taschentuch von Airis Brust. Fragend sah er Nina an. Sie tastete an Airis Hals nach einem Puls. Nichts. Sie schüttelte den Kopf. In Mikes Richtung sagte sie: »Es tut mir so schrecklich leid!«

Mike sackte in sich zusammen. »Nein«, wiederholte er.

Kommissar Schilling stand als Erster auf und entfernte sich von der Leiche. Nina blieb noch einige Minuten sitzen, hauptsächlich um Mike nicht allein zu lassen. Sie wollte ihn fragen, was Airi mit ihren letzten Worten gemeint hatte, aber sie ahnte, dass Mike gerade nicht in der Lage war, ihr zu antworten. Er hatte Airis Leiche in die Arme gezogen und wiegte sie wie ein kleines Kind.

Als Nina sich ebenfalls erhob, schmerzten ihre Knie von dem harten Fußboden, und sie brauchte zwei, drei Schritte, um wieder in Gang zu kommen. Sie trat neben Kommissar Schilling. »Ich verstehe nicht, was hier eben geschehen ist.«

Er war dabei, sich die blutigen Finger mit einem Papiertaschentuch zu säubern, was allerdings nicht wirklich erfolgreich war. Über seine Hände hinweg blickte er Nina an, als hätte er auch keine befriedigende Antwort auf ihre Frage. »Tja. Wir erhielten kurz vor der Eskalation einen Anruf, wonach Frau Young noch am Leben und offenbar hier in Berlin ist. Bevor mein Kollege die Sachlage erklären konnte, war es schon zu spät. Frau Young hatte Herrn Reed die Proben abgenommen und ihn als Geisel genommen.« Er starrte auf seine noch immer blutverschmierten Hände. »Scheiß drauf!«, murmelte er, zog sein Handy heraus und wählte. »Hey, Ben, ich bin's. Du hattest recht. Die Young ist hier aufgetaucht. Und Dr. Falkenberg auch. Offenbar weiß sie etwas darüber, dass wir es hier mit waffenfähigem Anthrax zu tun haben.« Er warf Nina bei diesen Worten einen finsteren Blick zu.

Nina konnte ihre Augen nicht von dem Blut an seinen Fingern abwenden.

»Ja. Ich fürchte, die Young hat das Anthrax an sich gebracht. Es wurde freigesetzt.« Schilling schwieg einen Augenblick. Nina konnte die aufgebrachte Stimme seines Kollegen hören. »Das ZBS ist schon dabei. Frank hat alles im Griff. Glaube ich. Aber jetzt erzähl: Wie kann es sein, dass die Young noch lebt?« Wieder hörte er zu. Seine Miene verfinsterte sich. »Okay. Danke.« Er verabschiedete sich, legte auf und starrte diesmal auf das Display seines Telefons, auf dem zwei rote Fingerabdrücke prangten. Mit zusammengebissenen Zähnen steckte er das Handy weg. »Der Polizeichef von Fairbanks hat angerufen. Kirchner hat offensichtlich in diesem Tunnel doch nicht auf Airi Young geschossen. Seine Erinnerung hat ihn getäuscht – offensichtlich hat ihm sein Gehirn etwas vorgegaukelt, weil es etwas anderes nicht verarbeiten konnte.«

Nina runzelte die Stirn. »Sie reden von dissoziativer Amnesie?«

Schilling schnaubte. »Keine Ahnung, was das ist. Johnson meinte, dass Kirchner im Tunnel die Leiche einer jungen Frau gesehen hat, der die Young zuvor eine Kugel in den Kopf geschossen hatte. Verbunden mit dem Schockerlebnis, von Youngs Schuss getroffen zu werden, hat sich sein Kopf wohl eine falsche Erinnerung zusammengebastelt.«

Was, genau genommen, die Beschreibung einer dissoziativen Amnesie war, dachte Nina. Das menschliche Gehirn war gut darin, Dinge zu verdrängen, mit denen es nicht klarkam. Manchmal erfand es dann falsche Erinnerungen dafür. Langsam nickte sie. Sie empfand Mitgefühl für Gereon. Was hatte er nur alles durchmachen müssen?

»Aber warum das alles?«, murmelte sie.

»Wir haben auf Frau Youngs Rechner Beweise dafür gefunden, dass sie für eine ausländische Terrororganisation gearbeitet hat. Wir vermuten, dass sie das Anthrax in deren Auftrag stehlen sollte.«

Mike, der noch immer Airis Leiche hielt, blickte auf. Sein Gesicht war so grau und eingefallen, dass Nina davon – und von Schillings Worten – ganz anders wurde.

Airi die Agentin einer feindlichen Macht?

Schilling wandte sich an Mike. »Wussten Sie davon?«

Mike brauchte ein paar Sekunden, bevor er antwortete, aber Nina hatte nicht das Gefühl, dass er nach einer plausiblen Lüge suchte, sondern eher, dass er seine Erschütterung über Airis Tod und die Information mit dem Geheimdienst noch nicht überwunden hatte. »Ich ... ich hatte keine Ahnung«, krächzte er.

Nina glaubte ihm.

Schilling offenbar auch. »Wir reden später noch mal in aller Ruhe darüber«, sagte er, und weil in diesem Augenblick Dr. Bergmanns ZBS-Team eintraf, nickte er Nina und Mike zu und entfernte sich.

Nina ging neben Mike in die Hocke und schloss Airi mit einer sanften Geste die Augen. Dann berührte sie Mike am Arm. »Was meinte sie damit, dass Gereon das hier hätte verhindern können?«

Er jedoch schüttelte nur den Kopf, wieder und wieder.

Sie beschloss, ihm noch ein wenig Zeit zu lassen, erhob sich ein weiteres Mal und gesellte sich zu Dr. Bergmann, der gerade seinen Leuten in ihren Schutzanzügen Anweisungen gab. »Es gibt Grund zu der Hoffnung, dass wir es gar nicht mit Anthrax zu tun haben«, hörte Nina ihn sagen. Gleich darauf begann das Team, mithilfe von Schnelltests die Umgebung auf Milzbrandsporen zu untersuchen.

Bergmann selbst blieb einen Augenblick lang regungslos stehen. »Die Frau ist tot, oder?« Er klang, als müsse er es hören, bevor er es akzeptieren konnte.

Nina bejahte. Jemand aus dem ZBS-Team kümmerte sich bereits um die Leiche. Mike saß immer noch an Ort und Stelle wie ein Häufchen Elend. Nina versuchte, sich zu konzentrieren. Es fiel ihr schwer. Ihr Herz schlug zu schnell, und in ihren Ohren rauschte es. Sie wollte Antworten, wollte wissen, wieso offenbar niemand gemerkt hatte, dass Airi als Agentin für einen Schurkenstaat gearbeitet hatte, und was hinter ihren letzten Worten steckte … Sie konzentrierte sich zunächst jedoch auf das Wichtigste. »Wieso denken Sie, dass das hier kein Anthrax war?«, fragte sie Bergmann.

Aus Augen, die unendlich müde aussahen, schaute er ihr ins Gesicht. »Tom Morell hat das behauptet.«

Im ersten Moment konnte Nina es nicht glauben. Dieser verdammte Fuchs! Was für ein Spiel spielte er hier? »Wo ist er?«, fragte sie. Plötzlich hatte sie das unbändige Bedürfnis, ihn zu sehen, vielleicht sogar von ihm in den Arm genommen zu werden.

Aber Bergmann enttäuschte sie. »Er wurde in ein Krankenhaus gebracht. Offenbar ging es ihm nicht gut. Als meine Kollegen ihn verhaftet haben, ist er zusammengebrochen.«

Jede Silbe dieser Nachricht jagte Nina einen eisigen Schrecken durch den Körper. »Wissen Sie, was er hat?«

Bergmann schüttelte den Kopf. »Frau Fischer hat mir nur erzählt, dass er fiebrig wirkte. Und sehr schwach.«

Das klang überhaupt nicht gut.

»Milzbrand?«, flüsterte sie.

Bergmann sah sie mitleidig an. »Er ist Laie. Und er hat längere Zeit mit dem Stoff hantiert. Sagen Sie mir, zu welchem Schluss Sie das bringt!«

Sie schluckte. Plötzlich hatte sie einen unangenehmen Druck auf der Brust.

»Ich habe schon im Krankenhaus angerufen und ausrichten lassen, dass der Verdacht auf Milzbrandinfektion besteht«, versuchte Bergmann sie zu beruhigen. »Sie werden sich nach Kräften um ihn kümmern.«

Nina wollte etwas sagen, wollte sich bei ihm bedanken, aber mehr als ein Nicken brachte sie nicht zustande. Sie sah zu, wie der Mitarbeiter vom ZBS Mike ansprach und ihn bat aufzustehen. Mike reagierte nicht einmal.

Dr. Bergmann gab seinen Leuten Anweisung, die Leiche in einen angrenzenden Lagerraum zu bringen, um die Menschen ringsherum nicht länger mit ihrem Anblick zu konfrontieren. Ninas Gedanken kehrten zu Tom zurück. Fiebrig und sehr schwach …

Nein, das klang wirklich überhaupt nicht gut. *Er hat längere Zeit mit dem Stoff hantiert. Sagen Sie mir, zu welchem Schluss Sie das bringt!*

Mit beiden Händen fuhr sie sich durch die kurzen Haare, ging ein paar Schritte, bis sie vor einem der beiden Kunstwerke stand. *Der Fall Daidalos und Ikaros* hieß es, es war die in Bronze gegossene Figur eines geflügelten Mannes, der von seinem Sturz flach auf den Boden gepresst dalag und zu allem Überfluss auch noch mit Ketten gefesselt war.

Schlagartig fühlte Nina sich wie er. Wenn Tom starb … Wie sollte sie das Sylvie erklären? Sie sah zu, wie Dr. Bergmanns Leute Airis Leiche davontrugen. Auf den Bodenfliesen blieb nur ein großer Blutfleck zurück, der inmitten des weißen Puders ringsherum unnatürlich rot wirkte. Mike saß immer noch an Ort und Stelle, und in Ninas Augen sah er aus, als hätte eine unsichtbare Macht ihn ebenso festgekettet wie die Bronzefigur. Sie ging zu ihm, berührte ihn an der Schulter. »Komm«, sagte sie. Sie half ihm hoch und führte ihn zu einer Sitzreihe außerhalb des Pulverkreises, wo sie ihn nötigte, sich neben ihr hinzusetzen. Airis Worte gingen ihr dabei nicht aus dem Kopf.

Sag Gereon, er hätte all das hier verhindern können …

Sie wiederholte es für Mike so leise und so behutsam wie möglich. »Was hat sie damit gemeint?«

Keine Reaktion.

»Mike?«, hakte sie nach.

Da hob er unendlich langsam den Kopf. Sie sah Tränen in seinen Augen schimmern und einen Schmerz, den er nicht erst seit heute empfand. »Das ist eine sehr … sehr alte Geschichte«, flüsterte er.

Nina sah die ZBS-Mitarbeiter an, die sich in einer Ecke versammelt hatten und mit Dr. Bergmann die weitere Vorgehensweise diskutierten. »Wie es aussieht, haben wir Zeit.«

Mike stieß ein Lachen aus. »Ja«, sagte er. »Vermutlich hast du recht!« Er besann sich kurz. »Angefangen hat alles, als in unserem Dorf damals diese Knochen aus dem tauenden Boden auftauchten …«

*

Weil Frank der Bedrohung selbst ausgesetzt worden war, konnte er nicht so agieren und seine Leute führen, wie er es sonst tat. In Gegenteil: Plötzlich fand er sich in der ungewohnten und beängstigenden Rolle des Opfers wieder. Gut, dass mit Eric Müller und Helga Lehmann zwei seiner fähigsten Mikrobiologen seine Rolle übernommen hatten. Vielleicht war das hier ja sogar so was wie ein Zeichen, dachte er. Vielleicht sollte es ihm zeigen, dass sein Team ohne ihn zurechtkam, wenn er demnächst von Bord ging. Er betrachtete die niedergedrückte Bronzegestalt des einen Kunstwerks und das an den Scheiben angebrachte

Gedicht von Baudelaire. Sein Französisch, das er wegen seiner Einsätze in Afrika früher fast fließend beherrscht hatte, war ein wenig eingerostet, stellte er fest. Er verstand nicht einmal die Hälfte. Allerdings hatte er Baudelaire auch noch nie gemocht. Seine Gedichte waren ihm viel zu düster.

Schwerfällig und in ausreichendem Abstand von dem freigesetzten Pulver ließ er sich auf einer der Sitzbänke nieder. Eine weißhaarige Frau, deren knackige Sonnenbräune verriet, dass sie vor wenigen Stunden noch irgendwo im Süden Urlaub gemacht hatte, nickte ihm betreten zu. »Ganz schöne Scheiße, das alles, oder?«, versuchte sie, ein Gespräch in Gang zu bringen.

Frank lächelte sie knapp an, und sie begriff, dass er nicht reden wollte. Er zog seine Brieftasche aus der Hosentasche und klappte sie auf. Ein Foto, das ihn zusammen mit Sabine und Franziska im Urlaub in Avignon zeigte, fiel ihm in die Hände. Er betrachtete seine lachende Tochter, verglich ihren Gesichtsausdruck mit dem, den sie im Krankenhaus gehabt hatte. Obwohl er wusste, dass es keine gute Idee war, nahm er auch noch das Ultraschallbild aus dem Geldscheinfach und faltete es auseinander. Die weißhaarige Dame reckte den Kopf, traute sich aber nicht, ihn auf das Foto anzusprechen. Er war froh darüber, und noch froher war er, als sie aufstand und woandershin ging.

Kurz darauf trat Dr. Falkenberg neben ihn. Er zeigte ihr das Bild. »Das ist von meinem Enkelkind. Es wäre in acht Wochen geboren worden.«

Ein weicher Zug glitt über ihr Gesicht. Sie setzte sich neben ihn. »Was ist passiert?«

Er erklärte es ihr, und allein, es auszusprechen, zerriss ihn innerlich.

Dr. Falkenberg machte ein betroffenes Gesicht. »Das tut mir sehr leid«, sagte sie. Sie wollte noch etwas hinzufügen, aber sie kam nicht dazu, weil Eric Müller zu ihnen trat. Er strahlte bis über beide Ohren.

»Wir haben die Ergebnisse. Keine Spuren von Anthrax. Nirgendwo.«

Erleichtert straffte Frank sich. »Ihr Tom hat also die Wahrheit gesagt«, meinte er zu Nina. »Ich habe zwar keine Ahnung, wie dieser Teufelskerl das gemacht hat, aber irgendwie muss er es geschafft haben, den Erreger auszutauschen.«

Nina hatte schon den Mund geöffnet, um etwas zu entgegnen, aber dann warf sie einen Blick auf den weißen Staub, der noch immer gut sichtbar auf den Bodenfliesen lag. »Was ist das dann, wenn es kein Anthrax ist?«, fragte sie.

Eric grinste breit. »Wir vermuten Backpulver.«

5. Kapitel

Als Tom die Augen aufschlug, schwappte ihm das Licht bis in den hintersten Winkel seines Schädels. Er stöhnte auf. Kniff die Lider fest zusammen.

Etwas raschelte ganz in seiner Nähe. Er nahm einen dezenten Parfümduft nach Bitterorange und Wacholderbeere wahr. Ein Lächeln drängte in ihm nach oben. »Nina«, murmelte er.

»Ich bin hier.« Es raschelte erneut. Sie stand auf, das spürte er. Die Augen ließ er lieber noch zu. Ninas Duft wurde stärker. Sie beugte sich über ihn, und endlich wagte er es, die Augen aufzuschlagen.

Ihr Gesicht schwebte so dicht vor ihm, dass er es nur verschwommen sah, aber trotzdem war es der schönste Anblick, den er sich denken konnte. Er lächelte matt und spürte seine Lippen, die trocken und rissig waren. Er fuhr sich mit der Zunge darüber. »Wenn du mich das nächste Mal um etwas bittest«, krächzte er, »dann nimm bitte was ohne Bakterien.«

Nina stieß einen gequälten Ton aus. »Ach, Tom!«

Er kniff die Augen einmal fest zu, öffnete sie zum dritten Mal. Weil Nina ein Stück zurückgewichen war, sah er sie jetzt deutlicher. Ihre Haare waren länger als vor ein paar Monaten, aber nicht viel. Sie trug ein Lächeln in den Augen, das in Tränen schwamm.

»Blöder Spruch«, murmelte er. »Entschuldige.«

»Ich bin so froh, dass es dir besser geht!« Die Berührung ihrer Hand an seiner Wange war federleicht, aber sie durchfuhr seinen ganzen Körper. Das Gefühl war kaum auszuhalten.

Um seine Befangenheit zu bemänteln, rettete er sich in Spott. »Wehe, du entschuldigst dich jetzt!«

Sie setzte sich wieder. »Ich hätte allen Grund dafür.«

Er schnaubte. Es sollte höhnisch klingen, aber vermutlich klang es eher kläglich.

»Ich hätte allerdings genauso viel Grund, dich für diesen beschissenen Stunt zu ohrfeigen!«

Noch einmal fuhr er sich mit der Zunge über die Lippen, und diesmal schmeckte er den metallischen Geschmack von Blut. Mit den Fingerspitzen tastete er sich über den Mund, betrachtete den winzigen roten Tropfen.

»Du hast den Erreger nicht mit in den Flieger genommen«, sagte Nina. »Du hast ihn vorher ausgetauscht.«

»Ich dachte mir, dass Biowaffenschmuggel nicht die beste Idee wäre.«

»Also hast du, um Gereon zu helfen, einen tödlichen Erreger mal eben in deinem Körper um die halbe Welt transportiert?« Er sah den Nachhall der verschiedensten Gefühle in ihrer Miene. Da waren Fassungslosigkeit, Wut und, ja, auch kaum überstandene Angst.

»Es erschien mir ein guter Ausweg aus meinem Dilemma«, sagte er.

»Du wusstest, dass du infiziert bist!«, fuhr sie ihn an. »Als du mir gesagt hast, der Test ist negativ, hast du mich angelogen. Du wusstest, dass du dich infiziert hattest, und du hast einfach so beschlossen, zwei Fliegen mit einer Klappe zu schlagen. Du hast die Probe vernichtet, weil du ja wusstest, dass du den Erreger im Körper hast.«

»Ich hatte irgendwie keine Lust, zum Komplizen in einem Terrorfall zu werden.«

Nina schluckte. »Du hast dich selbst in Lebensgefahr gebracht, weil du Gereons Medikament retten wolltest, aber gleichzeitig nicht dabei mithelfen, einen Bioterrorstoff nach Deutschland zu transportieren.«

Was sollte er darauf erwidern? Er kam sich dämlich vor, weil er sich ausgemalt hatte, dass sie ihm für diese Heldentat dankbar um den Hals fallen würde. Natürlich tat sie das nicht. Natürlich war sie stinksauer, weil er sich in Lebensgefahr gebracht hatte. Und, bei Gott, es war ja auch wirklich verdammt knapp gewesen.

Er knirschte mit den Zähnen.

»Warum, Tom?«

Er gab vor, die Frage falsch zu verstehen. »Airi und Mike kannten sich aus Arctic Village«, sagte er. »Und sie kannten beide auch Gereon von dort. Ich dachte mir eben, dass eine gewisse Wahrscheinlichkeit besteht, dass wenigstens einer der beiden mit ihr zusammenarbeitet. Ich dachte mir, sollte einer von ihnen Airis Komplize sein, könnten die Cops ihn auf diese Weise ohne allzu große Gefahr enttarnen.«

Nina sah aus, als verstünde sie das, und er war ein wenig erleichtert. »Airi hat für den Geheimdienst irgendeines Schurkenstaates gearbeitet«, sagte sie. »Die Polizei versucht noch rauszufinden, für welchen, aber Mike und Gereon haben beide definitiv nichts damit zu tun.«

»Ich weiß.« Kommissar Schilling hatte es ihm erzählt, als er hier gewesen war, um ihn zu verhören. Ein Lächeln glitt über Toms Lippen. »Es ärgert Schilling, glaube ich, ein bisschen, dass er mir keinen Biowaffenschmuggel anhängen kann.« Er suchte sich eine etwas bequemere Position. Das Kopfkissen unter seinem Nacken knisterte leise.

Draußen vor dem Krankenhaus landete ein Rettungshubschrauber und füllte den Raum mit seinem Lärm, sodass sie sich eine Weile lang nicht verständlich machen konnten. Als der Motor endlich abgeschaltet und es wieder still war, fragte Nina: »Wen genau hast du verdächtigt? Gereon? Oder Mike?«

»Keine Ahnung. Ich hatte das Gefühl, dass beide dafür infrage kamen.« Er merkte, dass er enttäuscht darüber war, dass sich Gereon nicht als Schurke in diesem Stück herausgestellt hatte. Nach dem, was Kommissar Schilling ihm erzählt hatte, war es dem Mann wirklich die ganze Zeit nur um die Rettung seiner Firma gegangen.

Und Mike Reed auch.

Die Polizei hatte weder bei dem einen noch bei dem anderen auch nur den geringsten Hinweis auf eine Zusammenarbeit mit feindlichen Agenten finden können.

»Airi war siebzehn, als sie Gereon kennengelernt hat«, sagte Nina. »Das hat Mike mir erzählt. Er hat gesagt, sie hat sich unsterblich in Gereon verliebt, aber er hat sie nicht mal wahrgenommen. Logisch. Er hatte Menschen zu retten und konnte auf die Schwärmereien einer Teenagerin keine Rücksicht nehmen. Später dann, als Mike Airi zu Janus Therapeutics holte, da erinnerte er sich nicht mal an sie. Mike hat mir gesagt, dass sie das zutiefst verletzt hat. Sie hat sich wie eine Besessene in die Arbeit gestürzt, um ihm aufzufallen, und das hat sie auch geschafft. Allerdings als gute Mitarbeiterin, nicht als mögliche Partnerin. Mike hat mir gesagt, dass sie sich öfter darüber bei ihm beklagt hat, dass er sie einfach nicht als Frau wahrnimmt, auch nicht, obwohl sie seit Teenagertagen mindestens zwanzig Kilo abgenommen hatte.« Nina schlug die Beine andersherum übereinander. »Und dann fing das mit diesen ganzen Auszeichnungen an. Gereon wurde ja in der letzten Zeit förmlich mit Preisen überhäuft. Und leider wurde Airis Verdienst dabei in den meisten Fällen nur am Rande erwähnt. Wenn überhaupt.«

»Sie hat sich erneut zurückgesetzt gefühlt«, vermutete Tom.

»Ja. Wir werden es nie mehr erfahren, aber ich könnte mir vorstellen, dass das der Grund war, warum sie am Ende dem Werben eines ausländischen Geheimdienstes nachgegeben hat.

Ich denke mir, dass sie sich von dort die Anerkennung erhofft hat, die sie bei Gereon – und in der Fachwelt – so vermisste.«

Der Hubschrauber schaltete seine Motoren wieder ein, und erneut war eine ganze Weile kein vernünftiges Gespräch möglich. Dann, endlich, hob das Ding ab und flog über die Dächer des Krankenhauses davon. Tom stellte sich vor, dass es irgendwo auf den Autobahnen von Berlin einen schweren Unfall gegeben hatte, zu dem die Retter nun flogen. Er fühlte sich so gerädert, als sei er selbst in diesen Unfall geraten.

»Wie hast du das Anthrax vernichtet?«, drang Ninas Stimme in seine Gedanken.

Da musste er tatsächlich lächeln. »Chris, eine Wissenschaftlerin aus dem Camp, hat mir geholfen. Wir haben das Zeug einfach in der Kantine in einem Pyrolyseherd in Asche verwandelt und diese Asche dann im Wald vergraben.«

Nina nickte, aber da war immer noch nicht die Anerkennung in ihrem Blick, die er sich wünschte. »Mit einer unbehandelten Milzbrandinfektion einmal um die halbe Welt zu fliegen, war einfach nur eine dämliche Idee, Tom! Du hättest sterben können!«

Er versuchte, den Vorwurf in ihrer Stimme zu schlucken, aber so ganz konnte er sich eine Entgegnung doch nicht verkneifen. »Bin ich aber nicht.«

Darauf wusste sie keine Antwort. »Diese Chris hätte bei so einem Stunt niemals mitmachen dürfen.«

Er lachte, auch wenn ihm eigentlich nicht danach zumute war. »Oh, sie hat sich auch zuerst mit Händen und Füßen gewehrt. Sie hat mich einen Irren genannt.« Genau genommen hatte sie ihn angeschrien und ihn als irren Selbstmordkandidaten bezeichnet.

»Womit sie recht hat.« Kopfschüttelnd sah Nina ihn an, und er ahnte, dass sie ihn immer noch ohrfeigen wollte. Ganz leise sagte sie: »Du konntest nicht tatenlos zusehen, dass JanuThrax scheitert, oder? Du hast dir vorgestellt, wie viele Väter ihre Kinder an den Krebs verlieren, so wie du letztes Jahr beinahe Sylvie verloren hättest. Und darum hast du Gereon versprochen, bei der Sache mitzumachen.«

Er wollte nicht mehr darüber reden, aber er wusste, sie würde erst Ruhe geben, wenn sie ihre Antwort hatte. »Genau genommen habe ich ihm auch ein wenig die Pistole auf die Brust gesetzt, indem ich von ihm verlangt habe, dass er die Bewohner von Arctic Village an den Gewinnen beteiligt. Er hat eingewilligt. Es war ein simpler Deal.«

»Und du konntest nichts davon vorher mit mir besprechen?« Weil er darauf nicht antwortete, holte sie tief Luft. »Du bist ein verdammter, elender, dämlicher ... Macho!« Das letzte Wort würgte sie mehr hervor, als dass sie es aussprach.

Er wusste nicht, was er darauf erwidern sollte. Die Wahrheit war: Er hatte sie nicht nach ihrer Meinung gefragt, weil er Angst gehabt hatte, dass sie ihm die Sache ausreden würde. Aber er wusste nicht, wie er ihr das erklären sollte, ohne preiszugeben, was er für sie empfand. Auf einmal fühlte er sich zu Tode erschöpft. Es war verflixt anstrengend, so viel zu reden, wenn einem noch eine gefährliche Erkrankung in den Knochen steckte.

Nina schien seine Gedanken lesen zu können. Sie stand auf. »Du bist völlig am Ende! Ruh dich ein bisschen aus. Ich komme morgen wieder.«

»Wirklich?« Er hatte tatsächlich Angst, dass sie es nicht tun würde.

»Natürlich. Versprochen.« Sie beugte sich über ihn und gab ihm einen sanften Kuss auf die Stirn.

»Das ist nicht okay«, murmelte er schon halb im Schlaf. »Beim letzten Mal gab es ein bisschen mehr als keusche Küsschen.« Er hob die Lider noch einmal zur Hälfte. Zu sehen, wie

Nina errötete, weil sie wie er an ihre einzige gemeinsame Nacht im letzten Jahr zurückdachte, war die Anstrengung wert.

Sie legte den Kopf schief und dachte nach.

Dann gab sie ihm einen ebenso sanften Kuss auf den Mund.

Gleich darauf war sie fort. Die Krankenzimmertür fiel mit einem leisen Klicken hinter ihr ins Schloss.

*

Direkt vor Toms Zimmertür blieb Nina stehen und atmete tief durch. Sie hatte Tom so vieles sagen wollen. Das Bedürfnis, sich bei ihm zu entschuldigen, weil sie ihn in diese Lage gebracht hatte, war noch immer stark. Und gleichzeitig war da diese Wut auf ihn, weil er sich entschieden hatte, diese Nummer abzuziehen, ohne vorher mit ihr darüber zu sprechen. Es wurmte sie, dass er sie behandelt hatte wie ein unmündiges junges Mädchen, das er beschützen musste. Es wurmte sie, dass er den Helden gespielt hatte, und das auch noch ihretwegen. Wenn er bei dieser Sache gestorben wäre …

Der Gedanke war zu schrecklich, um ihn zu Ende zu denken. Mit schweren Schritten ging sie den Krankenhausflur entlang und durch den Haupteingang hinaus.

Unter einer Laterne auf der gegenüberliegenden Straßenseite stand ein SUV. Jemand hatte mit blutroter Farbe *Umweltsau* auf die Motorhaube gesprüht. Die Farbe sah schon etwas älter aus, gerade so, als trüge der Fahrer des Wagens die Beschimpfung wie eine Ehrenbezeichnung.

Nina wandte sich ab und ging davon.

»Danke, Dr. Falkenberg, dass Sie Zeit für mich hatten.«

Dr. Bergmann gab Nina über den kleinen Tisch hinweg die Hand. Er hatte sie angerufen und um dieses Treffen gebeten.

Und er hatte in dem kleinen Bistro ganz in der Nähe des ZBS schon auf sie gewartet. Er war allen Ernstes aufgestanden, als sie zu ihm getreten war. Jetzt wartete er, bis sie sich gesetzt hatte, und tat es ihr dann gleich. Sehr gentlemanlike. Nina war gespannt, was er mit ihr besprechen wollte.

»Ich muss gestehen«, sagte sie mit einem Lächeln, »ich bin ziemlich neugierig, um was es geht.«

Bergmann lächelte ebenfalls. »Bitte«, sagte er. »Ich würde mich freuen, wenn Sie mich Frank nennen.«

»Frank.« Nina nahm die laminierte Speisekarte an sich, die in einem Metallständer auf dem Tischchen stand. »Dann bin ich Nina.«

»Freut mich. Tja, wo fange ich an … Als wir neulich dort in dieser Flughafenhalle zusammengesessen haben …«

Nina kam eine Ahnung, was ihm auf der Seele lag. »Sie … Du hast mir erzählt, dass dein Enkelkind gestorben ist. Wir hatten danach keine Gelegenheit mehr, uns darüber zu unterhalten.«

»Ja. Aber darum geht es eigentlich nicht. Jedenfalls nicht direkt.«

Eine Kellnerin trat an ihren Tisch, und sie bestellten beide einen Cappuccino. Nina dachte an das, was er ihr auf dem Flughafen erzählt hatte, und wie an jenem Tag sah sie auch jetzt den Kummer, der noch nicht verflogen war.

»Ich gehe demnächst in Rente«, sagte er. »Und irgendwie habe ich das Gefühl, dass das falsch ist.«

Nina wartete, bis er begründete, warum er so empfand.

»Es geht nicht darum, dass ich glaube, die anderen kommen nicht ohne mich zurecht. Im Gegenteil. Ich habe ein gutes Team, das mich mehr als adäquat ersetzen wird.«

»Aber?«

Er lächelte gezwungen. »Keine Ahnung. Es ist nur so ein Gefühl, dass ich noch nützlich sein könnte. Francis ist gestorben, weil meine Tochter eine Präeklampsie bekommen hat. Jedenfalls indirekt war das der Grund, warum …« Er schluckte, und es entstand eine unangenehme Pause.

»Francis.« Nina lauschte dem Namen nach.

Frank schluckte ein weiteres Mal.

Die Kellnerin kam und brachte ihren Cappuccino. Nina wartete, bis sie wieder weg war. Sie nahm das Zuckertütchen, riss es auf und ließ den Zucker auf den Milchschaum rieseln. Während sie zusah, wie er langsam versank, wartete sie darauf, dass Frank weitersprach.

Er jedoch wechselte ziemlich abrupt das Thema. »Schilling und die Leute vom Staatsschutz wissen noch nicht, für wen Airi das Anthrax besorgen sollte, und vielleicht findet man das auch nie heraus. Aber sie sind sich relativ sicher, dass Airi ihre Artikel, in denen sie den Klimawandel relativiert, im Auftrag von Russland geschrieben hat. Zum einen, um für eine Spaltung unserer Gesellschaft zu sorgen, das ist ja eine bevorzugte Vorgehensweise in letzter Zeit. Und zum anderen, weil die russische Regierung ein hohes Interesse daran hat, die Bodenschätze in den Permafrost-Regionen auszubeuten, und wenig Interesse daran, dass die Weltgemeinschaft versucht, ihr das zu verbieten. Der Staatsschutz versucht jetzt wohl, Verbindungen von diesem Klimaleugnerverein zu den Russen zu finden.«

Der Zucker war vollständig versunken, Nina rührte ihren Kaffee um. Einen Moment lang war nur das leise Klirren ihres Löffels zu hören. »Du redest von INKA.«

»Ja.« Er verzog schmerzlich das Gesicht. »Die Ermittlungen gestalten sich allerdings schwierig. Wie es aussieht, schadet diesem Verein nicht mal die Tatsache, dass mit Airi eine kaltblütige Mörderin für sie geschrieben hat. In einem Interview, das dieser Krause dem RBB gegeben hat, hat er einfach behauptet, dass ja gar nicht beweisbar wäre, dass Airi für den Tod der Obdachlosen verantwortlich war. Er hat ziemlich dreist die Frage in den Raum gestellt, ob das Gerücht nicht vielleicht einfach von Linken und Grünen in die Welt gesetzt wurde, um Institutionen wie INKA zu schaden.«

Nina hatte das angesprochene Interview auch gesehen und hätte bei dieser Verdrehung der Realität kotzen mögen. »Institutionen wie INKA befinden sich in den Fachausschüssen des Bundestages und ziehen dort ihre Strippen. Vielleicht hast du da etwas, das du tun kannst, nachdem du in Rente gegangen bist.«

»Du redest davon, in die Politik zu gehen?«

»Deine Expertise könnten die dort bestimmt gut gebrauchen. Als kleines Gegengewicht zu Lobbygruppen wie INKA und Co.«

Er lächelte schmal. »Meine Frau würde die Hände über dem Kopf zusammenschlagen. Sie freut sich seit Monaten darauf, unseren Ruhestand mit langen Reisen nach Portugal auszufüllen.«

»Oha.« Nina lachte. Einen Moment lang musterte sie Frank. »Aber die Idee gefällt dir, oder?«

Statt ihr darauf zu antworten, beugte er sich zur Seite, zog seine Brieftasche aus der Hose und zeigte ihr ein Ultraschallbild. Der Fötus darauf hatte einen Daumen in die Höhe gereckt, was irgendwie lustig und unendlich traurig zugleich war.

*

Am Tag, an dem Tom aus dem Krankenhaus entlassen werden sollte, betrat Isabelle das Zimmer und blieb verlegen mitten im Raum stehen.

Tom war bereits angezogen und wartete nur noch auf die Entlassungspapiere, darum saß er nicht mehr im Bett, sondern auf einem der beiden Stühle am Fenster.

»Hallo, Isabelle.« Er dachte daran, dass seine Frau der Grund dafür gewesen war, dass er nach Kanada abgehauen war. Hätten sie und er sich nicht gestritten, wäre er niemals in der Nähe von Fox gewesen und hätte Nina helfen können.

Isabelle räusperte sich.

Er grinste sie an. »Du kannst ruhig näher kommen. Ich bin nicht toxisch.« Er hatte absichtlich das Wort gewählt, das sie gern für ihre Beziehung verwendete. Jetzt einen Schatten über ihr Gesicht huschen zu sehen, verursachte ihm jedoch kein Triumphgefühl. Dazu war es viel zu leicht, sie gegen sich aufzubringen.

»Sie haben mir erklärt, wie du dich infiziert hast«, sagte sie und trat einen halben Schritt dichter an sein Bett. Tom ärgerte sich darüber, dass sie Ninas Namen nicht über die Lippen brachte, denn er wusste, dass es Nina gewesen war, die Isabelle informiert hatte. Die Ärzte hatten Isabelle nur gesagt, dass es Milzbrand gewesen war, unter dem er litt, und darum hatte er Nina gebeten, mit seiner Frau zu sprechen, ihr die Details seiner Erkrankung zu erläutern und auch, wie er sich damit angesteckt hatte.

Isabelle schüttelte den Kopf. »Anthrax. Unter potenziell tödlichem Zeug machst du es einfach nicht, oder?«

Er erwiderte nichts. Er wartete darauf, dass sie anfangen würde, ihm die üblichen Vorwürfe zu machen – er und seine lebensgefährliche Reiserei durch die Weltgeschichte –, aber sie schwieg.

Sie hatte etwas auf dem Herzen, das konnte er ihr ansehen, und sie wagte nicht, mit der Sprache rauszurücken.

»Was hast du?«, erleichterte er ihr den Einstieg.

Sie seufzte und trat endlich ganz an sein Bett heran. Die geräumige Handtasche, die sie über die Schulter geschlungen hatte, kannte er nicht. Er vermutete, dass sie sie in den letzten

Wochen irgendwann gekauft hatte. »Es ist nicht ganz einfach, das jetzt ...« Sie grub ihre Zähne in die Unterlippe. »Ich denke, ich möchte die Scheidung, Tom.«

Tom richtete sich ein wenig höher auf. »Findest du, dass dies hier der richtige Zeitpunkt für so was ist?«

Sie wich seinem ungläubigen Blick aus. »Ich kann das einfach nicht mehr, Tom. Ich bin es leid, ständig Angst um dich zu haben. Immer darauf gefasst sein zu müssen, was für ein gefährliches Zeug du jetzt schon wieder machst.« Sie verstummte, suchte in seinem Gesicht fast schon verzweifelt nach einem Anflug von Verständnis.

Er wusste, sie hätte es dringend gebrauchen können, aber er war einfach nicht in der Lage, ihr etwas vorzuspielen. Nicht mehr.

»Ich verstehe.« Das war alles, was er ihr geben konnte.

»Ich ...« Sie fuhr sich mit einem sorgsam lackierten Fingernagel über die Lippen. »Sylvie wartet draußen. Sie wollte nicht mit reinkommen.«

»Weiß sie, was du mir eben gesagt hast?«

Isabelle schüttelte den Kopf.

Er biss die Zähne zusammen. »Okay«, sagte er. Sie erwartete also von ihm, dass er das regelte. Typisch. Er wollte noch etwas hinzufügen, aber er wusste nicht, was. »Okay«, wiederholte er nur.

Sie lächelte ihn verloren an. »Es tut mir leid, Tom.«

Er brachte es erst über Lippen, als sie bereits die Türklinke in der Hand hatte. »Ja«, sagte er. »Mir auch.«

Es dauerte ein paar Minuten, bevor Sylvie hereinkam. Sie lächelte ihn an, gab ihm einen Kuss auf die Stirn. Ihr Lächeln erlosch jedoch, als sie spürte, dass etwas geschehen war.

»Was hast du?«

»Nichts. Ich bin einfach nur noch immer total müde.« Er

brauchte Zeit, um Isabelles Vorstoß für sich einzuordnen und zu verarbeiten. Er würde später mit Sylvie darüber sprechen.

»Kein Wunder.« Sie deutete auf die Bettkante. »Darf ich mich da hinsetzen?«

»Klar.«

Sie setzte sich und nahm seine Hand. Ihre Finger waren sehr viel wärmer als seine, und er genoss das Gefühl.

»Mama weiß nicht, dass das mit dem Anthrax nicht wirklich ein Unfall war, oder? Jedenfalls nicht die Tatsache, dass du daran fast gestorben wärest.«

Die Frage schockierte ihn. »Woher weißt du das?«

Sie lächelte, und zum ersten Mal sah er hinter der Fassade seines kleinen Mädchens die erwachsene Frau, die sie einmal werden würde. Ihm wurde ganz anders bei diesem Anblick.

»Nina hat es mir erzählt«, sagte sie. »Sie hat gemerkt, dass sie mir nichts vormachen kann. Mama vielleicht, aber mir nicht.«

Tom streichelte ihre weichen Handrücken mit beiden Daumen. »Mein kluges Mädchen«, sagte er.

Sie entzog ihm die Hände. Dann lachte sie auf, es klang wütend, nicht fröhlich. »Du bist echt ein Superarsch, Paps, weißt du das?«

»Na danke. Wieso?«

»Hättest du das vielleicht vorher mit uns besprechen können? Dass du vorhast, mit einem so gefährlichen Zeug im Körper einfach mal um den halben Globus zu fliegen, statt da drüben in Alaska auf schnellstem Weg in ein Krankenhaus zu gehen? Findest du nicht, dass Mama und ich dabei auch ein Wörtchen mitzureden gehabt hätten?«

Und Nina, ergänzte er für sich. Das schlechte Gewissen, das er ihr gegenüber schon die ganze Zeit empfand, schlug mit voller Wucht zu. »Ich weiß nicht, was ich darauf antworten soll«, gab er zu.

Sylvie schaute ihn mit hell glänzenden Augen an. »Nina hat gesagt, es wäre ein Riesenglück, dass du überlebt hast.«

»Hey. Tut nicht alle so, als hätte ich da eine Selbstmordaktion hingelegt! Ich wusste immerhin, dass Gereon mit der gleichen Infektion fast sechs Tage überlebt hat. Ich hatte also Grund zu der Annahme, dass …« Er unterbrach sich, weil Sylvie energisch den Kopf schüttelte.

»Das hat mir Nina auch erklärt. Gereon hat sich an Erregern angesteckt, die außen an seinem Schutzanzug waren. Du hast dich an hoch dosiertem Anthrax angesteckt. Die Sporenkonzentration war viel, viel höher! Du …« Sie verstummte und blickte zur Seite, um ihre Emotionen vor ihm zu verbergen. »Ich weiß nicht, was ich gemacht hätte, wenn du gestorben wärest, Paps«, flüsterte sie.

Die Art, wie sie das formulierte, steigerte sein Schuldgefühl noch. Zu seiner Erleichterung klopfte es genau in dieser Sekunde an der Zimmertür, und Nina streckte den Kopf herein.

»Darf ich reinkommen?«

Sylvie sprang von der Bettkante auf. »Logisch!« Sie lächelte Nina an. Dann wandte sie sich an Tom. »Ich gehe dann mal, glaube ich.«

»Musst du nicht«, protestierte Nina. Sie trug Jeans, Seidenshirt und Ankleboots. Gestern Abend hatte es ein Gewitter gegeben, und seitdem war es im ganzen Land kühler geworden. Das hatte jedenfalls der Wetterbericht im Fernsehen behauptet.

Tom ertappte sich dabei, dass er an Alaska dachte und daran, dass dieser Tage in Kanada Waldbrände ausgebrochen waren. Auch das hatte er im Fernsehen gesehen, und die Tatsache, dass es ganz in der Nähe jenes Ortes war, an dem Andy lebte, hatte ihm einen kleinen Schock verursacht.

Sylvie verabschiedete sich von Tom, indem sie ihm einen

Kuss auf die Wange gab. Nina umarmte sie, und gleich darauf waren Tom und sie allein.

Nina setzte sich auf Toms Bettkante. »Ich bin eigentlich gekommen, um dir zu sagen, dass Gereons Antrag genehmigt wurde, mit dem Erreger aus deinem Blut weiterzuarbeiten. Wie es aussieht, ist dein irrer Plan wirklich aufgegangen. Du hast JanuThrax tatsächlich gerettet, Tom.«

Er zwang sich zu einem Lächeln. »Sehr gut«, murmelte er.

»Und er hat mir versprochen, dass er sich an eure Abmachung halten und die Bewohner von Arctic Village angemessen beteiligen wird. Die Sache mit Airi hat ihn da wohl ein bisschen nachdenklich gemacht.«

Auch das war gut, dennoch spürte Tom, wie ihm eine ganz andere Frage auf die Lippen drängte. »Hast du ihm gesagt, dass du ihn für einen Mörder gehalten hast?«

Nina wich seinem Blick aus. »Nein.«

»Und wie geht es jetzt weiter?«

»Ich denke, ich werde ihm sagen, dass es vorbei ist. Ich habe lange darüber nachgedacht, aber ich kann nicht besonders gut damit umgehen, dass er mir nicht die Wahrheit darüber gesagt hat, dass der Anthraxstamm zerstört wurde. Und diese Sache mit den Bewohnern von Arctic Village …« Sie seufzte. »Es macht was mit mir, dass du erst kommen musstest, um ihn davon zu überzeugen, was richtig ist. Vielleicht habe ich ihn die ganze Zeit für einen anderen Menschen gehalten, als er ist.« Sie hatte den Blick auf seine rechte Hand geheftet, und er hatte den Impuls, den Ring vor ihren Augen abzuziehen.

Isabelle hat mich um die Scheidung gebeten, lag ihm auf der Zunge.

Er schluckte die Worte runter und wusste selbst nicht, warum.

Vor dem Fenster frischte der Wind auf.

Nina schaute nach draußen. »Es regnet«, sagte sie.
Er folgte ihrem Blick. »Endlich.«

*

Als Frank Bergmann Schillings Büro betrat, sah der Kommissar von den Akten auf seinem Schreibtisch auf. Der Besprechungsraum, den sie für ihre Ermittlungen benutzt hatten, diente längst wieder anderen Ermittlern als Basis.

»Ich habe meinen Bericht fertig«, sagte Frank und reichte einen USB-Stick über den Schreibtisch.

Schilling lachte auf. »Du hättest uns den auch mailen können, das ist dir schon klar, oder?«

»Vielleicht wollte ich euch alle noch mal sehen, bevor ich in mein Labor zurückkehre.« Unaufgefordert zog Frank sich einen Besucherstuhl heran und setzte sich.

Schilling legte den Stick neben seine Tastatur. »Hast du dich entschieden?«, fragte er. »Was diese Sache mit der Politik angeht, meine ich.« Frank hatte ihm am Telefon von dieser Idee erzählt.

»Ich hatte ein erstes Gespräch mit ein, zwei Parteileuten, die meine Idee ganz gut fanden. Ich denke, ich werde demnächst in die GPD eingetreten, alles Weitere wird man sehen.« Die GPD, die Gesundheitspartei Deutschlands, war neben Grünen und CDU die dritte Partei der derzeitigen Regierungskoalition. Sie hatte es sich auf die Fahnen geschrieben, dafür zu sorgen, dass neue Gesetzesvorhaben so klimafreundlich wie nur irgend möglich gemacht wurden.

»Das ist gut.« Schilling klappte die Akte zu, in der er gelesen hatte. »Ich danke dir für die gute Zusammenarbeit.«

»Dann ist der Fall jetzt komplett aufgeklärt?«, fragte Frank.

»Ja. Bis auf zwei Dinge, an denen die Jungs vom Staatsschutz nach wie vor dran sind. Zum einen werden sie vermutlich nie rausfinden, für welchen Geheimdienst diese Airi nun wirklich gearbeitet hat.«

»Und zum anderen?«

»Zum anderen wissen wir immer noch nicht, wer dieser M ist, von dem Airi in ihren Aufzeichnungen geschrieben hat. Mike Reed jedenfalls war es nicht, das steht fest.«

»Deine Kollegen vom Staatsschutz werden das schon noch rausfinden«, sagte Frank.

Schilling legte die Akte in den Ausgangskorb auf seinem Schreibtisch. »Hoffentlich.« Er stand auf. »Lust auf einen Kaffee, bevor du zurück in dein miefiges Labor gehst?«

*

Martin Krause stand am Fenster seines Büros und blickte in den halbverwilderten Garten der Villa hinaus, der jetzt, im Regen, angenehm duftete.

Er schloss die Augen, atmete tief durch. Die Arbeit von Heiko Graf, ihrem PR-Mann, hatte Früchte getragen. Gerade heute Morgen hatte in der Zeitung gestanden, dass die Polizei in der Szene der Klimaschützer ermittelte, um herauszufinden, ob unter ihnen welche versucht hatten, an biowaffenfähiges Anthrax zu kommen.

Und Graf hatte auch schon eine neue Idee, wie sie ihre Sache vorantreiben konnten. Krause wandte sich vom Fenster ab, kehrte zu seinem PC zurück, auf dem ein leicht verschwommenes Foto geöffnet war, das Graf aus den Tiefen des Internets gefischt und ihm kurz zuvor geschickt hatte. Darauf war Larissa Haas zu sehen, die in vorderster Front bei einer Klimademonstration mitlief. Hinter ihr hielt jemand ein Schild in die Luft, auf dem »Finanzkapital enteignen! Klimaschutz sofort!« stand. Und Haas selbst schien auf dem Bild eine Art Schlagstock in der Hand zu haben. Die E-Mail, die Graf zu dem Foto geschrieben hatte, war kurz: *Habe das eben gefunden. Was hältst du von folgendem Claim: ›Klimabewegte Ärztin in vorderster Front bei einer kommunistischen Radikalendemo?‹ Gruß Heiko. PS: Habe das Foto ein bisschen unscharf gestellt. Im Original sieht man nämlich, dass der Schlagstock in Wahrheit ein Teilstück von einem Geländer ist, aber das muss ja keiner wissen. :)*

Krause wusste nicht, ob er sich freuen oder fluchen sollte. Er haderte immer noch damit, dass sie in der letzten Zeit weniger mit wissenschaftlichen Methoden als vielmehr mit zunehmend billigen Tricks arbeiteten.

Graf hatte ihm heute in einem Telefonat erneut den Vorschlag gemacht, mit ein bisschen Mehl ein paar Anschläge zu faken und das Ganze den Klimaaktivisten in die Schuhe zu schieben. Und, bei Gott, langsam kam sogar Krause diese Idee gar nicht mehr so blöd vor!

»Harte Zeiten brauchen ungewöhnliche Maßnahmen«, sagte er zu sich selbst.

Vielleicht sollte er einen kleinen Spaziergang machen, um den Kopf freizukriegen. Er liebte einfach diesen Geruch der nassen Erde. Petrichor. Ein schönes Wort.

Er griff sich seine Jacke vom Haken, gab seiner Sekretärin Bescheid, dass er gleich wieder da sein würde. Als er hinaus in den Regen trat, hob er das Gesicht gen Himmel. Ein paar Sekunden lang genoss er das sanfte Gefühl der Tropfen auf seiner Haut, dann ging er den Gartenweg entlang in Richtung Tor.

Es gab so viel zu tun.

***

Nachwort (Vorsicht Spoiler!)

Im vorliegenden Thriller »Toxin« haben wir wieder reale wissenschaftliche Fakten und Fiktion verwoben – vor dem Hintergrund einer für uns schon täglich erlebbaren Klimakrise. Heiße Sommer, ausgetrocknete Flüsse, Hochwasser, Waldbrände, Klimaaktivisten, Klimaleugner und Fake News – der Klimawandel zeigt in Wissenschaft und Gesellschaft komplexe Facetten. Mit einer Mikrobiologin im Autorinnen-Team drängt sich jedoch ein Thema in den Vordergrund – die auftauenden Permafrostböden, als einer der wichtigen Kipppunkte unseres Klimas und des Lebens auf der Erde. Ist ein gewisser Punkt überschritten, sind unvorhersehbare Kettenreaktionen die Folge. Bisher dachte man, wir stehen noch kurz *davor*, jetzt ist aber klar: Manches ist nicht mehr umkehrbar und nicht aufzuhalten.

Ein Viertel der Landfläche der Nordhalbkugel ist dauerhaft gefroren, dazu gehören Alaska, Nordkanada, der Norden Europas und weite Teile Sibiriens. In deren Böden sind gigantische Mengen organischen Materials, hauptsächlich abgestorbene Pflanzenreste, eingeschlossen. Namensgebend für diese Dauerfrostböden ist die Tatsache, dass die Temperaturen des Bodens in mindestens zwei aufeinanderfolgenden Jahren unter null Grad Celsius liegt. Wie Beton stabilisiert der Permafrost den Untergrund. Taut er, drohen Felsstürze, Schlammlawinen, Gletscher lösen sich auf. Gebäude, Eisenbahnstrecken, Landepisten und Straßen verlieren ihren Halt und sacken ab. Gas- und Ölpipelines sind in Gefahr. Thermokarst nennt man diese Verformungen im Gefolge des Auftauens, und diese Situation findet Tom Morell in Alaska vor.

Darüber hinaus bringt der tauende Permafrostboden noch eine andere Gefahr mit sich: Mit steigenden Temperaturen werden die im Boden eingefrorenen Mikroorganismen aktiv und fangen an, das organische Material zu zersetzen. Dabei gelangen Treibhausgase wie Lachgas, Methan und Kohlendioxid in die Atmosphäre und treiben den Klimawandel weiter voran. Laut Alfred-Wegener-Institut (AWI) geht man derzeit davon aus, dass im organischen Material der Permafrostböden bis zu 1.500 Gigatonnen Kohlenstoff enthalten sind – fast doppelt so viel wie die aktuelle Menge in unserer Atmosphäre. Eine internationale Vergleichsstudie des Global Terrestrial Network for Permafrost (GTN-P), an der auch das AWI beteiligt war, zeigte 2019, dass in allen Gebieten mit Dauerfrostboden weltweit die Temperatur in mehr als zehn Metern Tiefe im Zeitraum von 2007 bis 2016 um durchschnittlich 0,3 Grad Celsius gestiegen ist. Die Wissenschaftler*innen gehen davon aus, dass die Treibhausgase aus auftauendem Permafrost die globale Temperatur bis zum Jahre 2100 um weitere 0,13 bis 0,27 Grad Celsius ansteigen lassen könnten. Ein Teufelskreis kommt in Gang, der nur mit gemeinsamen globalen Anstrengungen in den Griff zu kriegen sein wird.

Und aus dem ewigen Eis tauchen auch noch ganz andere Gefahren auf. Ein realer Vorfall aus dem Jahre 2016 setzte unsere Thriller-Idee in Gang. In einem heißen Sommer gab der Permafrost auf der Jamal-Halbinsel in Nordsibirien mit Anthrax verseuchte Rentierkadaver frei, die bei einer historischen Milzbrandseuche um 1945 eingegangen waren. Ein zwölfjähriger Junge verstarb an der Krankheit, mehr als 70 Menschen kamen in eine Klinik und mehr als 200.000 Rentiere mussten getötet werden. Das brachte uns auf die Frage: Wie real ist die Gefahr, dass der Klimawandel der Menschheit Krankheiten wiederbringt, die längst ausgerottet schienen?

Permafrostböden sind riesige natürliche Kühltruhen, in denen neben pflanzlichen Überresten beispielsweise auch noch ganze Mammuts zu finden sind – nicht nur in Form von Knochen, sondern mit konservierten Haaren, Gewebe und Blut und natürlich inaktiven Mikroorganismen, die sie zersetzen können.

Experten vom Alfred-Wegener-Institut sagen zudem voraus, dass 75 Prozent der Permafrostböden noch in diesem Jahrhundert verschwinden könnten, wenn die Menschheit es nicht schafft, die Erderwärmung auf ein Minimum zu begrenzen. Dann erwachen uralte Bakterien und Viren aus ihrem Dornröschenschlaf und stellen ein noch nicht bekanntes Risiko für Tier und Mensch dar.

Jahrtausendealte Viren können sogar noch infektiös sein, wie Ende 2022 ein französisches Forscherteam bisher nur im Labor an dreizehn Viren nachwies (Preprint-Studie auf bioRxiv, unter Beteiligung des AWI), wenn auch insgesamt die Forschungslage dazu noch dünn ist. Noch etwas höher ist die Gefahr bei Erregern, die schon Menschen infiziert haben und jetzt bei aufgetauten menschlichen Leichen aus dem Permafrost wieder auftauchen. (Beispielhaft seien hier Viren der Spanischen Grippe genannt, die man bei einer verstorbenen Frau einer indigenen Volksgruppe fand, die einhundert Jahre in einem Massengrab in einem abgelegenen Inuit-Dorf in der Nähe von Brevig Mission lag.) Für jedes neue Virus aus dem Permafrost müssten zudem passende Therapien und Impfstoffe entwickelt werden, die nicht sofort verfügbar wären, wie die Covid-19-Pandemie gezeigt hat.

Widerstandsfähiger und damit potenziell gefährlicher als Viren aus dem ewigen Eis sind bakterielle Erreger. Bestimmte Bakterien, wie der im Thriller verwendete Milzbranderreger *Bacillus anthracis*, können mit ihren Sporen im Boden überdauern. Wissenschaftler*innen entdeckten in Jakutien im Norden Sibiriens Mikroorganismen in Schichten, die sie auf ein Alter von mehr als drei Millionen Jahren schätzten. Diesen bakteriellen Erregern kann man allerdings mit heutigen Antibiotika meist gut Einhalt gebieten. Mit der Antibiotika-Thematik haben wir uns in unserem ersten gemeinsamen Thriller *Probe 12* befasst.

Das größte Problem beim Auftauen der Permafrostböden, so schätzen die Forschenden, besteht aber darin, dass Bakterien, wenn sie miteinander in Kontakt kommen, ihr Erbgut austauschen könnten. Auch diese Szenarien haben wir in *Probe 12* näher beleuchtet. Passiert dies zwischen uralten eingefrorenen und heutigen Bakterien, dann könnten aus eigentlich harmlosen Mikroben gefährlichere Erreger werden.

Der Klimawandel und das damit im Zusammenhang stehende schwindende Meereis sowie der tauende Permafrost lassen zudem die Begehrlichkeiten der Arktisstaaten auf neue Ressourcen wie Öl, Gas, Bodenschätze und das Interesse an neuen Schifffahrtswegen wachsen.

An der eisigen Schatzkammer sind auch moderne Mikrobenjäger interessiert, wie im Thriller die Paläömikrobiologin Airi Young und ihr Kollege, der Krebsforscher Gereon Kirchner. Die Permafrostböden bieten ein gigantisches Reservoir an alten Mikroben und Viren, die für die Forschung hochinteressant sind. »Urahnen-Gene« aus alten Bakterien werden in Genbanken gesammelt und für den Einsatz in der Entwicklung zum Beispiel für innovative Impfstoffe, antibiotische oder krebsbekämpfende Medikamente aufbewahrt.

Die neuartige Krebstherapie, die Gereon aus dem alten Anthrax-Stamm eines fiktiven Seuchenausbruchs in Arctic Village in Alaska entwickelt, beruht auf einem realen Forschungsansatz.

Im Jahre 2014 gelang es Forscher*innen vom Massachusetts Institute of Technology, das Anthrax-Toxin des Milzbranderregers so zu manipulieren, dass es im Kampf gegen resistente Krebszellen eingesetzt werden kann. Die tödlichen Bestandteile des Proteingemisches wurden dabei durch maßgeschneiderte Antikörper ersetzt, die in die Zelle eingeschleust werden. Was in der Realität leider erst im Laborversuch gelungen ist, haben wir zu einer bisher fiktiven neuen revolutionären Krebstherapie weitergedacht.

Nicht fiktiv ist das »Dual-Use-Problem«, das auch in der Realität bei allen Institutionen besteht, die mit gefährlichen Erregern arbeiten. Das zunehmende Wissen über Infektionskrankheiten gepaart mit dem rasanten Fortschritt der Molekularbiologie eröffnet nicht nur neue Chancen, sondern birgt auch enorme Risiken: Mit den gleichen Technologien, mit denen man Krankheitserreger unschädlich machen oder zu einem Heilmittel umfunktionieren kann, können Keime auch zu Biowaffen moduliert werden. In dieser janusköpfigen Forschung kann Wissen prinzipiell zum Nutzen oder zum Schaden der Menschheit eingesetzt werden.

Ganz nah an der Realität sind wir mit dem Permafrosttunnel in Fairbanks, in dem Gereon und Airi ihren verloren gegangenen Anthrax-Stamm wiederentdecken. Der Fox-Permafrost-Tunnel existiert wirklich. Er ist ein Relikt des Kalten Krieges, wurde 1963 als Eisbunker gebaut und untersteht noch heute der Armeeabteilung Cold Regions Research and Engineering Laboratory (CRREL), die dort wissenschaftliche Studien zum schwindenden Permafrost durchführt. Im Tunnel kann man durch die gefrorenen Schichten sozusagen bis ins Pleistozän hinabsteigen.

Aber kommen wir zum Abschluss zu den künstlerischen Freiheiten, die wir uns als Autorinnen erlaubt haben:

Der patentierte Phage-Save-Schrank und sein Sicherheitssystem durch Bakteriophagen gegen hochinfektiöse Milzbrandbakterien bei Janus Therapeutics entspringen nur unserer Fantasie.

Bei dem Feuer, das im Permafrosttunnel ausbricht und die Karibukadaver zuverlässig vernichtet, haben wir die Realität zu unseren Gunsten dramatisiert. Es ist richtig, dass Aluminiumpulver heiß genug brennt, um Anthrax-Sporen zu vernichten, allerdings würden die Bedingungen in einem realen Eistunnel (Temperaturen, Eisschmelze, Druckverhältnisse) in der Realität einen Brand kaum so verheerend wirken lassen.

Waffen-Spezialisten können uns darüber hinaus bei der Explosion einer Rasierschaumflasche durch einen Pistolenschuss im Showdown Übertreibung unterstellen. Wahr ist auf alle Fälle, dass Spraydosen mit Treibgas schon bei einer Erwärmung auf 50 Grad Celsius zu Minibomben mutieren und ganze Häuser in Schutt und Asche zerlegen können.

»Geschummelt« haben wir darüber hinaus bei manchen Aspekten der Polizeiarbeit, so könnte die deutsche Polizei Menschen, die sie einer Tat – oder, so wie Nina Falkenberg, der Verdunkelung – verdächtigt, bis Mitternacht des auf die Festnahme folgenden Tages festhalten, im längsten Fall also 48 Stunden. Ebenso haben wir die Zusammenarbeit zwischen LKA und Frank Bergmanns ZBS ein wenig unseren Bedürfnissen angepasst, um den Spannungsaspekt zu erhöhen. Der am Anfang mehrfach erwähnte SPIEGEL-Artikel entsprang unserer Fantasie.

Sämtliche weiteren »Fehler« gehen auf unser Konto und sind nicht den vielen Sachverständigen anzulasten, die uns auch diesmal mit Informationen und Rat zur Seite gestanden haben und denen wir zu Dank verpflichtet sind.

Susanne Thiele & Kathrin Lange

Lesetipps zur Vertiefung des Themas:

Svend Andersen: *Der Weg aus der Klimakrise.* Quadriga, 2021

Josef Settele: *Die Triple-Krise. Artensterben, Klimawandel, Pandemien.* Edel Books, 2020

Nick Reimer, Toralf Staud: *Deutschland 2050: Wie der Klimawandel unser Leben verändern wird.* Kiepenheuer & Witsch, 2021

Karl Lauterbach: *Bevor es zu spät ist. Was uns droht, wenn die Politik nicht mit der Wissenschaft Schritt hält.* Rowohlt, 2022

Gerd Braune: *Die Arktis: Porträt einer Weltregion.* Chr. Links Verlag, 2016

Erhard Geißler: *Anthrax und das Versagen der Geheimdienste: Edition Zeitgeschichte.* Kai Homilius Verlag, 2003

Dr. Eckart von Hirschhausen: *Mensch, Erde! Wir könnten es so schön haben.* dtv, 2021

Helmholtz-Klima-Initiative – Klimawissen
https://www.helmholtz-klima.de/klimawissen

Danksagung

Auch diesmal danken wir den Menschen, die uns bei der Arbeit an diesem Roman unterstützt haben. Da sind zuerst Petra Hermanns, unsere Agentin, und Martina Wielenberg von Bastei Lübbe, die an dieses Buch geglaubt haben. Ronny Rinder hat in der Mitte eines schwierigen Arbeitsprozesses in wenigen Tagen ein halb gares Manuskript gelesen und wertvolle Tipps und Rückmeldung zu seiner Verbesserung gegeben.

Fachlichen Rat bekamen wir von Jannis Radeleff, der uns, wie immer, in Fragen zu Wunden, Verbrennungen und diversen anderen Traumata beriet. Alle Infos zu Präeklampsie und Apgarwerten stammen von Petra Engwicht. Mit Olaf Schilgen haben wir das Feuer im Eistunnel ausgetüftelt (und uns in Teilen gegen sein »So geht das aber nicht« gestellt. Sorry, Olaf, dafür.)

Unser gemeinsamer Dank geht an Antje Babendererde für ihren erfahrenen Rat bei der Gestaltung der indigenen Figuren im Roman, und an Markus Stephan, der uns bei Polizeifragen wertvolle Rückendeckung gegeben und sich unseren Überlegungen – realistisch oder lieber spannend? – nie verschlossen hat.

Für den fachlichen Input zu unseren speziellen Fragen zu Hochwasserszenarien in Berlin infolge des Klimawandels danken wir sehr herzlich Prof. Bruno Merz vom Helmholtz-Zentrum Potsdam – Deutsches GeoForschungsZentrum (GFZ) und Dr. Benjamin Creutzfeldt, Leiter der Landeshydrologie Berlin (Senatsverwaltung für Umwelt, Mobilität, Verbraucher- und Klimaschutz).

Dr. Susanne Talay, Leiterin Sicherheit und Umweltschutz am Helmholtz-Zentrum für Infektionsforschung (HZI), danken wir für ihr detailliertes Wissen zu Hochsicherheitslaboren und Schutzausrüstungen für die Laborarbeit mit Milzbranderregern und für eine informative Führung im modernen S3-Labor am Science-Campus in Braunschweig.

Kathrin Lange dankt allen Menschen in ihrem Umfeld, die großes Verständnis gezeigt und klaglos hingenommen haben, dass sie sich fast ein Dreivierteljahr in ihrem Schneckenhaus verkrochen hat, um dieses Buch zu schreiben.

Susanne Thiele dankt ihrer ganzen Familie für den Rückhalt: ganz besonders ihrer Tochter Johanna für kritische Anmerkungen und engagierte Klima-Diskussionen während des Entstehungsprozesses des Buches. Ein Dankeschön für die Geduld in stressigen Buchphasen gilt auch ihrem Freundeskreis und den Kolleg*innen am Helmholtz-Zentrum für Infektionsforschung.

Kathrin Lange & Susanne Thiele, im Januar 2023

Sie sind tödlich. Und sie sind außer Kontrolle

Kathrin Lange / Susanne Thiele
PROBE 12
Thriller

496 Seiten
ISBN 978-3-7857-2755-3

Als die Wissenschaftsjournalistin Nina Falkenberg ihren ehemaligen Mentor Anasias in Georgien besucht, gerät sie mitten in einen tödlichen Angriff auf ihn. Zuvor kann er Nina noch verraten, dass ihm eine medizinische Sensation gelungen ist: die Entwicklung eines Medikaments gegen die gefährlichsten multiresistenten Keime der Welt. Musste er deswegen sterben? Zusammen mit dem Foodhunter Tom Morell, dessen Tochter an einem dieser Keime erkrankt ist, versucht Nina, die Forschungsergebnisse nachzuvollziehen. Aber Nina und Tom sind nicht die Einzigen, die hinter Anasias' Forschung her sind, und ihre Gegner schrecken weder vor Entführung noch vor Mord zurück

Lübbe